广州市医学伦理学重点研究基地成果

《廉明公案》判词研究

[明]余象斗 撰

胡丙杰 黄瑞亭 刘 通 编著

线装书局

图书在版编目（CIP）数据

《廉明公案》判词研究/（明）余象斗撰；胡丙杰，黄瑞亭，刘通编著． -- 北京：线装书局，2022.6
ISBN 978-7-5120-4951-2

Ⅰ.①廉… Ⅱ.①余… ②胡… ③黄… ④刘… Ⅲ.①侠义小说 - 小说研究 - 中国 - 明代 Ⅳ.① I207.419

中国版本图书馆 CIP 数据核字（2022）第 022031 号

《廉明公案》判词研究
LIANMINGGONGAN PANCI YANJIU

原　　著：	（明）余象斗
编　　著：	胡丙杰　黄瑞亭　刘　通
责任编辑：	林　菲
出版发行：	线装书局
地　　址：	北京市丰台区方庄日月天地大厦 B 座 17 层（100078）
电　　话：	010-58077126（发行部）　010-58076938（总编室）
网　　址：	www.zgxzsj.com
经　　销：	新华书店
印　　制：	三河市龙大印装有限公司
开　　本：	710mm×1000mm　1/16
印　　张：	27.75
字　　数：	469 千字
版　　次：	2022 年 6 月第 1 版第 1 次印刷
印　　数：	0001—1000 册
定　　价：	98.00 元

前 言

为什么要写这本书？

近年来，笔者撰写的《中国法医学史》《中国古代法医学发展与社会治理关系史》《鉴证：图文解说中国法医典故》等著作出版后，收到不少读者来信、微信和邮件，都谈到上述书中引用的余象斗的《廉明公案》《诸司公案》是什么样的书。读者的关心和兴趣就是笔者需要回答的问题，也是写这本书的动力。

刚好，最近笔者阅读中国古籍出版社出版的鲁迅先生《中国小说史略》一书。当读到第十六篇明之神魔小说（上）时，看到鲁迅先生提到明代一个写了很多书的人，题"三台山人仰止余象斗编"。"象斗为明末书贾，《三国志演义》刻本上，尚见其名。"再往下看，鲁迅先生说："宋人说话之影响于后来者，最大莫如讲史，著作迭出。明之说话人亦大率以讲史事得名，间亦说经诨经，而讲小说者殊希有。惟至明末，则宋市人小说之流复起，或存旧文，或出新制，顿又广行世间，但旧名湮昧，不复称市人小说也。"鲁迅先生所说的"广行世间"文学作品是什么呢？

这里，值得一提的是，前面鲁迅先生讲到的这个叫余象斗的人所撰写的"公案小说"作品。说明，早在20世纪30年代鲁迅先生就关心余象斗这个人和他的作品。这样，笔者更有兴趣去研究余象斗的"公案小说"作品。这就是笔者写这本书的由来。

公案小说是什么样的作品？

公案小说是以形形色色的案件为题材，以作案、断案或与之相关的社会生活为主要表现对象，以叙述和描写为主要表现方式的一种文学作品。狭义的公案小说，专指明代的公案小说。我国公案小说，作品繁多，源远流长，曾产生过一大批影响深远的作品，如《皇明诸司廉明奇判公案》（以下简称《廉明公案》）、《皇明诸司公案传》（以下简称《诸司公案》）等为中国老百姓所喜闻乐见。但是，由于种种社会原因致使它诞生千年来，一直没有在正统文学史及其相关论著中获得应有的"合法"地位,对公案作品很少有人对它进行过较全面系统的研究。就说鲁迅的《中国小说史略》这样的名著,对公案作品也介绍极少。根据已有的材料看,宋元时期的公案小说可谓凤毛麟角;而明代的各类公案小说,尤其是万历以后的公案小说则明显增多。具体而言,文言笔记体公案小说在明代得到了稳步推进;书判体公案作品出现了空前繁荣;话本体公案小说获得了蓬勃发展。尤其难能可贵的是,万历之后,文坛上先后涌现了一批公案小说结集出版,例如《廉明公案》《诸司公案》《百家公案》《龙图公案》《海刚峰公案》《新民公案》《详情公案》《详刑公案》《律条公案》《神明公案》《明镜公案》等,使公案小说这一至今仍然被认为是"边缘文体"的文学创作得到发展。特别是余象斗的《廉明公案》《诸司公案》这样具有开创意义的短篇小说结集的出现,使公案小说这一边缘文体开始走向繁荣。

公案小说出现的原因?

明代公案小说出现空前繁荣的原因包括以下几个方面。一是明代经济的相对繁荣刺激了市民的物质欲望。到了晚明时期,"德化凌迟,民风不竞",社会上争奇斗艳、追求炫人耳目的物质刺激,渴望感性欲求的强烈满足,整个社会弥漫着纵情声色、及时行乐的气氛。而公案小说中记述的大量活生生的血腥的凶杀案例、离奇的奸淫事实,形形色色违法犯罪行为正好迎合了这种社会心理的欲求。二是明代统治者为了提高社会治理能力,重视法律的宣传与普及,也是促成晚明公案小说空前兴盛的重要因素之一。三是明代中叶以后,商品意识开始萌芽滋长;同时,思想文化领域的一股启蒙思潮也正在酝酿之中。四是从宋、元到明初,市民文化已经崛起,到了明代中叶,随着商业经济的迅速发展,市民文化便日益壮大起来。公案小说作为市民文化的组成部分,顺应了时代文化的发展。五是明代中后期的封建专制制度进一步强化,政治更加腐败、黑暗,冤狱日益增多,人们普遍寄希望于清官。清官形象深入人心,公案小说大行其道。六是出版印刷业空前繁荣,也有助于包括公案小说在内的文学作品的大量刊行。余象斗本人就是福建建阳人,当时建阳就是全国三大出版印刻地之一。

余象斗公案小说出现的条件?

客观条件方面

其一,廉价出版和社会需求的客观条件。在明代优惠的出版政策、造纸术印刷术的提高、图书成本的低廉等因素的共同作用下,晚明出版业达到前所未及的鼎盛时期。此时期通俗小说的社会需求量激增。明万历前后，商品经济迅速发展，市场繁荣，生活水平提高，人民的精神需求日益强烈，日渐扩大的市民阶层中不断增长的娱乐需求扩大了小说的市场需求。明代叶盛《水东日记》（卷二十一）曾有描绘："今书坊相传射利之徒伪为小说杂说，南人喜谈如汉小王（指汉光武帝）、蔡伯喈（指东汉蔡邕）、杨六侠（指宋代杨文广），北人喜谈大贤等事甚多。农工商贩，抄写绘画，尤所酷好。"这一段话形象地反映出当时普通民众喜欢通俗小说的社会风气。另外，此时期通俗小说的创作处于勃兴阶段。明嘉靖年间，《三国志演义》《水浒传》一经刊刻，便炙手可热。许多书坊主发现刊刻小说是一条新的生财之道，纷纷加入刊刻小说的行列，甚至自行编纂通俗小说，促使此时的通俗小说处于勃兴阶段，而刻书事业始于万历十六年（1588）的余象斗恰逢其时。

其二，地理条件。福建建阳有其优越的地理条件，这里生产软质梨木，容易雕刻，所以从宋代开始，就是书籍出版的重镇所在，号称"闽刻"。自宋代起，福建刻书成为全国三大刻书中心之一，而福建建阳则是刻书中心。潘承粥曾说："建阳书林之业自宋迄明六百年间，独居其盛。"指出了宋、元、明三朝建阳刻书在全国的领先地位。明代建阳刻书极为鼎盛，明代建阳书坊多达370余家。不仅如此，建阳书坊刻书历来具有通俗化、大众化的倾向，建阳书坊较早开始刊刻通俗小说，现存的《三分事略》《全相平话五种》《红白蜘蛛》等话本小说都出自元代建阳书坊。明代刊刻小说的风气更盛，嘉靖二十七年（1548），叶逢春开始刊刻《新刊通俗演义三国志史传》。嘉靖三十一年（1551），清白堂刊刻了《大宋中兴通俗演义》；嘉靖三十二年（1522），又刊刻了《唐书志传通俗演义》等通俗小说，余象斗就是在建阳这样的环境下加入出版业的。

其三，家庭条件。建阳书林余氏是刻书大族。余氏家族的刻书史可追溯自北宋时期，因此，刻书是其世代祖业。叶德辉在《书林清话》中曾说："夫宋刻书之盛，首推闽中，而闽中尤以建阳为最，建阳尤以余氏为最。"宋代余氏万卷堂和元代余氏勤有堂都以刻书而闻名于世。建阳余氏明代有书坊名号者56家。余氏宗谱中对余象斗祖父余继安的记载中写："公于嘉靖己丑年（1529）向阮姓买山地，遂于嘉靖癸巳年（1533）建造庵一所，名曰清修寺，以为子孙讲学之所，亦可为印书藏版之地，又买有田一百五十亩。"可见，余象斗祖上基业颇丰，"印书藏版"这几个字说明他祖父也是以刻书为业，其家族为余象斗继承出版业奠定了良好的基础。

主观条件方面

其一，商业才能。余象斗有三个身份：书坊主、刻书家、小说编纂者。首先，是书坊主，出售书籍以获得经济利益的商人；其次，是刻书家出版者，所售之书由自己雕版刊刻印刷。他刻书常用的堂号有双峰堂、三台馆、文台堂等；最后，是编纂者。他不是一般的书坊主，他具备一定的文化水平，编纂、刊刻了一些小说。刊刻是为了出售，出售是为了获利。余象斗是一个集编纂、刊印、销售于一身的书商。"商"是余象斗的本色，他是一个具有独到商业眼光和杰出商业才能的书商。书商离不开推销自己产品，推销自己产品又离不开推销自己形象，推销自己形象最直接的就是在书本上放上自己的画像。余象斗真的这样做了，他在《新刻天下四民便览三台万用正宗》（明万历刊本）里，便放上了自己的画像（见图1）。

图1　黄瑞亭引自明万历刊本，余象斗《新刻天下四民便览三台万用正宗》

余象斗的创新性促使公案小说的兴起。余象斗刊刻很少因循前人，而是刊刻一些别人未刊过的新题材小说。万历二十二年（1594）朱仁斋和万历二十五年（1597）金陵万卷楼刊刻了《百家公案》，余象斗意识到公案小说受读者欢迎。但他并没有一味地模仿他人，而是另辟蹊径，于万历二十六年（1598）编纂、刊刻了以书判体案例为主，旨在对现实生活有所教益的《廉明公案》。《廉明公案》刊刻之后，又不断重刊，并被其他书坊所刊，可见这部书在当时畅销之盛况。此后，余象斗又编纂了《廉明公案》的续集《皇明诸司公案》，亦可见《廉明公案》系列迎合了市场需求，深受读者的青睐。

其二，余象斗的小说符合主流意识又对内容加以改造，使之与众不同。"符合主流意识"指国家意志和文化主流，如余象斗的公案小说总冠以"五刑无枉滥，四海颂循良"（见图2）。

"加以改造"指余象斗独创了小说"评林"的新形式。如《廉明公案》

《诸司公案》中对案例中人物、时间、法律适用进行点评，加入"按"或"评"等，使书判体公案"一目了然"，创造了新的图书形象，增加了销量。

其三，余象斗具有商业推销意识。在推销意识尚未蔚然成风的明代，余象斗已经具有超前的商品推销意识，曾做广告，通过书名、识谱以及伪托名家甚至"皇"字号等来宣传他的书籍。如《廉明公案》原名《皇明诸司廉明奇判公案》，就"皇明"二字，表明其权威性；《诸司公案》，原名《皇明诸司公案》，加入"诸司"，表明"全新"，符合大众好奇心。

其四，大众化通俗读物的市场定位。从余象斗《廉明公案》《诸司公案》小说刊本的特征，可以看出余象斗小说刊本有准确的市场定位。商业出版必然是以市场

图2 黄瑞亭引自明万历刊本，余象斗《新刊皇明诸司廉明奇判公案卷之四尾》

销售作为盈利模式，余象斗小说的消费群、读者群范围是广大的中下阶层，通常是鲁迅所说的"仅识文字者"，而非一些学者所认为的明代小说消费者，主要是"文人、官吏富商"。许多学者将余象斗的小说刊本称作"俗本"。余象斗的小说刊本主要是作为通俗读物，供应给中下层读者做文化消遣的需要，通俗价廉。郑振铎先生曾称余象斗是"一位与大众密切结合的出版家"。从余象斗小说刊本的市场定位为普通大众这一点来看，相当贴切。从获利的角度而言，余象斗"普通大众"的市场定位无疑是独具商业眼光的。

其五，余象斗抓住"讲读律令"的商机。《大明律》中有"讲读律令"条款："凡国家律令，参酌事情轻重，罪名，领行天下，永为遵守。百司官史务要熟读，讲明律意，剖决事务。每遇年终，在内从察院，在外从分巡御史、提刑按察司官，按治去处考校。若有不能讲解，不晓律意者，初犯罚俸钱一月，再犯笞四十，递降叙用。其百工技艺。诸色人等，有能熟读讲解，通晓律意者，若犯过失及因人连累致罪，不问轻重，并免一次。"余象斗抓住"讲读律令"的商机，认为这是皇上要求大众知晓法律的大好时

机。因此，在《廉明公案》《诸司公案》前面加有"皇明"字样，又以书判体形式加以渲染。其意图很明显，在司法实践中根本无法期待百姓真能达到律例期待的要求。毕竟，普通百姓基本上不识字，从而难以研习律例，就更谈不上通晓律意了。就此而言，出版《廉明公案》《诸司公案》，让民间百姓通过看这些大众化的书判体公案小说，一方面进行"讲读律令"的法律普及；另一方面博得官府的认可，可谓"讲读律令"和"商业盈利"双赢。由此可见，余象斗具有杰出的商业头脑。

余象斗公案小说有哪些内容？

前已提及，公案小说分为文言笔记体、书判体、话本体三种。余象斗的《廉明公案》《诸司公案》属于书判体公案小说，描述折狱断案的故事，清官循吏的形象。明代书判体公案，与20世纪前后的西方侦探小说福尔摩斯的形象十分相似。但是，中国清官断狱与西方福尔摩斯还是有明显的不同。福尔摩斯破案的关键在于破解种种"死亡之谜"，而在"解谜"过程中表现得最充分的似乎是法医科学知识和法医逻辑思维的证据力量。而清官断案折狱，应用清官掌握的法医知识和思维方法去破解疑案，体现"明察秋毫"，其目的似乎只有一个，那就是验证"善恶必报"的道德理想。福尔摩斯是技术人员代表，清官是官员代表；福尔摩斯破案是法医办案，清官断案折狱是官员办案；福尔摩斯破案体现西方法医专家鉴定人制度；清官断案折狱体现中国古代官验制度。

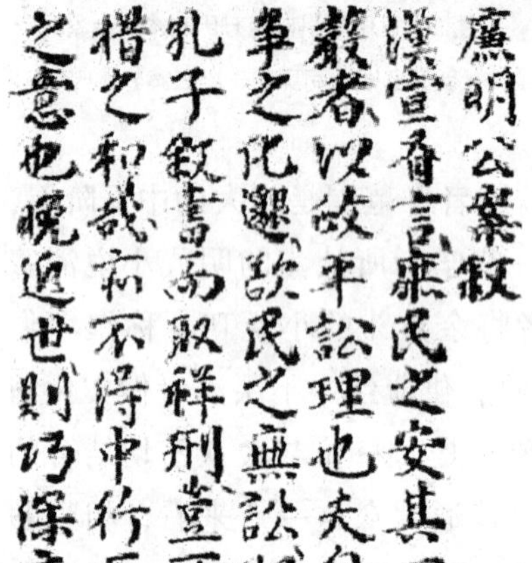

《皇明诸司廉明奇判公案》（以下简称《廉明公案》）二卷，存万历二十六年（1598）余象斗自序本，又有明建阳书林郑氏萃英堂刊本。在《自序本》（见图3）中，余象斗写道："汉宣帝言，庶民只安其田里，而无愁叹之声者。以政平讼理也。夫自忘言之风远，糜争之化邈。民之无讼，即盛世犹维之。故孔子叙书而取祥刑，岂不慕虞芮之让刑措之和哉。亦不得

图3 黄瑞亭引自明万历二十六年自序本，
余象斗《皇明诸司廉明奇判公案·叙》

中行而兴之。故思狂狷之意也。晚近世则巧深文、拙勤恤……"

可见，余象斗写《廉明公案》《诸司公案》的目的，是用孔子"无讼"思想来教化百姓。这里，余象斗赞赏"祥刑"。所谓"祥刑"，指善用刑罚的意思，见《吕刑》。《吕刑》："有邦有土，告尔祥刑。"孔传："告汝以善用刑之道。"检验是定罪量刑依据，是"祥刑"重要组成部分，故法医检验与"政平讼理""无讼思想""中庸之道"一样，纳入社会治理范畴。这是余象斗写公案的初衷用意。北宋时有《慎刑说》一书（佚），专门说的是检验。"善用"包括"慎用"，但"善用"又有巧用的意思（带有权术意思）；而"慎用"有"慎刑"的意思，又有拘束的意思（带有刻板意思）。中国古代法医学就是在这种环境中生存，官本位、玩权术、拘慎刻板、缺乏创意，到一定时候发展停滞不前。所以，余象斗说："晚来近世，则多做表面文章，而缺少对民众的抚恤（晚近世则巧深文、拙勤恤）。"

《廉明公案》上卷分人命、奸情、盗贼类，计三十五篇；下卷分争占、骗害、威逼、拐带、坟山、婚姻、债负、户役、斗殴、继立、脱罪、执照、旌表十三类，计六十八篇，上下两卷共一百零三篇。余象斗续编《皇明诸司公案传》（又称《续廉明公案》，简称《诸司公案》）。编述卷内封题"全像续廉明公案"文体同《廉明公案》，即卷下分类，类下分则，一则记一判案故事。全书四卷六类，其类目为"人命类""奸情类""盗贼类""诈伪类""争占类""雪冤类"，每类9、10、11则不等，共收五十九则判案故事（见图4）。

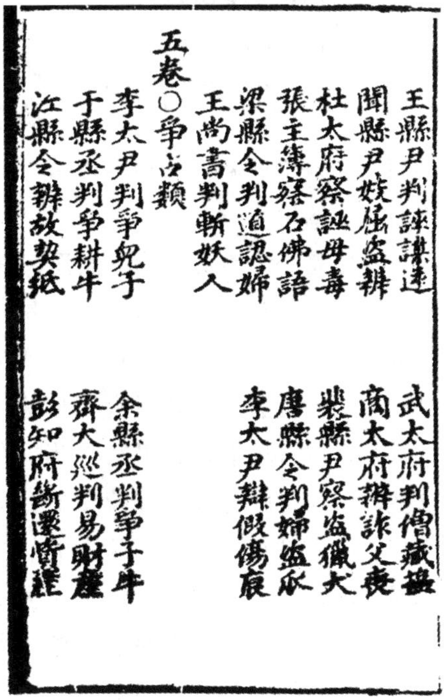

从目录来看，余象斗的《廉明公案》《诸司公案》讲"清官断狱"的叙事。也就是说，《廉明公案》《诸司公案》属各类官员断案的合集，其中官员包括知县、典史、经历、主簿、巡捕、巡抚、刑部佥事、总兵等，主要描述他们清廉、审案、查

图4 黄瑞亭引自明万历刊本，余象斗《诸司公案·目录》

案、判案的故事。如"曾大巡判雪二冤"（见图5）、"李太伊辨假伤痕""江县令辨故契纸"等。每一则故事的题目，首先注明官员官衔，其次注明官员行使职权，如侦查阶段的"辨""察"，审判阶段的"断""判"，最后将案件确定性质或决定审判。我国古代官员集行政、侦查、审判于一身，所以，官员把法医检验作为侦查、审判的手段。在公案故事中屡屡出现，实际上把我国古代法医检验的案件启动、经办人员、检验过程、案件审结都加以介绍，这对我国古代法医学制度史研究大有裨益。具体地讲，知县、典史、经历、主簿、巡捕、巡抚、刑部佥事、总兵等都是我国古代法医检验的主要行使官员，仵作只是官府雇用的、现场喝报尸伤的辅助人员，负责案件的是各级官员。官员根据不同启动的案件在行使法医检验职能后，确定是否刑事案件，根据尸伤情况进行具体定罪，根据证据审查和案件情节具体量刑，这些对我国古代法医学研究都有重要的价值。

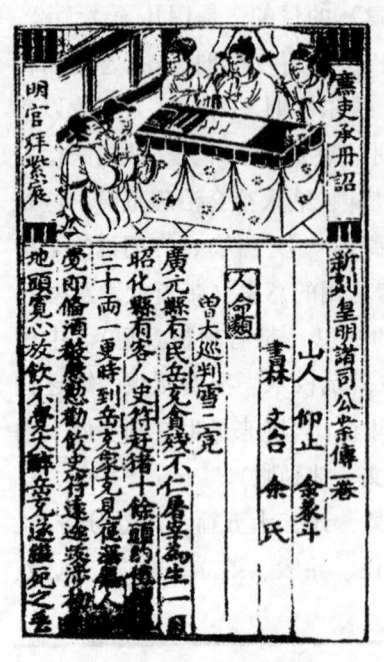

图5 黄瑞亭引自明万历刊本，余象斗《诸司公案·曾大巡判雪二冤》

清官是一个历史人物，然而，清官又是怎样成为民间公案故事的"母题"的呢？通过仔细辨析每个故事，可以发现，其中大多数属于刑事案件；与此相关，作为描写司法审判的"公案"故事，也就必然限于刑事审判场域。中国传统法律文化具有"刑法"中心的特质，与清官故事的描写颇为一致。在清官故事里，描写与当时的法律规定基本吻合。由此可以证明，这些故事与中国古代的判牍文书有关。换句话说，它们大多出自司法判牍文书，或者是对于司法判牍文书的改编。在这个意义上，把它作为法律文化研究的资料。其次，中国传统法律司法文化具有"集权"的特征，出于维护皇帝"集权"之目的，司法审判也就难免专断。在清官故事里，一个非常鲜明的特点，就是凸显和张扬"暴力"的价值取向，这是维护皇权所必不可少的东西。

我国古代公案小说，肇自宋代话本，至明代十分盛行，出现了《廉明公案》《诸司公案》《详刑公案》《律条公案》《明镜公案》《百家公案》《龙图公案》等诸多公案小说，其中，叙写清官断案故事的《廉明公案》和《诸司公案》颇有影响。

《廉明公案》和《诸司公案》的特点是以写实为主、以断案故事为引，突出判词的作用，彰显司法正义。从文学特征上看，这些小说多以清官决狱断案为主题，故事情节是：案发→冤狱→清官查冤→案情大白。这种情节发展模式的叙事伦理可分解为：非正义→通过审判→正义得到匡复，重点在于从审判到正义得到匡复这一环节，而加害者如何受到惩罚则是其核心关注点。如果说明代余象斗公案小说主要通过惩罚恶人或恶行来彰显其艺术正义，那么按照其惯有的叙事逻辑，正义即惩罚，或者说，正义使惩罚得以实施。在明代公案小说中，主要表现为冤魂诉冤或报冤、神祇、神罚等几种形式，其中以前两类居多。

一类是神祇，也就是以神祇形式来体现正义。所谓神祇，是指在整个故事情节的节点上，在案件陷入迷局或出现冤假错案而当事者不察时，突然有超自然因素出现，这些因素使审判者勘破迷局，将真凶绳之以法。如《廉明公案》"邵参政梦钟盖黑龙"（见图6）中，邵参政因梦里屡见寺中钟下有受困黑龙而得悟真相。但实际上，案件的侦破得益于审判者敏锐的洞察力。

图6 黄瑞亭引自明万历刊本，余象斗《廉明公案·邵参政梦钟盖黑龙》

还有一类是神罚的形式来体现正义，如在《廉明公案》"谢知府旌奖孝子"中，在人们还在为失窃案一筹莫展时，天降暴雷，直接劈死了偷盗孝子银钱的窃贼，使人们对"恶有恶报"深信不疑。还有一些表现善因善果的故事，一方面表现"惩恶"；另一方面也注重"扬善"，注重"善因"与"善果"之间的关联。《廉明公案》"顾知府旌表孝妇"中，灶神感念孝妇之心，为其割肝医治重病的婆婆，后又使二者康复如初，顾知府具表为其请封。从惩恶扬善、匡扶正义的角度来看，实际上是配合社会提倡的"孝"文化。

在这种叙事伦理中，故事重点表现清官贤吏在超自然力量的帮助下揭露并惩罚不义之事的过程，表明了清官贤吏作为"天理"执行者和代言者的身份特征。从这个角度来看，明代公案小说中的艺术正义既反映了普通民众的心理，也表达了一种理想的情怀，说明艺术正义对社会正义有消极补偿和积极维护的功用。

余象斗《廉明公案》《诸司公案》以公正廉明的审判案件为中心，分门别类，每类有若干则小说，每则小说讲述一则公案故事，赞美一位或两位判案公正的官吏。有的在同一案子中，先写糊涂官吏的错误判决，再写廉明官吏的正确审判。如《杨评事片言折狱》，广东潮州府的布商赵信与周义相约，前往南京买布，提前一日租下舱公张潮的船只，黎明上船。赵信早上船，张潮见天色尚早，岸边无人，就将船撑向芦苇深处，推赵信落水淹死，再将船撑回岸假睡。黎明周义上船，久不见赵信到来，让张潮去催请。张潮来到赵信门前，喊三娘子请赵信动身。赵信之妻三娘子孙氏吃了一惊，说丈夫早已离家赴约去了。张潮回来报告周义。周义亲自到赵家，四处寻遍不见赵信下落，便到县衙报案。知县朱一明拘一干人犯到衙。先审孙氏，再审舱公张潮，三审邻居，四审周义。孙氏在严刑拷打下，不堪其苦，就编纂理由诬说自己谋害了丈夫，情愿一死。知县判她死刑。结果次年秋行刑前，大理寺杨评事在审阅孙氏卷宗时，发现疑点，批道：敲门便叫"三娘子"，定知房内无丈夫。最终，张潮认罪。

余象斗记载明代法医检验方法及认定事实

有明一代，各府州县官平均年结案2000多件，全国有府州县2000余个，一年案件近400万件。浩如烟海的案件中，蕴藏着极其丰富的法医智慧。余象斗《廉明公案》记载的164个案例，讲难点，也讲疑点，最终目的是还原事实。

抓住难点：认定事实

《廉明公案》《诸司公案》，讲解听讼断狱故事，既有一目了然的简案，当然也不会缺少辗转纠结的"难办的案子"。案子之所以难办，或是因为事实认定之难，或是因为法律适用之难。每一个案件都是对历史事件的法律重构，裁判者既未亲历，便只能依靠当事人的陈述和证据。然而，当事人的陈述并不可靠，而证据又时有获取困难或模棱两可的情形。这些因素构成了事实认定的困境。

其一，当事人陈述。两造争讼，或凶嫌受审，事关当事人利益甚巨，因而为多获利益，或少受损失，或逃避责任，当事人会有意无意地尽量陈述有利于己的事实，回避于己不利的事实，甚至捏造事实、掩藏真相。举书中一例：嘉靖七年（1528），四川广元府裁缝华成状告本府富豪安其昌强奸其妻并将之杀死。事实上，出于逃避法律制裁的目的，华成隐瞒了其纵妻卖奸的事实。事实是：安其昌垂涎华妻绰约窈窕，与华成协商达成出银五两与其妻巫山一度的意向，孰料华成之妻在约定的卖奸之夜被杀身死。华成隐瞒这一事实，对案件的处理颇有影响，盖富豪安其昌既愿意出钱买春，钱货两讫，何必要动手杀人？既无杀人的动机，则基本上可排除安其昌杀人的嫌疑。

其二，证据。当事人的陈述既然并不可靠，当然要参酌证据材料予以甄别采认，问题是证据材料常有缺失，也有模棱两可的情形。

一方面，证据材料时有缺失。明代尚未形成现代成体系的证据规则，更多的是依赖人证，但在有些案件中，并无人证可资拷问。比如成化年间，山东滕县有一沈姓富户之子沈时彦，有人半夜发现他被人用斧子劈死于半山亭。尸体周边有血脚印，顺血迹寻找，找到木匠徐荣的家，徐荣仍穿着带血的鞋，在徐荣家未查获凶器。此案中，证人是事后到达现场，没有目击杀人，只是由血迹推测是徐荣杀人；而若徐荣乃杀人者，则应该注意到脚上的血迹，不会明目张胆地穿着带血的鞋子回到家中，甚至连带血的鞋子都不换，这些显然不合常理。因此，这个案件是一个证据缺失的无头案。

另一方面，证据模棱两可。有些证据，既可以得出此结论，也不能否定彼结论。比如嘉靖末年，福建崇安县财主叶毓因无子招游吉为赘婿，孰料六十岁时与其妾月梅生下一子自芳。四年后，叶毓病重，为避免儿婿相争，留下遗嘱。因明代并无标点符号，断句不同，意思就可能相异。对于遗嘱的最后一句，女婿游吉认为遗嘱所写为"已拨家财，婿自收执，全与幼子无干，女婿之事悉遵前约为照"；儿子自芳认为所写为"已拨家财，婿自收执，全与幼子，无干女婿之事，悉遵前约为照"。可以说都有道理，这无疑增加了认定事实的难度。

厘清疑点：大胆设问

每一个案件都是一个历史事件，倘若当事人都各守其本分，又无外力的介入，则自然相安无事，诉讼无所生焉。不过，社会生活这件"织物"，并不总是"丝般顺滑"，它不时地会产生诉讼纠纷等"皱折"。案件审理的过程，就是法官熨平这些"皱折"的过程。当然要知道"皱折"产生的原因，以确定审理的方向。案件存在的疑点或争点，就是案件审理的方向。厘清疑点是一种大胆设问，要依赖司法官的经验、智慧，基于常理，并剔除偏见。凡是处理适宜的案件，司法者都准确地厘清了案件的疑点所在；相反，凡是处理适宜的案件，正是司法官错误地确定疑点才导致了冤狱的产生。

正面而言，司法官准确地厘清疑点可以确定审理的方向。比如，宣德七年，温州知府何文渊遇到一件奇案。富豪袁圣的妾及妾所生儿子与袁圣之妻于重阳节聚餐后一同死亡，袁圣之妻声称妾及其子系食用醉蟹过量以致腹泻不止死亡，族长、里长翻检尸体后并没有报官，而是同意将尸体掩埋。何知府发现疑点：首先，袁妻称妾母子三人食用醉蟹过量而死，但醉蟹是温州人非常喜欢的食物，除胃寒者及孕妇不宜食用外，其他人食用过多虽会腹泻，但不会致命；其次，族长、里长虽然同意袁妻掩埋尸体的要求，但族长在翻检尸体之后，即提出告知里长，准备报官勘验，里长则在袁妻的要求下，让族长做主埋葬，想必族长、里长知道什么隐情。据此，何知府开棺验尸，深追细研，最终查明袁妻妒恨妾及其二子，以砒霜毒死母子三人的真相。

反面而言，司法官的偏见可能导致冤狱的产生。隆庆年间，福建建宁府建安县豆腐店店主范达捡到40两的银包一个，交还失主徽州客商汪元，汪元验视后却说银包中原有85两，为此成讼，汪元告诉称范达劫掠其银两85两，仅夺回40两，请县太爷做主追回失银。承办案件的王知县认为，到手的银子岂有再肯归还失主的道理，范达母亲、妻子及邻佑与其亲亲相互，肯定是欺凌外乡人，因此断定汪元所称属实，并将范达押入大狱。王知县在断此案时，就带有"天下缺少好心人，捡拾到银两焉能归还"的偏见。多亏建宁府知府邵廉，他听取申控后，认为范达是开豆腐店的小户人家，上有老母，下有娇妻，不可能抢夺人财；况且，邻居都作证见到汪元诬赖，王知县却不提讯相关人证，故此案原审存疑。以此为线索，邵知府最终审得范达归还拾银，反遭失主汪元诬赖的事实。

还原事实：小心求证

厘清疑点是一种大胆设问，其目的是确定案件审理的方向。但是，更重要的是查明案件事实，也即对设问的小心求证。明代司法官员还原事实的步骤，一是探求真相，二是获取招供。

首先，探求真相。明代没有明确的侦查和审判的区分，司法官员同时也兼负侦查职责，故其探求事实的理念和方法与现代审判颇有不同之处。从本书中，我们看到司法官穷尽了各种方法探求真相，比如亲自寻访（见图7）、微服私访、安插卧底、钓鱼执法、装神弄鬼，等等。

图7 黄瑞亭引自明万历刊本，余象斗《诸司公案·朱知府察非火死》

除了亲自巡防外，再举两个例子。一是微服私访的例子。洪武十一年（1378），在一件有关"贞洁烈妇"的命案中，婆婆声称儿媳为夫殉节，申请旌表。陕西延安府知府与同知分别装扮成贩枣客商和货郎，深入男方和女方所住的村子调查，最终查知寡妇周氏与人通奸，在其子死后，儿媳守孝期间，协助奸夫强奸儿媳，儿媳受辱后自缢身亡，并非婆婆所称为夫殉节。二是安插卧底。万历二十三年（1595），福建南平府永安县发生了一起妇女失踪案。巡按福建监察御史韩邦域经过审查，怀疑该妇女是遭到高仰寺内和尚奸拐，便派亲信门子唐华打入高仰寺内部，剃发为僧，暗中打探，最终查明恶僧强拐妇女、强奸杀人的恶行。

其次，获取招供。虽然明代刑讯是合法的，但一味刑求往往会导致当事人不堪忍受胡乱招认，极有可能形成冤狱。因此，富有经验的司法官通常会在上节所述的探明真相、固定证据材料后，获取当事人的口供。明代司法官之所以在探明真相后仍要获取口供，其原因大概在于：其一，明代官员讲求让当事人"口服心服"，既然已经供认在案，就可以防止当事人或其亲属事后上控，危及"乌纱帽"；其二，明代尚未形成现代成体系的证据规则，而当事人是案件所涉历史事件的亲历者，其口供可以确保案件成为"铁案"。

余象斗公案小说的判词有哪些特点？

余象斗写公案小说，是将刑部和各地衙门的卷宗进行分析后加以整理。最初，余象斗先写成一部《廉明公案》，后因出现热销状况，又写出《诸司公案》。这二部公案是与众不同的书，罗列了一百多件案子。《廉明公案》《诸司公案》的案例，绝大部分来自明代案件，少部分选取明代以前个案。其特点是，把诉状、答辩、调查、检验或推理、判词搁在一起，这些正是当时百姓对官府折狱断案一无所知的内容，很想了解；又以官府廉吏作为断案人和口述者，记述办案经历、检验方法、推理思维和"洗冤"过程，吊起百姓的口味，因而大大满足了阅读者的好奇心。

例如，《廉明公案》（第一部）夏侯判打死弟命。

万年县陈仲升，进状告为磊债杀弟事："土豪沈机，家财累万，行止盖都，力举四百余斤，自号小霸王。弟因借债十两不服磊算，触犯虎怒，喝仆周蛮乱棍、乱石丛打，立时气绝。即今死者衔冤，兄弟分开手足，妻子剖断肝肠，极大冤枉。望光哀告。"

沈机诉曰："状诉为烛冤豁命事：陈仲升惯贼害民，一乡大蠹。初一夜潜入室中，偷盗财物。仆见捉获，即行打死。岂应刁恶仲进捏里磊债杀命，诳告诬陷。切思人命罪重。岂敢轻犯！身止黑夜杀贼，未曾白昼殴人。乞恩详情超豁。上诉。"

夏侯审云："沈机以万金土豪，所为不轨。盖罄南山竹而书罪无穷，决东海波而洗恶不尽者。今因磊债叠利，殴死陈仲升，乃反以仲升贪夜入室盗偷，指贼打死。此小人饰非之辞也。但人心不昧，乡有公评。乡党里地俱称：'白昼打死。'白昼岂行窃之时乎？人命重情，合拟大辟抵罪。"

由上，余象斗公案小说，在写法风格方面，先写原告告状诉词，再写被告答辩诉词，最后，写法官判词。把整个官府办案的过程呈现在读者面前。因此，《廉明公案》《诸司公案》一经出版，就不胫而走，读者照单全收，销量大好。

余象斗是怎么样的一个人？

余象斗（见图8）（约1560—1637），字仰止，字象斗，号三台山人，又名余世腾、余君召、余文台等，福建建阳书林乡（今福建省建阳区书坊乡）人。余氏先祖因官建州建阳令而举家入闽，到北宋初年始定居在建阳的书坊乡，于是就开始经营刻书业。余氏刻书，出手不凡，在南宋出现了万卷堂、元代出现了勤有堂等著名的刻书堂号。余象斗生逢明末建阳刻书鼎盛时期，当时仅余氏一族就有30余家书坊，同时期还有刘、熊、郑、叶、杨、陈、詹氏等书坊世家经营着百余家书坊。余象斗出生在书香门第，少年时代曾读书习儒，明万历十九年（1591），30岁始放弃科考，一心刻书，在《新锓朱状元芸窗汇辑百大家评注史记品粹》的卷首中，他说："辛卯（万历十九年）之秋，不佞斗始辍儒家业，家世书坊，锓籍为事，遂广聘缙绅诸先生，凡讲说、文籍之裨业举者，悉付之梓。"

余象斗集刻书家，集书商、编辑、评点家身份于一身，是晚明建阳刻书史上最具影响力的代表人物之一。他所在的余氏家族自宋以来，世代为刻书大族。余象斗的出版活动，最活跃的时间是万历年间。综观他所刻之书，有科举备考用书、诗词韵律大全、诗文精选、历史地理书、日用类书、通俗小说以及医疗保健类书，品种多样，而整体面貌呈现为通俗化、大众化的特色。余氏刻书，以通俗小说最为著名。余象斗与其余姓家族成员一起，在明中后期以至清初，长时间引领着通俗小说的出版潮流。例如，余象斗著有《新刻按鉴全像批评三国志传》《新刊校正演义全像三国志万历年间出版的传评林》《新刊大宋中兴通俗演义》《精忠录》《新刊按鉴演义全像大宋中兴岳王传》《全像按鉴演义南北宋志传》《新刊出像补订参史鉴南宋传通俗演义题评》《北宋志传通俗演义》《大宋中兴通俗演义》《新刊大宋中兴通俗演义》《新刻芸窗汇爽万锦情林》《五显灵官大帝华光天王传》《北方真武祖师玄天上帝出身志传》，特别是公案小说《皇明诸司公案》《廉明公案》，不仅在小说题材上有所开拓，而且在编撰的两部公案小说中，首创"书判体"结构，并且大量扩充自评性质的

图8 黄瑞亭引自明万历刊本，余象斗《新刻天下四民便览三台万用正宗》

前言

"按语",显然得到了大众的关注和追捧。所谓"书判体",就是法官的判词,就是官府断狱的结论,就这一点来说,余象斗的小说创作与评点,是与他书坊主兼编辑的身份不可分割的。若仔细考察余象斗出版评点本,并参与小说评点的目的,似乎并不能完全归之于书商的重金牟利,还带有社会公益性和法律正义性。

余象斗是一个儒生,他自述于万历十九年(1591)才辍儒业而从事出版商业活动。建阳余氏家族,其先人亦由仕宦转而从事刻书业。余象斗的祖父曾建造清修寺,作为子孙讲学之所,亦为印书藏版之地。余象斗将自己作品推向"天下四民",也有了传播文化和商业利益的双重收获。余象斗常将自己的名字刻印在图书的卷首,也从单纯刊行者的身份,变成"编集""评梓""编述"者的身份。余象斗自称"仰止子"和"余仰止",如《皇明诸司公案》六卷,题"山人仰止余象斗编述"。"仰止子"作为参订者出现在书名中,"余仰止"出现在小说正文中,"余仰止"也就成为小说的评点者。此外,余象斗用大量不同形态的插画作为招徕读者的重要方式,还将自己的肖像画刻印在出版的图书中。可以说,余象斗在他的图书编辑、小说创作与评点活动中找到了文人"立德、立言、立名"的人生价值。正如他自己所说的:"不佞斗自刊,皆出予心胸之编集,其劳鞅掌矣,其费弘钜矣。乃多为射利者刊甚,诸传照本堂样式,践人辙迹而逐人尘后也。今本坊亦有自立者固多,而亦有逐利之无耻,与异方之浪棍、迁徙之逃奴,专欲翻人已成之刻者,袭人唾余,得无垂首而汗颜,无耻之甚乎!"余象斗对自己编创作品,如爱惜羽毛一般的珍视,也显露他在小说编辑和评点活动中用情之深。

余象斗公案小说有哪些价值?

本书对明末书坊主小说家余象斗所编撰的《廉明公案》《诸司公案》二部通俗小说进行了考察,总结了其创作的类型,分析了其大量创作小说的原因,探讨了其小说创作的特色,并阐释了其小说创作的影响。以期通过余象斗小说创作的研究,能够对"书坊主小说"的特点有进一步的理解和认识。

其一,余象斗创作小说刊本对记载明代法医学的发展有其贡献。我国古代实行官验制度,《廉明公案》《诸司公案》记载的就是官吏的断案判词,体现了明代官吏检验水平,是明代法医学史上很重要的史料之一。余象斗不是官吏,不是办案人员,也没有检验经验,但他比较完整、真实地介绍了具体的案例、办案经过、检验思维和审断，而且记载了明代法医学发展的状况、检验能力和法官判词，间接地对法医学发展作出了贡献。笔者撰写的《中国法医学史》《中国古代法医学发展与社会治理关系史》《鉴证：图文解说中国法医典故》等著作，转载了余象斗公案小说的几个案例，分别是《黄令判凿死佣工》《汪县令烧毁淫寺》《乐知府买大西瓜》《彭理刑判刺二形》《韩大巡判白纸状》《周县尹捕诛群奸》《杨评事片言折狱》等，这些案例包含法医活体、尸体、痕迹检验以及法医犯罪心理分析等方面内容。

其二，余象斗创作小说刊本具有自己都没有想到的史料学价值。作为公案小说的营销者，余象斗需要考虑图书的销售量，因此，需要全国范围内大量猎取案例和判词；作为公案小说的创作者，余象斗需要考虑图书的影响力，因此需要甄别、遴选有价值的真实案例和判词。至于，是否有史料学价值，倒不是余象斗所要思考的问题，因为余象斗不是史学家，没有这一方面的思维。但是，历史就是这样，余象斗的营销思维，却促成一些史料得以保存。例如，《廉明公案·汪县令烧毁淫寺》，福建晋江人汪旦县令对宝莲寺和尚利用民间求子愿望，在寺中设子孙堂，借以欺淫求嗣妇女。汪旦召来两名妓女，要她们扮成普通的民妇入寺求子，暗地里将红墨水在对方头顶作记号。第二天，汪旦设埋伏，命令所有寺僧摘下僧帽，发现有两人的头顶涂有红墨水。汪旦命人逮捕了这两名僧人，并要妓女出面指证。经搜查，发现整座寺庙都有地道通往净室床下，那些为求子住寺的妇女，被奸污的不知其数。汪旦带兵在地窖查到金银数万两归公。该则案例及汪旦县令史实写入地方志、人物志《晋江县志·汪旦》。

其三，余象斗小说刊本对明末通俗小说的发展产生了推动作用。据统计，万历年间建阳小说刊本60余部，余象斗小说刊本占近三分之一。在余象斗刊印通俗小说之前，建阳书坊主们刊刻小说只是试探性行为，虽然编纂了《大宋中兴通俗演义》《唐书志传》等小说，但是自己并未刊刻，而是由杨氏清白堂刊刻。在余象斗从事刻书之前，其刊刻的通俗小说至今仅存两部。在余象斗从事刻书事业之后，刊刻通俗小说逐渐成为建阳刻书的主要潮流，而建阳书坊的通俗小说刊刻对处于萌发阶段的通俗小说发展产生了巨大的推动作用。

其四，余象斗小说刊本是后世同类题材小说的基础。在小说题材上，余象斗常常有所创新，如《廉明公案》《诸司公案》等小说几乎都是当时所未涉及的新领域。鲁迅《中国小说史略》曾说："凡所敷叙，又非宋以来道士造作之谈，但为人民闾巷间意，芜杂浅陋，率无可观。然其之及于人心者甚大，又或有文人起而结集润色之，则亦为鸿篇巨制之胚胎也。"余象斗小说刊本反映出普通民众的"闾巷间意"，虽然芜杂浅陋，但也是同类题材通俗小说的基础，是后世鸿篇巨制的雏形。

其五，余象斗小说起到定格、评价检验水平的价值。例如，《廉明公案·卫县丞打枥辨争》：卫雅，号正峰，江西宁州人，以岁贡出身，为福建延平府龙溪县县丞。明察雄断，人不敢欺。一日坐堂，有民蒋祐五、沈启良者，相争一枥，打入衙来。卫县丞问："你二人的枥，各有甚记号？"二人俱称并无记号。卫县丞问："有何人证佐？"对曰："并无。"又问："此枥在何处，因甚致争？"沈启良曰："因我晒稻在马路，祐五鸡食我稻，我骂他。今收起稻，其枥仍放在马路旁，彼强来争认。"蒋祐五曰："我昨日晒栲仔在马路，收起之际，偶丢落一片在马路旁。今记得去寻，彼冒认来争。"卫县远见沈启良说晒稻，蒋祐五说晒栲，心下便已明白。乃言曰："你二奴才俱欺心，既无记号，又无人可证，虽打死你二人必不肯认，事终难辨。不如就将此枥为干证，讨个分晓，若不明报，打破此枥，以火烧之。乃命皂隶选青荆条，将枥覆打五十，又翻打五十，定要辨是谁的。左右方暗中含笑。沈、蒋二人亦不知何以判之。皂隶承命，方覆打五十。卫县丞即喝住手，曰："此枥明是蒋祐五的，沈启良何故冒认。"启良大言强辩，不肯服罪。卫县丞曰："此枥启良道晒稻的，祐五道晒栲的。今打枥只见栲屑纷纷，不见稻芒些子，岂不是祐五的枥，而启良冒认乎！"于是启良乃输情服罪，而人皆羡卫公之公明矣。时有好事者为之歌曰：赫赫卫公，断狱如神。吏不敢舞，民莫能欺。沈蒋争枥，来讼县庭。既无记号，又无干证。乃穷物主，究其原因。沈称晒稻，蒋称晒栲。贮盛既异，了然于心。命覆打枥，栲屑飘零。蔽罪于沈，罪当情真。状无头脑，随事察形。非公英哲，孰辨此情。黎民畏服，万口同称。

本案，沈启良、蒋祐五争一枥（晒东西用的垫具），沈启良说晒稻谷，蒋祐五说晒栲仔（植物染料）。县丞卫雅当场把"枥"摆在大堂上，用"青荆条，将枥覆打五十，又翻打五十"。在场人不知县丞的用意，"左右方暗中含笑。沈、蒋二人亦不知何以判之"。可是，县丞卫雅曰："此枥明是蒋祐五的，沈启良何故冒认。"沈启良大言强辩，不肯服罪。卫县丞曰："此枥启良道晒稻的，祐五道晒栲的。今打枥只见栲屑纷纷，不见稻芒些子，岂不是祐五的枥，而启良冒认乎！"于是，沈启良乃输情服罪，而人皆羡卫公之公明矣。

一个物体与另一个物体接触（两两物体接触），二者会互相黏附对方留下的物体（吸附两两物体）。本案，枔屑或稻谷在枥上晒，必然留下枔屑或稻芒。根据这一点，县丞卫雅用"青荆条，将枥覆打五十，又翻打五十"，黏附枥上的枔屑或稻谷必然会掉落，在场人都会看到。结果，"打枥时只见枔屑纷纷，不见稻芒些子"，断定这是"祐五的枥，而启良冒认！"

这个案件写于明代万历二十六年（1598），说明，我国早在明代就已在实际办案中应用"两两物体接触，吸附两两物体"的法医学检验原理。这一原理，直到20世纪初才由法国著名的刑事侦查学家、司法鉴定学家和警察技术实验室的先驱埃德蒙·洛卡德（Edmond Locard，1877—1966）撰写的《刑事侦查的方法》一书中提出。

其六，余象斗小说刊本具有很高的文献价值和传播价值。他的小说刊本除了内容和形式都有所创新之外，还具有很强的文献价值和传播价值。时至今日，虽然诸多余象斗小说刊本的阅读价值已经不是很高，已经被其他同题材艺术成就更高的作品所代替，但是对于古代小说研究而言，这些小说刊本是非常重要的小说文献，对于古代小说学术研究具有非常重要的文献价值。由现存的余象斗近20种小说刊本可以推知，明末余象斗的小说刊本曾广为流传，行销全中国，甚至海外。这不仅是一种商品销售，更是一种文化传播，将小说中的通俗文化传播到普通民众的思想观念中去。

其七，余象斗的公案小说创作的创新性及其影响。余象斗的公案小说创作相比于同时代的公案小说创作来说有所创新，客观上促进了明代公案小说的发展和繁荣。作为明代公案小说初创期的作品，其创新在相当程度上影响了其后的公案小说和其他类型小说的创作和传播。结合明末法律书籍市场状况与当时好讼的社会背景，探讨《廉明公案》与《诸司公案》两部公案小说的编纂记载，考察二书与余象斗其他书籍之间的关联。这方面研究让余象斗小说创作的起因、编纂材料的来源、编纂的理念和方式等细节体现了出来。

其八，余象斗公案小说中涉及法律，对于研究中国传统的法律文化和制度具有宝贵的史料价值。其中，体现了明代的社会生活，叙述了一个个活灵活现的故事，朴素地展示了一些法律案例，为我们了解明代法律在社会生活中的具体运作提供了一个绝妙的观察角度。法律的颁布和实施离不开社会，余象斗的创作并非凭空产生的，都有着深刻的明代的经济、社会背景和法制背景。进而，以明代的法律作为研究视角，探究明代司法在基层生活中所呈现的状态，分别从起诉与受理、取证与逮捕、审判与调解、判决与执行四个方面进行论述。然后，探究明代司法实践所呈现出的特点，主要包括：①法官在审判案件的过程中重视社会影响，并非单单依靠法律条文的规定去判决案件或者作为唯一的判断的依据；②巡按定期巡视，有利于减少冤假错案；③刑讯逼供的现象普遍；④法官司法、行政兼理，法律素质不高；⑤宦官专权、干预司法；⑥鬼神思想和因果报应观盛行等。

其九，余象斗小说刊本对法医学检验制度研究有一定价值。《廉明公案》《诸司公案》介绍了各级官员办案情况。我国古代实行官验制度，各级官员承办各类案件，其权限范围、检验对象、检验手段都有记载。上至刑部、大理寺、御史台的官员下至县令、县尉、司理、参军有鉴定权，县一级是最基本的检验人员。那么，县一级哪些官员有检验权呢？我国明代承袭唐宋检验制度，以宋代为例，《宋史·卷一百六十七·第一百二十·职官七》记载，一个县有五个朝廷发工资的官员，分别是县令（掌总治民政、劝课农、桑、平决狱讼）、县丞（在簿、尉之上）、主簿（掌出纳官物、销注簿书）、尉（每县置尉一员，在主簿之下，奉赐并同）。凡杖罪以上并解本县，余听决遣。按照官职大小排序，县衙门官员的排序是县令、县丞（副县长）、主簿（秘书长兼办公室主任）、县尉（武装部部长兼公安局局长）。由此可见，仵作不是官员，是由官府招聘来搬动尸体和喝报尸伤的雇工杂役。

其十，余象斗小说刊本商业经营却收到出乎自己意料的后世好评。万历二十六年（1598），余象斗编纂刊刻《廉明公案》，以及续集《诸司公案》，最初是以营利为目的的商业操作，但却收到了出乎自己意料的后世好评。之所以深受读者青睐，是因为余象斗的小说刊本不仅在出版文献学上有独特的价值，为研究古代小说提供了很好的范例；同时，也为明末通俗小说的发展作出了贡献，对处于萌芽阶段的明末通俗小说的发展，起到了巨大的推动作用，为后世鸿篇巨制的产生提供了雏形。余象斗一生刻书五十载，为后世留下了大量珍贵的书籍资料，通过自己刊刻的通俗小说对明末市井读者进行了启蒙与教化。他的"评林体""按语"新形式促进了小说的传播和兴盛，因而使其在中国雕版印刷史和文学史上占有一席之地。

其十一，余象斗小说刊本具有一定的时代性标记和文化现象。明万历中叶以后，新兴城市人口增加，带动图书消费，书坊如何因应新读者需求，为晚明值得观察之出版文化现象。其中建阳书商余象斗刊行大量小说，为观察此时图书之生产与消费，提供绝佳材料。余象斗改良小说版式，运用广告宣传，同时借评点提升读者阅读能力和传播范围，并寄托儒家思想教化。其半儒半商之出版策略，实为万历年间通俗读物雅俗分化之文化现象。从文化影响的角度出发，对余象斗小说评点的独特成就与出版文化意蕴等问题进行了深入的研究，从宏阔的历史视野对余象斗的一些小说刊本中的评点和诗评展开研究，可以看到余象斗小说评林在小说出版文化史上显示的意义在于以通俗小说对新兴市民读者进行启蒙与教化。这方面研究凸显出余象斗开创了小说评林新样式和促进了通俗小说传播之功，并通过对其具体评点内容的研究，逐步深入其精神世界，将其亦商亦儒的精神内核呈现出来。

综上，余象斗是一个研究中国法医学史、小说史和雕版印刷史不可回避的重量级人物，一个能让中国法医学史载入其记载的法医学案例和点评的人物，一个能让鲁迅、郑振铎、孙楷第、胡适等大学者，在著述中对其生平事迹、刻书版本等进行深入研究的人物。

《廉明公案》，全称为《新刊诸司廉明奇判公案》，原书作者（明）余象斗，其初刊为明万历二十六年（1598），题"三台山人仰止余象斗集，建邑书林余氏建泉堂刊"，并有余象斗自序。本书为明三台馆刊本，刊于明万历三十三年（1605），分为四卷，正文分上下两栏，上图下文，图两侧有简要的文字图题。《诸司公案》，封面题《全像续廉明公案传》，目录首行题为《全像类编皇明诸司公案》，同时题署"山人仰止余象斗编述，书林文台余氏梓行"，原书上图下文，明三台馆刊本。本书据三台馆刊本影印本整理，并依据李永祜、李文苓、魏水东校点的《廉明公案　诸司公案　明镜公案》（群众出版社，1997）进行参校。

本书取名《〈廉明公案〉判词研究》，由胡丙杰、黄瑞亭、刘通编著。本书将《廉明公案》列为第一部，《诸司公案》列为第二部，对第一部、第二部所有内容按原文、注释、述评进行编排。【原文】由黄瑞亭校对、勘正；【注释】由刘通负责，对重点判词注释；【述评】由黄瑞亭、胡丙杰负责，重点判词研究。其中，黄瑞亭负责《廉明公案》人命类、奸情类、盗贼类、争占类、骗害类、威逼类、拐带类、坟山类、婚姻类、债负类、户役类、斗殴类；胡丙杰负责《廉明公案》继立类、脱罪类、执照类、旌表类和《诸司公案》。【插图】七十八帧由黄瑞亭、刘通摘录。

敬请法医工作者、法律工作者，对法医学有研究以及中国法医学史、中国小说史和中国雕版印刷史感兴趣的广大读者提出宝贵意见。本书也可供高校法医学、政法大学师生阅读。

黄瑞亭

2021年6月18日

目 录

第一部 《皇明诸司廉明奇判公案》（简称《廉明公案》）

上 卷 ……………………………………………………… 3

人命类 ……………………………………………………… 3

杨评事片言折狱 …………………………………………… 3
张县尹计吓凶僧 …………………………………………… 8
郭推官判猴报主 …………………………………………… 13
蔡知县风吹纱帽 …………………………………………… 17
乐知府买大西瓜 …………………………………………… 20
舒推府判风吹休字 ………………………………………… 23
项理刑辨鸟叫好 …………………………………………… 27
曹察院蜘蛛食卷 …………………………………………… 32
谭知县捕以疑杀妻 ………………………………………… 36
刘县尹判误妻强奸 ………………………………………… 39
洪大巡究淹死侍婢 ………………………………………… 42
吴推府判谋故侄命 ………………………………………… 46
夏侯判打死弟命 …………………………………………… 47
冯侯判打死妻命 …………………………………………… 49
孙侯判代妹伸冤 …………………………………………… 50
黄县主义鸦诉冤 …………………………………………… 52
苏按院词判奸僧 …………………………………………… 55
丁府主判累死人命 ………………………………………… 58

奸情类 …… 61
　　汪县令烧毁淫寺 …… 61
　　陈按院卖布赚赃 …… 66
　　邹给事辨诈称奸 …… 70
　　吴县令辨因奸窃银 …… 74
　　严县令诛误翁奸女 …… 78
　　许侯判强奸 …… 80
　　魏侯审强奸堕胎 …… 81
　　孔推府判匿服嫁娶 …… 83

盗贼类 …… 84
　　董巡城捉盗御宝 …… 84
　　蒋兵马捉盗骡贼 …… 86
　　汪太府捕剪镣贼 …… 88
　　金府尊批告强盗 …… 91
　　邓侯审强盗 …… 92
　　齐侯判窃盗 …… 93
　　王侯判打抢 …… 94
　　尤理刑判窃盗 …… 95
　　丁侯判强盗 …… 96

下　卷 …… 98

争占类 …… 98
　　卫县丞打枥辨争 …… 98
　　秦巡捕明辨攘鸡 …… 100
　　金州同剖断争伞 …… 102
　　滕同知断庶子金 …… 104
　　武署印判瞒柴刀 …… 107
　　孙县尹判土地盆 …… 109
　　李府尹判给拾银 …… 111
　　韩推府判家业归男 …… 113
　　孟主簿明断争鹅 …… 117
　　骆侯判告谋家 …… 119

孔侯审寡妇告争产……120
许侯判庶弟告兄……121
唐侯判兄告弟分产……123
段侯判审继产……124
苏侯判争家产……125
金侯判争山……126

骗害类……128
林按院赚赃获贼……128
朱代巡判告酷吏……132
郭府主判告捕差……133
饶察院判生员……134
谢通判审地方……136
余分巡判告巡检……137
汪侯判经纪……138
任侯判经纪……140
朱侯判告光棍……141
袁侯判追本银……142

威逼类……144
雷守道辨僧烧人……144
姚大巡辨扫地赖奸……146
康总兵救出威逼……150
邵参政梦钟盖黑龙……153

拐带类……157
余经历辨僧藏妇人……157
戴典史梦和尚皱眉……161
黄通府梦西瓜开花……163

坟山类……166
苏侯判毁冢……166
林侯判谋山……167

婚姻类……169
马侯判争娶……169
江侯判退亲……170

唐太府判重嫁 172
祝侯判亲属为婚 173
喻侯判主占妻 174

债负类 176
班侯判磊债 176
孟侯判放债吞业 177
左侯判债主霸屋 178
宋侯判取财本 179
叶侯判取军庄 180

户役类 182
郑侯判争甲首 182
杜侯判甲下 183
高侯判脱里役 184
熊侯判扳扯钱粮 185
桂侯判兜收 186

斗殴类 187
晏侯判侄殴叔 187
骆侯判殴伤 188
朱侯判堕胎 189

继立类 191
艾侯判承继 191
林侯判继子 192
龚侯判义子生心 193
蒋府主判庶弟告嫡兄 194

脱罪类 196
按察司批保县官 196
孙代巡判妻保夫 197
邓察院批母脱子军 198

执照类 200
余侯批娼妓从良照 200
江侯判寡妇改嫁照 201
闵侯批杜后绝打照 202

汤县主批给引照身……………………………………… 203
　　詹侯批和息状…………………………………………… 204
旌表类………………………………………………………… 206
　　曾巡按表扬贞孝………………………………………… 206
　　谢知府旌奖孝子………………………………………… 210
　　顾知府旌表孝妇………………………………………… 214

第二部　《皇明诸司公案》（又名《续廉明公案传》明 余象斗编述）

第一卷　人命类………………………………………… 221
　　曾大巡判雪二冤………………………………………… 221
　　刘刑部判杀继母………………………………………… 226
　　朱知府察非火死………………………………………… 229
　　胡宪司宽宥义卜………………………………………… 232
　　左按院肆赦误杀………………………………………… 234
　　孙知州判兄杀弟………………………………………… 236
　　许大巡问得真尸………………………………………… 238
　　张县令辨烧故夫………………………………………… 242
　　韩廉使听妇哀惧………………………………………… 244

第二卷　奸情类………………………………………… 247
　　胡县令判释强奸………………………………………… 247
　　齐太尹判僧犯奸………………………………………… 249
　　韩大巡判白纸状………………………………………… 251
　　陈巡按准杀奸夫………………………………………… 255
　　王尹辨猴淫寡妇………………………………………… 259
　　颜尹判谋陷寡妇………………………………………… 264
　　黄令判凿死佣工………………………………………… 268
　　彭理刑判刺二形………………………………………… 273
　　孟院判因奸杀命………………………………………… 277

第三卷　盗贼类 281

　　熊主簿捉谋人贼 281
　　舒佥事计捉鼠贼 283
　　顾县令判盗牛贼 287
　　柳太尹设榜捕盗 289
　　许太府计获全盗 292
　　吕分守知贼诈衷 295
　　韩主簿计吐樱桃 297
　　路县尹判盗瓜 298
　　唐尹判盗台盘盏 300
　　夏太尹判盗鸡妇 303
　　周县尹捕诛群奸 306

第四卷　诈伪类 312

　　王县尹判诬谋逆 312
　　武太府判僧藏盐 314
　　闻县尹妓屈盗辩 316
　　商太府辨诈父丧 319
　　杜太府察诬母毒 321
　　裴县尹察盗猎犬 325
　　张主簿察石佛语 328
　　唐县令判妇盗瓜 331
　　梁县尹判道认妇 333
　　李太尹辨假伤痕 336
　　王尚书判斩妖人 340

第五卷　争占类 342

　　李太守判争儿子 342
　　袁大尹判争子牛 345
　　于县丞判争耕牛 348
　　齐大巡判易财产 351

江县令辨故契纸……………………………………………… 355
　　　彭知府判还兄产……………………………………………… 358
　　　邴廷尉辨老翁子……………………………………………… 362
　　　赵县令籍田舍产……………………………………………… 365
　　　彭御史判还民田……………………………………………… 370
　　　曾御史判人占妻……………………………………………… 372

第六卷　雪冤类 …………………………………………………… 377
　　　邹推府藏吏听言……………………………………………… 377
　　　冯大巡判路傍坟……………………………………………… 382
　　　杨驿宰禀释贫儒……………………………………………… 385
　　　赵知府梦猿洗冤……………………………………………… 388
　　　王司理细叩狂妪……………………………………………… 391
　　　边郎中判获逃妇……………………………………………… 395
　　　袁主事辨非易金……………………………………………… 398
　　　杨御史判释冤诬……………………………………………… 401
　　　崔知府判商遗金……………………………………………… 404

参考文献 …………………………………………………………… 408

第一部

《皇明诸司廉明奇判公案》

(简称《廉明公案》)

《廉明公案》上、下二卷,存明万历二十六年(1598)余象斗自序本,又有明建安书林郑氏萃英堂刊本。上卷分人命、奸情、盗贼三类,计三十五篇;下卷分争占、骗害、威逼、拐带、坟山、婚姻、债负、户役、斗殴、继立、脱罪、执照、旌表等十三类,计六十八篇,上、下卷共一百零三篇。

上 卷

人 命 类

杨评事[1] 片言折狱（见图9、图10）

图9　黄瑞亭引自明万历刊本，余象斗《廉明公案·杨评事片言折狱》

图10　黄瑞亭引自明万历刊本，余象斗《廉明公案·杨评事片言折狱》

【原文】

广东潮州府揭阳县，有赵信者，与周义相友善。邀同往南京卖布。先一日，讨定张潮艄公船只，约次日黎明船上会。至期赵信先到船，张潮见时尚四更，路无人迹，渐将船撑向深处去，推赵信落水死。再舣[2]船近岸，依然假睡。黎明，周义至，叫艄公张潮方起，至早饭还不见赵信来。周义乃令艄公去催赵。张潮到信家叫"三娘子"，方出开门，盖因早起造饭，夫去复睡，故乃起迟。潮因问信妻孙氏曰："汝三官昨约周官人来船，今周官人等候已久，三官缘何不来？"孙氏惊曰："三官离门甚早，安得未到船？"潮回报周义，义亦回去，与孙氏家四处遍寻，三日无踪。义思信与我约同买卖，人所共知，今不见下落，恐人归罪于我。因往县去首明[3]，其状云："呈状人周义，年甲在籍。为恳究人命事：'因义与赵信旧相交结，各带本银一百余两，将往南京买布。约定今月初二日船上会行，至期不见信踪。信妻孙氏又称信已带银早行，迄今杳然无迹。恳台为民作主，严究下落，激切上呈。外开干证[4]艄公张潮，左右邻赵质、赵协及孙氏等。'"知县[5]朱一明准其状，拘一干人犯到官。先审孙氏，称夫已食早饭，带银出外，后事不知。次审艄公张潮，云前日周、赵二人同来讨船是的，次日天未明只周义到，赵信并未到，附旁数十船俱可证。及周义令我去催，我叫"三娘子"，彼方睡起，初出开大门。三审左右邻赵质、赵协，俱称信前将往买卖，妻孙氏在家搅闹是实。其侵早[6]出门事，众俱未见。四乃审原告曰："此必赵信带银在身，汝谋财害命，故抢先糊涂来告此事。"周义曰："我一人岂能谋得一人？又焉能埋没得尸身？且我家富于彼，又至相好之友，尚欲代彼伸冤，岂有谋害之理？"孙氏亦称："义素与夫相善，决非此人谋害。但恐先到船或艄公所谋。"张潮辩称："我一帮船数十只何能在口岸头谋人，瞒得人过？且周义到船，天尚未明，叫醒我睡，已有明证。彼道夫早出门，左右邻并未知，我去叫时，他睡未起，门未开，分明是他阻夫自己谋害。"朱知县将严刑拷勘孙氏，那妇人香闺弱体，怎禁此刑！只说："我夫已死，我愿一死赔他。"遂招认是他阻挡不从，因致谋死。又拷究身尸下落，孙氏说："谋死者是我，若要讨夫身，只将我身还他，更何必究。"

朱知县判云："审得孙氏虺蜴为心，豺狼成性。妒[7]夫经纪[8]，朝夕反唇而相稽；负义凶顽，幕夜操刀而行刺。室家变为仇贼，戈矛起自庭闱。及证出真情，乃肯以死而赔死。且埋没尸首，托言以身而还身。通天之罪不可忍也，大辟[9]之戮将安逃乎！邻佑之证既明，凌迟[10]之律极当。余犯无干，俱应省发。"

再经府道复审，并无变异。次年秋谳狱[11]，请决孙氏谋杀亲夫事，该本秋行刑。

有一大理寺[12]左评事杨清，明如冰鉴，极有识见。看孙氏一宗卷忽然察到，因批曰："敲门便叫'三娘子'，定知房内无丈夫。"只此二句话，察出是艄公所谋。再发仰巡按[13]复审。时陈察院[14]方巡潮州府，取孙氏一干人犯来问。俱称：孙氏谋杀亲夫是的。孙氏只说："前生欠夫命，今生死还他。"陈院单取艄公张潮上问曰："周义命汝去催赵信，该叫'三官'缘何便叫'三娘子'，汝必知赵信已死了，故只叫其妻也。"张潮不肯认，发打三十，不认；又挟敲一百，又不认。乃监起。再拘当时水手来，一到不问，便打四十。陈院乃曰："汝前年谋死赵信，张艄公告出是你。今日汝该偿命无疑矣。"水手乃一一供招出："见得赵信四更到船，路上无人，傍船亦不觉。是艄公张潮移船深处，推落水中，复撑船近岸，解衣假睡。天将亮，周义乃到。此全是张潮谋人，安得陷我？"后取出张潮与水手对质，潮无言可答。乃将潮拟死，释放[15]孙氏。

陈院判曰："审得张潮沉溺泉货[16]，乾没[17]利源。驾一叶之舟，欲探珠于骊龙颔下；蹈不测之险，思得绡于蛟螭室中。闯见赵信怀资，欲往南京买布。孤客月中来，一篙撑载菰蒲去；四顾人声静，双拳推落碧潭忙。人堕波心，命丧江鱼之腹；伊回渡口，财充饿虎之额。自幸夜无人知，岂思天有可畏。至周义为友陈告[18]，暨孙氏代夫证冤，汝反巧言如簧，变迁黑白，贻祸[19]孙氏。借证里邻，既害人夫于深渊，又陷人妻于死地。水手供招，明是同谋自首；秋季处决，断拟害命谋财。其邻佑赵质等证据有枉，各拟不应[20]。更知县朱一明断罪不当，罢职为民。"

按：此狱虽张艄是贼，却有周义早在船，未见其动静。又在口岸焉能谋人？孙氏虽无辜，因他与夫搅闹，又邻佑未见他夫出门，此何以辨！只因艄公去叫时便叫"三娘子"，不叫"三官"，此句话人皆忽略，不知从此推勘。杨评事因此参出，遂雪此冤，真是神识。以此见官府审状，不惟在关系处穷究，尤当于人所忽略、彼弥缝所不及处参之，最可得其真情也。

【注释】

[1]评事：职官名。汉设立廷尉平，隋改为评事，为评决刑狱的官吏，

到清末才废除。

　　[2] 舣：使船只停靠岸边。例词：舣舟、舣船和舣楫。

　　[3] 首明：自行投案，表明原委。

　　[4] 干证：与诉讼有关系的证人。

　　[5] 知县：职官名。明朝以来县一级最高行政长官的正式称呼，犹今之县长。

　　[6] 侵早：天色将亮时，也作"侵晓"。

　　[7] 妬："妒"的异体字。

　　[8] 经纪：生意，做生意。

　　[9] 大辟：死刑。古代五刑的一种。

　　[10] 凌迟：一种古代的零割碎剐的酷刑，亦称凌持。

　　[11] 谳狱：公正的审理有疑点的案件。

　　[12] 大理寺：官署名。古时掌管刑狱的最高官署。

　　[13] 巡按：即巡行按察。《旧唐书·宇文融传》："巡按所及，归首百万。"宋范仲淹《举欧阳修充经略掌书记状》："臣叨膺圣寄，充前职任，即日沿边巡按。"（清）顾炎武《日知录·部刺史》："至玄宗天宝五载正月，命礼部尚书席豫等分道巡按天下风俗及黜陟官吏，此则巡按之名所繇始也。"明代有巡按御史，为监察御史赴各地巡视者。其职权颇重，负责考核吏治，审理大案，知府以下均奉其命，简称"巡按"。《明史·职官志二》："而巡按则代天子巡狩，所按藩服大臣、府州县官诸考察，举劾尤专，大事奏裁，小事立断。"

　　[14] 察院：官职名，即指巡按官员，亦称巡院。我国古代实行"录囚"制度，巡按官员定期到管辖各地进行"录囚"，纠正冤假错案。

　　[15] 释放：恢复人身自由。

　　[16] 泉货：指钱币、货币。

　　[17] 乾（干）没：侵吞他人财物。

　　[18] 陈告：陈诉，告状。

　　[19] 贻祸：使受害；留下祸害。

　　[20] 不应：古代法律名词，谓非有意犯罪。

（刘通）

【述评】

　　该案故事来自祝允明的《野记》这部笔记。在该案中，朱知县听信犯案人张潮之言，没有细审案件事实，草草判决赵信妻子孙氏为凶手，处以凌迟。

　　法医案件处理包括案件受理、了解案情、现场勘验与分析等，这几个环节合理性分析是关键一环。该案是谋财害命案，案发现场在渡口深水区，赵信系溺死。(艄公张潮将船撑向深处去，推赵信落水死)报案的是同行人周义，死者是赵信。案发时赵信先到现场，而周义到时不见赵信。周义叫艄公张潮去叫赵信，艄公去叫时便叫"三娘子"，不叫"三官"。原审知县朱一明没审出问题，复查者杨评事看出端倪：艄公张潮"敲门便叫'三娘子'，定知房内无丈夫"。这里，廉明的法官杨清、陈察院能透过现象看到事物的本质，能从狡猾的艄公的供词中找出破绽，找到了线索，陈察院在进行复审时，把矛头直接对准艄公张潮，在案犯百般抵赖的情况下，又采取迂回战术，从当时目击者一众水手入手，终于使狡诈而强硬的案犯认了罪，救出了刀刃下的孙氏。"片言折狱"最能体现清官明察秋毫的过人本领，所以，"片言折狱"一直是旧时判官断案所追求的一种理想境界。

　　宋慈《洗冤集录·溺死》记载："诸溺井之人，检验之时，亦先问原申人：如何知得井内有人？"这就是发现案情、现场勘验不合理的认定依据。因此，法医学上发现案情语言合理性分析对案件破案有决定的作用。该文的作者是余象斗，福建建瓯人，明万历年间建阳书坊坊主，著名刻书家、作家，刊刻、自创了大量通俗小说，不少作品反映了当时的社会现象，也是明史研究者的重要参考资料。

　　该案中，被害人赵信的好友周义在连续三天找不到赵信后，担心"信与我约同买卖，人所共知，今不见下落，恐人归罪于我"，于是便"往县去首明"。当时的周义懂得依靠知府州县等国家机关去解决问题，可以说是对国家律法依赖的一种行为表现。在陈院所作判词中，除了对案件进行判决外，文末还增添一句"更知县朱一明断罪不当，罢职为民"，对误判官员进行了的处理。

（黄瑞亭　胡丙杰）

张县尹[1] 计吓凶僧（见图11）

图11 黄瑞亭引自明万历刊本，余象斗《廉明公案·张县尹计吓凶僧》

【原文】

　　湖广郧阳府孝感县，有秀才许献忠，年方十八，眉目清俊，丰神秀雅。对门一屠户萧辅汉有一女名淑玉，年十七岁，针指[2]功夫无不通晓，美貌娇姿赛比西施之丽，轻盈体态，色如春月之花。每在楼上绣花。其楼近路，时见许生行过，两下相看，各有相爱之意。时日积久亦通言失笑。生以言挑之，女郎首肯。其夜许生以楼梯上去，与女携手兰房[3]，情交意美。鸡鸣，生欲下楼归，约次夜又来。女曰："倚梯在楼，恐夜有人过看见不便。我已备圆木在楼旁，将白布一匹，半挂圆木，半垂楼下。汝次夜只手紧揽白布，我在上吊扯上来，岂不甚便？"许生喜悦不胜。如此往来半年，邻居颇觉，只萧屠户不知。

　　有一夜，许生为朋友请饮酒，夜深未来。一和尚僧明修，夜间叫街，见楼垂白布到地，彼意其家晒布未收，思偷其布。停住木鱼[4]，寂然过去，手揽白布。只见楼上有人手扯上去。此僧心下明白，谅必是养汉婆娘垂此接奸夫者，任他吊上去，果见一女子。僧人心中大喜，曰："小僧与娘子有缘，今日肯舍我宿一宵，福田似海，恩德如天，九泉不忘矣。"淑玉见是和尚，心中惭悔无边曰："我是鸾凤好配，怎肯失身于你秃子，我宁将簪一根舍你你快下楼去。"僧曰："是你吊我来，今夜来得去不得。"即强去搂抱求欢。女怒甚，高声叫曰："有贼！"那时父母睡去不闻，僧恐人觉，即拔刀将女子杀死，取其簪珥[5]、戒指下楼去。次日早饭后，女子未起。母去看见，已杀死在楼，正不知何人所谋，邻居有不平[6]许生事者，与萧辅汉言曰："你女平素与许献忠来往有半年余。昨夜献忠在友家饮酒，必乘醉误杀，是他无疑。"

萧辅汉即赴县告曰："告状人萧辅汉为强奸致死事：学恶许献忠，漂荡风流，奸淫无比。见汉女淑玉青年美貌，百计营谋，思行污辱。昨夜带酒佩刀，潜入汉女卧房，搂抱强奸，女贞不从，抽刀刺死，谋去簪珥，邻佑可证。恶逆弥天，冤情深海。乞天法断偿命，以正纲常。泣血康告。"此时县主[7]张淳，清如水蘖，明比月鉴。精勤任事，剖断如流。凡讼皆有神机妙断，人号曰"张一包"。言告状者只消带一包饭，食讫即讼完可归矣。当日准了此状，即差人拘原被告干证人等。张公最喜先问干证。左邻萧美，右邻吴范，俱称：萧淑玉在近路楼上宿，与许献忠有奸已半载余，只瞒过父母不知。此有奸是的，特非强奸也，其杀死缘由，夜深之事，众人何得而知？许献忠曰："通奸之情，瞒不过众人，我亦甘心肯忍。若以此拟罪，我亦无辞。但杀死事，实非是我。他与我情如鱼水，何忍杀之？背地偷情，只是相亲相爱，惊恐人知，更有甚忤逆[8]之事而持刀杀戮！"萧辅汉曰："他认轻罪而辞重罪，情可灼见。楼房只有他到，非他杀之而谁？纵非强奸致死，必是绝他勿来，因怀怒杀之。且后生轻狂性子，岂顾女子与他有情？世间与表子先相好后相怨者何限？非严法究问，彼安肯招？"张公看献忠貌美性和，此人似非凶暴之辈。因问曰："汝与淑玉往来时，曾有甚人楼下过？"曰："往日无人，只本月有叫街和尚，尝夜间敲木鱼经过。"张公忖[9]到，因发怒曰："此是你杀死已的，今问你死，你甘心否？"献忠后生辈，惊慌答曰："甘心。"遂发打二十，尽招讫，收监[10]去。张公密召公差[11]王忠，李义问曰："近日叫街和尚在某处居止[12]？"王忠曰："在玩月桥观音座前歇。"张公吩咐："你二人可密密去，如此施行，访出赏你。"其夜僧明修复敲木鱼叫街，约三更时候，将归桥宿，只听得桥下三鬼声，一叫上，一叫下，一低声啼哭，甚凄切惊人。僧在桥打坐念弥陀后，一鬼似妇人声，且哭且叫曰："明修，明修！我阳数[13]未终，你无故杀我，又抢我簪珥。我告过阎王[14]，命二鬼使伴我来取命，你反央弥陀佛[15]来讲和。今宜讨财帛[16]与我，并打发鬼使，方与私休。不然，再奏天曹[17]，定来取命，纵诸佛难保你矣。"僧明修乃手执弥陀珠合掌答曰："我独僧欲心似火，要奸你不从，又恐人知捉我，故一时误杀你。今簪珥、戒指尚在，明日将买财帛并念经卷超度[18]你，千万勿奏天曹。"女鬼又哭，二鬼又叫一番，更凄惨。僧又念经，再许明日超度。忽然二公差出，将铁锁锁住。僧方惊是鬼，王忠乃曰："张爷命我捉你，我非鬼也。"吓得僧如块泥，只说看佛面求赦[19]。忠曰："真好个谋人佛、强奸佛也。"紧锁将去。李义收取禅担[20]、蒲圆[21]等物同行。原来张公早命二公差雇一娼妇，在桥下作鬼声，吓出此情。次日锁明修并带娼妇入见，一一叙桥下做鬼，吓出明修要强奸不从，因致杀死情由。张公命取库银[22]赏娼妇并二差讫；又搜出明修破衲袄[23]内簪珥、戒指。辅汉认过，确是伊女插戴之物。明修无词抵饰，一款供招，认承死罪。张公乃问许献忠曰："杀死淑玉是此贼秃[24]，该偿命矣。你作秀才，奸人室女，亦该去前程。但更有一件：你未娶、淑玉未嫁，虽则私下偷情，亦是结爱夫妇一般。况此女为你垂布，误引此僧，又守节[25]致死，亦无亏名节，何愧于汝妇？今汝若愿再娶，须去前程。若欲留前程，便将淑玉为你正妻。你收埋供养，不许再娶。此二路何从？"献忠曰："我知淑玉素性贞良，只为我牵引，故有私情，我亦外无别交。昔相通时，曾嘱我娶他，我亦许他发科[26]时定谋完娶。不意遇此贼僧，彼又死节明白，我心为他且悲且幸，岂忍再娶？况此狱不遇父母[27]，谁能雪我冤枉[28]？我亦定死狱中，求生且不得，何暇及娶乎！今日只愿收埋淑玉，认为正妻，以不负他死节之意，于愿足矣，决不图再娶也。其前程留否，惟凭天台所赐，本意亦不敢期必。"张公喜曰："汝心合乎天理[29]，我当为你力保前程矣。"即作文书申详[30]提学道[31]。

张知县申详语："本职审得生员许献忠青年未婚，邻女萧淑玉在室未嫁。两少相仪，午夜会佳期于月下；一心合契，半载赴私约于楼中。有期缘结乎百年，不意变生于一旦。凶僧明修，心猿意马，贪缘[32]直上重楼；狗幸狼贪，粪土将污白璧。谋而不遂，袖中抽出钢刀；死者含冤，暗里剥取簪珥。伤哉！淑玉遭凶僧断丧香魂。义矣！献忠念情妻誓不再娶。今拟僧偿命，庶雪节妇之冤；留许前程，少将义夫之概。未敢擅便[33]，伏候断裁。"

韩学道批曰："僧明修行强不遂，又致杀人，谋去其财，决不待时。许献忠以学校犯奸，本有亏行，但义不再娶，大节可取，准留前程。萧淑玉室女犯奸。人以为非。良不知此许生牵引之故，彼失于不知礼法矣。玉后坚抗淫僧，宁杀身而不屈，其贞烈昭昭，乃见真性。许生倘得身荣，可堪朝廷命妇[34]，何忝于献忠之正妻乎？依拟此缴。"

后万历己卯科，许献忠中乡试归，谢张公曰："不有老师，献忠作图圄[35]之鬼，岂有今日！"张公曰："今思娶否？"许曰："死不敢矣。"张公曰："不孝有三，无后为大。"许曰："吾今全义，不能全孝矣。"张公曰："贤友今日成名，则夫人在天之灵必喜悦无限矣。彼若在，亦必令贤友置妾。今但以萧夫人为正，再娶第二房今阃何妨？"献忠坚执不肯。张公乃令其同年举人田在懋为媒，强其再娶霍氏女为侧室。许献忠乃以纳妾礼成亲。其同年录[36]只填萧氏，不以霍氏参入，可谓妇节夫义两尽其道。而张公雪冤[37]之德，继嗣[38]之恩山高海深矣。

【注释】

[1] 县尹：职官名，一县的首长。

[2] 针指：刺绣、缝纫等针线活。

[3] 兰房：对女子居室的美称。南朝梁刘孝绰《洪上人戏荡子妇示行事》诗："日暗人声静，微步出兰房。"也作"兰堂""兰闺""兰室"。

[4] 木鱼：一种打击乐器，用木头做成，中间镂空。相传鱼昼夜不合目，故刻木像鱼形，击之以敬戒僧众应昼夜思道。

[5] 簪珥：发簪和耳饰，古代多为高贵妇女的首饰。

[6] 不平：心中不满意，含有气愤的意味。

[7] 县主：负责管理一县的长官，即县令。

[8] 忤逆：此处指冒犯、违抗之意。

[9] 忖：思量、揣度。

[10] 收监：收押于狱中，即关进监狱。

[11] 公差：官府执行公务的差役。

[12] 居止：居住，停留，犹指起居行动。

[13] 阳数：阳寿，指人活在世间的寿命。

[14] 阎王：阎王爷，地狱的主宰。旧时比喻刚正、不畏权势的执法官。

[15] 弥陀佛：阿弥陀佛，佛教经典中所记载的佛。他原是世自在王如来时的法藏比丘，发愿成就一个尽善尽美的佛国，并要以最善巧的方法来度化众生，后来成佛，创造西方极乐世界。法藏比丘则成为阿弥陀佛。

[16] 财帛：金钱和布帛，泛指钱财。

[17] 天曹：道家所称天上的官署。

[18] 超度：佛教或道教指借由诵经或作法事，帮助死者脱离苦难。

[19] 赦：免除或减轻刑罚。

[20] 禅担：和尚的随行担子。一般内有生活用品、经书、佛教法器等。

[21] 蒲圆：蒲团，用蒲草编成的圆形垫子，以供佛教徒打坐时用。

[22] 库银：国库的银钱。

[23] 衲袄：一种斜襟的夹袄或棉袄。

[24] 贼秃：骂和尚之词。对和尚的蔑称。

[25] 守节：信守名分，保持节操。

[26] 发科：科举考试应试得中。

[27] 父母：此处为父母官的简称。古代称州县等地方官为"父母官"。

[28] 冤枉：冤屈、吃亏、不值得。

[29] 天理：天道，伦常的法则。

[30] 申详：以文书向上级官府详细呈报。

[31] 提学道：职官名，明代掌管学政及主持考试的官员，简称"提学"或"学道"。

[32] 夤缘：指攀援、攀附。

[33] 擅便：擅自行事，自作主张。

[34] 命妇：受有封号的妇人。

[35] 囹圄：监牢、监狱。

[36] 同年录：科举时代记载同年登科者姓名、年龄、籍贯、履历、婚姻的册子。

[37] 雪冤：洗刷冤屈。

[38] 继嗣：指传宗接代。

（刘通）

【述评】

该案中，秀才许献忠与对门屠户之女萧淑玉相爱，淑玉每晚以白布半挂圆木将秀才扯上绣楼约会。一夜秀才与朋友饮酒未赴约，明修和尚见白布垂地，本想偷布，却被淑玉误扯上楼。和尚见色起淫心，求欢不成竟将淑玉杀死并掳走财物。

我国古代有"洗冤"文化之说，"死者含冤"则"冤魂"就会索命，杀人者就要遭报应而"偿命",官府则依法"雪冤"。根据"洗冤"文化,利用罪犯作案后心虚的原理和"冤魂索命"的心理,县令张淳设计并实施了"二鬼取命"的侦破方案,结果使罪犯僧明修内心崩溃,招供了犯罪过程:"我独僧欲心似火,要奸你不从,又恐人知捉我,故一时误杀你。今簪珥、戒指尚在,明日将买财帛并念经卷超度你,千万勿奏天曹。"最后,僧明修被绳之以法。

(黄瑞亭　胡丙杰)

郭推官[1] 判猴报主 (见图12)

图12 刘通引自上海古籍出版社《古本小说集成》,余象斗《廉明公案·郭推官判猴报主》

【原文】

建宁府花子[2]陈野,弄猴抄化[3],积银四两,在水西徐元店内住。有轿夫涂起瞧见,跟至水西尾僻处,将花子打死,丢尸于山径树丛中。后逃于山去,搜银回讫,并无人见。越二日,王军门[4]升官过建宁,城内大小文武官员轿四十余乘,络绎往水西去迎。时有推官郭子章者号青环,系江西泰和人,辛未科进士,居官清正,才高识敏,屡辨疑狱[5],案无积牍[6],人有颂言。凡异府大讼[7],皆愿批郭爷刑[8]馆,至则剖决公明[9],无不心服。故建宁属下皆称为"郭白日"。此时亦往水西去,在前轿过者,有三十余乘,后来者又有十余乘。忽一猴从山而下,四顾瞻视,见郭公轿到,特去扯住轿杠。侍从以荆条[10]打之,死挟不放。郭曰:"汝有甚事乎?我令一公差跟你去。"猴即放轿上山。二公差跟去,见一死尸。回报[11]曰:"此猴引至山路边树丛中,有人谋死一尸身。"郭曰:"果有此事也。"猴又来到,郭密嘱二公差曰:"汝二人在此借一小幔轿,将猴锁住,置轿中,密抬入我私衙[12]去喂养,勿使外人知之,亦勿说出见死尸事。汝若露泄,各打三十板。"二人领命去讫。人并不知猴告死尸及猴已藏入衙矣。

及郭公到水西尾练氏夫人[13]祠中坐定,同僚[14]问曰:"顷山猴挟公轿杠,真怪异哉!此主何吉凶[15]也?"郭公笑曰:"畜物穷则依人,此必为山中狼虎所逐,故走入人群中。此何足为异,亦何关吉凶?只我衙中有一异物,日前见一把旧交椅积有灰尘,我用鸡毛帚柄打去尘,椅能言曰:'勿打我!但问甚事,我能言之。'我问之曰:'我当做到甚么官止?'椅:'官至礼部[16]侍郎[17],食尚书俸。'我又问曰:'我某年死?'椅不答。又打之,椅曰:'我言福不言祸,言生不言死;言人善,不言人恶。'我又问曰:'我子几何?'椅曰:'五子,三登科[18]。'此物真奇怪也!"同僚笑曰:"此事我不信。但出自老先生口,似乎可信。"郭曰:"诸公不信乎?今日接军门,明日去,后日十三,请在堂上与众试之。随问,好事无不应答,只不言人恶也。"此时众官多不信,而各衙手下人无不传扬。须臾间,水西一街建(宁)城民尽知郭衙旧椅能报善事矣。至十三日,有好事者,联群结党,入府衙看椅,言人声闹,闻于私衙。郭公嘱家僮曰:"少顷百姓来看打椅,若见人填满府堂,可密放此猴在我身傍来。"郭即升堂[19],请太府[20]等同到。郎令手下抬一旧被椅出来。由是人传人,近传远,无不来看。须臾人满府堂,猴在身傍矣。手下打椅几破,终无言。郭曰:"椅言矣,诸公闻否?"太府笑曰:"实未闻。"一堂莫不哄笑。郭曰:"椅明有言,谓今日不言福事。堂下有一冤事要言。诸公何笑也?"即令闭了府门。与太府言曰:"前日挟我轿者此猴,今日何故又在此?莫非此即冤事乎!"令皂隶[21]置猴肩上,于堂上下左右廊周行一匝。猴只四顾审视,至大门边,一人低腰俯首躲在人丛后。猴见,一跳过去,将其人乱抓。皂隶即扭此人上堂,众皆相顾骇异,不知猴抓此人何故。其人吓得面色苍黄。郭公曰:"汝何谋人于水西山路?且供出谋得银若干及报出名来。"其人心道:"郭公如神。"知此情难隐,只得供曰:"小人是轿夫涂起,所谋得花子陈野银四两。"郭公曰:"四两银少,何害人一命?必不止此。"起曰:"客店徐元可证。"时元亦在堂下,即捉来问。郭公曰:"汝与涂起同谋[22]乎?"元曰:"陈花子在我店内秤,只是银四两。后涂起所谋,我并不知。"起曰:"银数他知,谋杀委与他无干。"郭公发打涂起三十。

郭公即判曰："涂起奔走小徒,厮仆下贱。见陈野露财店内,遂起狼贪,操凶器水西途中,辄行徂击。不思花子之银子铢积寸累[23],得之抑何艰,乃敢利人之有,害命攫金[24],闵焉而不畏,是可忍孰不可忍!此而为无所不为。若非畜物知恩,谁挟轿杠而诉主枉。亦是天道有眼,故托打椅而得凶人。谋财而见赃,害命而得实,断之以死,谁曰不宜!"

当日看审此狱者何止万人,莫不交口称赞曰："郭公真白日也,洞照幽冥[25],化学物类矣!"猴见打了涂起,收入监去,亦知来拜谢,人尽异之。拜后又叫号不已。郭公曰："莫非为尔主未葬乎?"即令公差同猴去葬之,葬讫,猴在坟上哀号跳跃而死。公差将猴附葬其傍,归报郭公。郭公追出涂起赃银四两,令人立义猴亭于其上。后人题诗于亭云:"曾闻昔日孙供奉[26],今见城西有义猴。畜物也能知报主,愧杀幸恩负义流。"又有诗赞郭公云:"纷纷车乘出城西,独向公前诉惨凄。岂是义猴无慧识,知公素德[27]遍群黎[28]。"

按:猴知来投告,已是郭公素行动于神明,格于物类。其后故以打椅事,捕得真贼。此亦未巧。其巧在藏猴衙内而人不知,先说椅不言人恶事,故恶人敢来看。此是郭公智超物类,识高古今处。岂负异物来报之意哉!宜其有"郭白日"之名也。

【注释】

[1] 推官:府级职官名,为正七品。

[2] 花子:旧称乞丐,也称"叫花子"。

[3] 抄化:旧时指求人施舍财物,也称募化、乞讨、化缘。

[4] 军门:对提督的尊称。

[5] 疑狱:案情不明、证据不充分、一时难以判决的案件。

[6] 积牍:累积的公文。牍,古代写字用的木片,后世泛称公文。

[7] 讼:在法庭上争辩是非曲直,打官司。

[8] 刑:法律上处罚罪犯方法的总称。

[9] 公明:公正而无隐私。

[10] 荆条:荆树枝条,性柔韧,古代用作刑杖。

[11] 回报:把任务、使命等执行情况报告上级。

[12] 私衙:私第,指旧时官员私人所置的住所。

[13] 练氏夫人：练寯（872—952），福建浦城人，章仔钧之妻。943年，南唐军队进攻建州，城破后打算屠城，被练氏夫人劝止。全城百姓安然无恙。后人尊其为"芝城之母"（芝城，建州治所建瓯的别称）。因能救建州满城之命，郡人德之，列方志名载史册。奉旨建祠立碑，春秋二祀。

[14] 同僚：旧称同在一处做官的人。

[15] 吉凶：指未来的好运气和坏运气。

[16] 礼部：古代官署。汉时为尚书的客曹，至北周始称为"礼部"。隋、唐以后为六部之一。掌管礼仪、祭祀、贡举、学校、宗俗教化、接待外宾之事，礼部尚书为其长官。

[17] 侍郎：古代官名，为中央政府各部的副部长级别，地位次于尚书。

[18] 登科：应考人被录取，登上科举考试之榜，也说"登第"。

[19] 升堂：旧称官吏登公堂审讯案件。

[20] 太府：此处当指知府，为府一级最高长官。

[21] 皂隶：旧时衙门里的差役。

[22] 同谋：共同谋划做坏事的人。

[23] 铢积寸累：由细微而累积，比喻积少成多。

[24] 攫金：盗劫财物。语出《列子·说符》。

[25] 幽冥：指阴间。佛教指地狱及饿鬼道。

[26] 孙供奉：是唐昭宗所喜爱的猴子的称号，出自唐·罗隐《感弄猴人赐朱绂》诗。

[27] 素德：清白的美德。

[28] 群黎：指众民、百姓。

（刘通）

【述评】

猴子是一种十分聪明的灵长类动物。猴子的寿命有20多年，经过训练可以耍猴戏、演杂技，帮人做事，如驯养的猴摘椰子等。很多动作与人类动作相近，才智仅次于人和类人猿。它的脑结构也与人十分相似。现代研究表明，猕猴的大脑很发达，大脑不仅体积大，遮盖了脑的其他部分，而且表面生有很多凹沟，所以大脑的表面积增大很多。由于大脑发达，所以猕猴的行为复杂，记忆力、记仇和模仿性很强，马戏团常训练猕猴表演各种动作。

本案中，被害人陈野是一个依靠猴子表演挣钱的叫花子，被罪犯涂起见财杀害。猴子在郭推官经过时"特去扯住轿杠"，即使侍卫抽打也不松手。这举动使其主人陈野的尸体被发现。推官郭子章在法庭上发现："猴只四顾审视，至大门边，一人低腰俯首躲在人丛后。猴见，一跳过去，将其人乱抓。皂隶即扭此人上堂，众皆相顾骇异，不知猴抓此人何故。其人吓得面色苍黄。"郭子章曰："汝何谋人于水西山路？且供出谋得银若干及报出名来。"郭子章利用罪犯心虚和猴子记性等特点，破获案子。

虽然案子介绍有一定艺术加工，但也有其真实性和可能性。轿夫竟然只为了图谋弄猴人的四两银子就置人非命，反映了当时的人们舍生忘死地追逐财产的痴迷情景。小说文末的判词中写道："涂起……不思花子之银子铢积寸累，得之抑何艰，乃敢利人之有，害命攫金，闵焉而不畏，是可忍孰不可忍！此而为无所不为……"不思进取的涂起为了一己私欲残忍杀害陈野并将其辛苦挣得的些许银两夺走，人性泯灭。判词中用假设和反问的口吻提到"若非畜物知恩，谁挟轿杠而诉主枉？"短短数语将人性变质后连兽性都不如的道理揭露了出来，对这种不仁不义的罪恶行径进行批判，并试图以此唤醒人们内心的善良。

（黄瑞亭　胡丙杰）

蔡知县风吹纱帽[1]

【原文】

蔡应荣登弘治间进士，年方十九岁。初任陕西临洮府河州县知县，发奸摘伏[2]，明断如神。一日坐晚堂[3]，忽然微风渐起，吹灭案上烛光。及门子[4]复点起烛来，蔡知县头上失了纱帽。初犹疑是手下人侮弄他，及问左右以纱帽何在，各各相顾惊愕，不知所对。乃限各在衙人役，三日内要跟寻此纱帽下落，如不见，各重加责罚[5]。次日，公差魏忠出北门去勾摄[6]犯人，才离城二里，地名大坪，路傍梨树下有一纱帽。忠疑曰："此莫不是蔡爷的乎？"即捡回报，知果然是也。蔡公问其捡得之处，即命魏忠引路，亲抬轿去看。令左右掘开梨树下。见有一死尸，头上伤一刀痕。蔡公知是被人谋杀者，命查梨树两旁之地，是何人耕。即时拿得梨树左边地主陶夔、邹七，右边地主梅茂、梅芳四人到官[7]。蔡公审问曰："汝等安得谋人埋在梨树之下？"陶夔等曰："小的俱良善百姓，那敢谋人？况自己园地，日夕往来，若有亏心事，岂敢埋冤魂[8]在自己园边？"蔡公故将八般刑具[9]排在堂上，将四人上了夹棍，皆叫屈不肯认。蔡公令各讨保[10]出外，限三日内汝四人要究谋人正犯[11]来，若跟寻不出，将这厮活活打死，定要一个偿命。当日四人出外，明问暗访并无踪迹，街坊尽传说此事矣。其夜，蔡公密召曾启、魏忠等十六人来，嘱咐曰："我给汝等四面白牌，次早初开城门，你分作四门出，各执一面牌于离城二里外等候，但有出城者，都要拿来，限明日申时解[12]见。"曾启等依命，次日四门各将出城人，解来有二百余人。故将几人来审问、盘诘[13]。渐近天晚，乃命在衙皂快[14]，将此二百余人各领几名出外，明日一齐送来，定要严审。下午，早已吩咐各皂快曰："停会命你带领出各犯，我不管你所领多少，可各背地索他银，故说肯献银与你者，许私下放他。如有肯出银者，即来禀[15]与我知。"时各皂快领人去，都依命赚索银两。曾启亦领得五人，内有开店人丘通，肯出银伍钱，求私放他。曾启留他食晚饭，假意许夜间放走，即先来报知县主。蔡公令二公差在门首，候夜饭后曾启放出丘通，二公差拿住曰："蔡爷正恐你走，果不出所料矣。"丘通不知蔡公何故知他要走，心中已惊恐十分。及锁来见，蔡公已坐堂[16]久候。灯火明亮，刑具安排，人声俏静，好似阎王殿[17]一般。丘通益恐。蔡公喝曰："你谋死人埋在梨树下，冤魂来告。我已访得实[18]，要待明日审问，你今夜何故反思逃走？好从头招来免受拷打[19]。"丘通见说出真情，吓得魂不附体，一时难隐，只得从实供出曰："前月初十，有一孤客带银三十两，在店借宿。不合将他谋死，贪夜[20]将他埋路旁梨树下。其银尚未敢用，埋在房间床脚下，委的[21]是实。"蔡公令公差押丘通去取银，果于床脚下掘开，取出纹银[22]三十两。通既承认真赃[23]，又可据，乃取赃入库收贮。拟丘通以谋财害命之罪。蔡公遂写定判案[24]。申按院[25]曰："审得丘通招商作活，开店营生。前月初十近晚，远客一人独来。见其金多，遂起朵颐[26]之想。欺其身独，辄行害命之谋。肆恶[27]夜中，不思天理可畏；埋死树下，自谓暮夜无知。使冤魂逐雨韵以悲号，点点梨花堕泪；致怒气随风威而淅沥，凄凄视础诉冤。吹去乌纱，非是登高落帽；缚来遍客，果是谋人正凶[28]。三十两真赃俱在，幸千里孤客雪冤。猎人于家，自作之孽；杀人者死，速即尔刑。"时按院依拟缴下，秋季处斩[29]讫。

按：怪风吹去纱帽，本是冤魂相投。但蔡公之明，故限梨园边邻采访谋人贼。知其人心亏，必是远走，又先使人尽捕出城者。然亦难辨，却又以之索银私放。彼心亏者，必思贿罚求放，因此遂辨出真犯[30]。蔡公之明不可及矣。

【注释】

　　[1] 纱帽：古代君主、官员戴的一种帽子，用纱制成。后用作官职的代称，也叫"乌纱帽"。

　　[2] 发奸摘伏：同"发奸擿伏"，指揭露隐蔽的坏人坏事。

　　[3] 晚堂：旧时官府午后申时升堂理事称晚堂。

　　[4] 门子：旧时在官府或有钱人家看门通报的人。

　　[5] 责罚：惩治处罚。

　　[6] 勾摄：指逮捕、拘捕、传拿。

　　[7] 到官：此处指到达县衙。

　　[8] 冤魂：因冤屈而死的鬼魂。

　　[9] 刑具：用来拘束犯人、逼问口供或执行刑罚的器具。如手铐、脚镣、笞杖、夹棍、绞架等。

　　[10] 讨保：找人来保释。

　　[11] 正犯：法律名词。共同犯罪的人中直接实施犯罪行为者。旧律则以首谋者为正犯。

　　[12] 解：此处指押送财物或犯人。

　　[13] 盘诘：反复仔细地查问。

　　[14] 皂快：旧时州县衙役有皂、快、壮三班。皂班掌站堂行刑；快班又分步快、马快，原为传递公文，后掌缉捕罪犯；壮班掌看管囚徒。其成员通称差役，亦称皂快。

　　[15] 禀：指下级对上级报告。例如禀报、禀复、回禀等。

　　[16] 坐堂：旧时指官吏在公堂上审理案件。

　　[17] 阎王殿：阎王所住的宫殿，用以比喻黑暗恐怖的地方。

　　[18] 得实：治理讼狱得到实情。

　　[19] 拷打：指审问时打犯人。

　　[20] 禽夜：指寅时的黑夜，为凌晨3点至5点。亦泛指深夜。

　　[21] 委的：指的确、确实。

　　[22] 纹银：旧时我国成色最好的银块，铸成马蹄形。

[23] 真赃：盗窃的原物。
[24] 判案：此处指判决案件的判词。
[25] 按院：明代巡按御史的别称。
[26] 朵颐：指动着腮颊，嚼食的样子。比喻向往、羡馋。
[27] 肆恶：恣意作恶。
[28] 正凶：凶杀案件中的主要凶手。
[29] 处斩：指斩首处死。
[30] 真犯：指情真罪实的犯人。

（刘通）

【述评】

　　从法医犯罪心理学角度出发，杀人者"心虚"，而"知其人心亏，必是远走"，"彼心亏者，必思贿罚求放"。因此，蔡知县设计抓捕方案，使"肯出银伍钱，求私放"的丘通落网。审问时证实了蔡知县的推断。大堂上，蔡知县叫邱通招供。邱通狡辩说："大梨树之下的尸体他不知道是谁所害，与自己毫无半点关系，请求县太爷还自己清白。"蔡知县说："你既知人命案又知道大梨树，可见你早就知道大梨树下有尸体，有一桩人命案。"蔡知县喝曰："你谋死人埋在梨树下。我已访得实，你今夜何故反思逃走？"丘通见说出真情，吓得魂不附体，一时难隐，只得从实招供。最终，案破。

（黄瑞亭）

乐知府[1]买大西瓜

【原文】

　　乐宗禹，浙江处州府龙泉人。登成化丙戌科进士，历官至徽州府知府。公平廉察，远近咸服。一日，公子病笃[2]，无医可疗。时六月中，思食瓜。乐太府即差惯办公差黄德去买。德直往水北桥去，拣好的买。会有少年周继生者，挑一担瓜来。黄德即叫买瓜。见担内一瓜，大如桶，青如玉，世间异物，瓜中之王。黄德问曰："这大瓜多少银？"继生应曰："我这瓜天下无双，要七分银。"黄德将五分银问他买入衙去。乐爷见那瓜生得异常，熟视之，觉有啾唧之声。心疑其怪，细思之，恐其有冤。即叫黄德去水北桥，叫继生都挑入衙来买。乐太府随即出堂[3]问继生曰："你瓜如何这等大、这等精彩？何以灌溉而得此也？"生应曰："瓜园递年出一瓜王，要做功果，但一年出在一方。幸今年出在生园内。然这个还未大，园内尤有一个更大些。"乐爷听得继生说，即叫轿夫抬往瓜园去看。果见瓜大异常，远视之，又觉那瓜有鼓舞之状，心益疑之。即叫差人黄德、李二郎掘下去，看有何物。二人掘下二三尺，见一死尸，头脑一刀痕，心窝刺一刀，面上腥红而尸不朽。乐太府即叫差人将继生锁住，带入衙来，喝曰："这畜生，你敢谋死此人，该得何罪！好好招来，免受刑法[4]。"那人不是继生谋死，被打、被罚只叫枉屈[5]，死不肯招。乐府判不得，自思忖曰："既不肯认，也罢，也罢。府内城隍[6]为一府之灵，我和你去打城隍。若是圣，即是你谋死，你即有仪、秦[7]口舌也难分辩。若是阴，阳与你无干，我遂开你。"继生听得乐爷要去打城隍，心中甚喜，有得生之路。去到城隍内焚香祷祝礼毕，随掷一，却是阳，又分作八字。乐府自觉问枉他，十分懊恼。心中自忖[8]："这分作八字，莫非杨八谋死？"信口说："你边邻有人叫杨八否？"继生应曰："邻园瓜即杨八的。"乐府带回衙，即差人去拿杨八。杨八心亏，听得差人来拿，惊得魂不附体。一时拿到。乐太府曰："杨八你好大胆！继生瓜园死尸，是你杀死。"杨八答曰："有何见证？"乐太府曰："我到城隍去打，一时昏倒。城隍对我说，是你谋他财、害他命，将尸埋在继生瓜园内。你还敢推瞒。杀人者死，何说之辞。好好招来，免遭刑宪[9]。"杨八被太府一诘，又真是他谋死，只得实招曰："去年八月十五日，湖广贩枣客人张仲兴，在我家歇。我见他皮箱有银，将酒灌醉，半夜三更，一刀刺入心窝，只叫一声而死。遂抬在继生园内去埋。"乐府问得明白，即将白金一两赏继生去。一面写文书申上司两院，把杨八问偿命。判之曰："审得杨八谋死湖广客人张仲兴谋财害命事：天之生物，惟人为贵。律之所设，人命为先。痛此客人，奔走江湖，何期死于非命。狠哉！杨八希图财货，置彼死于无辜。三更灌醉，持刀刺入心窝；半夜扛抬，将尸埋于瓜园。使他父子不相见，狼子兽心；俾彼产业尽消亡，蛇恶蝎毒。旧年八月十五日夜，兴挣命一声，趱离死路，破头流血，遂丧黄泉。心不肯甘，鬼神为你除奸贼；死冥瞑目，英灵变作大西瓜。痛仲兴，草木为之凄惨；恨杨八，人人得而诛之。谋财害命，死有余辜。依律按刑，罪当大辟。"自乐太府判明大瓜后，那公子之病不药而愈，人皆称其公明所致云。

【注释】

[1] 知府：职官名。明朝以来对府一级行政长官的正式称呼。有时亦称太府。

[2] 病笃：病势沉重、垂危。

[3] 出堂：升堂办案。

[4] 刑法：关于犯罪和刑罚的法律规范的总称。此处具体指行刑、体罚。

[5] 枉屈：冤枉、冤屈。

[6] 城隍：道教指城池的守护神。

[7] 仪、秦：指战国时期的纵横家张仪和苏秦。

[8] 自忖：自我忖量、思考。

[9] 刑宪：指刑法、刑罚。

（刘通）

【述评】

  此案有两个特点。一是法医证据意识。乐知府看到西瓜"粗大如桶"，就想到，同是一个瓜园，别的西瓜都长得一般，唯独这处的西瓜长得异常大，便认为此处土壤有些怪异，所以让人开挖，发现了头部、胸部有刀创的尸体。二是法医心理学审案思维。乐知府认为瓜园主人抵死不承认，杀人者可能另有他人，便用审城隍的办法，改变人们的注意力，神不知鬼不觉地展开调查，发现杨八突然发财，来路不明。最终，官府搜出杨八赃物，破获杀人案件。

  在这则判词里，乐知府解释了杨八图财害命的罪行是如何被揭露出来的："心不肯甘，鬼神为你除奸贼；死冥瞑目，英灵变作大西瓜。"被害人不愿白白惨死，只得化作大西瓜，等待时机。这种说法虽然在一定程度上掩盖了乐知府在侦查案件过程中使用抽签等不当方式的事实，但也巧妙地向读者们传递了"因果轮回"的佛法观念：不论有没有被他人亲眼看见自己的罪恶行径，但只要自己曾经做过，哪怕被害者转世投胎，罪行也必然在未来的某一天被揭露出来。作者借此劝诫人们不要去做伤天害理之事。另外还有"因果报应"观念，这种思维方式融合了印度佛教与中国本土的"好人有好报，恶人有恶报"的善恶观念，强调了道德在生命长流中的作用，善因结善果，恶因结恶果，道德是自我塑造未来生命的决定因素。

（黄瑞亭　胡丙杰）

舒推府[1] 判风吹休字（见图13）

图13 黄瑞亭引自明万历刊本，余象斗《廉明公案·舒推府判风吹休字》

【原文】

北京大名府资福寺，有一僧海昙，往乡下取苗。租其佃人潘存正，与海昙角口。昙发怒性，将存正痛打呕血而死。存正之兄存中，赴方大巡[2]处陈告曰："告状人潘存中，为人命事：痛弟存正，乡农善懦，冤遭凶恶僧海昙，十月十一日来家取租，怒正供饭不丰，因致角口。昙力大能拳，将正乱打，即时呕血，十三日身死。邻里周才等可证。乞委廉[3]检验[4]，诛恶[5]偿命，生死衔结。哀告。"方大巡批曰："仰该府刑馆详问解报。"僧海昙亦去诉曰："诉状人僧海昙，年籍在牒。诉为图赖[6]事：贫僧孤零，守法本分。因佃潘存正积欠苗租，十月十一日，往家理取。正在病危，并未出见。岂恶潘存中，欺僧善弱，骂遂出口。今存正病故，与僧何干？反行图赖，悬捏人命，乞吊验[7]，有无伤害，泾渭得分。仍乞追苗租，寺门有主。叩诉。"方大巡批曰："该府刑馆并问。"时舒润为大名府理刑[8]。业大巡初批此状来问，甚是虔心。思审出真情，以求知于大巡，见他有能。人犯拘齐日，即发牌[9]去检验。时原告潘存中、被告僧海昙、干证周才、排年、胡卿等，都到尸场[10]候审。及命作作[11]等撞开棺木，取尸检验，只是一空棺，并无尸身。潘存中曰："小的弟即存正，被僧海昙打死是的，遍体重伤。他恐检出真情，难逃偿命，故生计偷尸，以作疑狱。思连累众人，缓彼死罪。望老爷严刑研究下落，死冤得雪。"僧海昙执曰："潘存正因病身故，存中欺心[12]，悬空告贫僧打死。今恐检出无伤，故自行偷尸以掩图赖之罪。不然棺柩[13]近伊门首，必有人守护。况资福寺到此有五里程途，偷尸岂无人见？伏乞老爷洞察便见存中图赖之情。"舒公乃问干证曰："此事缘由如何，好从头道来。"周才等曰："那日存正与海昙在家厮打，存中来相助，小的在外，只闻闹声。及去劝解，海昙已走出门外。后过三日，存正身死是的。其偷尸乃暮夜行事，不知是谁。"舒公曰："既有打，必有伤。海昙身敌二人，又能跳身走出，必是能拳，故打着存正致命。此尸是海昙偷矣。"遂命挟[14]来，敲上一百，不肯认，后乃解夹。海昙执曰："那日只与存中闹争，并未交手，焉能伤其弟？若果有重伤，次日何不早告保辜[15]？今贫僧正愿得尸一检，以证彼诬告[16]。岂料彼又生此奸谋，中他毒手乎！若得此尸一检，倘有伤，小僧即死也无怨。"舒公将存中亦挟，亦不肯认。又执四旁居民来问，皆称不知谁偷尸。舒公不得此事明白，纳闷而归。从资福寺经过，天已近晚，遂入寺暂宿[17]，待次日方回。在法堂[18]坐定时，寺僧已整备筵席到矣。忽空中飘一张状纸[19]来，中间只有一"休"字。舒公原已不乐，骤见此事，心中转加疑怪。乃起祝伽篮[20]曰："本职奉大巡明文，为检潘存正之尸而来。今不见此尸，事不得明，因天晚在此寺假宿。忽空中吹一'休'字而下，使我愈加疑闷。今敬祷神明，祈求灵，以决臧否[21]。倘此讼当休息乎得圣；或我官当罢休乎得阳；抑或死者阴魂[22]不肯休乎得阴。"把两杯掷下，果成阴。舒公自忖曰："原来是阴魂不肯休。然寻不得尸，难坐[23]此僧偿命。"此夜辗转思量，睡亦不宁。次早起来，散走闲游，以畅情怀。虽则游玩，心中只想个"休"字。此寺惟藏经阁最高，行到此阁上，见四周树丛，果是幽雅。观望间，见二门外二树苍老，枝干奇矫。因以指写"休"字于掌曰："此字明是人字旁放一木字，敢莫人在木旁乎？"遂下阁，步至二门外两大树下去亲看。见右边树下有一匝土，痕不旧，命手下掘开。掘至三尺，见一尸，取出来潘存中认之，曰："此正吾弟尸也。不料此贼曾偷埋在此。非是阎王老爷神明，安能察出此情。"遂检之，果有致命伤痕。僧海昙知事情露出，百口难辩，乃供招认死。

舒公判之曰："审得僧海昙，未明五蕴[24]，那戒三嗔[25]。逞恶跳深，凶固同于罗刹[26]；使势凌轹[27]，狠实类于夜叉[28]。索佃户之首，何须骂詈[29]；嫌东道之薄，遂致揪殴。义矣！邻周才奔救而靡及；伤哉！潘存正命死于无辜。十一日殴即时吐血，十三日死何待保辜。恶惧检验之见伤，夜谋偷尸而埋寺。天怒之而风飞'休'字，神愤之而掷成阴。古树傍掘出冤魂尸首，检场内验明致命根因。虽百口以何辞，合一甘而就死。秋期处决，罪当其情。"立成文案，申于按院。方大巡即依拟，将僧海昙秋季斩讫。此虽潘存正之冤魂不肯故，终取偿命，抑亦舒公之英明，用心察狱，乃能猜出"休"字，以昭雪[30]其情。不然，此案卷几何而不为疑狱哉！

【注释】

[1] 推府：指古代府一级行政机构的推官，负责理刑治狱事务。

[2] 大巡：巡抚的别称，古代官名，明代指巡视各地的军政、民政大臣。

[3] 廉：指考察、访查。

[4] 检验：检查勘验。检验伤痕死因。在折狱断案方面，我国历来重视检验工作。大宋提刑官宋慈在他的专著《洗冤集录》序中开篇即说："狱事莫重于大辟，大辟莫重于初情，初情莫重于检验。"充分强调了检验工作的重要性。古代检验，各级官员都可以提起和实施，是官员办案的手段，这一点与现代有很大区别。

[5] 诛恶：惩治作恶者。

[6] 图赖：把罪过推到他人身上，企图诬赖他人。

[7] 吊验：提取查验。

[8] 理刑：指负责刑事案件处理的理官。

[9] 发牌：旧时谓官吏向下属发送公文。

[10] 尸场：指发生人命案的现场。

[11] 件作：来自丧葬殡殓人员，一般没有文化，宋代时官府雇用件作作为验尸搬动尸体、喝报尸伤的辅助人员，不是官府人员。明清代后开始有一些分工。清代称件作为刑件，清末开始改革为检验吏。

[12] 欺心：自己欺骗自己，昧心。

[13] 棺柩：棺材、灵柩。尤指装有尸体的棺材。

[14] 挟：挟棍，古代的一种刑具。

[15] 保辜：古代刑律规定，凡打人致伤，官府视情节立下期限，责令被告为伤者治疗。如伤者在期限内因伤致死，以死罪论；不死，以伤人论。

[16] 诬告：捏造事实，伪造证据或妄言指控，意图使无罪者受到刑事

或惩戒的处分。

［17］入寺暂宿：大宋提刑官宋慈在他的专著《洗冤集录·检复总说上》中说："凡检官遇夜宿处，须问其家是与不是凶身血属亲戚，方可安歇，以别嫌疑。"本案资福寺为可疑凶身僧海昙出家修炼之地。检官遇夜在此暂宿，从表面上看似乎值得商榷，实则舒推府借机明察暗访，促成了尽早破案。此乃舒公灵活应用经典的高明之处。

［18］法堂：寺院中集众说法的场所，是仅次于大殿的主要建筑。法堂的布置，除佛像外，主要是在堂中设法座，供宣讲佛法之用。

［19］状纸：旧时刑馆拟订专用于写诉状的统一纸张，也指所写的诉状。

［20］伽蓝：伽蓝，梵语"僧伽蓝摩"的略称，原意指僧众共住的园林，即佛教寺院的通称。

［21］臧否：指褒贬，善恶得失。

［22］阴魂：指人死后的灵魂。

［23］坐：此处指定罪。

［24］五蕴：佛教用语。蕴为堆、积聚的意思。佛教称构成人或其他众生的五堆成分为"五蕴"，分别为色蕴、受蕴、想蕴、行蕴、识蕴。其中除色蕴之外，其余皆属精神层面。色指组成身体的物质，受指感觉，想指意象、概念，行指意志，识指认识分别作用。由于每一种蕴，都是由许多成分积聚而成，故称为"蕴"。

［25］戒三嗔：佛教中的"三戒"，指"戒贪""戒嗔""戒痴"。佛家有"贪、嗔、痴，"三邪念之说。

［26］罗刹：佛教中指一种能行走、飞行快速，牙爪锋锐，专吃人血、人肉的恶鬼。

［27］凌轹：欺侮虐待。

［28］夜叉：佛教指一种捷疾勇健，会伤害人的鬼。

［29］骂詈：辱骂诅咒。

［30］昭雪：洗清冤枉。

（刘通）

【述评】

大名府舒润可谓是照章办事的典范。但法律施行，之所以要设置刑曹、判官、推官，便是希望他们能应用《洗冤集录》法医检验知识，仔细评判案件原委，正确运用法律，还当事人以真正公道，得当惩罚。潘存正之死，"检场内验明致命根因"，抓到真凶，体现了法医检验的重要性。

（黄瑞亭）

项理刑辨鸟叫好（见图14、图15）

图14 黄瑞亭引自明万历刊本，余象斗《廉明公案·项理刑辨鸟叫好》

图15 刘通引自上海古籍出版社《古本小说集成》，余象斗《廉明公案·项理刑辨鸟叫好》

【原文】

南京太平府董知府、盛同知、锺通判，同推官项德人在庆元寺讲乡约[1]。有一鸟绿身黄尾，飞立寺檐上，声声只叫："好，好，好！"董太府喜曰："安上治民，莫如礼；移风易俗莫如乐。今讲乡约以训民，正礼陶乐淑之化也。致禽鸟感孚[2]，声声叫好，岂非教化[3]之验，瑞气之征乎！"盛同知附会[4]之曰："昔虞廷[5]奏韶而威凤仪，师旷[6]调乐而瑞鹤翔。盖禽鸟得气之先，故赓和[7]而来止，览德而下集。今此鸟叫好，可谓化孚草木，信格豚鱼矣。"锺通判亦和之曰："昔君陈尹东郊，而鹊让巢。鲁恭令中牟，而驯野雉[8]。皆因牧守[9]之循良[10]，故禽感德而来应。今鸟报好音，是府尊[11]之化行而和风翔洽[12]也。"董太府让曰："二三大夫之功也，老夫何力焉。"项推官大笑曰："如三位老先生之言，则今日乃唐虞之治、鲁龚之化也。依学生愚见，此乃冤抑[13]不平之鸣，绝非和平之好音。"盛同知曰："鸟声叫好，何以为不平之鸣？"项推官曰："诸公祇闻其声响，不洞察其衷情耳。"锺通判曰："公非公冶长[14]之知鸟音，何以能识鸟之衷情？"项推官曰："此鸟虽连声叫好，然其音凄以惨，详听之，其情苦以悲。以我之情度鸟之情，故知叫好之中有大不好存焉。此非韩朋[15]之鹤，必为精卫[16]之魂，非望帝[17]之怨，则是令威[18]之叹，难比南国驺虞[19]、中牟驯雉矣。"董太府三位凝听之，其音果悲哀惨切。乃言曰："此吾辈所不能察也，惟老先生究竟之。"项推官因立而视鸟曰："你叫若是好事，可在府尊三位前周飞；若有冤抑不好事，可在我身边周飞一匝。"其鸟遂振翼向项推官身边周飞一匝而去，又立于檐上叫好。董太府三位惊异之，皆拱让项推官曰："此鸟果灵怪，必有冤抑之事。愿老先生代之伸雪[20]，吾辈诚不能也。"

项推官思之，不得其故。乃先起身回衙，又祝鸟曰："你果有甚事可在衙中听审。"其鸟果随飞入衙去，在庭树中叫好。项推官反复思寻，终不知其何由。又向鸟祝曰："我命赵豹、苏盖二公差跟你前去，有甚冤情，引他拿来。"其鸟遂飞去。赵豹二人跟之，见其复立于寺檐，回报曰："那鸟照旧在寺檐上立。"项推官曰："你速再去，看它终在那里止。"赵豹二人复去，却不见了。闻其声在寺栋中叫，急讨楼梯登寺栋高处，望见鸟在三宝殿[21]左边僧舍中立。少顷飞下僧舍外一矮屋去，不复飞起。赵豹下寻其矮屋，乃是东净[22]，并不见鸟踪影。二人回报曰："小人再去看，见鸟在三宝殿左边僧舍中立。少顷飞下东净去，不见其踪。"项推官即打轿到寺中，命手下于东净中掘开。才掘及三尺，取出一妇人来，绿衫黄裙，旁又一个四五岁的儿子，颈上俱伤刀痕。项公问三宝殿左边舍是谁所住。寺僧答曰："是晴云禅房。"即拿晴云到问之曰："你连杀儿子、妇人二命，殡于厕中，因何缘故？"晴云抵赖曰："本寺外人往来甚多，小僧全不知埋甚人在。连杀二命，何曾是我？"将来挟起，又不认。乃拿晴云左右房二僧来问，亦互相掩饰,不肯证。项推官曰:"晴云偿一命以定,不由他不承,只你二人更要一个偿命。"乃并挟起。二僧方指出晴云曰:"前月有寡妇马氏抱一儿子来寺许愿,因在各处游玩。晴云顿起淫心,哄人入禅房,要行强奸。寡妇不从,先杀其子,又杀寡妇,私埋东净,并不干我二人之事。"僧晴云曰:"我一人害二命,冤债[23]当还矣。"项推官即放此二僧,拟晴云枭首[24]之罪。

判之曰:"审得僧晴云淫若拐丁,凶同毒蝎。幸婺妇[25]之来寺,乃顿起淫心;入禅室而行强,浑忘佛道。嗟马氏心如铁石,盖永励冰操[26];恨妖秃猛甚虎狼,横推霜刃[27]。欺孤侮寡,曹马之故习;重萌剖腹刳胎,桀纣[28]之稔恶[29]复炽。此而可忍,孰不可忍!汝安则为又何弗为!谁识兰蕙香魂,殡溷厕而不染;须信忿逝魄,化禽鸟以鸣冤[30]。切切声悲,抱子死每[31]死之恨;哀哀叫好,含一女一子之灵。怨气不磨,故法官而诉屈;览辉而下,特来约所以呈祥。啼血杜鹃,怨残春且为堕泪;衔木精卫,恨苦海犹然惊心。矧兹烈妇之魂,可逭[32]凶僧之杀。枭首以正典刑[33],悬寺用惩来者。"

时项公辨雪此冤,人皆传异。董太府三人,皆自以为弗及。以后凡疑狱皆推让与问,悉得真情。一府肃然,清正廉明之功大矣。

【注释】

[1] 乡约:指乡规民约,即适用于本乡本地的规约。

[2] 感孚:使人感动信服。此处指使禽鸟也感动信服。

[3] 教化:教导感化。

[4] 附会:依附会合,把不相联系的事物说成有联系。

[5] 虞廷:也作"虞庭",指虞舜的朝廷。相传虞舜为古代的圣明之主,故亦以"虞廷"为"圣朝"的代称。

[6] 师旷:字子野,春秋时晋国乐师。生卒年不详,以善辨音律而著名。

[7] 赓和:指续用他人原韵或题意唱和。

[8] 驯野雉:简称驯雉。《后汉书·鲁恭传》:"建初七年,郡国螟伤稼,犬牙缘界,不入中牟。河南尹袁安闻之,疑其不实,使仁恕掾肥亲往廉之。恭随行阡陌,俱坐桑下,有雉过,止其傍。傍有童儿,亲曰:'儿何不捕之?'儿言:'雉方将雏。'亲瞿然而起,与恭诀曰:'所以来者,欲察君之政迹耳。今虫不犯境,此一异也;化及鸟兽,此二异也;竖子有仁心,

此三异也。久留，徒扰贤者耳。'"后以"驯雉"为称颂地方官吏施行仁政，泽及鸟兽之典。

[9] 牧守：州郡的长官。州官称牧，郡官称守。

[10] 循良：善良而奉公守法的官吏。

[11] 府尊：旧时人们对知府的尊称。

[12] 和风翔洽：和风，柔和的微风。翔洽，上下祥和融洽。

[13] 冤抑：受到冤枉压抑而不得伸张。

[14] 公冶长：孔子弟子，字子长，春秋时齐人，一说鲁人，生卒年不详。孔子称其贤，以女妻之，传说能通鸟语。

[15] 韩朋：亦作"韩凭"或"韩冯"。战国时宋康王舍人，娶妻何氏。何氏貌美，康王夺之，后朋被囚，怨愤而自杀，不久妻亦随之。后有鸳鸯一对，常栖树头，交头悲鸣，或以为是韩朋夫妇的精魂。后用为男女相爱、生死不渝的典故。

[16] 精卫：古代神话中的鸟名。白喙赤足，首有花纹，据说为炎帝幼女溺死海边所化。因不甘白白被海水淹死，常衔木石填海。也称"冤禽"。

[17] 望帝：相传战国末年杜宇在蜀称帝，号望帝，为蜀除水患有功，后禅位，退隐西山，蜀人思之。时适二月，子规（杜鹃）啼鸣，以为魂化子规，故名之为杜宇，为望帝。

[18] 令威：丁令威，传说中的神仙名。相传是汉辽东人，学道于灵虚山，后成仙化鹤归来，落城门华表柱上。时有少年，举弓欲射之，鹤乃飞，徘徊空中而言曰："有鸟有鸟丁令威，去家千年今始归。城郭如故人民非，何不学仙冢累累。"

[19] 驺虞：古代掌鸟兽的官。

[20] 伸雪：申诉冤屈以求洗雪。

[21] 三宝殿：佛殿，常以喻有所求之地。

[22] 东净：指厕所。

[23] 冤债：指造孽必有报应，犹如欠债。

[24] 枭首：古代的酷刑，砍下并悬挂罪犯头颅示众。

[25] 婺妇：不肯顺从他人的贞节妇女。

[26] 冰操：高尚纯洁的操守。

[27] 霜刃：明亮锐利的锋刃，也指明亮锋利的刀剑。

[28] 桀纣：夏桀与商纣的合称。二人皆为无道暴君，被商汤与周武王

所灭。后用为残暴之君的代称。

[29] 稔恶：丑恶，罪恶深重。

[30] 鸣冤：叫喊冤枉，申诉冤屈。

[31] 每：疑为"母"字的"鱼鲁"之误。

[32] 遁：逃避。

[33] 典刑：正法，执行死刑。

（刘通）

【述评】

该案中，和尚晴云见寡妇马氏抱儿子到庆元寺许愿游玩，顿起淫心，将马氏哄入禅房欲行强奸。马氏不从，晴云竟先杀其子，又杀寡妇。

这里，"理刑"指掌理刑法之官，或称推官，相当于现在刑事审判法官。该案，项推官在庆元寺三宝殿晴云禅房附近厕所旁地里，"掘及三尺，取出一妇人来，绿衫黄裙，旁又一个四五岁的儿子，颈上俱伤刀痕"。项推官开始调查绿衫黄裙妇人和四五岁的儿子如何被埋在此地。先是将发现尸体的庆元寺三宝殿晴云禅房及掩埋母子二人尸体的地方控制起来，进而检验发现母子二人"颈上俱伤刀痕"，确定母子二人生前均系被人刀伤后掩埋在寺院里。项推官调查寺院僧人，证实：一个月前有寡妇马氏抱一儿子来寺院许愿。一个叫晴云的和尚顿起淫心，马氏被骗入禅房，晴云和尚要行强奸，寡妇马氏不从。晴云先杀其儿子，再杀寡妇，然后把母子二人浅埋在晴云禅房厕所左侧的地里。案件告破，晴云和尚被处以极刑。

法医学上，有一类动物和昆虫对尸体有毁坏作用。动物（包括哺乳类、两栖类、爬行类或鸟类，主要是鼠、犬、豺狼、鸟类、水族动物）、各种昆虫（主要是蝇蛆、蚂蚁、甲虫等）对尸体的毁坏。其中，乌鸦就是一种毁坏尸体的鸟类之一。人死以后，随着尸体腐败，出现尸臭，吸引乌鸦等鸟类在尸体附近盘旋。对于暴露地面的尸体，乌鸦可以直接啄食腐肉；对于浅埋的尸体，乌鸦可刨土啄食腐肉。该案，可能尸体浅埋，腐败气体（尸臭）吸引了乌鸦，使人找到尸体，继而破获案件。

其实，民间对乌鸦追逐腐败尸体早有记载。远的不说，1946年合江军区司令贺晋年在东北剿匪时，藏于深山老林的土匪总是无法找到。贺晋年便询问猎户，得到回答："土匪窝，普通人是找不到的，但是乌鸦却总能找到。哪里有土匪窝，哪里就有成群的乌鸦盘旋。这是因为进入冬季，土匪粮食短缺，必须杀马为食。而杀了马，必然会留下马骨头、马肚肠，必然吸引嗜腐尸的乌鸦。"这样，剿匪部队在乌鸦盘旋的地方找到土匪，一举歼灭。

（黄瑞亭　胡丙杰）

曹察院蜘蛛食卷

【原文】

　　山东兖州府钜野县，有民郑鸣华，家道殷富，止生一子，名一桂，美丰容，好歌吟。屡有媒妁代他议亲，因鸣华拣择太严，未为聘娶。年至十八，益知风月。其对门杜预修，家有女名季兰，性淑有貌。因预修后妻茅氏，欲主嫁与外侄茅必与。预修不肯，以致延至十八岁未许适人。郑一桂闯见其貌，千方计较，得与通情[1]。季兰年长知事，心亦喜欢。后于每夜潜开猪门，引一桂入宿。又经半载，两家父母颇知之。季兰后母茅氏，在家搅闹，后关防甚密。然季兰有心向一桂，怎能防得。一日茅氏往外家去，季兰在门守候一桂，约之夜来。其夜一桂复往，季兰曰："我与你相通半载，已怀三月孕矣。你可遣人来议媒，谅我父亦肯。但继母在家，必然阻挡。今乘他归外公家去，明日千万着心，此事成则姻缘可久，不然吾为你死矣。纵有他人肯娶我者，妾既事君，决不改节[2]于他人。"郑一桂欣然连诺。一夜叙情，绸缪云雨，到五更早，季兰仍送一桂从猪门蹿出。适有屠户萧声，早起宰猪。见之，心忖曰："必一桂与预修之女有通，故从他猪门而出。"萧声密从猪门挨入去，果见季兰在偏门边倚立。萧声向前逼之求欢。季兰曰："你何人敢于这胆大！"萧声曰："你养得一桂，独养不得我？"季兰哄之曰："彼要娶我，故私来先议，若他不娶，则后日从你无妨。"即抽身走入房去，锁住门。萧声只得走出，心中热燥，自思曰："彼恋一桂后生，怎肯从我？不如明日杀了一桂，使他绝望，谅季兰事必得到手。"次日，一桂禀知于父，要娶季兰。郑鸣华曰："岁多媒来议豪家女，我不纳他。今娶此不正之女为媳妇，非惟辱我门风，且无奈人笑何。"一桂见父不允，一日忧闷无聊，至夜静后，又往季兰家。行到猪门边，被萧声突出杀之，并无人见。

次早，郑鸣华见子被杀，不胜痛伤。只疑是杜预修所杀，遂赴县告曰："状告为仇杀事：棍恶杜预修，因揭借[3]不允，致怀私忿，故将女季兰，诱华男一桂入室成奸，逼勒[4]银两。丑谋不遂，凶刃杀死。切思陷入成奸，挟仇杀命，伊女独生，我男独死。套陷谋深，灭嗣情惨，乞律断偿命，死灵不朽。哀告。"杜预修去诉曰："状诉为申诬事：修与郑鸣华并无宿隙[5]，伊男被杀，不知何人。悬捏预修教女诱奸，稍有人心，肯行此计？伊称勒银，有何证见？拿人作对，冤抑可怜。乞天劈诬，泾渭得分。叩诉。"朱知县拘来问。郑鸣华曰："亡儿一桂，与伊女季兰有奸是的。季兰嘱我儿娶他，我不肯允，其夜遂被杀。此必亡儿复往他家，故预修杀之。倘非彼杀，更有谁也？"杜预修曰："小女与一桂有无奸情，我并不知。纵求嫁不允，有女岂无嫁处，而须强人？其初求嫁之也何亲？其终杀之也何仇？他告我遣女诱他男成奸，今又称我女求嫁伊男，皆是砌虚[6]之词。望老爷察之。"朱知县问季兰曰："有无奸情？是否谁杀，惟你知之，可从实道来。"季兰曰："先是一桂千般调戏我，因而成奸。他先许娶我，后来我愿嫁他，皆出于真心，曾对天誓过。其通奸已将半载。前来杀死，不知是谁，妾实不知。"朱知县曰："你通奸半载，父知而杀之，是你父杀的矣。"将杜预修挟起，不肯认。将季兰上了挟棍。季兰心思："一桂真心爱我，他今已死，幸我怀孕三月，倘得生男，则一桂有后。若受刑伤胎，我生亦枉然。"遂屈招[7]曰："一桂是我杀。"朱知县曰："是你情人，何故杀之？"季兰曰："他悔不娶我，故杀之。"朱知县曰："你未嫁，则情夫如同亲夫。始焉以室女通奸，终焉以妻子杀夫，淫狠两兼，合应拟死。"郑鸣华、杜预修皆信谓真。再过六个月，生下一男。鸣华因无子，此乃是他亲孙，领出养之，保护甚至。过了半年，察院曹立规出巡到府，夜阅杜季兰事一宗文卷。忽然一大蜘蛛从桌子上堕下，食了卷中几字复渐上去。曹院心下疑异。次日即审这起事。杜季兰曰："妾与郑一桂私通，情真意密，怎忍杀之？只为怀胎三月，恐受刑伤胎，故屈招认。其实一桂非妾所杀，亦不干妾父之事，必外人因甚故杀之，使妾枉屈偿命。"曹察院曰："你更与他人有情否？"季兰曰："只是一桂更无他人。"曹院曰："一桂亦更有外交否？"郑鸣华曰："并无别私交。"曹院心疑蜘蛛食卷之事，他必有姓朱者杀之，不然，亦原日朱知县问枉也。又曰："你门首上下几家，更有甚人可历报名来。"鸣华历报上数十名，皆无姓朱者，只内一人名萧声。曹院心猜蜘蛛亦一名蛸蛛，莫非此人也。再问曰："萧声作何生理[8]？"对曰："宰猪。"曹院心喜曰：

"猪与蛛音相同,是此人必矣。"乃令鸣华同公差去拿萧声来作干证。公差到萧声家曰:"郑一桂那起人命事,大巡来讨你。"萧声忽然迷茫曰:"罢了,罢了。当初是我错杀你,今日该还你命。"公差喝曰:"只要你做干证。"萧声乃惊悟曰:"我分明见一桂问我索命,何故只是公差?此是他冤魂来了,我同你去认便是。"郑鸣华方知儿是萧声杀,即同公差锁之到院。萧声一概承认曰:"我因早起宰猪,见季兰送一桂出门,我便去奸季兰。他说要嫁与一桂,不肯从我。次夜因将一桂杀之,要图[9]季兰到手。讵料[10]今日露出,情愿偿他命矣。"

曹院判曰:"审得郑一桂系季兰之情夫,杜季兰乃一桂之表子。往来半载,三月怀胎。图结姻缘,百世偕老。陡被萧声所遇,便起分奸之谋。恨季兰之不从,将一桂而暗刺。前官网稽实迹,误拟季兰于典刑。今日访得真情,合断萧声以偿命。余人省发,正犯收监。"

当时季兰禀曰:"妾蒙老爷神见,死中得生,犬马之报,愿在来世。但妾虽身许郑郎,奈未过门。今儿子已在他家,妾愿郑郎父母收留入家,终身侍奉,誓不改嫁,以赎前私奔之愧。"郑鸣华曰:"日前亡儿已欲聘娶,我嫌私通非贞淑之女,故不允。今见有拒萧声之节,有守制[11]之心,我当收留,抚养孙子耳。"曹院即判季兰归郑门,侍奉公姑[12]。后季兰寡守孤子郑思春,年十九登进士第,官至两淮运使[13],封赠[14]母杜氏为太夫人。其郑鸣华以择妇过严,致子以奸淫见杀。杜预修以后妻掣肘,致女以私通招非,皆可为人父母之戒。杜季兰始虽早早苟合,终能昭昭明节。晚受褒封[15],可为知过能改之劝。使当时失节[16]萧声,抑讼后改嫁,不过为淫奔[17]贱人耳,虽有贵子,安得享其荣赠哉!若郑一桂淫人室女,致取杀身,理亦宜也,又不足道矣。

【注释】

　　[1] 通情:指通达情理,特指通男女间的情意。

　　[2] 改节:改变节操。

　　[3] 揭借:指借贷。

　　[4] 逼勒:逼迫勒索。

　　[5] 宿隙:旧日的嫌陈仇怨。

　　[6] 砌虚:堆砌虚幻。

　　[7] 屈招:在拷打威胁下,受屈招认。

[8] 生理：此处指生意、买卖。

[9] 要图：至关紧要的谋划。

[10] 讵料：哪里想到，表示意想不到。

[11] 守制：旧时父母或祖父母死后，儿子或长孙在家守孝 27 个月，在此期间，不任官、应考、嫁娶等。

[12] 公姑：丈夫的父母，亦称公婆。

[13] 运使：古代官名。水陆运使、转运使、盐运使等的简称。

[14] 封赠：古代皇帝对有功诸臣的父母、祖先与妻室以爵位名号，存者称封，已死称赠。

[15] 褒封：受皇帝的褒奖、封诰。

[16] 失节：封建礼教指妇女失去贞节。

[17] 淫奔：抛弃丈夫而和情人逃跑；旧时指私自投奔所爱的人（多指女子）。

（刘通）

【述评】

该案，季兰与一桂是情人，半年后季兰怀孕。萧屠夫也想与季兰行奸，但遭季兰拒绝。萧屠夫认为季兰不允乃一桂作梗，于是，一桂被萧屠夫所杀。初审，朱县令认为季兰与一桂是情人，一桂之死，季兰脱不了干系，于是季兰被判有罪。但曹巡院思路不同，经审问季兰，证实季兰与郑一桂私通是事实，因为季兰怀胎三月，恐受刑伤胎，故屈招认。了解到这一情况后，曹巡院排查十余人，将嫌疑人萧屠夫以"干证"形式到案。结果，萧屠夫认为"报应"到了："罢了，罢了。当初是我错杀你，今日该还你命。""我分明见一桂问我索命，何故只是公差？此是他冤魂来了，我同你去认便是。"并供认不讳："我因早起宰猪，见季兰送一桂出门，我便去奸季兰。他说要嫁与一桂，不肯从我。次夜因将一桂杀之，要图季兰到手。讵料今日露出，情愿偿他命矣。"

曹巡院的判词写得很清楚："审得郑一桂系季兰之情夫，杜季兰乃一桂之表子。往来半载，三月怀胎。图结姻缘，百世偕老。陡被箫声所遇，便起分奸之谋。恨季兰之不从，将一桂而暗刺。前官罔稽实迹，误拟季兰于典刑。今日访得真情，合断箫声以偿命。"

从法医学角度出发，任何证据都要符合逻辑和禁得起审查。一审杀人证据不充分，形不成证据链条。二审深入排查，使得证据形成链条，环环相扣，最终使真正杀人罪犯受到惩罚。

（黄瑞亭）

谭知县捕以疑杀妻

【原文】

　　山西大同府朔州县，有民尤广廉，性多狐疑[1]，残忍猜忌。娶妻施巧妹，性情活泼，言语轻快。广廉尝与妻行房事，问之曰："我的气力大，功夫好。"施巧妹戏答之曰："你功夫不好。"广廉曰："谁人的好？"巧妹曰："他人的更好。"广廉因此遂疑妻与外人有私交，持此疑心在内。后见妻一言一动，便生猜度，曰："此言辞似有情弊，此情状似有掩饰。"又故推托出外，在背地藏之，欲捕其奸夫，并不见有来往。疑端[2]百出，而妻以无心持防，全不知夫之疑，已然积疑成妒，积妒成仇。一日思杀其妻曰："今日但有人到我家，便将来与妻同杀，诬执[3]他为有奸。"等近天晚，并无一人来家。知有卖油者从门首过，即叫之曰："卖油。"将哄入杀之。那卖油者不该死，应之曰："我今日家中有事，要回去得急，明日来卖与你。"呼之不来。广廉忿思二日了，发起暴性，持刀直入房中，望妻而杀。妻曰："你真作死，悬空杀我何为？"以手抵之，斫断[4]其手；再一刀，从项上杀过。外人皆不知。广廉杀了妻，又无奸夫可捏，乃收拾行李，将门掩关，夤夜逃走。次日邻居见广廉大门至午不开，有三四人进去，看见杀死施氏在地，又斫断一手。众人大惊，即协同地方赴县呈曰："连金[5]呈为杀妻事：地方尤广廉，娶妻施氏，年来无异。今月二十日夜，不知何故，将妻杀死，夤夜逃去。切见关系人命，众等恐累，理合呈明，检验收贮，立案[6]照提[7]须至。呈者。"知县谭经问众等曰："你料广廉必走何去？"众曰："本地有四条路，不知从何路走。"谭公曰："逃人命者必出关外，何路是出关的？"众曰："北路三日出关。"谭公命公差姜婉、袁夔往北路去拿。二人行了三日，在关下宿，并不见踪。姜婉曰："我和你都差矣，并不晓广廉生得何如，怎么拿得？不如回罢。"袁夔曰："难得到关上，可去走一遭亦好。"二人到关上去游，见一店主黄五，与个后生争店钱。黄五曰："你与小娘子两个人，怎么还一人店钱！"后生曰："我止一人那有小娘子。"黄五曰："昨晚与你同来同宿，今日饭后先行，何故躲得过？"后生曰："你明是索要我店钱，悬空说这鬼话。"二人争辩，要打起来。姜婉去劝解曰："你说有小娘子，他说没有，纵有也只在前路，可去赶上他，不还你店钱乎？"黄五与后生皆曰："说得有理。"到下店即问："顷才一小娘子行在哪里去？"下店曰："我未见。"又过数店，连问有个小娘子在何处去，皆答曰："清早到于今，并无一个妇人过。"黄五没趣。那后生曰："讨个小娘子与我，便还你店钱。这老狗好欺心[8]。"伸拳便打。黄五不敢回打，躲在姜婉身后曰："那小娘子明是昨晚同来今日先去，缘何路上便不见，岂我老眼见鬼乎？"姜婉私对袁夔曰："此人莫不是尤广廉也！其小娘子是他妻的冤魂乎？"袁夔曰："的矣，的矣。"取出铁链来，扣住曰："本县老爷正要拿你，你杀死妻子，冤魂跟来，要走何去？说出真情！"吓得广廉软作一块。黄五亦自惊他真见鬼。锁广廉到县审问，一概招承[9]。说他疑妻与人有奸，无故杀之。今看起冤魂跟随，因致被捉，此必是无外情，故冤愆[10]相报，不然只过了关去，本县何能拿得。

谭公判曰："审得尤广廉性多狐疑，心实狠毒。谬以枕边之言，遂致深怀积妒。指白为黑，漫漫玉上之蝇；谓有实无，满载车中之鬼。一刀先截手腕，左劈乃断咽喉。怨气摩天，虽终天而罔极[11]；冤魂惨地，每触地而追随。虽暮夜潜逋，将图漏网[12]；乃旅店显现，终获凶身[13]。可信天理之难欺，谁谓阴司[14]之无报。汝以疑杀妻，出尔必然反尔；吾以法诛汝一死，还应一偿。置之重典[15]，谁曰不宜。"

按：此公案断之甚易，而冤魂入店，以至争店钱而为公差所捉。天理真可畏哉！是可为后世男子多疑之戒。

【注释】

［１］狐疑：狐狸生性多疑，故以狐疑形容人因多疑而犹豫不决。

［２］疑端：致人怀疑的事由。

［３］诬执：谓捏造罪名，加以陷害。

［４］斫断：砍断、劈断。

［５］佥：众人、大家。

［６］立案：建立专门案卷。

［７］照提：搜捕嫌犯的公文，犹如现今的缉捕令。

［8］欺心：使坏心眼。
［9］招承：招供承认罪状。
［10］冤怨：冤仇罪过。
［11］罔极：无穷尽。
［12］漏网：侥幸逃脱法律的制裁。
［13］凶身：行凶的人、凶犯。
［14］阴司：阴间、阴曹地府。人死后灵魂所进入的地方。
［15］重典：严厉的刑律、严峻的法令。

（刘通）

【述评】

该案件中，丈夫因妻子的一句戏言而疑心其出轨，进而杀死妻子，畏罪潜逃。

我国古代有个寓言叫"疑人偷斧"，说的是有个农夫上山砍柴时斧子不见了，回家找不到。他发现邻居的儿子，言行举止鬼鬼祟祟，不敢正视自己。第二天，他上山砍柴，突然被什么东西绊倒了，定睛一看，是自己丢失的斧子。回家后再仔细观察那个孩子，他发现，孩子走路不是鬼鬼祟祟的，言谈话语也不像是偷斧子的人。"疑人偷斧"比喻没有依据怀疑他人。当人以成见去观察事物时，必然歪曲事实。

我国古代对犯罪心理的探讨由来已久。史书上早有探讨犯罪心理问题的记载。公元前11世纪，周公旦就曾对犯罪的心理原因、犯罪动机等问题提出了自己的观点。春秋战国时期，诸子百家关于人性善恶的论战，其实就是对犯罪心理形成原因的探讨。孟子认为人皆有"恻隐""羞恶""是非"之心，其中"是非"之心，智之端也。从犯罪心理学作案动机来看，一般杀人有四种动机：情杀、财杀、仇杀、奸杀。尤广廉杀人动机为无端怀疑妻子有外遇，属于失去理智的情杀。

古代官员熟知中国文化。谭知县调查邻里，分析案情，排除其他人作案可能，考虑死者丈夫尤广廉怀疑妻子有外遇而杀之，因此，有重大嫌疑。抓获尤广廉后，证实谭知县的判断。

现在，我们看看谭知县的判词，了解古人对犯罪动机的分析："审得尤广廉性多狐疑，心实狠毒。谬以枕边之言，遂致深怀积妒。指白为黑，漫漫玉上之蝇；谓有实无，满载车中之鬼。一刀先截手腕，左劈乃断咽喉。怨气摩天，虽终天而罔极；冤魂惨地，每触地而追随。虽暮夜潜逋，将图漏网；乃旅店显现，终获凶身。可信天理之难欺，谁谓阴司之无报。汝以疑杀妻，出尔必然反尔；吾以法诛汝一死，还应一偿。置之重典，谁曰不宜。"

（黄瑞亭　胡丙杰）

刘县尹判误妻强奸

【原文】

云南临安府通海县民支弘度，痴心多疑，娶妻经正姑，刚毅贞烈。弘度尝问妻曰："你这等刚猛，倘有人调戏你，亦肯从不？"妻曰："吾必正言斥骂之，人安敢近！"弘度曰："倘有人持刀来，强奸不从，便杀则何如？"妻曰："吾任从他杀，决不受辱。"弘度曰："倘有几人来拿住成奸，不由你不肯，却何如？"妻曰："吾见人多，便先自刎[1]，以洁身明志，此为上策，或被其污，断然自死，无颜见你。"弘度不信。过数日，故令一人来戏其妻，以试之，果被正姑骂去。弘度回，正姑谓之曰："今日有一光棍来戏我，被我斥骂而去。"再过月余，弘度谓知友于谟、应睿、莫誉曰："拙荆[2]常自夸贞烈，倘有人要强奸他，必死不肯从。你三人为我试之。"于谟等皆轻狂浪子，果依弘度之言，突入房去。于谟、应睿二人各执住左右手。正姑不胜发忿，求死无地。莫誉尤是轻薄之辈，乃解脱其下身衣裙，于谟、应睿见辱之太甚，遂放手远站。正姑两手得脱，即挥起刀来杀死莫誉。于谟二人走去。正姑是妇人，无胆略，恐杀人有祸，又性暴怒，不忍其耻，亦一刀自刎而亡。于谟驰告弘度。此时弘度方悔是错，又恐已妻外家[3]及莫誉父母倘知，必有后话，乃先去呈明曰："呈为强奸杀命事：淫恶莫誉，赌嫖轻狂。窥度妻经氏有貌，突入卧房，强行奸意。于谟、应睿的有明证。经氏发怒，挥刀杀死。妇人无胆，自刎身亡。刚毅贞烈，被恶误命。莫誉虽死，尚有余辜[4]，乞征殡银助度。上呈。"刘县尹即拘来问。先审干证曰："莫誉强奸，你二人何以知是？"于谟曰："我与应睿去拜访弘度，闻其妻在房内喊骂，因此知之。"刘县尹曰："亦曾成奸否？"应睿曰："莫誉才入即被斥骂，持刀杀死，并未成奸。"刘尹谓支弘度曰："你妻幸未辱，莫誉已死，法无道埋殡[5]之理。"弘度曰："虽一命偿一命，然彼罪该死，我妻为彼误死,乞法外情断,量给殡银。"刘尹曰:"此亦去得[6],着落[7]莫誉家出一棺木贴你,但二命非小,我须亲验收贮。"及刘尹去相验,见经氏刎死房门内,下体无衣;莫誉杀死床前,衣服却全。刘尹即诘于谟、应睿曰:"你二人说莫誉才入便被杀,何以尸近床前?你说并未成奸,何以经氏下身无服?必是你三人同入,强奸已讫,后经氏杀死莫誉,因害羞又自刎。"将来挟起,并不肯认。刘尹只写审单,将二人俱以强奸拟死。于谟乃从实诉曰:"非是我二人强奸,亦非莫誉强奸,乃支弘度以他妻常自夸贞烈,故令我三人去试志。我二人只在房门头,莫誉去搂抱,强剥其衣服,被经氏闪开,持刀杀之。我二人走出。那经氏真是刚烈女流,想怒气愤激,因而自刎。支弘度恐经氏及莫誉两家父母知情告他误命,故抢先呈出。其实意不在求殡银也。"说出真情,弘度哑口无辩。刘尹即发打三十,又驳于谟等曰:"莫誉一人,岂能剥经氏衣裙,必汝二人帮助之后,见莫誉有恶意,你二人站开。经氏因刺死莫誉,又恐二人再来,则彼难洁身,故先行自刎,其贞烈刚毅之节明矣。经氏该旌奖[8],汝二人亦并有罪。"于谟、应睿见刘县尹发情如神,不敢再言半句。

县尹判曰:"审得支经度,狐疑成性,狗彘痴心。见妻平日坚刚,自许贞节,命友三人调戏,用试其心。应睿、于谟牵制其手足,簿恶莫誉剥落其衣裳,睿、谟先出,经氏持刀歼恶,先斩莫誉,再刎自身。白刃霜飞,烈烈英气尚在;素志玉洁,堂堂正气犹生。身不染一尘,可翱翔而悉烈;妇名堪留万古,合旌奖以励后人。莫誉先逞癫狂,一朝之愤自取;应、于谬承主使,三年之徒[9]宜加。弘度陷友于凶诛,犹曰是彼之轻听也。娶妻子枉死,可谓非尔之大咎[10]乎!合正大辟之诛,用作多疑之戒。"

将此案申去,大巡即依拟批下,将支弘度秋季处斩。又行奖经氏赐其匾曰"表扬贞烈"。人皆快经氏之人节得昭,而以弘度之偿妻命为得当也。

此回公案若非刘尹亲验二尸,躬究致死之由,则经氏之节不显,弘度之罪可逃,而无以彰善惩恶矣。幸刘公精明辨出,可以为男子痴心疑猜之戒。

【注释】

[1] 自刎:自己切割脖颈自杀。

[2] 拙荆:旧时谦称自己的妻子。

[3] 外家:女子出嫁后,称其娘家为外家。

［4］余辜：抵偿不尽的罪愆。

［5］埋殡：埋葬已殓的灵柩。

［6］去得：可以，过得去。

［7］着落：指依托。

［8］旌奖：旌表。封建时代由官府立牌坊、赐匾额对遵守封建礼教的人加以表彰。

［9］徒：徒刑。剥夺犯人自由的刑法。

［10］大咎：大的过错。

（刘通）

【述评】

该案件中，丈夫"狐疑成性，狗辈痴心"，想试探自己的妻子平日在自己面前表现出的坚贞与刚强是真是假，"命友三人调戏，用试其心"，结果妻子选择自杀示其贞洁与清白。该案关键在于尸体检验与案件事实相印证的问题。刘知县亲自验尸，见经氏刎死房门内，下体无衣；莫誉杀死床前，衣服却全。刘知县最初问于谟、应睿："你二人说莫誉才入便被杀，何以尸近床前？你说并未成奸，何以经氏下身无服？必是你三人同入，强奸已讫，后经氏杀死莫誉，因害羞又自刎。"但刘知县询问干证（证人），并经现场勘验后认为："莫誉一人，岂能剥经氏衣裙，必汝（于谟、应睿）二人帮助之后，见莫誉有恶意，你二人站开。经氏因刺死莫誉，又恐二人再来，则彼难洁身，故先行自刎。"最终，支弘度秋季处斩。行奖经氏，赐其匾曰"表扬贞烈"。

法医学上重要的作用，就是把尸体检验结果与案件事实相印证，恢复发案经过，也叫"事实重建"。法医检验者是离真相最近的人，只有不放过尸体和现场任何蛛丝马迹，才会让尸体"开口说话"，还原事实真相，不让凶手逍遥法外。

（黄瑞亭　胡丙杰）

洪大巡究淹死侍婢[1]

【原文】

　　张英，江西人，为陕西巡按。夫人莫氏，在家尝与侍婢爱莲同游严华寺。广东有一珠客[2]丘继修，寓居在寺。见莫氏花容绝美，心贪爱之。次日乃妆作奶婆，带上好珍珠送在张府去买，莫氏与他买了几两。丘奶婆故在张府讲话，久坐不出。近晚来，莫夫人谓之曰："天色将晚，你可去矣。"丘奶婆乃去。出到门首，后回来曰："妾店去此尚远，妾一孤身妇人，手持许多珍珠，恐遇强人[3]暗中夺去不便，愿在夫人家借宿一夜，明日早去。"莫氏允之。令与婢爱莲在下床睡一夜。后丘奶婆扒上莫夫人床上去奸之，谓之曰："我是广东珠客，见夫人美貌，故假妆奶婆借宿。今日之事，乃前世宿缘[4]也。"莫夫人以夫去久，心亦喜此，遂乐因承。自此以后，时时往来与之奸宿，惟爱莲知之。过半载后，张英升知府回家，接妻小同赴任。一日昼寝，见床顶上有一块唾干，问夫人曰："此床与谁人睡？"夫人曰："我床安有他人睡？"张英曰："何床上有块唾干？"夫人曰："是我自唾的。"张英曰："只有男子唾可自下而上，妇人安能唾得高处？且与你同此睡着，仰唾试之。"张英的唾得上去，夫人的唾不得。张英再三盘问[5]，终不肯言。乃呼婢爱莲往鱼阁去问之，曰："有甚男子在夫人床睡？你必知之。"爱莲被夫人所嘱，答曰："没有。"张英曰："有刀在此，你说则罪在夫人，不说便杀了你，丢在鱼浦[6]中。"爱莲吃惊，乃曰："有卖珠奶婆，这半年内常在我家来，与夫人同宿，这是严华寺中卖珠客人，假妆奶婆。惟我得知，他人皆不知也。"张英听知，便思害死其妻。又恐爱莲后有露言，乃推入池中浸死，以灭其口。本夜张英睡至二更，谓妻曰："我睡不着要思些酒吃。"莫氏曰："如此便叫婢去暖来。"张英曰："半夜叫人暖酒，也被婢妾所议。你自去大榼中取些新红酒来，我只爱冷吃。"莫氏信之而起。张英潜蹑[7]其后，见莫氏以杌子[8]衬脚，向中取酒。即从后扶起双脚，推落酒中去，英复入房睡。有顷间，谅已浸死，故呼"夫人"不应，又呼婢曰："夫人说他爱酒吃，自去取酒，何许多时不来，叫又不应，可去看之。"众婢起来，寻之不见，及照酒中，婢惊呼曰："夫人浸死酒中矣。"张英故作慌张之状，揽衣而起，惊讶痛悼。次日，请莫氏之兄弟来看入殓[9]，将金珠首饰、锦绣新服满棺收贮，因寄灵柩[10]于严华寺。夜令二亲用家人去开棺，将金珠首饰锦绣新服尽数剥起。次日，寺僧来报说夫人灵柩被贼开了，劫去衣财。张英故意大怒，同诸舅往看，见灵柩果开，衣财一空，乃抚棺大哭不已。再取些铜首饰及布衣服来殓之。因穷究寺中藏有外贼，以致开棺劫财。寺僧皆惊惧无措，尽来磕头曰："小僧皆是出家人，衣钵足以度日，决不敢作盗贼[11]之事。"张英曰："你寺更有何人？"僧曰："只有一广东珠客在此寄居。"英曰："盗贼多是此辈。"即锁去送县，再补状曰："状告为劫棺冤惨事：痛室莫氏，性淑命短，难舍至情。厚礼殡殓[12]，珠冠[13]一项，好玉三件，金银镯[14]钿[15]、锦绣新服，满棺收贮，灵柩寄寺。惯贼丘继修，开棺劫掠，剥去一空。死骨何罪，遭此荼毒[16]。冤惨无伸，迫切上告。"

倪知县准状，将继修严刑拷打[17]一番，勒其供状[18]。丘继修曰："开棺劫财本不是我，但此乃前生冤债，甘愿一死。"即尽招承认。张英又以书与洪巡按，令其即决继修，以完此事，彼好赴任。洪巡按乃取丘继修案卷，夜间看之。忽阴风飒飒，不寒而栗。洪院自忖曰："莫非丘犯此事有冤乎？倘有冤，吾不为张友而屈杀[19]人也。"反复看了数次，不觉打困。即梦见丫头曰："小婢无辜，白昼横推鱼沼死；夫人养汉[20]，清宵打落酒榾中"洪察院即诘之曰："你何以死？"醒来乃是一梦。自忖曰："此梦甚怪，但小婢、夫人与开棺事无干，只此棺乃莫夫人的。明日县看何如，或有别状告杀婢事，未可知也。"次日吊丘继修审曰："你开棺必有伙伴，可报来。"继修曰："开棺事，死也不是我，若因此事死，亦是前生注定，死亦甘心。"洪院思昨夜所梦夫人酒榾亡之骈句，只等闲问之曰："此莫夫人因何身亡？"继修曰："闻得夜间在酒榾中浸死。"洪院惊异与梦中话相合。但"夫人养汉"句未明，乃问之曰："我访得此夫人因养汉被张英知，推入酒榾浸死。今要杀你甚急，莫非是与你有奸乎？"继修曰："此事并无人知，惟小婢爱莲知之。闻前日爱莲在鱼池浸死，夫人又已死，我谓必无人知矣，故为夫人隐讳[21]。岂知夫人因此而死，必小婢露言，而张英杀之灭口也。"洪院闻得全与梦骈句相符，知是爱莲无故屈死[22]，故阴灵来告。少顷，张英来相辞，要去赴任。洪院写梦中骈句，递与张英看。英接读之曰："小婢无辜，白昼横推鱼沼死；夫人养汉，清宵打落酒榾中。"不觉失色。洪院曰："你闺门[23]不肃，一当去官；无故杀婢，二当去官，开棺赖人，三当去官。更赴任何为?"张英跪曰:"此事并无人知,望大人遮庇[24]。"洪院曰:"你自干事,人岂能知?但天知、地知、你知、鬼知。不是鬼告我,我岂能知?你夫人失节该死,丘继修奸命妇该死,只爱莲不该死。若不淹死爱莲,则无冤魂来告,你官亦有做,丑声亦不露出。继修自合就死,岂不全美乎?"说得张英羞脸无言。

洪院判曰:"审得丘继修贩珠贾客,萧寺寓居。见莫夫人之容。风生巧计,妆丘奶婆,以去云酿奸情。色胆如天,敢犯王家之命妇;心狂若醉,妾希相府之好逑[25]。恶已贯盈,诛不容逭。张英察出,因床顶之唾干;爱莲报来,知半年之野合[26]。番思灭丑,推落侍婢于池中;更欲诛奸,断送夫人于酒底。丫鬟沦没,足为胆寒;淫妇风流,真成骨醉。故移柩而入寺,自开棺以赖人。彼已实有奸,淫自足致死,何用诬之盗贼,岂有加刑!莫氏私通,不正家岂能正官;爱莲屈死,罔恤幼焉能恤民!须候请裁,暂停赴任。"

是秋将继修斩首。后劾官[27]本中,首劾张英之事。部议以英治家不正,罢职[28]不叙。此公案,在洪院折张英数语,尽已详明,只是不合无故杀侍婢,故致冤魂自出,而洪院卒以此劾之,不为少讳,具有直臣[29]风烈哉!

【注释】

[1] 侍婢:侍女、女婢。

[2] 珠客:做珍珠生意的人。

[3] 强人:强盗、抢匪。

[4] 宿缘:命中早定的因缘。

[5] 盘问:反复、仔细地查问。

[6] 鱼浦:水边捕鱼之地,渔场。

[7] 潜蹑:偷偷地轻步追踪,跟随。

[8] 杌子:小凳子。

[9] 入殓:把死者装进棺材。

[10] 灵柩:盛有尸体的棺木。

[11] 盗贼:强盗和小偷总称。

[12] 殡殓:为死者更衣下棺,准备埋葬。

[13] 珠冠:珠饰的帽子。

[14] 镯:套在手腕脚腕上的环形装饰品。

[15] 钿：古代一种嵌金花、宝石等的首饰。

[16] 荼毒：苦菜与螫虫。比喻苦痛，毒害。

[17] 严刑拷打：严刑：严酷的刑罚；拷打：用刑具毒打审问嫌犯的方式。

[18] 供状：向官府自陈事实的字据。

[19] 屈杀：委屈至极、冤枉至极。

[20] 养汉：妇女和他人私通。

[21] 隐讳：有所忌讳而隐瞒。

[22] 屈死：含冤受屈而死。

[23] 闺门：妇女所居之处，借指妇女、妻子。

[24] 遮庇：庇护，袒护。

[25] 好逑：好配偶。语出《诗经·周南·关雎》："窈窕淑女，君子好逑。"

[26] 野合：指不合礼教的男女苟合。

[27] 劾官：检举揭发官员罪状。

[28] 罢职：解除职务。

[29] 直臣：直言谏诤之臣。

（刘通）

【述评】

该案，洪巡按分析丘继修案卷时发现许多疑点，如张英夫人死于少见的"夜间在酒樘中浸死"，即便张英要饮酒，也是婢女取酒，而非夫人亲往；丘继修似乎与张英夫人之死无关，为何张英以丘继修在华严寺开棺劫财而告到官府？莫非张英夫人与丘继修有染？莫非张英夫人的婢女已经被害死？而害死夫人和婢女就是张英？因为，张英从婢女口中了解到夫人与丘继修有染，只有婢女知晓，因而婢女遭杀身之祸，被张英灭口沉塘淹死？洪巡按这一系列想法是合理推测，于是决定试探张英：梦见一婢女告知一骈句。该骈句是："小婢无辜，白昼横推鱼沼死；夫人养汉，清宵打落酒樘中。"

骈句讲求文字的对仗、文字的对偶、声韵的和谐。骈句是结构相似、内容相关、行文相邻、字数相等的两句话。骈句在先秦文章中就有，但不是有意而为，汉代产生赋这一文体之后，才盛行起来，到六朝时更发展成为骈体文，而且多用四言六言的句子排比对偶，称为"骈四俪六"。这样的文字，婢女是做不出来的，洪巡按想出这个办法，试探张英，张英下跪求饶，使得案件水落石出，婢女屈死得以鸣冤，丘继修斩首，张英被罢职。

（黄瑞亭）

吴推府判谋故侄命

【原文】

铜陵县周孟桂，状告为奸杀大冤事："恶弟孟槐，禽犊邪行。淫秽[1]房帏[2]，调奸侄妇至稔。恐侄寿春闯知，乘伊虐疾[3]，串通医人李志洪毒死。少年冤毙，闻者心酸。骨肉相残，天理灭绝。乞天法究，存殁[4]感恩。上告。"其寿春明系孟桂毒死，及嫁罪[5]于孟槐。故族长[6]周锡等会通族十八人明首出曰："联名状[7]为辨冤正法[8]事：秦桧杀岳飞，万世罪人；文王泽枯骨，千古仁政[9]。族孟桂兄弟，寇仇操戈[10]入室。先年与幼弟孟格争财不和，密谋毒死。今又虎吞幼产，药死格子寿春，反陷孟槐抵罪[11]。夫孟槐既抚其孤，安有杀孤之理。孟桂既杀其父，必有杀子之心。三代两父子，俱各埋冤[12]；一族百妇男，谁不嚼口！况今田地悉归伊籍，家财馨入伊囊。黑夜冤鬼号天，白昼怨声载道。爷乃今日之文王，桂系昔年之秦桧。恳分别淑慝[13]，扶苦助强。联名上首。"

吴推府审云："周孟桂与幼弟孟格争财，骨肉冰炭[14]。用药毒死，为谋诡秘，室人窃疑之而已。今又毒杀格子寿春，则谋端败露矣。反捏季弟孟槐，与寿春妻通奸，串医李志洪毒死。此笼络一家，一举两利之计也。既又遗计嘱男日勋，糍粿毒丸。复害寿春子中秋。揣其意，盖欲剪草除根耳。幸中秋弗食，误中其婢。此天意攸存，不绝苦人之后也。夫孟桂既毒父矣，胡为而又杀其子？杀子甚矣，又胡为而欲害其孙？据此残忍，非惟人道所无，虽螫蛇猛兽亦未有如此之烈者也。拟以大辟，安所辞哉！其子日勋仍以同谋[15]律取供。

【注释】

[1] 淫秽：淫乱或猥亵。

[2] 房帏：亦作房闱，指寝室、闺房。亦借指夫妻间的情爱、性爱。

[3] 虐疾：暴疾、重病。

[4] 存殁：指生死存亡。

[5] 嫁罪：转移罪责。

[6] 族长：一个宗族中行辈、地位最尊的人。

[7] 联名状：几个人在同一状书上联合签名，表示共同负责。

[8] 正法：正当的法则、制度。

[9] 仁政：仁慈的统治措施。

[10] 操戈：执戈，拿着武器。

[11] 抵罪：抵偿罪责，接受应有的惩处。

[12] 埋冤：责备、抱怨。

[13] 淑慝：指善恶。

[14] 冰炭：冰和火炭彼此不能相容。

[15] 同谋：共同参与计谋的人。

（刘通）

【述评】

这里，"推府"指推官。在明代，府的推官为正七品，掌理刑名。该案，吴推官经审理判定，周孟桂与幼弟周孟格争财，周孟桂用药毒死周孟格，又毒杀周孟格儿子寿春，还捏造周孟槐与寿春妻通奸。周孟桂被处死刑。

该故事来源于《萧曹遗笔》的"谋姑侄命"，铜陵县事吴推府审。

（黄瑞亭　胡丙杰）

夏侯[1] 判打死弟命

【原文】

万年县陈仲升，进状告为磊债[2]杀弟事："土豪沈机，家财累万，行止盖都，力举四百余斤，自号小霸王。弟因借债十两不服磊算，触犯虎怒，喝仆周蛮乱棍、乱石丛打，立时气绝[3]。即今死者衔冤[4]，兄弟分开手足，妻子剖断肝肠，极大冤枉。望光哀告。"沈机诉曰："状诉为烛冤[5]豁命事：陈仲升惯贼害民，一乡大蠹。初一夜潜入室中，偷盗财物。仆见捉获，即行打死。岂应刁恶仲进捏里磊债杀命，诳告[6]诬陷。切思人命罪重。岂敢轻犯！身[7]止黑夜杀贼，未曾白昼殴人。乞恩详情超豁[8]。上诉。"

夏侯审云："沈机以万金土豪，所为不轨。盖罄南山竹而书罪无穷，决东海波而洗恶不尽[9]者。今因磊债叠利，殴死陈仲升，乃反以仲升贪夜入室盗偷，指贼打死。此小人饰非之词也。但人心不昧，乡有公评。乡党里地[10]俱称：'白昼打死。'白昼岂行窃之时乎？人命重情，合拟大辟抵罪。"

【注释】

[1] 侯：古代用作士大夫之间的尊称。

[2] 磊债：累积计算本息不断叠利的放债方式。

[3] 气绝：呼吸停止、死亡。

[4] 衔冤：含冤，蒙受冤屈不得申诉。

[5] 烛冤：指明察、明鉴冤情。

[6] 诳告：诬告。

[7] 身：此处指本人。

[8] 超豁：饶恕、宽免、豁达开阔。

[9] 罄南山竹而书罪无穷，决东海波而洗恶不尽：《名公书判清明集》载大宋提刑官宋慈书判"结托州县蓄养罢吏配军夺人之产罪恶贯盈·断罪"中，有名句"倾湘江之水，不足以洗百姓之冤；汗南山之竹，不足以书二凶之恶。"如此据案执笔，二者似有殊途同归之处！

[10] 乡党里地：同乡邻里的人。

（刘通）

【述评】

该案，沈机因债务殴死陈仲升。而沈机反告陈仲升夜间入室盗偷被打死。但现场调查和同乡邻里证实系"陈仲升借债十两不服沈机债务计算方式，沈机在大白天叫仆人乱棍、乱石把陈仲升当场打死"。由于事实清楚，证据确凿，沈机被判大辟（死刑）。

该故事来源于《萧曹遗笔》的"打死弟命"，万年县事夏侯审。

（黄瑞亭　胡丙杰）

冯侯判打死妻命

【原文】

　　崇仁县吴盖，状告为号究妻命事："凶恶金汉，霸截水利。身论被殴。妻林氏情急奔救，遭凶概[1]打，破脑重伤，抬回气绝。陈奇等见证。妻遭横死[2]，叩法检填，负冤上告。"金汉诉曰："状诉为冤诬[3]事：二十日，身与吴盖争水遭殴，懵地李佐劝证，并无妇女在傍。次早，称妻被身打死，统集弟侄，破屋划财，谎词[4]耸告。痛思田争水利，隔家二里有余。恶妻瞽[5]病，不移户外半步，岂能飞石入房打死病妇？非杀妻图诈，必病危加功。乞究根因超拔[6]。上诉。"冯侯两进其状，将二犯拘到，亲去检验。林氏破脑重伤是的，理合偿命。金汉钱贿承行[7]，故不进卷，求缓复审。欲待冯侯已升，又图翻案[8]。吴盖乃再催归结，曰："状催为恳供归结事：爷政廉明，万民瞻仰。凶恶金汉打死身妻，告蒙检明致命重伤，将经一月，未蒙复审成招。豪钱广大，日久不无奸生。天台指日乔迁，冤民卧辙不及。乞赐速供，免蹈奸计。催告。"

　　冯侯审云：林氏以夫争水，而与人厮殴，奔出号冤，亦妇人女子常态耳。金汉胡逞凶[9]之甚，毙此妇于棍石乎！吴盖以婶身死，统族二十余人，蜂拥上金汉之门，破屋划财，此亦妄举也。盖杀人偿命，罪固重于泰山；而财之律，亦未可藐如鸿毛者。金汉合就大辟，吴蕃亦依律取供。"

【注释】

　　［1］概：刮平斗、斛用的小木板。

　　［2］横死：因自杀、被害或意外事故等原因而死亡。这里指被人"破脑"（开放性颅脑损伤）致死，即被伤害而死。

　　［3］冤诬：冤害诬告。

　　［4］谎词：不实之词。

　　［5］瞽：盲人、瞎子。

　　［6］超拔：救度、超度。

　　［7］承行：承办案件的官吏。

[8] 翻案：推翻已判定的罪案。

[9] 逞凶：行凶作恶，做凶暴的事情。

（刘通）

【述评】

　　该案，经办官员姓冯，亲去现场勘查、案件调查和检验尸伤。冯官员认定："林氏破脑重伤证据确凿，打人者偿命。"现场勘查、案件调查，结合尸伤检验认定："林氏以夫争水与人厮殴，被金汉棍石打死。吴璔九机二十余人，蜂拥至金汉家，破屋划财。金汉大辟（死刑），吴璔依法定罪。"

　　该案重视法医检验和现场勘验，使证据与事实互相印证，案件办得很扎实，值得赞扬。

　　该故事来源于《萧曹遗笔》的"打死妻命"，崇仁县事冯侯审。又被《律条公案》（一卷谋害）"苏侯断问打死人命"引用。

（黄瑞亭　胡丙杰）

孙侯判代妹伸冤

【原文】

　　繁昌县张简，状告为杀命理冤[1]事："父存嫁妹云玉，厚奁[2]百金，配与兽亲计生为妻。岂恶不务生理，酗酒宿娼，孤妹终身仰望，反嗔苦谏[3]，活活打死。夫杀妻命，纲常坠地。兄痛妹冤，情惨昏天。上告。"计生诉曰："状诉为劈冤事：身妻病故，岳母面殓无异。岂奸舅张简，捏告打死。见身诉明，复催检尸[4]。视人命为奇货，倚妹尸若孤注。不顾有伤天和，惟知肆奸鼓祸。乞各取认状。有伤，身认殴罪；无伤，恶招反坐[5]。庶罪有攸归，尸无枉检。上诉。"

　　孙侯审云："云玉系计生之妻，而张简乃云玉亲兄也。计生酗酒宿娼，嗔妻谏阻。以结发而反目，固伦教中罪人乎。但云玉以夫不才，有辜终身仰望，愤惋[6]而死耳。若必曰捶楚[7]而毙，夫谁指？张简恐妹冤亡，构讼[8]计生。殊不知计生虽有宿娼之为，必无杀妇之理。张简究嫁奁则可，必欲检尸正法，则不可也。不然向[9]也朱、陈[10]，今也秦、越[11]，徒令人嗤笑矣！"

【注释】

[1] 理冤：伸雪冤屈。

[2] 奁：陪嫁的衣物、珠宝等。

[3] 苦谏：苦心竭力地规劝。

[4] 检尸：验尸。

[5] 反坐：把被诬告人应得的刑罚，反过来加在诬告人身上。

[6] 愤惋：怨恨的样子。

[7] 捶楚：杖击、鞭打，为古代刑罚之一。

[8] 构讼：造成诉讼。

[9] 向：昔日、旧时、以往。

[10] 朱、陈：朱陈本为村名。该村住家仅朱、陈二姓，世世代代缔结婚姻。后引申比喻为缔结婚姻的代词。

[11] 秦、越：春秋时，秦国位于西北，越国居于东南，两国相距遥远。借以比喻关系疏远，互不关心。

（刘通）

【述评】

该案，张简为死去的妹妹伸冤，告到官府，有姓孙的官员受理。张简主张："妹妹云玉，厚奁百金，嫁给计生为妻。计生不务正业，酗酒宿娼，妹妹被计生活活打死。"而计生认为："妻子是病故，岳母面验无异。张简捏告打死，要求检尸。若有伤，自己认殴罪；无伤，恶招反坐。"经办官员认为："计生虽有宿娼之为，无杀妇之理。张简究嫁奁则可，必欲检尸正法，则不可也。"还在判决书中写了一句："不然向也朱、陈，今也秦、越，徒令人嗤笑矣！"意思是不同意关于尸检的刑事诉讼，同意关于嫁妆的民事诉讼。

这里，要提一下"诬告反坐"制度。诬告反坐，是指我国古代刑罚对诬告行为的处罚原则。故意捏造事实向官府控告他人，使无罪的人被判有罪，或使有轻罪的人被判重罪，告人者要按其所诬告他人的罪受到惩罚。我国从秦、汉以来，历代法律都规定有此项原则。三国魏文帝黄初五年

(224)令:"敢妄相告,以其罪罪之。"晋律张斐《律注》:"诬告谋反者反坐。"北魏律:"诸告事不实,以其罪罪之。"《唐律·斗讼》诬告反坐条:"诸诬告人者,各反坐。""诬告反坐"制度,宋元明清因袭。

顺便提一下,"诬告反坐"制度在法医检验中也有体现,如《洗冤集录·条令》:"诸尸应验而不验;(初覆同)或受差过两时不发;(遇夜不计,下条准此)或不亲临视;或不定要害致死之因;或定而不当,(谓以非理死为病死,因头伤为胁伤之类)各以违制论。即凭验状致罪已出入者,不在自首觉举之例。其事状难明,定而失当者,杖一百。吏人、行人一等科罪。"也就是说,不定要害致死之因;或定而不当,凭验状致罪已出入者(因检验错误造成冤假错案,使无罪的人被判有罪,或使有轻罪的人被判重罪),检验者被视作诬告,要按其所诬告他人的罪受到惩罚。这对现代司法鉴定制度设计,提高管理水平和监管力度,以及提高办案质量和责任心,都有一定借鉴意义。

该故事来源于《萧曹遗笔》的"为妹伸冤",繁昌县事孙侯审。

(黄瑞亭　胡丙杰)

黄县主义鸦诉冤

【原文】

山东青州府有一客商,姓张名恩,重义慷慨,不吝施舍[1]。一日,带银百余两,往北京买缎匹。行了半月,路遇马夫名李立。前来叫声曰:"客官要租马否?"张恩曰:"本欲租马,但碍有行李在此。"李立曰:"客官只管骑马,行李我自担承。"张恩忖他是来往马夫,想亦停当[2],遂租马前行。未及一里,见一童子。手执一鸦,悲哀可怜。张恩问曰:"此鸦要卖否?"童子曰:"正是要卖。"张恩遂买之,旋放生。不想银包开时,李立见其包中有碎银[3]十余片,有漕银[4]二三锭,遂生心[5]曰:"银包里向尚那多银,这皮箱内不知几多了。"因跟他前走到一深林,四边寂寥,杳无人踪。遂从背后飞打一棍,中其头脑。张恩跌落马下,顷刻而死。李立把身尸埋在林里,将皮箱并银包即行取去,踪迹甚密,人莫知者。次日清晨,本县知县姓黄名曰甲,正坐堂时,忽见一鸦在檐前哀鸣不止。又飞走庭中及进入堂前，叫声悲哀凄惨。知县心动，因谓手下曰："看这鸦声声悲惨，莫是有大冤否？"鸦即叫声愈惨。知县曰："若果有冤，我命手下随你去。"因差一皂隶名赵保，随鸦去，待有下落回报。鸦飞一二里，即停宿路傍，以待赵保。及走上二十里，见一深林，鸦即飞入林中，栖一新土堆上，大声悲鸣，惊得赵保胆落魂丧。赵保既见土堆，随走回报，具说一番。鸦亦复集庭前，点头哀噪。知县曰："此是冤魂不消[6]疑了。"即叫手下人等，"跟我同至土堆相验实迹，立即起行"。一彪人马随知县同到深林，铲开土堆，只见一尸埋不多久。正翻底时，见有一马鞭同埋在傍，盖李立埋时，慌慌忙忙，不知堕落一马鞭在此也。知县命人取马鞭审视讫，随即回县。清夜焚香，祝告天神。俄而就寝。以三更时，见一人颜色憔悴，被发[7]行泣，因前跪曰："愿太爷做主。"知县曰："你是何人？有何冤苦？"其人曰："小人冤家非桃非杏，非坐非行。"言毕，放声大哭，起身而去。知县梦中忽然惊觉，时漏下[8]已四鼓[9]矣。即起整衣危坐，踌躇[10]兴思，未得情由。比近天明，即出坐堂。随吩咐手下，将深林附近人家，乱拿数个人来。差人领命，忙忙前去。未到深林三里，有一街坊，名曰平丰街。只有十余人烟。家家有马出租。差人即乱拿三五人到官跪倒。知县问曰："你这一伙作何生理？"皆应曰："租马为生。"知县曰："你既以马租人，何得假此马为由，害人性命，谋取财物？"皆应曰："不敢。"知县曰："你们五日内谋死一个客人，埋在深林里，还不肯讲耶？"皆应曰："实无此情由。"知县曰："既不是你们，缘何尚落一个马鞭在此，可作干证。"众皆近前来认。因说："我们虽有马出租，皆轮流日子。"知县曰："既轮流日子，可各将姓名一一报来。"众因通报姓名。知县看到李立名字，因心中悟曰："昨之梦应矣。非桃非杏，乃'李'字也。非坐非行，乃'立'字也。"随即差人去拘李立，顷刻拘到。李立心胆惊慌，面无血容。初问诘问，尚不肯服。知县大怒，命取刑具。吓得李立心益慌乱，无词抵应，只得将前日张恩买鸦放生，银两出现，某因生心，将他谋死，一一情由，从头招认。只见鞫审[11]之时，此鸦突飞入堂前，号鸣哀惨，乃把李立头面啄得出血淋漓。及李立招认毕，鸦即飞出庭前，触石而死。乃知此鸦即前日张恩所放生者也。一县皆惊异之。李立既审谋财害命，所供是实。

知县判云："张恩慈悲，既捐金以全鸟；李立凶猾，反利物而害人。深林之鬼莫伸，冥途[12]多恨；堂檐之鸦如诉，冤债稍酬。倘此鸦不逢张恩，难脱一时微厄；抑张恩不得此鸦，何快百恨深冤。蠢鸟无知，尚明报本[13]。

生人有觉，何忍行幸。怨未雪而鸣庭悲伤，鸦情何切；仇已报而触石投死，鸦义何深。人为鸦死，鸦为人亡，一举顿戕两命；因鸦害人，因人害鸦，万段何慰双魂。爰[14]服上刑，永兹无赦[15]。"

判毕即将李立监起。于是知县感鸦之义，命埋鸦于张恩之旁，因构亭表之，名曰"义鸦坟"云。

【注释】

[1] 施舍：以财物救济穷人或出家人。
[2] 停当：妥当、完备。
[3] 碎银：散碎的银子，分量多少不一，与成锭的分量为整数的银子相对。
[4] 漕银：按转运司认可的标准生产的分量为整数的成锭银子。
[5] 生心：引起某种念头，多心。
[6] 不消：不用，不用说。
[7] 被发：指披散着头发。
[8] 漏下：漏刻（古计时器）的水面已经下落，指时间已晚。
[9] 四鼓：三更四鼓，指深夜。
[10] 踌躇：犹豫不决。
[11] 鞫审：审问。
[12] 冥途：佛教指地狱饿鬼之处。
[13] 报本：报恩思源。
[14] 爰：于是。
[15] 无赦：不宽免罪罚。

(刘通)

【述评】

该案中，山东客商张恩往北京买缎匹，半路租马夫李立的马并与之同行。后买鸦放生之时，李立见财起意打死张恩。

古人将心系主人、孝顺主人或报恩主人的家养动物冠以"忠""义"等名称，如义犬、忠犬、义马、忠马等。乌鸦也可人养，但很少有人称义鸦、忠鸦。本案讲述的是乌鸦感恩报案的故事。前面还讲述义猴报案的故事，都是同一题材内容。不说义鸦报案的真实性，作者要表达的是动物尚且为主人报恩，而人类还做不到。正如黄县令判词所表达的："蠢鸟无知，尚明报本。生人有觉，何忍行奸。"因此，这是一种起教化作用的题材。

（黄瑞亭　胡丙杰）

苏按院词判奸僧（见图16）

图16　黄瑞亭引自明万历刊本，余象斗《廉明公案·苏按院词判奸僧》

【原文】

景泰间德郡一妓李秀奴，有娇态，喜琵琶，常于月夜弹唱，听者无不动情。郡中恶少年多争宿焉。郡之西有灵隐寺，寺有和尚名了然，素闻其名。一日见之，顿起欲火[1]，忘却弥陀。归即刺字于壁曰："但愿生从极乐国，免教今世苦相思。"缘此佛事不理，斋素[2]无心，思求与之欢合，又无有路，迷恋不休。适其结契[3]兄弟号赤虎儿者来相拜访，见其非病非醉，似哑似聋，怪而问之。了然告其故，因出二百余金，嘱为之指引，曰："倘成得就当重谢焉。"虎儿许诺，将银递与秀奴。秀奴接银欢喜万倍，觞[4]赤虎儿。秀奴曰："妓馆往来人多，和尚过我似为不便，万一事泄，不惟奴家含羞，那和尚罪将安逭也。我有一计，假称身子有病，不能接客。俟更阑[5]潜入寺宿，黎明回家，必如此方可掩人耳目。"赤虎儿回话，了然爽快。如是暮入朝出，僧妓淫宿，人无知者。后了然衣钵[6]荡尽，秀奴绝之。了然终不敢言，只是愤怒。思欲齑粉[7]之而后甘心。乃揭银乙两，托赤虎儿送与秀奴，再求一宿。秀奴接银，心中思忖："将欲去乎，则恐其为他所弄；将不去乎，则舍不得银子。"踌躇久之，呼鸨儿[8]曰："今晚有一位客官，欲往京应袭[9]百户[10]，在此秤银伍钱，接我于西市中街旅邸[11]饮宿。汝好好看家，谨防梁上人[12]，我明早自归。"鸨儿领诺。秀奴悄悄同赤虎儿潜入寺中，与了然宿奸。行事之际，虽有云容雨意[13]，徒勉强策应耳。了然终不满。是夜四鼓，送至西中街。了然怒气冲心，将秀奴一击而毙，正在应袭百户寓门首。了然慌忙走回。天明，地方即将其事闻官。鸨儿具状赴告，称说：秀奴委的为应袭百户接去，在客铺中饮宿，不知何故为其所杀。府主[14]即差手下将百户及店主收缚拷问，并无来由，俱不招认。府主思忖："妓家争妒致死者多，不可专罪百户。"竟以疑狱监访。时苏巡抚巡郡，案其事。正审鞫间，有怪风一阵，吹片纸上公案。纸上有数字云："事实了然，何苦相思。"苏院览毕得意，以为真情。判云："百户不合宿娼，又不合妒杀。"遂拟死。事竣，将起行。其同年请游灵隐寺，见寺壁间有"但愿生从极乐国，免教今世苦相思。"之句，沉吟半晌。正欲诘其情由，适了然进茶，苏院问曰："和尚名甚么？"应曰："了然。"苏院怪讶，又问曰："壁间之字何人所刺？"了然叩头不敢（应）。苏院令巡捕官[15]锁住解审。酒三爵，即起身到院。取夹棍将了然拷打。了然不得已，从实招认。遂释放百户及店主。

　　苏院判以《踏沙行》[16]词曰："这个秃奴，修行忒煞，云山顶上持戒，一从迷恋玉楼人。鹑衣百结罪无奈，毒手伤人，花容粉碎，空空色今何在？壁间刺道苦相思，这回还了相思债。"

　　即押市曹[17]处斩。奸僧凶狠，因宿娼而杀娼，心则何忍。苏院冰鉴，由适情而得情，名宜永传。

【注释】

　　[1] 欲火：指炽盛如火的欲念。

　　[2] 斋素：持斋吃素。

　　[3] 结契：彼此相交，甚为投缘。

　　[4] 觞：指宴请。

　　[5] 更阑：更漏已残，指夜已深。

　　[6] 衣钵：佛教僧尼的袈裟与饭盂。

　　[7] 斋粉：碎成粉屑，指粉身碎骨。

　　[8] 鸨儿：鸨母。开设妓院，蓄养幼女使成娼妓，或诱惑控制妇女卖淫的女人。

[9] 应袭：承袭、沿袭。

[10] 百户：职官名。元、明时期的武官，统兵一百人。

[11] 旅邸：旅馆。

[12] 梁上人：梁上君子，窃贼的雅称。

[13] 云容雨意：指男女间欢合之事。

[14] 府主：旧时幕职称其州郡长官的敬辞。

[15] 巡捕官：负责巡查搜捕的官吏。

[16]《踏沙行》：即《踏莎行》，词牌名。双调五十八字，前后段各五句、三仄韵。四言双起，对偶。

[17] 市曹：商店聚集的地方。古时多于此地处决罪犯。

（刘通）

【述评】

该案，是一个叫"了然"的和尚"因宿娼而妒杀娼"的案件。苏按院查案时，发现妓女李秀奴死得蹊跷，决定疑狱监访。妓女李秀奴被杀当天，被外约到客铺给一个武官上门服务，结果，经调查还没到客铺妓女李秀奴就已被人杀害了。"妓家争妒致死者多，不可专罪百户。""百户不合宿娼，又不合妒杀。"那么，不是武官所杀，是谁杀死妓女李秀奴呢？谁又会"妒杀"妓女李秀奴呢？沿着"妒杀"的思路，苏按院明察暗访，了解了一些情况，又有人放纸条"事实了然，何苦相思"。原来，杭州灵隐寺有个不守戒规的了然和尚，由于迷恋妓女李秀奴，天长日久，竟弄得"衣钵荡尽"，穷困潦倒。于是，惯于送旧迎新的妓女李秀奴就不再理睬了然和尚了。可是，了然和尚仍然对妓女李秀奴迷恋不已。案发当晚，了然和尚几杯酒落肚，醉眼蒙眬、跟跟跄跄地又去纠缠妓女秀奴，刚好，秀奴告知要外出去与武官会面，断然拒绝了然和尚。这时，了然和尚妒忌心发作，恼羞成怒，秀奴出门不远就被了然和尚杀死。了然和尚杀人后迅速逃离现场。最后，了然和尚在灵隐寺被抓获，案件告破，了然和尚被处斩。

该案能顺利破获，与苏按院"适情而得情"的思维方式和办案方法有很大关系。所谓"适情而得情"，指的就是适应变化的不同情况进行分析而得到事实的真相。这就是法医学上案情分析特点。以这个案件为例，通过对妓女李秀奴被"妒杀"这个结果，排除"不合妒杀"的武官作案，寻找其他"妒杀"妓女李秀奴的各种蛛丝马迹，最后找到了然和尚。也就是说,"适情而得情"是从认识上恢复犯罪实施过程的原状,以确定事件的性质和实施犯罪的有关情况的活动。法医学上,对案情的分析自受案开始并随着调查研究的进展逐渐深化,一直持续到案破为止。对于正确判定侦查计划,确定侦查方向,界定侦查范围,收集案件证据,查缉犯罪嫌疑人,选准破案时机等极为重要。由此,古人的"适情而得情"检验方式值得后人借鉴。

值得一提的是,古代官员判词很有特色,有一种判词叫"花判"。所谓"花判",是指办案官员用骈体文写成的语带滑稽的判词。"花判"多以宣扬正气、断案折狱、除暴安民等为主要内容,出现在公案判决书之中,在我国有着千余年的悠久历史。它以特定的题材内容,以诗词形式,运用生花妙笔作出判词,其词简明扼要,通俗易懂,情文并茂,妙趣横生,在民间广为流传,影响深远。

该案,苏按院在作判决时,想起了然和尚在墙壁上写的十四个字:"但愿生从极乐国,免教今世苦相思。"苏按院见凶手一一招供服罪,就冷笑一声说:"好,待本府成全你吧!"便挥毫写下"花判"《踏莎行》一首。其判词曰:"这个秃奴,修行忒煞,云山顶上持戒,一从迷恋玉楼人,鹑衣百结罪无奈。毒手伤人,花容粉碎,空空色今何在?壁间刺道苦相思,这回还了相思债。"

这个案件中提到的苏按院,就是大文豪苏东坡,案件发生在苏东坡杭州太守任上。

(黄瑞亭)

丁府主判累死人命

【原文】

德化县倪达,状告为累死人命事:"阎王大户吴魁,与兄争界,交恨半年,陡今自砍杉木,安赃黑陷。喝令虎仆捆缚兄至伊家幽系[1]土牢[2],不锁绝食,捏诬[3]呈县。屈受非刑,生生累死,极大冤枉。白昼暗天,哀哀上告。"吴魁诉曰:"状诉为究盗烛冤事:恶倪进,盗砍坟树,凭里获赃。告县拘审[4]发监,贿保领出,逾月喉疯暴死[5],与累无干。刁棍倪达,飘诬累死,竦告架骗。不思伊兄在家病故,并非在狱身亡,细审细查,何为累死。乞怜杜祸安民。上诉。"丁府主审云:"倪进盗砍吴魁坟树,赃出后园,彰彰然经中邻之目睹者。县拘赴审系监,越信宿[6]而歇家[7]领出。逾月患喉疯,食不下咽,大命遂终。天乎人也何尤。倪达因兄身死,遂执为辞,冤称累死人命。殊不知本县发监,非私牢也;一日而旋释放,非滞狱[8]也,何为累死!然则讼人命者,固不若讼贼情[9]者之为真哉。但进既死矣,罪无他及。魁虽遭讼,实系无辜。止倪达未合妄告耳。"

【注释】

[1] 幽系:囚禁、拘囚。
[2] 土牢:黑暗严密的监牢或地窖,通常在地下。
[3] 捏诬:说谎诬陷。
[4] 拘审:拘捕审问。
[5] 暴死:突然死亡。
[6] 信宿:连住两夜,也表示两夜。
[7] 歇家:旧时的一种职业,专营生意经纪、职业介绍、做媒作保、代打官司等业务。亦指从事这种职业的人。
[8] 滞狱:指因积压或拖延未予审决的案件。
[9] 贼情:有关贼盗的案情。

(刘通)

【述评】

该案,原告倪达以吴魁私设"土牢"使倪进"屈受非刑""累死人命"上告,被告吴魁以倪进"喉疯暴死与累无干""非在狱身亡"为由应诉。官府经调查核实,倪进盗砍吴魁坟树,邻里都看到。县府收监一天就放人,倪进系"逾月患喉疯,食不下咽,大命遂终",不是"累死人命",判定倪达为"妄告"。

这里,涉及是否"私设公堂""私设土牢"问题,官府予以澄清。此外,涉及是"累死人命"还是病死问题,官府确认倪进系案发"逾月患喉疯"而病死,与吴魁无关。且县府收监一天就放人,不存在"滞狱"问题。

法医学上,"私设公堂""私设土牢"致人伤亡属故意伤害,"累死人命"还是病死属伤病问题,"滞狱"死亡涉及刑讯逼供问题。由此可见,我国古代重视法医检验,这在本案的判决书上讲得十分透彻,值得研究。

该故事来源于《萧曹遗笔》的"告累死",德化县事丁府审。

(黄瑞亭　胡丙杰)

奸 情 类

汪县令烧毁淫寺（见图17、图18）

图17 刘通引自上海古籍出版社《古本小说集成》，余象斗《廉明公案·汪县令烧毁淫寺》

图18 黄瑞亭引自明万历刊本，余象斗《廉明公案·汪县令烧毁淫寺》

【原文】

广西南宁府永淳县，在城有一宝莲寺，殿宇深宏，禅室明丽。青松翠竹，掩映楼台，钟声磬韵，悠扬叠奏。寺中田粮有二百余石[1]，常有僧一百多员，皆交租管粮，衣食丰足。有富民达士[2]游玩于寺者，皆以上好茶果相待，陪游侍奉，未尝失礼于人。以此人皆称此寺僧人良善，各有施舍。僧益殷富。况寺又灵异，祈祷有应。东边有一子孙堂，规模极大，左右有十数官房[3]。凡妇女来祈嗣者，须七日前戒三日前斋。又要身无疾病，心无忧闷，然后来祈嗣。打得圣者，在子孙堂官房宿。每房只宿一人，其房皆洁净严密。先着你去详照[4]着看管，并无缝隙。然后，夜令妇女房中宿，房门外令他夫男自己看守，及后回去，多有生育男女者。以此相传，后来祈嗣者，城内外日甚一日。其妇女有言夜梦佛送子与他者，有梦见罗汉[5]来睡者，有机深[6]不肯言者，有去祈后再不去者。只因官房严密，房门外又系亲人看守，人并不生疑。原来此寺僧秃极淫欲。彼官房虽密，或从地下开暗道，从床下而来者；或揭开水障而入者；或床屏后开门入者。百计千万，各有路可入官房。夜则僧人去奸宿妇女。因本妇身无疾病，又斋戒神清，且僧力精壮，故多有子。其妇女被奸者自心虽明，那个肯言。其淫妇无耻者，反借此为偷欢门路。如此浸淫[7]日久，天理该彰。有福建泉州汪旦，年幼登第，新任知县，到任半年，闻宝莲寺有祈嗣灵应之事。汪知县心想起来：寺若有灵，只消祈保有应验，何必要妇女在寺宿，恐中间必有情弊。乃密令接娼姑李翠楼、长媚姐入衙。七月初一，故送到寺中，诈称一是奶奶，一是小姐，来寺祈嗣。本日又有富民宦家妇女十余人，同在此祈。将晚，汪令亲去细察官房，并无孔隙。乃密藏一碗朱砂与李翠楼，一碗墨汁与张媚姐，吩咐夜间有甚物来，可将朱砂、墨汁抹其头上。看顾二娼妇入房去宿，汪知县径回衙去。次早天未明，带领民壮[8]皂隶二百余人，带枪刀麻绳，伏于寺外。止带数十人入寺，点客和尚名。时本寺共一百单八名僧，内有僧法海、僧慧云头上有朱砂，僧性空、僧悟空头上有墨。乃令手下锁住四僧，问其何故。四僧推托，是自伙相挽，非有别故。汪令乃呼李翠楼问曰："汝宿寺中，夜中所见若何，一一道来。"李翠楼答曰："昨夜钟声定后，有一和尚来奸我，小顷一去，又一来奸四次，并不说话。我后推托不惯经[9]，和尚乃将丸子与我，说此是春意丸，只吞此，虽千遭亦不怕。又将一包小丸子，道是调经种子丸，留妇家早晨吞之，后自有子。

今俱留在此。当交合时，我依钧旨[10]，将朱砂抹其头上，想此二红头僧是也。"又问张媚姐所说都同。云："我以墨抹之，想二墨头者是也。那春意丸我已吞了，其交合时真爽快死也。但种子丸一包尚在。"又拿别十数妇女同祈嗣考来问之，皆死称夜无和尚来奸之事。乃令搜身上，各得种子丸一包。汪令也不穷究他，发令回去。僧法海四人知隐不过。只得招曰："寺中只我四人有此奸淫，余无相干。其丸子是来寺时送与者，非奸时送也。李张二娟俱执是奸时送，非日间送也。汪知县喝令将僧尽锁住。诸僧正欲行凶，寺外民壮持枪刀拥进来，僧遂不敢动手。尽用麻绳捆去，收入监中，二监几于填满。住持[11]僧佛显心生一计，与禁子[12]凌志曰："吾寺犯此，必当洗除。我管寺四十年，积有银一千两，今亦无用。你私放我二三人，暂入寺收拾铺陈[13]、粮食来监中，愿将银一百两谢你。"凌志闻知有银，即与禁子八人，私跟四个僧去取银。到寺掘开一窖，有银无数。僧显头曰："你每人各取十大锭去，余者替我抬入监中用。"八人见银多，其带入监者又多，遂纵此僧四人去收拾铺陈。佛显乃尽取寺中短刀、斧头裹在铺陈内，抬进监去，思今夜反狱[14]。本日，汪令因拿出此恶，心中自喜有能，思作文书申详军门、两院，秉烛而坐。猛然想到曰："我收百余僧在监，倘有反叛何以御之？"即急召快手[15]各带兵器入宿。时已钟声初定，怯、值两监僧约定，期刻[16]杀死禁子，打开狱门呐喊杀出。称言只杀知县，不动百姓。时快手有三五十人到，遂于监门格斗一场。僧人兵器短，快手俱用长枪，以故僧人多伤，不能得出。后知反狱，惊得满城百姓各持刀保守。此时快手尽到，杀死僧人十数。快手亦多被伤者。僧佛显知事不济，退入狱中，扬言曰："谋反者只是十余人，都已当先被杀。他人及旧重犯[17]都不愿反，容我辈当堂告明。"汪令此时大怒曰："这贼秃积造淫恶，事急又思谋反。若你谋得行，不惟官遭你凶手，将满城百性皆受荼毒矣。不尽杀之，何以儆后。"遂差刑房吏[18]虞麟入狱曰："反狱者已死，你非反者，可将兵器取进与我，然后等明日凭你去恳剖，必有明白。"将兵器尽数搜出。汪令乃唤过手下曰："留许多僧在狱，必然生变，难以防治，可乘他今夜反狱，即将所搜出彼之短刀入狱，除重犯剪发者留明日问，其余众僧，每人各找一僧之首级[19]来。"是时七月初二夜三更时候，将百员僧一齐斩讫。正是善恶到头终有报，只争来早与来迟。往时僧行奸淫多在三更之时，今日尽死于三更，靡有孑遗[20]，岂非报应之验哉！次日将重犯来审问，狱中缘何藏许多短兵器。重犯供出禁子凌志八人，各得僧银十锭，致使僧得藏兵器于铺陈中来。其凌志等昨夜都被僧人杀死了。

汪令乃具申察院曰："照得永淳县有宝莲寺，以祈嗣惑众，引诱良民妇女夜宿寺房，寺僧暗行奸淫。本县令二娼妇李翠楼、张媚姐诈称祈嗣，夜各有二僧去奸。李姐朱砂涂其头，张用墨涂其头。次早拿出僧法海等四人，并访出寺僧平日奸淫缘由实迹，俱在狱。岂料住持僧佛显，多藏短刀于铺陈中。二更反狱，杀死禁子凌志等八名，打开监门。恰得宿衙快手周立等于狱门格斗。后诸役俱到，将僧人杀尽。其快手郑强等二十五人，各带重伤，已各发医去讫。合将宝莲寺拆毁烧灭，以永断愚民信佛之妄，以洗除积年淫污之羞。为此具申，添至申者。"

巡按刘批曰："看得僧佛显等，心沉欲海，恶炽火坑。用智设机，计哄良家祈嗣；空墉穴地，强邀信女通情。紧抱着娇娥，兀的[21]是菩萨从天降；推难去和尚，则索道罗汉梦中来。可怜嫩蕊新花拍残狂蝶，却恨温香软玉抛掷终身。白练[22]受污不可洗也，黑夜忍辱安敢言乎！朱砂抹顶，红艳欲流，想长老头横冲经水；墨涂颠，黑煤如染，岂和尚颈倒浸墨池。收送福堂波罗蜜，自做甘受；陷入色界魔境坚，有口难言。乃藏刀剑于皮囊，寂灭翻成贼雪；愿动干戈于圜棘[23]，慈悲变作强梁[24]。夜色正昏，护法神通开狴犴[25]；钟声甫定，金刚勇力破图圄。釜中之鱼，既漏网而又跋扈[26]；柙中之虎，欲走圹而先噬人。奸窈窕、淫善良，死且不宥[27]；杀禁子、伤民壮，罪将安逃。反狱奸淫，其罪已重；戮尸枭首，其法允宜。僧佛显众恶之魁，粉碎其骨；宝莲寺藏奸之薮，火焚其巢。庶发地藏之奸，用清无垢之佛。此缴。"

时军门两院，各依拟准毁其寺。汪知县遂领民夫，登时放火焚毁。人皆喜除此淫寺恶僧。向日之妇女在寺有嗣者，丈夫皆不以为亲子。中间妇女知羞者，多自缢[28]死。民风由此始正。不言佛，不惹僧，不以妇女入寺矣。后汪县令因此事，遂钦取为巡按监察御史[29]。

【注释】

[1] 石：中国市制容量单位，十斗为一石。

[2] 达士：明智达理之人。

[3] 官房：招待客人的房屋。

[4] 详照：指明察。

[5] 罗汉：佛教称断绝一切欲念，解脱一切烦恼的僧人；已达到涅槃

的佛教和尚。

［6］机深：心计深密。

［7］浸淫：指沉浸，比喻被某种事物深深吸引。

［8］民壮：民间临时招募的壮丁。

［9］惯经：指习惯，惯常所经历的。

［10］钧旨：大旨，尊称别人的旨意。

［11］住持：佛教僧职。唐代禅宗兴盛后始设置，为寺院的领导，总管僧事的职务。后来道观亦采用此制。

［12］禁子：旧称在监狱中看守罪犯的人；狱卒。

［13］铺陈：出外所携带的被褥等卧具。

［14］反狱：指越狱；在狱内反抗。

［15］快手：捕快、士卒。

［16］期刻：约定期限。

［17］重犯：犯有严重罪行的犯人；重要的罪犯。

［18］刑房吏：旧时衙门中掌理刑事案件的分署官吏。

［19］首级：古时指斩下的人头。

［20］孑遗：残存者、遗民。

［21］兀的：疑问词。怎么、岂。

［22］白练：白色熟绢，喻指像白绢一样的东西。

［23］圜棘：古代拘留犯人之地，即监狱。

［24］强梁：粗暴、残忍或凶狠的人。

［25］狴犴：指牢狱。

［26］跋扈：形容人态度傲慢无礼，举动粗暴强横。

［27］宥：宽容、饶恕、原谅。

［28］自缢：上吊结束自己的生命。

［29］御史：职官名，御史大夫是从一品官。先秦时期，天子、诸侯、大夫、邑宰皆置"史"，是负责记录的史官、秘书官。国君置御史。自秦朝开始，御史专门作为监察性质的官职，负责监察朝廷、诸侯官吏，一直延续到清朝。

（刘通）

【述评】

　　法医提取痕迹是物证鉴定的主要一环。在这个案件中，利用痕迹和留取痕迹是古代检验的特点，其思维和方法值得借鉴。该案及汪旦办案事迹被写入《晋江县志》。

（黄瑞亭）

陈按院卖布赚赃（见图19）

图19　刘通引自上海古籍出版社《古本小说集成》，余象斗《廉明公案·陈按院卖布赚赃》

【原文】

　　赣州府召城县鲁学曾，父为廉使[1]。在日为聘佥事顾远猷之女为婚。及父没，学曾家益贫，不能备大聘之礼，顾佥事[2]将与之退亲。其女阿秀不肯。母夫人孟氏贤淑，甚爱其女。见其年已二十，急欲使之成亲。乃使人去谓鲁学曾曰："老相公[3]嫌你家贫，意要退亲。今乘他出外，可在我家来，将些银两与你，明日将来作聘礼，管教成亲。"学曾闻之大喜。奈无衣冠可去，乃往姑娘[4]家借之。姑娘见侄到，问其到舍有何所议。学曾曰："岳母见我家贫，昨遣人来叫我，将讨银与我，以作聘礼，然后成亲。奈无衣冠，敬到此问你表兄借用，明日即奉还。"姑娘闻得亦喜，留午饭后，立命儿梁尚宾取套新衣服，与侄学曾去。谁料尚宾是个歹人，闻得此事，即托言曰："难得表弟到我家，须消停[5]几日，何可便去？我要去拜一知友，明日即回相陪。"故不将衣服借之。学曾只得在姑娘家等。梁尚宾乃自到顾金事家，诈称是鲁学曾。孟夫人同女阿秀出来款待，见尚宾言辞粗俗，礼貌空疏。孟夫人曰："贤婿亦廉使公之公子，父是读书人何如礼数羞疏？"尚宾答曰："财是人胆，衣是人毛。小婿家清贫流落，居住茅房，骤见相府，心不敢安，故如此也。"孟夫人亦不怪他，留之宿，故疏放其女夜出，与之偷情。次日收拾银八十两，金银首饰珠玉等约值百两，交与尚宾去。彼只以为真婿，怎知持防。尚宾得此金银，回来见学曾，只说他去望友而归，又缠住两日。至第三日学曾坚要去，乃以衣服出借之。及学曾到顾岳丈家，遣人入报，岳母孟夫人即惊怪出而见之。故问曰："你是吾婿，可说你家事与我听。"学曾一一道来，皆有根据。但见言辞文雅，气象雍容，人物超群，真是公子风度。孟夫人心知此是真学曾，前者乃光棍所假，悔恨无极。入对女曰："你出见之。"阿秀不肯出，只在帘内问曰："叫公子前日来，何故等今日。"学曾曰："贱体微恙，故今日来。"阿秀曰："你若早来三日，我是你妻，金银亦有。今来迟矣，是你命也。"学曾曰："令堂[6]遣盛价来约，以银赠我，故造次[7]至此。若无银相赠，亦不关事。何须以今日、前日为辞？我若不写退书，任你守至三十，亦是我妻。令尊[8]虽有势，岂能将你再嫁人乎！"言罢即起身要去。阿秀曰："且慢。是我与你无缘，你有好妻在后。我将金钏一对，金钗贰副，与公子买书读，愿结下来生之缘。"学曾曰："小姐何说此断头之话。这钗钏与我，岂当得退亲财礼乎！凭你令尊与我何如，我便不去。"阿秀曰："非是退亲，明日即见下落。你速去，则得此钗钏，稍迟，恐累及于你。"学曾不信，在堂上大坐。少顷，内堂忙叫小姐缢死。学曾犹未信，进内堂看之。见解绳下，孟夫人伏抱痛哭。学曾亦泪下如雨，心痛如割。孟夫人麾之出曰："你速去，不可淹留[9]。"学曾忙回姑娘家交还衣服，达知其故，即便转家。姑娘轻轻叹息。梁尚宾乃与母道知，是他去脱[10]银，又得奸宿，不知此女这性急便死。梁母切责之，惊忧益甚，不数日而死。尚宾妻田氏亦美貌贤德，才入梁门一月。见尚宾行此事，骂之曰："你脱其银不当污其身。你这等人天岂容你！吾不愿为你妇，原求离归娘家。"尚宾曰："我有许多金银在，岂怕无妇人娶？"即与休书离之。

　　再说顾金事数日归家，问女死之故。孟夫人曰："女儿往日骄贵，凌辱婢妾。日前鲁女婿自来求亲，见其衣冠蓝缕[11]，不好见面，想以为羞，故自缢死。亦是他性子执迷，与女婿无干。"顾金事怒曰："我尝要与他退亲，你与女儿执拗不肯。今来玷我门风，恼死我女儿，反说与他无干。我偏要他偿命。"即写状与家人赴府投告曰："状告为逼女事：闺门风化所关，男女嫌疑所别。哭女阿秀，年甫及笄[12]，许聘兽野鲁学曾，未及于归，曾潜来室，强逼成奸。女重廉耻，怀惭自缢。行强情恶，致死命冤。人伦变异，几染夷风。殄恶[13]正伦，迫切上告。"鲁学曾去诉曰："状诉为嫁祸事：曾忝儒流，幼凭媒议，笄聘顾远猷女为妻。苦曾命蹇[14]，逐日清贫。远猷负义，屡逼退亲，伊女不从，刁张打骂，致郁缢死。反捏曾奸，茫无证据。威逼女死，惧招物议，抢先捏告，污□何甘。察恶正诬，伦理有赖。叩诉。"顾金事财富势大，买赂官府，打点上下。虞府尹[15]拘集审问，尽依原告偏词，干证妄指，将鲁学曾拟死，不由分诉。

将近秋期，顾金事复书通陈濂察院，嘱将学曾处决，勿留致累。孟夫人知之，私遣家人见陈院，嘱勿便杀。陈按院心疑曰："均是婿也，夫嘱杀，妻嘱勿杀，此必有故。"单吊鲁学曾，详鞫其来历。学曾叙了一遍。陈按院诘曰："当日顾小姐怨你不早来，你何故迟去二日？"学曾曰："因无衣冠，在表兄梁尚宾家去借，苦被缠留两日，故第三日去。"陈院闻得，心下明白。乃装作布客，往梁尚宾家卖布。尚宾问他买二疋，故高抬其价。及尚宾不买，又道卖与他。如此反复几次，激得尚宾发怒，骂这小客可恶。陈布客亦骂之曰："量你不是买布人，我有布二百两，你若买得。肯减五十两与你，休欺我客小也。"尚宾曰："我不做客，要许多布何用？"陈布客曰："我料你穷骨头不及我也。"尚宾思："家中银有七八十两，若以首饰相添，更不止百五十两。"乃曰："银我生放[16]者多，只现在者未满一百。若要首饰相添，我尽替你买来。"陈布客曰："只要实估，首饰亦好。"尚宾先兑出银六十两，又以金银首饰估作九十两，问他买二十担好布。陈按院既赚出此赃，乃召顾金事来，以金银首饰与他认，顾金事大略认得几件，看曰："此钗钿多是我家物，何以在此？"陈按院再拘梁尚宾来问之曰："你脱顾小姐金银赃，已将买布矣。当日还有奸否？"梁尚宾见陈察院即是前日假装布客，真赃已露，情知难逃，遂招承曰："前日因表弟来借衣服，小的果诈称学曾先到，顾家小姐出见，夜得奸污。今小姐缢死，表弟被累，天台察出，死罪甘受。"陈院看其情可恶，发打六十，登时死于杖下。顾金事闻得此情，怒气冲冲，曰："脱银尚恕得，只女儿被他污辱，怀惭而死。此恨难消，除此又误陷死女婿，指我阴鸷[17]。今必更穷追其首饰，令他妻亦死狱中，方泄此忿。"梁尚宾离妻田氏闻得，自往顾金事家去，投孟夫人曰：

"妾到梁门未满一月。因夫脱贵府金银，妾恶其不义即求离异，已归娘家一载，与梁门义绝，彼有休书在此可证。今闻老相公要追妾首饰，此物并非我得，望夫人察实垂怜。"顾金事看其休书，穷诘来历。果先因夫脱财事而离异。乃叹息曰："此女不染污财，不居恶门，知理知义，名家女不过如是。"孟夫人思阿秀不止，见夫称田氏贤淑，乃谓之曰："吾一女惜如掌珠，不幸而亡。今愿得你为义女，以慰我心，你意如何？"田氏拜谢曰："若得夫人提携，是妾重生亲父母也。"顾金事曰："你二人既愿结契母子，今田氏无夫，鲁女婿未娶，即将与彼成亲，便当亲女亲婿相待何如？"孟夫人曰："此事真好，我思未及。"田氏心中喜甚，亦曰："从父亲、母亲尊意。"即日令人迎请鲁学曾来入赘[18]顾家，与田氏成亲，人皆快焉。

按：梁尚宾利人之财，而财终归于无。污人之妻，而己妻为人所得。此可为贪财淫色、不仁不义之戒。孟夫人虽贤德，然爱女太过，纵与私合，致此生祸，亦姑息[19]之弊耳。田氏绝不义之人，而终得君子之配，非天报善人哉！

【注释】

[1] 廉使：古代按察使的通称。

[2] 佥事：职官名。专司判断官事的官。明代时都督、都指挥、按察、宣慰、宣抚等司均置佥事官。

[3] 相公：古代妻子对丈夫的敬称。

[4] 姑娘：指姑母。

[5] 消停：歇息、停留。

[6] 令堂：称谓，尊称别人的母亲。

[7] 造次：慌忙、仓促。

[8] 令尊：称谓，尊称别人的父亲。

[9] 淹留：长期逗留、羁留。

[10] 脱：指欺骗。

[11] 蓝缕：衣服破烂的样子。

[12] 及笄：笄，发簪。古代女子年满十五岁而束发加笄，表示成年。后世遂称女子适婚年龄为"及笄"。

[13] 殄恶：消灭罪恶。

[14] 命蹇：命运不好、时机不佳。

[15] 府尹：府级的最高长官，相当明清时代的知府。
[16] 生放：放债生利息。
[17] 阴骘：原指上苍默默地使安定下民，转指阴德。
[18] 入赘：上门女婿，男子到女方家落户。
[19] 姑息：纵容，不加限制，出于照顾或好心肠而迁就或容忍。

（刘通）

【述评】

案件审理最需要的是确凿的证据，一个案件能办得扎实，物证起决定性作用。但是，对于科技并不发达的古代社会，无法像今天这样运用各种高科技的精密仪器对犯罪现场所有东西进行化验来发现证据。因此，只能通过官员微服私访或派亲信，到案发地方进行实地调查，从而发现重要证据，进而使真相浮出水面。

本案，陈按院从证据入手，在纷繁复杂案情中理出头绪，着手装扮成卖布客商从梁尚宾处巧妙获取物证：并把物证让顾金事过目核对。顾金事看后说："此钗钿多是我家物，何以在此？"陈按院再拘梁尚宾来当面质证。梁尚宾见陈按院即是前日假装布客，真赃已露，情知难逃，便招供："前日因表弟来借衣服，小的果诈称鲁学曾先到，顾家小姐出见，夜得奸污。今小姐缢死，表弟被累，天台察出，死罪甘受。"于是，案件真相大白于天下。

（黄瑞亭　胡丙杰）

邹给事[1] 辨诈称奸

【原文】

广东惠州府河源县，街上有一小士行过，年可八九岁，眉目秀丽，丰姿俊雅。有光棍张逸称羡之曰："此小士真美貌，稍长，便当与之结契。"李陶谓之曰："你但知这小士美，不知他的母亲更美貌无双，国色第一也。"张逸曰："你晓得他家，可领我一看，亦是千载奇逢。"李陶遂引之去，直入其堂。果见那妇女真赛比嫦娥，妙绝天仙。骤见二生面人来，即斥之曰：

"你甚么人，无故敢入人堂？"张逸曰："敬问娘子求杯茶饮。"妇人曰："你这光棍，我家不是茶坊酒肆，敢在这来乞茶吃。"转入后堂去不睬之。张、李二人见其貌美，看不忍舍，又赶进去。妇人喊曰："有白撞贼在此，众人可来拿！"一人起心，即去强挟曰："我贼不偷别物，只要偷你。"妇人高声叫骂。却得丈夫孙诲从外闻喊急进来，认得是张、李二光棍，便持杖击之，二人不走，与孙诲厮打出大门外，反说孙诲妻子脱他银去，不与他奸。孙诲即具状县告曰："状告为强奸事：律法霜清，淫污必戮。台教日丽，礼范尤严。陡有棍恶张逸、李陶赌荡刁顽，穷凶极逆，窥诲出外，白昼人家，劫制诲妻，要行强奸。妻贞喊骂，幸诲撞人，彼反行凶，推地乱打，因逃出外，邻甲周知。白日行强，妻辱夫伤，冤屈难忍。投台严究，珍恶正伦。上告。"张逸亦来评告[2]曰："状告为脱骗事：棍徒孙诲，纵妻土娼，引诱雏子，兜揽财物。逸素不嫖，冤遭李陶惯通诲妻，推逸入坑，脱去丝银六十余两。套人财本，济伊嫖资，争锋殴打，反唆孙诲告强奸。且恶脱财入手，生计绝人。乞追还脱银，免遭骗局，感激哀告。"

柳知县拘来审，孙诲曰："张、李二人强奸我妻，我亲撞见，又揪小的在门外打，又街上秽骂。有此恶逆，望老爷除此两贼，方不乱王法。"李陶曰："孙诲你忒杀心，装捏强奸，人安肯认。本是你妻与我有奸，得我银三十余两，替你供家。今张逸来，你便偏向张逸，故我与你相打，你又骂张逸，故逸打你。今你脱银遇手，反装情，这人夫岂容你？"张逸曰："强奸你妻，只一人足矣。岂有两人同强奸？只将你妻与邻佑来问，便见是强是通。"柳知县曰："若是强奸，必不敢扯人门外，又不敢在街上骂，即邻甲也不肯。此是孙诲纵妻通奸。这二光棍争风相打，又打孙诲是的矣。"各发打三十收监，又差人去拿诲妻，将官卖[3]。诲妻出叫邻佑曰："我从来无丑事，今被二光棍捏我通奸，官要将我发卖。你众人也为我去呈明。"邻有识事者教之曰："柳爷昏暗不明，现今给事邹元标在此经过，他是朝中公直好人，必辨得光棍情出。你可去投之。"诲妻依言。见邹公轿，过去拦住，说："妾被二光棍人家调戏，喊骂不从。夫去告他，他反说与我通奸。本县太爷要将妾官卖，敬来投光。"邹公命带入衙，问其姓名、年纪，父母姓名，及房中床被动用什物，妇人一一说来。邹公记在心。即写一贴往县曰："闻孙诲一起奸情事，乞赐一鞫。旋即奉上。僭请幸恕。"柳知县甚敬畏邹公，即刻差吏解人并卷去。邹公问张逸曰："你说通奸，这妇女的姓名、他父母是谁？房中床被什物若何？"张逸曰："我近日初与通奸，未暇问其姓名。他女儿做土娼也羞，父母亦不与我说名。他房中是斗床花被，木梳、木粉盒、青铜镜、添镜台等项。"邹公又问李陶："你与他相通在先，必知他姓名及器物矣。"李陶曰："院称名，土娼只呼娘子，因此不知名。曾与我说他父名朱大，母姓黄氏，特未审他真假何如。其床被器物，张逸所说皆是矣。"公曰："我差人押你二人同去勘孙诲夫妇房中，便知是通奸、强奸。"及去到房，则藤床锦被，牙头梳、银粉盒、白铜镜、描金镜台。诲妻向说皆真，而张、李所说皆妄。邹公仍带张、李等入衙曰："你说通奸，必知他内里事如何。孙诲房中物全说不来，此强奸是的矣。"张逸曰："通奸本非，只孙诲接我六两银，许我去，奈他妻不肯从。"邹公曰："你将银买孙诲了，更与李陶同去何如？"李陶曰："我做马脚耳。"邹公曰："你与他有甚相熟，做他马脚？"李陶对不来。邹公曰："你二人先都称通奸，得某某银若干。今一说银交与夫，一说做马脚，少顷便异词，反复百端，光棍之情显然。"各加打二十。

邹公判之曰："审得张逸、李陶，无赖棍徒，不羁浪子。违礼悖义，罔知律法之严；恋色贪花，故为禽兽之行。强奸良民之妇女，殴打人妻之丈夫。又将秽节污人，借口通奸脱骗。既云久交情谂，应识孙妇行藏[4]。至问以姓名，则指东驾西而百不得一二。更质以什物，则系风捕影而十不偶二三。便见非腹里之旧人，故不晓房中之常用。行强不容宽贷[5]，斩首用戒不源。知县柳不得其情，欲官卖守贞之妇。轻用其，反刑加告实之夫。理民又以冤民，听讼[6]不能断讼[7]。三尺之法不明，五斗之俸应罚。"

径自申上司去。大巡即依拟缴下，将张逸、李陶问强奸处斩，柳知县罚俸二个月。孙诲之妻守贞不染，赏白练一匹，以旌洁白。

按：邹公直朝净，抗节[8]致忠。人但知具刚直不屈，而一经过河源，即雪理冤狱，奸刁情状，一讯立辨，又良吏也。盖由立心之正如持衡，明如止水，故物莫逃其鉴。在朝为直臣[9]，在外为良吏，真张、韩[10]以上之人物哉！

【注释】

[1] 给事：官名，给事中的简称。明代给事中分吏、户、礼、兵、刑、工六科，辅助皇帝处理政务，并监察六部，纠弹官吏。

[2] 讦告：揭发控告。

[3] 官卖：由官府卖出。

［4］行藏：指出处或行止，常用于说明人物行止、踪迹和底细等。

［5］宽贷：宽容饶恕。

［6］听讼：审理诉讼案件。

［7］断讼：审理并宣判案件。

［8］抗节：坚守节操而不屈服。

［9］直臣：直言谏诤之臣。

［10］张、韩：汉梁孝王臣张羽、韩安国的并称，皆为直臣。

（刘通）

【述评】

　　明代对强奸、和奸、通奸都有明确量刑依据。本案，张逸、李陶二人强奸并殴打孙诲之妻。但张逸、李陶二人编造孙诲之妻是暗娼，属通奸，不是强奸，当地柳知县竟然深信不疑。邹给事则不同，既然说孙诲之妻是暗娼，那么就有针对性地询问张逸、李陶二人有关孙诲之妻家的房中摆设。张逸、李陶回答，孙诲之妻家的房中摆有"斗床花被，木梳、木粉盒、青铜镜、添镜台等项"。邹给事就去实地调查，并差人押解着张逸、李陶二人去孙诲夫妇房中核实，发现乃是"藤床锦被，牙头梳、银粉盒、白铜镜、描金镜台"。也就是说，张、李二人所讲的与实际的完全不是一回事，可见根本不是二人所辩称的那样，证实张逸、李陶二人对孙妻用强。

　　明代法律对强奸者定罪极严，成年人犯强奸罪，绞刑；未成年人则是杖100，流放3000里。张逸、李陶二人不但有强奸的意图，还有恐吓、殴打孙诲之妻的行为，此种行为也有对应的明代法律条例，则为没收家财，将没收的财物全数充公。除此之外，明代法律对光棍还有专门的"光棍罪"，即对一群以偷盗搂扒、斗殴杀人、诈骗、强索钱财等为谋生之道的无业游民，一经犯案，不分首众，皆斩！此案上报"两院"后，张逸、李陶被定为"光棍罪"，处斩；柳知县不分清红皂白，凭主观认识定案，被罚俸两个月。

（黄瑞亭）

吴县令辨因奸窃银

【原文】

南直溧水县，有一人姓陈名德，娶妻林三娘，绝有姿色。夫妻相守，不作生活，家道萧条，已及半年。一日，陈德谓其妻曰："我欲出外做些生意，只缘家后无人看守，且你年少，又无亲人，因此迟疑耽误，以至今日。"三娘曰："你只管出去，我自有主张。"陈德曰："有何主张，试说一说。"三娘曰："我从幼能绩麻[1]，且自家一口，朝暮省俭，亦足度日。你是男子汉，肯安心生理，攒得多多银回来，不胜过终身做穷人耶？"陈德曰："此话有理。"即收些少盘缠[2]，径去临清。又无本银，只东西做零，领人交易。奄[3]及三年，三娘见夫出外日久，私情颇动。因与左邻一后生名张奴，两人私通，偷来暗去，共枕同眠。恩意既坚，遂不提起本夫矣。过了三年，陈德积得有三十余金，遂装行李，径回本乡。离家十五里，天色向昏，又阴雨淋漓，心内虚惊。因自思曰："我身上带银昏夜独走，倘遇打夺[4]，则三年辛苦尽落草中矣。"因到水心桥上，看下面第三桥柱中有个隙儿，约三尺宽。遂左顾右盼，前瞧后点。见四旁僻静，并无人迹，遂将背上行李密藏隙孔中，独身至家。那三娘与张奴调情作兴，交股而睡。正昏昏梦中，忽听得外边叫门，认是本夫声气。即推醒张奴曰："我那短命回矣，快躲一边，方可开门。"张奴即躲在重壁中。三娘方应声开门，出见其夫，因曰："星夜赶回，莫怕劳顿[5]否？"陈德曰："真觉劳顿。"遂打点羹饭，食毕，三娘问曰："出去这多年，攒得多少银回来？"陈德哄之曰："我几年都无造化，只攒得度日，无一些银可回。"三娘怒骂曰："枉你为男子，漂流那多年，无分文银两，亏你敢回来。"因顿足而坐，不瞅不睬。陈德又假意挑之曰："别这多时，可去同寝，叙些旧情。"三娘曰："叙骨头情。"陈德曰："你不消作恼，我有银，只是哄你。"三娘曰："银在何处，借看一看。"陈德因以实告曰："我昏夜赶回，恐路逢歹人，我把行李都藏在水心桥第三个隙孔中，等明早去取。"三娘闻言，颇有笑容，方去同睡。不想夫妻对语，那张奴在重壁中，已隐隐闻知矣。张奴待他两人畅情说话，睡浓多时，兼杂雨声，因潜开后门而出，径走水心桥下隙孔中，将那行李尽行搬去。比及天明，陈德早起，未及梳头，即走桥上，认桥隙孔，把手一摸，只见孔中都无行李。心中愁恨，自家叹伤，计无所出，只得回家。三娘问曰："行李何在？"陈德曰："我明藏在彼，不知被谁偷去了。"三娘曰："你分明无银归家，装个圈套瞒我一夜，且无便说无，又假去假来，作此形状，成何看相。"说毕，愈加皱眉。陈德忍气不住，具一词状去县投告。

时泉郡晋邑吴复，以贡出身，除教官署县印。素性简廉，邑中敬慕。陈德抱状赴告，词曰："告状人陈德，为苦情无伸事：缘其出外经纪，三年思归。带得随身银三十两，未至本家，隔十余里，昏夜孤身，恐逢打夺，暂将行李密藏桥下，清早跟寻，绝无踪影。切思暮夜雨暗，无人来往，自藏机密，有谁窥伺[6]？不是鬼输神运，缘何到底落空？三载辛劳，一朝扫地，苦情万千，叩台恳告。"吴公看毕，面审曰："你藏银归家，莫是对众兄弟说否？"陈德曰："并无兄弟。"吴公曰："既无兄弟，与谁同居？"陈德曰："亦无同居。"吴公曰："既无兄弟，又无同居，家中都是甚人？"陈德曰："只小人一个妻子。"吴公曰："你莫是对妻子说破否？"陈德曰："小人只对妻子说。"吴公静想片时，即批其状："只向妻前倾腹心，妻边定有腹心人。"即谓陈德曰："你且站开，我自分晓。"即叫一皂隶，名赵良，吩咐曰："你直去陈德家，把他妻子拿来。"赵良即去，遂把三娘拿住。三娘曰："天光白日，入良民家，吓人家小，是何道理？"赵良曰："不干我事，是县里老爷要请你。"即把他扯出。三娘无奈，只得随赵良到官，然不知其夫之告此事也。吴公问三娘曰："你丈夫出去那多时，亏你三餐度口？"三娘曰："奴家只是绩麻，胡乱挨过日子。"吴公曰："你一日绩得多少麻？攒得多少银？"三娘曰："多有七五厘，少亦有半分。"吴公曰："漫说半分，就七八厘亦度不得日食。你不要瞒我，你定是有个帮夫了。好从实供来，免受刑罚。"三娘曰："并无此情。"吴公见他不认，随命手下将三娘拶[7]起，指俱出血，三娘终不肯认。陈德素爱惜其妻，见他受刑，即抱住其手，且前来叩头曰："小人情愿不要银子，只愿老爷赦小人的妻子。"吴公曰："你舍不得他，他另行添个老公了。"陈德曰："老公只是小人一个。"吴公曰："若只是你一个，亦不消到我跟前告状了。"陈德曰："小人妻子素无此情，望老爷超生[8]。"吴公假生怒气，骂陈德曰："你这畜生，实无银子失脱，缘何诬捏虚词，欺瞒官长，致累妻子。"即起叫手下，将陈德监起，独放三娘归家。

过了一日，吴公密叫皂隶王进，低声吩咐曰："林三娘定有奸夫，我故意把陈德监起，放三娘回家，想他奸夫必私来看他。你可装个丐子，入三娘家中打探动静，若有下落，我重赏你。"王进领命，即装个乞丐，近天晚时径入三娘家中，立在庭下，装聋作哑，假呆假痴。三娘正在私居内，与张奴眉来眼去，低声密语。张谓三娘曰："那吴爷亦真厉害，把你这手指都拶出血了。"三娘曰："做官人他管你，但恨我那短命的，既攒不得银回来，又惹这一场大祸。我今恨死他。"张奴曰："我听见吴爷说，你那短命的哄他，今要把他监死了。你肯送些钱米救他否？"三娘曰："我恨不得他死，还肯救他耶！"张奴曰："我那一夜躲在重壁中，我听得他这多话。我等你们都睡了，遂开后门潜去搬回。今怎生得一计较，把他性命弄死，我与你永作夫妻，岂不快活！"三娘是个无行妇人，又喜张奴身边有银，听他这话，就应声曰："肯如此，真个是好。"不想这些言语，却被王进听得实落。王进即将腰间取出链条、绳子，持前要缚张奴。张奴喝声曰："这乞丐！我道你是个真暗聋子，却是个生强盗！"即打一拳过去。王进轻身一闪，随把张奴推跌在地下，进前就缚了。张奴曰："你是何人，起这局面？"王进曰："我是个叫化头。"张奴曰："叫化头要我去做叫化子耶？"王进笑曰："你看我真叫化？我是公差的叫化也。"惊得三娘魂消魄散，无处安身。王进亦将把三娘与张奴连缚。三娘哀告曰："公差我多送你银，你放我两人如何？"王进曰："金也不要了，还要个银？我为你这两人，费心机，做尽暗聋，被街上呼尽叫化。方喜得有下落，肯放汝耶！"大声嚷闹，听得附近人家俱说，有个叫化敢入人家缚人。众争填门来看。王进因与人众说个作叫化的来因，遂将两人缚送县中。吴公正坐晚堂，听王进备说中间情由，即就监中取出陈德，叫前谓曰："我说你妻子另行添个老公，你说只是你一个。若我不如此安排，连你一条性命亦被他害了。"陈德曰："老爷真神见。"因叩头出血。吴公即将张奴打了三十，要他供状。张奴只供通奸一件，不认得银。吴公命取棍之。张奴受苦不过，只把前情及与三娘在暗房中私谋要害陈德性命，一一供招。遂将桥下所取前银尽行追出。

吴公判曰："审得陈德出外日久，带银回乡。未至家而天黑，姑伏桥以埋金，将谓自家机密，暮夜无知。岂料妻前说破，壁墙有耳。陈德漏泄中情，张奴急生奸计。德未取而奴先取，奴得金而德亡金。攘财[9]谋遂，害命计生。既窃银焉已银，意尚未满，复谋妻而作妻，心则何残。人计诚巧，天眼不容。方密室以协议，遽被捉而败谋。事虽未就，情甚可恶。姑拟张奴刑徒[10]三年，三娘官卖。其陈德听将原失银领回，再娶完聚。"发落已毕，县中钦服，皆以为吴公果神断[11]云。

【注释】

[1] 绩麻：把麻纤维披开接续起来搓成线，制绳或织布。

[2] 盘缠：旅费、路费。古代出行，将旅费财物以布帛缠束，捆系腰际，故称"盘缠"。

[3] 奄：古同"淹"，停留、久留。

[4] 打夺：用暴力抢夺。

[5] 劳顿：劳累疲倦。

[6] 窥伺：窥探他人的动静，等待机会下手。

[7] 拶：施拶刑，使劲压挤手指。

[8] 超生：宽宥其生命，常用于祈求他人怜悯救助。

[9] 攘财：侵夺、偷窃财物。

[10] 徒：指徒刑，古代刑法名。即拘禁使服劳役。

[11] 神断：如神明所裁断；英明的决断。

（刘通）

【述评】

　　该案，陈德是商人，在外经商多年带银回家。因天黑把银子藏在离家十五里的一个桥墩里，打算次日天亮来取。回家后，把藏银子的事告诉夫人林三娘，结果被躲在家里的林三娘情人张奴听到，银子被张奴取走。陈德报案。吴县令先将林三娘拘押。然后，拘押陈德。吴县令假装生气，当堂骂道："你这奴才，没有丢失银子，为什么要撒谎欺骗本县，还连累了你的妻子？"吴县令命衙役把陈德关进大牢，放林三娘回家。

　　这一切都是吴县令的抓捕罪犯的计谋。吴县令找来衙役王进吩咐道："这林三娘肯定有奸夫，我故意把陈德关起来，又放林三娘回家，她的奸夫肯定会去找她。你扮作乞丐到她家附近打探，查到了消息定有重赏。"王进领了命，扮成乞丐来到林三娘家，装成又聋又哑的痴呆，靠在她家墙根下。此时，张奴正在房里跟林三娘私会。张奴拉着林三娘的手说："吴老爷真狠，把你的手都夹出血了。"林三娘说："那些做官的哪会在意这些。只恨我家那个短命的，既没拿回银子来，又闹出了这种祸事，我现在恨死他了。"张奴说："我听吴老爷说，你家那个短命的骗他，现在要把他一直关在牢里。你不送些钱米去救救他吗？"林三娘说："我恨不得他死，怎么会去救他。张奴说："我那天晚上躲在你家，听到了你们说话，等你们睡熟了，我从后门出去把他藏的银子取走了。如今想个法子把他弄死，我跟你做长久夫妻不是更好？"林三娘得知张奴拿了银子，听他这么说，十分高兴。两人在这里商量着以后的小日子，没想到全被假扮聋哑乞丐的衙役王进听到了。王进随即取出链条和绳子冲进门去，把张奴、林三娘当场拿住。

吴县令判决：张奴与人通奸，并窃人钱财，还想害死人命，虽未得逞，却实在可恨。判张奴流徙三年，林三娘官卖，陈德将行李银子领回。这个案子，吴县令没有一味用刑，而是用心去查，设计聋哑乞丐潜伏暗哨、昼夜蹲守的方法，取得证据，案件得以破获，这一点很难得，值得借鉴。

（黄瑞亭）

严县令诛误翁奸女

【原文】

羞县有民晏谁宾，污贱无耻。生男从义，为之娶妇束氏，谁宾屡调戏之。束氏初拒不从。后积久难却，乃勉从之。每男外出。则夜必入妇房奸宿。一日，从义往贺岳丈寿，束氏心恨其翁，料其夜必来。乃哄公之女金娘曰："你兄今日出外，我独宿心惊怕，你陪我睡可好？"其夜，翁果来弹门，束氏潜起开之，躲身于暗处，翁遂登床行奸。野意将完，乃曰："束嫂你物事真好，我今日兴不浅。"不应，又曰："束嫂，你物事似白面一般，何不应我一句？"金娘乃曰："父亲是我也，不是嫂嫂。"谁宾方知是错，然云雨甫罢，悔无及矣。便逃身走出。次日早饭，女不肯出同餐。母不知其故，其父心知之，先饭而出。母再去邀女，则已缢死在嫂之房矣。束氏心中恐惧，即回外家，达知其故。束氏之兄束棠曰："他家这没伦理，当去打告，与他绝亲，离妹妇来，另行改嫁，方不为彼所染。"遂赴县告曰："状告为兽恶灭伦[1]事：彝伦大变，王法沦亡。堂妹束氏，嫁与晏从义为妻。因义外出，氏邀小姑金娘共寝。讵义兽父谁宾，蓦入妇房，欺奸亲女。金娘惭愧，自缢身亡。有此变异，天地将危。积恶兽门，姻谊该绝。乞治恶罪，判嫁离异，免染夷俗。迫告。"严县令差人去拘，晏谁宾情知恶逆，天地不容，即自缢死。后拘众干证到官。束棠曰："晏谁宾自知大恶滔天，王法不赦，已自缢死。晏从义恶人孽子，不敢结亲，束门愿将束氏改嫁。外有定议，各服其罪，余人俱系干证，与他无干。小的已告诉得实，乞都赐省发，众人感激。"严公思状中情甚可恶，且将来审问曰："束氏原与翁有奸否？"束棠曰："并无。"严公曰："既与翁无奸，今翁已死，何再求改嫁？"束棠曰："禽兽之门，恶人之子，束家不愿与之结亲，明是逼他再嫁。"严公曰："金娘在束氏房中睡，房门必开，是谁开之？"束棠曰："那晏贼已早躲房中。"严公曰："晏贼意还在奸谁？"束棠曰："不知。"束氏曰："彼意在我，误及于女。"严公曰："你二人相伴，何不喊叫起来？"束氏曰："小妾怕羞，且未及我，何故喊起？"严公终不信，将束氏挟起曰："必你先与翁有奸，那一夜你睡姑床，姑睡你床，故陷翁于错误。"束氏受刑不过，乃招曰："妾恨翁欺我，那夜叫姑娘伴睡，老贼又来。我躲在黑处站，那老贼将女当我，因此姑娘害羞缢死。"严公曰："你与翁有奸，本该死，况叫姑伴睡，又自躲开陷翁于误，陷姑于死，皆由于你，死有余辜。"

即判之曰："审得晏谁宾人面兽心，狼贪狗幸，父子聚牝[2]，与山居野育者何殊！帘帏不饰，比牢餐栈栖者无异。恶浮于死，罪不容诛。束氏与翁并居[3]，不脱秦俗之污。陷姑玷辱，大坏王朝之法。己则不洁，乃含血而污人；妇之无良，故贻祸而及女。太真之耻事，比此何殊；武曌[4]之奸谋，方斯未甚。公不公，妇不妇，几同人道于马牛。火其庐、潴其宫，一洗华夏之臊羯[5]。明正厥辟，大振纲常。"

本秋将束氏处决。又差人去拆毁晏谁宾之宅，以其地留潴水之池。盖其大败人伦，故与谋反者同罪。大罪极祸，可儆戒万世哉！然此非严公详察金娘致死之故，则谁宾既自缢，束氏必逃刑[6]，而装套陷奸之罪不明矣。故讼涉奸情者，当以虚心详究为宜，勿以毫芒而遗大关键也。为政者宜亟图之。

【注释】

　　[1] 灭伦：灭绝人伦，指背弃伦理道德。

　　[2] 牝：女子阴户。

　　[3] 并居：同处、同居。

　　[4] 武曌：武则天（624—705），名曌。

　　[5] 臊羯：即臊羯奴，旧时骂胡人的话。

　　[6] 逃刑：逃避刑罚。

（刘通）

【述评】

　　该案，晏谁宾长期占有媳妇束氏。案发当晚，晏谁宾之子晏从义外出，束氏料定晏谁宾会来纠缠，遂叫晏谁宾之女晏金娘陪睡。半夜，晏谁宾果然来敲门，束氏开门后躲在暗处，晏谁宾以为床上是束氏，但奸的却是陪睡的女儿晏金娘。事后，晏谁宾离开束氏卧室。次日，晏金娘羞愧自缢。束氏回娘家告知此事。娘家人告到官府，再求改嫁，晏谁宾自缢。

　　这里，有很精彩的严县令四问。一问，束氏是否与晏谁宾有奸，束氏不承认。二问："金娘在束氏房中睡，房门必开，是谁开之？"严县令三问："晏贼意还在奸谁？"束氏回答："彼意在我，误及于女。"严县令四问："你二人相伴，何不喊叫起来？"束氏回答："小妾怕羞，且未及我，何故喊起？"

　　严县令明白了："必你先与翁有奸，那一夜你睡姑床，姑睡你床，故陷翁于错误。"束氏招供："妾恨翁欺我，那夜叫姑娘伴睡，老贼又来。我躲在黑处站，那老贼将女当我，因此姑娘害羞缢死。"严县令确认："你与翁有奸，本该死，况叫姑伴睡，又自躲开陷翁于误，陷姑于死，皆由于你，死有余辜。"因此，严县令认定，晏金娘自缢与束氏有关。秋后束氏被处决。

（黄瑞亭）

许侯判强奸

【原文】

　　吴江县应坤："状告为剪奸正伦事：服侄应元，窥媳讨菜园僻，用强恣奸。身妻撞获，结扭[1]连受凶拳，拼命裂裙，投明尊长。切思叔嫂尚不同言，岂可强奸蔑法。以菜园比溱洧[2]，陋美俗同郑风。若不剪究，伦风涂地[3]。冒恳法究。上告。"应元诉曰："状诉为电烛[4]虐诬事：祸因吴氏婆媳骂菜，怪身园外争辩，放泼[5]赶赖。结扭裂裙。韩灼劝解可审。伯遂仇诬，指奸投族。不思园近通衢，行人络绎。菜地非行奸之所，白昼岂捉奸之时。妒口称诬，难逃洞察。上诉。"

　　许侯审云："奸从姑捉，理固然也。吴氏既称应元奸媳，胡不捉奸于房帏，而乃捉奸于菜园乎？若区区以裂裙作证，吾恐白昼之事未可以绝缨[6]

例谕也。情涉狐疑，姑免究。"

【注释】

[1] 结扭：扭住、揪住。

[2] 溱洧：溱水与洧水。在今河南省。《诗·郑风》篇名，诗写男女春游之乐。旧注谓其"刺淫乱也"，后以"溱洧"指淫乱。

[3] 涂地：谓彻底败坏而不可收拾。

[4] 电烛：如闪电照耀，犹明察。

[5] 放泼：举动粗野泼悍，不通情理。

[6] 绝缨：扯断结冠的带子。据汉刘向《说苑·复恩》载：楚庄王宴群臣，日暮酒酣，灯烛灭。有人引美人之衣。美人援绝其冠缨，以告王，命上火，欲得绝缨之人。王不从，令群臣尽绝缨而上火，尽欢而罢。后三年，晋与楚战，有楚将奋死赴敌，卒胜晋军。王问之，始知即前之绝缨者。后遂用作宽厚待人之典。

（刘通）

【述评】

该案，吴应坤起诉吴应元在菜园强奸媳妇，有裙子被撕裂为物证（裂裙）。吴应元答辩，媳妇裙子是婆媳吵架撕裂的，被撕裂的裙子（裂裙）不能作为证据。案件经办许官员认为，捉奸不在隐蔽的家里，而在白天行人多的菜园里，且裙子被撕裂（裂裙）原因很多，"裂裙作证"无法一锤定音，证据不足。因疑点多无法排除，就不做追究了（"情涉狐疑，姑免究"）。这实际上是我国古代刑事案件审判"疑罪从无"的观点。

该故事来源于《萧曹遗笔》"告强奸"，吴江县事许侯判。

（黄瑞亭　胡丙杰）

魏侯审强奸堕胎

【原文】

宜黄县伍约："状告为奸杀大变事：虎侄文寿，势强财大，自号都中小霸王。见妻少艾[1]，立心不轨，瞰身人家请酒，癫狂入室，强抱恣奸。嗔妻大喊不从，逞凶加殴，踢下五月胎孕。幸伍吉等见证。妻命悬丝[2]，见闻凄惨哭恳研究，如虚反坐。上告。"伍文寿："诉为仇诬大冤事：身与恶叔伍约争基，血仇咬恨半载，凑伊妻病堕胎，贿买黑证，指奸杀陷。切思身既与伊极仇，又岂往奸孕妇？干证尽皆不正，血胎却是祸胎。冤蔽覆盆，乞恩超拔。上诉。"

魏侯审云："伍文寿强奸伍约之妻，乃以侄犯婶者。因喊不从，踢下胎孕。祖灵不肯，故遂遣某等见之也。文寿诉称争基仇陷，贿见黑证。殊不知，一人之心可结，众人之口难箝[3]。伍族叔伯兄侄并无一人冤之者，则强奸堕胎之事又奚疑焉？合就典刑，以扶伦纪。"

【注释】

[1] 少艾：年轻貌美，多指女子。

[2] 悬丝：靠一根丝吊着，多比喻极危殆。

[3] 箝：同"钳"，意为夹住、闭口。

（刘通）

【述评】

本案，伍文寿足踢伍约的妻子致其五月胎孕当场流产（"踢下五月胎孕"）。案件经办魏官员经调查目击者（干证），走访伍氏家族，其族人也证实伍文寿强奸堕（人）胎案件属实（"伍吉等见证""伍族叔伯兄侄并无一人冤之者"），否定"伍文寿诉称争基仇陷，贿见黑证"的说法，依法审判，维护法律尊严（合就典刑，以扶伦纪）。

流产分自然流产和外伤流产。本案认定，伍文寿足踢伍约的妻子（外伤性）致五月胎孕当场流产（"踢下五月胎孕"），并有当场见证人证明，且被害人胎孕已五月，一般而言，自然流产多发生在二三月以内。因此，本案认定是正确的，外伤性流产的法医学鉴定依据是可靠的。

该故事来源于《萧曹遗笔》"告强奸堕胎"，石棣县事魏侯审。

（黄瑞亭　胡丙杰）

孔推府判匿服嫁娶

【原文】

永新县路湛："状告为大伤风化事：名例首严不义，俗薄莫过奸淫。侄妇尤氏新寡，恶舅尤卿煽惑[1]妇心，潜婢运财，私奔母家就食。纵豪吴俊六，先奸后娶，贪财百金。且侄死骨肉未寒，姑[2]老无人侍奉。身系期亲，难容坐点。乞判离异，庶不坏伦。上告。"吴俊六诉曰："状诉为原情杜骗事：不幸丧偶，凭媒传有服阕[3]妇改嫁。身备礼银付伊，亲姑接受，明娶过门。刁恶路湛索骗不遂，捏奸告台。妇未终制，身不知情也。聘明婚何为奸娶？乞思杜骗剪奸。上诉。"

孔推府审云："夫灵未撤，为妇者岂敢私奔？母家姑老无依，为舅者焉可惑妹另嫁？至如吴俊六以瓜葛[4]亲，妄娶有姑有服之寡妇，所谓先奸后娶者，情彰彰矣。欲正大伦，合判离异。"

【注释】

[1] 煽惑：煽动诱惑。
[2] 姑：此处指婆婆。
[3] 服阕：守丧期满除服。阕，终了。
[4] 瓜葛：泛指牵连、纠纷。

（刘通）

【述评】

该案，孔推官认定，刚丧偶的尤氏，在其舅尤卿教唆下与吴俊六结婚，不照顾婆婆，有伤风化，不合伦理。于是，为匡正伦理，判决离婚（"欲正大伦，合判离异"）。

该故事来源于《萧曹遗笔》"告匿服嫁娶"，孔推府审。

（黄瑞亭　胡丙杰）

盗贼类

董巡城[1]捉盗御宝

【原文】

弘治五年七月十五夜，有强盗四五十人，攻入甲字库[2]，杀死守库官吏二十余人，劫去金银宝贝不计其数。次日，方会兵部[3]。一面差人盘诘各门出城人民，一面奏知朝廷。十八日圣旨[4]颁下，着兵部将京城官民人等，家挨户搜，检有能捕得真赃正犯者，官则超升[5]，民则重赏。时各官莫不着人四下缉拿，并不见踪影。有巡城正兵马董成者，自思曰："京城大小人家，各各互相搜捕，如此严急，那个巨贼敢藏许多金宝在家？其心怀疑惧决矣。既不敢藏在家，必思带出城外方稳。只门禁又严，彼焉能得出？此惟有假装棺板藏去，方可免得搜检。彼贼中岂无有此见识者乎！"即命手下人吩咐曰："你等去守各门，但有挂孝送灵柩出城者，各要去跟究其埋葬所在，一一来报，不得隐瞒。"至晚各门来报，都有丧出城。盖京畿地广人稠，故生死之多如此。董巡城又吩咐曰："今日安葬，再过三日必去祭坟，汝等再去潜窥密听，看某处孝子悲哀，某处不悲哀者，再来报。"至第三日，众手下依命去访，归来报曰："各处孝子去祭坟，都涕泣悲伤。"内有韩在禀曰："小的往北门郭外去看，那一伙孝子四人皆不悲哀，其祝墓言辞多不明白，更仆从六人，皆有戏耍喜悦之意。"董巡城曰："更过四日是七朝[6]矣，可悬刀去二十八人，将此孝子并仆从一齐锁来，不得走脱一个。拿来即重赏你。"至第七日，手下依命，将此四个孝子六个仆从都拿到。董巡城先单取一孝子问曰："你葬何人在郭外？"孝子曰："葬老父。"董问其父生死年月，孝子答曰："某年月生，某年月死。"董令收在一边。再取第二个问，所答又一样。又取第三四个问，所答各不同。乃亲押往郭外，命左右掘开其墓，取上棺木，撞开视之，则尽是御库中之金银宝贝也。董不胜欢喜，左右莫不服其神明，贼亦叩头受死。遂写文书申于兵部曰："巡城兵马司董，为捕盗事，奉圣旨：'着兵部将京城官民人家，挨户搜检。捕拿强劫御库真赃正犯。钦此，钦遵。本职日夜缉访[7]，拿得强盗正犯李辅等贼首[8]十人，搜出所劫御库金宝真赃，取供明白。缘系强盗重情[9]，未敢擅便发落，理合申详题奏[10]请旨，以候处决。须至申者。"兵部即题本奏："上奉圣旨：'李辅等劫库重情，枭首示众。董成捕贼有能，超升二级，该部知道。'"当日各官惟知严捕盗贼，那能勾得。惟董成以心料贼之情，知其势必假装棺柩，方可藏金宝出城外。因命左右从此体访，果不出其所料，能拿宝玉而归之朝廷，其功不小，其明真过人矣。在大传[11]曰："作易[12]者其知盗乎？"董公有焉。

【注释】

　　[1] 巡城：御史职名之一，职掌京城治安。

　　[2] 甲字库：明代内府仓库。

　　[3] 兵部：古时官署名，掌管全国武官选用和兵籍、军械、军令之政，长官为兵部尚书。

　　[4] 圣旨：即封建社会时皇帝下的命令或发表的言论。

　　[5] 超升：越等升级。

　　[6] 七朝：此处为"头七天"之意。

　　[7] 缉访：搜寻查访。

　　[8] 贼首：盗贼的头领。

　　[9] 重情：此处指重大案情。

　　[10] 题奏：明制，诸臣章疏有题本、奏本之别。凡公务用题本，私事用奏本。

　　[11] 大传：《周易》中解释经（卦辞、爻辞）的传，凡七种，即《彖》《象》《文言》《系辞》《说卦》《序卦》和《杂卦》，也称大传。

　　[12] 易：古书名，即《易经》，也称《周易》。

（刘通）

【述评】

　　本案系京城内府仓库失盗案，大量金银宝贝被盗。经过封城戒严，挨家挨户搜查，一无所获。职掌京城治安官员董成认为：查这么严，不可能藏在家。只有假装殡葬，财宝藏在棺材里才能运出城外。因此，决定明察暗访所有案发时出殡情况，对有挂孝送灵柩出城者，弄清其埋葬地。案发后第七天（"头七"），按民间习俗，必然祭奠。董成派人去看哭丧者哪家"悲哀"，哪家不"悲哀"。结果，发现"北门郭外，一伙孝子四人皆不悲哀，其祝墓言辞多不明白，更仆从六人，皆有戏耍喜悦之意"。于是，抓获此"四个孝子"和六个仆从。经审问后，到墓地当场挖掘出"御库中之金银宝贝"。案件告破，罪犯枭首示众。

　　破案者要懂得作案者的犯罪心理，要懂得作案人的手段，还要懂得民俗习惯，这就是犯罪心理学的内容，值得研究。本案有个评价也很恰当："作易者其知盗乎？董公有焉。"意思是，因为洞察才能写出《易经》这样的杰作，破案就是要洞察，董成有这样的能力！

（黄瑞亭）

蒋兵马[1]捉盗骡贼

【原文】

　　蒋审为南京兵马司[2]。一日早晨，乘轿出参官。路遇一后生，似承差装束，乘一匹骡，振策而驰，势若奉紧急公差之意。及近蒋兵马轿前，勒骡从旁而行，却有逊避[3]之状。过步后，复长驱前进。蒋公思曰："此人乘骡疾走，若奉公差。然详彼举动，又似避我。倘果系走差的人，何须如此挨青而过，意者其盗乎？"命手下滕霄曰："去拿那乘骡后生来。"滕霄赶去拿到。蒋公问曰："你乘骡何去？"其后生曰："小的奉巡爷差，有紧急公事。老爷缘何阻我路程，恐有违限期，责及小的。"蒋公曰："你奉巡爷差，公文何在？"其后生曰："正是机密事，亲承口嘱，故要速去。老爷休要缠阻我。"蒋公曰："你在何处盗骡来？怎得诈称公差，这等胆大。"其后生高声抗言："老爷这等说话，愿同往巡爷处说个明白，为老爷献功。"蒋公见其人言辞朗烈，全无惧色，似乎拿错。然终疑其行路躲闪之情，不觉辩驳挨缠一饭之顷。后有一人走来，汗流气急，远远望见其骡，即言曰："那骡是我的，其盗骡贼在哪里？去前行路人可代我拿住，我有谢你。"蒋公闻得，心中暗喜，已有察奸之神。其后生始惊得仓皇无措。及追者近前，犹未知贼已被捉,只疑贼已逃了。遂向前去牵骡。蒋公曰:"你骡在何处失,休要冒认,其盗骡者即是此人,已拿在此,可都在衙去审问。"遂将二人并骡带进衙。失骡者曰:"小的是方应举,家住城中后街头。今早牵骡在门首整鞍讫,将出城去取账,复入家寻银批停。待稍久,及再出门,骡已被偷,一路跟问,幸得老爷拿了此贼,真神阎罗之见,方能如此发奸摘伏。"盗骡者曰:"小的是万正富,家近城中东门,恰才路上遇老爷,更过去一望[4]之地即小的之家。今被所捉,贼情难隐,望看公子分上,超生积德。"蒋公命方应举具领状来,领出骡去。再责万正富曰:"你才说愿解巡爷处献功,今解去有功否?"正富只磕头求赦。蒋公以其初犯,拟杖八十发去,仍为诗劝之改过[5]云。诗[6]曰:

人生活计几多般,负贩形劳心却安。
穿壁逾墙乃祸数,探囊祛箧有危端。
欲徼梁上称君子,难免庭中对法官。
知命不如安本分,临危幸免悔将难。

【注释】

[1] 兵马:兵马司长官的简称。

[2] 兵马司:官署名。专理京城捕盗及斗殴等事。

[3] 逊避:退让、退避。

[4] 一望:指目力所及的距离,亦泛指较近的距离。

[5] 改过:改正过失。

[6] 诗:此诗为七言律诗,押韵与对仗甚好,只是"乃"字出律而使颔联上句成"三仄尾",若将"乃"字改成"为"字则合律。

(刘通)

【述评】

该案,蒋官员路遇一后生,出差办事的装束,乘一匹骡,振策而驰,好像奉紧急公差的样子。及近蒋官员轿前,勒骡从旁而行,却有"躲闪"的感觉。蒋官员想:这个人乘骡疾走,像奉公差。但仔细看其举动,又似避我。倘果系走公差的人,何须如此,好像是偷盗者。命手下赶去拿到。蒋官员问:"你乘骡何去?"后生说:"小的奉巡爷差,有紧急公事。老爷缘何阻我路程,恐有违限期,责及小的。"蒋官员说:"你奉巡爷差,公文何在?"后生:"正是机密事,亲承口嘱,故要速去。老爷休要缠阻我。"蒋官员说:"你在何处盗骡来?怎得诈称公差,这等胆大。"后生高声说:"老爷这等说话,愿同往巡爷处说个明白,为老爷献功。"蒋官员见其人言辞朗烈,全无惧色,似乎拿错。不过,蒋官员始终怀疑其行路"躲闪"之情。蒋官员的怀疑是正确的!后来赶到的人告知其骡子被盗,盗者就是这个后生。案件处理后,蒋官员感慨地写了一首诗,其中有句:"欲徼梁上称君子,难免庭中对法官。"意思是,法官不是那么好骗的。

事实上,任何语言上蹉跎,行动上蹉跎,都会留下痕迹,留下不合理的印象,包括语言行为上"躲闪"的感觉,这是法医心理学上的内容。一个训练有素的官员经常在细节上会发现案件端倪。这个案件讲的就是这个道理。

(黄瑞亭)

汪太府捕剪镣[1]贼

【原文】

陕西平凉府有一术士[2],在府前看相,风鉴[3]极高。人群聚围看时,卖缎客毕茂袖中,以帕裹银十余两,亦杂在人丛中看。被一光棍手托其银,从袖口出下坠于地。茂即知之,俯首下捡,其光棍来与争。茂曰:"此银我袖中坠下的,与你无干。"光棍曰:"此银不知何人所坠,我先见,要捡,你安得冒认?今不如与这众人大家分一半,我与你共分一半,有何不可。"众人见光棍说均分与他,都帮助之曰:"此说有理,银明是捡得的,大家都有份。"毕茂哪里肯,相扭入汪澄知府堂上去。光棍曰:"小的名罗钦,在府前看术士相人,不知谁丢银一包在地,小的先捡得,他妄来与我争。"毕茂曰:"小的正在看相。袖中银包坠下,遂自捡取,彼要与我分。看罗钦言谈,似江湖光棍,或银被他剪镣,因致坠下,不然我两手拱住,银何以坠?"罗钦曰:"剪镣必割破手袖,看他衣袖破否?况我同家人进贵在此卖锡,颇有钱本,现在南街李店住,怎是光棍?"汪太府亦会相,见罗钦手骨不是财主。立命公差往南街,拿其家人并账目来。进贵见曰:"小的同罗主人在此卖锡,其账目在此。倘与人争账,系主人事,非干我也。"汪太府取账上看，果记有卖锡，账明白，乃不疑之。因问毕茂曰："银既是你的，你曾记得多少两数？"毕茂曰："此散银，身上用的，忘记数目了。"汪太府又命手下去府前混拿二个看相人来，问之曰："这二人争银还是那个的？"二人同指罗钦身上去曰："此人先见。"再指毕茂曰："此人先捡得。"汪太府曰："罗钦先见，还口说出否？"二人曰："正是罗钦说那袖有个身包，毕茂便先捡起来。见是银，因此两人相争。"汪太府曰："毕茂，你既不知银数多少，此必他人所失，理合与罗钦均分。"遂当堂分开，各得八两零而去。汪太府命门子俞基曰："你密跟此两人去，看他如何说。"俞基回报曰："毕茂回店埋怨老爷，又称被那光棍骗。罗钦出去，那两个干证索他分银，跟在店去，不知后来何如。"汪太府又命一青年外郎[4]任温曰："你与俞基各去换假银伍两，又兼好银几分，故露与罗钦见。然后往人闹处站，必有人来剪镣，可拿将来，我自赏你。"任温与俞基并行至南街，却遇罗钦来，任温故将银包解开买樱桃。俞基又解开银曰："我还银买，请你。"二人相争，还将樱桃食讫，径往东岳庙去看戏。俞基终是小士，袖中银不知何时剪去，全然不知。任温眼虽看戏，心只顾在银上，要拿剪镣贼。少顷，身旁众人挤挨其身，背后一人以手托任温手袖，其银包从袖口中挨手而出。任温知见剪镣，伸手向后拿曰："有贼在此。"其两旁二人益挨进。任温转身不得，那背后人即走了。任温扯住两旁二人曰："太府命我在此拿贼，今贼已走，托你二位同我去回复。"其二人曰："你叫有贼，我正翻身要拿，奈人挤住，拿不得。今贼已走，要我去见太府何干？"任温曰："非有他故，只要你做干证，见得非我不拿，只人丛中拿不得也。"地方见是外郎、门子，遂来助他，将二人送到太府前。俞基禀曰："小人袖又未破，其银不知何时盗失，全不知得。"任温曰："小的在东岳庙看戏，一心只照管袖中银。果有贼从背后伸手来探，其银包已托出袖口。我转身拿贼，被这两人从旁挨紧，致拿不得。此必是贼党[5]也。"太府问二人姓名，一曰："我是张善。"一曰："我是李良。"太府曰："你何故卖放[6]此贼？今要你二人代罪。"张善曰："看戏相挨者多，谁知他被剪镣，反归罪于我，岂不以羊代牛、指鹿为马乎？望仁天详究，免我等无妄之灾。"太府曰："看你二人姓张、姓李，名善、名良，便是盗贼假姓名矣。外郎拿你，岂不得当[7]。"各打三十，拟徒二年，命手下立押去摆站[8]。私以帖与驿丞[9]曰："李良、张善二犯到，可多索他拜见。其所得之银即差人送上。此嘱。"丘驿丞得此帖，及李良、张善解到，即大排刑具惊吓之曰："驿中事体你也晓得，上司来往费用烦多。

你若知事,免我拷打。过了几日,饶你讨保回去,只等上司来要、来听点,余外不与计较。若无意思,今日各要打四十见风棒。"张善、李良曰:"小的被贼连累,代他受罪,这法度[10]我已晓得。今日解到辛苦,乞饶蚁命[11]。"明日受罪出来,即托驿书手,将银四两献上,叫三日外即要放他回去。驿丞即将这银四两,亲送到府。汪太府命俞基来认之。基曰:"此假银即我当日在庙中被贼剪去的。"汪太府发丘驿丞回。即以牌去提张善、李良到,问之曰:"前日剪镣任温银的贼,可报名来,便免你罪。"张善曰:"小的若知,早已说出,岂肯以皮肉代他受苦。"汪太府曰:"任温银未被剪去,此亦罢。更俞基银伍两零被他剪去,衙门人银岂肯罢休。你报这贼来也罢。"李良曰:"小的又非贼总甲[12],怎知哪个贼得俞基银?"汪太府曰:"银我已搜得了,只要得个贼名。"李良曰:"既搜得银,即捕得贼,岂有贼是一人,做银又另是一人得乎?"汪太府以四两假银掷下曰:"此银是你二人献与丘驿丞者,今早献来,俞基认是他的。则你二人是贼已的,更放走剪任温银那贼,可都报来。"李良、张善见真赃露出,只得从实供出曰:"小的做剪镣贼者有二十余人,共是一伙。昨放走者是林泰,更前日罗钦亦是。这回祸端[13]是他身上起,其余诸人未犯法,小的赋有禁议,至死也不相扳。"再拘林泰、罗钦进贵到,追罗钦银八两,与毕茂领去讫。将三贼各拟徒二年,的排此五人为贼总甲。凡被剪镣者,都着此五人跟寻。由是一府肃清,剪镣者无所容其奸。皆由汪太府肯用心缉捕,故能搜隐摘伏,黎民蒙恩。所谓"为官而可不留心民瘼[14]乎!"

【注释】

[1] 剪镣:截取银子。

[2] 术士:道教之士,也指儒生中讲阴阳灾异的一派人。

[3] 风鉴:风采鉴识,指相人之术。

[4] 外郎:职官名。汉中郎将分掌三署,郎有议郎、中郎、侍郎、郎中,皆掌门户,出充车骑。而没有固定职务的散郎称为"外郎"。六朝以来,亦称员外郎,谓正员以外的官员。宋元以来对衙门书吏如此称呼,亦指县府小吏。小说词曲中多用之。

[5] 贼党:盗贼的同伙人。

[6] 卖放:受贿私放罪犯。

[7] 得当:妥帖、恰当。

[8] 摆站：在驿站中充当驿卒或苦差，是古代处置徒刑犯人的一种刑罚。

[9] 驿丞：掌管驿站的官，主邮传迎送之事。明清时设置，各府、州、县多寡有无不一。品级为未入流。

[10] 法度：指法令制度。

[11] 蚁命：微贱的生命。

[12] 总甲：宋朝以来负责地方乡保事务的人员。元、明相承，清制乡镇每百家设一总甲，职司略同地保。此处指贼头目。

[13] 祸端：灾祸发生的根源；祸根。

[14] 民瘼：民众的疾苦。

（刘通）

【述评】

古代以银为货币进行商品交换。银比重大，需以帕裹银装在袖子里，购买商品时从袖子取银。在人群聚集的市场，常有一些小偷会采取"托银让其从袖口出下坠于地"，然后把银拿走。本案就是在人群聚围看相术时，卖缎客毕茂袖中，以帕裹银十余两，被一小偷手托其银，从袖口出下坠于地，二人抢银子，告到官府。官府汪太守就此展开对小偷整治的活动。最后，抓获5人小偷团伙，分别判处二年徒刑不等。在此之后，上述案件得以肃清。皆由汪太守肯用心缉捕，故能搜隐摘伏，黎民蒙恩。所谓"为官而可不留心民瘼乎！"

（黄瑞亭）

金府尊批告强盗

【原文】

贵溪县包明等连佥："状告为急救民害事：贼风四起，乡境不宁。暴恶吴桧，罪浮盗跖[1]，恶过桓[2]。自号安东金贵划平王。挟党余弁，诨名大张飞、金辽小霸王、陈见八大金刚，及牙瓜武壮、杨感等，群雄乌合，劫杀百姓，卷掳财物，淫秽妇女，烧毁房室，被害数十家，哀彻心髓。男女闻风，惊碎心胆。乡村未晚闭户，小儿不敢夜啼。切恐猛虎不除，人羊无睡。劲鹰弗灭，鸠雀明怜。乞台法剿[3]安民。上告。"

金府尊批："养鸡者不畜狸，养兽者不畜豹。今吴桧等群雄乌合，流毒一方，是梗路之荆榛[4]，啮民之狼虎者，尚可谓鼠窃狗偷，而漫焉不足畏乎！仰县速行缉捕，毋使履霜坚冰至，而荧荧不遏，以成炎炎之势云。"

【注释】

[1] 盗跖：相传为古时民众起义的领袖，名跖，"盗"是当时统治者对他的贬称。后为盗贼或盗魁的代称。

[2] 桓：指汉代桓帝。

[3] 法剿：依法剿除。

[4] 荆榛：亦作"荆蓁"，泛指丛生灌木，用于比喻恶人。

（刘通）

【述评】

这是贵溪县包明等向官府举报吴桧等强盗劫杀百姓、卷掳财物、淫秽妇女、烧毁房室、为害一方的案件。官府批示，决定缉捕吴桧等人，依法剿除。

该故事来源于《萧曹遗笔》的"告强盗"，贵溪县事金府尊批。

（黄瑞亭　胡丙杰）

邓侯审强盗

【原文】

南陵县安谔："状告为劫贼惨杀事：家处僻隅，二月十八夜，强盗二十余人，搽红抹黑，明火烛天，手操锋锷[1]，冲开四围门壁，蜂拥入室。老幼男妇，如鼠见猫。神魂离壳。男被杀伤，性命几死。金银钗环衣服，卷掳[2]一空。止有旧衣、旧裳，又付祝融[3]一焰。观者流涕，闻者心酸。恳天法剿安民。上告。"

邓侯审云："吴桧恶为贼魁，三犯[4]不悛[5]。乌合伙党，明火劫掠，既卷其财，又伤人命。据此凶恶，殆猛兽中之穷奇，蛰虫中之虺也。赃证俱真，合拟大辟。余党[6]再获究。"

【注释】

[1] 锋锷：剑锋和刀刃，借指刀剑等武器。
[2] 卷掳：全部夺取；掠取。
[3] 祝融：相传为火神，后用于指火或火灾。
[4] 三犯：三度或多次犯法。
[5] 不悛：不悔改。
[6] 余党：残留的党徒。

（刘通）

【述评】

这是南陵县安谔状告强盗杀人放火抢劫案，官府经办邓官员判决吴桧死刑。

该故事来源于《萧曹遗笔》的"告强盗"，南陵县事邓侯审。

（黄瑞亭　胡丙杰）

齐侯判窃盗

【原文】

舒城县赵同："状告为剪贼安民事：贼风四起，乡境不宁。无籍棍徒，蔑视王法，彻夜害人。糍中裹药，毒死守家犬。欺人鼾睡，恣意妄偷。房门封锁，胜如将军斩关；栏圈猪牛，恰似无常取命。器物服饰，搜卷一空。梦醒惊起，木石断路。抛砖打石，竟不可搪[1]。哀恳缉访，民始安生。上告。"齐县主准状。差捕盗徐玄、萧范，四下缉拿。时有仇害[2]池辅者，嗾公差拥入池家搜赃，不由辩说，强将池辅锁送到官。辅因诉曰："状诉为昼罹[3]黑冤事：奉公守法，秋毫无犯。情因赵同被盗，具状告台，蒙行缉访。不知何人泼祸，唆差妄捉。且盗贼重情，真膺难瞒。邻里贫室，悬磬何有。真赃细查、细审，泾渭自别。号天活命。上诉。"

齐侯审云："赵同被盗，缉访得池辅。细鞠据诉，详询党里，咸谓清白。况无真赃可指，此或狡兔爰爰，雉罗中之意也。释此无辜，再行访捉。"

【注释】

[1] 搪：抵挡、抵拒。

[2] 仇害：因仇恨而伤害。

[3] 罹：遭受苦难或不幸。

（刘通）

【述评】

这里，"剪"指"剪径"，即拦路抢劫。"剪贼"就是拦路抢劫的人，常常抢劫后就跑走，到别的地方作案。本案，舒城县赵同状告拦路抢劫者。官府抓到一个叫池辅的人，经审问，查无实据，无真赃可指，此人被释放。由此，古人定罪量刑还是讲证据的。

该故事来源于《萧曹遗笔》的"告窃盗"，舒城县事审。

（黄瑞亭　胡丙杰）

王侯判打抢[1]

【原文】

彭泽县朱玉六："状告为劫抢事：身外买布回归，路经松坞，傍晚时分，突遇凶徒三人，手执锋刃，齐喝一声，拦路截杀。当头抢货，似虎衔羊。贴肉脱衣，如笋剥壳。捆缚手足，遍身痛加捶楚。冤蔽无奈，匍匐[2]叩台。乞行亲剿。上告。"

王县尹着地方里保[3]等挨户严查，人人互相觉察。数日后，有薯见左具等分赃者，密告于县，即差人搜出真赃，将左具等解到。

王侯审云："朱玉六以布客孤行僻坞，被盗抢劫，情实可矜。党里知风，指系左具、陆良、余宿合伙肆害。领差捕捉，搜觅真赃。此固天网不漏，亦诸罪贯盈也。途有荆棘，理合芟刈[4]，第抢财未至杀人，律当从减。

姑各拟徒三年，原赃给还失主。"

【注释】

［1］打抢：抢劫。
［2］匍匐：躯体贴地（像虫、蛇、龟）缓慢爬行。
［3］里保：旧时在乡里为官府办差的人，俗称"地保"。
［4］芟刈：指割除。

（刘通）

【述评】

该案，彭泽县朱玉六因被抢劫报案。王县令经查，系左具、陆良、余宿合伙作案。罪犯抓获后各判三年徒刑，赃物归还失主。

该故事来源于《萧曹遗笔》的"告打抢"，彭泽县事王侯审。

（黄瑞亭　胡丙杰）

尤理刑判窃盗

【原文】

太平府吴亨："状告为缉盗[1]安民事：余顺等素不守分，偷窃为生。三五成群，夜聚晓散。毒流远近，畏恶无何。怪诚成仇，纠党将民东田杉木盗砍，运归获赃，投邻可证。贼徒猖撅，鸡犬弗宁。日受害，不独身家怨，实腾众口。乞恩缉捕，以安民生。上告。"余顺去诉曰："状诉为栽赃[2]黑陷事：万金土豪吴亨，争娶血仇，无由报害。自砍杉木，黑夜抬赃，私浸门口池内。次早，口称被盗，飘赖无辜。投邻搜赃入池，直取捏诬。呈县粪金，贿邻黑证。切身既无修造，何用偷木。就使盗偷，亦不浸赃池内。洞察奸伪，情弊显然。乞恩详情超豁，哀哀上诉。"

尤理刑审云："吴亨与余顺争娶，宿仇累岁。秦越自砍杉木，私浸余顺池中，图赖报复。此操心甚劳，为计最拙也。里邻实指，盖但知余池有赃，而未知所以然之赃耳。顺系无辜，亨合反坐。其干证堕亨术中，姑免究。"

【注释】

[1] 缉盗：搜捕盗贼。

[2] 栽赃：将偷盗物品置于他人之处，并反诬他人为贼。

（刘通）

【述评】

该案，太平府吴亨状告余顺等偷窃；余顺辩称告状者系"栽赃陷害"。官府尤官员经调查核实，系吴亨自砍杉木，私浸余顺池中，图赖余顺。判吴亨需负诬告反坐刑事责任。

该故事来源于《萧曹遗笔》的"告窃盗"，太平府事尤理刑审。

（黄瑞亭　胡丙杰）

丁侯判强盗

【原文】

泾县高贤："状告为明火劫掳[1]事：初五夜更深，强徒一党，有三十余人，各执锋械，劈破大门，杀伤男妇三命。穿房绕户，扫掳家财，四鼓方散。当投里邻核明。乞严捕剿党安民。粘单上告。"丁侯准状。缉访时，南村有六人在店饮酒，内有姜核乃惯盗[2]也。公差突入锁拿。其五人皆有曰贩行李，偶尔同店耳。高贤同在，细搜并无伊家赃物，乃放之去。惟姜核插有金簪，及包裹内镯钿，皆贤家物。遂拿到官。

丁侯审云："姜核罪浮盗跖，恶过桓，府县案盖叠鱼鳞[3]矣。今又统凶三十余人劫掠高贤家，杀伤三命，是以蝼蚁等生灵，鸿毛比律法者也。赃既不诬，速就大辟。但余党未除，祸根不拔。仰捕兵严访，庶不使荆棘蔓延耳。"

【注释】

[1] 劫掳：亦作"劫房"，指抢劫掳掠。

[2] 惯盗：经常抢夺别人财物、从事盗劫活动的人。

[3] 鱼鳞：鱼身上的鳞片。引申为依次，一个接一个的。

（刘通）

【述评】

该案，系泾县高贤状告持械杀人劫掳案。官府抓获姜核"有金簪，及包裹内镯钿"，皆高贤家物，并杀伤三命。官府丁官员拟判姜核死刑。并继续抓捕其他犯罪团伙。

该故事来源于《萧曹遗笔》的"告强盗"，京县事丁侯审。

（黄瑞亭　胡丙杰）

下　卷

争占类

卫县丞[1]打枥[2]辨争（见图20）

图20　刘通引自上海古籍出版社《古本小说集成》，余象斗《廉明公案·卫县丞打枥辨争》

【原文】

　　卫雅，号正峰，江西宁州人，以岁贡出身，为福建延平府龙溪县县丞。明察雄断，人不敢欺。一日坐堂，有民蒋祐五、沈启良者，相争一枥，打入衙来。卫县丞问："你二人的枥，各有甚记号？"二人俱称并无记号。卫县丞问："有何人证佐？"对曰："并无。"又问："此枥在何处，因甚致争？"沈启良曰："因我晒稻在马路，祐五鸡食我稻，我骂他。今收起稻，其枥仍放在马路旁，彼强来争认。"蒋祐五曰："我昨日晒栚仔[3]在马路，收起之际，偶丢落一片在马路旁。今记得去寻，彼冒认来争。"卫县远见沈启良说晒稻，蒋祐五说晒栚，心下便已明白。乃言曰："你二奴才俱欺心，既无记号，又无人可证，虽打死你二人必不肯认，事终难辨。不如就将此枥为干证，讨个分晓，若不明报，打破此枥，以火烧之。"乃命皂隶选青荆条，将枥覆打五十，又翻打五十，定要辨是谁的。左右方暗中含笑。沈、蒋二人亦不知何以判之。皂隶承命，方覆打五十。卫县丞即喝住手，曰："此枥明是蒋祐五的，沈启良何故冒认。"启良大言强辩，不肯服罪[4]。卫县丞曰："此枥启良道晒稻的，祐五道晒枥的。今打枥只见枥屑纷纷，不见稻芒些子，岂不是祐五的枥，而启良冒认乎！"于是启良乃输情服罪，而人皆羡卫公之公明矣。时有好事者为之歌曰：

赫赫卫公，断狱如神。吏不敢舞，民莫能欺。沈蒋争枥，来讼县庭[5]。既无记号，又无干证。乃穷物主，究其原因。沈称晒稻，蒋称晒枥。贮盛既异，了然于心。命覆打枥，枥屑飘零。蔽罪于沈，罪当情真。状无头脑，随事察形。非公英哲，孰辨此情。黎民畏服，万口同称。

【注释】

[1] 县丞：职官名。位次于县令，汉时每县各置丞一人，以辅佐令长，后虽有变革，但历代沿置，迄于清末。职责为主管文书与仓狱等，是县令的主要助手。

[2] 枥：此处指一种晒东西用的垫具。

[3] 枥仔：枥，常绿灌木或小乔木，叶椭圆形，边缘有钝齿，结球形浆果。枝叶可入药，果实称枥仔，可做染料。

[4] 服罪：承认自己所犯的罪行。

[5] 县庭：亦作"县廷"，古称县官行使政令的处所。

（刘通）

【述评】

本案，沈启良、蒋祐五争一枥（晒东西用的垫具），沈启良说晒稻谷，蒋祐五说晒枥仔（植物染料）。县丞卫雅当场把"枥"摆在大堂上，用"青荆条，将枥覆打五十，又翻打五十"。在场人不知县丞的用意，"左右方暗中含笑。沈、蒋二人亦不知何以判之"。可是，县丞卫雅曰："此枥明是蒋祐五的，沈启良何故冒认。"沈启良大言强辩，不肯服罪。卫县丞曰："此枥启良道晒稻的，祐五道晒枥的。今打枥只见枥屑纷纷，不见稻芒些子，岂不是祐五的枥，而启良冒认乎！"于是，沈启良乃输情服罪，而人皆羡卫公之公明矣。

一个物体与另一个物体接触（两两物体接触），二者会互相黏附对方留下的物体（吸附两两物体）。本案，枪或稻谷在枥上晒，必然留下枪屑或稻芒。根据这一点，县丞卫雅用"青荆条，将枥覆打五十，又翻打五十"，黏附枥上的枪屑或稻谷必然会掉落，在场人都会看到。结果，"打枥时只见枪屑纷纷，不见稻芒些子"，断定这是"祐五的枥，而启良冒认！"

这个案件写于明代万历二十六年（1598），说明，我国早在明代就已在实际办案中应用"两两物体接触，吸附两两物体"的法医学检验原理。这一原理，直到20世纪初才由法国著名的刑事侦查学家、司法鉴定学家和警察技术实验室的先驱埃德蒙·洛卡德（Edmond Locard，1877—1966）撰写的《刑事侦查的方法》一书中提出。洛卡德认为，犯罪行为本质上来说是一个物质交换的过程，犯罪行为人作为一个物质实体在实施犯罪的过程中总是跟各种各样的其他物质实体发生接触，因此，犯罪案件中物质交换是广泛存在的，是犯罪行为的共生体，并且不以人的意志为转移。简单来说，就是但凡两个物体发生接触，必将产生物质转移现象，会带走一些东西也会留下一些东西。这就是洛卡德著名的"洛卡德物质交换原理"，又称"洛卡德物质交换原理"。

（黄瑞亭）

秦巡捕明辨攘鸡[1]

【原文】

汀州府上杭县西街十总，有民卢用中者，家养一鸡母，近一年半矣。忽一日出路失了，遍寻不见。过了两个月，用中在路中见之，认得是己的鸡，即欲赶回去。同街马志兴来争曰："此鸡母是我的，你何故冒认？"卢用中曰："鸡明是我的，于两月前失了，必是你家攘去。今见在此，安得不复还我？"马志兴曰："前月人攘你鸡，必然烹了，岂留到今？我鸡已蓄养一年，其非你的明矣。"二人相争不已。邻舍有劝解者曰："你二人相去只隔十家，可放鸡在中间，你二家令妇人呼之，看鸡从那个所呼，即是他的。"及卢家呼鸡，趋卢家；马家呼鸡，又趋马家。邻舍人辨不得。二人遂打起来，打在秦巡捕衙去，各具说原因。秦巡捕曰："你十家可都开门放鸡于路中，你二家不得呼；如呼者，即系是盗。看晚间鸡在那家去宿，即再来报。"令快手薛立押去，禁两家不得呼，亦不得故令人撞逐。至晚，入卢用中家，即与鸡群同去宿。薛立乃带卢、马二人来回报：见鸡已入卢家去宿矣。

秦巡捕判曰："此鸡明系卢用中的，前所以两旁呼皆趋应者，盖卢家蓄养一年半，其旧主母声，鸡认得，故从其呼。至马家呼亦从者，彼亦蓄有二月余矣，其新主母声尚在近日，安得不从其呼。故呼之应否，不足以辨之。但卢家已养年半，鸡由大门出久入熟，不用呼之亦知归。马家窃人之鸡淹禁[2]在家，不与出入，一旦骤然逃出，鸡必从熟门而入矣。马志兴安得辞攘鸡之责也。罪以窃盗论。"

【注释】

[1] 攘鸡：即偷鸡。《孟子·滕文公下》："今有人日攘其邻之鸡者，或告之曰：'是非君子之道。'曰：'请损之，月攘一鸡，以待来年，然后已。'如知其非义，斯速已矣，何待来年？"后以"攘鸡"为未能及时改正错误的典故。

[2] 淹禁：指监禁、关押。

（刘通）

【述评】

该案，卢用中说鸡是自己的，马志兴是偷鸡者；而马志兴也说鸡是自己的，卢用中是偷鸡者。二人相争不已。开始，邻居劝说："你二人相去只隔十家，可放鸡在中间，你二家令妇人呼之，看鸡从那个所呼，即是他的。"结果，"卢家呼鸡，趋卢家；马家呼鸡，又趋马家。邻舍人辨不得"。打官司到官府，秦巡捕说：开门把鸡放在路中间，卢、马二家不得呼叫，看晚间鸡在哪家去宿。到了晚上，鸡入卢用中家，与鸡群同去宿了。秦巡捕判鸡是卢用中的，马志兴为偷鸡者。

（黄瑞亭）

金州同[1] 剖断争伞

【原文】

　　广东泗城州，有民罗进贤者，二月十二日，时天下大雨，独擎一伞，将去探友。至后巷亭，有一后生求帮伞。进贤斥之曰："如此大雨，你不自备雨具，我一伞焉能遮得两人？"其后生乃城内光棍丘一所，花言巧计，最会骗人。因被罗生所辱，乃诡词曰："我亦有伞，适间[2]友人借去，令我在此少待。只我欲归得急，故求相庇，兄何少容人之量。"罗生见说亦与他相帮。行到南街分路，丘一所夺伞在手曰："你可从那去。"罗进贤曰："伞把还我。"丘一所笑曰："明日还，请了。"进贤赶上骂曰："这光棍你帮我伞，要拿在那里去！"丘一所亦骂曰："这光棍，我当初还不与你帮，今要冒认我伞，是何理也？"罗进贤忍气不住，扭打在金州同衙去。金州同问曰："你二人伞有记号否？"皆曰："伞小物，哪有记号？"金又问曰："曾有干证否？"罗时贤曰："彼在后巷亭帮我伞，未有干证。"丘一所曰："彼帮我伞时有二人见，只不晓其人名。"金又审曰："伞值银几何？"罗进贤曰："新伞，乃值伍分。"金州同怒曰："五分银物，亦来打搅衙门。一州虽设，十州同亦理，不得许多事矣。"命左右将伞扯开，每人分一半去，将二人赶出。密嘱门子曰："你去看二人，说甚话，依实来报。"门子回复曰："一人骂老爷糊心[3]不明，一人说'你没天理，争我伞，今日也会吃恼'。"遂命皂隶拿二人回，问曰："谁骂我者？"门子指罗进贤曰："是此人骂。"金公曰："骂本官，该得何罪？"罗进贤曰："小人并无骂，真是枉曲。"丘一所质曰："明是他骂，这里就反复，则他白占我伞是矣。"金公曰："不说起争伞，几误打此人。分明是丘一所白占他伞，我判不明，伞又扯破，故彼愤怒，骂我也。"丘一所曰："他贪心无厌，见伞未判与他，故轻易骂官。那里伞是他的？"金公曰："你这光棍何敢欺心。尚且坚执他骂官，以陷人于罪。是我故扯破此伞，以灼你二人之情伪[4]，不然那有工夫去拘干证，以审此小事乎！"将丘一所打十板，仍追银一钱，以偿罗进贤。适前二人在后巷亭见丘一所傍伞者，其一乃粮户孙符。见金公审出此情，不觉抚掌言曰："此真是生城隍也，不须干证矣。"金公拘问所言何事。孙符乃叙丘一所傍伞之因,罗进贤斥彼之言,后来相争,"今老爷断得明白,故小人不觉叹服"。金公益知所断不枉。

金公判曰:"罗进贤拥盖[5]独行,不容他人之傍。丘一所遇雨求庇,反忿斥己之言,因伞起争,遂告台而求断。无证可据,故破伞以试情。罗恨一物不完,骂官喋喋;丘喜半边分去,得志扬扬。故知伞属进贤可决。争在一所,借人庇荫,何忍攘臂[6]而夺之,岐路竞争,谓可昧心而得也。笞打[7]一十,以示惩。银追一钱,而作偿。"

当日罗进贤领银一钱去,不以买伞,送在东岳庙去买香烧,祈保金爷禄位[8]高升。不数月,果升金毕府同知,若果应所祝者。

【注释】

[1] 州同:职官名,即州同知,为知州的副职,从六品官。一般掌管粮务、水利、防务等方面事宜。

[2] 适间:刚才、方才。

[3] 糊心:心智糊涂,头脑不清。

[4] 情伪:真假;真诚与虚伪。

[5] 拥盖:此处指撑伞。

[6] 攘臂:捋起袖子,伸出胳膊。

[7] 笞打:以鞭子、杖棍、竹板抽打。

[8] 禄位:俸禄和爵位,借指官职。

(刘通)

【述评】

该案,罗进贤与丘一所因争伞而打起官司。金同知:"你二人伞有记号否?"回答:没有。金又问:有没有证人。罗时贤说:没有。丘一所说:有二人,但不知其名。金又问:伞值多少钱?罗进贤说:值五分。金怒:五分银物,亦来打搅衙门,命左右将伞扯开,每人分一半去,将二人赶出。密嘱:"去看二人,说甚话。"罗时贤骂金同知糊涂,而丘一所很高兴。金同知把二人叫回来,把丘一所打了十个大板,赔银一钱,以偿罗进贤。并说:"是我故扯破此伞,以灼你二人之情伪,不然哪有工夫去拘干证,以审此小事乎!"可见,金同知是用犯罪心理学的方法来断案的。正如金同知在判决书中所说的:"无证可据,故破伞以试情。罗恨一物不完,骂官喋喋;丘喜半边分去,得志扬扬。故知伞属进贤可决。"

(黄瑞亭)

滕同知断庶子[1]金（见图21）

图21 刘通引自上海古籍出版社《古本小说集成》,余象斗《廉明公案·滕同知断庶子金》

【原文】

北京顺天府香河县,有一乡官知府倪守谦,家富巨万。嫡妻生长男善继,临老又纳宠[2]梅先春,生次男善述。其善继悭吝[3]爱财,贪心无厌,不喜父生幼子,分彼家业,尝有意害其弟。守谦逆知[4]其意,及染病,召善继嘱之曰:"汝是嫡子[5],又年长能理家事。今契书[6]账目家资产业,我已立定分关[7],尽付与汝。先春所生善述,未知他成人否,倘若长大,汝可代他娶妇,分一所房屋,数十亩田与之,令勿饥寒足矣。先春若愿嫁,可嫁之,若肯守制,亦从其意,汝勿苦虐之。"善继见父将家私尽付与他,关书开写明白,不与弟均分,心中欢喜,乃无害弟之意。先春抱幼子泣曰:"老员外年满八旬,小婢年方二十有二,此呱儿仅周岁。今员外将家私尽付与大郎官,我儿若长,后日何以资身[8]?"守谦曰:"我正为尔年青,未知肯守节否,故不以言语嘱咐汝,恐汝改嫁,则误我幼儿事。"先春誓曰:"所不守节终身者,粉身碎骨,不得善终。"守谦曰:"既然如此,我已准备在此矣。我有一轴记颜[9],交付与汝,万宜珍重藏之。后日大儿善继倘无家资分与善述，可待廉明官司，将此画轴去告之，不必作状，自能使幼儿成大富矣。"越月，守谦病故。

不觉岁月如流，善述年登十八，求分家财。善继霸住，全然不与，且曰："我父年上八旬，岂能生子？汝非我父亲血脉，故分关开写明白，不分家资与汝，安得与我争也？"先春闻说，不胜忿怒。又记夫主在日，曾有遗嘱。闻得本府同知滕志道，既极清廉，极是明白。遂将夫遗记颜一轴，赴府上告曰："妾幼嫁与故知府倪守谦为婢，生男善述，出周岁而夫故。遗嘱谓嫡子善继不以家财均分，只将此一轴记颜，在廉明官司处告，自能使我儿大富。今闻明府清廉，故来投告，伏乞作主。"滕同知将画轴展开，看其中只画一倪知府像，端坐椅上，以一手指地，不晓其故。退堂，又将此画轴挂于书斋，详细想之曰："指天，谓我看天面；指心，谓我察自心；指地，岂欲我看地下人之分上乎？此必非也。何以代他分得家财，使他儿大富乎？"再三看之，曰："莫非即此画轴中藏有甚留记乎？"乃扯开视之，其轴内果藏有一纸书曰："老夫生嫡子善继，贪财忍心，又妾梅氏生幼子善述，今仅二岁。诚恐善继不肯均分家财，有害其弟之心，故为分关，将家业并新房屋二所，尽与善继。惟留右边旧小屋与善述。其屋中栋左间，埋银五千两，作五埕[10]。右间埋银五千两、金一千两，作六埕，都与善述，准作田园。后有廉明官看此画，猜出此画，命善述奉银一百两酬谢。"滕同看出此情在心，见其金银数多，遂心生一计。次日，呼梅氏来曰："汝告分家业，必须到你家亲勘之。"遂发牌到善继门首下轿，故作与倪知府推让之状，然后登堂。又相与推让，扯椅而坐。乃拱揖[11]而言曰："令如夫人告分产业，此事如何？"又自言曰："原来长公子贪财，恐有害弟之心，故以家私与之。然则次公子何以处？"少顷，又曰："右边一所旧小屋，与次公子，其产业如何？"又自言曰："此银亦与次公子。"又故辞逊[12]曰："我何以当此，亦不当受许多。既如此，我当领之。即给批照[13]与次公子收执。"乃起立曰："便去勘右边小屋。"佯作惊怪之状曰："分明倪老先生对我言谈，缘何不见，岂是鬼耶？"善继、善述及左右环看者，莫不惊讶，皆以滕同知真见倪知府也。由是同往右边去勘屋。滕公坐于中栋，召善继曰："汝父果有英灵，适间显现，将你家事尽说与我知矣。叫你将此小屋分与弟，你心下如何？"善继曰："凭老爷公断。"滕公曰："此屋中所有之物，尽与你弟。其外田园，照旧与你。"善继曰："此屋只贮些少物件，情愿都与弟去。"滕公曰："适间倪老先生对我言，此屋左间埋银五千两，作五埕，掘来与善述。"善继不信曰："纵有万两，亦是我父与弟的，我决不思分。"滕公曰："亦不容汝分。"命二差人同善继、善述、梅先春三人，去掘开，果得银五埕。将一埕秤过，果一千两。善继益信是父英灵所告，不然何以知之。滕公又曰："右边亦有五千两，与善述。更黄金一千两，适间倪老先生命谢我者，可去取来。善述、先春子母二人闻说，不胜欢喜，向前叩头曰："若果更有银五千两、金一千两，愿以金奉谢。"滕公曰："我岂知之！见是你父英灵所告，谅不虚也。"既而向右间掘之，金银之数一如所言。时在见者，莫不惊异。滕公乃给一纸，批照与善述子母收执置业。自取谢金一千两而去。

只因看出画中以手指地之情，遂使善述得银，滕公得谢。虽设计骗金，是贪心所使，然骤施此计，亦瞒得人过，所以为判断之巧。若善继知霸家业，而不知父留与弟之银，亦足相当。倪守谦恐以银言于先春，虑其改嫁盗去，而不知滕公已骗其千金。乃知财帛有命，而善继之强占、守谦之深谋，皆无益也。

【注释】

[1] 庶子：旧时指嫡子以外的众子，亦指妾所生之子。

[2] 纳宠：讨小老婆，娶宠妾。

[3] 悭吝：吝啬、小气。

[4] 逆知：预知、逆料。

[5] 嫡子：正妻所生之子，多指嫡长子。

[6] 契书：契据、契约。

[7] 分关：指分家析产的文书。

[8] 资身：资养自身，立身。

[9] 记颜：此处指人物画像。

[10] 埕：小口的盛酒器具，酒瓮。

[11] 拱揖：亦作"拱挹"，拱手作揖以示敬意。

[12] 辞逊：言辞谦逊，辞谢推让。

[13] 批照：执照、凭证。

（刘通）

【述评】

古代官员善于应用心理学知识办案。本案，藤知县就是利用"托梦拜鬼"的办法成功处理这起家庭财产分割纠纷案。最后，还让继承者都对所处理的财产份额按法律程序处置，并画押签字。

（黄瑞亭）

武署印[1] 判瞒柴刀

【原文】

临江府新金县，乡民邹敬，砍柴为生。一日往山采樵，即挑入城内去卖，其刀插于柴内，忘记拔起，带柴卖与生员卢日乾去，得银二分归家。及午后复去砍柴，方记得刀在柴内，忙往卢家去取。日乾小器，瞒不肯还。邹敬在家取索甚急，发言秽骂。日乾写帖，命家人送于县曰："午前买邹敬柴一担，已还价银二分讫。不意彼在何处失却柴刀，强在门生家逼取，温言谕归，反触秽骂，恶不忍闻。乞电察强诬，法惩刁顽，儒门有主。叩白不宣。"时教谕[2]武大宁署县印，纳其分上，即将邹敬责五板发去。敬被责不甘，复往日乾门首大骂不止。日乾乃衣巾[3]亲见武公曰："邹敬刁顽，蒙老师责治，彼反撒泼[4]，又在街上大骂，乞加严治，方可儆刁。"武公心思："彼村民敢肆骂秀才，必此刀真插在柴内，被他隐瞒，又被刑责，故愤不甘心。"乃命快手李节，密嘱之云云。然后起延卢日乾坐。又将邹敬锁住等候。李节依所吃嘱咐，到卢日乾家云："卢娘子，那村夫骂你相公，送在衙来，先番被责五板，今番又被责十板。你相公叫我来接。于今把柴刀还他也。"

卢娘子曰："我官人[5]缘何不自回？"李节曰："你相公来见，我老爷定要退堂待茶，哪里便回得？"卢娘子信以为真，将柴刀出来还之。李节将刀拿回衙呈上曰："刀在此。"邹敬曰："此正是我刀。"日乾便失色。武公故喝邹敬曰："这奴才好打！你取刀只要善言相求，他未去看，焉知刀在柴中？你便敢出言骂。且问你，骂斯文该甚罪？我轻放你，只打五板。秀才前帖中已说，肯把刀还你，你去又骂。今刀则与你去，还该打二十板。"邹敬磕头求赦。武公曰："你在卢秀才前磕头请罪，便赦你。"邹敬吃惊，即在日乾前一连磕头，起身走出。武公乃责日乾曰："人卖柴生理，至为勤苦。你忍瞒其柴刀，仁心安在！我若偏护斯文，不究明白，又打此人，是我亦亏小民也。我在众人前说，你自肯把刀还他，令邹敬叩谢，亦惜你'廉耻'两字耳。今后宜速改行自新，不然真名教罪人也。"说得日乾满面羞惭，无言可答而退。

按：遣人到卢家赚出柴刀，是其智识。人前回护掩其过愆[6]，是其忠厚。背地叮嘱责其改过，是其教化，一举而三善备焉。凡为官待士夫家，宜识此意。

【注释】

[1] 署印：代理官职。旧时官印最重要，同于官位，故名。

[2] 教谕：职官名。宋代始置，负责教育所属生员。

[3] 衣巾：指青领衣和方巾，明清时的秀才服式。

[4] 撒泼：举动粗蛮、无理取闹。

[5] 官人：妻子称呼丈夫。

[6] 过愆：过失、错误。

（刘通）

【述评】

该案，乡民邹敬，砍柴为生。把柴卖给生员卢日乾，忘了拔柴刀，返回取刀，卢日乾不还，还告邹敬，因而邹敬被武官员罚杖五板。但邹敬仍然大骂卢日乾。这时，责打邹敬的官员感觉可能卢日乾真的不还砍柴刀。于是，把卢日乾叫到官府，派人骗取柴刀。到卢日乾家云："卢娘子，那村夫骂你相公，送在衙来，先番被责五板，今番又被责十板。你相公叫我来接。于今把柴刀还他也。"卢娘子信以为真，把柴刀拿出来还之。案子告破。

犯罪侦查学上，获取赃物或物证，往往通过搜查的手段而获得，但也有"智取"方式获取，本案为后者。正如本案最后编者按所说的那样："遣人到卢家赚出柴刀，是其智识。""凡为官待士夫家，宜识此意。"

（黄瑞亭）

孙县尹判土地[1]盆

【原文】

　　湖广黄州府黄梅县民康思泰，买一纸印土地神，奉事虔谨。凡时物必荐，家宰鸡猪鹅鸭必以祭赛[2]，然后乃食。一日，往山采樵，捡得一瓦盆回，将来养猪。其猪日益长盛，又无瘟瘴。虽他家将瘟的猪，买来此盆养过，即便无事。三年之后家致殷富。邻人管志高，家中猪常被瘴。不瘴者又难大。因此来问康思泰借此瓦盆。思泰曰："我家十数头猪，全赖此盆养，怎么与你？"志高曰："我以一长石槽与你换，相傍你福耳。"思泰又不肯。志高遂强去取之。思泰来争，不觉打破为两片，遂打在孙杰知县堂上去。思泰曰："小的瓦盆养猪，易长又不染瘴。志高妒嫉，将来打破，被这欺凌，投爷作主。"管志高曰："瓦盆是小的家中物，被思泰盗去养猪。今日蓦见去取，彼来争夺，因致打破。乞追价还，治贼正罪。"孙知县曰："你两人争此盆，有何记号，有何证据？"思泰曰："此盆我去砍柴，在山中捡回的，无记号，无人可证。"谁想此盆下锲有"留记"两字，当打破时，被志高看见。出言曰："小的瓦盆下锲有'留记'两字，是命南山窑户[3]陶大所烧，其人可证。"又将瓦盆两片递上，看果有"留记"两字。孙知县曰："此是志高的物，故有证据、有记号。思泰系盗去是的矣。"即发打三十，判定赔银三钱。

　　思泰被打及赔银也罢，只惜打破一盆。回家烧香祝土地曰："我自捡得瓦盆之后，养猪易长，凡宰猪必供养你神明。今瓦盆被人打破，我又被责，又着赔银，你也全不保佑我乎。"其夜思泰就寝，梦一土地来曰："思泰，我为你奉我虔心，故将我画像中养猪的盆置在山中赐汝，因此养猪易长。你不看我画像中今无猪盆乎！你得此盆致富，今当还我。其被责是你自命运，所赔银亦小可事。你若恨志高时节，他猪槽下有银三十两，可去取之，以偿你所赔之银，休要怨我不保佑你也。"思泰次早起看纸印土地像中，猪果无盆，心中大信灵验。往县告曰："老爷审小的盗盆，小的不是贼，未曾盗他盆。那志高盗我所积卖猪银三十两，乃是真贼，乞容小的去搜之。"孙知县复拘管志高来问。志高曰："小的村农之家，若有三十两银，凭思泰去搜之。"孙尹命二公差押思泰去搜，四下无有。后于猪槽下掘开，取出一小瓮银，将来呈堂。孙知县亲秤过，果是三十两。但其银乱黑，不知是几十年前的。因问之曰："此银是你何时积的？"思泰曰："是我三年内前后卖猪的。"孙尹曰："此尾一色老银，岂是近年陆续积的！必你何处偷来，恐人搜出，故寄埋邻家猪槽下耳，又冒称志高盗你的。"将此银追入库中，又发打思泰二十。思泰叫曰："土地公，何故害我！"孙尹曰："打你盗银，何故叫土地害你？"思泰曰："我昨夜梦见土地公教我，志高猪槽下有银三十两，该是我的，可去取之。以赔我瓦盆。我不合告志高为盗，今银追入库，又将加杖，岂不害死我也？"孙尹未信。少顷间，土地显灵，降遣思泰起立，大言曰："贤知县好没分晓，我老人为思泰奉我勤谨，故以我猪盆赐他。志高害人利己，不敬天地，故将其猪盆覆了。今志高抢破思泰的盆，我故指示他取银三十两以赔之。何以该收入库，又欲再打思泰乎？你不明白，可将康、管二家纸印土地像来观之便见。"孙尹即差人去康、管二家扯土地像来看，康思泰的果无猪盆，管志高猪盆果覆。心中惊异。其时康思泰方醒，不知向所言何事。孙尹再将二印像详看，真是同印板[4]的，只是一无盆，一则覆盆。愈看愈疑，毛发悚然惊动，遂发狂癫悖，不能理事，弃官而去。

　　按：此事甚奇，惜孙令不能断之，自取惊狂之病，亦其宜也。尝观古人之事神也，惟有阴阳之气、山川之灵耳。后世则事以徼福[5]。夫佛之说，明者皆不之信，独今所谓社神[6]土主者，则实山川之英，此果有之。人当信以奉承，而他佛虽远之可也。

【注释】

　　[1] 土地：神名，亦称土地公。指掌管、守护某个地方的神。
　　[2] 祭赛：祭祀酬神。
　　[3] 窑户：指陶瓷工匠。
　　[4] 印板：用于印刷的底板，有木板、金属板等。
　　[5] 徼福：祈福、求福。
　　[6] 社神：土地神的别称。

（刘通）

【述评】

　　该案，康思泰用瓦盆养猪，管志高向康思泰借瓦盆养猪，康思泰不同意，二人发生争执，瓦盆被打破，因而打起官司。期间，发生了许多离奇的事，孙县令不能解释，无法审断。最后，孙县令"愈看愈疑，毛发悚然惊动，遂发狂癫悖，不能理事，弃官而去"。显然，这则故事中真正的判决者乃是土地神（神断方式），而不是孙知县，最终孙知县还遭到了神的惩罚。

（黄瑞亭　胡丙杰）

李府尹判给拾银

【原文】

漳州有一贫儿名林振，颇晓文字，家贫落莫，东攒西穿，日食不给。到十二月年边，家口买办酒肉，快乐过年。林振床头无金，瓮中无米。要买些酒，并无分文。郁然叹曰："贫穷都似我，要身做甚么。"愁闷奄奄，急生一计。直走城西东岳庙，许个愿曰："弟子林振，家贫无资，年终岁暮，一身难全。愿岳帝[1]降灵[2]，使振拾些银两，暂得过年，愿备牲酒拜谢。"时十二月念[3]八也。忽出庙门走上数步，远远望见一银包落在途中。连忙拾回，闭门发视[4]，乃白金十锭也。即大喜曰："此东岳神灵祐我也。"遂内取银一锭，凿开买酒米及猪头一个，鸡鸭二只。天近晚，携酒捧牲，径赴东岳解愿。仍将路上所拾银两，俱排在案前，供养岳帝。焚香拜毕，慌慌忙忙收拾牲酒，不觉银在案上，都忘怀了。及至家中，方记得银未及收起，着了一惊，魂不附体。连忙走去东岳跟寻，则此银已无踪矣。林振心中烦恼，短叹长吁，大喝一声曰："神明总无凭，枉使我空喜此一遭也。"心不肯休，要去府中陈告。时知府姓李名载阳，居官清廉，合郡感戴。民间冤枉情由及蹊蹊隐密，皆审得出。林振因此直向府中具词欲告，适府主李爷已封印[5]矣。振不得已，只得回家，将前日买些酒米并猪头、鸡鸭，醉饱一场。且曰："得宽怀且宽怀，得畅饮且畅饮。今朝有酒今朝醉，明日有病明日医。"然口中虽是勉强，而心里多少愁闷。至新正初三日，太府开印。时并无人告状，只见林振具一口词陈告曰："具口词人林振，因家贫无聊，日食难度。去冬年暮，钱米一空，径赴本府东岳庙许愿庇祐。幸阴间有灵，暗处推迁，遂拾得银十两，将银并牲酒排列解愿。一时慌忙，银不及收,不知被何方人氏拾去,有此苦情,告乞追究。"知府看讫,叫上问曰:"你银是拾得的?"答曰:"果是拾得。"知府曰:"你拾从何来,今失从何去,并无踪影,教我如何追究?"林振无词答应,只叩头不已。知府曰:"你且暂归,待有动静,即吊你审。若无下落,不许搅扰。"林振唱诺[6]而去。知府寻思:"新正开印,未接别词,只收这一纸,要代他开断,又是捕风捉影,无些着落。"即吩咐手下曰:"看轿,我要东岳庙行香。"手下即随太爷望东岳而去。既至,知府下轿,特前参拜且祝岳帝曰:"信官李载阳,虔诚鞠躬,特来恳谒。林振穷鬼,失银庙中,事属暧昧,不知何人。将谓尊神无知,胡林振无银而得银;抑谓尊神有凭,胡林振得金而亡金,有脱有得,无影无踪。明神显赫,愿赐早教。"祝毕,归府中。过半个月,并无动静。后一夕睡至半夜,忽梦见一人身穿大黄袍,首顶冲天冠,径来府堂。知府俯伏迎接,叙礼毕。知府请曰:"有何见教?"其人曰:"亦无别话,只昨见一后生手里执个长笛,问我仲尼何姓?"语毕辞别而去。知府醒来,心中觉有异气,因沉思其词。至明日晚堂,命书吏取出林振一起词来,看到何方人氏处,忽灯花堕落,烧一个孔。知府遂感触曰:"烧者廉也。且梦中有个长笛,此应'萧'字的矣。又说仲尼何姓。夫仲尼姓孔,而灯花又烧个孔,此应'孔'字也。莫是拾得林振银者,乃姓萧名孔者乎?"即叫皂隶王德近前,低声吩咐曰:"你可出城中密密查访,看有个萧孔,即拿来见我。"王德领命,遍城密访,并无此人。过了三日,直至东岳庙查访,有姓名与此相同,王德遂把他拿住。那人曰:"拿我何事,对我说一说。"王德曰:"不消说,只见太爷便分明。"一路拿来直至府堂。知府正坐,即将那人跪倒。知府曰:"萧孔是么?"应曰:"正是小人。"知府曰:"你去年十二月念八晚,在东岳庙香案上拾得银子,是么?"那萧孔真情触破,只得招认。知府曰:"既是你拾得,亦是天财赐你。今你用去几多了?"萧孔曰:"小人只用去一两,余银尚在。"知府曰:"既是尚在,我差王德同你去取来。"王德即跟萧孔直向家中取出原银,复来到府,将银呈上。知府看讫,默默暗想曰:"阴光有灵,指教无差。"即命王德去吊林振赴审。林振听见吊审,欢欢喜喜,径到府堂跪住。知府曰:"你还想前银否?"林振叩头曰:"小人正想,只无奈何。"知府曰:"你银倒有下落,但你是拾得别人的,他又拾得你的。我今为你并分何如?"两人皆回答曰:"都情愿。"于是,知府当堂将那余银每人各分一半回家。乃知半月前所梦者,是岳帝降灵也。知府一时想起,亦觉好笑。故律一首[7]云:

贫儿多薄命，十金守不来。
　　愁思无别计，惆怅诉郡台。
　　捉影与捕风，教我何分裁？
　　郁郁半月余，胸怀剖不开。
　　灯花偶落处，指点巧安排。
　　恭谢冥神教，殷勤拜玉阶。
　　其后一府传颂，俱称李公，以为神人云。

【注释】

　　[1] 岳帝：东岳泰山之神，东岳大帝的简称。
　　[2] 降灵：神灵下降。
　　[3] 念："廿"的大写。
　　[4] 发视：打开查看。
　　[5] 封印：旧时官署于岁暮年初停止办公，称为"封印"。
　　[6] 唱诺：亦称"唱喏"。一面作揖，一面出声致敬。
　　[7] 律一首：此诗形似五言排律，但有出律、出韵、孤平、三仄尾和不讲对仗之处，实为五言古风诗一首。

（刘通）

【述评】

　　该案，林振路上拾得一包银子，到东岳庙上香时纳在香案上忘了带走。萧孔在东岳庙香案上拾得银子。知府审清案件来龙去脉后，看着萧孔，然后对林振说："你是拾得别人的，他又拾得你的。我今为你并分何如？"两人皆回答："都情愿。"于是，知府当堂将那余银每人各分一半回家。案件了结。

（黄瑞亭）

韩推府判家业归男

【原文】

　　贵州有一长者，姓翁名健。家资甚富，轻财好施，邻里宗族，加恩抚恤[1]。出见斗殴，辄为劝谕。或遇争论，率为和息。人皆爱慕之。年七十八，未有男子，仅有一女，名瑞娘，已嫁其夫杨庆。庆佟智，性甚贪财。见岳翁无子，心利其资。每酒席中对人语曰："从来有男归男，无男归女。我岳父老矣，定是无子，何不把那家私付我掌管耶？"其后翁健闻知，心怀不平。然自念实无男嗣，只有一女，又别无亲人，只得忍耐。然乡里中见其为人忠厚，而反无子息，尝代为叹息曰："翁老若无嗣，在公真不慈。"过了二年，翁健且八十矣。偶妾林氏生得一男，名曰翁龙。宗族乡邻都来庆贺，独杨庆不之悦也。虽强颜笑语，然内怀愠[2]闷。翁健自思："父老子幼，且我西山景暮知有几时在这世上。万一早晚而死，则此子终为所鱼肉[3]矣。"因生一计曰："算来女婿总是外人，今彼实为追财，吾且日暮矣。将欲取之，必固与之，此两全之计也。"过了三月，翁健疾笃[4]，自知不起。因呼杨庆至床前，泣与之语曰："吾只一男一女，男是吾子，女亦是吾子。但吾欲看男面，济不得事，不如看女更为长久之策。吾将这家业尽付与汝。"当即出其遗嘱，交与杨，且为之读曰："八十老翁生一子，不是吾子。家产田园尽付与女婿，外人不得争执。"杨庆听读讫，喜不自胜，就将遗嘱藏在匣中，自去管业[5]。不多日而翁健死矣。杨庆得了这多家业，将及二十余年。那翁龙已成人，谙世事了。因自思曰："我父基业女婿尚管得，我是个亲男，有何管不得！"因托亲戚说与姊夫，要取原业。杨庆大怒曰："那家业是岳翁尽行付我的，且岳翁说那厮不是他子，安得与我争？"事久不决，因告之官。经数次衙门，上下官司，俱照依嘱咐断还杨庆。翁龙心终不休。

时有推官姓韩名世德，公廉无私。郡中尝谣曰："推府清，清如寒潭水中清；推府明，明如中秋月里明。"故人称他做"清明老子"。时百姓或两院告词，俱愿乞批韩推府。因此翁龙抱一张词状，径去察院投告，亦乞批韩推官。其状曰："龙父翁健，八十生子。痛念年老子幼，惧生后患，姑将家业皆权付婿杨庆暂管。今龙成长，业尚不还。切思以子承父，古今通例。有男归女，事典[6]何载？身为亲男，反致立锥无地。庆属半子[7]，何得连顷万田？告乞公断，庶免不均。"推官看状，过了二日，即令拘杨庆来审。推官曰："你缘何久占翁龙家业，现今不还？"杨庆曰："这家业都小人外父付小人的，不干翁龙了。"推官曰："翁龙是亲儿子，既与他无干，你只是半子，有何相干？"杨庆曰："小人外父明说，他不得争执，现有遗嘱在证。"遂致上嘱咐。推官看讫，笑曰："你想得差了，你不晓得读。分明是说'八十老翁生一子,家业田园尽付与'这两句是说付与他亲儿子也。"杨庆曰:"这两句虽说得去,然小人外父说翁龙不是他子,那嘱咐内已明白说破了。"推官曰:"他这句是瞒你。盖'不'者'莫'也,说翁龙莫是吾子么?"杨庆曰:"小人外父把家业付小人,又明说别的都是外人,不得争执。看这句语,除了小的都是外人了。"推官曰:"只消自家看,你儿子看,你把他当外人否?这'外人'两字,分明连上'女婿'读来。盖他说你女婿乃是外人,不得与他亲儿争执也。此你外父藏有个真意思在内,你又看不透耶?"杨庆见推官解得有理,无词以应,即将原付文契,一一交还翁龙管业,允服供招。

推官审云:"据翁健八十生子,旷古一奇。呱黄之口三月,皓庞之人九天。敬留惜乎家赀[8],恐有后而无后。诚长养乎,箕裘[9]终无业而有业。细玩遗嘱,应知有意。呜咽叮咛,虽然面付半子;模棱两端,竟是意在亲男。翁龙既彼之子,便当缵承[10]先业。杨庆人且有后,恶得久假不归?翁家旧业合当完璧[11]。"

判毕各人画招,遂申详察院。于是贵州一郡,咸说翁健嘱咐真有心机,而除非韩四爷[12]高见,亦不能解意如此之神也。

【注释】

[1] 抚恤:对因战或因公致伤、致残、牺牲以及病故人员的家属给予物质上的帮助和精神上的安抚。

[2] 愠:怒、怨恨。

[3] 鱼肉:比喻用暴力欺凌;也比喻被欺凌的人。

[4] 疾笃:病势沉重。

[5] 管业:管理产业,管理事务。

[6] 事典:治事的规章,专门辑集有关礼制事件的类书。

[7] 半子:女婿的别称。

[8] 家赀:家资,指家庭所有的财产。

[9] 箕裘:箕,扬米去糠的器具或畚箕等竹器。裘,皮衣。箕裘原指由易而难、有次序的学习方式。后用来比喻祖上的技艺或事业。

[10] 缵承:即继承。

[11] 完璧:比喻将原物完好地归还或退回。

[12] 韩四爷:古代郡级行政机构设知郡、同知、通判和推官。推官排

位第四，故尊称韩推官为韩四爷。

（刘通）

【述评】

  该案，讲的是一个法官审断遗嘱的故事。翁健，家资甚富，78岁了，只有一女，名瑞娘，已嫁其夫杨庆。翁健80岁时，小妾生了男孩，取名翁龙。翁健担心翁龙因遗产而难以存活。且自己身体日渐虚弱，便写了一个遗嘱，交与女婿杨庆。遗嘱这样写："八十老翁生一子不是吾子家产田园尽付与女婿外人不得争执。"在杨庆眼里，遗嘱内容："八十老翁生一子，不是吾子，家产田园尽付与女婿，外人不得争执。"杨庆很高兴，就将遗嘱藏在匣中。不多日，翁健死了，杨庆得了所有家业。二十余年后，翁龙已成人。便向杨庆要回原业。杨庆大怒："那家业是岳翁尽行付我的，且岳翁说那厮不是他子，安得与我争？"事久不决，告到官府。经数次衙门，上下官司，俱照依嘱咐断还杨庆。翁龙始终不服。这次，翁龙又告到官府，办案的法官名叫韩世德。韩法官问杨庆："你缘何久占翁龙家业，现今不还？"杨庆说："这家业都小人外父付小人的，不干翁龙了。"法官说："翁龙是翁健的亲儿子，既与他无干，你只是半子，有何相干？"杨庆说："小人外父明说，他不得争执，现有遗嘱在证。"于是，送上嘱咐。法官看后，笑道："你想得差了，你不晓得读。分明是说'八十老翁生一子，家业田园尽付与'这两句是说付与他亲儿子也。"杨庆说："这两句虽说得去，然小人外父说，翁龙不是他子，那嘱咐内已明白说破了。"法官说："他这句是瞒你。盖'不'者'莫'也，说翁龙莫是吾子么？"杨庆说："小人外父把家业付小人，又明说别的都是外人，不得争执。看这句语，除了小的都是外人了。"法官说："只消自家看，你儿子看，你把他当外人否？这'外人'两字，分明连上'女婿外人'读来。盖他说你女婿乃是外人，不得与他亲儿争执也。此你外父藏有个真意思在内，你又看不透耶？"杨庆见推官解得有理，无话可说，便将原付文契，一一交还翁龙管理，服判。

（黄瑞亭）

孟主簿[1]明断争鹅（见图22）

图22　刘通引自上海古籍出版社《古本小说集成》，余象斗《廉明公案·孟主簿明断争鹅》

【原文】

　　南昌府进贤县，有秀才周仲进者，家颇殷足。恃势欺人，素行无耻，惯使低银买人货物。一日东乡一贩子名王二者，挑鹅来卖。他叫家僮问彼买鹅，问贩子曰："这鹅多少银一个？"王二说："这鹅有九斤重，要银一钱六分。"周秀才只还他一钱，王二说："不肯，实要你一钱四分。"那秀才家亦养得有鹅，心欲把小鹅与贩子的大鹅。叫家僮将鹅拿进家去，只还他一钱，银色又低。那贩子不肯卖。仲进即叫家僮换一小鹅还他，又骂之曰："狗奴才！卖得这贵，我不问你买，把鹅还你。快去，快去！"那贩子见把小鹅换他大鹅，口喃喃，只问他取自己的鹅。仲进骂曰："这奴才，你鹅不肯卖，我把还你，又来赖我取大鹅。"即叫家僮将贩子乱打一顿。贩子被打，臭骂一场，要与他死。仲进即叫家僮把贩子锁住，自己去见孟主簿。说有一贩子卖鹅，我问他买，他卖得杀我，把鹅还他，又赖我取大鹅，又骂学生。望父母看斯文分上，还要惩治他。主簿听说，即叫二公差拿贩子来。贩子哭诉曰："我的鹅九斤，周秀才问我买，我说鹅值银一钱六分，他只还我一钱，又把低银子与我。我不肯卖，遂将他家一小鹅还我。我问他取自己的鹅，他即叫家人把我乱打，鹅又不还，望老爷作主。"仲进说："你鹅九斤，有何凭据？"两人争执起来。主簿判不得，心生一计，问秀才云:"你家亦畜得有鹅否?"秀才说:"有。"孟公即叫公差往秀才家去,把他鹅都拿来。问贩子:"哪一个是你的?"贩子认得自己的,即说:"这个是我的,九斤重。"孟公即叫快手秤,果九斤。仲进说:"他的鹅有九斤重,纵不然我家鹅没有九斤重的?这贩子极是刁,他又欺骗我的鹅。老大人还要责他。"孟主簿自忖起来。又问秀才云:"你鹅把甚么喂他?"秀才说:"我是饭喂。"又问贩子:"你的鹅把甚么喂他?"贩子说:"我的吃草。"主簿即叫快手将这九斤鹅放在一边,又把秀才的鹅放在一边。霎时间,鹅皆撒屎。孟主簿起看之贩子鹅吃草,撒屎青;秀才的鹅吃饭,撒屎白。孟公曰:"秀才,这分明是贩子的。你是个好人,要发科登第,反骗他鹅。"即将那九斤的鹅把还贩子。那贩子欢天喜地而去。孟公在堂上遂吟一律以嘲仲进云:

埋头书史作阶梯,何事风生换一鹅。
哇食难能陈仲子,抄经须学晋羲之[2]。
发奸摘伏吾何敢,以小易大汝谁欺。
粪屎判来真假见,劝君改行莫迟迟。

那秀才见诗,满面羞惭而去。观此,可见孟公判断之明,录之以为污行贪得之戒。

【注释】

[1] 主簿:职官名。为汉代以来通用的官名,主管文书簿籍及印鉴。中央机关及地方郡、县官府皆设有此官。

[2] 晋羲之:即晋代王羲之(321—379),字逸少,晋临沂(今属山东省)人,后南迁为会稽人。尝为右军将军,世称王右军。善书法,所写草隶,冠绝古今,以《兰亭集序》《乐毅论》等为最,后人称之为"书圣"。

(刘通)

【述评】

该案,讲的是孟主簿审断鹅归属的案子。秀才周仲进想用自家小鹅调换小贩9斤重大鹅,小贩不同意。打官司到官府,孟主簿问秀才:"你家亦畜得有鹅否?"秀才说:"有。"孟公叫公差往秀才家去,把他鹅都拿来。问贩子:"哪一个是你的?"贩子认得自己的,说:"这个是我的,九斤重。"孟主簿一秤,果然九斤。周仲进说:"他的鹅有九斤重,纵不然我家鹅没有九斤重的？这贩子极是刁，他又欺骗我的鹅。老大人还要责他。"孟主簿又问秀才："你鹅把甚么喂他？"秀才说："我是饭喂。"又问贩子："你的鹅把甚么喂他？"贩子说："我的吃草。"主簿将九斤鹅放在一边，又把秀才的鹅放在一边。霎时间，鹅皆撒屎。孟主簿起看之贩子鹅吃草，撒屎青；秀才的鹅吃饭，撒屎白。孟主簿说："秀才，这分明是贩子的。你是个好人，要发科登第，反骗他鹅。"便将那九斤的鹅还给贩子。案子审结。

  法医学上，需要对粪便标本进行检查，看看粪便颜色和排便情况，进而了解进食何种食物。大便就是食物经过消化道吸收后的代谢物，食物经过胃、肠后营养被吸收，分解后形成固体样的粪团，称之为粪便。该案，小贩的鹅吃草，其便颜色为叶绿素多的"绿色"，而秀才家的鹅吃米饭，颜色偏白不呈绿色。孟主簿的检验符合法医学原理。

（黄瑞亭）

骆侯判告谋家

【原文】

  石埭县陈绶："状告为吞家绝食事：幼年失怙[1]，母怜苦守。枭恶兄绮睥睨[2]局谋，饵设合伙共餐，两版成墙，滴酒誓天。被朦允听，百凡付管，始往闽地佣书[3]。谩望践盟，岂期贪谋毕露。一家艰苦置产，伊独霸为己业。虎居羊穴，陷母气死。恸惨昊天，乞怜亲劈开单。上告。"陈绮诉曰："状诉为号天究占事；叔死婶寡，遗弟年雏，并无家业可恃。彼念至亲，抚养八载。岂今顷生祸心，又争家财。不思伊父生前彻贫，死后岂有遗产？养虎贻患，冤情可矜。乞台详情杜害。上诉。"

  骆侯审云："陈绶、陈绮，盖从弟兄[4]也。绮以绶父早死，母氏孀居[5]，合爨[6]八年，似亦足嘉者。今又措讼争产，非'靡不有初，而鲜克有终[7]'乎！虽然陈绶倘无遗业，陈绮必不共餐，一家是非，谅合族尊长胸中自有泾渭者。速公处回报。"

【注释】

  [1] 失怙：指死了父亲。

[2] 睅睨：窥伺。即暗中观望动静，等待下手机会。

[3] 佣书：指中国古代受人雇用以抄书为业。

[4] 从弟兄：即堂弟兄；为同祖叔伯之下一代弟兄。

[5] 孀居：守寡；丈夫死后不再结婚。

[6] 合爨：同灶烧火做饭吃。

[7] 靡不有初，鲜克有终：语出《诗经·大雅·荡》，原意是指做事没有人不肯善始，但很少有人善终。多用以告诫人们为人做事要善始善终。

（刘通）

【述评】

这是一个"遗产争讼"的案子。陈绶、陈绮是堂弟兄，陈绶父亲早逝、母亲守寡，陈绮与陈绶两家人同灶烧火做饭。陈绶状告陈绮，"合伙共餐"是骗局，目的要独霸家产。而陈绮辩称，自己是看在陈绶父亲早逝、母亲守寡（叔死婶寡，遗弟年稚）的分上，"彼念至亲，抚养八载（合伙共餐）"。陈绶家并无家业，其父亲生前贫困，死后没有遗产。官府骆官员，经审案认为，作为堂弟兄，陈绮让陈绶一家合伙共餐八年之久，很难得，"一家是非，谅合族尊长胸中自有泾渭者。速公处回报"。骆官员让陈绶、陈绮两个堂弟兄一起到家族尊长那里评理，然后把处理结果报官府。

该故事来源于《萧曹遗笔》"告谋家"，棣县事骆侯审。

（黄瑞亭　胡丙杰）

孔侯审寡妇告争产

【原文】

仪真县蒋氏："状告为抄家灭寡事：夫死半年，骸骨未冷，冤遭强梁。叔公杨奇，首倡奸谋，挟同为富不仁杨正，教唆讼师[1]林榛，乘机蜂起，虎噬狼吞，强除故夫灵位[2]，威逼改嫁。占田占产，封屋封仓，磬卷[3]家财，胜如血洗。极冤极苦，无路投光。上告。"杨奇诉曰："状诉为究财杜害事：蒋氏三十无嗣，因夫身故，频串外家兄弟，日遂往来，私运财物。分系叔公，直言被忤。听伊从兄蒋斐，飘捏抄家灭寡，去祸反陷。切思独居寡妇，岂应兄弟往来。故侄遗财，焉忍外家吞运。乞审杜祸，永感二天。上诉。"

孔侯审云："蒋氏夫死未期，因无嗣息[4]，杨奇挟同杨正等吞产逼嫁之。数人者，亦纲常中大也。蒋氏无可谁何，召兄弟至家诉苦，大不获已，兹岂频相往来而私运财物耶？夫丧服未满而遽撤灵帏，杨奇是何忍也！寡产无多，而悉封仓屋，正等殆不仁乎。依律取供，另定继立[5]。"

【注释】

[1] 讼师：旧时代写状子，助人争讼的人。
[2] 灵位：供奉死者的牌位。
[3] 罄卷：席卷。
[4] 嗣息：指子孙。
[5] 继立：过继子嗣。

（刘通）

【述评】

该案，蒋氏向官府告状称，丈夫去世才半年，叔公杨奇强除故夫灵位，威逼改嫁，占田占产，封屋封仓。杨奇辩称，蒋氏无子嗣，因丈夫身故，串通蒋氏兄弟，私运财物。官府经办孔官员审理认为：蒋氏丈夫刚去世半年，由于无嗣息，为吞家产，杨奇挟同杨正等逼蒋氏嫁人。蒋氏在为丈夫服丧期间就被撤灵帏，杨奇是何等残忍。虽然家产不多，封仓封屋也是不仁的举动。国家有法律，财产继承要按法律定立，杨奇无权处置。

该故事来源于《萧曹遗笔》"寡妇告争产"，仪真县事孔侯审批。

（黄瑞亭　胡丙杰）

许侯判庶弟告兄

【原文】

桐城县周宣："状告为恩怜孽命事：兄属嫡生，身系支出。父存，分产品作三股，先抽一股劈长，二股均分。外有百金祭田，互相管业。父死未冷，岂兄顿萌祸心，狼吞虎噬，强占祭田，独霸堂屋，逐身外栖。伶仃母子，情惨昏天，控冤上告。"周亘诉曰："状诉为恳恩均财事：父宠庶母，钟爱幼子。田产虽拆，银两未分。弟私得银三百两，怕身均析，先告诳词[1]。乞台作主。斧劈上诉。"

许侯审云："周详以二子，分产品作三股。嫡得其二，庶得其一，非贻谋[2]不臧者也。岂有私将三百两银数而独予幼子者乎？虽然，母有嫡庶，父无亲疏。周亘合照分开，勿与弟兢，庶子道兄伦两无负也。倘兄弟自相鱼肉，必欲豪争，不惟士君子羞之，谅尔父九原[3]亦不瞑目矣。"

【注释】

[1] 诳词：谎话。

[2] 贻谋：《诗·大雅·文王有声》有"诒厥孙谋，以燕翼子"之句。后以"贻谋"指父祖对子孙的训诲。

[3] 九原：此处指九泉，人死后居住的地方。

（刘通）

【述评】

在古代，男性可取妻和妾。嫡，正妻为嫡，正妻所生的儿子谓之"嫡生"；妾所生的儿子为"支出"。

该案，周亘是"嫡生"，周宣为"支出"。周宣向官府告状称：父亲在世时，财产已分好，现在兄周亘"强占祭田，独霸堂屋"。周亘辩称，父亲在世时宠庶母，钟爱幼子。田产虽拆，银两未分，弟私得银三百两。该案官府经办许官员审理认为：父亲周详有文字写明财产金钱分割，"嫡得其二，庶得其一"，没有"私将三百两银数而独予幼子"的证据，不予认可。周亘侵占周宣田产和房屋，是法律道德不容的，你们死去的父亲也是不同意的。

该故事来源于《萧曹遗笔》"庶弟告兄"，桐城县事许侯审。

（黄瑞亭　胡丙杰）

唐侯判兄告弟分产

【原文】

六合县孙祚："状告为乞恩均产事：身苦撑家二十年，毫无所私。幼弟孙祯，恃父钟爱，独据土田，私兜父手财物，弟肥兄瘠，苦乐失均。乞天亲提斧断。上告。"孙祯诉曰："状诉为欺幼占产事：父患瞀疾，兄祚掌家二十年，抠私百余金。父病临危，凭尊分产，拨田十亩帮娶。岂兄贪妒，立心紊争，以阄书[1]为故纸，视父命若弁髦[2]。乞天怜恤，不遭欺辖。上诉。"

唐侯审云："同气兄弟，因财失义，构成鼠雀[3]之讼，借令灼艾分痛[4]，及感荆流涕者见之，必弹指矣。仰族长速为允释，毋使阋墙[5]，取羞家谱。"

【注释】

[1] 阄书：为了赌胜负或决定事情而各自抓取做好记号的纸团等。此处指古代分家的一种契约。阄书是我国古代常见的一种契约文书。

[2] 弁髦：弁，黑色布帽；髦，童子眉际垂发。古代男子行冠礼，先加缁布冠，次加皮弁，后加爵弁，三加之后，即弃缁布冠不用，并剃去垂髦，理发为髻。因以"弁髦"喻弃置无用之物，也引申为鄙视。

[3] 鼠雀：鼠与雀。指讼事。明·陈汝元《金莲记·就逮》："只因饶舌，遭此断肠，谢卿唱叠骊驹，恨我灾成鼠雀。"

[4] 灼艾分痛：宋太祖与其弟太宗友爱的故事。太宗病，太祖亲为灼艾；太宗觉痛，太祖亦取艾自灸。典出《宋史·卷三·太祖本纪三》，后比喻兄弟友爱。

[5] 阋墙：语出《诗经·小雅·常棣》："兄弟阋于墙，外御其务。"比喻兄弟相争。

（刘通）

【述评】

该案，兄孙祚向官府告状称：自己苦撑家二十年，毫无所私。幼孙祯,自恃父亲钟爱,独据土田,私兜父手财物,弟肥兄瘠,苦乐失均。弟孙祯辩称:兄孙祚掌家二十年,抠私百余金,拨田十亩帮娶媳妇,这是兄欺幼占产。官府经办唐官员经审理认为:同为父母所生的兄弟,因财失义,真不应该。该案,官府唐官员让家族族长进行处理,然后报官府。

该故事来源于《萧曹遗笔》"兄告弟分产",合县事唐侯审。

(黄瑞亭　胡丙杰)

段侯判审继产

【原文】

望江县陈以钦:"状告为追产存祀事:原父生身及兄,叔故无嗣,父令身继。凭族立阄,兄承父业,弟受叔产无异。岂兄贪妒,卖某处杉山,私受重价五十金。嗔论反殴。切思父业身无牵同,继产岂兄滥卖!兄占弟业,无可谁何,衔冤上告。"

段侯审云:"陈以鉴、以钦本骨肉也。以钦原承父命,继叔绝嗣,阄书所订,则以兄承父业,弟受叔产者也。岂以鉴复肆贪饕[1],卖承继产业,遂令兄弟阋墙,自相冰炭。吾想义门家谱,谅不如是也。夫以钦已承叔继,既无分父产之心,以鉴合守父言,又岂有卖叔产之理!况叔产不腴,于父弟财更减于兄,重利轻义,何必乃尔[2]!其卖山价银,合给还以钦无辞。"

【注释】

[1]贪饕:贪吃、嘴馋、贪得无厌。
[2]乃尔:如此。

(刘通)

【述评】

该案,陈以钦(弟)状告陈以鉴(兄),兄占弟业,卖弟弟的杉山,私受重价五十金。官府段官员,经调查、核实,陈以鉴、陈以钦是亲兄弟。已故叔叔无子嗣,其父亲在族人见证下订立"兄承父业,弟受叔产"契约文书。官府段官员认为,契约不得违背。于是宣判:将陈以鉴(兄)卖山价银，还给陈以钦。

该故事来源于《萧曹遗笔》"争继产"，望江县事段侯审。

（黄瑞亭　胡丙杰）

苏侯判争家产

【原文】

巢县吴陛："状告为霸占家产事：缘父与伯同爨，伯外生理，父耕供家。不意伯欺父死身幼，即行分异。本银并产，尽被吞占，族长可审。原既共爨，苦乐宜均。何欺父不识字，买田皆用伯名。今又逼母改嫁，逐身外居，号天情惨，粘单上告。"吴炽诉曰："状诉为捏冤争产事：兄与弟各爨，克苦外求，自置田亩。岂侄陛捏称占产逼嫁，竦台争业。切思伊父未经析烟[1]，身未买产，伊母日前改嫁，为子虚花[2]。若有逼占事情，罪甘斩首。上诉。"

苏侯审云："吴炽与弟同爨，侄辈尚幼。弟死遽尔[3]析烟，恤寡怜孤者当不如是也。夫侄幼分家，不无影占田地之心。弟妇出嫁，不无瓜分财礼之事。不然侄也敢以卑而犯尊乎？今以犹子比儿伯之田产，合判与三分之一。仰族长公处回报。"

【注释】

[1] 析烟：分立炉灶，指分家。
[2] 虚花：眼晕而看到的虚影；虚幻不实。
[3] 遽尔：突然、忽然。

（刘通）

【述评】

该案，吴陛的父亲与伯伯吴炽两家人共灶吃饭。吴陛的父亲去世后，吴炽就赶吴陛走、逼吴陛的母亲改嫁。经官府苏官员调查、核实，认定吴陛告状之事属实，建议将现有吴陛父亲与伯伯吴炽的共有田产，分三分之一给吴陛，由"族长公处回报"。

该故事来源于《萧曹遗笔》"争家产",江门县事苏侯审。

(黄瑞亭　胡丙杰)

金侯判争山

【原文】

德兴县冯柯:"状告为强夺世业事:祖山一局,历传世守,又契可查。岂恶陈戟,欺家骂远,恃势强占,扫砍柴木。身知奔阻,反称是伊物业,唱众乱殴。切思祖原买山,官有册税,私有契券,界限明白,山邻可凭。乞天清业杜害。上告。"陈戟诉曰:"状诉为奸谋影罩[1]事:枭恶冯柯,强占祖山,告明无抵[2]。计扯伊买连界山场,影射混罩。不思山界虽连,木分二色。契书四至,所载分明。乞赐勘验,免遭罩占。上诉。"

金侯审云:"吴山一局,值价几何?冯柯、陈戟两家累争不已,此徒敝精神而耗钱谷者也。虽然,虞芮[3]不置闲田,而侯邦不睦。乙普明[4]不置旷地,而兄弟不和。兹以其山入官[5],庶使两家讼息,孙庞[6]可无刖足仇,廉、蔺[7]或有刎颈好矣。"

【注释】

[1] 影罩:指蒙混、冒充。

[2] 无抵:方言。没有办法对付、安排。

[3] 虞芮:周朝初二国名。相传两国有人曾因争地兴讼,到周求西伯姬昌平断。《史记·周本纪》:"于是虞芮之人有狱不能决,乃如周。入界,耕者皆让畔,民俗皆让长。虞芮之人未见西伯,皆惭,相谓曰:'吾所争,周人所耻,何往为,祗取辱耳。'遂还,俱让而去。"后因以"虞芮"指能谦让息讼者。

[4] 乙普明:北齐清河人。兄弟争田,各相援引证佐讼有年而不能断。太守苏琼莅任召普明兄弟以"天下难得者兄弟,易求者田地,得地而失兄弟心,如何"喻之。普明弟兄感悟罢讼。分异十年,遂还同住。

[5] 入官:没收罪人的财产上交官府。

[6] 孙庞:孙膑和庞涓的并称。二人曾同学兵法。庞涓为魏惠王将军,

忌妒孙膑的才能，诳他到魏国，施以膑刑。后孙膑秘密回到齐国，任齐威王军师，设计大败魏军于马陵。庞涓自刭而死。

［7］廉、蔺：战国时赵国的廉颇和蔺相如的并称。两人皆为赵功臣。蔺拜相，廉不服，欲与为难。蔺以国家利益为重，不与计较。廉终于觉悟，两人成刎颈之交，详见《史记·廉颇蔺相如列传》。

（刘通）

【述评】

该案，冯柯状告陈戟强夺祖山。官府金官员经调查、核实后，将冯柯状告陈戟两家争议地吴山收归国有（入官）。

该故事来源于《萧曹遗笔》"争山"，德兴县事审。

（黄瑞亭　胡丙杰）

骗 害 类

林按院赚赃获贼

【原文】

　　浙江宁波府定海县佥事高封、侍郎夏震，二人同乡，雅相交厚，其内子[1]俱有孕，因指腹为亲曰："两生男，则结为兄弟；两生女，则结为姊妹；若一生男、一生女，则结为婚姻。"后夏震得一男，名昌期；高封得一女，名季玉。夏遂央媒去议，将金钗二股为笄。高慨然受之，回玉簪一对。但夏为官清廉，家无羡余，一旦死在京城。高封助其资用，举柩归葬。高亦寻罢官[2]归，家富巨万。昌期虽会读书，一贫如洗。十六岁以案首[3]进学，托人去高岳丈家求完亲。高嫌其贫，有求退亲之意。故留难曰："彼乃侍郎之公子，吾女亦千金之小姐，须当备六礼[4]行，亲迎方可成婚。今空言完亲，岂不闻'聘则为妻，奔则为妾'。若草草苟合，是不成礼也，吾不能为之。彼若不能备礼，不如早退亲，多退些礼银与他，另娶则可。"

　　又延过三年，其女尝谏父母不当负义信。父辄曰："彼有百两聘礼，任汝去矣。不然难为非礼之婚也。"季玉乃窃取父之银两，及己之镯钿、宝钗、金粉盒等可百两有余，密令侍女秋香往约夏昌期曰："小姐命我拜上公子，我家老相公嫌公子家贫，欲退亲，小姐仗信义不肯从，日与父母争辩。今老相公云'公子若有聘礼百两便与成亲'，小姐已收拾银两、钗钿更百两以上，约汝明日夜间在后花园来接，千万莫误期约。"昌期闻言不胜欢喜，便与最相好友李善辅说知。善辅遂生一计曰："兄有此好事，我备一壶酒，与兄作贺。"饮至晚，加毒酒中，将昌期昏倒。善辅抽身径往高佥事花园。见后门半开，至花亭，果见侍女持一包袱在。李去接曰："银事可与我。"侍女在月中认曰："汝非夏公子也。"李曰："正是我，是你约我来。"侍女带包袱回见小姐曰："来接者似非夏公子样。"季玉曰："此事只他知，岂有别人！月下认人不真，你可与之。"侍女再至花亭，再又详认曰："汝果不是夏公子，是贼也。"李已早备石头手中，将侍女囟门[5]打死。急回来，昌期尚未醒，李亦佯睡其旁。少顷，昌期醒来，促善辅曰："我今要去接那物矣。"李曰："兄可不善酒也，我等兄不醒，不觉亦睡。此时人静，可便去矣。"昌期直至高家花园，四顾寂然。至花亭，见侍女在地，曰："莫非睡去乎？"以手扶起，皮肉似冷。叩之不应，四旁又无余物，吃了一惊，逃回家去。次日，高金事家不见侍女，四下寻觅，见打死在后花园亭中，不知何故，一家惊异。季玉乃出认曰："秋香是我命送银两、钗钿与夏昌期，令他备礼来聘我。岂料此人狼心，将他打死，此必无娶我之心矣。"高封闻言大怒，遂命家人往府，急告其状曰："告状人高封，为谋财杀命事：狼恶夏昌期，系故侍郎夏震孽子。封念与震年谊，曾与指腹为婚，实未受有聘礼。昌期因往来封家，串婢秋香偷金银并钗钿一百两有余。兜财入手，遂打杀秋香，以灭事迹。有此凶恶，情理难容，乞追赃偿命，生死感激。上告。"夏昌期诉状云："诉为杀命图赖事：念昌期箕裘遗胤[6]，义理颇谙。先君侍郎，清节在人耳目。岳父高封，感义原结姻婚，允以季玉长姬，许作昌期正室[7]。金钗为聘，玉簪回仪。谁期家运衰微，二十年难全六礼，遂使岳心反复，百千设计，求得一休。先令侍女传言赠我厚赂，自将秋香打死，陷我深坑。绝旧缘，思构新缘；杀婢命，坑陷婿命。乞悬电照，大霹奸谋。追切上诉。"顾知府拘到两犯审问。高封质称秋香偷金银二百余两予他，我女季玉可证。彼若不打死秋香，我岂忍以亲女出官[8]证他？且彼虽非我婿，亦非我仇，纵求与彼退亲，岂无别策，何必杀人命图赖他？"夏昌期执称："前一日汝令秋香到我家，哄道小姐有意于我，收拾金银首饰一百两，令我夜在花园来接。我痴心误信他，及至花园，见秋香已打死在地，并无银两。必此婢有罪犯，汝将打死他，故令来哄我，思图赖我耳。若我果得他银，人心合天理，何忍又打死他？"顾知府问季玉曰："一是父，一是夫，汝是干证，好从实招来，免受刑宪。"季玉曰："妾父与夏侍郎同僚，先年指腹为亲，受金钗一对为聘，回他玉簪一双。后夏家贫淡，妾父要与退亲，妾不肯从，乃收拾金银钗钿百余两，私命秋香去约夏昌期，令夜在后花园来接。夜间果来，秋香回报，我着令交银与他是实，不知因何故将秋香打死。在花亭银物已尽收去矣，莫非有强奸秋香不从之事，故打死乎？抑或怒我父将退亲，故打死侍婢泄忿乎？望仁台详察，妾无半句虚言。"顾知府仰椅笑曰："此干证说得真矣。"夏昌期曰："季玉所证前事极实，我死亦无怨。

但说我得银打死秋香，死亦不服。然此想是前生冤业[9]，今生填还，百口难辩矣。"遂自诬服[10]。

顾知府判曰："审得夏昌期仗剑仗徒，滥监芹学校。破家荡子，玷辱家声。故外父高封弃荞菲[11]，命明告绝。乃笋妻季玉，重盟誓而暗赠金，胡为既利其财，曷欲又杀其婢。此非强奸恐泄，必应黩货[12]昧心。赴约而来花园，其谁到也？淫怒以逞，暮夜岂无知乎！高封虽若负盟，绝凶徒实知人，则□季玉嫌于背父，念结发亦观过知仁。高女许行改嫁，昌期明正典刑。"

已成狱三年，后福建兴化府林见素，除浙江巡按。未到任，故微行[13]入县衙。胡知县疑其打点[14]衙门者，收入监去。在狱中，又说我会做状，汝众因有冤枉者，代汝作状伸诉[15]。时夏昌期在狱，将己冤情从实诉出，林见素悉记在心。后打一印，令禁子送与胡知县，人方知是新大巡到。即出坐堂，调昌期一宗文卷来问。季玉坚执是伊杀侍婢，更无别人。林院不能决，再问曰："汝当日曾与何人说？"昌期答："只与相好友李善辅说，其夜在他家饮酒，醒来李只在傍未动。"林院猜到，只说情已真矣，不必再问。遂考校宁波府生员，取李善辅批首[16]，情好极密，所言关节，无不听纳。至省后，又召去相见，如此者近半年。一日，林院谓李善辅曰："吾为官拙清，今冬将嫁女，枉为巡按，苦无妆资。汝在外看有好金，代我换些，异日倘有恰好并节，准你一件。汝是我得意门生，外事宜为我慎审。"李善辅深信无疑。数日后，送到古金钗二对，玉钗一对，金粉盒、金镜袋各一对。林院亦佯喜，即调夏昌期一干人再问，取出金玉钗、粉盒、镜袋等，排于庭。季玉认曰："此尽是我前日送夏生者。"再叫李善辅来对，辅善见高小姐认物件是他的，吓得魂不附体，尚推托他是过路客人换得。此时，夏昌期方知前日为毒酒所迷，高声与辩。李善辅抵赖不得，遂供招承认。

林院审云："审得李善辅贪黩害义，残忍丧心。毒酒误昌期，几筵中暗藏机阱[17]；顽石杀侍女，花亭上骤起虎狼。利归己，害归人，敢效郦寄卖友[18]；杀一死，坑一生，犹甚蒯通[19]误人。金盒、宝钗当日真赃俱在，铁钺斧锧今秋大辟何辞。高封枉厕冠裳，不顾名义，欲退亲而背盟，几陷婿于死地。侍儿因而丧命，嫡女默然悲心。本应按律施刑，惜尔官休年老，姑从末减[20]，薄示不惩。夏昌期虽在缧绁[21]之中，非其罪也。高季玉既怀念旧之志，永为好分，昔结同心，曾盟山而誓海。仍断合卺[22]，俾夫唱而归随。"

夏昌期罪既得释，又得成亲，二人恩爱甚笃。又画林院像，朝夕供养。夫拜曰："谢林公使我冤枉得雪。"妇拜曰："谢林公使我怨恨得消。"后昌期嘉靖间发乡科，官至给事。最恶姻戚薄恩，朋友负义者。盖有惩于己云。

按：李善辅奸恶无比，终正典刑，天理昭彰。因素与昌期相好，又同醉共睡，故昌期全不生疑，惹此奇祸。以此见面朋伪交、人面兽心之徒，君子宜远之。然前问法官，徒知季玉证杀是真，又兼高封家富，必有上下贿嘱之事，以可信之情，加以书吏之弊，以文其罪，将何辞乎。惟林公能究其当日与知之人，遂察出李贼之恶。然设若不得真赃，彼死亦不认，昌期之冤何日得伸。故先与之交密，赚出其赃，则此狱遂可立判矣。林公神明，岂可及哉！世有贪财害义、陷人利己者，终必报应，若李贼者可为戒矣。

【注释】

[1] 内子：古代称卿大夫的嫡妻。

[2] 罢官：免除官职。

[3] 案首：科举时代童生院、府、州、县试的第一名。

[4] 六礼：古代在确立婚姻过程中的六种礼仪，即纳采、问名、纳吉、纳征、请期、亲迎。

[5] 囟门：囟脑门，又叫"顶门"，婴儿头顶前部中间骨头未合缝的地方。

[6] 遗胤：后嗣、子孙。

[7] 正室：嫡妻，原配妻子。

[8] 出官：到法庭打官司或做证人。

[9] 冤业：佛教用语，可写作"冤孽"，指前世作恶所招致的冤屈业报。

[10] 诬服：指无辜而服罪。

[11] 菲菲：菲、菲是两种野菜，根虽恶（味苦），但茎叶可食。凡人、物但有一点可取的，皆称为"菲菲"。

[12] 黩货：指贪财。

[13] 微行：帝王或高官便服私访。

[14] 打点：送人钱财以疏通关系；托人关照。

[15] 伸诉：亦作"伸愬"，向上级官员说明苦衷或委屈，请求裁处。

[16] 批首：指院试列名第一。

[17] 机阱：设有机关的捕兽陷阱，比喻坑害人的圈套。

[18] 郦寄卖友：西汉时期，郦寄出卖朋友吕禄。

[19] 蒯通：本名蒯彻（生卒年不详），秦末汉初辩士，幽州范阳（今河北省定兴县固城镇）人。辩才无双，善于陈说利害，曾为韩信谋士，先后献灭齐之策和三分天下之计。韩信死后，遭到刘邦捉拿后无罪释放，成为相国曹参的宾客。

[20] 末减：指从轻论罪或减刑。

[21] 缧绁：古代用于捆绑犯人的黑色大绳索，后比喻监狱。

[22] 合卺：旧时结婚男女同杯饮酒之礼，后泛指结婚。

（刘通）

【述评】

该案，"秋香之死"的致伤物已无从检验，关键在判词中"杀人夺财"的"财"，被盗取的赃物在谁手里，重点体现在物证收集和当庭对质上。林见素巡案巧妙地收集了李善辅的金钗两对、玉钗一对、金粉盒和金镜袋各一对等物证，并在公堂上让高季玉辨认、质证。高季玉当庭认出系自己送给夏昌期的物品，证据确凿，从而认定杀人者就是李善辅。最终，李善辅认罪，被处极刑。

（黄瑞亭）

朱代巡判告酷吏[1]

【原文】

安仁县丁启："状告为虎吏嚼民事：刁奸赵良，钻克刑房，瞒官作弊，勒骗民财，家成金穴。旧因仇贼诬扳[2]，发系深狱，夜半提监，苦刑私拷，勒银五十两。活罪家贫，卖产跪送二十两，嗔少掷地。再鬻雏年儿女，凑数买命，凭李颙过付。切今男奴女仆，骨肉惨分，田地无存，父母狼狈。乞台剪恶追赃。上告。"

朱代巡批："赵良以刑房酷吏，侮弄笔刀，瞒官作弊，倘所称生民蟊贼[3]非耶？丁启旧系仇贼，诬扳既无赃证，合行释放。乃夜半提监，索银五十两，胡为者也。夫以一冤狱而索银五十，若脱罪百余，银曷胜纪！是以刀笔为孤注，罪人为奇货，而家藏金穴或不诬矣。赃既有指，恶已贯盈，合配[4]要荒[5]，扑杀此獠[6]。"

【注释】

[1] 酷吏：用残酷的方法进行统治的官吏。
[2] 诬扳：亦作"诬攀"，招供的时候凭空牵扯别人，泛指凭空攀扯。
[3] 蟊贼：专吃禾稼的虫，比喻祸害、败类。
[4] 配：古代把罪人遣放到边远地区充军。
[5] 要荒：王畿以外极远的地区。
[6] 獠：詈词，古时北方人骂南方人的话。

（刘通）

【述评】

该案，丁启状告赵良利用审讯职便，向丁启索贿（勒银五十两），丁启给二十两，赵良嫌少扔到地上（嗔少掷地）。官府官员朱代巡判审理认为，赵良"以刑房酷吏，侮弄笔刀，瞒官作弊"，是个败类。法律上，查不出丁启的赃证，就应该释放。但赵良却半夜提监，索银五十两。赵良被判"流徒"，遣送至偏远地区服刑。

该故事来源于《萧曹遗笔》"告酷吏"，安仁县事朱代巡批。

（黄瑞亭　胡丙杰）

郭府主判告捕差

【原文】

安庆府王吴三："状告为虎差吓诈事：贫守清规，秋毫无犯。旧因仇贼黑陷，漏访捕兵刘盛，买票承差，挟同吕海、吴弃等群雄乌合，围屋激捉，杀猪蚕食，酺酒牛饮中，难鸭一羽弗留。勒银八两打发，另卷衣服。身有怨言，锁送县治，路约四十里，一步一敲，痛彻心髓。今幸郭爷明审，幸睹天日。痛遭毒骗，情惨不甘。上告。"

郭府审云："刘盛钻充[1]捕兵，闻知贼扳王吴三，婪票承行，挟同腹心吕海、爪牙吴充，相与围屋剿捉。蚕食牛饮，且勒骗打发银八两，另卷衣服。据此凶暴，乃虎而翼者也。夫吴三既非真贼，何必群雄激捉。刘盛已领工食[2]，何用八两打发。捉一吴三，而他可知已；骗一吴三，而饮可例已。证既不评，律合远遣。弟吕海、吴充，虽饕餮酒食，未尝分赃，姑拟杖惩革役[3]。"

【注释】

[1] 钻充：钻营并充任。
[2] 工食：工钱、工资。
[3] 革役：革除差使。

（刘通）

【述评】

该案，王吴三状告刘盛无故抓捕自己，还勒索出差上门费八两银子（勒银八两打发）。官府郭官员审理认为，刘盛抓捕王吴三，大吃大喝且勒索出差上门费八两银子（蚕食牛饮，且勒骗打发银八两）。王吴三并不是罪犯，何必动用三个人去抓。而刘盛是领工薪的，还索要出差上门费八两银子（刘盛已领工食，何用八两打发）。官府郭官员判决刘盛"流徒"，遣送至偏远地区服刑。吕海、吴充被革除差使。

该故事来源于《萧曹遗笔》"告捕差"，安庆府事郭府主审。

（黄瑞亭　胡丙杰）

饶察院判生员

【原文】

京县张大猷："状告为歪儒骗害事：无耻生员陈王政，吸髓骗民，衣巾大盗，吞谋祖山风水。身不允从，计唆蒋豪与身混争山界。县未归结，又速告府。身遭缠害，凭唐训付银十两买息。恶又吞山，祖骸难保。极苦极冤，吁天上告"。

饶院批云："陈王政既忝学官，当遵圣训。胡为以谋地之故，抛掷经书，侮弄刀笔，主唆词讼，而受人十两赃银乎？庠[1]有若人，实为梗化[2]。合速黜退[3]，以正儒风。不然是泮水[4]大养鲸鲵[5]，士林[6]中生荆棘矣。"

【注释】

[1] 庠：古代称学校。
[2] 梗化：指顽固不服从教化。
[3] 黜退：免职、摒退不用。
[4] 泮水：古代学宫等建筑之前的水池，形状如半月。
[5] 鲸鲵：鲸。雄曰鲸，雌曰鲵。凶猛吞食小鱼，比喻凶暴不义之人。
[6] 士林：泛指学界。

（刘通）

【述评】

这里，"生员"指古时科举制时代，在太学等处学习的人统称生员，唐代指在太学学习的监生，明清时代指通过最低一级考试，取入府、县学的人，俗称秀才。在明代秀才享受的特权，几乎所有的优惠政策都占全了。一是可以免服差役。只要考中秀才，按明代的法律规定便可免户内二丁差役。因此，免除差役对于时人来说，无疑非常受益。封建时代，老百姓都要服差徭，也就是徭役。比如修长城，修官殿，修河道。而秀才可以免除差徭，官府征发壮丁的时候，你可以安然自得地在家喝着茶、看着书。二是可以免交公粮。明代法律规定秀才、举人可以免粮。三是可使用奴婢。四是可以免刑。明初规定，一般的进士、举人和秀才就算犯了死罪，也可以特赦三次。后来这条律令被取消了，但对于进士、举人和秀才还是会受到格外的优待。五是穿戴特权。为了显示生员的与众不同，穿着方面可以有特权。如可穿上穿盘领长衫，头戴方巾，脚蹬长靴，青衫儒雅。六是免下跪。生员还有一点权利，当面对官府官员时可以免下跪。

该案，张大献状告生员陈王政骗钱骗财、吞谋祖山。还骗走"十两买息"。官府饶官员审理认为，"陈王政既忝学官，当遵圣训。胡为以谋地之故，抛掷经书，侮弄刀笔，主唆词讼，而受人十两赃银乎？"饶官员判决，陈王政立即退回骗取的十两银子（合速黜退，以正儒风）。

该故事来源于《萧曹遗笔》"告生员"，京县事饶察院批。

（黄瑞亭　胡丙杰）

谢通判审地方

【原文】

鄱阳县吴锦："状告为思豁苦役事：地方枉法，卖富差贫。县户火夫九十名内，户骗银二钱，朦胧不拨。贫店札笔，并乏妻子。嗔无常例，半月偏拨七次。无钱受害，苦乐不均。乞挑廉捕研审，超豁疲民。上告。"

谢通判审云："审得地方史仪，瞒官作弊，卖富差贫，以九十名火夫，有常例[1]者，一年不拨一差；乏常例者，半月叠差七次。是安佚[2]鞅掌[3]，悉权由于奸刁也。夫一户骗银二钱，虽未满贯，若扣十户则寡而多矣。况所骗者未止十户乎！合拟徒罪[4]，以肃王章。吴锦委系笔户，应免役，所供是实。"

【注释】

[1] 常例：按惯例收取小费。

[2] 安佚：安乐舒适。

[3] 鞅掌：烦劳；忙碌。

[4] 徒罪：徒刑之罪，也泛指罪罚。

（刘通）

【述评】

通判是由中央直接委派，辅佐郡政，可视为知州副职，但有直接向中央报告之权，是兼行政与监察于一身的中央官吏。明代通判在府级官职为正六品，主要职责是分理粮储、马政、军匠、薪炭、河渠、堤涂之事。由通判审理的地方案件称为"通判审地方"，其特点是需同时向地方政府备案，同时报中央备案。

该案，吴锦状告地方枉法，对政府要求作苦役的人员不给拨付；对可免作劳役的秀才强行作劳役也不给拨付，从中渔利。谢通判审理认为，"地方瞒官作弊，卖富差贫，以九十名火夫，有常例者，一年不拨一差；乏常例者，半月叠差七次"。地方官员史仪被判"流徒"，遣送至偏远地区服刑。经核实，吴锦系秀才出身（笔户），被判免作苦役。

该故事来源于《萧曹遗笔》"告地方"，谢通判审。

（黄瑞亭　胡丙杰）

余分巡[1]判告巡检

【原文】

汉阳府房茂："状告为违法勒骗事：身引往川贸易，路经汉川巡检司，照明过勒常例，执引锁船，故意留难不放。切思身非化外之民，又非私货、犯禁人货而其难客勒索。乞台追究，正法疏商。上告。"

余分巡批云："巡司职专护察，倘人非异人，货非私货，安得阻截者！今关上兴留难之策，局中怀勒骗之心。夫非梗塞[2]道路，而荼毒商旅，即仰府堂，研审再报。"

【注释】

[1]分巡：指出巡的官员。
[2]梗塞：阻塞、壅塞不通。

（刘通）

【述评】

这里，"分巡"指"分巡道"。明代于按察司之下设立按察分司，其长官负责监督、巡察其所属州、府、县的政治和司法等方面的情况，谓之"分巡道"，其官衔为按察副使或佥事的五品官衔。

该案，房茂状告汉川巡检司违法勒索，故意锁船不放。余分巡审理认为，汉川巡检司的职责是"职专护察"，对"人非异人，货非私货，不得阻截"。这里，"异人"指国外人、国外船只（"化外之民"）；"私货"指外人私货，也指禁止运输货物（"犯禁人货"）。余分巡认为，该案交地方政府审理，建议予以放行。案件审理情况报分巡道备案。

该故事来源于《萧曹遗笔》"告巡检"，武昌府事余分巡批。

（黄瑞亭　胡丙杰）

汪侯判经纪[1]

【原文】

丰城县耿文："状告为虎牙吞骗事：祸本买糖，往苏贸易，虎牙朱秀，口称高价，拦河饵接，强抢夺船，满载货物，昼夜运至伊家，私自发卖，鬼名出数，三日一空。设限十日，至今半载无收。孤客牢笼，恐作江湖怨鬼[2]。号天追究事怨。上告。"朱秀诉曰："状诉为黑冤诬陷事：身充牙行[3]，刁客耿文将糖投卖，现价交易，并无赊账。因取牙用饭钱，算银八两。枭图白骗，黑心反诬。乞准明查，若身行骗，罪甘斧劈。上诉。"

汪侯审云："朱秀以喇虎市棍，私充牙行，图接耿文糖货，盖行吞骗。此唇吻为剑锋，门户为坑阱，厘秤为戈矛，而劫杀客商者也。大糖曰五十桶亦已多矣，价曰六十两不为少矣。岂恶今无耻施恶，一概鲸吞，而俾异乡孤客累累然如丧家狗耶！理合追还，疏通客路。"

【注释】

[1] 经纪：此处指买卖双方的中间人。

[2] 怨鬼：因冤死而含怨的鬼魂。

[3] 牙行：协助买卖双方成交，从中抽取佣金的个人或商号。

（刘通）

【述评】

这里，"市棍"指欺行霸市的恶棍，还有个名词叫"光棍"（与现代称未婚男子为光棍不同），并设立"光棍罪"。光棍罪最早出现在明代英宗时期。当时刑部尚书等人建议："今后两市城内外附近关厢市镇去处，有等无籍军民、旗校、舍余匠役人等，不务生业，三五成群，白昼在街撒泼，殴打平人，抢夺财物，及于仓场打搅纳户人等取财，号名光棍，通同官攒、斗级人等入仓搂扒，偷盗官粮事发，问拟明白，该犯答杖及计赃不满贯徒罪，照依常例发落。若再犯与犯满贯徒罪至杂犯死罪，从重惩治。军旗舍余人等俱发边卫充军，民发口外为民；职官有犯，奏闻区处。"这一建议被皇帝认可，最终成为一则条例，名为"白昼抢夺三五成群及打搅仓场充军为民例"（《皇明条法事类》，卷三十四）。如果以现代法学眼光视之，该条例可谓刑事特别法。其从适用空间看，规制南京、北京及其周边地区；从犯罪主体看，针对无籍军民、旗校、舍余匠役人等特定人群；从法律后果看，相比于同一范畴《大明律》的"白昼抢夺"律，采用加重处罚主义。一言以蔽之，这一条例反映了国家针对特定区域内特定人群的特定犯罪类型，实施严打政策。"光棍罪"在设立后，结合具体的个案事例，在立法与司法中呈现出一种衍生裂变的态势。其在适用空间上，推广至其他区域，如通州、九江至苏州沿江一带、天津卫等处亦可适用。《皇明条法事类》中记载："通州一带地方拿获窃盗至徒流者枷号半个月、其喇虎三五成群抢夺财物在犯累犯者枷号一月充军为民例""沿江等处殴打平人抢夺财物照在京事例充军为民""禁约通州至天津卫沿途河光棍照依在京见行事例枷号充军"。在犯罪主体上，除了原有的特定军民之外，与光棍相似的所谓"喇虎"乃至"但有凶恶之徒"皆可纳入。在构成要素上，突破了原来群体犯罪的规定，一人也可构成（一人凶恶节次抢夺财物满贯徒罪充军例），同时呈现出更加细则化的规定，有初犯、再犯、累犯之分；在法律后果上，继续加重，出现了枷号的附加刑罚。在适用标准上，诸多新规则的出台恰可说明该罪适用无法取得一致性，需要不断通过法与时转的条例加以调整。

该案，耿文状告朱秀吞骗糖货。朱秀辩称状诉为诬陷。官府汪官员经调查、核实，朱秀确实是喇虎市棍，目的是吞骗耿文糖货。官府汪官员判决，追还被朱秀吞骗的糖货，保证商路通畅（"理合追还，疏通客路"）。

该故事来源于《萧曹遗笔》"告经纪"，丰城县事江侯审。

（黄瑞亭 胡丙杰）

任侯判经纪

【原文】

九江府邓凤："状告为剪棍救贫事：揭本买铁，误投棍牙丁端，发卖被拴，恶党陈路等饵发强吞。婉取则推张推李，强取则加辱加刑。遭此冤坑，坐毙[1]性命，情苦彷徨，究恶追偿。上告。"丁端诉曰："状诉为朋骗延累[2]事：二月内，客人邓凤，买铁投行发卖，彼有铺户陈路等发去二十担，限期还价，强取不吐。岂今脱逃，致客情急。告台实出无辜，乞查捕报追还，身免遭累。上诉。"

任侯审云："客人有货，主家须要担当[3]。铺户无钱，经纪岂得出账？路等之脱骗客，本是丁端误之也。理合赔还，无得异说。"

【注释】

[1] 坐毙：坐以待毙，静坐等着送死。比喻遭到危难而不能采取积极的措施。

[2] 延累：连累。

[3] 担当：担负、承担。

（刘通）

【述评】

这里，"剪棍"是强盗和恶棍的合称。"剪"、"剪径"，指拦路抢劫；"棍"，指恶棍、光棍。在明代，对被官府认定为"光棍""恶棍"的，可以直接判刑。

该案，邓凤状告"剪棍"丁端强扣强吞、货物。丁端辩称"无辜"。官府任官员经调查、审核认为："客人有货，主家须要担当。铺户无钱，经纪岂得出账？"任官员判决，丁端不得强扣强吞货物，其邓凤损失由丁端赔偿，不得抵赖（"理合赔还，无得异说"）。

该故事来源于《萧曹遗笔》"告经纪"，九江府事任侯审。

（黄瑞亭　胡丙杰）

朱侯判告光棍

【原文】

　　繁昌县邹清三："状告为假银坑骗事：世变江河，人心荆棘。身携棉布三匹，卖银救荒。棍徒郑景，银面包铜，诈作细足成色，赚身交易。乡民肉眼[1]，竟堕术中。彼复者系假银，就行哀换。岂恶反殴，执布不还。荒中遭骗，一家绝食。苦口衔冤，上告。"郑景诉曰："状诉为究诈枉骗事：身买邹清三棉布，实系足色饼块，凭孟兴眼同交易。岂恶枭奸，故将包铜细银势辖博换[2]。心不甘骗，触怒告台。切思人非异面，市属通衢。法禁严明，谁敢行诈！乞剪刁风，不遭枉骗。上诉。"

　　朱侯审云："审得郑景，盖市中翼虎也。假银买布，削剥客商。是银面包铜者，乃包藏祸心乎！虽云清三非异面之人，荻巷非幽僻之所，然以布棍而御乡民，或明欺故骗。岂知卖布救荒者，一家嗷嗷然待哺耶！合剪刁奸，以塞诈路。"

【注释】

　　[1] 肉眼：指平凡的眼光。
　　[2] 博换：转换、换取。

（刘通）

【述评】

　　这里，"翼虎"，指凶残的恶棍；"布棍"，指在买卖布匹市场上的恶棍。"银面包铜"，指银箔包在铜表面，伪造银子。

　　该案，邹清三状告郑景"假银坑骗"人。邹清三携棉布三匹，郑景用"银面包铜"诈作银子进行交易。当邹清三知道郑景交易是假银时，与郑景交涉，反被殴打，郑景执布不还。郑景不承认。官府朱官员经调查、审核认为，"审得郑景，盖市中翼虎也。假银买布，削剥客商"。朱官员认为，郑景用"银面包铜"，是假银坑骗人。同时，这种做法如同"人面兽心"，郑景是"明欺故骗"的"布棍"（"是银面包铜者，乃包藏祸心乎！虽云清三非异面之人，荻巷非幽僻之所，然以布棍而御乡民，或明欺故骗"）。朱官员判决，郑景所骗钱全部退还给邹清三，杜绝诈骗（合剪刁奸，以塞诈路）。

该故事来源于《萧曹遗笔》"告光棍"，繁昌县事朱侯批。

(黄瑞亭　胡丙杰)

袁侯判追本银

【原文】

乐平县吴计："状告为脱骗妻本事：身皆佣工，攒银二十两完聚。枭恶陈清，饵诱合伙贩鱼，滴酒立誓，术笼痴听。彼以伊惯江湖，罄囊[1]付予，身止伴行。岂期贪谋毕露，拐银私回。坑身流落外地，沿途觅食。妻本被吞，绝后罪大，冒死上告。"陈清诉曰："状诉为脱骗事：身往楚地贩鱼，枭恶吴计同取同往。彼至地头，醋迷花酒[2]，沉陷本银，节谏不听。身为买卖先回，恶怪计等，反捏诬赖，且恶花费银本，与身何干？乞台详审分豁。上诉。"

袁侯审云："吴计佣工积妻本，陈清睥睨，滴酒立誓而诱以合伙者，此笼络之术也。及至楚地而拐银先回。捏称计迷花酒，沉陷本银。噫！勾栏酒色，岂田野农夫为之耶？且临行财本，计悉付清，此彰彰经人耳目者，即所花费，裂玉毁椟[3]，是谁之愆？况同行者与清也先回，而计留后，又未释然于人心。即合究清银，以正法律。"

【注释】

[1] 罄囊：竭尽囊中所有。

[2] 花酒：旧时由妓女陪着饮酒作乐叫吃花酒。

[3] 裂玉毁椟：龟玉毁椟，指龟甲和宝玉在匣中被毁坏。比喻辅佐之臣失职而使国运毁败。

(刘通)

【述评】

该案，吴计状告陈清脱骗妻本。吴计系佣工，攒银二十两。陈清饵诱合伙贩鱼。结果，陈清拐银私回。陈清辩称吴计是诬赖。官府袁官员经调查、审核认为："吴计当佣工积钱，陈清睥睨，滴酒立誓而诱以合伙者，此笼络之术也。及至楚地而拐银先回。捏称计迷花酒，沉陷本银。"袁官员说，吴计田野农夫，勾栏酒色，与调查不符。且吴计与陈清的财本，计悉付清，所有这些目击者都作为证人。袁官员依法判决，陈清退还吴计的二十两银子（合究清银，以正法律）。

该故事来源于《萧曹遗笔》"仔追本"，乐平县事袁侯批。

（黄瑞亭　胡丙杰）

威逼类

雷守道[1]辨僧烧人

【原文】

　　四川成都府，有一升仙寺，景致幽雅，梵宇[2]弘丽。往来客旅莫不游玩，骚人墨客，多有题咏。寺僧百有余人，皆清高富贵，兢养美好侍者，教之经卷，兼通歌舞。其寺每年二月初一作大斋醮[3]，尝度本寺二人，或僧或道，功行完满者成佛。所度之人，必七日前减省饮食，令饿得清瘦。至期，僧众架起高台，堆积干柴于上，又四围皆积柴为火城，然后鼓乐喧闹，幢幡[4]拥护。超度二人，端坐高台柴上，僧道士民，皆望台膜拜，可消灾获福。府县官员，皆要来行香。拜奠讫，乃故着火城，将二人烧化，谓之超度升仙。递年传下如此，人皆信之，瞻奉施舍，惟恐弗及。

　　一日，有会试举人汤成誉、傅宗尧二人，往寺闲游，见其侍者俊秀，与之玩耍求欢。诸僧吃醋，遂礼请饮茶，哄二举人入禅室深室，将铁锁扣住，绝其饮食。每日只将粥半碗，恋其气勿绝，饿得黄瘦昏迷，目无见、口无声。至二月初一日，送上火台超度。各官照常年都来拜奠。正将放火时，雷继焕为分守道，见台上二人目若垂泪者。雷守道心思："既度他作佛，何故下泪？必有其故。"即令火停放，命手下接台上二人下来问之。及下台，亲看其二人，皆瘦黑不像人，问不知应。解其衣看之，则遍体都以小绳缚不能伸动。乃悉令解之，抬入衙中，渐渐保养，过两日，方省人事。又优养两日，其人渐复常能言语矣。雷守道召问之。汤成誉乃叙其由曰："我二人乃举人某某，将往会试。因游升仙寺，与其侍者戏玩，触此秃僧恨怒，哄入深室监禁，皆饿几不能生。又将索遍身紧缚，送上火堆。此时气已近绝，已不能叫。幸得明公救之，真生死而骨肉也。"雷守道听得，即速点兵扫寺捉拿。时已逃去大半，只拿得僧海昙等四十二人来，将严刑拷问。

僧海昙等，乃供出往年所超度者，尽非本寺僧道，皆是他方行脚[5]，及远处客旅在寺搅扰生事者。其囚禁之法，都似治此二举人一样，上世传下如此，非徒一年、一人之故也。雷守道乃一面出榜文四处捕其逃僧，一面将住持为首数僧拟死，拆毁其寺。

告示谕众曰："钦差分守成都道佥事雷，为除左道[6]以正巡风事：照得人惟伦理最大，惟圣道[7]最可信。外此尚佛，违圣道者也，僧叛伦理者也。故善则召祥，不待礼佛。惟天养德，岂在烧香。间有灵庵显寺祷求应验者，此但其事偶尔相符耳。宁有命应穷而佛能使富，事应祸而佛能转福哉？即使有神应梦寐，筹决休咎者，亦人心之诚，则民生非以佛之故也，抑或山川精灵则有之。故神惟外稷城隍可敬信，而诸佛菩萨寺不可为彼所惑也。近见升仙寺僧，常将外人饥饿，制缚置中之高台焚化，谓超度成佛。反哄愚民拜之求福，递年枉死，何有底极。佛若有灵，岂助若等为此剧恶。今已访出，毁其淫祠，诛其凶僧，其逃走在外者，已行（文）各处捕治[8]。今后士民宜明伦理，尊圣道。毋信异端入寺烧香，毋实行恶逆而欲媚神，以求福烧香以盖愆[9]，直掩耳偷铃，其将欺天哉！为此，合行出给告示，晓谕[10]军民人等知悉，遵守毋违，须至示者。"

此时，雷守道除此烧人之毒，又出示，使人知圣道之当尊，佛说之为妄，皆信服其化。大巡闻其能，保荐推为第一，遂超升河南布政。其后子孙累世科甲相继，则以其阴德及人，能辟左道之妄也。

【注释】

[1] 雷守道：据下文，为钦差分守成都道佥事雷氏。
[2] 梵宇：也称"梵刹"，即佛教寺庙。
[3] 斋醮：请道、僧设斋坛，祈祷神、佛。
[4] 幢幡：佛教道场用来装饰的长形旗帜。
[5] 行脚：僧侣为寻师求法而云游四方。
[6] 左道：邪门旁道。多指非正统的巫蛊、方术等。
[7] 圣道：圣人之道。也特指孔子之道。
[8] 捕治：逮捕治罪。
[9] 盖愆：掩饰罪行不使别人知道。
[10] 晓谕：明白告知，使人领会。

(刘通)

【述评】

　　这里,"佥事",属于明代武职之制。在明代卫所体系中,设佥事之职,如都指挥佥事(秩正三品)、卫指挥佥事(秩正四品),两者均为指挥使之助手,一般分掌训练、军纪。

　　四川成都府升仙寺每年二月初一举行超度成佛仪式。该年,有二人端坐高台柴上超度。当天,正将放火时,成都府佥事雷继焕发现"台上二人目若垂泪者"。雷佥事心想:"既度他作佛,何故下泪?必有其故。"便命手下接台上二人下来询问,一看,发现二人皆瘦黑不像人。解开衣服,遍体小绳捆缚。原来,此二人是游玩升仙寺的举人。一个叫汤成誉,另一个叫傅宗尧。被僧人哄入深室监禁,饿了几天,送上火堆。雷佥事听得,即速点兵扫寺捉拿。拿得僧海昙等四十二人,供出往年所超度者,皆是过路人。雷佥事一面出榜文四处追捕逃僧,一面将住持为首数僧拟死,拆毁其寺。并发文通报升仙寺杀人案。

　　一个官员是否拥有检验和破案能力,关键在于是否能把握住不起眼的细节。一个训练有素的检验官员,可以在细微之处得到信息,找到案件的蛛丝马迹。该案,成都府佥事雷继焕发现火堆上即将焚烧的超度之人垂泪哭泣,认定"必有其故",继而破获升仙寺僧人杀人案。

(黄瑞亭)

姚大巡辨扫地赖奸

【原文】

　　河南登州府霞照县,有民黄士良,娶妻李秀姐,性妒多疑。弟士美,娶妻张月英,性淑知耻。兄弟同居,妯娌轮日打扫。如今日李氏扫地,则箕帚在李氏房,明日方交与姆。明日张氏扫,则箕帚在张氏房,后日又付与姆。率以为常,永不改易。时数日前,士美往庄取苗,及重阳日,李氏在小姨家去饮酒,只士良与弟妇张氏在家。其日轮该张氏扫地,张氏将地扫完,即将箕帚送入伯姆房去,意欲明日免得临期交付,而士良亦已出外,殊不知也。及晚,李氏归见箕帚在己房内,心料曰:"今日姆娘扫地,箕帚该在伊房，何故在我房中？意者我男人扯他奸，故随手带入，事罢却忘持去乎？"晚饭后，问其夫曰："你今干甚事来？可对我说。"夫曰："我未干甚事？"李氏曰："你今奸弟妇，何故瞒我。"士良曰："胡说！你今日酒醉发酒疯耳。"李氏曰："我未酒疯只你风骚忒甚。明日断送你这老头皮，休连累我也。"士良心无此事，便骂曰："这泼皮贱妇，说出没忖度[1]话，讨个证做来便罢；若悬空诬捏，便活活打死这泼妇。"李氏曰："你干出无耻事，将打来吓我？便讨个证做与你！今日婶娘扫地，箕帚该在他房，何故在我房中，岂不是你扯他奸淫，故随手带入来乎！"士良曰："他送箕帚入我房，那时我在外去，亦不知他何故送来，怎以此事证得？你不要说这无耻话，恐惹傍人取笑。"李氏见夫陪软，越疑是真，大肆呵骂。士良发起怒性，扯倒乱打。李氏又骂及婶子身上去。张氏闻伯与姆终夜吵闹，不知何故。潜起听之，乃是骂己与大伯有奸。欲辩之，彼二人方暴怒，必激其厮打，又退入房去。却自思曰："我开门伯姆已闻，又不辩而退，彼必以我真有奸，故不敢辩。欲再去说明，他平素是多疑妒忌的人，又触其怒，终身被他臭口。且是我自错，不合送箕帚在他房去，此疑难洗，污了我名，不如死以成志。"遂自缢死。次早饭熟，张氏未起，推门视之，则缢死于梁上。士良计无所措。李氏曰："你说无奸，何怕羞而死？"士良难以与辩，只遣人去庄赶弟。及士美回，问妻死之故，哥嫂答以夜中无故，彼自缢死。士美不信，赴县告曰："状告为生死不明事：美娶张氏，素性贤淑，与兄士良、嫂李氏，同居共爨。今月初六，美因上庄。初九日夜，妻独在家，无故缢死，人命重事，乞究因由，死者瞑目，生者无怨。迫告。"

　　陈知县拘来，问张氏因何缢死。黄士良曰："弟妇偶沾心痛之疾，不禁苦楚，自忿缢死。"士美曰："小的妻子素无此症，若有那痛，何不叫人医？此不足信。"李氏曰："婶娘性急，夫未在家，心痛又不肯叫人医，只轻生自死。"士美曰："小的妻性不急，只为人口讷怕羞，此亦不信。"陈公将士良夫妇挟起，士良不认，李氏受刑不过，乃说出曰："我与婶娘每轮日扫地。初九日该婶娘扫，我在人家请饮酒，至晚归来，箕帚放在我房内。我疑男人扯婶有奸，故将箕帚随手带入我房。两人自角口厮打，夜间婶娘自缢死，不知何故。"士美曰："此可信矣。但老爷参详有无奸情，生死明白。"陈知县曰："若无奸情，彼不缢死。此欺奸弟妇，士良该死的矣。"即将拷打，勒逼招承。

　　过了五载，其年该出。适南直姚尚贤升河南巡按，审重犯之狱及欺奸弟妇这卷。黄士良上诉曰："今年小囚该出矣。人生世上，王侯将相终归于尽，死何足惜。但受恶名而死，虽死不甘，吾将诉之上帝，以白此冤。"姚大巡曰："你经几番审录矣，今日更有何冤？"士良曰："我本与弟妇无奸，可剖心以示天日。今卒陷于此，黯昧[2]以死，使我受恶名，弟妇有污节。我弟疑兄、疑妻之心不释。一狱而三冤，何谓无冤？"姚大巡将案卷前后反复看过，乃审李氏曰："你以箕帚在房，证出夫奸婶，你明白矣。且问你，当日该张氏扫地，其地都扫完否？"李氏曰："前后栋各处都扫完了。"又问曰："其粪箕放在你房，亦有粪草否？"李氏曰："已倾干净，并无粪草了。"姚院乃曰："地已扫完，粪早已倾，此是张氏自以箕帚送入伯姆房内，以免来日临期交付，非干士良扯他奸也。若是士良扯奸，则地未必扫完，若扫完而后扯，则粪箕必有粪草；若已倾粪草而后扯，则又不必带箕帚入房，此可明其决无奸矣。其后自缢者，以己自错，不合送箕帚入伯姆房，启其疑端，辩不能明，污名难洗，此妇必畏事知耻的人，故分一死以明志，非是以有奸为惭也。李氏陷夫于不赦之罪，诬婶以难明之辱，致叔有不释之疑，皆泼妇之无良，故逼无辜于郁死，合以威逼拟绞。士良该省发。"士美磕头曰："吾兄平日朴实，嫂氏素性妒忌，亡妻生平知耻。小的向日告状，只疑妻与嫂氏争忿而死，及推入吾兄奸上去，使我蓄疑[3]不决。今老爷此辨极明，真生城隍也。一可解我心之疑，二可雪吾兄之冤，三可白亡妻之节，四可正妒妇之罪。愿万代公侯矣。"李氏曰："当日丈夫不似老爷这辨，故我疑有奸。若早些辨明，我亦不与他打骂，老爷既赦我夫之罪，愿同赦妾之罪。妇人愚鲁，以致妄疑，今知悔能改耳。"士美曰："死者不能复生，亡妻死得明白，我心已无憾。要他偿命何益。"姚院曰："法应死，吾岂能生之？"

姚院判曰："审得犯妇李氏，心多妒忌，性积猜疑，空捏婶奸，逼雉经[4]于五夜。妄证夫罪，陷在狴者屡年。同吕雉[5]之忍心，笑指戚姬[6]为人彘[7]；似武牝[8]之毒手，强推帝子落房州。悍牝司晨，维家之索。长舌煽佞，方是用长。不诛无以儆恶于后人。拟绞惟以偿命于逝者。"

按：前鞫官，怪就张氏绕处猜情，故皆以为有奸而死。姚令就从箕帚中审扫地完否，有无粪草，情即昭然可辨，何等明白显易。此所以为卓见远识，可为察疑狱者之龟[9]。

【注释】

[1]忖度：思量、考虑。

[2] 黯昧：暧昧；不明白。

[3] 蓄疑：蓄积疑虑。

[4] 雉经：自缢。

[5] 吕雉：字娥姁，砀郡单父县（今山东省单县）人。西汉时期皇后，通称吕后、汉高后、吕太后等，与唐朝的武则天并称为"吕武"。

[6] 戚姬：亦称戚夫人，西汉济阴定陶（今山东省菏泽市定陶区）人，汉高祖刘邦的宠姬。

[7] 人彘：汉高祖宠幸戚夫人，吕后非常嫉妒，后高祖崩逝，吕后遂断戚夫人手足，去眼，辉耳，使饮瘖药，居厕中，称为"人彘"。后比喻遭受残酷迫害的人。

[8] 武牝：指武则天。有"牝鸡司晨"成语，即母鸡代公鸡执行清晨报晓的鸣啼。旧时比喻妇女窃权乱政。

[9] 龟：指龟甲，可占卜吉凶。常组成"龟鉴"一词，比喻警诫和反省。

（刘通）

【述评】

该案，第一审官员认定张月英自缢的原因系"羞愧自缢"，与黄士良奸情有关，判黄士良坐牢五年。第二审姚官员，详细了解案情，将案卷前后反复看过，审问李秀姐："当日该张月英扫地，其地都扫完否？"李秀姐："前后栋各处都扫完了。"又问："其粪箕放在你房，亦有粪草否？"李秀姐："已倾干净，并无粪草了。"姚官员："地已扫完，粪早已倾，此是张月英自以箕帚送入伯姆房内，以免来日临期交付，非干黄士良扯他奸也。若是黄士良扯奸，则地未必扫完，若扫完而后扯，则粪箕必有粪草；若已倾粪草而后扯，则又不必带箕帚入房，此可明其决无奸矣。其后自缢者，以己自错，不合送箕帚入伯姆房，启其疑端，辩不能明，污名难洗，此妇必畏事知耻的人，故分一死以明志，非是以有奸为惭也。李秀姐陷夫于不赦之罪，诬婶以难明之辱，致叔有不释之疑，皆泼妇之无良，故逼无辜于郁死，合以威逼拟绞。该案，二审官员认定张月英自缢的原因系"以死明志"，与黄士良奸情无关，判李秀姐"威逼拟绞"。

（黄瑞亭）

康总兵[1] 救出威逼（见图23）

图23 刘通引自上海古籍出版社《古本小说集成》，余象斗《廉明公案·康总兵救出威逼》

【原文】

　　山西道太原府河曲县，生员胡居敬，年方十八，父母双亡，又无兄弟，家道清淡，未娶妻室。书读未高，在宗主中考四等，被责归家。发愤将家资田宅变卖，得银六十两，将往南京从师读书。至江中，遭风覆船，舟中诸人皆溺死。居敬手抱一木板在手，随水流近浅处，得一渔翁安慈救之，以衣服与换，又以银赠之盘缠。居敬拜谢。问其姓名居止之所而去。居敬思："回家则益贫无倚，况久闻南京风景佳丽，不如沿途乞食挨到那里，又作区处[2]。"及到南京遍谒朱门，无有施济之者。衣冠蓝缕，日食难度，乃入报恩寺求为和尚，扫地烧香却又不会，和尚要逐之去。一老和尚僧率真问之曰："你这没用，只会干甚事。"居敬乃曰："不才山西人氏，忝系生员，欲到京从师。不意中途覆舟，行囊荡尽，故流落至此，诸事那会干。倘师父怜念，赐我盘缠，得还乡井，永不忘德。"僧率真曰："你归途遥远，我那能赠你许多盘缠。况你本意要到京从师；今便归去，亦须跋涉一番。不如我供膳，你在寺中读书，倘读得好时，京城内各省有人在此，寄学赴考，岂不甚便？"居敬思在寺久处，恐僧徒厌，遂乃结契率真为义父，与寺中诸僧为师兄弟。由是一意读书，苦心探索，昼夜不息。过了三年，自觉文章与京城才子相并，遂出赴考，果选取入场，本科即中高第，时弘治庚子年也。僧率真亦自喜作成有功。

　　先时居敬虽在寺二年，罕得去闲游。既中后，诸师兄多有相请者，乃得遍游各房。一日，信步行到僧悟空房去，微闻棋声在上。从暗处寻，见有楼梯，遂直上楼去，见二妇人在下棋，两相怪讶。一妇人问曰："谁人同你到此？"居敬曰："我信步行到此，你是甚妇人，乃在此间？"妇人曰："我渔翁安慈之女，名美珠，被长老脱娶在此。"居敬曰："原来是我恩人之女。"美珠曰："官人是谁？我父与你有甚恩？"居敬曰："我是此寺中举人，前来京堕水时，蒙令尊救拔，厚恩未报。今不意得会娘子也。"美珠曰："报恩且慢，你快下去。今年有一郎官误行到此，亦被长老勒死。若是来见，你命难保。"居敬曰："悟空是我师兄，我同是寺中人，见亦何妨。"又问："那一位娘子是谁？"美珠曰："他名潘小玉，是城外杨芳之妻，独自行往娘家，被长老以麻药置果子中与他食，因强留在别寺中，夜间抬入此来。"话不觉久，悟空登楼来见，强赔一笑曰："贤契[3]何知到此？"居敬曰："我偶然行来，不意师兄有此乐事也。"悟空即下楼，锁住来路之门。便呼僧悟静同来，邀居敬至一空房去，四面皆高墙，将索一条、剃刀一把、砒霜一把，递与胡居敬曰："请贤契受用此，免我二人动手。"居敬惊曰："我同是寺中人，怎将我当外人相防？"悟空曰："我僧家有密誓愿，只削发者是我辈人，得知我辈事。有发者虽亲父、亲兄弟，不是我辈人，况契弟乎！"居敬曰："如此，则我亦愿削发罢。"悟静曰："你全假话，你历年穷苦，今始登科，正享不尽富贵之时，官家又将招你入赘，有几多好事在，你说削发瞒谁？今不害你，你明日必害我。"居敬指天发誓曰："我若害你，明日必遭江落海，天诛地灭。"悟空曰："纵不害我，亦传害我教门。你今日虽仪、秦舌也是枉然。再说一句求饶话，便动手勒死，免恼我肚肠。"居敬泣曰："我受率真师父厚恩，愿见一面，拜谢他而死。"悟空曰："你求师父救，亦是问阎王乞命须臾。"悟静叫率真到，居敬泣跪曰："我是寺中人，见他私事亦何妨。今师兄苦逼我死，望亲父救我。"率真尚未对，悟空曰："一人之命小，寺门之法长。自古入空门即割断骨肉，那顾私思。任你求，率真肯救你否？"率真曰："居敬儿，是你命合休，不须烦恼，死后我必埋尸你在吉地，作功德普度你来生再享富贵。你昔日在江中溺死，尸首尚不能归土，那得食这几年粮禄。你求救则死益紧，我只一句话，决救不得你了。"居敬见说得硬，乃泣曰："容我缓死何如？"三僧曰："若外人，则不肯缓他；在你，且放缓一步。但今日午时起，明日午时要攒命耳。"三僧出去，锁住城门。居敬独立空房中，只有一索悬于梁，一凳子与他桄脚自缢，并一把小刀、一包砒霜，余无一物。在旁屋宇又高，四围壁立，壁外皆墙。居敬四顾详察，已思量在心。近晚来，以杌子打开近墙壁孔，取一直枋，用索系住，又用刀削壁经为竹钉，将杌子镫其钉于抱柱。以衬脚将索系于腰，扳援而上，至于三川枋上，以索吊上直枋，将枋从下撞上，果打开一桷子[4]，有一孔可容身，即从此孔中扒上屋去。时已鸡鸣，奈墙外皆僧房，从瓦上践，恐僧知之，欲待天明有外人入寺，然后从屋瓦上走出求救。

次日早，总兵康尚德欲候大操，见时尚大早，入寺坐候，人马喧闹。居敬闻人喝道声，即高喊："救命！"康总兵令人去看，从寺瓦上接得居敬下来，向前叙其因撞见妇人，被僧悟空逼勒将杀己，及己扳援上屋之状。康总兵即命拿二僧。其悟空、悟静见居敬屋上喊时，早已逃走，只拿二妇人至。康总兵审问明白，差人拘安慈、杨芳来领女去。时杨芳已死，惟拘安慈来认，见女儿美珠，拜谢康爷而去。潘小玉因无亲人可倚，自禀康爷曰："妾夫已死，身无所归。我与美珠处久情投，已结为姊妹，今愿随他同去，契拜安慈为义父，央他代我择嫁。"康爷亦许之。胡居敬见安慈来，整备盛筵，接他三人入宅款待，执盏拜谢曰："小生蒙尊公救命，又蒙厚赐，此情常在心，昨对令爱[5]亦言之。今日已侥幸发科，奈客居冷淡，愧无厚报，敬奉杯酒为谢。后日公但有事嘱，我无不听命也。"安慈见居敬青年举人，思美珠未有匹配，乃曰："相公如有念衰老之心，衰老虽捕鱼为生，家资颇有足以自给，别不敢干求。只小女无家，倘不相弃，愿献为偏房[6]之妾。"居敬见安慈是个善人，美珠又甚有姿貌，即承许曰："小生尚未娶，如蒙错爱，愿纳为正室，何况偏房乎？"安慈大喜曰："今日此席即为会亲酒，莫待再有异议。"小玉觉微有戚容[7]。美珠曰："妾与小玉结为姊妹，情意相投，小玉又义拜我父。今相公如记我父旧恩，不弃小妾，愿更纳小玉妹为侧室，共奉巾栉[8]，则两两成其美矣。"居敬沉吟未对。安慈又曰："妻妾最难和谐，今小女一人既相安，愿勿遗菲。"居敬曰："但恐无此礼，不若为小姨别求好配，岂不美乎！"安慈曰："古人有娶亲姊妹者，欧阳修是也。况结契姊妹，何碍于礼？且好配莫过于相公，安用别求？适间钧旨谓'有事嘱托，无不听命'，请以此事为验。"居敬曰："令爱固美好，小玉尤娇媚，恐小婿无此福。故不敢受。今承岳丈严命，呵荆雅意，岂敢再辞。"即日与美珠交拜为夫妇，定小玉为次房。好似皇、英[9]，两两归虞舜，燕、德双双配汉成[10]。

次年，居敬连登进士，除荆州推官。到夏口江上，见悟空、悟静、率真在邻船中。居敬立船头，令手下拿之。二僧心亏，知无生理，即投水死。率真跪求赦。居敬曰："汝三年供我为有恩，临危不救为无情。倘当日被你辈逼死，今日焉得有官？以你恩补罪，无怨无德，任你自去，今后再勿见我便是。"

按：安慈善心，故人因使女得良配；悟空狠心害命，终致身丧江滨。善恶之报，岂有差哉！

【注释】

[1] 总兵：职官名。明朝设置，为一高级武官，奉令统领军队镇守。
[2] 区处：处理，筹划安排。
[3] 贤契：对弟子或朋友子侄辈的敬称。
[4] 桷子：方形的屋椽，即椽。
[5] 令爱：称对方女儿的敬辞。也作"令媛"。
[6] 偏房：旧时称妾。相对于正室，故称为"偏房"。
[7] 戚容：哀伤的表情。
[8] 巾栉：毛巾和梳子，泛指盥洗用具，亦指婢妾执管之事。
[9] 皇、英：娥皇、女英的简称。传说中的尧女，舜妃。
[10] 燕、德双双配汉成：指汉成帝与赵飞燕、赵合德姐妹的故事。

(刘通)

【述评】

本案讲述"因果报应"和"善恶之报"的故事。胡居敬溺水被救，困于报恩寺又被总兵康尚德所救。后来，胡居敬登进士，除荆州推官。

(黄瑞亭)

邵参政[1]梦钟盖黑龙

【原文】

贵州道程番府，有秀才丁日中，常在安福寺读书，与僧性慧朝夕交接。

性慧一日往日中家相访，适日中外出。其妻邓秀英闻夫尝说在寺读书，多得性慧茶汤，因此出来见之，留他一饭。性慧见秀英容貌美丽，言辞清婉，心中不胜喜慕。后丁日中复往寺读书，月余未归。僧性慧乃以生名，雇二全真[2]道士，假作轿夫，半午后到邓秀英家曰："你先生在寺读书，劳神心苦，忽然中风[3]死去。得僧性慧等救醒，尚奄奄在床，生死未保，叫我二人来接娘子，他有话吩咐你。"邓秀英曰："何不借眠轿送他回？"二轿夫曰："寺中长老正要送他回，奈此去程途有十余里，恐路中冒风，症疾加重。若中风再复，便难救治。娘子可自去看之，临时主意，或接回或在彼处医治，有个亲人在旁，也好服侍病者。"秀英听得，即登轿去，天晚到寺，直抬入僧房深处，却已整排酒筵在，皆新鲜美味，金银器皿，如待客人般。秀英曰："我官人在那房？领我去看。"性慧出曰："你官人因众友相邀，去游城外新寺。今早人来报他中风，小僧去看，幸已清安。此去有路五里，天色已晚，可暂在此歇，明日早行。或要即去，亦待轿夫饭讫，娘子亦吃些点心，然后讨火把去。"秀英心生疑来，然又进退无路，只饮酒数杯，又催轿夫去。性慧曰："此轿夫不肯夜行，各回去了。娘子可宽饮数杯，不要性急。"又令侍者小心奉劝。酒已微醉，乃照入禅房去睡。秀英见锦衾绣褥，罗帐花枕，件件美丽。以灯照之，四边皆严密，乃留灯在，带衣而寝，终疑虑不寐。及钟声下后，性慧从背地进来，近床搂抱住。秀英喊起："有贼！"性慧曰："你虽喊到天亮，也无人来拿贼。我为你费了几多心机，今日乃得到此，亦是前生夙缘[4]注定，不由你不肯也。"秀英起曰："野僧何得无礼！我宁死不受辱也。"性慧曰："娘子肯行方便一宵，明日送你见夫。若不怜悯，小僧定断送你命，将埋厕中，永不出伦。"秀英喊骂，缠至半夜，被性慧行强，剥去衣服，将手足绑缚，恣行淫污。次日，半朝方起。性慧谓秀英曰："你被我设计诱来，事已至此，可削发为僧，藏在寺中，衣食受用都不亏你，亦有老公陪你。若使昨夜性子，有麻绳、剃刀、砒霜在此，凭你死罢。"秀英思："身已受辱，死则永无见夫之日，此冤难报。不如忍耐受辱，倘得见夫，报了此冤，然后就死。"乃从其披剃[5]装点。

过了月余，丁日中来寺拜访性慧，秀英认得是夫声音，挺身先出，性慧即赶出来。日中方与秀英作揖，秀英哭曰："官人认不得我乎？我被性慧脱诱在此，日夜望你来救我。"日中大怒，扭住性慧便打，被性慧呼集众僧，将日中锁住，取出刀来将杀之。秀英来夺刀曰："可先杀我，然后杀我夫。"性慧乃藏起刀，强扯秀英入房吊住，再出来要杀日中。日中曰："人妻被你拐，夫又被你杀，我阴司也不肯。若要杀，可与我夫妻相见，作一处死罢。"性慧曰："你死则秀英无所望，便终身是我妻，安肯与你同死。"日中曰："然则全我身体，容我自死罢。"性慧曰："我且积些阴功[6]。方丈[7]后有一大钟，将你盖在钟下，与你自死罢。"自盖入钟下去后，秀英日夜哭啼，拜祷观音佛，愿有人来救他丈夫。过了三日，有参政邵一德，夜梦安福寺方丈中，钟盖一黑龙，初亦不以为意。至第二、第三夜连梦之，心始疑异。乃命轿往安福寺方文中坐。果有一大钟，令手下扛开看，有一人饿将死，但气未绝。邵参政知是被人所因者，即令以粥汤渐渐灌下，一饭顷少苏，乃曰："僧性慧拐我妻削发为僧，又将我盖在钟下。"邵参政命拿僧性慧，即时拿到，但四处搜，并无妇人。邵参政再命严搜。乃于复壁中，有铺地木板。公差揭起木板，有梯入地下，从此梯下去，乃是地楼，点灯明亮，一少年和尚在坐。公差叫他上来，拿见邵参政。其和尚即邓秀英也。见夫已放出，性慧已锁住，秀英乃从头叙其先时脱诱之计，到寺强奸之情，后来削发之由，及己闻声见夫之事，日夜拜祝之哭，一一明白。僧性慧不能抵辩，只磕头曰："死罪甘受，愿赦责打。"

邵参政审曰："审得淫僧性慧，稔恶贯盈。与生员丁日中交游，酒食征遂。见其妻邓秀英美丽，巧计横生，赚其入寺看夫，强行淫污，劫其披缁削发，混作僧徒。虽抑郁而何言，将待机而图报。偶日中之来寺，幸秀英之闻声相见，泣诉未尽衷肠之话，群僧拘执欲行刃杀之凶。恳求身体之全，得盖大钟之下。乃感黑龙之被盖，梦入三更；因至方丈而开钟，饿经五日。丁日中从危得活，后必亨通；邓秀英撞死复生，终当完聚。性慧拐人妻，坑人命，合枭首以何疑。群僧党一恶、害一生，皆充军于远卫[8]。"

判讫，将性慧斩首示众，其助恶众僧，皆发充军。邵参政又责秀英曰："你当日被拐，便当一死，则身洁名荣，亦不累夫有钟盖之困。若非我感梦而来救，夫不为你而饿死乎！"秀英曰："我先未死者，以不得见夫，未报此僧之仇，将图见夫而死。今夫已救出，僧已就诛，妾身既辱，不可为人，固当死决矣。"即以头击柱，流血满地。邵参政命人持住，血出晕倒，以药医救，死而复生。邵参政谓丁日中曰："依秀英之所叙，其始之从也，势非得已。其不死因欲得当以报仇也。今击柱甘死，可以明志，汝其收之归。"丁日中曰："吾向者正恨其不死以图后报仇之言为假，今见其撞死，则非偷生无耻者，使不复生，则今世永别耳。幸而不死，吾其待之如初，当来世重会也。"日中夫妇双双拜谢而去。归，以木刻邵参政之像，朝夕奉事不懈。其后日中亦登第，官至同知。

按：日中被困，梦兆黑龙，固天数[9]之未绝。然惹此祸者，非从秀英见僧留之午饭而起。盖在日中与僧交游，故僧乃造其家，秀英乃出见之。推原其由，不起于日中乎！故古语曰："不通僧与道，便是好人家。"良不诬也。

【注释】

[1] 参政：职官名，参知政事的简称，为宰相的副职。

[2] 全真：全真教。宋时，道士王重阳创立的宗教。主张儒、道、释三教合一，其教义劝人诵读儒教的《孝经》、佛教的《般若心经》和道教的《道德清净经》，以返其真，故称为"全真教"。

[3] 中风：中医病症名。多由脑血管栓塞或发生血栓、脑溢血等引起。初起时突然头痛、眩晕，短时间内失去知觉，得病后身子偏瘫，严重时即时死亡。

[4] 凤缘：前生的因缘。

[5] 披剃：指出家为僧尼。根据佛教戒律，僧尼出家，须剃头发，披上袈裟，故称为"披剃"。

[6] 阴功：同阴德，指不为人所知的善行。

[7] 方丈：佛寺或道观中住持住的房间，因住持的居室四方各为一丈，故名。也指佛寺或道观的住持。

[8] 卫：我国明代驻兵的地点，后只用于地名。

[9] 天数：指由上天给安排的命运。

（刘通）

【述评】

该案，参政邵一德，在安福寺救出被性慧和尚盖在大钟里几乎饿死的丁日中，破获一起安福寺性慧和尚拐骗、强奸邓秀英（丁日中之妻）案。最终，性慧和尚被斩首示众，其助恶众僧皆发配充军。

（黄瑞亭）

拐 带 类

余经历[1]辨僧藏妇人

【原文】

　　山西大同宣府开牛卫军人廖永德，娶妻贺宜娘。一日，夫妇角口，因致厮打，宜娘逃回父家。路逢和尚僧水月，问其何往，宜娘答曰："安不幸嫁个刁军，性暴粗蠢，无故将妾揪打，今将走回娘家去。"僧长叹曰："佳人偏作愚夫配，好花枉插野篱边。娘子这美貌娇姿，若嫁与富家郎，岂不珠翠满头。若嫁与读书人，必有夫人福分。今嫁个强军，反被他朝夕打骂，真负此窈窕红颜也。小僧不识进退，我住在城中保元寺，衣食享用件件不亏，只少一个妇人。若有娘子这样花容，真爱证嫁珠玉，虔敬若观音也。"宜娘曰："我父闻保元寺僧人富贵，只未得到也。"僧水月曰："娘子若下顾，愿今日前往，真三生有幸也。"宜娘曰："恐人知之，名色不好。"僧曰："我寺中大如相府，深若仙宫。僧房禅室，无人得到，有谁知之？"宜娘曰："我一孤身妇人入寺，恐被人疑猜。"僧曰："娘子肯去，我有一计，使人不知。你在城外少待，我入寺取长衫、帽子、鞋袜，若你作男子，乘晚雇一匹马，载入寺去，有何不可？"宜娘曰："此计甚妙，只过数日，要送我回娘家去。"僧曰："不妨。"近晚时，僧雇马至，宜娘骑入寺去。见僧房中十分齐整，水月委曲承奉。其夜禅床云雨，倒凤颠鸾。好似襄王遇神女[2]，胜如洞宾[3]逢仙姑[4]。后水月愈加爱恋，宜娘遂不思归去。

　　过了月余，廖永德往岳丈贺怀智家去迎妻。怀智曰："汝妻并未到我家，何故今日来接？"永德曰："令爱日前与我相打，因逃回岳丈家。安得瞒我！"怀智曰："此必你误打死，埋没其尸，恐我告发，故先来图赖我。"永德曰："前月来你家，路人皆见，必是你改嫁与远方客人去，故捏我打死。"翁婿二人大闹一场。次日，贺怀智往上北路李通判处告曰："告状人贺怀智为杀妻灭尸事！痛女宜娘，嫁刁军廖永德为妻。岂期永德日宿娼妓，恨妻阻谏，触怒打死，埋没尸首，故称前月妻回智家。乞台拘邻见佐，究尸下落，死者瞑目，正伦除恶。感激上告。"廖永德亦去诉曰："告状人廖永德，为逐婿嫁女事：虎岳贺怀智，惯讼殃民，见利背义。冤娶伊女宜娘为妻，日盗家财，私顾外家。九月初十，搅家角口，逃回智家。恶起狠心，背嫁远客。捏德杀妻，有何证见。恳天严究，追给完聚，仁德弥天。上告。"李通判各准其状，两拘来问。贺怀智称永德杀妻灭尸，廖永德称怀智背地嫁女。两下争辩，李通判不能决。再拘贺怀智之邻丘仙，廖永德之邻伍保来问。丘仙曰："小的与怀智同门出入，伊女并未归来，那有重嫁之事？"伍保曰："小的在永德屋傍。那日永德夫妇相打是真，走向贺家，路人多见，只小的未见他甚时去。"李通判曰："伍保未见去，何不报，一见去者来做干证。"廖永德曰："彼见者只私下说，不肯来证。"李通判曰："你说路人皆见去，缘何不报一个来证，有何足凭？此必是你失误打死，又捏岳丈重嫁，是何道理。"即发打三十，问其偿命。永德受刑不过，只得屈招。

至次年，福建余员，为下北路经历，理冤辨枉，清廉无私，人号为余青天。廖永德具状，令人去投告。余经历思曰："妇人与夫相打，走向娘家。一说已去，一说未来。必是路中被人拐带，吊审亦无益。"即唤手下王宝、谢仁等曰："廖永德妻贺宜娘，走回娘家，路中被人拐带去。你等可用心替他体访，若跟寻得出，我重赏你。"

再说僧水月得贺宜娘以来，心中只是欢喜自幸有此好缘。宜娘亦梳妆涂抹，相与绸缪眷恋。其水月与一后生凌秀极相善。一日，凌秀突入僧房，宜娘正在梳妆，闻足声近前，即躲入床后。凌秀见镜台内有脂粉、油脂，笑曰："汝今日接甚表子来？"水月即答曰："瞒不得你，昨晚果接一表子在此。"凌秀曰："请出相见，岂不好也？"水月曰："此是雏的，怕羞不肯出来。"凌秀再三请曰："我是故人，与我相见何妨？"水月再三辞却曰："汝不必恼我，不如大做东道请你便是。"凌秀见坚拒不见，遂曰："你只请我，不见也罢。"水月遂盛设筵席相待，劝得凌秀醺醉。归到街头，遇着妻舅江采，复邀入酒店坐定，问之曰："今日我为官事，请列位牌头[5]草酌一杯，正叫贤妹夫来此相陪。你在那家饮得这醉？"凌秀醉后忘形，说出来曰："我往保元寺去访水月长老，陡遇那秃子接一表子在，被我撞见梳妆镜台，唤他又不肯出相见。水月因请得我这醉。"时皂隶谢仁在座，听见说寺中有妇人事，心中正要体访贺宜娘下落，饮了数杯，即推故起身曰："今日有公事，不得完席，失辞。"出径往院中去，故诈曰："余老爷命我来点你等。"将妓妇逐一查过，并未有妓接往在外者。三数日内，屡往寺中打听消息，并不见踪。原来水月因被凌秀撞见，入室之后，乃移一大仓在房中，将宜娘藏在仓，谨护益密，外人那得知之。谢仁心不肯休，乃唤一小偷郭尾来，谎之曰："我闻水月长老藏金银极多，夜则摊出看之。汝有计入他房去，先看藏在那里。明夜同你去偷之，何如？"那贼人闻说有银，心中欢喜。乘夜扒上水月睡房屋上去，推开瓦隙窥之，见水月执锁钥开仓，引一少年妇人出来，搂抱戏耍一番，乃解衣双双就枕而睡。郭尾潜下屋来，见谢仁曰："你好哄我！那贼秃仓中只藏一妇人，夜引出来千般作趣，搂抱去睡了。那见些金银？"谢仁曰："我亦被别人所哄，说道有银，谁知是个妇人。这遭劳动你了，待别处有好事，再抬举你。"次日，谢仁密禀余爷曰："蒙爷爷差访贺宜娘下落，昨探访得保元寺僧水月房内仓中，藏一妇人，不知是否？"余爷即点军共往寺去拿。果在仓中搜得一妇人，并水月锁到。乃拘贺怀智、廖永德来认。永德曰："正是吾妻宜娘也。"怀智默然无语。僧水月磕头求赦。

余爷判曰："审得僧水月，未除结习，求构欲缘。红粉陡逢，黑地拐去。寺非赛祇圆，坐拥花娇；仓岂蕊珠宫[6]，深藏菩萨。沉沦欲海，难登兜率之天[7]；迷恋爱河，永堕酆都[8]之地。合徒二年，发遣归俗。贺宜娘私奔，难比文君[9]野合。深惭无艳，仙房通云雨，玷污无垢佛头。经阁锢鸳鸯，败坏不二门户。将效尤梁武[10]，向仝泰寺[11]忍拾百文金身；岂景行观音，故翠竹林苦修大千佛道。合行官卖，用儆女流。贺怀智捏枉杀妻，廖永德捏重嫁女。虽属诬告，亦有可原。皆因失妻、失女之嫌，致伤旧翁、旧婿之谊。少惩不合，用戒砌诬。"

按：此公案巧处，全在哄贼去观僧房一节，故能探知藏逃妇所在。虽是谢仁之计，亦由余公一察便知。此妇在路被拐带，严命跟寻，乃见踪迹。若官司不以为意，不令手下密访，此案如何结得？故为官在恤民勤政者以此。

【注释】

[1] 经历：职官名，掌出纳文移。自元代至清代皆有设置。

[2] 襄王遇神女：指襄王梦。传说楚王游高唐，梦见巫山神女"愿荐

枕席"，"王因幸之"。神女化云化雨于阳台。见战国楚宋玉《高唐赋》序、《神女赋》序。后遂以"襄王梦"为男女欢合之典。

[3] 洞宾：吕洞宾，名岩，字洞宾，自号纯阳子。唐京兆府（今陕西省长安县）人，曾以进士授县令。相传修道成仙，为八仙之一，人称"吕祖"或"吕纯阳"。

[4] 仙姑：何仙姑，传说中的女仙人，为八仙之一。相传为唐朝永州（今湖南省零陵县）人，名琼。她采茶山中，为吕洞宾所度，成为吕洞宾弟子。见《续道藏·吕祖志》。

[5] 牌头：旧时对差役或军士的敬称。

[6] 蕊珠宫：相传为神仙所居之地。

[7] 兜率之天：即兜率天，亦称"兜术天"，为梵语 Tusita 音译。佛教谓天分许多层，第四层叫兜率天。此天一昼夜相当于人间四百年。住此的天人澈体光明，但未断欲，故仍属欲界。此天有内院和外院，外院是欲界天，内院则是弥勒居住的净土，为弥勒信仰者追求的往生去处。

[8] 酆都：俗传为冥府所在。

[9] 文君：指卓文君。汉临邛富翁卓王孙之女，貌美，有才学。司马相如饮于卓氏，文君新寡，相如以琴曲挑之，文君遂夜奔相如。见《史记·司马相如列传》。

[10] 梁武：指南朝梁武帝。

[11] 仝泰寺：即同泰寺。在今江苏省南京市。为南朝梁所建，梁武帝曾数度舍身于此。

（刘通）

【述评】

该案，廖永德，娶妻贺宜娘。因夫妇角口厮打，宜娘逃回父家。路逢和尚僧水月，被骗至大同宣府保元寺藏匿。廖永德找到娘家，岳父贺怀智状告廖永德杀妻灭尸。李通判将廖永德"发打三十，问其偿命"。永德受刑不过，只得屈招。次年，余官员上任。廖永德投告。余经历阅卷后认为："妇人与夫相打，走向娘家。一说已去，一说未来。必是路中被人拐带。"遂派手下明察暗访，在保元寺僧水月房内仓中发现"藏一妇人"。余官员"即点军共往寺去拿。果在仓中搜得一妇人，并水月锁到。乃拘贺怀智、廖永德来认之。廖永德曰：正是吾妻宜娘也。贺怀智默然无语。僧水月磕头求赦"。余官员判和尚僧水月"合徒二年，发遣归俗"。判贺宜娘"合行官卖，用儆女流"（这里"官卖"，指官府主持下，把犯罪女囚公开卖给戍边士兵，让双方订立买卖契约，故称之为"官卖"）。判"贺怀智捏枉杀妻，廖永德捏重嫁女。虽属诬告，亦有可原。皆因失妻、失女之嫌，致伤旧翁、旧婿之谊。少惩不合，用戒砌诬"。

该案，余官员对原判决有疑问，"一说已去，一说未来"，而"生未见人，死未见尸"，认定此妇在路被拐带，严命跟寻，乃见踪迹。若官司不以为意，不令手下密访，此案如何结得？故为官在恤民勤政。

（黄瑞亭）

戴典史[1]梦和尚皱眉

【原文】

戴君宠以三考出身，为袁州府宜春县典史。八月十四夜，梦见城隍送四个和尚来，三个开口笑，一个独皱眉。醒来疑异。次日十五，同堂尊[2]往城隍去行香。见庙中左廊下有四个和尚。因记及夜间所梦之事，待堂尊并二三衙[3]先行了，乃呼四和尚来问之曰："你和尚何不迎送堂尊？"一和尚答曰："本庙久住者，当迎送。小僧皆远方行脚，昨晚寄宿在此，今日又将别寺去。孤云野鹤，何地不之，故不趋奉贵人。"戴典史见有三个和尚粗大，一个和尚细嫩，不似男子样。心中生疑，因问之曰："你和尚何名？"一个答曰："小僧名真守。那三个都是徒弟，名如贞、如晦、如可。"戴公问曰："和尚会念经么？"真守曰："诸经卷略晓一二。"戴公哄之曰："今是中秋之节，往年我在家，常请僧念经保安。今幸遇你四人，可在我衙中诵经一日，以保在官清吉。"即带四僧入衙去。戴公命堂上排列香花茶烛，以水四盆与僧在廊边洗澡，然后诵经。其三僧已洗，独如可不洗，推辞曰："我受师父戒，从来不洗澡。"戴公以一套新衣服与他换，曰："佛法以清净为本，那有戒洗澡之理。纵有此戒，今为你改之。"命左右剥去偏衫，见两乳下垂，乃是妇人。戴公令锁了三僧，将如可上问曰："我本疑你是妇人，故将洗澡来试。岂是真要念经乃请你行脚僧乎？你这淫乱女人跟此三僧逃走，好从头供出缘由来。"妇人跪泣曰："小妾是宜春县孤村褚寿之妻，姓葛名秀英，家有婆婆七十多岁。旧年本月十四晚，这三和尚来借宿，妾夫褚寿醉曰：'我孤村贫家，无床被，不可以歇。'这和尚说道：'天晚无处可去，他出家人不要床被，只借屋下坐过一夜，明早即去。'遂在地打坐讽诵经卷。妾夫见他不肯去，亦怜他出家人，晚具斋饭相待，开床照他去歇。谁料这秃子心歹，取出戒刀，将妾夫杀死。妾与婆婆开后门将走，被他拿住，将婆婆亦杀死，强将妾来削发。次日放火烧屋，将僧衣、僧鞋逼我同去，用药麻口，路不能叫。略不肯行，又将杀我。妾思丈夫、婆婆都被他杀死，几回思杀他报冤，奈我妇人胆小，不敢动手。昨晚正是十四夜，旧年丈夫、婆婆被杀之日，适值周年。他三个买酒唱饮，妾暗地悲伤，默祷城隍助我报冤。今老爷叫他入衙，妾道是真个请他念经，故不敢告此情。早知老爷神见疑我是妇人，故将洗澡试验，妾已早说出矣。今日乃城隍有灵，使妾得见天日，报冤雪恨，虽即死见丈夫、婆婆于地下，亦无所恨。"

戴典史曰："你从三和尚一年，污辱已多。若不说昨夜祷城隍一节，我必以你为淫贼，今日难免官卖。你既云祷城隍，求报姑夫[4]之冤，此乃是实事。我昨夜正梦城隍告我，今事适与梦相合，方信城陛有灵。这三秃子天理合诛。"即当堂起文书，送葛氏还父母家，另行改嫁。

其招申上司曰："审得僧真守、僧如贞、僧如晦等三凶同恶，大逆济奸，晚入孤村，杀人母、杀人子，公行大逆。谋其夫、拐其妻，僧服、僧鞋，假妆葛氏为行脚。毒药毒手，强驱秀英以远游。本是女流，改名如可，致难洗之辱，徒黯黯而谁诉。抱不戴之仇，实冥冥而图报。寄宿城隍之庙里，默祷神明于夜中。神果有灵，来应卑职之梦，经惟赚诵，尽获妖僧之徒。旧年八月中秋，三秃杀人、拐带。今岁仲秋十五，一周服罪歼除。方见幽冥之难欺，谁谓报应之或爽。不分首从[5]，俱正典刑。"

戴典史因拿此三僧，堂尊服其有能。大巡保本，举荐戴公为瑞州府高安县县丞。刑政[6]愈清，至今人犹传颂。

【注释】

[1] 典史：职官名。元始置，明、清沿置，为知县下掌管缉捕、监狱的属官。如无县丞、主簿，则典史兼领其职。

[2] 堂尊：明、清时县里属吏对知县的尊称。

[3] 二三衙：县丞、主簿的别称。因官品在知县之下，故称。

[4] 姑夫：此处指婆婆与丈夫。

［5］首从：主犯与从犯的合称。
［6］刑政：刑法政令。

（刘通）

【述评】

该案，戴官员在宜春县城隍庙里看到四个和尚，三个和尚（真守、如贞、如晦）粗大，一个和尚（如可）细嫩，不似男子样，心中生疑。便想办法要解开自己的疑问。戴官员叫四个和尚一起到他家诵经。在诵经前，要求先沐浴。三个粗大的和尚先后沐浴，但皮肤细嫩的和尚不愿沐浴。戴官员"以一套新衣服与换"，"命左右剥去偏衫，见两乳下垂，乃是妇人"。于是，破获一起杀人案。

原来，该女系宜春县孤村褚寿之妻，姓葛名秀英，家有七十多岁婆婆。去年八月十四（中秋）晚，三个和尚来该女家借宿，其夫褚寿不同意。三个和尚说：天晚无处可去，只借屋下坐过一夜，明早即去。遂在地上打坐讽诵经卷。但三个和尚半夜用戒刀杀死其夫。葛秀英与婆婆开后门逃走，被拿住。婆婆亦被杀死，葛秀英被削发。次日，三个和尚放火烧屋，逼葛秀英穿僧衣、僧鞋，取名"如可"，并胁迫随三个和尚离去。戴官员判："真守、如贞、如晦杀人、拐带，不分首从，俱正典刑（死刑）。葛氏送还父母家，另行改嫁。"

该案，戴官员发现"如可"和尚皮肤细嫩，不像男子，便以诵经需沐浴更衣为由，巧妙剥去葛秀英衣服，发现其两乳下垂，乃是妇人，进而破获杀人、拐带案。

（黄瑞亭）

黄通府[1]梦西瓜开花

【原文】

黄在中以岁贡出身，为浙江温州府通判。清廉明察，奸弊难欺。忽一夜，梦见四个西瓜，一个开花，醒来时方半夜，思之，不知其故。次早去拜升官王给事，遇三个和尚在路上说因果。及回，其和尚犹未去。见其新剃头，绿似西瓜一般。因思起夜来之梦，即带三和尚入衙，问之曰："你三人姓名？"一老的答曰："小僧名云外，他二个名云表、云际，皆同门兄弟也。"又问之曰："你住居何寺？"云外曰："小僧皆远方行脚，各地游行，身无定居。昨到本府，在东门侯思止店下暂住，并不在此久居也。"又问之曰："你四个和尚，如何只三个出来？"云外曰："只是三人，并无别伙。"黄通府命手下拿侯思止来，问之曰："昨日几个和尚到你店？"侯思止曰："三个。"黄通判曰："这和尚说有四个，你瞒起一个怎的？"思止曰："更一个云中和尚，心好养静，只在楼上坐禅，不喜与人交接。这三和尚叫我休要与人说，免人参谒[2]，扰乱他禅心。"黄通判赚出，即命手下去拿云中来到。见其眉目美好，貌若妇人。此和尚即跪近案桌前泣曰："妾假名云中，实名四美。父亲贲文，同妾及母亲并一家人招宝，将赴任为典史。到一高岭处，不知是何地名，前后无人，被这三僧杀死我父母并招宝三个，其轿夫各自奔走，止留妾一人，被他削发，假装作僧，流离道路，今已半年。妾忍辱苟生，正愿得见官府，告明此情，报父母之冤，死无所恨。"黄通府听说，见三僧情理可恶，各发打三十，拟以死罪。

故判之曰："审得僧云外、云表、云际等，同恶相济，合谋朋奸。假托方外之游，朝南暮北。实为人间之狗，与狼心恶行。不畏神明，忍心那恤经卷。贲文职受典史，跋涉前程；四美身随二亲，崎岖峻岭。三僧凶行杀掠，一家命丧须臾。死者抛骨山林，风雨暴露；生者辱身缁衲[3]，蓬梗飘零。慈悲心全然斫丧，秽垢业休问被除。若见清净如来，遭受烹煎之谴；倘有阿鼻地狱[4]，永堕牛马之途。佛法迟旦，报在来世；王刑峻便，罪于今生。枭此郡凶，方快众忿。"

申案上去，两院缴下。即从三僧，决不待时，枭首示众。又为贲四美起文书，解回原籍，得见伯叔兄弟。有大商贺三德，新丧妻。见四美有貌，纳为继室。后生子贺怡然，为黄居中县二衙。尝过一岭顶，见三堆骸骨如霜。怡然悯之，命收之葬。母贲氏出看岭上风景，泣曰："此即当日贼僧杀我父母处也。"乃啮指出血，去点骸骨，血皆缩入，即其父母骸也。后带回家去葬。而招宝一堆骸，则为之埋于亭边，有石碑记"招宝之坟"四字在焉。

按：贲氏被拐之时，曾感梦西瓜，因得妇嫁贺家，生一贵子。至随子之任，又得收父母遗骨，此亦奇事也。人生得失荣枯，有数存焉，岂偶然哉！

【注释】

[1] 通府：通判的别称。

[2] 参谒：拜见上级或尊长。

[3] 缁衲：僧衣，借指僧侣。

[4] 阿鼻地狱：佛教宇宙观中地狱中最苦的一种。为胡语音义合译，意为无间。堕落到此的众生受苦无间断，故称为"无间"，为八大地狱中的第八狱。

（刘通）

【述评】

该案，浙江温州府通判黄在中，路遇形迹可疑的"云外""云表""云际"三个和尚。询问了解到三个和尚住在温州府东门的侯思止店。经调查侯思止，有四个和尚住店，有一个叫"云中"的和尚还在店里，说明三个和尚不讲实话。黄在中通判便命手下去拿"云中"来到。"云中"和尚被带到府上，黄在中通判"见其眉目美好，貌若妇人"。于是，询问"云中"和尚为何女扮男装。

原来，这个"云中"和尚，实名贡四美，其父亲叫贡文。其父将赴任为典史，携带母亲和贡四美，并一家人前往。到一高岭处，父母和三个随从都被三僧杀死，其轿夫各自奔走，只留贡四美一人。贡四美被削发，假装作僧人，取名"云中"。黄在中将云外、云表、云际三个和尚各发打三十杖，拟定死罪。上报两院后批下，三个和尚被枭首示众。

在明代，通判除掌监州外，凡兵民、钱谷、户口、赋役、狱讼听断皆可裁决。通判是兼行政与监察于一身的中央官吏。因此，通判对具体案件抑或形迹可疑的人或事，就要过问，甚至审查，这是通判的职责。该案体现了浙江温州府通判黄在中的责任心，也体现了古代官员遇事追查到底的职业道德，值得思考。

（黄瑞亭）

坟 山 类

苏侯判毁冢

【原文】

浮梁县胡宾："状告为伐冢毁骸事：山弯太陵，葬祖坟茔。土豪张律，倚挟官势，坏乱王法，掘坟、埋坟、强占风水。惨将柁木烧毁，煅炼骸骨，犯死生灵，五口哭声动天。开坟锹椁，总为伐命斧斤；焚椁烟烽，尽是杀人烙炮。生死衔冤，号天上告。"张律诉曰："状诉为剪奸冤占事：祖买胡氏山一截，重价百金。内有一冢未掘，止许剽祭[1]，不许复葬，约有明据。陡今奸恶胡宾，挟势复葬。嗔阻成仇，飘诬伐冢，毁骸重事。不思山卖三十六年，坟葬一十二所。前无异说，后可紊争。乞天许准杜祸。上诉。"

苏候审云："胡氏卖山三十六年，不为不久。张氏葬坟一十二所，不为不多。但兹山原有一冢，止议胡氏剽祭，不许胡氏复葬。约有旧卷，乡亦有公评也。今据两词研审，胡宾不合，故因先坟而妄行复葬。复葬者是争之也。张律亦不合，不经官府而私自伐棺。伐棺非过举乎！各拟罪罚，以塞讼端[2]。其山其冢，悉依原契毋紊。"

【注释】

[1] 剽祭：简单轻便的祭扫。

[2] 讼端：诉讼之事端。

（刘通）

【述评】

该案，胡宾状告张律伐冢毁骸、掘祖坟茔。张律提出异议。官府苏官员经调查、核实认为，胡宾与张律的坟地纠纷，二家在乡里有定过契约（"约有旧卷，乡亦有公评也"）。其中，三十六年前胡宾已卖山，约定可以对旧坟祭扫，不许复葬（胡氏卖山三十六年，止议胡氏剿祭，不许胡氏复葬）。据此，官府苏官员判定胡宾不对，因胡宾违反协议私自复葬引起纠纷（妄行复葬。复葬者是争之也）；张律也不对，不经官府而私自伐棺。两家均要受到处罚（各拟罪罚，以塞讼端）。最后，苏官员勒令，该山地和坟冢按既定契约执行，不得违反。

在古代，发墓一直是重罪，而且坟墓不属于财产，历朝历代对坟墓都给予了严格保护。古代坟墓保护制度的核心是"事死如生"，即以对待生者的态度对待死者。古代对坟墓保护的制度，给予死者更多的安宁，尊重死者生前的意志，维护人性的尊严。本案，胡宾违反协议私自复葬是引起纠纷原因，应受罚，但张律不经官府允许而私自伐棺，这是对死者不敬，也应受罚。

该故事来源于《萧曹遗笔》"告毁冢"，浮梁县事苏侯审。

（黄瑞亭　胡丙杰）

林侯判谋山

【原文】

黟县李昊六：“状告为捏谋祖墓事：土豪王治九，垂涎寿坑吉地，插入无由，欺死瞒生，摹写父手典契[1]，吞谋祖坟，开茔卜葬。且父虽贫，不将祖山出典。试问干证，尽系豪恶故知。奸计一设，祖骸难保。乞恩抹契杜害，枯骨沾恩。上告。"王治九诉曰："状诉为刁奸脱骗事：父债子还，律有定例，健讼[2]李昊六，父手将山一段，契典纹银二十两，即取无还，理合照契受业。殊刁图骗，架告吞谋。不思伊父虽亡，干证现在，契书一纸，永久可凭。哭恳斧断，不遭奸骗。上诉。"

林侯审云："山有定主，谋者妄矣。债有常例，负者非焉。王治九只可据理取债，不可执典契而葬李昊六之山。李昊六亦须代父偿银，不可昧天理而负王治九之债。仰中亲速为允释，毋效鹬蚌[3]。"

【注释】

［1］典契：旧时典押房屋、土地等财产所立的契约。

［2］健讼：喜好争讼、爱打官司。

［3］鹬蚌：即鹬蚌相争，比喻两相对峙的人和物。

（刘通）

【述评】

该案，李昊六状告王治九摹写父手典契吞谋祖坟。王治九辩称，父债子还，律有定例，有契书一纸为证。官府林官员经阅卷、调查、核实认为，山有山权，债有债权，二者不得混淆（山有定主，谋者妄矣。债有常例，负者非焉）。王治九只可据理取债，不可执典契而葬李昊六之山。李昊六亦须代父偿银，不可昧天理而负王治九之债。

该故事来源于《萧曹遗笔》"告谋山"，默县事林侯审。

（黄瑞亭　胡丙杰）

婚 姻 类

马侯判争娶

【原文】

浮梁县陈浩："状告为势夺婚姻事：毒恶赵玄玉，盖都喇虎猛气横飞。恃倚顿丘山[1]之富，济林甫[2]鬼蜮之奸。流毒一方，生灵切齿。身凭媒妁，聘定左成女为妻，今娶过门，路经恶里，岂料立心夺娶。牙爪云集，金鼓雷轰，锋戈霜莹，喊声震天。强抢新婚作妾，嫁奁服饰，一概鲸吞。势如劫盗，王法大坏。恳天法剿。上告。"赵玄玉诉曰："状诉为夺妻大冤事：身用聘礼，凭媒娶左成女为妻。恶豪陈浩，宦势炙天，越法夺娶。抢亲未遂，听兄主唆，毒口吹祸。逞指鹿为马之奸，捏画蛇添足之状。教得升木[3]，架空告台。切思婚姻先聘为主，一女只嫁一夫。遭恶夺告，惨蒙毒螫，衔冤上诉。"

马侯审云："审得赵玄玉，以万金土豪，桀骜[4]烈性，蜂虿毒心。鲸鲵大胆，播恶一方。盖四凶[5]可五，九黎[6]可千者。左成有女玖英，陈浩既凭媒议，纳采问名，此醮[7]行一与，终身无改者。玉胡为恃强夺娶，俾一女而二夫乎！及知玖英于归，牙爪云屯，操锋执刃，截路抢亲，馨掳嫁妆。此虽编发穹庐[8]，亦未有弃礼义如斯獠者也。此恶不惩，纲常大坏。合行依律取供。其女判归陈氏，仍究嫁资。"

【注释】

[1] 丘山：此处比喻优厚、重大。

[2] 林甫：指李林甫（589—?），小字哥奴，号月堂，唐代宗室。其性狡猾聪慧，善于权谋谄媚。玄宗时为相，结纳宦官妃嫔，能察言观色，迎合上意，故奏对皆称旨。在朝十九年，专政自恣，遂酿成"安史之乱"。

[3] 教得升木：即教猱升木，比喻唆使、引导恶人做坏事。

[4] 桀骜：凶暴倔强；性情暴戾。

[5] 四凶：相传尧舜时四个凶恶的部族首领。

[6] 九黎：我国上古传说族群，居住在黄河中下游。九黎共有九个部落，每个部落有九个氏族，蚩尤是他们的大酋长。

[7] 醮：古代婚娶时用酒祭神的礼仪。

[8] 穹庐：古代游牧民族居住的毡帐。

（刘通）

【述评】

这里，"喇虎"，亦作"喇唬"，意思是凶恶无赖。

该案，陈浩状告凶恶无赖赵玄玉拦路强抢新婚左玖英作妾，鲸吞嫁奁服饰。赵玄玉反告陈浩夺妻。官府马官员经调查、核实，左成的女儿左玖英，嫁给陈浩，有媒约协议，有据可查（"左成有女玖英，陈浩既凭媒议，纳采问名"）。赵玄玉知道左玖英过门需经过的路径，便执刀拦路抢亲，并抢走嫁妆（"及知玖英于归，牙爪云屯，操锋执刃，截路抢亲，罄掳嫁妆"）。这些事实无可争辩，依法审埋判决：左玖英判还陈浩为妻，被赵玄玉抢走的嫁妆一律归还（"其女判归陈氏，仍究嫁资"）。

该案，官府马官员审案时，不仅进行现场调查，还审查"媒议"凭证。"媒议"凭证属于文书检验范畴。古代文书检验，官员有检验、审查的权力，也可委托民间的"书铺"检验鉴定，"书铺"受官府委托，应作出文书真伪和文书内容的检验报告。相当现在的文检司法鉴定。"书铺"检验在唐宋时期就存在。

该故事来源于《萧曹遗笔》"告争娶"，浮梁县事马侯审。

（黄瑞亭　胡丙杰）

江侯判退亲

【原文】

建德县周璁："状告为乱法拆姻事：百年配偶，万古纲常。身父存日，凭媒王仕厚仪百金，聘定沈任女桂英为妻，婚书可据。岂期兽亲不仁，因家消乏，饵诱上门，逼写退书，遣女另嫁。切思夷邦[1]尚有匹配，中国可无人伦。姻盟既毁，律法安在？号天法究。上告。"沈任诉曰："状诉为超豁女命事：身女许配周璁，终身仰望。伊父身死未冷，嫖赌倾家。前年典出，不留尺地。今岁卖屋，不遗片瓦。黄金既尽，自写退书，领回财礼去讫。婿非肖子，女始二天。再判成婚，终身冤陷，乞恩超豁。上诉。"

江侯审云："沈任之女，既配周璁为妻，金镞可朽，盟不可渝也。璁既嫖赌，任属泰山，胡不招赘[2]于家，而箝其放心乎。乃若逼写退书，遣女另嫁，此又坏乱法纪，播中国之丑声，俾夷狄人笑之也。虽然，夫之不幸，妾之不幸，纵使周璁消之，亦桂英之数奇[3]耳，夫复何恨。若依沈任，是坏萧何[4]。"

【注释】

[1]夷邦：或如下文之"夷狄"，古称四境未开化的民族。

[2]招赘：招人到自己家里做女婿。

[3]数奇：古人认为偶数吉利，单数不吉利，故将命运不佳，凡事无法偶合者称为"数奇"。

[4]萧何：汉沛县（今属江苏省）人，与高祖于微时，从起兵，高祖为汉王，以何为丞相。高祖即帝位，论功第一，封萧侯。汉之典制律令，多所手定，后人常以"萧何"代指"法律"（本篇及再下一篇之"萧何"皆用此义）。惠帝时卒，谥文终。

（刘通）

【述评】

该案，周璁状告沈任乱法拆姻，逼写退书，遣女另嫁。沈任辩称，周璁嫖赌倾家，自写退书。官府江官员经调查，并审查"婚书""退书"，认为，周璁娶沈任之女沈桂英为妻，有"婚书"为证；如果"逼写退书，遣女另嫁"，属于"坏乱法纪"的行为。官府江官员判维持周璁与沈桂英夫妻关系，不同意退婚。

该故事来源于《萧曹遗笔》"告退亲"，建德县事江侯宙。

（黄瑞亭　胡丙杰）

唐太府判重嫁

【原文】

德化县朱正："状告为谋夺生妻事：身娶韩盛女为妻，过门成婚无异。淫豪程俊，贪妻姿色，簧鼓[1]岳母，接女归宁。广金夺娶，坑身失配。痛思未嫁则为伊女，既聘则身妻。夺嫁受财，行同禽犊。乞究完娶正伦。上告。"韩母林氏诉曰："状诉为违令诬骗事：女嫁朱正为妻，反目殴伤，舁归[2]救养，情急上告。蒙批谕娶不从。因遵执照，明嫁程后为妻。恶知，捏空耸制。泣思阿告已经三年，恩谕又非一次。何得未嫁绝无人影，既嫁遂有男夫。天鉴难瞒望光。上诉。"

唐府主审云："朱正原娶韩女为妻，闺门反目，岳母取回。历八年之久，既不完娶，又不令嫁，是坑此女子，拘拘然如触藩羝[3]也。夫状告三载，谕娶七次不从，正恪有弃妻意矣。本县批令改嫁，是承娶者官府令承之也；嫁女者官府令嫁之也，更有何辜！但所嫁财礼，理合给带。朱正另娶续后嗣云。"

【注释】

[1] 簧鼓：用好听的话蛊惑别人。

[2] 舁归：抬着回来。

[3] 触藩羝：语本《易·大壮》："羝羊触藩。"后因以"触藩羝"比喻处于困境的人。

（刘通）

【述评】

该案，朱正状告为程俊谋夺生妻。岳母辩称，朱正殴打妻子，才"明嫁程后为妻"。唐县令经调查、审核，认为，"朱正原娶韩女为妻，闺门反目，岳母取回。历八年之久，既不完娶，又不令嫁，是坑此女子"。此外，三年以来一直告状，又不同意娶韩女为妻，实为弃妻（"夫状告三载，谕娶七次不从，正恪有弃妻意矣"）。本县令判同意改嫁。判朱正另娶。

这里，提到"生妻"一词。古代"生妻"指年轻的妻子，也指丈夫还在世，却与丈夫离婚的女子，或丈夫还在世，却与别人结婚。本案，指丈夫还在世，却与别人结婚。

该故事来源于《萧曹遗笔》"告重嫁"，德安县事唐府主审。

（黄瑞亭　胡丙杰）

祝侯判亲属为婚

【原文】

石埭县陈仲武："状首为远法结婚事：舅姑姊妹，律禁成婚。今弟陈仲成泼妻孙氏，牝鸡司晨，欺夫横恣。酷信伊兄孙汝玉巧言相诰，不论舅姑干碍[1]，不用媒妁婚书，将次女嫁兄为媳。分紊人伦，礼乖律法。身恐坐罪[2]，为此上首。"

祝侯审云："陈仲成之次女，与孙汝玉之长男，盖舅姑兄妹也，律禁为婚，彰彰可睹。今乃不凭媒议，私结姻盟，是仲成不合以女许嫁，而偏听牝鸡之鸣。汝玉不合令男从亲，而私结文鸾[3]之好。若效桓温[4]之镜台。实坏萧何之法律。合断离异，以正典刑。"

【注释】

[1] 干碍：干连、牵连、妨碍。
[2] 坐罪：获罪、入罪。
[3] 文鸾：凤凰之类的神鸟。
[4] 桓温：公元312—373年，字元子，谯国龙亢县（今安徽省怀远县龙亢镇）人。东晋时期政治家、军事家、权臣，晋明帝司马绍女婿，宣城太守桓彝长子。

（刘通）

【述评】

陈仲武状告陈仲成将次女嫁兄为媳。官府祝官员经调查、审核认为，陈仲成次女与孙汝玉之长男系舅姑兄妹，法律禁止结婚。官府祝官员判定，陈仲成次女与孙汝玉之长男亲属结婚无效，依法解除婚姻（"合断离异，以正典刑"）。

该故事来源于《萧曹遗笔》"告亲属为婚"，石壕县事祝侯审。

(黄瑞亭　胡丙杰)

喻侯判主占妻

【原文】

六合县伍春生："状告为生离事：身贫无配，赘豪党俊九使婢为妻。议工三年，准作财礼，婚帖存证。今身工满求归，岂豪与妻恋，将身打逐，伊族党睿见证。活活分离，见闻凄惨。进不得妻完娶，退则汗血无偿。情极可怜，叩天作主。上告。"党俊九诉曰："状诉为叛诬事：逆恶伍春生，赘身使女为妻。靠如嫡亲，带往楚地贸易。岂恶见利忘义，窃银百两远逃，召访三年未获。前日潜归，诱婢被获。究本成仇，拴党作证，捏词告台。不思盗本久逃，召帖可据，诱婢诬主，律法难容，乞天正法。上诉。"

喻侯审云："伍春生入赘党家婢，议工三年，准作财礼。工既满矣，俊九胡不遣之归也。夫春生既欲得妇，必不窃银。倘若远逃，焉敢再返？况伊父母恩重，兄弟伦笃，夫妇爱深，肯为不义事而参商[1]其骨肉乎！固知执召帖者，不若婚约为可凭；讼叛诬者，不若生离者之切也。合行究妇偿工。勿使觖望[2]。"

【注释】

[1] 参商：参星与商星。两星不同时在天空出现，因以比喻亲友分隔两地不得相见，也比喻人与人感情不和睦。

[2] 觖望：因不满意而怨恨。

(刘通)

【述评】

该案，伍春生状告党俊九占妻。党俊九辩称伍春生诬告。官府喻官员经调查、审核认为，伍春生入赘党家为婢女，议工三年，准作财礼。工期已满，但党俊九占有伍春生的妻子拒绝归还。伍春生与妻子的婚约是有效的，党俊九告伍春生窃银百两没有依据。伍春生妻子议工（婢女）三年期满应归还，不得占有。

该故事来源于《萧曹遗笔》"告主占妻"，六合县事喻侯审。

(黄瑞亭　胡丙杰)

债负类

班侯判磊债

【原文】

玉山县王九德:"状告为吞骗赀本[1]事:五年,刁恶丘章,借银五两,约限对月付还。临期节取,触凶反殴。切恶昔日借银,释迦[2]口吻。今时负债,盗跖心肠。可怜血本纤毫,岂忍奸豪白骗。乞恩追给,永感二天。上告。"丘章诉曰:"状诉为磊债叠骗事:三年,凭中黄益约,借王九德本银六两。每月违禁取利,竹节生枝,未几换约,滚作十两。欺身无还,势夺血产,心犹不满,复行执约告台。乞审中见[3]芟诬枉骗。上诉。"

班候审云:"贫人借债而负债,此贫不守分也。富户放债而磊债,是为富不仁矣。但债凭代保,或骗、或磊,保人胸中自有泾渭者。合为公剖,以塞讼端。"

【注释】

[1] 赀本:做买卖的本钱。赀,通"资"。

[2] 释迦:佛祖释迦牟尼的简称。

[3] 中见:居间做见证的人。

(刘通)

【述评】

这里,磊债指债务重叠、累积计算,也称债务磊算。类似现在的高利贷。高利贷是指索取特别高额利息的贷款。又叫驴打滚,这些现今称为"放数"的放债人,向"高利贷"借钱,一般毋须抵押,甚至毋须立下字据。

王九德状告丘章吞骗买卖的本钱,借债不还。丘章辩称,王九德磊债叠骗,借王九德本银六两,未几换约,滚作十两。官府班官员经调查、审核认为,"贫人借债而负债,此贫不守分也。富户放债而磊债,是为富不仁矣"。官府班官员责令,借债的担保人按法律规定公平交易,杜绝不公平放贷,避免类似纠纷(合为公剖,以塞讼端)。

该故事来源于《萧曹遗笔》"告磊债",玉山县事班侯审。

(黄瑞亭　胡丙杰)

孟侯判放债吞业

【原文】

南陵县吴亘:"状告为磊债吞产事:腴田八亩,价值百金。阎王大户范忠,将银俵放,违禁取利,逐月翻算。领仆三五,坐并蚕食,意图吞业,勒写契书。当限,彼不允从,立有赎约。业吞虎口,一家绝食。粮税紧赔,国朝重事。妻儿男女。如鸟摘毛。告恳亲提斧断,如虚一字,斩首甘罪。"范忠诉曰:"状诉为刁骗事:枭恶吴亘,借银三十两,越限不还。前月内止将硗田[1]八亩,立契捺债。身不肯受,焉有赎约。岂恶捏诬图骗,不思债有定利,民何敢磊;业有定主,民曷敢吞。乞准详审,不道欺骗。上诉。"

孟侯审云:"吴亘原借范忠银三十两,虽越三年,已还十五两矣。范忠乃叠创磊算,遂吞吴亘田八亩,此亦非仁者也。虽然,债负不斩,终为祸孽;亩产不吐,竟是惑丛。为亘者可以还过银作利,再偿范忠三十两之银。为忠者毋得执契[2]照田,而吐还吴亘八亩之业。庶放债者无沉债之冤,而有恒产者因有恒心焉。"

【注释】

[1] 硗田:坚硬不肥沃的田地。
[2] 执契:手持凭证,以相验对。

(刘通)

【述评】

该案,吴亘状告范忠磊债吞产。范忠辩称,吴亘借银三十两,越限不还。官府孟官员经调查、审核认为："吴亘原借范忠银三十两，虽越三年，已还十五两矣。范忠乃叠刨磊算，遂吞吴亘田八亩。"官府孟官员判决，吴亘以还过银作利，再偿范忠三十两。范忠归还吴亘八亩田产。

该故事来源于《萧曹遗笔》"告放债吞业"，南陵县事孟侯审。

（黄瑞亭　胡丙杰）

左侯判债主霸屋

【原文】

祁门县全汝亨："状告为磊债霸屋事：债有常律，利有定额。贫借主豪伊凤本银十两，年历二周，还成对合。岂恶为富不仁，利上算利，勒写房屋准析。业吞虎口，安身无资。飞鸟尚尔有巢，人生岂可露宿？乞台作主，不遭惨骗。上告。"伊凤亦诉曰："状诉为恳恩杜骗事：七年，恶全汝亨，借银十两，延今不还。前月理取，自将破屋二间，写契捺债。岂应捏诬霸屋，耸告法台。切思取银得屋，寻李弃桃，骗债告人，画蛇添足。乞台详审劈冤。上诉。"

左侯审云："全汝亨原借伊凤银十两，历年二周，已还对合。为凤者又岂应磊利叠算而准拆房屋也。夫晏子[1]不毁雀薮[2]，大宋[3]尚作蚁桥[4]。凤以债负而逐人露宿，其视二君子大径庭矣。其银既偿，理勿再追。其屋尚存，给还原主。"

【注释】

[1] 晏子：后人对春秋时期晏婴的尊称。

[2] 雀薮：春秋时期有与晏子有关的"景公掬雀"故事。

[3] 大宋：指宋朝人宋郊。

[4] 蚁桥：相传宋代时，宋郊的母亲领他到杞县西关游玩，见一个斗大蚂蚁穴被大水冲了，淹死了很多蚂蚁。宋郊看见很难过，想救救它们，于是就用树枝、竹子编了一个竹桥放在水上让蚂蚁逃生，使数百万蚂蚁得救。家乡人有感于此，就在宋郊渡蚁处建桥，名曰："蚂蚁桥"，以颂宋郊怜惜众生、珍爱生命之德。

（刘通）

【述评】

　　该案，全汝亨状告伊凤磊债霸屋。伊凤辩称，全汝亨借银十两，延今不还，自将破屋二间，写契捱债。官府左官员经调查、审核认为，全汝亨原借伊凤银十两，历年二周，已还清，伊凤怎么可以磊利叠算拆全汝亨房屋。官府左官员判决，全汝亨债务已还不得再追偿；房子还在，伊凤应归还全汝亨。

　　关于古代官员引经据典问题。我国古代法律制度属中华法系，官员判决案件时在判决书的判词中往往抒情说理，而引经据典的写法比比皆是、俯拾可得。如本案，"夫晏子不毁雀薮，大宋尚作蚁桥"。意思是，春秋时期有个"景公掏雀"的故事。齐景公掏麻雀窝，可是掏出来后，却发现麻雀太小了，于是又将它放回窝里。晏子对景公说："君王掏雀，但因雀儿太小，便将它放回原处，这是慈爱幼小的表现。君王这仁爱的存心，都能施与禽兽，那更何况是人呢？这仁爱就是圣王之道啊！"另一个典故是"宋郊渡蚁"，讲的是宋郊的母亲领他到杞县西关游玩，见一个斗大蚂蚁穴被大水冲了，淹死了很多蚂蚁。宋郊看见很难过，想救救它们，于是就用树枝、竹子编了一个竹桥放在水上让蚂蚁逃生，使数百万蚂蚁得救。家乡人有感于此，就在宋郊渡蚁处建桥，名曰："蚂蚁桥"，以颂宋郊怜惜众生、珍爱生命之德。这两个故事告诫做人要有仁爱之心，"磊利叠算"的放债做法有违道德准则，为人类所不齿。这显然不同于西方法律传统，西方国家判决强调有充分的法律依据，以道德代替法律判案不能接受。英美法系国家法官虽然在遇到个案显示正义时可创造法律，但这也显然不同于古代我国裁判官无造法权却时而直接弃法依德的审判方式。

　　该故事来源于《萧曹遗笔》"告债主霸屋"，祁门县事左侯审。

（黄瑞亭　胡丙杰）

宋侯判取财本

【原文】

　　贵池县胡珮："状告为吞本坑生事：倪遂领身本银一千两，贸易五载，获利万金，广置基地。与取前银，称说分地节哀。求地，又约算账还银。岂料延今，账既不算，地又不分。伊富身贫，情极可悯。乞提给判，救济残生。上告。"倪遂诉曰："状诉为妒谋重骗事：胡珮将银一千两付身营觅[1]，得失均沾，账约两证。五年，还过一千七百两，亲笔领存。岂豪妒买基地，计诬吞本谋分。不思明月尚有盈亏，买卖岂无得失。虎口难填，恐遭痛嚼。乞究杜谋。上诉。"

宋侯批云："付人本银一千两，若胡珮者，亦扶危济困之丈夫。还银一千七百两，若倪遂者，亦知恩报恩之君子。今为一片基地，切齿仇争，是二人者又易反易复之小人也。仰中亲速为允释，毋以蜗角[2]交讼[3]鼠牙[4]。"

【注释】

[1] 营觅：指营生谋利。
[2] 蜗角：蜗牛的角。比喻为小事而时起争端。
[3] 交讼：互相争论。
[4] 鼠牙：以强权暴力欺凌，引起争讼。

（刘通）

【述评】

该案，胡珮状告倪遂吞本坑生。倪遂辩称，五年，还过一千七百两，亲笔领存。官府宋官员经调查、审核认为，胡珮付倪遂本银一千两，倪遂还银一千七百两。今为一片基地而打官司，建议族亲居中解释，不再讼争（"仰中亲速为允释，毋以蜗角交讼鼠牙"）。

该故事来源于《萧曹遗笔》"告取财本"，贵池县事宋侯批。

（黄瑞亭　胡丙杰）

叶侯判取军庄[1]

【原文】

东昌县饶钦："状告为乞恩救伍事：祖军边卫，存银应伍。枭恶陆良九，免中借贷十两，二载不还分厘，致军归逼，贫难卒办。恐误卫所[2]清勾，公私受害。且军庄非私债可比，延赖与吞骗何殊。乞追救伍，不遭坑累。上告。"陆良九诉："状诉为指军辖骗事：势豪饶钦，私债滚算，剥民膏脂。旧年十月，借银十两，今已还过十六两伍钱，收笔可证。今又捏架军庄，诳台叠骗。贫财有限，虎口难填。乞提法究安民。上诉。"

叶侯审云："陆良九原借饶钦银十两，历年二周，已还过十六两零。钦又捏称军庄，执约复告。此贪天之狗利者也。夫债在常条，利有定额。欠债不偿，虽私债亦所当追。还银已足，纵军庄亦不重给。借约入官，毋使滚骗。"

【注释】

[1] 军庄：此处指军费。

[2] 卫所：明代军队的编制。大者称卫，五千余人；小者称所，约一千一百二十人，统属于都司。

(刘通)

【述评】

该案，饶钦状告陆良九拖欠军费。陆良九辩称，旧年十月，借银十两，今已还过十六两伍钱，收笔可证。官府叶官员经调查、审核认为，陆良九原借饶钦银十两，历年二周，已还过十六两零。饶钦又捏造陆良九拖欠军费。欠债有欠条，欠条上注明项目和金额，现欠债已还，没有拖欠军费，不得重给。把原借条收回官府处理，不得再继续诈骗（"借约入官，毋使滚骗"）。

该故事来源于《萧曹遗笔》"告取军赃"，东吕县事华侯审。

(黄瑞亭　胡丙杰)

户 役 类

郑侯判争甲首[1]

【原文】

安仁县陈和美："状告为恳恩均役事：邓益钱粮百余，同宗陈敬又属蓬下甲首。身户粮未满十，竭力差役，如蚊负山。今蒙均户，乞拨陈敬归宗[2]，帮帖疲役，庶苦乐得均，民无逃散。上告。"邓益诉曰："状诉为夺甲坑差事：一里一甲，圣祖传制。剖多益寡，仁爷良规。身户甲首，止一陈敬，外无帮贴。陈和美蓬下，五甲繁盛。弊书陈和衷冒认陈敬同宗，过都扯。不思两版方可成墙，独木焉能支厦。乞怜疲役，殄恶安民。上告。"

郑侯审云："邓益钱粮百石，而甲首惟一；陈和美粮不满十，而甲首五焉。今陈和美以陈敬同宗，求拨归户，亦非过举也。但邓益之米，视陈和美之米虽多，而甲首甚寡。陈和美之米，视邓益之米虽寡，而甲首甚多。似亦相当，可以无拨。"

【注释】

[1] 甲首：伍长；甲长。亦泛指小头目。
[2] 归宗：嗣子还其本族本宗。

（刘通）

【述评】

保甲制度是古代长期延续的一种社会统制手段，它的最本质特征是以"户"（家庭）为社会组织的基本单位，而不同于西方的以个人为单位。中国古代把国家关系和宗法关系融合为一，家族观念被纳入君统观念之中。本案，就是争夺"甲长"判例。

该案，陈和美状告邓益钱粮多与差役不相等。邓益辩称，此为"一里一甲，圣祖传制。剖多益寡，仁爷良规"。官府郑官员经调查、审核认为，邓益钱粮多，管的户也多，陈和美钱粮少，管的户也少，这样算来就平衡了，就不必"求拨归户"了（"似亦相当，可以无拨"）。

该故事来源于《萧曹遗笔》"告争甲首"，安仁县事郑侯审。

（黄瑞亭　胡丙杰）

杜侯判甲下

【原文】

都昌县吴全："状告为顽甲揞[1]差事：身充三甲里长[2]，奉公并纳粮差。叠票严摧，揭债赔纳。岂甲下余铣，怪全催紧，反肆凶殴。切思官限不违一月，恶揞已经一年，拒顽挠法[3]，实为梗民。乞台严究。上告。"余铣诉曰："状诉为虎里害民事：积害里长吴全，乡中翼虎，生事害民。身系带管甲首，遭骗吸髓，顿索酒食，杀尽鸡鸭。催收粮差，重秤违额。今又额外加征，民不堪命，盖天上诉。"

杜侯审云："余铣者，吴全之甲首也。全以揞差讼铣，而铣以过征讼全。是鱼目珠，混于一贯者也。及查铣之收帖，累岁粮差各完之早者，可为勒乎！意者全之挠法，额外加征，而酿成雀角[4]之祸耳。虽然，法无两立，揞差之情既虚，过征之罪当究。"

【注释】

[1] 揞：方言，卡、按、强迫、刁难。

[2] 里长：职官名，一里之长。古时乡里小吏，负责掌管户口、赋役等事。

[3] 挠法：枉法。

[4] 雀角：比喻因小事而争讼。

（刘通）

【述评】

该案，吴全状告余铣刁难催粮。余铣辩称，吴全催粮有额外加征。官府杜官员经调查、审核认为，余铣是吴全的甲首，吴全是余铣管辖下的里长。从余铣催粮账本来看，每年催收粮差比摊派时间都早，这种情况可视为"勒索"（"查铣之收帖，累岁粮差各完之早者，可为勒乎"）。官府杜官员判决：余铣摊派催收粮差应处罚，吴全催粮额外加征也应处罚。

该故事来源于《萧曹遗笔》"告甲下"，都吕县事杜侯审。

（黄瑞亭　胡丙杰）

高侯判脱里役[1]

【原文】

建德县邓阿金："状告为恳恩豁役事：视赋[2]佥差，国朝良制。阿金原产二十石，悉卖与周谊等，死时已无寸土。今蒙佥役，手足无措。阿痛产罄贫极，日食艰难。幼男七岁，年登啼饥，户众邻图可审。乞拘承产人户，照税明充，庶得权宜，济变存活孤寡。上告。"

高侯批云："邓阿金粮虽在户，田实已卖。今系里役尚可。以四旬寡妇，七岁孤儿累之也。仰拘承业人户，照税丛充，庶免隅泣。"

【注释】

[1] 里役：指乡里差役之事；亦指乡里役人。
[2] 赋：旧指田地税。

（刘通）

【述评】

邓阿金请求豁免差役。官府高官员经调查、审核认为，邓阿金田产已卖，又是四旬寡妇，其孤儿才七岁，不再收受田地税。

该故事来源于《萧曹遗笔》"告脱里役"，建德县事高侯批。

（黄瑞亭　胡丙杰）

熊侯判扳扯钱粮

【原文】

东乡县邓烜：“状告为乞均苦乐事：身与左亨经收兑米，开局已经半载，人户十无二纳，上司提解[1]甚严。蒙责揹赔，敢不遵命。思亨既共经收，合均苦乐。乞提明赔，庶不倾家误国。上告。”左亨诉曰：“状诉为蠹国殃民事：邓烜与身经收兑米，出入皆伊过手，身无毫干。岂恶侵克[2]花费，上司提解，数目十无二三，蒙责赔充，反行扳扯。思身虽共经收，伊独典守。龟玉毁椟，咎将谁归！乞查廒簿[3]，超豁无辜。上诉。”

熊侯审云：“邓经收兑米，左亨为副。上司提解甚严，及查廒簿，各户之米十登八九，而仓中之数十无二三。究其所以，实邓侵克而花费之也，与亨何辜。夫米系收，则系赔。必欲扯亨两纳，是犹越人活醪，而妄与秦人索价也。虽然，也侵克，亨岂不知！所不合者，知情弗举耳，他罪无及。”

【注释】

[1] 提解：押送人犯或财物。
[2] 侵克：侵害打击。
[3] 廒簿：粮食仓房的出入登记簿。

（刘通）

【述评】

该案，邓烜状告左亨兑米不公。左亨辩称邓烜侵占与己无关。官府熊官员经调查、审核认为，邓烜经收兑米（以钱购粮），左亨为副手。现查粮食仓房的出入登记簿，购粮款已经达十之八九，而粮库只有十之二三不足，究其原因，是邓烜侵占而不是左亨所为；但这些情况，左亨知晓。官府熊官员判决，处罚邓烜侵占钱粮，处罚左亨知情不报。

该故事来源于《萧曹遗笔》"扳扯钱粮"，熊侯审。

（黄瑞亭　胡丙杰）

桂侯判兜收

【原文】

洛阳县庄典："状告为侵官害民事：里长冯全，势吞丁口[1]，银两坑身，典家充赔，陷贫彻骨，情极可怜。乞提追给，还债救命。上告。"

桂侯审云："粮差一岁一纳，朝廷重务。今冯全以法律等开耗，兜收丁口银十二两，致坑庄典充赔，此国之蠹而民之蠹也。合行严究，珍此刁风。"

【注释】

[1] 丁口：人口税。

(刘通)

【述评】

该案，庄典状告冯全侵官害民。官府桂官员经调查、审核认为，国家收粮税，私人不得行使。冯全假借法律规定而私自收取庄典粮税，致使庄典受侵害。官府桂官员判决，冯全赔偿庄典的损失。

该故事来源于《萧曹遗笔》"告兜收"，杜侯审。

(黄瑞亭 胡丙杰)

斗 殴 类

晏侯判侄殴叔

【原文】

德安县尤珊六："状告为殴尊折齿[1]事：恶侄武孙，假银削剥成家。纵放耕牛，食践度荒麦菜。嗔出怨言，逞凶反殴，打落门牙，血流晕地几死。幸尤琏救苏。殴叔分严，伤齿罪重，恳究如律。上告。"尤武孙诉曰："状诉为恩拔诬陷事：族叔尤珊六，赊布二匹，取紧触怒，大杖加殴，身急慌逃。叔赶仆跌，自落门牙。不思大可压小，卑不抗辱。折齿重冤，民担不起。乞天分豁。上诉。"

晏侯审云："尤珊六种麦充荒，一家待命。而麦坏牛口，则剜肉心头矣。怨言骂詈，人情乎！尤武孙不合颠倒纲常，以侄殴叔，甚且打落门牙，此又罪之不可赦者也。但彼云取银触殴，仆跌自落。夫欠债岂有殴人之心？平地亦非滑跌之所。罪不可掩，依律取供。"

【注释】

[1] 折齿：折断牙齿。

（刘通）

【述评】

该案，尤珊六状告尤武孙殴伤折断牙齿。尤武孙辩称，尤珊六系自己仆跌倒地而自落门牙。官府晏官员经调查、审核认为，尤武孙系尤珊六侄儿，不该殴打叔叔尤珊六，并且打落门牙。尤武孙说，尤珊六门牙系仆跌自落。但案发现场是平地又不滑（"平地亦非滑跌之所"），不可能自己仆跌倒地而自落门牙。因此，尤珊六系被尤武孙殴伤折断牙齿。

该故事来源于《萧曹遗笔》"告侄殴叔",德安县事宴侯审。

(黄瑞亭　胡丙杰)

骆侯判殴伤

【原文】

郊门县何松:"状告为急救二命事:身于旧年措借俞平九本银二两,年未及期,还过三两,收帖存证。岂恶磊利,执约复骗,理论触怒,喝什丛打,伤颅可验。弟梅急救,复被折肱[1],任思明等救证。二命悬丝,水米不进。乞提法究,临危哭告。"骆侯准状,牌拘俞平九。(俞)以打伤二人是真,恐难脱罪,故托人议和息。何松不允,屡催牌赶拿平九。贿牌沉匿,何松又催状曰:"状催为抗提弊段事:凶豪俞平九截打昆弟[2]重伤,医生验明,明牌严提,弊抗不到。仁台视民瘼为危重,凶党藐官牌同故纸。以致在歇家则调养无人,欲抬归则审理不侵。即目血髓时流,朝不保暮,迁延局死,上负慈仁。哭告。"俞平九诉曰:"状诉为评冤陷骗事:枭恶何松约借赡军银两,越限不还,坐取触恨。哨弟何梅擒身捺地,槌身乱打,浑身寸节有伤。幸某救归,几死二次。恶反诈伤二命,蒙牌匕提,病莫起床。今幸死壳回生,匍匐上诉。"

骆侯审云:"俞平九为富不仁,剥民肥己,盖流毒一方矣。今因逼债殴人,破何松之颅,折何梅之肱。几拘不出,此又挠法之甚者也。尚且展晁错[3]智囊,弄苏秦[4]吞剑。捏称遍打致病,只塞前怨。殊不知平九之凄惨,只凭伊口讼,而松、梅之伤痕,则经予目验也。合殄刁风,拟罪如律。"

【注释】

[1] 折肱:此处指手臂骨折。

[2] 昆弟:即兄弟;比喻关系亲密如兄弟般友好。

[3] 晁错:即鼂错。汉景帝时,鼂错为加强中央集权统治,请削诸侯之地,于是吴楚七国以诛鼂错为名反叛。后以"诛鼂错"为清君侧之典。

[4] 苏秦:人名(?—前317),字季子,洛阳人,战国时纵横家。与张仪同学于鬼谷子。早年曾外出游说,然穷困而归,后佩六国相印,为纵

约长，使秦不敢东出函谷关，达十五年之久。后客于齐，被车裂处死。

（刘通）

【述评】

该案，何松状告俞平九讨债伤人。俞平九辩称，没有打人，自己反而被打得遍体鳞伤。官府骆官员经调查、审核认为，俞平九为富不仁，因逼债殴人，把何松打得头颅破裂，把何梅打得肱骨骨折。俞平九自称被对方打得遍体鳞伤，几次官府拘传，均找借口不来（"捏称遍打致病，只塞前愆"）。而何松、何梅的损伤有医生的检验证明。官府骆官员决定，拟罪如律，以"逼债殴人"审判俞平九。

该案，何松头颅破裂、何梅肱骨骨折的损伤，认定由俞平九所伤，有医生的检验证明。可见，官府经办官员依据明代法律规定，对人身损害检验可以认可医生的检验鉴定。

该故事来源于《萧曹遗笔》"告殴伤"，祁门县事骆侯审。

（黄瑞亭　胡丙杰）

朱侯判堕胎

【原文】

青阳县施朝："状告为殴命堕胎事：祸因蒋石与恶许凤互殴。凤怪言公触怒，奋打孕妻，急救被踢伤胎，流血满地。幸何干扶回，堕下男孩。妻危朝露[1]，即令保辜验胎正法。上告。"许凤诉曰："状诉为捏诬陷命事：身与蒋石争碓[2]相殴，极恶施朝，助凶丛打，抢夺网帽，随投里长勘证。恶亏，计置伪胎，诬饰抵陷。乞台电烛，不遭奸害。上诉。"

朱侯审云："争碓而厮殴，细事也。踢妇而堕胎，则罪重矣。若云计置伪胎，此带血孩子从何处得来？合绳以法，毋得他辞。"

【注释】

[1] 朝露：早上的露水，太阳一出就被晒干。比喻生命短暂或事物不能久存。

[2] 碓：用木锤和石臼做成的捣米器具或装置。

(刘通)

【述评】

保辜制度是我国古代刑法中一种保护受害人的制度。凡是斗殴伤人案件，被告要在一定期限内对受害人的伤情变化负责，如果受害人在限期内因伤情恶化死亡，被告应按杀人罪论处。这种制度称为保辜，所定期限称为辜限。明律将手足殴伤人的辜限延长至 20 天，责令被告替受害人治伤。此外，明代《问刑条例》规定：手足、他物、金刃及汤火伤，限外 10 日以内；折跌肢体及破骨、堕胎，限外 20 日以内；如受害人确系因原伤身死，对被告也要处以杀人罪。

该案，施朝状告许凤殴打其妻致堕胎，要求保辜验胎。许凤辩称，堕胎是伪造的。官府朱官员经调查、审核认为，争碓引起互殴是小事，但孕妇被踢致堕胎是重罪。假如许凤说的"堕胎是伪造"，那么，该案带血男婴从何而来？显然是当场被踢伤胎堕下的。不得狡辩，证据确凿，依法审判（合绳以法，毋得他辞）。

该故事来源于《萧曹遗笔》"告堕胎"，青阳县事朱侯审。

(黄瑞亭　胡丙杰)

继 立 类

艾侯判承继（见图24）

图24 刘通引自上海古籍出版社《古本小说集成》，余象斗《廉明公案·艾侯判承继》

【原文】

合肥县周瑚："状告为恳抚存立事：春秋重继祀[1]之典，礼律[2]无灭祀之条。房弟周珮，四世单传，不幸无嗣遽没。遗产数千，各房叔侄睥睨。弟媳女流，竟无主张。遂致纷争，势如朝露。祖宗祭祀久缺，三丧暴露荒郊。身等难容坐视，谨具宗支[3]图呈，乞赐选继庶，祀产有主，人鬼沾恩。上告。"

艾侯审云："周珮死无后胤[4]，以二三千之遗产，起六七家之纷争。尊长呈图选继，亦良举也。历观世系，周瑚当长，元子伯谋，固自承宗祧[5]，而次子伯谟，齿尚幼于众房，旨合选承立庶，俾周珮无子而有子，周珮之妇亦不曰奴辈利吾财耳。"

【注释】

［1］继祀：嗣续。

[2] 礼律：指礼法与刑律。
[3] 宗支：同宗族的支派。
[4] 后胤：后裔。
[5] 宗祧：家族相传的世系、宗嗣。

（刘通）

【述评】

　　该案讲述的继立之事，判官在裁决时"尊长呈图选继，亦良举也"。判官遵照着家族图谱，对争夺财产的六七家亲戚进行亲疏远近的归类后以此确定财产继承者，从而平息了纷争。

　　该故事来源于《萧曹遗笔》"告承继"，合肥县事艾侯审。

（胡丙杰）

林侯判继子

【原文】

　　万年县陆明："状告为逆天杀父事：原身无子，继立族弟朗次子细亨为嗣，恩抚长大，嫖赌乱为。嗔身诫谕[1]，扭身乱打，毁落门牙晕死。彼幸妻救，逆亏逃闪。乞提严鞫[2]，扶正大伦。上告。"陆细亨诉曰："状诉为镜拔冤诬事：扑打之蛾，愿投明死。原父继身为子，协力创家。后娶庶母生嗣，枕言逸害。止因失裙小故，捉身毒打，以手揪发，用口咬肘，透骨极痛，并扯门牙。母心妒害，唆父告台。哀乞作主，提拔冤诬。上诉。"

　　林侯审云："审得陆明先立细亨为嗣，盖移侄作子，易伯作父，其爱未必不厚。但娶妻生子，而篝惑[3]于枕宫，亦人情乎。今以落牙之故，讼子大逆。殊不知明之落牙，明之咬肘，落之也。但细亨不合不笑受刑责，而生怨言耳。虽然，无子而继立，有子而赶逐，此似为以旨蓄[4]御冬者。今明宜尽父道。若细亨不起敬起孝，罪当重惩[5]。"

【注释】

　　[1] 诫谕：告诫晓喻；亦指告诫与晓谕之类的文告。

[2] 严鞫：严厉审问。

[3] 簧惑：以巧言惑众。

[4] 旨蓄：贮藏的美好食品。

[5] 重惩：严厉处罚；重加惩处。

（刘通）

【述评】

这是原身无子，选立旁系子弟为继子后，又娶妻生子，因而发生矛盾引起的诉讼案件。林侯认为，父亲不应该"无子而继立，有子而赶逐"，而宜尽父道。继子若不起敬起孝，也罪当重惩。

该故事来源于《萧曹遗笔》"告继子"，万年县事林侯审。

（胡丙杰）

龚侯判义子生心

【原文】

南陵县曾祥："状告为逆叛事：身老子故，将媳李氏，凭媒招孙育养老，一毫财礼，身并未索。过门三载，抚若亲生。岂今顿起祸心，毁仓盗谷，启笥窃衣，私运财物归家，不恤孤老，恩将仇报。老命恓惶[1]，恳天究治。上告。"孙育诉曰："状诉为两难事：母生二子，弟幼继伯。身贫未婚，凭媒入赘曾祥媳为妻。议工三载作聘，工满求归。触诬逆叛。痛思家贫母老，再无次丁。欲终事样，弃母则不孝；欲归养母，背义则不祥。情极两难，叩天裁豁。上诉。"

龚侯审云："曾祥子死，以媳招孙育为妻，遂欲强留养者，此所谓出而诱雉者。岂知母子天亲也，祥安得以无子之媳，而羁系[2]有母之子哉！但入赘之初不索财礼，祥之恩亦育所当报者。合给银五两，以赡残年。其妇从夫，祥勿留阻。"

【注释】

[1] 恓惶：惊恐烦恼的样子。

[2] 羁系：亦作"羇系"；缚系。

（刘通）

【述评】

　　这也是一则继承案例，其故事源于《萧曹遗笔》"告义于生心"，南陵县事龚侯审。告词中，曾祥老年丧子，为求一孙以为子嗣，招赘孙育入门，不料三年后孙育却卷走家中财物，弃养孤老。诉词则表明，孙育兄弟二人，家有老母待养，弟弟已过继伯父，曾祥招赘之事，依约仅三年为限，今家母贫老，家中无男丁可奉侍生活。回家与否，诚属两难。这个争议，龚侯的裁断是，母子天亲，曾祥不能强留孙育尽孝，但曾祥在入赘的时候，未索财礼，孙育离开，理当有所回报。因此判令孙育酌给钱财五两以赡养曾祥残年。

（胡丙杰）

蒋府主判庶弟告嫡兄

【原文】

　　京县洪榕："状告为倚嫡吞庶事：母有嫡、庶，子无亲疏。父遗财产，理合均分。嫡兄椿灭伦欺庶，强占家财，抢契霸田，封仓夺谷。什物器皿，一罟[1]鲸吞，反嗔理论，毒手殴打几死。母子惶，哀彻心髓，苦口衔冤。上告。"洪椿诉曰："状诉为逆诬犯义事：父遗财产，身与弟榕均分，中亲、族长、近间，眼同花押[2]。岂弟花酒迷心，贱价泼卖。伯谏被辱，母诫遭忤，族长可审。身思父苦创业，弟忍轻弃，用价赎回[3]。弟卖契存证，罟吞何物，乞电分单。上诉。"

　　蒋府主批云："洪椿、洪榕嫡庶兄弟，阄分父产，凭族公裁。但洪榕恋花酒若甘饴，弃父业如敝屣[4]。洪椿用价赎回，盖买弟已卖之田地也，岂倚嫡吞庶云云。虽然，以兄弟而构讼，实自相鱼肉者。兹念洪榕无产，聊拨椿粮二石与之。榕再乱为，许族共殛[5]。"

【注释】

　　[1] 罟：网的总称。

[2] 花押：在文书、契约上所签的名字或记号。

[3] 赎回：用钱把抵押的东西取回来。

[4] 敝屣：破旧的鞋子，比喻毫无价值的事物。

[5] 殛：惩罚。

（刘通）

【述评】

明代《律条公案》附录·拟罪问答中对儿子的财产分配有明确说明："问曰一、如人妻生一子，妾生一子，通房生一子，奸生一子，四子何以分家业？答曰子无嫡庶，惟有官职从嫡庶而袭。奸生者不得预，亦不许承祀也。若分家业，则以三股半均之，嫡、庶、通房各得一分，奸生者得半分。"《大明令·户令》也言："凡嫡庶字男，除官荫袭，先尽嫡长子孙，其分析家财田产，不问妻、妾、婢生，止依子数均分；奸生之子，依子数量与半分，如无别子，立应继之人为嗣，与奸生子均分；无应继之人，方许承绍全分。"由此可见，嫡庶拥有相等的财产继承权，这是兄弟相争的案例判决的现实基础和法律依据。该案，父遗财产，兄与弟均分，然弟贱价泼卖，兄用价赎回。事实清楚，只是考虑到弟无产，聊拨椿粮二石进行救济。

该故事来源于《萧曹遗笔》"庶弟告嫡兄"，京县事蒋府主批。

（胡丙杰）

脱罪类

按察司批保县官

【原文】

　　漳县耆民章乔等二百余人，连金"状保为叩天从民事：县主吴伦，宽明仁恕，政令肃清，莅任甫及三月，万民翘首更生。讵意流贼入境，毒害生灵，公私宇舍，悉成灰烬。致蒙提究，实难逃法。但缘本县地方，城无橹楼，遇难实难固守；民怯金鼓，见敌谁敢争先。一人却死，何能破贼。事穷事促，坐受天殃。今闻按法当去，士民如失父母。伏乞俯从民意，曲赐保全之恩。据法原情，普抚疮痍之众，阖邑沾恩，老幼铭感，连名上保"。

　　按察司批云："吴知县既守临彰，一方保障，胡乃纵贼入境，荼毒生灵，焚毁官舍。既无嘉山之战[1]，又乏睢阳之守[2]，是有玷于官箴[3]者。第以莅任三月，遽联民心，今闻按法当去，隐然有借寇之风，非善于抚宇者不能如是也。今从民欲，聊为曲全[4]。"

【注释】

　　[1] 嘉山之战：唐玄宗天宝十五年（756）五月，在唐平"安史之乱"的战争中，唐朔方节度使郭子仪与河东节度使李光弼于嘉山（今河北省曲阳县东）大败史思明的著名作战。

　　[2] 睢阳之守：唐代以张巡等为主将的睢阳保卫战。

　　[3] 官箴：官吏应守的礼法。

　　[4] 曲全：指委曲求全。

（刘通）

【述评】

脱罪类，又称"保状类"，是民众与官府交道时的文本范例，包括"保县官""妻保夫""母脱子军"三种。

该案是"保县官"，县官吴伦因未能保境安民而被罢官，县民二百余人认为他"宽明仁恕，政令肃清"而联名上保。

该故事来源于《萧曹遗笔》"保县官"，临漳县按察司批。

（胡丙杰）

孙代巡判妻保夫

【原文】

安仁县王氏："状告为釜鱼乞命事：仁爷巡省一方，奸回丧胆。阿夫不良，因自作孽，冒犯天台。虽云众口烁金，敢谓缧绁非罪。宪度[1]如肯海涵，良人岂终冯妇[2]。乞转尧天回舜，日泣禹囚解汤网，置此子于度外，容周处以自新。如再犯，妻儿同罪。上告。"

孙代巡批云："昔班昭[3]上书，而兄冤白。缇萦[4]赎罪，而父刑释。今王氏为夫犯罪，以死哀保，是与超妹、淳于女事相仿佛也。仰府体情释放，许令自新。"

【注释】

[1] 宪度：法度。

[2] 冯妇：人名，春秋晋人。善搏虎，改行后又重操旧业。后遂称勇猛或凶狠的人为"冯妇"。

[3] 班昭：人名（？—116），字惠班，一名姬，东汉班固妹。嫁曹世叔，早寡。博学高才，固著《汉书》《八表》及《天文志》未竟而卒，和帝诏昭续成之。屡受召入宫，为皇后诸贵人师，号曰"大家"。故世称为"曹大家"。著有《女诫》等。

[4] 缇萦：人名，汉代孝女。汉文帝时，太仓令淳于意有罪当刑，系长安狱。其少女缇萦随父至长安，上书请入身为官婢，以赎父罪。帝怜之，

为除肉刑，意乃得免。见《史记·孝文本纪》、汉刘向《列女传·齐太仓女》。后代用为称颂孝女的典故。

（刘通）

【述评】

该案是"妻保夫"，是保状类的一种。该案中，妻子为丈夫犯罪作保，孙代巡"体情释放，许令自新"。该判词通过引用前朝典故"班昭救兄""缇萦救父"进行侧面烘托，以古鉴今的方式进行评述，为案件判决结果增添更为有力的支撑。

该故事来源于《萧曹遗笔》"妻保夫"，安仁县事孙代巡批。

（胡丙杰）

邓察院批母脱子军

【原文】

乐平县张氏："状告为乞恩赦宥[1]事：阿男遭诬，枉拟军罪[2]。痛阿早孀，仅男一脉。男今远配与死为邻。阿独荒居，终作沟殍[3]。一罪而累及两命，母子死各东西，情极可怜。阿命固不足恤，夫脉竟绝无传。乞颁国典，持垂好生，超豁母子蚁命，感恩刻骨。上告。"

邓察院批云："弊书金盛，吓诈人命赃银五十两，拟以军罪，夫复何辞。第伊母孀居，年跻七十，更无兄弟可赖。若远配是不能终母养，又且绝宗祀也。故依酂侯[4]律盛之罪；若不可赦，论司马法盛之罪，亦所当原。仰本府查审发落。"

【注释】

[1] 赦宥：赦免、宽恕。

[2] 军罪：指充军。

[3] 殍：饿死；饿死的人。

[4] 酂侯：汉代萧何的爵号。何在楚汉相争中，佐高祖，守关中，转漕给军，兵不乏食，因以制胜。高祖即位，论功行赏，评为第一，封酂侯。

请参阅本书《江侯判退亲》篇之注释［4］"萧何"条。

(刘通)

【述评】

　　该案是"母脱子军"，是保状类的一种。张氏的独子因犯罪被判充军，这样七十岁的母亲张氏便无人赡养，又可能导致张家绝后。"不孝有三，无后为大。"邓察院以"礼"大于"法"的原则重新审查发落。

　　该故事来源于《萧曹遗笔》"母脱子军"，乐平县事邓察院批。

(胡丙杰)

执照类

余侯批娼妓从良[1]照

【原文】

安仁县娼妓柯翠楼:"告为吁天超拔批照事:蹇生不辰,卖落烟花[2]。趁钱则龟妈用度,构祸[3]则蚁命承当。思至伊门已经一十二载,相偿伊债奚啻[4]三百余金。不遂从良,终无结果。恳天赐照作主,庶免生为万人妻,死作无夫鬼。为此衔恩上告。"

余侯批云:"妓者沉酣胭粉,笼络勾栏。或一夕易一夫,而含羞解金扣,带笑吹银灯,良有由也。今柯翠楼志欲从良,弃秦楼[5]之风弓,罢巫山之云雨,撤章台[6]之杨柳,终身仰事一天。此梦之觉,而醉之醒者。合与执照,任其所从。"

【注释】

[1] 从良:娼妓脱离原来的生活而嫁人。

[2] 烟花:称娼妓。

[3] 构祸:造成祸乱;遭遇灾祸。

[4] 奚啻:何止、岂但。

[5] 秦楼:秦穆公的女儿弄玉与丈夫萧史吹箫引凤的凤楼。见汉刘向《列仙传·卷上·萧史》。后遂为歌舞场所或妓馆的别名。

[6] 章台:为汉代妓院所在地,后以章台杨柳指妓女。

(刘通)

【述评】

"执照类"也是民众与官府交道时的文本范例,包括"娼妓从良照"

"寡妇改嫁照""杜绝后打照""告给引照身"和"批和息状"五类。

该案是"娼妓从良照",是执照类的一种。自古以来,女性一直属于社会弱势群体,传统观念认为她们"不管在伦理意识、法律地位还是在实际生活中,都堕落到了深渊的最底层"。本文是余侯批准娼妓柯翠楼从良的判词,从判词可以了解当时妓女的社会地位和生活状况。

该故事来源于《萧曹遗笔》"娼妓从良照",安仁县事余侯批。

(胡丙杰)

江侯判寡妇改嫁照

【原文】

景宁县孙氏:"告批照为恳恩超寡事:阿苦上无公姑,下无子女。不幸夫故家贫,鳏[1]叔佣外,无银买棺,借银伍两殡用,债主坐逼,阿无生路。守制无衣无食,不守恐人刁蹬[2]。乞察鳏寡同居不便,赐照准适,超生感德。上告。"

江侯审云:"妇人从一而终,礼也。孙氏夫死家贫,上无公姑可恃,下无子女可从。亦欲律以常道[3]难矣。况嫂叔同居,叔鳏、嫂寡,嫂果曹令女[4]乎?叔果鲁男子[5]乎?合与执照。听其二夫。"

【注释】

[1] 鳏:无妻或丧妻的男人。

[2] 刁蹬:刁难、为难。

[3] 常道:一定的规律、法则。

[4] 曹令女:三国时,曹文叔的妻子曹令女因丈夫病故,父亲夏侯文宁便将她接回娘家。曹令女没有儿子,父亲劝她改嫁,曹令女就用刀割去自己的鼻子,表示绝不再嫁。

[5] 鲁男子:鲁国有一男子,独住一屋,一夜暴风雨,邻居寡妇的房舍坏了,便前往鲁男子住处,欲借宿一夜,鲁男子毅然拒绝她。见《诗经·小雅·巷伯》。后泛称不好女色的男子。

(刘通)

【述评】

该案是"寡妇改嫁照",是执照类的一种。该案中,寡妇孙氏因上无公姑,下无子女,生活无着而提出改嫁,江侯认为虽然从"礼"的要求要"从一而终",但现实生活中却难以遵循,而判决准许其改嫁。这是对"贞节观"的一种怀疑,表达了女性对摆脱"受害"境遇的期盼,也是对封建礼教压迫女性的蔑视与反抗。

该故事来源于《萧曹遗笔》"寡妇改嫁照",江侯批。

(胡丙杰)

闵侯批杜后绝打照

【原文】

鄱阳县陈积:"告批照为预杜后患事:朱才等打伤族命,蒙恩公判痛。念彼强我弱,彼众我寡,冲要之处,终不能以飞渡往来之人,势有难于夥行[1]。幽僻之处,岂必皆有干证。与其遭祸而烦官,孰若先时而杜祸。乞批执照,永绝祸胎。上告。"

闵侯批云:"量非师德,孰能唾面自干;德不夷齐,岂得不念旧恶。朱才殴伤陈积,被告受刑。倘区区报复,积也寡不敌众矣。兹欲杜祸,合与执照,庶智寿[2]不毙族人于涂,郘[3]不纳齐懿于竹。"

【注释】

[1] 夥行:结伴而行。

[2] 智寿:周智寿,雍州同官人。其父于唐高宗永徽初被族人安吉所害。智寿及弟智爽乃候安吉于途,击杀之。兄弟相率归罪于县,争为谋首,官司经数年不能决。乡人或证智爽先谋,竟伏诛。

[3] 郘:郘戎,与齐懿友善,但与其有断父尸足之仇。郘戎最终提着刀去找齐懿公,在竹林中把他给杀了。

(刘通)

【述评】

该案是"杜后绝打照",是执照类的一种。该案中,朱才殴伤陈积,被告受刑。但由于朱家人多势众,受刑后积怨会更深,日后反而进行报复。因此为杜绝将来被打,陈积告批"杜后绝打照",得到闵侯批准。

该故事来源于《萧曹遗笔》"杜后绝打照",都阳县事闵侯批。

(胡丙杰)

汤县主批给引照身

【原文】

江山县游杨:"状告为给引便照事:伏睹设关将以御暴,文引不给,讥察难凭。身带赀本前往南京生理,旅途往返不无关津[1]盘诘。告乞文引,以便照验,庶使奸细不致混淆,商路程限免为留难。上告。"

汤侯即批云:"秦关燕壁,路阻且长,倘非弃繻生[2],未有不苦于盘诘者。今游杨贸易江湖,非区区守故园而老者。与以执照,庶身有照,验关无留难矣。"

【注释】

[1] 关津:水陆交通必经的要道,关口和渡口,泛指设在关口或渡口的关卡。

[2] 弃繻生:弃繻生,典故名,典出《汉书》卷六十四下《严朱吾丘主父徐严终王贾列传·终军》。指汉终军。后泛指年少立大志之人。"军为谒者,使行郡国,建节东出关,关吏识之,曰:'此使者乃前弃繻生也。'"

(刘通)

【述评】

该案是"告给引照身",是执照类的一种。该案中,游杨因做生意需往来于各地,苦于验关盘诘,特"告给引照身",得到汤侯批准。

(胡丙杰)

詹侯批和息状

【原文】

东乡县尹和等:"具息为便民息讼事:伏睹律令,不愿终讼者听。有邵智、苏儒先后具词告府,蒙送台问理。各犯初二日解到,一睹仁化,遂效虞、芮。二犯悔悟,耻为顽民。身等冒昧,恳乞俯从宥罪[1],准和息讼,民俗还淳,联名上告。"

詹侯批云:"戎盾[2],敌盾毁而戎亦缺。鹬蚌持,蚌死而鹬岂生。故触蛮[3]蜗角,吴越[4]会稽,非有德者所乐道也。今邵智、苏儒平心息讼,是易仇为恩、返薄为淳者,合听其自便。"

【注释】

[1] 宥罪:赦免罪过。

[2] 戎盾:古代方凿斧与盾牌。

[3] 触蛮:《庄子·则阳》:"有国于蜗之左角者曰触氏,有国于蜗之右角者曰蛮氏。时相与争地而战,伏尸数万。"触和蛮,古代寓言中蜗牛角上的两个小国。后因以"触蛮"称因争细微私利而兴师动众。

[4] 吴越:春秋时吴国与越国的并称。吴越两国时相攻伐,积怨殊深,因以比喻仇敌。

(刘通)

【述评】

东乡县邵智、苏儒先后到官府告状。官府予以调解,邵智、苏儒被感化,请求息讼。詹县尹批复同意:"今邵智、苏儒平心息讼,是易仇为恩、返薄为淳者,合听其自便。"

该案讲述的是官府调解的实例。古代调解形式:第一种,官府调解。指的是民事和轻微刑事案件,审理时先在县官的主持下对争讼双方进行调解,调解不成才予以判决,属于典型的诉讼内调解。但官府调解带有一定强制性。第二种,官批民调。指的是官府接到诉状后,认为情节轻微或事关伦理关系及当地风俗习惯，官员晓之以理，当事人自行请求官府销案。本案属后者。

　　调解方法：首先是一般性的劝告，官员要么向当事人剖明利害关系，要么说明事实真相，消除误解，但都以使百姓撤诉为目的。其次就是感化，在古人看来，诉讼源于道德的堕落，所以一旦遇到词讼，官吏往往抛开实体问题，以儒家伦理道德，民间习俗来教育感化当事人，使其为自己因一己私利而争讼的行为感到羞愧、自责，进而做出让步或干脆放弃争执。

（黄瑞亭）

旌表类

曾巡按表扬贞孝

【原文】

福建福宁州福安县，有民章达德，家贫淡。娶妻董惠娘，生女玉姬，天性至孝，言动慎默。达德有弟达道，家殷富，娶妻陈顺娥，德性贞静，又买妾徐妙兰，皆美而无子。达道二十五岁卒。达德有意利其家财，又以弟妇年少无子，尝托顺娥之兄陈大方，劝其改嫁。顺娥欲养大方之子元卿为嗣，以继夫后，誓不失节。达德以异姓不得承祀，竭力阻挡。大方心恨之。顺娥每逢朔望[1]及夫生死忌日，尝请龙宝寺僧一清到家诵经，追荐其夫，亦时与之言语。僧一清归谓徒弟明通曰："章娘子尝请我诵经，与我说话，莫非有意于我乎？若再到他家，定要调戏之。"明通曰："章娘子贞节有名，师父不可起此念。若他喊骂起来，不惟塞了诵经路头，又且惹祸。他大伯达德是个无礼人，必不与我寺干休。"一清曰："不妨，妇人无夫，身家无主，怕他甚的。"

过几日，顺娥夜梦丈夫啼哭，又遣人来请诵经超度。一清曰："徒弟你不信章娘子有意于我，今日不是时节，怎么诈称梦见丈夫，又请我诵经，必是好事来也。"明通曰："师父要干此事，我不敢去。"一清令来人先担经担去，随后便到其家。见户外无人，一清直入顺娥房中去，低声曰："娘子屡召我，莫非有怜念小僧之意？乞今日见舍，恩德广大。"顺娥恐婢闻则丑，亦低声答曰："我只叫你念经，岂有他意！可快出去。"僧一清曰："娘子无夫，小僧无妻，成就好事，岂不两美？"顺娥曰："我道你是好人，反说这臭口话。我叫大伯惩治死你。"一清曰："你真不肯，我有刀在此。"顺娥曰："杀也由你，我何等人，你敢无礼！"正推开要走出房，被一清抽刀砍死，取房中一件衣服，将头裹出，藏在经担内。后出来在门外叫"章娘子"无人应，再叫二三声，徐妙兰乃出来。一清曰："你家叫我念经，故我敬来。"妙兰曰："今日正是念经，我去叫小娘来吩咐你。"一入房去，见主母杀死，鲜血满地，连忙走出叫曰："了不得也！小娘被人杀死。"隔舍达德夫妇闻知，即驰来看，寻不见头，各个惊讶，不知是何人杀。只缘经担先担到，故在厅内。一清惟空身在外坐，那知头在经担里面，搜远不搜近也。达德乃发落一清去，曰："今日不念经了。"一清将经担担去，以头藏于三宝殿后，一发无踪了。妙兰命人去叫陈大方来，外人唧哝，都疑是达德所杀。陈大方赴曾巡按处告曰："状告为杀命吞家事：痛妹陈顺娥，嫁夫章达道。夫故无子，妹誓守节。讵道狠兄达德，思吞家财，逼妹改嫁，拒不肯从，被恶杀命，将头藏匿。冤惨异常，因节致死，屈抑无伸。杀命并家，滔天恶逆。恳台法断，正恶偿命。哀告。"章达德去诉曰："状诉为仇虎机陷事：喇虎陈大方，惯讼殃民，案卷山积。谋将伊子元卿继德亡弟，达德恐乱宗，执拒致仇。不幸弟妇顺娥被贼杀命，盗去首级。方挟仇诬德杀命吞家。切弟妇守节有光，章门何忍戕害？弟既无子，业终属德，何用早吞？乘机中伤，悬捏陷善。投天劈诬，免遭坑害。哀诉。"曾巡按将二状批府提问。昌知府拘集来审曰："陈顺娥何时被杀？"陈大方曰："是早饭后，日间那有贼敢杀人？惟达德在邻，有门相通，故能杀之，又盗得头去。倘是外贼，岂无人见？"昌知府曰："顺娥家更有奴婢使用人否？"大方曰："妹性贞节，远避嫌疑，并无奴仆。只一婢妙兰，倘婢所杀，亦藏不得头也。"昌大府见大方词顺，便将达德拶挟，勒逼招承。但头不肯认。审讫，即解报巡按。曾大巡又批下县曰："仰该县详究陈顺娥首级下落，结报。"时尹知县是贪酷[2]无能之官，只将章达德拷打，跟寻陈顺娥头，且哄之曰："你寻得头来，与他全体去葬，我便申文书放你。"

　　累至年余，达德家空如洗。德妻只与女勤绩刺绣，及亲邻哀借挨度盘缠。女玉姬性孝敬，因无人使用，每日要自送饭。见父必含泪垂涕问曰："父亲何日可放出？"达德曰："尹爷限我寻得顺娥头来，即便放我。"玉姬归对母曰："尹爷说寻得婶娘头出，与他去葬，便放出我父亲，今跟究年余，越无踪影，怎么寻得？我父亲在牢中受尽苦楚，我与母亲日食难度。不如得我睡着，母亲可将我头斫去，当婶娘的送与尹爷，方可救得父亲。"母曰："我儿，你话真当耍。父亦一命，你亦一命，怎么将你命替父命！你今已十六岁，长大了。我意要将你嫁与富家，随为妻为妾，多索几两聘银，将来我二人度日，着时保治。"女曰："父亲在牢受苦，母亲独自在家受饿，我安忍嫁与富家，自图饱暖。况得聘银若食尽了，头又寻不出，父亲命终难放。那时我嫁人家，是他人妇，怎肯容我归替父死？今我死则放得父，供得母，是一命保二命。若不保出父亲，则父死牢中，我与母必不嫁人，亦是饿死定矣。我意已决，母亲若不忍杀，我便去缢死，望母亲斫我头去当婶娘的，放出父亲，死无所恨。"母曰："我儿你说替父虽是，我安忍舍你？况我家未曾杀婶娘，天理终有日明白。且奈心挨苦，再不可说那断头话。"母逐步严守。过了几日，玉姬不得缢，乃绐[3]母曰："我今从母命，不须防矣。"母防亦稍懈。未几而玉姬缢死。母乃解下，枕尸在股，恸哭一日，不忍释手。不得已持起刀来，又放下数次，割不得。乃思曰："吾女乃孝女，若不忍割他头来，救不得父，他亦枉了一死，地下亦不瞑目。"遂焚香祝之曰："你今舍命救父，吾为母不能救你，愿来生尔为吾母，吾为尔女，亦以孝心报你也。断头从尔之意，实非出于母之心。"祝罢，将刀来斫。终是心酸肠断，手软胆寒，割不得断，着用几刀，方能割下，其刀痕错乱。母持起头，一痛而绝，须臾复苏。乃脱自己身上净衣，裹住女头，明日送在牢中与夫。夫问其所得之故，黄氏答以夜有人送来，想其人念汝受困之久，故送出来也。章达德以头交与尹爷。尹知县自喜，能赚得顺娥头出，此达德所杀是的矣。即坐定罪，将达德一干人，解上巡按。曾大巡取头上验，见头是新砍的。即怒达德曰："你杀一命，亦该死，今又在何处杀这头来？顺娥死已年余，头必臭腐。此头乃近日的。岂不又杀一命乎！"达德推妻黄氏得来。曾大巡将黄氏拷问，黄氏哭泣不已，欲说数次，说不出。大巡怪之，先问徐妙兰。妙兰曰："黄氏跟寻我主母头，并不见踪，本县尹爷跟究得急。他女玉姬最是孝顺，见父苦母饿，愿自缢死，叫母将头来当。母再三阻之不得。即死，又不忍砍，今此头刀痕碎乱，实玉姬的也。"达德夫妇一齐大哭。曾大巡再取头看，果是死后砍的，刀痕并无血荫，不觉亦下泪，叹息曰："人家有此孝亲之女，岂有杀人之父！"再审妙兰曰："那日早晨有甚人你家来？"妙兰曰："早晨并无，早饭后有念经和尚来，他在外叫，我出来，主母已死了，头已不见了。"曾大巡将达德轻监收候。吩咐黄氏，常往僧寺去祈诉愿。倘僧有调戏言，可问他讨此头，必得之。

黄氏回家，不时往龙宝寺，或祈签、或祈答、或许愿，哭泣祷祝，愿寻得见顺娥的头。往来惯熟，与僧言语。僧一清留之午饭，挑之曰："娘子何愁无夫！倘死，便再嫁个好的。"黄氏曰："死则可嫁，他不死又嫁不得，被他牵陷住。"一清曰："他终是死的，你不如寻个好处，落得自快乐。倘他坐牢一世，你只恋他，岂不误了青春，空耽饥饿？"黄氏曰："他也不说嫁，人也不肯娶犯人之妻，正没奈何。"一清曰："娘子不须嫁，只肯与我好，也济得你衣食。"黄氏笑曰："济得我倒好，若更得神佛保佑，寻得婶娘头来，与他交官，得减死问徒去亦好。"一清见肯允，即来扯之曰："你但与我好，我有灵牒，明日替你烧去，必牒得头出来。"黄氏半推半就曰："你今日先烧牒，我明日和你好。若牒得出来，莫说一次，我誓愿与你终身偷情矣。"一清引起欲心，紧抱要奸。黄氏曰："你无灵牒，只是哄骗我这件。你要有法，先牒出头来，待明日任从你饱。不然我岂肯送好事与你？"一清此时欲心难禁，曰："只与我好，少顷无头，也变个与你。"黄氏曰："我物现在，（能）与你悔得？你变个头来，即与你今日饱。若与你过手了，将你这和尚头当么？我不信你骗。"一清急要那件，不得已说出曰："二年前，有别个妇人来寺，一行脚奸之不肯，被他杀了，头藏在三宝殿后，你不从，我亦杀你凑双；肯从，就将那头与你当。"黄氏曰："你妆此事吓我，就先与我看，然后行事。"一清引出示之。黄氏曰："你出家人，真狠心也。"一清又求欢。黄氏惟曰："适间与你闲讲，引动春心，真是肯行。今见这个头，吓得心碎魂飞，全不爱矣，决定明日罢。"一清见他亲杀的，岂不亏心，亦曰："我见此亦心惊肉战，全没兴了。你明日千万来，不可失约。"黄氏曰："我不来，你来我家也不妨。要我先与你过手，随后你送那物与我。"黄氏归，召公差几人，教他直入三宝殿后，搜出头来，将僧一清锁送按院，一便认，招出实情。

曹院判曰："参看得陈顺娥大节无瑕，凛凛冰清玉洁。章玉姬孝心纯笃，昭昭地义天经。慷慨杀身，不受妖僧温漫秽；从容自缢，要为严父鲜冤。敦一本事、一天赓，柏舟[4]蓼莪[5]而不忝；明大节、全大孝，比共姜、缇萦而有光。孝德镇乾坤，有裨世教；贞心昭日月，丕振家声。是宜竖之牌坊，表彰贞孝培风化。更合立之祠宇，祀春秋慰死灵。陈人方罪坐招诬，是自取也；章达德灾出无妄，合省发之。尹知县横威制人，陷无辜于死地，才力不及。僧一清行强杀命，仍怙恶[6]而不悛，枭首犹轻。"

判讫，即绑一清斩首，不待时决。再仰该县为陈氏、章氏，竖立坊牌，赐之二匾，一曰"慷慨完节"，一曰"从容全孝"。又为之拆章达道之宅，改立贞孝祠，以达道田产一半入祠，供四时祭祀之用，仍与达德掌管。不半年，而祠宇告完，各官都去行祭。曾巡按赠匾于祠曰"一门贞孝"，顾守道赠匾曰"贞烈纯孝",昌太府赠匾曰"孝义懿德"。人皆仰羡二氏之贤,又称曹院之仁明,能慎狱[7]得情也。

【注释】

[1] 朔望:农历每月的初一和十五,即朔日和望日。

[2] 贪酷:贪婪残酷;指贪婪残酷的人。

[3] 绐:哄骗、欺骗、欺诈。

[4] 柏舟:卫世子共伯早死,其妻共姜的父母逼共姜改嫁,共姜作《柏舟》诗自誓。见《诗经·鄘风·柏舟》。后以柏舟比喻夫死守节。

[5] 蓼莪:《诗·小雅》篇名。此诗表达了子女追慕双亲抚养之德的情思。后因以"蓼莪"指对亡亲的悼念。

[6] 怙恶:坚持作恶。

[7] 慎狱:谨慎处理狱讼之事。语出《书·立政》:"庶狱庶慎。"

(刘通)

【述评】

该案讲的是章达道的遗孀陈顺娥因强奸不从被和尚杀害,法官误判哥哥章达德,导致章达德的女儿玉姬为救父自缢。故事情节与《龙图公案·三宝殿》双烈女的故事很类似。

从法医学角度讲,该案中涉及缢死,及缢死后分尸(死后将头砍下),"死后砍的,刀痕并无血荫"。

(胡丙杰)

谢知府旌奖孝子

【原文】

山东高唐州民妇房瑞鸾,十六岁嫁夫周大受,至二十二岁而夫故。生男可立仅过岁周岁,乃苦节寡守,辛勤抚养,不觉可立已十八岁,能任菽水[1],耕农供母,甚是孝敬,乡邻称服。房氏自思:"子已长成,惜乎家贫,不能为之娶妇。佣工所得仅足供我一人,若如此终身,则我虽能为夫守节，而夫终归无后，反为不孝之大。"乃焚香告夫曰："我守节十七年，心可对鬼神，并无变志。今夫若许我守节终身，随赐圣阳三筶[2]；若许我改嫁，以身资银代儿娶妇，为夫继后，可赐阴筶。"掷下，果是阴筶。又祝曰："筶杯非阴则阳，吾未敢信。夫果有灵，谓存后为夫许我改嫁，可再得二阴筶。"又连掷二阴。房氏曰："夫愿与我同，许我嫁矣。"乃嘱人议媒。子可立泣阻曰："母亲若嫁，当在早年。乃守儿到今，年老改嫁，空费前功。必是我为儿不孝，有侍养不周处，该得万死。凭母亲捶挞[3]，儿知改过。"房氏曰："我今三十八岁，再嫁犹未老，更过三十年，是真老矣。我定要嫁，你阻不得。"上村有富民卫思贤，年五十岁，丧室。素闻房氏贤德，知其将改嫁，即托媒来议。媒人曰："卫老官家甚豪富，但年纪长得十二岁。他是老实人，叫我不要瞒，敬请侍下何如？"房氏曰："年长何妨，但要出得三十两银便可。"卫思贤慨然以银来交。房氏谓子曰："此银你用木匣锁封住，与我带去。锁钥交与你，我过六十日，归来看你。"可立曰："儿不能备衣妆与母，岂敢要母银，凭母意带去，儿不敢受锁钥。"母子相泣而别。

　　房氏到卫门两月后，乃对夫曰："我本意不欲嫁，奈家贫，欲得此银代儿娶妇，故致失节。今我将交银与儿，为他娶了妇，便复来也。"思贤曰："你有此意。我前村佃户吕进禄，是个朴实人。有女月娥，生得庄重有福相，今年十八，恰与你儿同年，我即为媒去议之。"房氏回儿家谓可立曰："前银恐你浪费，我故带去。今闻吕进禄有女，与你同年，可将此银去娶之。"可立依命，娶得吕月娥入家，果好个庄重女子。房氏见之欢喜，看见成亲后，复往卫门去。谁料周可立是个至孝执方人，虽然甚爱月娥，笑容款洽，却不与之交合，夜则带衣而寝。月娥已年长知事，见如此将近有一年不变，不得已，乃言曰："我谓你憎我，又似十分相爱；我谓你不知事，你又长大，说来又晓得了。何如旧年四月成亲，到今年正月将满一年，全不行夫妇之情。你既不先邀我，我今要邀你云雨欢合，不由你假志诚也。"可立曰："我岂不知少年夫妇乐意情浓？奈娶你的银是嫁母的，我不忍以卖母身之银，娶妻奉衾枕也。今要积得三十两银还母，我方与你交合。"吕氏曰："我你空手作家，仅足充日，何日积得许多银，岂不终身鳏寡乎？"可立曰："终身还不得，誓终身不交。你若恐误青春，凭你另行改嫁，别处欢乐。"吕氏曰："夫妇不和而嫁，亦是不得已。若因不得情欲而嫁，是狗彘之行也。岂忍为之。不如我回娘家，与你力作，将银还了，然后归来完聚。若供我了，银越难积。"可立曰："如此可好。"将妻送在岳父家去。至年冬，吕进禄将送女归婿家，月娥再三推托不去，父怒遣之，乃与母达其故。进禄不信，与兄进寿叙之。进寿曰："真也。日前我在侄婿左邻王文家取银，因问可立为人何如。王文对我道：'那人事母是孝子，对妻是痴子。说他以嫁母银娶妻未还母银，不敢宿妻。只那妻亦贤德，惟小心劝他。可立说嫁妻，又羞嫁。今正月送妻往乃岳家，至今不肯去接。'以我所闻，与女侄之言相合，则此事乃真也。"进禄曰："我家若富，也把几两助他，还其母银。我又不能自给，女又不肯改嫁，在我家也不是了。"进寿曰："女侄既贤淑，侄婿又是孝子，天意必不久困此人。我正为此事，已取进银二十两，又将田典当十两，共凑三十两，与女侄去。他后有还我亦可，无还我，便当相赠孝子，人生有银不在此处用，徒作守钱虏[4]何为？"

月娥得伯父此银，不胜欢喜，拜谢而归。父命次子伯正送姐到家，伯正便回。月娥归至房中，将银排在桌上，看了一番，数过几件，又收置桌厨内，然后入灶房炊饭。谁料右邻焦黑，在壁穿中窥见其银，从门外入来偷去。其房门虽响，月娥只疑夫归入房，不出来看。少顷，周可立归，即入厨房见妻，两人皆有喜色。同午饭后，妻入房去，不见其银。问夫曰："银你拿何去？"夫不知来历，问曰："我拿甚银？"妻曰："你莫挽。我问伯父借银三十两，与你还婆婆。我数过二十五件，青油帕包置在桌厨内，恰才你进来房门响，是你入房中拿去，反要故意恼我。"夫曰："我直进厨房来，并未入睡房去。你伯父甚大家，有三十两借你，真着你学这见识来，故图赖我，要与我成亲，我誓定嫁你，决不落你圈套。"吕氏曰："原来你有外交，故不与我成亲。今拿我银去，又说嫁我，是我将银雇你嫁也。且何处讨银还得伯父？"可立再三不信。吕氏思今夜必然好合，谁知遇着此变，不胜忿怒，便去自缢，幸得索断跌下。邻居都闻得吕氏夫妇为银角口，又闻吕氏自缢，焦黑心亏，将银揭于腰间，才走出大门，被雷打死。众人聚看，见焦黑烧似，衣服都尽，只裙头揭一青油帕，全未烧坏。有胆大者解下看何物，则是银，数之共二十五件。众人皆曰："可立夫妇正争三十两银，说二十五件，莫非即此银也？"将来秤过，正是三十。送与吕氏认之，吕氏曰："是也。"众人方知焦黑偷银被震。未半午，而吕进禄、进寿、卫思贤、房氏皆闻而来看，莫不共信天道之神明，咸称周可立孝心之感格。而吕月娥之义不改嫁，此志得明；吕进寿之仗义轻财，人皆称服。由是卫思贤曰："吕进寿百金之家耳，肯分三十金赠女以全其节孝，我家累万金，止亲生二子，虽捐三百金与妻之前子，亦岂为多？"即写阐书一扇，分三百两产业与周可立收执。可立坚辞不受，曰："但以母与我归养足矣，不愿（受）产业也。"思贤曰："此在你母意何如。"房氏曰："我久有此意，欲奉你终身，或少余残喘则归周门。但近怀三月孕矣，正尔两难。"思贤曰："孕生男女，则你代抚养，长大还我，以我先室为母，则尔子有母。吾亦有前妻，若强你归我家，则你子无母，你前夫无妻，是夺人两天也。向三百产业，你儿不受；今交与你，以表三载夫妇之义。皆你前世结此二缘，非干你志不守节也。"次年生一男，名恕，养至十岁，还卫家，后中经魁[5]。以母兄周可立之孝达于州。时知州谢达为之通详，申上司曰：

"参看得孝子周可立，克谐一本，有怀二人。忆周岁而失怙，朝夕在念；感婺母之苦守，菽水承颜。母思有子而无妇，夫之无后可虑；子念嫁母而娶妻，反之此心不宁。好色人所爱，有妻子而不慕；苦节不易守，历一年而不更。如穷人之无归，几同虞舜之大孝。欲力作而还母，何殊董永[6]之卖身。妻伯感义赠金，欲玉成其孝；焦黑窃银远走，自取震于雷。非纯孝之格天，胡殛诛凶人以显节；乃真心之动众，故咸称孝德以扬名。合无旌表里闾，庶可激扬乎风化；相应蠲复[7]徭役，用以忧恤乎孝门。"

按院依申批下，准之旌表，仍复其家差役。赐其匾曰"纯孝格天"，谢知州亦送匾赠曰"孝孚神明"。

按：此事不惟周生之孝德过人，而房氏之为夫全后，孝识其大。吕氏之归家甘守，相成夫孝；进寿之典田相赠，雅重孝子；思贤之不留后妻，任全慈孝，皆贤淑之品德，盛世之休风也。是宜谢公表之，以励后人。

【注释】

[1] 菽水：豆与水。指所食唯豆和水，形容生活清苦。语出《礼记·檀弓下》："子路曰：'伤哉！贫也！生无以为养，死无以为礼也。'孔子曰：'啜菽饮水尽其欢，斯之谓孝。'"后常以"菽水"指晚辈对长辈的供养。

[2] 笤：古代占卜用具，用类似于蚌壳的两半器物制成，合拢拿在手里，掷于地，观其俯仰，以占吉凶。

[3] 捶挞：鞭打、抽打。

[4] 守钱虏：财多而吝啬的人，也称为守钱奴。

[5] 经魁：明代科举考试分五经取士，每科乡试及会试的前五名即分别于五经中各取其第一名，称为经魁。

[6] 董永：人名。相传为东汉千乘人，生卒年不详。少丧母，家贫，

父死无以为葬，乃卖身筹款，用于葬父。因孝感动天，天派仙女求为其妻，并为其织缣偿债。此一民间故事流传甚早，汉、魏时即有文献记载，后来并成为二十四孝故事之一。

[7] 蠲复：免除赋税或劳役。

（刘通）

【述评】

"孝"一直是中华民族从古至今的传统美德。本案是发生在母子及婆媳之间的节孝类公案判词。判词中提到"如穷人之无归，几同虞舜之大孝。欲力作而还母，何殊董永之卖身？"为感激母亲为其娶亲再嫁的做法，主人公周可立尽自己所能去报答母亲对自己的奉献。作者引用远古与前朝的典故，将周可立与尧舜和汉代卖身葬父的董永相类比，希望当朝世人也能明白"孝道"的重要性，并能以自己的行动去实践这个传统。同时，此案中周可立的妻子帮助丈夫一起去孝敬婆婆也是值得赞扬的。同时，该案中偷窃三十两银的邻居焦黑被雷打死，借以进行"恶有恶报"的教化。

（胡丙杰）

顾知府旌表孝妇（见图25）

图25 刘通引自上海古籍出版社《古本小说集成》，余象斗《廉明公案·顾知府旌表孝妇》

【原文】

河南汝宁府固始县，有民范齐，娶妻韩淑贞，极有贤行，年登三十无子。姑唐氏年七十，偶沾重病，百医不治，卧枕半载。韩氏左右侍奉，未当离侧。夜则陪卧，扶持起倒，形虽劳瘦，怡色承奉。入灶房，则默祷灶君[1]曰："愿姑病早安。"夜则视天曰："愿姑病早安，愿损我年，以增姑寿。"既而姑病愈危，医者皆云不起。则日夜焚香祷天，愿以身代姑死。哭泣悲痛，不胜忧惶。适有一道士来化斋[2]粮，见韩氏拜天哭泣，问其故。韩氏以姑病危笃告。道士曰："凡不治之病，惟得生人肝少许与食，无不愈者。"韩氏曰："人肝果可医病乎？"道士曰："我曾见二人了。卫弘演[3]、安金藏[4]，以肝医好两个主人。此岂谎你？"韩氏当天祈曰："人言肝可医病，若医得我姑，愿得圣筶，我便割肝医之。"遂掷得圣筶。韩氏信之。乃入厨下，以剃刀从腰间割开，鲜血迸出，难忍伤痛，晕倒在地。取不得肝，乃挨入房中，倒于床。顷间，复入厨下祝灶神曰："愿灶君来助我，取得肝与姑食，我死无恨。"又以一手入剡，一手持刀，割得一小块，切作三小片，煮与姑食。姑问曰："此甚物这脆美？"答曰："鸡肝也。"接碗置桌上，复去睡。少顷，范齐归，见有血从厨下起滴，一道入房中去。则妻死在床，其血从妻腰间一孔而出。疑是被人所刺，大叫曰："谁人谋死我妻？"姑病忽然自愈，遂起来曰："才煮鸡肝我食，碗尚在桌，何谋死这快？"去看妇伤，从腰孔中见肝。问儿曰："今日宰鸡否？"齐曰："并未。"又入厨下去，见灶后血多，锅盖切肝微有血迹。乃大痛曰："想媳妇割肝我食，因致身死。"不胜伤悼。齐急来扶母曰："媳妇舍身成孝，正要得母身安宁，若痛哭伤母，反非媳妇之心。万勿伤悲，保养自重，我去买好棺椁来殓之。"

范齐见妻虽死，却得母愈，一悲还复一喜，急去问棺木买。遇一道士问曰："你买棺木贮何人？"齐曰："妻也。"道士曰："令正[5]以何病死？"齐曰："以割肝奉姑，重伤而死。"道士曰："死几日矣？"齐曰："恰才未久。"道士曰："我医神损最高，虽死一日者，皆可治。试为你医之。"齐曰："有此妙方乎？"即引去看时，肉已冷，惟心头尚暖。道士曰："尽可医得。你将一筐子来盛药去，把药敷伤痕中，身渐回暖，便将生矣。"齐以药敷讫，立觉身暖。道士曰："你将此筐置灶心中，待令正复生，我要你一筐土撒子。"范齐曰："倘拙荆得生，自当厚谢。但我家没有土撒子。"道士曰："恰才见一妇人，满筐装过，我去叫他回来。你买些真的谢我便是。"道士去了一饭顷，韩氏渐渐醒来，觉伤痕痒，以手搔之，曰："我才割开，便合疮口，取不得肝矣。"夫曰："你取肝婆食，婆病好矣，更取做甚？"韩氏曰："我割开取不得肝，忍痛不过，挨在床处，只梦中托灶神代我取出肝奉姑。又灶神以药代我敷疮口，此是梦中事。我并未起来，那里婆食我肝，病何缘好？"夫再看地中血迹，只一道滴入房中，再无半点到母房，乃疑是妻之灵魂所为。急去看灶中筐子，却有一纸金字诗云："孝妇剖肝甘杀身，满腔真孝动神明。灶君岂受人私谢，祇显英灵动世人。"范齐方悟道士乃是灶神，其云"满腔"者，心也；"真土撒子"者，真孝也。自是母病既愈，妻伤亦痊，人皆以为孝感所致。乡之众父老及坊里长，以韩氏孝德呈于府曰："连金呈为乞旌孝德以隆风化事：窃惟圣世重伦常，首崇孝谊。圣侯端化本，急赐褒扬。维民范齐，厥妻韩氏，服劳尽瘁，侍药亲尝。老姑之病逾半年，小心以事如一日。炊爨则祷灶，乞沉疴之早痊；静夜每呼天，愿捐躯而代死。诚能格帝，示之割肝以医；孝不顾身，甘于剜腹以死。以至灵魂不昧，犹奉肝肉以献姑；致感灶神显灵，来授良剂以救醒。满腔真孝，已征于神明之诗；万恳旌隆，尚待于牧侯之德。则善者以劝，四郊遍尔德之风；而民益知，方比屋成可封之俗。为此具呈，须至呈者。"

顾知府通详曰："参看得孝妇韩氏，叨章妇道，怡奉姑颜。药必躬亲，历半年心如一日；死祈身代，祷静夜神格九天。剜腹镂肝，甚于割股。诚感灵应，何况人称。安金藏之忠不是过也，卫弘演之义宁有加乎！不意女流，有此纯孝。何无奖励，用维世风。"

李大巡批申曰："孝妇韩氏，剖肝奉姑，至孝感神。比隆古之孝谊尤胜，于圣世之妇道有光。应支无碍官银，立孝坊以旌表。仍着该府赍匾，亲送赠以褒崇。范齐有孝妻，可卜身先之化，授之冠带，以养慈母。唐氏有孝妇，料应齐家之功，赐之肉帛，以礼高年。此缴。"

顾知府承大巡明文，即委官督建孝妇坊，亲送大巡"孝孚神明"之匾于范齐家；又自赠之匾曰"满腔真孝"，人皆羡其荣。后韩氏生三男，皆登科；娶三妇，皆克尽孝敬，人以为仁孝之有报。此可以为积善孝亲之劝夫。

【注释】

[1] 灶君：民间供奉于厨房，为掌管一家祸福、财气的神祇，也称为"灶神""灶王爷"。

[2] 化斋：出家僧尼、道士向人求乞布施钱粮。

[3] 弘演：有"弘演纳肝"典故。《吕氏春秋·忠廉》："卫懿公有臣曰弘演，有所于使。翟人攻卫……及懿公于荧泽，杀之，尽食其肉，独舍其肝。弘演至，报使于肝，毕，呼天而啼，尽哀而止，曰：'臣请为襮。'

因自杀，先出其腹实，内懿公之肝。"

［4］安金藏：唐代有安金藏剖腹还李旦清白的事迹，详见《旧唐书》。

［5］令正：旧时以嫡妻为正室，"令正"为尊称对方的嫡妻。

（刘通）

【述评】

该案描述韩氏为了给自己的婆婆治病，甘愿割肝入药的故事。作者对韩氏"比隆古之孝谊尤胜，于圣世之妇道有光"的孝义十分肯定。但从现代医学角度来看，割肝入药治病缺乏科学的依据，而且掺杂着封建迷信色彩。

（胡丙杰）

第二部

《皇明诸司公案》

又名《续廉明公案传》 明 余象斗编述

　　《皇明诸司公案》,六卷,题"山人仰止余象斗编述","书林文台余氏梓行";明万历三台馆刊本。封面题"续廉明公案传",可视为《皇明诸司廉明奇判公案》之续书。卷一至卷六,依次是人命、奸情、盗贼、诈伪、争占、雪冤六类,计五十九篇。

第一卷 人命类

曾大巡判雪二冤（见图26、图27）

图26 黄瑞亭引自明万历刊本，余象斗《诸司公案·曾大巡判雪二冤》

图27 黄瑞亭引自明万历刊本，余象斗《诸司公案·曾大巡判雪二冤》

【原文】

广元县有民岳充，贪残不仁，屠宰为生。一日，昭化县有客人史符，赶猪十余头，约值白银三十两。一更时，到岳充家。充见夜深无人知觉，即备酒肴殷勤劝饮。史符远途跋涉，初到地头宽心放饮，不觉大醉。岳充遂缢死之，丢尸于后园背井中，竟无人知者。三年后，昭化复有一富商安其昌，到广元卖买。其人年少俊雅，乃风月中人。岳充第三邻家有裁缝梁华成者，娶妻马氏，绰约窈窕，丽色无双，见者无不悦慕。对门皮匠池源清，尝起意佻[1]之不能成就。安其昌偶在池店买鞋，见马氏在门倚望，秀色动人，津津可爱。其昌顾盼不忍转眼，因问池匠知其夫能缝衣，乃曰买好缎匹请梁华成裁缝，或剩有零尺，即云我送你与令正做鞋，因此时往梁家。得见马氏益熟，心益思慕。积有半年余，染成相思病，症势不能起。因写书到家，叫父自来收完账目。

梁华成月余未见其昌，闻其有病，适从门首经过，入而问曰："闻贵体欠顺，今已清安否？"其昌曰："正不得你来。若肯怜念救我，命犹可生，不然吾与汝生死别矣！"华成曰："我不会医，何以救你？苟可救得，无不从命。"其昌曰："你但肯救，自是医得。"华成曰："财主是我主顾之人，尝多蒙提携，岂有疾病不救之理。"其昌曰："既如此，我奉银五两，权为开手。待病痊后，再得重谢。"华成曰："你须说病是何症，我能医得否，何故先受银？"其昌曰："你必先受银，说个肯医无悔，我方说病症。"华成迟疑未定，只得受此银说："我真肯医，你且道病症来。"其昌曰："我病非为他，只为思慕你令正美貌，今成相思症候，除非得令正同宿一宵，则心愿可遂，虚火可降，然后服药方可救得残生。万乞广开方便，终身感激。"华成思量半晌答曰："我道肯矣，只未知房下[2]何如？"其昌曰："丈夫肯容情，令正必应屈从。即托公先为达意。"华成辞别归家，故作懊恼之状。妻问曰："你这等恼甚事？"华成转赔笑曰："有一事不好言。"妻曰："事不与我言，更与谁言？"华成曰："今日去看安官人病，他道为爱你美貌，故成相思。若得同宿一宵，庶可救得他命，已奉银五两在此。我念他是一主顾，又孤客可怜，一时误许他，未知你意何如？"妻曰："安官人平日是个宽厚好人，你曾得他多少鞋面。今死生所系，若救得他命，亦是阴骘。况他持银明求，又非暗行狂悖[3]，你既许他，我当从你所为。"华成即报于其昌，许以今夜。其昌闻之，喜满十分，只等天晚成就良遇矣。不意前月写书抵家，近晚父安润适到，夜即同睡。其昌无计脱身，不能赴约。是夜，华成将银三钱，自去宿妓，其妻妆抹整齐，只待其昌来宿。至二更不到，乃倚门而望。对门池皮匠觑见[4]，手提皮刀未放，近前戏之曰："夜深人静，娘子在此等甚情人？"马氏曰："我自等官人，你休胡说！"转身而入。池匠赶进曰："你官人我见在娼家去歇，决是不回。望娘子与我一好，感德难忘。"马氏骂曰："奴才安得无礼！明日报我丈夫，与你定夺。"池匠曰："我有刀在此，不从便杀你。"马氏曰："那个敢杀！"池匠恨他不从，将刀割下头来，提出挂在岳充肉钩上。次日，岳充早起宰猪，见钩上挂一人头，吃了一惊，密将丢在后园背井中去，人并不知。及梁华成归来，见妻被杀死，不见一头，不胜惊痛。即到安其昌店曰："你忒杀心！缘何将我妻杀了，把头在那处去？"其昌茫不知情，惊曰："是谁杀你妻？我昨晚家父到，并未来你家也。"安润曰："昨夜儿与我睡，你何自杀其妻，将来图赖我儿。"华成遂骂道："想是这老贼恨你儿病，便泄忿于我妻，故夜杀之。"安润不知来历，何能与辩。华成往府告曰："状告为挟仇杀命事：淫豪安其昌，风流嫖荡，窥伺成妻姿色盖世，无计成奸，积思成病。昌父安润翻致怨恨，七月十三夜，潜刀入室，杀死成妻，割去一首，匿无寻踪。乞究成妻人头，惩奸偿命。哭告。"

安润为其昌抱诉曰："状诉为移殃事：其昌孤客，病染相思，用银五两，明买华成通奸。伊妻约以夜会，尚未成奸。适昌父远到，势难赴约。即夜成妻被谁妒杀，窃去一首，移祸昌父。子私买奸，岂达父知，性纵蠢暴，敢轻杀人？彼系土娼，必争风致杀，昌父何与？乞详情洞豁。叩诉。"后其昌因马氏死，心绝思念，病亦渐痊。保宁柳知府吊来审问，梁华成曰："我妻非土娼，从来无外交，此邻里所知。只其昌贪思成病，果是用银五两求买奸宿，夜即杀了，非他杀之而谁？"安其昌曰："我若恨杀，当在未遂谋之先。今已银买，你夫妇肯了，何故又杀？必别有仇人杀之。"柳知府曰："妇人有外交者方有争风致杀，此妇素来清洁，是你买他奸宿，安得推他人杀之？好将妇头出来罢。"其昌曰："他人杀人，我知头安在？"柳知府略施刑杖，其昌并不肯认，只得做桩疑狱，发监该县，候再审定夺。

过了一年，曾察院出巡到广元县，安润谓华成曰："我儿是与你相好人，决不杀你令正。今死者不能复生，你不如拣个上好妇人，我出银代娶，你具个息罢。"华成依言具息。曾院不准曰："人命重情，岂容私息？我当至你家鞫之。"即抬轿到，拘一二邻人问曰："此妇曾有奸夫否？"众皆执曰："并无。"曾院发怒曰："妇人素无外交，必是其昌杀之无疑。"勒定问死偿命，发出路上，重打三十。曾院复回衙门吩咐皂隶丘荣曰："我问其昌一桩事，你可在他街去访，看谁人说冤枉者，即拘来见。"丘荣得命即去。见街上人曰："此妇人真杀死不明，又不知首在何去，欲说不是其昌，那夜只有他去宿，人都疑疑怪怪如此。"有一皮店徒弟问池源清曰："不知其昌果杀妇人不枉屈否？"池源清叹曰："天下那有真事，此人是枉屈也。"丘荣闻之，拿去见大巡。曾院命上了挟棍，叱源清曰："我访得华成妻是你杀，特恨其昌不合明买通奸，故打之，岂真把其昌偿命也。你今好把妇人头出来罢。"池源清初不肯认，及受不过，乃吐实曰："妇人是我调奸不从，故怒杀之。其头挂在岳充肉钩上，不知后来下落。"曾院即命拘岳充到，问曰："旧年七月十三，池源清挂一妇人头在你肉钩上，你埋没何处去？"岳充见说他人杀命，与己无干，一时忘记己谋猪客亦在古井，乃从直曰："那日果有妇人头，我恐惹祸，丢在后园古井去。"曾院命押岳充同仵作去取。其时，仵作入井取得一副头骨，又并取一副全体骸骨，同送到衙门。曾院知是岳充所谋之人，乃曰："此是谁人骸骨？你是何年月所谋？可一一招来，免受刑宪。"岳充心亏，见事已发，知是冤家债到，不待受刑，便直招曰："四年前，昭化县有猪客史符，夜赶十余头猪到，委不合将他谋死。"安润曰："史符是我邻居，借我银本买猪，不知死在何方。何幸今日得明，也这是因究一冤而雪出二冤，岂非天理乎！"

曾院判曰："审得岳充闾阎[5]恶少，市井饿夫。乘猪客之夜来，当涎其利；醉远行以杯酒，缢死其人。投枯井之尸，人殊不觉；杀越人干货，民罔不惧。谋财害命昭然，依律处决实当。池源清茸小材，裁补贱役。痴心野合，发戏言调红粉于春闺；忿志不从，抽皮刀刺朱颜于夜帐。首级付肉钩，悬挂香魂，遂背井埋藏。强奸且在不赦之条；杀命应居大辟之律。安其昌虽属贿奸，起祸以病故，可原其情；梁华成不合隐忍，卖奸致妻死，宜惩以杖。"

按：此案他匠之杀甚密，既无可究，梁夫后亦肯休，若不必究。惟曾院知杀妇者必附近居民，故将其昌到彼处，痛受刑法，然后遣人察其说枉者，彼必知情，便可就此讯鞫[6]。已乃果得真犯，此非智且巧乎！既又雪史符之冤，则天意非人力也！

【注释】

[1] 佻：轻薄，言语举止随便，不庄重。

［2］房下：旧时对人称自己的妻妾。

［3］狂悖：狂妄悖逆；放诞而违背人情事理。

［4］觇见：暗中查看。

［5］间阎：里巷内外的门，后多借指里巷，亦泛指民间。

［6］讯鞫：审问穷究。

（刘通）

【述评】

  该案讲述梁华成归家发现妻子马氏被人杀害，且头被割去，便告官，认为凶手是安其昌。柳知府见状，审问得知，安其昌是昭化县的一富商，到广元县做买卖，因贪恋裁缝梁华成的妻子马氏貌美而染上相思病：其昌将其病因告诉梁华成，并乞求梁华成，希望能与马氏同宿一晚，使病痊愈，梁华成答应了。不料，约定的当晚其昌父亲正好来看他，安其昌整晚陪着父亲，无计脱身，因此未能赴约。柳知县问审安其昌，他始终不招，知县便将他关押。一年后，曾察院到广元县出巡，安其昌的父亲向曾察院申诉。曾察院假以处死安其昌之名引出真凶池清。原来当晚马氏等安其昌赴约等到二更，还未见到，被对门的皮匠池清调奸。池匠恨马氏不从，便将她杀死，割下头颜，挂在隔壁屠户岳充的肉钩上。曾察院立马差人将岳充拘来问话，得知，岳充发现人头后害怕，便将头丢入后园背井中。差人取人头时发现井中除人头外居然还有一副骸骨。曾察院便追问岳充，岳充心亏，于是供出四年前谋死昭化县的赶猪客史符，丢尸于背井中的事情。可见，作者将四年前无人知晓的案件穿插在目前的案件中，一旦目前的案件被侦破，自然往日的命案也将真相大白。

  该案，曾察院之所以能准确抓住真凶，而且结论并不武断，是因为他断案除了依靠证据和逻辑外，还有他对人性的深刻洞悉，而只有对人情世故拥有丰富社会阅历的人，才能形成这种洞察力。这种素养，对缺少科学技侦手段的古代办案者来说尤其重要，柳知府就是缺了这种关键素养，才无法破解此案。

（黄瑞亭　胡丙杰）

刘刑部[1] 判杀继母

【原文】

　　扶风县民方廷叙，先娶室张氏，生男方大年，已十七岁矣。既而张氏卒，廷叙又娶继室陈氏，甚凶悍妒忌，累抗夫虐子，又时搬家财于外家。廷叙常逊言苦口婆心晓谕，终执拗不从。一日不胜忿争，夫妇殴打。陈氏发起凶性，手持利刀，将夫杀死。子大年见父死于非命，即奋不顾生，径夺母手之刀，将母亦一刀斩死。此日妻杀夫、子杀母，邻里莫不骇异。不日传闻于陈氏外家，其兄陈自良赴县告曰："状告为杀母大逆事：王法霜清，罪严不孝。母恩地厚，理无擅诛。哭妹陈氏，媒嫁方廷叙为继室。剧恶逆男方大年，制父凌母，揪打捶挞，屈抑无伸。陈氏挥刀自刎，廷叙仓皇夺刀，触锋误死。大年复鼓余怒，手揪母髻，一刀劈死。人伦大变。远近寒心，切恶逼母刎颈，误父非命，罪已不赦，况亲手刃母，坏伦变法，天地倾颓[2]。乞依律歼恶，华风不夷。激告。"方大年诉云："状诉为死报父仇事：腹心受刺，安忍束手。父有深仇，那知顾生。痛年失怙[3]，父娶继母，悍性狼心，欺凌夫主。手持利刀，砍颈身死。年睹大变，涕泣无从，一时感激，浑忘身命，夺剑杀仇，不知是母。为父虽故身陷逆名，乞天垂念悯愚道死。哀诉。"程县尹即提原被（告）来鞫。陈自良曰："极恶方大年，他胁制其父，殴凌其母。陈氏计无所出，乃不胜愤恚[4]，思持刀自刎。夫方廷叙急夺其刀，不意误触刀锋，刺颈而死，纵彼误杀夫命，自有官司可告，有律法可问。大年便夺刀杀母，这等滔天大恶，安得复容天地间。"方大年辩曰："小的岂是无故杀母，又那有先殴母亲、逼母自刎之事？因父母二人自相角口，老母素性凶暴，便持刀砍死我父。此一家所共见，岂是误触刀芒能断得头颅？察此可见自良砌陷。小的见父横死，心堕胆热，我亦非我，一时忿恨，委不合将母杀死，乃事激气生，心难主持，今虽追悔无及。当日只为父仇，外忘王法，内忘身命。今日倘有可生之路，乞老爷超拔。如罪不可赦，则死亦无恨。"再审问干证，皆说是陈氏先杀夫，以故，大年乃杀母，非先有殴母之事也。

　　程尹判曰："妇以夫为主，室内岂得操戈；子以母为天，膝下乌容反刃。今陈氏以吕雉之妒患，加武之凶残。司晨牝鸡，一鸣家索。河东狮子，屡吼人惊。剑口横冲，敌国隐于中闺[5]；夫头堕地，凶人起于内庭。罪固莫逭于天，诛刑宜有待于司寇[6]。方大年乃逞匹夫之小忿，蹈杀母之大憨[7]。父仇纵不戴天，报难加于母氏。杀人虽必偿命，权犹属于士师[8]。若姑念孝思，是知有父天而无母地；如借口义激，将至伸孝子而屈法官。据法应坐凌迟，减等姑从斩决。"

当日议定斩罪。大年亦无再辩。申上两院，皆依拟缴下，秋季共奏上重辟。有刑部主事[9]刘景，察此案卷，心下疑异，反复展玩，忽然想到。乃驳下曰：

"看得夫妇大义等于乾坤，母子天伦昭于今古。乃继母如母，明不及母，缘父之故，比之于母。今继母无状，手杀其父。下手之日，母恩绝矣。在律：父祖被人所殴而子孙助斗者无罪，虽伤犹得末减。况若越人之杀而父乎。昔木兰[10]、缇萦女子，且赴亲之难。赵武[11]、张琇[12]孤雏，能复父之仇。覆楚鞭尸，世羡伍奢[13]之有子；灭梁函首，人称昌国[14]之有孙。今大年义激于衷，忿彼悍牝。气配乎道，毙此恶枭，冒不韪之名；死而无悔，洒切齿之恨，奋不顾身。父亲罹刑，孝子谅当若是。为父剪逆，烈士谁曰不然。在陈氏有可诛之辜，死何足惜；特大年无杀人之柄，杖以戒专。"复行该道再审，乃从所议，以擅杀有罪之人论。大年遂得免大逆之诛，实出于刘主事创见特议也。

按：此卷人惟知不合杀母议罪，不知其继母杀夫已非吾母，杀之是杀一有罪之人也，止与擅杀有罪凡人同，惟当拟杖，岂得以杀母例论乎！

【注释】

[1] 刑部：我国古代掌管刑法及狱讼事务的机关，属六部之一。由隋朝开始设置，历代因之，至清光绪时更名为法部。

[2] 倾颓：倾覆、崩溃、衰败。

[3] 失恃：指死了母亲。

[4] 愤恚：怨恨发怒。

[5] 中闺：内室、内宫。

[6] 司寇：职官名，古代中央政府中掌管司法和纠察的长官。

[7] 大憨：罪大恶极。

[8] 士师：亦作"士史"，古代执掌禁令刑狱的官名。

[9] 主事：职官名。汉代光禄勋属官置有主事，为所属官员中最优秀者；宋时主事始为正官；明代六部各设主事，官阶从从七品升为从六品。

[10] 木兰：古代改易男装代父从军的孝女，其姓氏不可考，或以为姓花。

[11] 赵武：晋国赵氏第四位宗主。嬴姓赵氏，名武。春秋中期晋国的六卿之一，赵氏复兴的奠基人，成功为父报仇。

[12] 张琇：唐朝历史人物，从小孝烈，能复父仇。

[13] 伍奢：伍奢（？—前522），楚国椒邑（今安徽省阜南县）人。伍子胥的父亲。伍奢被害后，伍子胥最终成功报仇。

[14] 昌国：战国时期军事家乐毅，生卒年不详，子姓，乐氏，名毅，字永霸。拜燕上将军，受封昌国君，辅佐燕昭王振兴燕国。

（刘通）

【述评】

这篇故事出自张景版《疑狱集》卷五"汉武明经"，亦见于几部断案笔记，如在《折狱龟鉴》中，这个案例被放在"议罪"篇。又被《律条公案》（卷一）"谋杀武主政断为父杀继母"引用。

这是一起刑事案件，是一个继母杀父、子杀继母的案例。本案争论的问题是，究竟应适用杀害平人（普通杀人罪），还是杀害父母祖父母（加重杀人罪）。案情是这样的：方大年的母亲张氏去世之后，父亲方廷叙又娶了陈氏。陈氏嚣张跋扈，某日发狠将方廷叙杀害。方大年见此行径，为父报仇，当即杀死了继母陈氏。该案中出现了一道判词和一道批词。所谓"批词"，指的是上级司法机关用于驳回下级司法机关转详的文书，有时也可称为"驳词"。程县尹审理此案制作了第一篇判词："妇以夫为主，室内岂得操戈；子以母为天，膝下乌容反刃。……据法应坐凌迟，减等姑从斩决。"而后，刑部的主事官员在查看卷宗时发现疑点，并当即制作驳词要求从轻判决方大年。后经商议，免除方大年的死刑。乃驳下曰："母子天伦昭于今古。乃继母如母，明不及母，缘父之故，比之于母。今继母无状，手杀其父。下手之日，母恩绝矣。……在陈氏有可诛之辜，死何足惜；特大年无杀人之柄，杖以戒专。"这种驳词在公案小说中一般是上级官员翻案时使用。

从法医学角度来讲，该案争议的焦点是父亲方廷叙是"仓皇夺刀""误触刀锋,刺颈而死"(意外),还是被继母陈氏杀死(他杀)。他杀刺创多见于胸腹部、背部及颈部,刺伤颈部常因颈部血管破裂大出血死亡。而意外刺死者不多见。

(胡丙杰)

朱知府察非火死[1] （见图28）

图28 黄瑞亭引自明万历刊本,余象斗《诸司公案·朱知府察非火死》

【原文】

彭州府九龙县民申谦,有坟山与寇远相界。地理家[2]称此山有佳风水,其正穴落在寇远边。申谦父子四人,家富人强,将母灵柩强葬在寇远边去。远知去阻,无奈申家人众,反被其骂辱。申家葬母后,将山开了大路,定了界至而归。第三日,寇远托人求山价而罢,申谦言:"我葬祖坟山,与远何与?"又全不与价。寇远畜忿在心,过了一个月,正是十一月二十日。其夜,带了利刀,倚长梯于申谦屋外,默地扒上屋去,潜入谦家,割开房户,将一家七口男女尽行杀了,便放火于屋。然后复从屋上走出,下梯而归。那时杀了人,放了火,虽无人知,寇远亦自心战。拖长梯放在自己门外,未及收入,便秘密回家,开门去睡。及火烈声响,邻人知觉,群起喊叫。

见火自申谦家起，周围是墙，其大门紧闭，人不能进。众看火焰熏天，竟无人出，只说申家自失火，人都烧死，并不知是人杀而人放火也。

次日，地方往府具呈曰："连金呈为失火烧命事：回禄为灾，民遭荼毒。乡有申谦一家七口，今月二十日，时正二更，忽然火发，势焰熏天，城门紧闭，人莫能救。怜伊一家，尽遭焚死，火变异常，人命重大，理合具呈，委勘[3]殡贮。故呈。"时朱寿隆为知府，疑曰："火发虽骤，当有醒者知逃，岂有一家七人曾无一人能脱者？此必有弊，吾当亲勘之。"及到其地勘踏，惟见瓦砾参差，纵横。令人将水浇冷，揭开灰烬，见骨骸堆栈，莫可别识。拘问四邻，皆说是申家失火自烧，群然一词，无可穷诘。朱太府一面令申家族亲收寻骸骨，自命轿巡视各家动静。到寇远门首，见门外有一长梯竖起，其高于屋。捉问左右邻曰："此梯常在此的，抑前夜救火的？"邻人曰："亦非常在此，非前夜救火的，只昨日方在此，未知何故。"宋太府提寇远问曰："你把长梯在此何用？"寇远一时对不来，半响乃曰："欲修屋漏用。"朱太守发他去。审问具呈地方曰："寇远与申谦有隙否？"地方曰："只前月争一坟山，亦无别隙。"又问曰："此方谁做鼠贼[4]，可报一人来。"地方曰："鼠贼颇多，惟饶佃最着。"朱太府即命拿饶佃到，当下温慰[5]之曰："地方呈汝做贼，吾念汝贫穷，将汝从前之罪都赦不问，但今后宜作好人，勿再为非。"饶佃叩头谢太府。又曰："吾少顷在众人前问你申家失火事，你可说只见寇远倚梯在申家屋上，我自有主意。"吩咐已毕，太府召具呈众人齐到，将饶佃上了棍，问曰："你夜夜作鼠贼，夜间事你尽知之。前夜申家火起，人都道是你潜入去放火，可好好供来，不然活活打死你。"饶佃前已承太府吩咐，乃曰："小人果每夜窃盗，只申家放火不干我事。那夜只见寇远倚梯在申家屋上，进去少顷，出来即便发火，必问他方知。"众人面面相顾，疑饶佃果是见得，不知是太府教他假作干证也。须臾，拘寇远到。太府问曰："饶佃见你入申家屋，出来即发火，此是你放火无疑矣。但七人都不能脱，必是你先杀死而后放火也。"寇远手杀七命，今见审出，甘心承认，曰："老爷神见，果是我先入杀之而后放火，今一命偿七命，万死无憾矣。"

朱太府判曰："审得寇远，虺蜴毒心，豺狼狠性。挟争山之旧隙，肆滥杀之穷凶。一门何辜，血润雕翎之剑；七命亦重，魂飞蝶化之灰。剿其家、火其庐，惨甚驵[6]氏之芟草；断其脰[7]、烬其骨，痛并董卓之脐灯[8]。鬼焰燐燐，尽是儿愁女怨之余烬；烟尘漠漠，都为父膏子血之残灰。想受辛[9]炮烙之刑[10]，虐焰不过若是；即项籍[11]咸阳之火[12]，凶威岂甚于兹。一命虽填七命，宜裂首以殉于众。出尔必应反尔，且阖门而投之荒。庶慰魂冤，少雪民恨。"

按：众呈火死人，惟兀突立案而已。朱侯独疑七人无并死之理，乃亲勘其迹。既而无踪，仍巡视诸家。见寇远长梯而生疑端，闻其争山，益有可猜，然无干证，遂坐之必不服。故教鼠贼诈证，彼谓贼人果夜间窥见，遂不敢隐，立得其情。非留心民隐者，能断斯狱乎！

【注释】

[1] 火死：被火烧死。宋慈《洗冤集录》第二十六条目专门论述"火死"，可供参考。

[2] 地理家：也称为地理师，指风水先生。

[3] 委勘：交付审查。

[4] 鼠贼：对盗贼的蔑称。

[5] 温慰：温存抚慰。

[6] 驲：古代驿站专用的车，后亦指驿马。

[7] 胆：脖子、颈。

[8] 董卓之脐灯：董卓为东汉末年军阀，残酷专横，淫乱凶暴。袁绍等因而起兵讨伐，后为吕布所杀。看尸军士见卓尸肥胖，以火置其脐中为灯，膏流满地。

[9] 受辛：商王朝时期的末代天子纣王，姓子，名受辛。

[10] 炮烙之刑：古代一种刑法，用烧红的铁器灼烫身体的酷刑。

[11] 项籍：项羽（前232—前202），唐宋典籍记载为周王族诸侯国项国后代，姬姓，项氏，名籍，字羽。

[12] 咸阳之火：楚汉之际，项羽攻入咸阳城，纵火焚烧宫室，火三月不灭。典出《史记·卷七·项羽本纪》，后比喻战火、战争。

（刘通）

【述评】

该故事来源于《疑狱集》卷六"寿隆疑火死"，余象斗在原文基础上增加了犯罪的由来，审判官现场的验证，以及假意审判"伪证人"饶佃等情节。朱少监勘查犯罪现场时发现，犯罪行为人寇远屋外，有一架长梯，邻人证词表明,这架长梯并非救火所用,也非经常置放于此。虽然寇远佯称长梯系修屋所用,朱还是怀疑的求证邻人双方有无嫌隙,果然得知曾有坟山纷争。至此,朱少监几乎确定案件是寇远所为,只差他的犯罪自白而已。于是,朱少监对惯窃饶佃略施小惠,以赦宥他前过为条件,要他作伪证,证明火灾发生当夜,他亲眼看到寇远的梯子倚在被害人申家屋旁。法庭上两人合演的一场戏,十分精彩。朱少监先是假意威吓饶佃,放火杀人是否为他所为?他按照事先约定的吩咐回答:"小人果每夜窃盗,只申家放火不干我事。那夜只见寇远倚梯在申家屋上……"由于饶佃总是在夜间窃盗,这句话让真凶寇远误以为案发当夜,饶佃"真的"目睹他的罪行,因而认罪。

关于烧死的法医学鉴定,可参见《张县令辨烧故夫》的述评。

(胡丙杰)

胡宪司[1]宽宥义卜

【原文】

　　湖北人平营,人品卑陋。娶妻元氏,貌美而淫,常不慊其夫,屡欲改嫁,营不肯出。偶有卜者陶训在其家借宿,元氏见其年少俊雅,伶俐豁达,意私爱之。夜间故备酒肉,令夫与卜者饮入内室,元氏复邀夫痛饮,醉扶去睡。见夫睡已浓,遂抽刀杀之。出见卜者曰:"吾夫丑陋,心尝恨之,惟尔青年俊俏,甚中我意,今已将夫灌醉杀之,愿与尔偕往,永为夫妇,贫富相守,才貌相称,不亦美乎!"陶训心思:"此妇真不义,肯忍心杀其夫。"乃问曰:"你杀夫刀在何处?"元氏取而授之曰:"刀在此。"陶训曰:"妇人嫌夫者多,未有忍杀者。今结发夫妇,汝忍杀之,则半路者,后日嫌生爱弛,岂不又杀乎?"元氏曰:"我夫是那样人品,鬼不似鬼者,似你容貌,我愿终身偕老,誓不反目。"陶训曰:"未有人似你歹心者。"遂手接其刀,一举斩之,乃衾夜逃去,复往城中卖卜自若也。

　　有贫民萧迈者,尝在平营家工役。次早,至其家,忽见二尸相枕,流血满地。迈恐累己,即却走而出。适遇和定于路。至午,邻舍不闻平营家人声,聚众入看,见其夫妇并死于地,人惊异之。和定曰:"我早见萧迈自营家出，必是他杀也。"迈不能辩。保甲去呈曰："连金呈为杀死二命事：王法至严，杀人者死。人命至重，理合呈明地方。平营同妻元氏一家二人，并无闲杂，陡于本日被谁并杀。今早和定见有萧迈自营家出，情若惊惶，未知是否迈杀，有无缘故，乞提究审[2]，明白归结，免贻累众。为此具呈，须至呈者。"薛知县提萧迈到。迈曰："我早入他家，平营夫妇已被人杀死在地，正不知何故也。"薛令曰："你入他家何干？既见杀死，何不叫众共看？"迈曰："我常在伊家佣工，偶入而看之，骤见杀死，恐怕惹祸，故不敢喊叫。"薛令曰："若他人杀，你必敢叫，此是你自杀无疑矣。"用严刑考勘，萧迈不能自明，即自诬服。过数月，胡大巡按临，以萧迈不合连杀二命，将决不待时。陶训闻之曰："我不可以累无辜也。"遂往自首曰："状首为义杀恶妇事：训因卖卜，借宿平营家。伊妇元氏，夜杀其夫邀训逃走。训恨不义，因杀氏死。今闻蔽罪萧迈，不敢昧心，情愿陈首。有无罪戮，甘受无悔。上首。"人方知元氏杀夫而陶训杀氏，萧迈始得昭雪免受大辟矣。

胡大巡判曰："审得陶训术精卦卜，气负刚方。道粗涉乎阴阳，不亚季主；言知本乎忠孝，何愧君平。恨凶妇之不良，诛其悖逆；悯庸夫之无妄，雪彼罪愆。烈烈英风，明可并乎日月；堂堂义气，幽何忝于鬼神。元氏就诛，乃杀一不义之妇；萧迈得释，是生一无辜之民。于氏有可死之罪，于陶无擅杀之嫌。宜宽罚僭之条，用为义激之劝。"

按：此案审者未得真情。而载之者，一以见庸夫当勿留美妇，免惹祸殃；一以见淫妇恣行不义，自取戮辱；又以见义士秉贞心正气者，虽陷过误，终无大咎。是可为世之惩劝[3]矣。

【注释】

[1] 宪司：职官名，即诸路提点刑狱公事，负责调查疑难案件，劝课农桑和代表朝廷考核官吏等事，即后世按察司之职。

[2] 究审：查究审讯。

[3] 惩劝：惩罚邪恶，劝勉向善。

（刘通）

【述评】

该故事讲的是平营之妻元氏为了改嫁借宿其家的占卜者陶训，而亲手杀死亲夫，可陶训却认为元氏残忍不义反将其杀死，而后深夜逃走。后来去死者家串门的贫民萧迈却被屈打成招。此时，陶训不忍连累无辜而自首，萧迈始得昭雪洗冤。审判官认为元氏是不义之妇，有可死之罪，而陶训无擅杀之嫌，并且陶训不愿冤枉无辜之人而自首，属于义举，于是对他从轻处治。从法医学证据的角度分析，凶器的认定是认定和排除凶手的关键环节，但受当时的条件和检验水平所限制。

该故事来源于《疑狱集》卷七"宪司准首义卜"。

（胡丙杰）

左按院肆赦误杀

【原文】

安宁县秀才樊士会，豪侠慷慨，喜耽花酒。尝与库吏文达节之妻有往来，外人稔知，而达节殊不觉也。一日，达节与二三道友聚饮酒肆，闻邻店中有二少年相与密语曰："土包中惟文达节妻真是有貌，每夫往守库，则樊秀才必宿其家，今往来三年矣，未审其夫亦知否。吾与汝去看他一会何如？"文备听得此语，只"樊"字闻之未明，遂含藏在心，竟不出口，归家故语其妻曰："今复轮我值宿守库，我当去矣。"其夜樊秀才果来，开门而纳，绸缪燕好，何止亲夫妇情意也。至夜三更，达节归家，急敲门曰："开门，开门！"其妻闻之，语樊秀才曰："吾与尔相好三年，夫并不知。今忽夜归，身无所逃，不如将床头一把钢刀与你，待我开门，尔从后将夫杀之，又作区处。"樊秀才曰："可也。"遂按刀在手。及妇开门，达节两步踏进于内，妇反近在门边。时天气昏黑，樊秀才望门边人影，一刀斩之，正中其妇，遂投刀于地，脱身逃去。文达节急呼四邻曰："有贼！贼杀吾妻！"四邻惊起聚看，曰："何不扯住贼？"文达曰："逃去了。"因取刀看曰："此即吾床头之刀，此果何贼，拿得出来？"四邻曰："适间只闻你叫门，令政娘子应声开门，又不闻他人声，此刀是你家物，我等何由知谁盗也。"明日，达节陈告曰："状告为贼杀妻命事：达节守库，夙夜奉公。妻独在家，闻有外交。昨晚夜归，妻出开门，陡有藏贼，暗中杀妻，丢刀脱走，邻佑共知。乞穷正贼[1]，究杀命故，珍恶正律。哀告。"县主问曰："你妻与谁人有奸？"达节曰："人多言之，独我不知。"县主问邻佑干证，邻佑曰："他为夫者不知，我外人安知。且昨夜叫门时，只闻他妻应声开门。少顷，即叫贼杀其妻，且刀是他床头物，岂贼床头探刀，不杀妇人于房内，而杀于开门见夫之后乎？"县主曰："此是达节疑妻有奸，故于夜杀之而托言贼也。"遂拟死成狱，解送按院，将赴市就刑[2]。樊士会见之，恻然怜念曰："我淫人妻，误杀其命。今又陷人夫以偿命耶！纵逃人诛，岂无天谴？"即到官自首曰："杀文达节之妻者我也。因与彼妻有奸情，恐见获。彼妻授刀于我，令杀而夫，暗中误伤而妇。今反以达节偿命，予窃不忍，故情愿到台，自首待罪[3]。"

左按院判曰："审得樊士会，以弟子之员，肆行淫渎。其犯奸罪，一依奸妇之说，欲害人夫。其谋杀罪，二然欲行杀者。脱身之急计，而中情人者，暗中之杀伤，以此蒙罪，彼亦冤辞！今达节不能解杀妻之诬，司刑[4]不能得正凶之身，而士会不忍欺心，自出陈首，是诚心悔往辙之非，舍死激由衷之义者也。此而置之法，孰鼓易恶之民风。相应减之科，少激维新之士行。淫妇之死，自不足惜。杀夫之谋，又幸未成。减死为义士之旌，编管示淫人之戒。"

按：此案与胡宪司之有陶训颇同，但此已成奸，又有杀夫之谋，故拟流罪[5]不得全宥[6]，亦当情之议也。

【注释】

[1] 正贼：正犯、主犯。

[2] 就刑：接受刑罚，多指被处决。

[3] 待罪：等候治罪。

[4] 司刑：职官名。《周礼》秋官之属，掌五刑之法，见《周礼·秋官·司刑》。后泛指主管法律刑罚的官。

[5] 流罪：处以流放的刑罚。

[6] 全宥：宽赦过错或罪行。

（刘通）

【述评】

这个故事讲的是库吏文达节的妻子与秀才樊士会通奸，被发现后想谋害亲夫。有趣的是：①奸夫樊士会没有杀死奸妇的丈夫，却在天气昏暗中反将与之通奸的不义之妇杀死，而后弃刀逃走，故事情节突破了"奸妇伙同奸夫谋害亲夫"的传统套路。②从法医学证据角度看，由于凶器是奸妇、亲夫家的，现场别无他人，邻居也未听到其他人的声音，限于当时没有痕迹、指纹检验，没有证据证明是他人所为，因此，县主认定是文达节疑妻有奸而杀之。③当奸夫听说要处置奸妇的丈夫，反而觉得自己不仁不义，害怕遭天谴，义无反顾地到官府自首。官员对此也非常钦佩，于是对他从轻处置。从最初的通奸之举到后来良心发现自首的行为，表明奸夫深刻地同情奸妇的丈夫，并不愿连累其他无辜之人。可见他们前后的思想性格发生了很大变化，如此的转变，增添了故事的离奇情节。

该故事来源于《疑狱集》卷七"樊舍首误杀"。

（胡丙杰）

孙知州判兄杀弟

【原文】

和州民童士明，贪黩残酷，承父祖基业，家富巨万。尝恨父老年生子，分减己业。及父卒，其弟士朗已十六岁，通达明察，爱惜财物，会计家务，不遗锱铢。旧冬娶妻，近已怀孕两月，其兄益恶之。士朗爱月，方出游，士明早求利刀，及弟夜归，即开门出斩之。次日家人早起，见士朗杀死在门首。士明故作惊惶状，假哭一场。又欲掩人耳目，赴州陈告曰：

"状告为人命事：人有至性，兄弟为亲。律设大法，民命为重。痛弟士朗，年甫十六，性好夜游，歌弹唱舞夜深方归，率以为常。今月十九夜，遭甚贼仇暗中杀死，尸陨门外，冤惨异常。苦无对头，屈抑莫伸。恳天为民作主，究访凶身，弟得雪冤，泽及朽骨，生死衔恩。叩告。"时孙长卿为知州，最号廉明，凡百难明狱讼，往往皆得其情。见此无对头的人命，初疑后生家必是奸情争风，故仇家杀之。乃审童士明曰："汝弟亦尝有赌博事否？"士明曰："赌嫖事时亦有之。"孙尹曰："尝有几多？"士明曰："弟之私人，予不体究，故未知尝在那家。"孙尹曰："亦曾帮土娼乎？"士明曰："闻亦有之，但未得其实。"孙尹曰："汝弟尝与某人赌其开场，头家为谁？"士明曰："钱场无定处，其所与赌亦无定人。"孙知州见其言弟赌嫖，又无指实之人，其言近于不情，况其尸又杀在自己门首，此亦可疑。乃拘其左右邻审曰："董士朗生时曾好娼嫖否？"左右邻曰："此后生谨密吝啬，视财如命，不肯浪费分文，平时并无赌嫖之事，惟好交结朋情，所与尽是有家子弟，亦无引他为非者。"孙尹见邻佑俱执无赌嫖，则彼兄言益诬矣。复审士明曰："汝户第几等？"士明曰："不敢隐瞒，是上等户。"又审曰："汝家有几人？"士明曰："惟一弟与某妻子耳。"孙尹曰："汝弟有室否？"士明曰："有。"孙尹曰："弟妇有子否？"士明曰："旧冬为彼完亲，并未有孕。"孙尹曰："然则当嫁乎？抑令守节乎？"士明曰："须要依他。只青年无子，恐未必肯守。"左右邻曰："闻汝弟妇已有两月孕矣，为知非男乎？"士明曰："妇人两月孕事，汝外人何从知之？"左右邻曰："因汝弟死，汝家自传出来，云其妻已有两月孕，不然我辈何以得知！"孙尹熟听两下争辩，心中已明。乃折士明曰："汝弟并无赌嫖，汝说时或有之，欲嫁祸于争风、争财者身上去。且汝户上等。惟弟一人，其妇有孕，汝又恨邻佑不合证出，此明是汝欲并吞家财，故自杀弟。若他人何不杀之于僻地，而敢杀之于汝门首乎？"命起敲打。士明不肯认。孙尹命公差往童家搜凶器，果于床下搜出一刀，其刀口尚有干血痕。士朗之友梅志顺，闻孙侯断罪于士明，又搜出凶刀，乃亦往官证曰："前八月十九夜，士朗实与我同游。将二更，我送他到家，即叫门。闻有应声出开门者，我方抽身先回。行不二十步，似闻挣命一声，我复到士朗门看，则已杀死在地。那时路中并无人踪，此杀者断自他门内出。予不知何故，因不敢出证。今老爷断是士明自杀，又搜出行凶利刀，此是真情无枉矣。故冒死为友证之。"士明见搜出凶刀，又有志顺证出是己从门内出杀，事皆是实，难以摆脱，乃供招承认。

孙侯判曰："审得童士明，心为忍丧，性以利。不思原之情，时同急难；骤起萧墙之变[1]，求作参商。推刃同胞，门庭蹀血。操戈入室，骨肉为鱼。豆萁本是同根，何其太急；棠棣由来连萼，不见交辉。季友之鸩叔牙[2]，原为安鲁；太宗之诛元吉[3]，意在存唐。汝一介编氓，欲处万金之产；二更行刺，忍一体之亲。阏伯、实沈之寻戈[4]，不是过也；紫荆玉树之遗事[5]，宁有是乎！懿亲既尔相残，大辟实其自取。且士朗之妇既怀两月之胎，则童家之资合分一半以给。俟其生育女男，任彼自为嫁守。"

其冬，士朗妇生男。及成人，保家承业，至今无恙。夫士明妒分减产业，身行杀害，卒之自取偿命。弟以遗腹之子，竟能承家，则世之妒心凶险者果何益哉！此可为不仁长兄之戒。

【注释】

[1] 骤起萧墙之变：萧墙，屏障大门的墙壁，比喻内部。骤起萧墙之

变指灾祸或灾难发生于内部。

[2] 季友之鸩叔牙：鲁庄公病重时，叔牙因受其兄公子庆父的收买而极力推荐庆父作为国君的继承者。其弟季友认为庆父凶残专横，不可继承国君之位。因而大义灭亲，派人毒杀了叔牙。

[3] 太宗之诛元吉：即唐代的玄武门之变。九年六月，唐太宗以兵入玄武门，杀太子李建成及齐王李元吉。

[4] 阏伯、实沈之寻戈：《左传·昭公元年》："昔高辛氏有二子，伯曰阏伯，季曰实沈，居于旷林，不相能也。日寻干戈，以相征讨。"

[5] 紫荆玉树之遗事：即"三田哭活紫荆树"的故事。东汉巩县枣园村（今孝北村大王沟西口）住田氏三兄弟田真、田庆、田广，不遵父孝悌和睦同居的遗言，反目大闹分家，还想把院中祖传大紫荆树也砍下三分均等，次日去砍树时，树变憔悴，三兄弟悟出其中道理，抱树痛哭，又决心不砍树、不分家、相互和好，紫荆又复活了。

（刘通）

【述评】

该故事来自《疑狱集》卷八的"孙料兄杀"。余象斗为故事增添了许多细节，包括故事背景，铺陈罪案的原因，童府家道富厚，童士明愤恨父亲老来得子，瓜分家业。小弟又新婚，妻子已怀身孕。这段叙述已暗示罪案的发生，果真哥哥在自家门口谋杀了弟弟。其次，余象斗再加上调查证据的一段过程。该案的破获，除了审问发现童士明的陈述有较多破绽，被邻人的证词推翻外，在其床下搜出凶器（带干血痕的刀）是关键，后又被知情者的证言所证实。

（胡丙杰）

许大巡问得真尸

【原文】

泰安州一富豪王元起，贪淫使势。有邻县佣工人李进贤，带妻方氏，租其屋居住。元起见方氏有姿色，遂欺占奸淫，往来无忌。久之，进贤方知，责其妻曰："汝不好守闺门，奈何令丑声闻于外，人都道你与王主人有来往。从今若不改过，定是活打死你也。"方氏曰："你为男子，不能自立，住人房屋，仰人衣食，不能为妻作主，致令被人欺辱。彼将势头来压，岂我爱作不洁人乎？今不如迁徙别处居住，向后若有丑事，便是我不为人也。"进贤闻说，怒气填胸，便大骂曰："王强盗！你若再来我家，定把一刀杀了！"早有人报知元起。次晚，进贤从王宅门首经过，元起令人拦入。喝令牙爪捆打，折其左股，又恐其逃去，乃以破箕缚住两胫，置放于地。至半夜疼痛而死。即令家人将尸径弃于壑。次日，故往进贤家。欲雇其抬轿。方氏曰："自昨日出，至今未归。"元起曰："闻近日虎出，汝夫未归，恐有疏虞[1]。"方氏曰："又无人去寻，如何是好？"元起曰："我令手下人为尔寻之。"午间诈归，报曰："昨日果有虎伤人，山有血迹。奈林木深暗，人不敢去。"方氏初亦信之，不胜痛哭。但乡中有不平者，密报方氏曰："你夫非虎伤，乃王主人拦去打死，人多可证。"方氏情知是真，只无奈他何。适元起又来缠奸，方氏虽勉强接纳，情甚不乐。元起曰："你夫数日不归，想死是的。你孤身妇人，难在此久住。你夫尚有兄在，不如令人送你往夫兄家，后日或有诚实郎君，我领来娶你，再拣个好夫婿团圆。死者已不能复生，幸勿伤痛。"乃厚赠他礼物，令人送去。

方氏见夫兄李进贵，一一叙夫被王元起打死之由。进贵往县告曰："状告为惨命匿尸事：淫豪王元起，万金巨富，势压乡民。哭弟进贤，家贫佣工，租豪屋居。豪窥弟妇方氏年艾有姿，百计调奸。贤出怨言，豪喝家人拦贤入家，私刑拷打，立死非命。豪惧验出，将尸埋没。邻甲周闻，众共切齿，乞究尸检伤，惩恶偿命，死者瞑目，九原衔结。哀告。"王元起去诉曰："状诉为刁棍悬害事：元起家足度日，谨守理法。因异县李进贤做生，居住半年无异。陡进贤出外不归。伊兄进贵，索典屋价，角口致仇，诬起调伊弟妇，打死伊弟。悬空加祸，平地风波。如打死一命，岂能埋没其尸？况调奸人妻，岂敢复打其夫！乞台洞察，劈砌电诬，良善得安。上诉。"宋太尹[2]吊来审，李进贵曰："我弟典居王元起屋，元起常来调戏我弟妇，弟因骂之。次日，从他门首过，彼即拦入，打死人命。知乞究他身尸下落，检验有无重伤致死。"王元起曰："尔为你弟无下落，你来诬陷人。你何不自讨弟尸来。元起把屋典人，即要保住人清吉。为主人者用心难矣。况我若有奸彼之心，你弟既死，你弟妇在此。遂遣人送还。此可见决无调奸之情矣。"宋太尹问方氏曰："你与王元起已成奸否？"方氏怕羞，只说元起但常来调戏，并未成奸。宋太尹再问干证曰："李进贤还是元起打死，抑是出外路死？"那干证都受王家厚赂，各说进贤佣工之人，不知山中何处失落，其元起并无拦打之事。虽加拶挟，各坚执不变其说。宋太尹乃拟李进贵以诬告罪。进贵不甘，复往府告。石太府亲复审，所问复与前同，仍拟以诬告，且批定不得再行告扰。李进贵屈情无伸，只待发配去徒。闻新大巡许孚中廉明，复迎轿下告曰："状告为冤命事：痛弟进贤，冤被势豪王元起打死，埋没尸首，厚买干证，杖问掩饰。两告县府，两证诬告，现发配驿。徒役易满，岂敢刁诉！弟冤未伸，死难容忍。万死投天，究尸验伤。冤如得雪，并死甘心。敢告。"许公见其哀情恳恳，苦告不已，乃准其状。提集一干人犯，亲自鞫之。这些人累经刑具，言词惯熟，皆坚执前说，无可参入。次日复审，令都远跪门外。单抽干证蔡弘来，不问状中事，只问其村巷、门户、树石之详，公点头听之，然后令押入后堂左去。又抽干证卫完来，亦不问状中事，只问其居址、人口、孳畜之详，亦点头听之，令押入后堂右去。外人只见公与二干证点头说话，并不知所说何事。公复取干证林棠入，谓之曰："我知你乡中村巷门户如此，人口孳畜如此，果是否？"林棠惊惧，疑公必私行体访，故知他乡详细。许公复曰："进贤折腿而死，必有缚治之物，邻家妇人牵花牛过时，以实告我，汝弟言之，合我所闻则已，否则痛加尔刑。"林棠知王宅邻家果有老妇常牧花牛，只疑公已亲访其事，怀疑前二干证已吐实，故点头听之。只得据实报曰："死时以破箕缠裹其胫，至夜疼痛而死，尸实不知何在。"公既得此情，始取王元起来，一一摘其打死情由，且曰："汝可自寻尸来。"元起惊惧，叩首服罪曰："其尸夜弃于壑，不知在否？"许公曰："陆地雨水暴发，虽漂流不远。"令吏卒[3]寻之，果获死尸，其破箕犹缚在胫，乃得辨明此狱。

许公判曰："审得王元起凶残植性，睚眦[4]有仇。见色生心，欲结鹑奔[5]之好；因骂挟隙，大张鹰击之威。爪牙叱咤成群，势若群鸦之啄孤鼠；么么俯伏在地，危如鸟卵之压泰山。不日即是供招，并陈桎梏；私家犹胜囹圄，辄肆累囚。锁锢项，徽系身，尤甚军中之缚广武[6]；椎折股，箕绑胫，何异厕下之弃范雎[7]。下手虽属家人，姑从减等；发令远归正犯，独拟典刑。"

按：此案非许公，则进贤之冤终不白矣。其巧处在分问干证，用法赚出其情。特王犯之杀李，实因方氏之奸而起。律云："奸夫谋杀亲夫，奸妇虽不知情亦处死。"今方氏独幸逭诛者，盖以前之奸出于势屈，而后之报夫仇则方氏与有力也。故虽失刑[8]，亦可明天理之不负为夫妇人矣。

【注释】

[1] 疏虞：疏忽耽搁。

[2] 太尹：县尹的尊称，一县的长官。

[3] 吏卒：指胥吏与衙役。

[4] 睚眦：借指极小的仇恨。

[5] 鹑奔：《诗·鄘风》篇名《鹑之奔奔》的略称。汉徐干《中论·法象》："良宵以《鹑奔》丧家，子展以《草虫》昌族。"因《鹑之奔奔》系刺宣姜与公子顽之淫乱事，故后以"鹑奔"为私奔义。

[6] 广武：指楚汉相争时赵国谋臣李左车。李封广武君，故称。

[7] 范雎：魏国人，前255年逝世。他曾经被人诬陷有叛国的意图，结果被人扔进厕所，被侮辱到了极点。

[8] 失刑：谓当刑而未处刑。

（刘通）

【述评】

这是一个写奸夫谋死本夫的故事，但奸妇方氏并未知情，也未共谋。故事当中未提及方氏罪刑，按语则提及这是一个"失刑"的判断，因为按律，她不知情亦应处死。只是，因她对于追索真凶，亦有功劳，故将功折罪，免受刑戮。余象斗认为虽然于律不合，却可明"天理"。

该案，关键是找到尸体以便验伤揭露真相。许御史为免串供，分开关押，分开提审。采取当庭分开审问方式，让其他证人远处观看。造成后问者认为先问者已招供的情形。许御史讯问证人方式使其他证人供出实情，最后找到尸体，证明系被人打死后抛尸，后经件作验尸确认生前被人折骨致死。

（黄瑞亭　胡丙杰）

张县令辨烧故夫（见图29）

图29　黄瑞亭引自明万历刊本，余象斗《诸司公案·张县令辨烧故夫》

【原文】

　　句章县人凌拔，娶妻霍氏，貌美而淫，性甚凶狡。尝嫌其夫年老家贫，且有外交，日夜求嫁。夫惜其美，不忍嫁逐。一夜，夫先睡浓，霍氏持刀杀之，因放火烧舍，乃诈称夫被火死。其夫之弟凌振疑之曰："岂有火发妇人能走而男子反死乎？吾嫂平日凶泼，兄不肯嫁，今日烧死，必有其故。"乃往县告曰："状告为烧命事：胞兄凌拔，老娶霍氏，貌美凶淫。嫌拔贫难，累求改嫁。今月初七夜，家忽火发，氏独生脱，兄独烧死，不无情弊。恳天严究死故，勘问主使，庶死者无冤，遗者沾德。上告。"霍氏之兄霍由，为妹抱诉曰："状告为仇陷事：氏嫁凌拔，相守无异。恶叔凌振，欺兄慢嫂，累积仇隙。今月初七，火忽夜发，氏幸逃脱，夫恋财物，抢火烧死。振挟仇恨，朦胧控告，有无情弊。夫妇至亲，岂有别害；火势猛烈，安问男女。叩天霹仇电诬，民免陷害。上诉。"时举人张举为县令，调集来审。

　　凌振曰："前夜火发，予起看时，只见嫂氏走出，此时便不见兄矣。非兄先已死，而后火起乎？不然何妇人走得，而男子反不免也？"霍氏曰："夫已同我先走出，后又进房中抢衣物，因被烧死。此时火起胆落，我岂能推夫入火乎？"张尹曰："此易辨耳。可竖一茅舍分作两间，再取猪二口来，一杀死，放于左间；一生留，放于右间。然后四周积薪烧之，予自有辨。"凌振依命如此烧讫。张尹乃同原、被告去看曰："左间杀死者，猪口中无灰；右间生烧者，猪口中有灰。盖死者气无出入，故无灰。生者有气叫吸，故有灰[1]。"原、被告都看明了，然后去验。凌拔尸其口中果无灰。张尹曰："此是汝先杀夫而后放火也的矣。"霍氏不能解辨，乃一一招认伏罪。

张侯判曰："审得霍氏虺蜴为心，豺狼成性。花容夸汝独妖娆，爱乘春风；玉貌赛人群淫荡，喜随夜雨。夫年老大，未称窃窕之心；家计贫穷，莫遂风流之愿。欲嫁不从再适，对鸾镜以无欢；番空变作别图，逞獠刀而泄恨。朦胧睡思，那知断送老头皮；缥缈梦魂，谁道破除冤业债。命随剑绝，计复心生，乃纵火焚庐，烧遗骸[2]而灭迹。因诡言惑众，称抢火而夫亡，尔心何残，尔谋何巧！孰意妇生男死，难免人起猜疑；固知先杀后烧，因此口无灰烬。当众既明检验，依律定拟凌迟。"

按：杀死而复烧尸，此妇之计诚狡。惟张侯以生死二猪辨与众看，则人皆心服，而此妇遂无词矣。后人欲辨生前死后烧尸者，此案可为世鉴。

【注释】

[1] 盖死者气无出入，故无灰。生者有气叫吸，故有灰：此案发生在三国时期的吴国，五代后晋和凝与和㠓父子编著的我国现存最早的案例选编《疑狱集》中已有记载，为我国古代法医学史上著名的"张举烧猪"案例，对辨生前死后烧尸极具借鉴价值。宋慈《洗冤集录》一书中收录了此项检验成果。参见《洗冤集录》廿六·火死条目。

[2] 遗骸：死者的骸骨。

（刘通）

【述评】

本案是"辨生前死后烧尸"。讲的是在三国时期"张举烧猪"的法医检验案例。张举为句章令，有妻杀夫，因放火烧舍，乃诈称火烧夫死。夫之亲疑之，诣官告妻，妻拒而不承。举遂取猪二口，一杀一活，积薪烧之，杀者口中无灰，活者口中有灰，因验夫口中无灰，妻果伏罪。宋慈《洗冤集录·火死》中阐述其原理："凡生前被火烧死者，其尸口、鼻内有烟灰，两手脚皆蜷缩。缘其人未死前,被火逼奔争,口开气脉往来,故呼吸烟灰入口鼻内。若死后烧者,其人虽手、足蜷缩,口内即无烟灰。"可见,我国古代法医学对生前烧死抑或死后焚尸有详细记载。

该故事来自《疑狱集》卷一的"张举辨烧猪"。

(黄瑞亭　胡丙杰)

韩廉使听妇哀惧（见图30）

图30　黄瑞亭引自明万历刊本,余象斗《诸司公案·韩廉使听妇哀惧》

【原文】

润州民温焕,其妻汪氏与邻人有奸,日久焕乃觉之,累骂其妻,酷用笞挞[1]。妻乃益厌其夫,而私厚邻人愈甚。时正八月中秋,汪氏盛备酒肴,小心陪夫宴饮,再三劝之,遂至大醉。乃用索绑缚手足,以布缠塞其口,后用三寸铁钉从头心钉下[2],有顷遂死。汪氏乃解去缠缚诸索,复为挽起髻来,并无痕迹可见。然后乃发哀啼哭,称言夫饮酒中风而死,呼集亲族来看。人都信之,共为整治丧事。时韩日光为廉使,是夜与从事官同登万岁楼饮酒赏月,其楼稍近温焕宅。韩公从未晚入席,已近三更,酒兴将酣,熟听温家之妇哭声已久。因问左右曰:"此谁家妇人这哭,汝去探问来。"

左右归报曰："即前街温焕之妻，本日丧夫而哭也。"酒罢，韩公归。诘旦，命吏捕温氏妇来，鞫之曰："汝夫因何而死？"妇曰："昨晚饮酒后，一时中风而死。"韩公曰："何不令人针灸？"妇曰："我妇人，夜间孤身不能去请医生，及亲房叔伯来看时，皮肉已冷，针灸无及矣。"韩公曰："汝夫非中风死，必汝谋死也。"立命晋县丞押仵作去详细检验，定要查出致命根因来报。晋县丞同仵作往温家，依法细检，并无伤痕，探亦无毒。晋县丞畏韩公威严，不敢回报，叮咛仵作曰："检尸情弊，惟你能知。若不检出，罪在你身。"仵作忧闷，经了一宿，无计可检，只立守于尸侧反复思想。忽有大蝇集于尸首[3]。因发髻验之，果头心中有一枚铁钉。仵作欢喜，实时驰报晋县丞，遂呈于堂。韩公曰："果不出吾所料也。吾昨晚细察其哭声，疾而不悼，若强而惧者。吾闻郑子产[4]有言：夫人于其亲也，有病则忧，临死则惧，既死则哀。今哭不哀而惧，是以知其有弊也。"再去提妇人。邻之奸夫密嘱曰："此汝自错，非我命汝为之，千勿指出我也。"汪氏曰："我自作自受，决不累你。"拿到于庭，韩公曰："汝谋杀亲夫，必奸夫主使，且铁钉是何人去打？可逐一招来。"汪氏曰："只恨夫打我酷虐，故因醉而杀之，并无奸夫主使。其铁钉是丈夫在日打来镫门者，非有别人代打也。我罪已应死，不敢扳陷他人。"

韩公判曰："审得汪氏未识人伦，何知妇顺。一鸣家索，还如司晨牝鸡，屡吼人惊，不减河东狮子。争长竞短，时反唇而相稽；较胜角赢，日闻声而内讧。不思反己而明妇道，惟欲凌人以毙夫君。杯酒醉来，身遭缠缚；铁钉镫下，命丧须臾。想其手足拘挛，急难辗转，更兼口耳闭塞，禁不喧呼。卧以受诛，缚虎何其太急；静陷待毙，解牛寂尔无声。恶甚吕雉之凶残，杀夫如杀田甑；狠同武之亢厉，刺命如刺山巂。昔时交颈白发之情，恩将扫地；今日凿顶剔髓之恶，罪行滔天。即其狠心大逆不宥，据尔毒手极刑[5]何辞。"

按：此未经告发，而韩公能闻声察情，真可谓留心民命，洞烛[6]物情者矣。世乃有告人命而漫不究心者独何与！

【注释】

[1] 笞挞：拷打。

[2] 铁钉从头心钉下：宋慈《洗冤集录》中有类似记载，即"仍仔细验头发内、谷道、产门内，虑有铁钉或他物在内"。参见《洗冤集录》

八·验尸条目。

[3] 大蝇集于尸首：利用苍蝇嗜血的特性来破案。宋慈《洗冤集录》中的"镰刀案"也属于此类。后世发展成为法医分支学科"昆虫法医学"。

[4] 郑子产：春秋时期著名政治家、思想家。姬姓，公孙氏，名侨，字子产，又字子美。《韩非子》书中记载有"子产闻哭"的案例，为我国古代法医学史上著名案例之一。

[5] 极刑：最严酷的刑罚，指死刑。

[6] 洞烛：明亮的烛火，比喻明察。

（刘通）

【述评】

此案，韩廉使根据死者妻子的哭声"不哀而惧"发现案情有疑点，怀疑并非饮酒后中风而死。继而命晋县丞押仵作去详细检验，"仵作忧闷，经了一宿，无计可检，只立守于尸侧反复思想。忽有大蝇集于尸首。因发髻验之，果头心中有一枚铁钉"。从而找出了死因和关键的证据。这里，"大蝇集于尸首"为找到头部钉入的铁钉指明了方向，这是古代应用法医昆虫学知识进行破案的例子。

该故事来自《疑狱集》卷三的"韩滉听哀惧"。

（胡丙杰）

第二卷 奸情类

胡县令判释强奸（见图31、图32）

图31 黄瑞亭引自明万历刊本，余象斗《诸司公案·胡县令判释强奸》

图32 黄瑞亭引自明万历刊本，余象斗《诸司公案·胡县令判释强奸》

【原文】

顺德县人刘师前，有婢名潘桂花，姿貌殊美，甚得宠幸。其主母尝妒恚之，百般驱役，时加捶挞。师前虽欲私爱，当有所掣肘[1]，不得尽其绸缪之情。一日，主母差桂花往街买火疮膏药。一恶少年杜若佳，见其美丽，心中动情，乃问之曰："你欲何往？在我家吃茶去。"桂花曰："我怎吃你茶？主娘叫我买火疮膏药，我要去买之。"若佳曰："火疮膏药只有我的最好，贴去又凉又舒爽，快来我讨卖你。"桂花信之，入门去买。若佳引入门内，搂抱住曰："膏药有现的在，只你美貌，要与我好一会。"桂花曰："过路人见我进来，久不出去，恐怕人知。"若佳曰："何妨，容易完耳。"即强解其衣，恣行野意。桂花故略叫几句曰："你无膏药与我，却与我要。邻里可快来看！"然口虽叫，手却不动，任彼一番云雨而罢。若佳送出曰："我实无膏药，只是哄你，可往在别处去买。"桂花出门骂以掩惭曰："强盗！你无膏药买与我，反这等欺辱我，定去报主人与你计较。"后往药店中买膏药而归。主母见其出外良久，即骂曰："药店甚近，何须去许多时？你必在何处与人偷情来。"桂花不敢隐，即说出被若佳行强，彼高声喊叫，邻舍都闻。刘师前大怒，即往县告曰："状告为强奸事：淫棍杜若佳，睹婢生非，武断乡曲。欺压师前善良懦弱，窥使女潘桂花往街买药，拦截入门，恃强淫奸。桂花喊叫，邻佑通闻。彝伦[2]变乱，王法陵夷。乞殄淫正法，民风不夷。上告。"

杜若佳去诉曰："状诉为套陷事：惯赌刘师前，借钱顽欠。佳因理取，面斥致仇。故使侍婢到门买药，善言谕去。套令喊奸，大骂出门，昭扬耳目，意图赖奸。且仇家使女，何意惹奸。家非药铺，谁令买药。装局套陷，情弊昭然。乞天申诬，免遭陷阱。上诉。"时隆庆六年进士胡友信为县令，亲提审问。刘师前曰："小的从来无赌博，那有借钱致仇？只因桂花往街买膏药，彼哄他入门，遂行强奸。当时喊叫，邻里共闻，安得云我装套陷他也？"杜若佳曰："我家非药铺何故来买膏药？不是你装套来而何？且我一人，又无刀斧挟制，焉能强奸得他！"胡令问干证，对曰："那时桂花喊叫是真，其入门缘故及成奸与否，我并不知。"胡令又问桂花曰："已成奸否？"答曰："已被他辱了。"

胡侯判曰："以一人而强奸一人，势或难也。以一人而受一人之奸，节亦不坚，况桂花系人之使婢，本微贱而易惑，被奸之际，实口辞而心受者也。问强则亏男，问和则亏女。非强非和，不入于律。理合痛责，枷号[3]

本乡，以儆无耻。"

　　按：此判未为甚奇特，云一人难强奸一人，而使女之喊叫，实口辞而心受，深为原情之论，亦可为减重就轻者之法。所谓公门方便者此之类也。

【注释】

　　［1］掣肘：拉住胳膊，比喻阻挠别人做事。
　　［2］彝伦：常理、常道、伦常。
　　［3］枷号：旧时将犯人上枷标明罪状示众。

（刘通）

【述评】

　　该案，胡县令根据潘桂花被奸之际虽有喊叫，但身体并无抵抗，属于"实口辞而心受"，因此作出"非强非和，不入于律。理合痛责，枷号本乡，以儆无耻"的判决。

（胡丙杰）

齐太尹判僧犯奸（见图33）

图33　黄瑞亭引自明万历刊本，余象斗《诸司公案·齐太尹判僧犯奸》

【原文】

关西有伍氏名爱卿者，国色倾城，性情柔婉，雅有风月意趣。其夫与之相爱，朝夕眷恋，情不能舍。因色欲过度，染成痨症而死。伍氏本不能守节，但家长命其待三年服满，然后改嫁。伍氏惟抑郁无聊，度夜如年。时请邻僧员茂者来家诵经。夜深之际，伍氏出灵席奠酒，故挨行僧傍。员茂捻其手不应，奠酒讫，复入内，员茂复捻其手，伍氏亦以手挽之，二人意下都许矣。少顷家人多去打睡，伍氏出招员茂，携入卧房偷情一次。自是，约僧每夜静而来，黎明而去。如此者半年。里人熟知其状，待僧复往，众人早在门外候之。黎明僧出，众人捕之，缚送于官，连呈具呈云："呈为殄淫正风事：僧俗异流，犯奸律重。淫污恶行，渎乱民风。奸僧员茂，罔遵法戒，恣行淫欲，奸宿孀妇伍氏，日出夜往，肆无忌惮。众惧玷坏风俗，会集早候，出门捉获。乞法惩淫僧，远逐境外，庶正纲常，民不禽犊。佥呈。"众将呈递上，并僧员茂解到，亦逼伍氏同来执对。时齐华祝为县令，乃讯其情，果皆是实。遂将伍氏与僧各杖八十，仍以伍氏官卖。员茂枷号拟罪，发遣归俗。

齐侯判曰："僧员茂既已脱障入空门，只合木鱼敲夜月。伍爱卿既已居孀明节操，如何锦帐作朝云。红粉多娇，漫学墙花。委砌缁衣[1]秃子，敢为野蝶寻香。一节不终，孰谓空即是色[2]；五除不戒，谁云色即是空。氏着另配良人，僧宜遣归田里。庶几氏作闺中秀，免得僧敲月下门[3]。"

按：此判亦甚易，而亦记者，所以戒人家有吉凶之礼，昼夜冗杂，宜慎防闺门，勿致酿弊。而寡妇风情重者，不必待三年服满，即期年半载，皆可即遣，勿致生非惹事，反玷家声、败风化也。

【注释】

[1] 缁衣：僧尼穿的服装。

[2] 空即是色：语出《摩诃般若波罗蜜多心经》的"色即是空，空即是色"。

[3] 僧敲月下门：出自唐代诗人贾岛《题李凝幽居》诗句"鸟宿池边树，僧敲月下门"。

(刘通)

【述评】

　　该案中，美貌的伍氏丈夫死了，不能守节，请关西僧人员茂诵经，却与之通奸。之所以记载此故事，正如按语中所说："寡妇风情重者，不必待三年服满，即期年半载，皆可即遣，勿致生非惹事，反玷家声、败风化也。"

（胡丙杰）

韩大巡判白纸状（见图34）

图34　黄瑞亭引自明万历刊本，余象斗《诸司公案·韩大巡判白纸状》

【原文】

　　永安县民曾节，娶甘氏为妻。一日，岳母腹痛，来赶甘氏去看。甫过三日，曾节家是母寿诞，又寄信叫甘氏回。岳母乃命子甘尚送姊归，将近曾家，只隔五里路矣。母又腹痛，令人半路赶甘尚速回。姊曰："我去家已近，路亦颇记得，你可回去看母，须要小心服侍也。"甘尚别姊而归。甘氏正行间，适遇两和尚来问曰："娘子何往？"答曰："我欲回曾家。"和尚见孤身妇人，遂起心绐之曰："我亦将往曾家化缘，须从庄边大路去。"甘氏记路未真，遂依他指引。行不上三四里，见有一寺，甘氏曰："我前来未曾有寺，敢莫行错路乎？"二和尚曰："路未错也，从此去更近。此寺娘子未到乎？其中多有景致，可去一看，以暂歇步何如？"甘氏不肯入，二和尚强扯入去。进入僧房，二人各奸一次，仍放出寺门曰："你须从前来路右边去，方是你家。"甘氏便骂曰："二贼秃这可恶，我去报丈夫定把你来凌迟也。"二和尚闻言，恐怕真报来惹祸，遂曰："一不做，二不休，不如扯回寺中，莫放他去。"二人复来扯入，每夜轮奸。过了一月，妇人染病。二和尚商议曰："寺中有人来往，留他防护甚难，终为后患，不如缢死之。"其夜将来缢死，埋于后园梨树中，人并不知。后曾节见妻未回，自往外家去接。岳母曰："昨已令小儿送回了。"曾节曰："并未见回。"岳母曰："快问我小儿。"甘尚曰："我昨送姊到半路，因母腹痛，复令人赶回。姊道归路已近，他自晓得。分明归了，缘何说未见？莫非姊夫打死，埋没了，故来赖我家乎？"二郎舅辩了一番，不得明白，曾节赴县告曰："状告为严究妻命事：节娶甘氏，结发为妻。因岳母病，节妻归宁，已经四日。狠舅甘尚送归，半路径自回家。妻身至今并无下落，非伊谋害，人在何处？乞严究根因，有无送归，是否谋害。生断还聚，死则收骸，庶命不冤，王法不乱。切告。"

甘尚去诉曰："状告为矫命赖饰事：尚姊甘氏，嫁恶曾节。琴瑟不和，累致反目。前归看母，随即送回。因何触怒，节私打死，沉匿身尸，反赖未归，希图掩饰。大路步回，众目共睹，安得诬陷未归谋害？乞究死根因，寻尸下落。死得雪冤，民不遭陷。泣诉。"时曹县令吊来审，尚执送姊近屋，身乃自回，姊在曾家身死；节执妻并未归，必尚谋害。两下都受刑宪，坚执不认。只作疑狱，并收拘因。

半年后，韩邦域为大巡，曾节又去告诉。韩院问曰："汝舅既云亲送到半路，其中亦别有歧路否？"曾节曰："左畔乃大官路，约三里可到高仰寺。"韩院曰："寺中亦有甚人？"曾节曰："有二三个和尚。我亦曾去问之，彼道并未见妇人经过。"韩院心疑，必妇人行错路，此寺中有弊。乃故意不准曾节之状。密嘱门子唐华曰："曾节妻在路中失落，必高仰寺和尚所奸拐。我明日故革你出去，你可往此寺披剃为侍者，根究出此妇人，再重用你。"次日，韩院故寻小事，将唐华责十板，革出衙门不用。唐华忿怒，直往高仰寺去，情愿披剃出家。寺主僧真聪信之，收为徒弟。那唐华原是门子，人物标致，又伶俐豁达，小心纯谨，真聪爱之无极。寝则同床，出则同伴，一心偏向，把前侍者都丢了。唐华乖巧，又与真，事过数日，韩院离了永安，众官都送到高仰寺。韩院入寺游玩，县官见坐良久，即命排酒来。韩院放怀与巡、守二道畅饮。将晚，案前有一人蓬鬓污垢，持状跪告。韩院命接上，在灯下高声读曰："告状妇甘氏，状告为强奸杀命事：氏往母家看病，弟甘尚送回，半路先归。冤遭凶僧真聪、真慧错指路程，哄至高仰寺，强扯入奸，轮夜淫污。经月染病，夜行缢死，埋尸后园枯梨树下。冤魂郁结，惨屈弥天。幸遇明台，照临山刹，不昧灵魂，负屈投光。诛僧惩淫，幽冥感戴。故父甘鼎，代书抱告[1]。"韩院怒曰："高仰寺即此寺也，众僧有此淫恶乎？"即递与高分守看之。高道接看，乃是一张白纸，心下疑异，转递与武分巡看。武道接过，并不见一字，目视高道曰："何故一张白纸？"高、武二道并起身禀曰："适大巡接读此状，何故学生二人共看，只是白纸，并无一字？"韩院赔笑曰："是何言与钦！岂二位老先生近视乎？再由本院读与二位听之。"韩院接过，忽大惊曰："果是白纸也，何其异哉！何其异哉！"当时吓得二道面面相觑。又各手下，在寺中上府送下府，接者何止二百余人。各个惊异，共说是鬼告状。原来是韩院自做一状在心，故令人将白纸来告，接去宣读，以服众人、吓寺僧，见得是鬼告伸冤，以瞒住唐华来报之迹也。韩院问曰："持状之人何在？"手下见其人已脱身去了，故神其事曰："才接状去，其人已化阵风去了。"众越加疑怪。韩院曰："只其状我亦记得。"高、武二道曰："适闻尊读，我都记得。"韩院曰："可便拘众僧入后园梨树下，同去勘验何如？"手下各荷锄拥入，见梨树甚多，难以别认，惟见唐华在一梨树边站。韩院即指此树曰："可在此掘之，若果有冤自当得尸。"众掘下三四尺，便见草荐，裹一妇人，尸全未朽烂，其颈尚有索痕。众皆叹服韩爷是生城隍。乃将寺僧尽锁来问，真聪、真慧顿首服罪。韩院将加罪二侍者曰："你缘何不救护，又不告发？"旧侍者曰："我年幼阻他不得，又告他不得，乞饶我命。"唐华曰："他谋死人在先，我出家在后，全不知其事，何以告得？"二道曰："此两侍者说亦有理，大巡还宜赦之。"

韩院判曰："审得僧真聪、真慧，凶同罗刹[2]，狠类夜义[3]。孤妇迷途，不指西方觉路[4]；单行近寺，扯入古刹丛林。欲海扬波，沉溺娇容，如啜枝头甘露；爱河起浪，恋迷美色，若吸蜜里波罗。两僧共一窠，菩萨心兮不忍；一女敌双秃，金刚骨也何堪。受病不是花残，切症还因两恨。汝放下经来不保命，番将索去促余生。草荐裹尸，逝魂逐秋风寂寞；梨园埋骨，玉容随夜雨凄凉。冤鬼含愁，灵魂怨怨。半张白字，述尽原原本本之由；满纸暗词，写出凄凄切切之恨。始信种恶有报，谁云举首无神。二凶之罪既明，三尺之刑随断。"

韩院已断诛二僧，永安县放出曾、甘二人，事始得白。后唐华复蓄发，同韩院过京，人始有疑是唐华所报者。

按：此判之奇，全在使唐华为侍者一节。盖探出真情，虽不伪告白纸状，亦自足成狱矣。然初行此甚瞒得人过，亦巧矣哉！

【注释】

［1］抱告：明清制度，原告可委托亲属或家人代理出庭，称为抱告。

［2］罗刹：佛教中指一种能行走、飞行快速，牙爪锋锐，专吃人血、人肉的恶鬼。

［3］夜义：根据上下文疑为"夜叉"之误。"夜叉"佛教谓一种捷疾勇健会伤害人的鬼，为八部众之一。

［4］觉路：佛教语，谓成佛的道路。

（刘通）

【述评】

这是巡案韩邦域"录囚"到永安县时办理的一个案件。所谓"录囚"是建立于我国西汉时期的一项司法制度，其功能是纠正冤狱、督办滞狱（久悬未决的案件），它在我国古代整个法律机制运行中是不可或缺的重要环节，通过"录囚"活动的检验和监督司法合法性，从而维护了法律的威信。我国古代没有明确的检验和审判的区分，司法官员兼负检验职责，故其探求事实的理念和方法与现代法医颇有不同之处。本案，我们看到司法官员穷尽了各种方法探求真相，比如微服私访、安插卧底、装神弄鬼等。值得一提的是，古代法医检验还要知晓鬼神、民俗、文化等，并利用类似本案"白纸鬼状"这样心理战术使罪犯伏法，展示了我国古代法医学检验的另一个侧面。

这则判词分为三个部分。开头部分交代了犯罪嫌疑人是僧人"真聪""真慧"二人，并且用"凶同罗刹，狠类夜义"表达了判官对他们的道德评述。中间部分文字数量较多，为案件事实回顾部分：独自一人的妇人迷路后走进寺庙，而真聪和真慧两个僧人被妇人美貌所吸引。二人将妇人先奸后杀，后因冤魂以半张白纸向韩大巡告状，两个恶僧的罪行才被揭发。判词的最后以工整对仗的形式交代了判决结果：二凶之罪既明，三尺之刑断命以还冤魂以安宁。

（黄瑞亭　胡丙杰）

陈巡按准杀奸夫（见图35、图36、图37）

图35　黄瑞亭引自明万历刊本，余象斗《诸司公案·陈巡按准杀奸夫》

图36　黄瑞亭引自明万历刊本，余象斗《诸司公案·陈巡按准杀奸夫》

图37 黄瑞亭引自明万历刊本，余象斗《诸司公案·陈巡按准杀奸夫》

【原文】

崇安县人杨宠，富家子也。博奕好嫖，与詹升相友善。升亦有家子，但好宰牛。宠有子三岁，升尝抱之，啖熟牛肉。亦尝得往来杨家，时见杨之室李氏。盖以通家子弟，又垂发至交，故不甚防嫌也。一日，升抱子入手付李氏，暗捻其手曰："你宠哥今日在某土包家饮酒。"李氏不应，亦不斥。过几日，又抱子与李氏，捻其手曰："你宠哥今日又在某土包家歇，你空房寂寞，我来陪你何如？"李氏问曰："他外有几个表子？"升故搬之曰："此中妓家并土娼，宠哥都有交情。"李氏见夫果多在外歇，心本妒忌。今闻詹升报出，且妒且恨。因许詹曰："他有许多人情，我一个谅亦无妨。你今夜可从后门来。"詹依言，夜从后门入，李氏已在候，遂携手而入。一夜绸缪，谓尽彼此相慕之意。真是欢娱嫌夜短也。自是杨子宿外，詹便入宿。时惟小侍婢秋香知之，家人殊不觉也。后因杨宠母将银十锭与李氏收藏，每锭皆十两。李氏私将三锭借詹升用。升将去剪开买牛。适杨宠见之，曰："大银剪可惜，何不与我换碎银用之为便？"詹升不肯换。杨宠归家，偶言于母，母后问李妇取前银。只将七锭出来，那三锭托言与我代藏无妨，不必尽取。又过五日，方以三锭出还，却不是原银矣。杨母生心，疑李妇必私与何人用而复取也。因此密加觉察。每杨宠外出，则李妇房中便有男子说话。杨母后查出是与詹升有奸，因言于子，云秋香必当知之。杨宠次日诈言将秋香往城去卖，领在外鱼池阁中，问曰："小娘尝与詹升宿，你可报来。"秋香曾受主母所嘱托，言并无此事。杨宠拔刀吓之曰："你好说来便罢，不说便杀你，丢在池中去。"秋香吃惊，乃吐实曰："自旧年起，官人若不在家，詹升便从后门来歇。今已两年矣。"杨宠得实，便带秋香往外家，与李岳丈曰："你女与詹升有奸，路人皆知。我屡谏之不改，今将奈何？"李岳曰："恐人讹传，我女岂有此事乎？"杨宠曰："秋香在此可问。"李岳问之，秋香乃一一述其私奸之由。李岳闻言，愧忿曰："女子在家从父，出嫁从夫。既有此恶，须凭汝所治。"杨宠曰："与岳丈说过，今后捉获，我要两杀之。"李岳曰："此玷辱家风之人，但奸所捉出，杀亦由你。"

杨宠候晚归，密与父母达知，先带刀躲入房中。其夜，詹升闻杨宠往城卖婢，果然复来与李氏同睡。李氏曰："我与你好，家中今颇知风。我官人尝说，他若捉得，定将杀死我你二人。今后汝勿数来。"詹升曰："何妨！今后若你夫来捉时，你只喊声有贼，我便打开走去，若脱不得，我便夺刀来先杀死他。后日只说是贼杀你夫，岂知是奸夫杀也。"杨宠在床下已悉听得。杨家父母叔伯早备火炬在外，闻房中复有男子说话，一时打开房门，火炬齐入。杨宠自床下出，揪詹升一刀斩之。李氏忙下床跪曰："乞饶我命，再不敢如此。"杨宠已杀了一人，见妻跪告；不忍加杀。叔杨渥逼之曰："可速杀此人，不然你须自偿詹贼命也。"杨宠曰："我手颤杀不得。"父母即以镇惊丸与服，又酌好酒数瓯与饮，使之壮胆。再入去杀，终是夫妇情中，刀去自轻，一刀不死。父以木砧与之，令揪在砧上割下头来，即寻夜遣仆送往城中。次早，担两头具状去告曰："状告为义诛奸淫事：律内一款，凡奸夫奸妇，亲夫于奸所捉获，登时杀死，勿论。淫豪詹升，与宠妻李氏私通有年，里邻知悉。今月初三夜，亲于床上裸裎[1]捉获，一时义激，已行并诛，二头割在，尸尚在房。理合告明，勘验立案，以杜淫风，以正纲常。上告。"

时林尹见斩二头入衙，心吃一惊。刑房吏禀曰："此为不祥之事，宜打之以杀威。"林连尹信之，曰："既捉得奸，宜解官处治，何得私自连杀二命？"喝打杨宠二十，收入监去候审。詹升之父詹广，随备状到告曰："状告为挟仇杀命事：市虎杨宠，惯赌凶顽。借儿詹升债银八十余两，累取不还，积成仇隙。昨约算账，挨延至夜。将失意丑妻捏与升奸，私行谋杀。切恶欠债不还，歹伤人命。倘与伊妻有奸，何不告官惩治。捏陷情冤，杀命祸惨。投台法审，断债偿命，凶险可惩。上告。"杨宠之父见状尚未审，子先被打收监，恐官偏问致输，即赴按院再告。陈大巡亲提来审。杨宠曰："詹升奸淫我妻，我亲在床捉获，故一时怒杀。若借他债，岂无中保？况我妻已生三岁儿子，岂肯把他抵赖几十两银子？此决无此情。"詹广曰："他惯赌之贼，凶险之性，家又豪富，换一妻如换一件衣服，岂恤妻子之情？其银批当日带在他家，身且被杀，批何难搜去？"陈院再问干证。众干证都曰："杨与詹皆是大家，我辈皆是他邻佑，决不敢偏护。杨宠与詹升皆相好之友，并无借债仇隙。前日之杀，果是因奸所捉获。不然，李氏之父亦必不肯容婿之杀而女也，何不来告？此的是因奸致杀。杨家是实，詹家是虚。"

陈院判曰："男正乎外，女正乎内，天地之常经；各妇其妇，各夫其夫，古今之通义。苟淫污杂扰，几同人道于犬羊；如捉获奸除，少扶世教于华夏。今杨宠生平淳善，素性方严。只缘淫妇无良，不修帷薄。亲获奸夫于所，即就斧斤。败俗伤风，自作之孽不活；情真罪充，登时而死无冤。彼罪既宜，此杀何咎？卧榻驱他人之鼾睡，扫除此淫风；禁帏绝外侮之侵，凌清兹恶逆。宜宥杀者之罪，庶为奸者之惩。詹广人命之诉，宜坐诬告；姑念舐犊之态，薄治不应。"

按：此判亦甚易而记此者，所以为奸夫、淫妇之戒。盖妇人不知礼法，其犯奸者多因被人诱惑。若男子明知奸情为律法所禁，而率纵意妄为者，彼惟取快一时，自谓有缘有机，不知奸而无祸，亦暗中损德[2]。若偶遭磋跌[3]，轻则倾家，重则丧命。人奈何以一生之命，而博一时之乐哉！看詹升之杀者，宜用省戒。

【注释】

　　[1] 裸裎：不穿衣服，光着身体。

　　[2] 损德：有损道德的行为。

　　[3] 磋跌：犹蹉跌，即指失败。

（刘通）

【述评】

　　该案中，杨宠之妻李氏与其友詹升通奸被杨宠察觉，杨宠捉奸杀死奸夫之后本不忍杀害李氏，但捉奸捉双，如果仅杀奸夫则"你须自偿詹命也"。杨宠不得已杀死李氏。李氏因通奸而被杀，不仅官员判杨宠无罪："亲获奸夫于所，即就斧斤。败俗伤风，自作之孽不可活。"李氏的父亲在知晓李氏的奸情之后竟对杨宠说："此玷辱家风之人，但奸所出，杀亦由你。"

《大明律》中对像本案中这样原配丈夫在发现自己妻子与其他男子的苟且关系后杀害其中一者的案件做了详细的规定："凡妻、妾与人奸通，而于奸所，亲获奸夫奸妇，登时杀死者，勿论。若止杀死奸夫者，奸妇依律断罪，从夫嫁卖。"该判词在开篇写道："男正乎外，女正乎内，天地之常经；各妇其妇，各夫其夫，古今之通义。苟淫污杂扰，几同人道于犬羊；如捉获歼除，少扶世教于华夏。"意思是说，在中国传统观念中，男人主持外事、女人操持家事，这是正常现象。做丈夫的要有做丈夫的样子，做妻子的也要有做妻子的样子，这也是亘古不变的道理。如果谁做出一些淫乱秽扰之事，就跟犬羊牲畜一般下贱。这种事情要是被发现，将这些人直接除去是有利于华夏礼仪教养的大好事。作者用这段人人熟知的传统思想，为此案中通奸的男女判以极刑进行铺垫，同时也是通过道德评价对整个案件进行定性。在这类案件中，我们还可以看出，无论是《大明律》中的条文律法还是人们普遍观念中的思维模式，奸情案件中女方获罪的惩罚力度远远大于男方，这种明显的"男尊女卑"现象正是古代社会女性地位的体现。

（胡丙杰）

王尹辨猴淫寡妇 （见图38、图39、图40）

图38　黄瑞亭引自明万历刊本，余象斗《诸司公案·王尹辨猴淫寡妇》

图39　黄瑞亭引自明万历刊本，余象斗《诸司公案·王尹辨猴淫寡妇》

图40　黄瑞亭引自明万历刊本，余象斗《诸司公案·王尹辨猴淫寡妇》

【原文】

独山州有乡宦家柴氏，貌虽卑猥，性甚风淫，嫁与唐家为妇。唐乃盖里富豪，亏众成家者，只有一子。自娶柴氏后，不数年而夫死，并无男女。唐家公姑欲留媳妇守节，光显门风。柴氏之父是老乡官，亦欲令女守节成好名声。柴氏心虽不能守，无奈公姑、父母所劝，又羞说愿嫁，只得隐忍而从。唐家谓妇真肯守，乃于后门周筑高墙，另创一所好房与住。只容一小婢服侍，并无闲人得入。内家亦不畜鸡犬，止房后辟一花园，原养有一大猴，留于花园者未曾驱出。柴氏后春心漂荡，徒倚往花园闲步以消遣。殊知这老猴性本狡猾，好撩弄。柴氏见之，春心益动，揭开裙，看猴何如。猴见裙开肉露即进身而奸，虽非人类，然以久旱焦阴，亦可泄制欲心，正所谓气一动志，渴不择饮者也。自是之后，淫火一动，辄与猴交。亦尝怀孕，迨诞育时，即埋于后园。因此内藏不洁，而外招清名。滔天秽恶，人何从知。

忽经十载，柴氏不出闺门，孤房独守，人皆传名。唐公乃托里老[1]保举他儿妇贞节。众里老林常等，为具呈曰："连金呈为乞旌贞节以厉风化事：切见故民唐桂，厥妻柴氏，出自德门，深明女教。于归六载，奉公姑以孝闻。年及廿三，慨夫君之早逝，未育儿息。吊影凄凉，独分幽贞；矢心节守，闺门若水。方寸内玉洁冰清，大节如霜；十年来松坚柏劲，不恤轻尘。弱草之身世，独立颓波[2]，砥柱之英标。常等敬仰贞风，咸钦实节。稽宅里之是表，具有成规；念贞静之幽光，无容久晦。为此，连名呈乞，垂恩旌表，加贲门闾。庶节义之昭扬，永维世教；而风声之远树，坐运化机。为此具呈，须至呈者。"王太尹略将众里老审问，咸称贞节懿行，并不敢扶捏举保。王尹见众口齐称，又兼是柴乡官令女，乃准其呈，随行旌表，仍自备羊酒去贺。柴乡官出接相待。王尹请节妇见礼，柴氏素服淡妆，柴太夫人陪出相见，礼毕而入。王尹年少精明，偷眼看柴寡妇面有春容，殊无滞郁气色，心下疑曰："凡寡妇枯阴郁气，非容鬓憔悴，则气色沉滞，自有一段抑郁黯淡之象。今此妇春光满面，红润快爽，必有私情。"归衙复将原呈里老审曰："你众人受唐家多少贿赂，代他举呈？"里老曰："秉彝好德，人心同然。贞妇烈女，谁不钦服！岂待受贿赂而举保乎？"王尹曰："他家必有谁人出入？"里老曰："寡妇之门，只一小使女，及笄即嫁之。又换一个，更何人得入？"王尹曰："他家必更有何物？"里老曰："闻其后园畜一老猴耳，未闻有一人迹得到也。"王尹心明，曰："猴与人无异，亦能行奸。昔包公案中，有与狗奸者，何况猴乎！必此中有弊也。"乃命里老曰："既伊家有猴，可锁来我衙养之。"过了一月，故先奉帖去说王夫人要请柴太夫人及柴节妇。既请到后，王尹先出见，故放出猴来。那猴锁别已久，见他主母来，即嘻嘻作声，近前解其裙带，紧抱行奸。柴氏脚蹴手打，不能得脱。此时方露出丑情，人方知此妇与猴有奸，羞死无地也。王尹令手下将猴扯开，遂斥柴氏曰："似你无耻，真羞死人类。我不加刑，你可去自尽。"柴氏即自出缢死。王尹令手下将猴苦打，以火烧其毛，后用滚水淋得皮开肉裂，咆哮而死。又令人于唐家后园按其新土处，多埋有猴子。益证其实矣。

王尹判曰："审得柴氏人面兽心，盗名秽行。本以淫荡之性，不耐空房；何不明白以言，仍行改嫁？乃深情厚貌，外玷节妇之名，竟匿垢藏污。内受异类之辱，言之则污口舌，书之则羞简编。古今未有之奸情，于今创见；幽暗无限之恶德，从此洗清。万口谁不生憎，一死云何足赎？唐老身为家主，不能明情黜妇，应须服刑。里老共为举呈，并非知情受赃，姑全免罪。"

按：王尹观色察情，诚为明断。不然几以秽行滥天恩矣。故记此者，一以戒人家不可畜猴，一以戒人家不可强留寡妇。尝闻解家养一老猴，其主母暑月裸睡，猴往奸之，觉而打之，不能脱。既奸后，猴知亏，逃梨树上不下。主母报之于夫，乃夫妇故作笑容，于树下戏耍，引猴下树，因而杀之，埋于树傍。不意此遭有孕，后生一男，八岁而夫死，命一地理师葬之，极言风水甚佳，当出神童，彼于三年后方取谢。既三年后，地理师果来。解母曰："公谓当出神童。今此子十一岁，惟跳跃如猴，并不读书，神童安在？"地理师再去详看，归而曰："此儿除非你夫血脉，方不荫他，不然决出神童也。"解母曰："此儿果非我夫所生，乃猴种也。"地理师曰："猴骨在否？"解母于梨树下取与之。地理师将去葬于坟上。二年后，解子果举神童，以显宦名于天下。此猴能为奸之一证，见猴之果不可养也。又杨宦家一命妇，守节极有清操。忽日见两狗起交，引动淫心，不能自禁。乃去叩西宾[3]房门，幸而西宾昼寝不闻，无奈复归。淫火一发，抱住一柱，茫然忘生，遗精满地，半晌方苏。后亦蒙天朝旌奖，享寿八十。将终，子孙诸妇满室，问曰："婆婆有遗嘱乎？"杨命妇曰："有也。我愿你诸人夫妻谐老，勿有曲折。若不幸曲折，定须要嫁，决不可守节也。"诸妇曰："似婆婆守节，既蒙褒赠，又享寿考，如何不可？"杨命妇曰："正以我推心，故谓不可守也。"因述见狗起春，叩西宾门事。云："我之完节亦天幸也，若当日西宾未睡，则我一生清苦，只一跌败矣。不特此也，后凡春心发动，欲火难禁，即以齿咬床杆，今齿痕参差尚在，汝辈看之，想苦情何如也？我已行过此路，故嘱汝辈切不可守也。"此出寡妇将死由衷之言，以此证之，何可强留寡妇哉！然人家往往多孀妇者，盖妇人廉耻未丧，心虽有邪，口却羞言；况夫初死，恩情未割，何暇及淫。历时未久，何知有苦，故多言守。既言之后，又难改悔。久守之后，恐废前功，故忍耐者多，岂皆真心哉？岂独无血气乃绝欲哉？而家主多爱妇贞者，彼欲图名耳，又重担在人身，彼不知重耳。予谓成名事多，何必苦节。如哀矜孤独，即成仁名；慷慨无私，即成义名；刚正不阿，即成直名；安分守法，即成善名。此则一日中行一事，而名可立成者，奚必一生孤苦至死，乃博一节名哉？夫匹妇含冤，东海亢旱；贱臣被诬，六月飞霜。一人隅泣，满堂不乐；一物失所，阴阳乖戾。况孀妇者，违阴阳之性，伤天地之和，岂有家有郁气而吉祥骈集[4]者乎？故寡妇之门多世寡，孀妇之子多夭折者，未必非戾气致灾也。人亦何必守难守之节，以成难成之名哉？予阅世故多矣，略述梗概，未能尽也。惟明者心谅、心信之，无沽美名而伤和气，亦调燮[5]赞化[6]之一事也。

【注释】

[1] 里老：指里长。

[2] 颓波：同颓波，指向下流的水势，比喻衰颓的世风或事物衰落的趋势。

[3] 西宾：旧时宾位在西故称，常用为对家塾教师的敬称。

[4] 骈集：聚集并列。

[5] 调燮：犹言调和阴阳。

[6] 赞化：赞助教化。语出《礼记·中庸》："能尽物之性，则可以赞天地之化育；可以赞天地之化育，则可以与天地参矣。"

（刘通）

【述评】

该故事与《百家公案》当中的《判革停猴节妇坊牌》内容和情节相仿，只不过改变了人物姓名而已。该案中，柴氏守节期间偷偷与公猴交媾，后被发现并证实，王尹令柴氏自尽，柴氏即自出缢死。可见，古代公案小说中的判官在很多情况下管的不仅仅是法律方面的事，还有道德方面的事。究其原因，古代法律在维持政治法律秩序的同时，还维护着道德文化秩序。余象斗在按语中评论说："成名事多，何必苦节""孀妇者，违阴阳之性，伤天地之和""人亦何必守难守之节，以成难成之名哉？予阅世故多矣，略述梗概，未能尽也。唯明者心谅、心信之，无法美名而伤和气，亦调燮赞化之一事也"。这从一个侧面反映出古代法律在维护"礼"的同时，必然会带来人性的压抑，余象斗从"调燮"阴阳的角度出发，来说明"守节"的维"礼"行动是违背人性自然规律的。所谓的"以礼杀人"也反映出古代礼法混同、法附于礼的特点。

（胡丙杰）

颜尹判谋陷寡妇（见图41、图42）

图41　黄瑞亭引自明万历刊本，余象斗《诸司公案·颜尹判谋陷寡妇》

图42　黄瑞亭引自明万历刊本，余象斗《诸司公案·颜尹判谋陷寡妇》

【原文】

禄丰县民妇徐氏，夫故家殷。孀守一子，闺门整肃，庭无闲杂，惟一婢桂馥服侍。每岁雇一小仆，给薪水，差买办。冠者[1]辄不用。人皆传其清洁，治家有法。有岁雇一仆邹福，人虽短矮，年已十八。忽一光棍尧烛唆之曰："你主母孀居已久，倘有汉子藏入陪他睡，他真喜欢。从来寡妇都爱男子无极，只无门路得入也。你试引我去何如？"邹福曰："亏你敢说，我主母持家极严，夜则同婢执烛照顾各门户，锁讫，然后去睡。纵有男子出来戏他，亦有婢在傍也。"尧烛曰："你房门亦来照否？"邹福曰："都来照过。"尧烛曰："你既不肯引我去，我教你自去戏他，若得过手，切勿忘我恩也。"邹福曰："有何法可戏？"尧烛曰："你夜把房门勿闭，撩硬，裸裎假睡。他若照见，必然动情，自送来与你。"邹福依言而行。夜果徐氏同婢来，照见其裸裎而睡，骂曰："这奴狗！门亦不闭，如此赤身去睡。"命婢从外代闭之。次夜邹福又如此妆。徐氏又照见，命婢曰："你去代他将被覆之，勿如此惊人。"第三夜邹福又开门假睡而待，徐氏乃不同婢来，自到其床前，照看，春心引动，乃自解衣从上压之。邹福假作方醒之状，抱住行奸，从此每夜必私出，与邹福奸而后入。又恐婢知，乃教邹福亦去奸其婢，婢亦喜悦。主婢既都有情，彼此不相谩讳，全引邹福同房而睡。

不半年间，徐氏怀孕，将银命邹福去讨打私胎药。邹福自得尧烛指教，成计之后，以为恩人，每事必与商议。今讨打胎药，亦去问之。尧烛遂哄之曰："我有相好人，讨此药不难，我去代你求之。"乃连以固胎药二三贴与之。邹福复来曰："服此药全然不动，须令别人讨之。"尧烛曰："打胎药惟此人最灵，然胎亦有受得完固不可打者。若用狼虎药打下，反伤产母之命，不如任他养罢。盖胎受得好者，养亦轻快，此不妨事。"邹福归言，徐氏亦信以为然。将应月，尧烛谓邹福曰："我要一血孩子作药用，你主母若生男女，可将送我，我教你得这两年享福，以此谢我亦可。"邹福许之。及生下一男密地送来。尧烛以石灰淹之，遂反言曰："你主母富家寡妇，干出此事，要讨银壹百两我方罢。不然我首他。"邹福曰："你是我恩人，何故说此话？"尧烛曰："你奸主母，亦该死。且银不须你出，你速去言之，免我告首。"邹福不得已，归言于主母。徐氏怨之曰："此何物！你须去埋，何故送在他手？"邹福曰："当初教我戏你方法，都是这贼。今日他说要孩子做药,安得不奉与他?谁知他是巧计也。"徐氏痛曰:"我落此光棍圈套,前事已错,悔之无及,不如将首饰三十两、银二十两,取此孩子来埋罢。"邹福持银换回孩子,背地埋讫。

尧烛既得银五十两,知此妇掌家银多,贪心未餍,又托媒人任统去要娶徐氏。任统曰:"我未闻此妇欲嫁,他是富家妇,纵嫁,恐不肯与你。"尧烛曰:"近来他家有些阴事。初说要嫁,你去说他必肯。若不肯,我当官去告,也要娶他。"任统依他言,在徐家去议亲。徐氏闻言,心中大恨曰:"这光棍真恶心,我嫁他也被人笑,若不嫁他,必告首坏我名色。此是我自误,不如死罢。"因对媒人曰:"你叫我兄徐纶来商议而嫁。"次日,媒人、尧烛同徐纶来娶。徐氏将家务一一吩咐已定,嘱托叔伯看顾伊子。只不收拾嫁具,乃梳洗更衣,礼拜祖先,闭房自缢。多时不出,媒人令徐纶入催。婢去叫不应,出对徐纶曰:"小娘在房内,大声叫许多,全不应,岂有故乎?"徐纶自入叫,又不应,疑曰:"此必有故,可大众打开看之。"及打开门,见徐氏已吊死,众皆惊异不知何故。徐纶忿怒,赴县告曰:"状告为强赘逼命事:乡霸尧烛,把持乡曲,制缚平民。纶妹徐氏孀守一子,历十余年。烛贪妹富,拴媒任统□□五两,强行入赘。孤寡难拒,洁身缢死。十年孀妇,母苦子幼。一朝逼死,事屈情冤。恶逆不剪,民遭荼毒。投天惩强,伸雪寡命。迫告。"尧烛去诉曰:"状诉为逐妹嫁祸事:惯讼徐纶,弊书造役,生机局骗,无间疏戚。称伊孀妹,子长要嫁。先兜上贺银四两,领烛媒娶。复索回伊妹奁资,致争缢死。恶情知亏,反诬强赘。欲娶非赘,同纶非强。不嫁由彼,焉能逼命?兄陷妹死,移祸无辜。亲提一鞫,径渭立分。上诉。"颜县尹提来审问。徐纶曰:"我妹守节十年,嫁当在青春之时,岂在垂老之日。尧烛乡间刁霸,强去入赘,威劫势缚,妹无奈自缢。一死明节,非烛刁逼,人何轻死?"尧烛曰:"我同徐纶去,岂为强赘?不嫁由彼,有官可告,何必去缢?彼自欲取妹妆奁[2],兄妹角口,因致逼死。我索上贺银,伊不肯退,反陷我逼。我外人,焉能逼他?望老爷详情。"颜尹问干证曰:"果尧烛强赘乎,抑徐纶逼妹乎?"任统曰:"不是强赘,亦不是逼妹。当日我先去议,徐氏明说肯嫁。次日去娶,不知何故缢死,人都不识缘故。"颜尹曰:"你说更糊涂,可挟起来。"任统叫曰:"正娶者无罪,主嫁者无罪,死小的亦没干。"颜尹曰:"汝不识缢死之故,当识欲嫁之故。他已守节十年,何故后又肯嫁?"任统曰:"我略闻风声,说此妇旧年有私胎,因此要嫁。"

颜尹曰："莫非即与尧烛有胎乎？可挟起。"尧烛呼曰："小的外人，全不知他家事。焉能有奸？"颜尹曰："他家更有何人？"徐纶曰："有一婢桂馥，一小仆邹福。"颜尹曰："即命拘到。"再把复审，将一婢一仆挟起，问曰："你主母旧年怀胎，果与谁人有奸？"婢受痛不过，指曰："即是邹福。"颜尹喝打，邹福惊惶，辄埋怨尧烛曰："是你害我。"颜尹唤回，问曰："尧烛何故害你？可明供出来，即免你罪。"邹福曰："当初是尧烛设计教我如此调戏，后哄去私胎孩子，骗银五十两又要来娶他，故我主母缢死。"颜尹怒尧烛唆人犯法，邹福敢奸主母，各打三十。又问桂馥曰："你与邹福当亦有奸。"桂馥曰："是主母令福来奸。"颜尹曰："主母所使，汝罪当轻。但有奸亦应打五板，以示儆戒。"

颜尹判曰："审得尧烛，市井棍徒，闾阎侠少。机心机事，百计巧陷民愚；剥足剥肤，一心深营利孔[3]。唆工人乱主母，恶已弥天；挟私胎索馈金，贪将盈壑。汝心不满于得赂，汝计又图以成婚。难云遣媒，尤甚强赘。彼十年寡妇，节被玷于奸谋；乃百岁良缘，情岂甘于配恶。缢死的由伊陷，偿命断在无疑。邹福执鞭臧获[4]，荷锸[5]奚僮[6]。信奸人之言，大张色胆；龙寡妇以计，勾引春心。蠢兹豢养犬羊，希求龙乘[7]；□尔藩离斥，敢匹鸾交[8]。卫青鸾配平阳[9]，明娶且贻讥于世世；董偃入侍公主[10]，私通尤不齿于人人。奸主母而有征，拟典刑而何赦。"

按：两告俱为不情，则妇死几于无谓。惟颜侯直穷其欲嫁之故，则可追寻原因，而罪人斯得矣。故知治狱不嫌于探本穷源，推勘到底也。彼苟且一鞫，模棱花判[11]者，岂为民分忧矫枉之主耶！

【注释】

[1] 冠者：满二十岁的成年男子。

[2] 妆奁：女子梳妆用的镜匣，借指嫁妆。

[3] 利孔：经济利益的来源。

[4] 臧获：奴婢。

[5] 荷锸：谓疏狂放达。

[6] 奚僮：亦作"奚童"，指未成年的男仆。

[7] 龙乘：飞龙乘云，龙乘云而上天，比喻英雄乘时而得势。

[8] 鸾交：比喻夫妻。

[9] 卫青鸾配平阳：指汉朝平阳公主嫁给卫青一事。

[10] 董偃入侍公主：指汉朝馆陶公主与董偃的不伦之恋。

[11] 花判：旧时官吏用骈体文写成的语带滑稽的判词。

（刘通）

【述评】

该案中，徐氏"孀守一子，闺门整肃"，其仆邹福受光棍尧烛挑唆调戏主母，徐氏不堪引诱与邹福通奸。后徐氏因奸怀孕，孩子尸体被尧烛得去并用石灰保存起来，以此讹诈并逼迫徐氏嫁给他。徐氏不堪其辱，自缢而死，于是其兄长徐纶到官府状告尧烛强行入赘逼死徐氏。此案创作者的意图非常明显：即通过徐氏的悲剧告诫妇女要谨守妇道，不可有一丝疏忽，否则便会身败名裂。通过这篇作品，还可看出封建礼教下女性遭受的痛苦磨难，以及人性的不可压抑。

（胡丙杰）

黄令判凿死佣工（见图43、图44、图45）

图43　黄瑞亭引自明万历刊本，余象斗《诸司公案·黄令判凿死佣工》

图44 黄瑞亭引自明万历刊本,余象斗《诸司公案·黄令判凿死佣工》

图45 黄瑞亭引自明万历刊本,余象斗《诸司公案·黄令判凿死佣工》

【原文】

河池县民俞厥成,家亦殷富,爱财吝啬,娶妻鲍氏。鲍家贫难,厥成毫无相济,虽时或求借,亦分文无与。鲍氏因此背夫,时私运谷米与父母,尝遣佣工人连宗送去。连宗是奸刁之徒,彼见鲍氏私顾外家,后复遣送米谷,积了三次不送去。待主人远出,突入房中,强抱鲍氏曰:"我为你接送劳苦,今日必与我好一次,后日早差早行,晚差晚行,任你呼唤矣。"鲍氏斥曰："我遣你接送，尝赏你酒肉，何曾空劳，你安得如此无礼！我明日报主人，看你如何！"连宗曰："你所偷米谷我都留在，并未送去。明日我先报出你私顾外家，你虽说我强奸，主人必不信，只说是你诬赖也。"鲍氏妇人无见识，被此挟制，恐他真报，又见米谷现在，况夫是个细毛之人，必有打骂嫁逐之事，虽指他奸，又无证据，必不见信，因随意任他所奸。既罢，连宗以手摩其阴曰："这边缘何有个疥堆？"鲍氏曰："非疥也，是一大痣。"以后亦时或有奸，搬送米谷益多矣。及冬，俞厥成与连宗上庄取苗租，到一佃支秩家。秩与连宗乃姑表兄弟，又兼同主人，来夜盛设为席。酒至半酣，说及相法及男女生痣上去。厥成曰："凡妇人阴间边有痣者，非贵亦富。"连宗忘形，答一句曰："你娘子阴边有痣，果然是富也。"支秩视厥成微笑，彼料工人何知主母阴边痣，必是有奸也。厥成亦便觉得，心中甚怀愧恨，遂佯作不闻，说向别事去。少顷，推醉而罢。次日，谓连宗曰："我约人明日交田价，今收租尚未完，当急回去。"到家即诘其妻曰："你何得与连宗有奸？"鲍氏曰："哪有此事？"厥成曰："你怎瞒得我？昨晚在佃客席上，说妇人阴边有痣者必富，连宗即答你娘子有痣。你不与他奸，何由知你阴边痣？你好说出因由，我自治此刁贼；不说，我将你二人都杀死。"鲍氏泣曰："是我偷你米谷送与爹娘，连宗全不为送，来挟我奸，说不允他，将出米谷报你，定把我嫁逐。我知你是纤细人，恐报必不便，因此被他挟制成奸，悔之无及。今日甘受打骂，任你再娶一妻掌家，我甘作婢妾，终身无怨。惟愿勿嫁，恐嫁贫人则难度日，人又知我失节无耻也。"厥成曰："似此乃是刁奸，依官法，妇人亦不至死。今依你说，我另娶一妻，降你为婢。但今夜要致宗贼于死，可治些酒菜与他食，然后杀之。"鲍氏依言，整好酒馔。厥成谓连宗曰："今日归路辛苦，与你同饮数杯。"连宗尽量而饮。将醉，厥成有意算他，先故不饮。至此，又曰："你陪我几瓯。"主人说陪，连宗安得不饮？又饮数瓯，遂醉倒于地。厥成乃用麻绳绑于大板凳上，推醒之曰："你奸主母，今夜要杀你。"连宗虽醉，犹知辩曰："安敢如此？"厥成曰："你说他阴门有痣，他已认了，在此证你。"鲍氏从傍，一一证出。连宗醉里应曰："你既肯认，我死亦无冤。"厥成以湿布缚其口，蔽其目，用利刃于胁下凿一孔，即以滚水淋之，令血勿萌，须臾死。解脱其索，丢于床上。次日，令人去赶其弟云，连宗中风而死。弟连宇邀表兄支秩同去看收殓。支秩疑曰："你兄前日在我家饮酒，人甚强壮，岂至遂死？"连宇曰："中风岂论人壮？"支秩曰："你不知也。你兄昨说主母阴门边有痣，俞主人便失色。今日之死，安知非毒死也？须去看其面青黑何如。"二人到俞宅详看连宗之体，见胁下一孔，因喊曰："你谋死我兄！"厥成不由他辩，遣众人将尸抬往连宅去，曰："你自做伤安能赖我？若道谋死，任你去告，我家岂容你搅闹也！"强赶二人出去。

连宇赴县告曰："状告为杀命事：土豪俞厥成猎骗成家，横行乡曲。哭兄连宗，为豪佣工，撞突伊妻，捏报调奸。豪信触怒，制缚手足，利刃胁下，凿穿一孔致命伤明，支秩可证。乞亲检验，律断偿命，死不含冤。切告。"俞厥成去诉曰："状诉为刁佃仇唆事：刁恶支秩，佃耕主苗八圃，积欠三冬，该银二两四钱。累往理取，抗拒致仇。今年雇工连宗，中风身死，恶唆表弟诬告杀命。且佣工贫民，谋杀何干。纵有触撞，小过可骂，大过可告，何须行杀？牵告成妻，无非陷害。乞台亲检有无凿胁伤痕，情伪立见。斧断完租，刁佃知儆。上诉。"

黄太尹吊审，连宇执胁下有伤，俞厥成执中风有征，安有胁伤。黄太尹曰："有伤无伤，只一检便见。"及去检胁下果有一伤，只肉色干白，并无血荫。黄太尹把《洗冤集录》指与连宇、支秩、俞厥成三人同看[1]，曰："凡生前刃伤，即有血汁，其所伤处血荫，四畔创口多血花鲜色。若死后用刃割伤处，肉色即干白，更无血花。盖以死后血脉不行，是以肉色白也。今胁下虽是致命处，而伤痕肉白，是汝假此赖人明矣。"支秩曰："连宗说主母阴边有痣，次日即死，胁又有伤，因此知是厥成疑宗有奸，故杀之。"厥成曰："凡富家人妻室，决羞于跪官厅。他挂我妻名，小的用尽银买差牌人，故得不到官。今又说阴门有痣，指难证之事，以惑在上，真奸人之尤也。"黄尹曰："奴才全不知法，若说与主母有奸，他碎斩亦该得矣。今只须辨伤痕真假，何须论奸情有无。"将支秩打二十，拟诬唆，追苗租三年，与厥成领。连宇打二十，拟诬告。俱问徒去。俞厥成供明无罪。

黄尹判曰："审得支秩、连宇皆表兄弟也，而连宗则支秩之表弟，连宇之亲兄。佣工俞宅中风身故，于主人何与哉？支秩不合积欠主苗，又不合挟恨教唆。连宇信惑谗言，不合将已故兄凿穿其胁，图赖俞主。以杀命欠租，惟应还主，安得乘隙以售中伤。兄死自应收埋，何可听唆以行图赖？若诬连宗以主母阴事，诛死犹为罚轻。如谓凿胁是厥成所谋，伤痕何无血荫？谋杀既假，奸情决无。支秩的系教唆，连宇难逃诬告。俱应摆站，仍追苗租。"

按：此明是凿死，而检者未得其情。盖以方凿之时，即以滚水灌其伤处，故无血荫，此《洗冤集录》中所未载，附之以补所未备[2]。后之检伤者，其详之。或曰："水灌虽无血荫，其皮肤必有热水皱烂之痕可辨。"惟连宗刁奸主母，罪应当死，死不自冤，故检不出者，天理也。后人勿谓此计可掩伤而效尤之。是亦一见，故并记以待明者察焉。

【注释】

[1] 黄太尹把《洗冤集录》指与连宇、支秩、俞厥成三人同看：宋慈《洗冤集录》是一部世界现存最古的系统的法医学名著，自从它付梓问世以来，历经数代几百年，一直是我国司法检验人员案头的必备参考书。此例记载即为实证。

[2] 此《洗冤集录》中所未载，附之以补所未备：宋慈在《洗冤集录·序》的末尾写道："贤士大夫或有得于见闻及亲所历涉，出于此集之外者，切望片纸录赐，以广未备。慈拜禀。"余象斗的这段按语，恰好与之呼应。

（刘通）

【述评】

该案中，连宗以奴奸主罪应当死，但其主人设下巧计，用一个《洗冤录》未能检出伤痕的方式，谋杀了连宗，声称连系中风而死，反诬死者身上的伤口是连家人于连死后所伪造。果真，仵作并未验出伤口系生前造成，最后，黄县尹以连家诬告结案。连宗"以仆奸主"罪应当死，但主人谋害连宗却未被法办，这在法律的适用上明显是有问题的。余象斗在按语中将检不出造成伤痕的真正原因，归于"天理"，也是在宣传"恶有恶报""罪有应得"的法律之外的"正义"。

我国古代法医检验由官吏行使，是有弊端的。因为，官吏是行政官员，不是技术人员，不精通检验，医学基础相对薄弱，对法医检验和尸体上一些现象和特征，一知半解，往往照搬书里文字进行办案。实际上，这个案子黄县令办了错案。宋慈《洗冤集录·杀伤》："活人被杀者，其受刃处，皮肉紧缩。"而黄县令只看有无"血荫"、皮肉是否"干白"，不看最重要的生前杀伤"皮肉紧缩"。余象斗在这个案例后面也加了一段按，他写道："这明明是用刀刺死的，检验者之所以未能发现真相，是因为利刃刺入时，就以滚水灌在伤口上，所以没有形成血荫。以后验伤者，要详细观察。但是，后人不要认为这种办法可以掩盖杀人真相而仿效。"无独有偶，黄瑞亭在《林几》一书中介绍民国时期林几办理的一个案件，也取名"烫尸之谜"：1932年8月1日林几赴上海任司法行政部法医研究所所长。1933年2月10日，在上海市郊发现一具尸体。警察赶到现场，见尸体之头身分离，被截断的头颅面朝地板，颈部断端两侧皮肉模糊不清，周围有多量茶色般液体，血腥味极浓。查验头部、躯干及四肢，无伤痕，唯颈部肉呈半熟状态，无法看清。为确定其是否被杀毁尸或死前先伤所致，请求法医辨识真象。林几检查尸体，发现颈部被烫泼呈半熟状，但有一依稀可辨的刺创口。刺创的深部在颈椎骨上，仔细分离肌肉后发现颈椎附近有出血灶。再检查断离的颈部两断面，其创面的肌肉均呈半熟状态，色白，皮肉卷缩。检查死者血液，血中酒精含量很高，达中毒量。显微镜下病理检查刀切口皮肤、肌肉和颈椎有出血灶。根据尸体检查，林几推断："此死者生前乃醉汉，被人用尖刀刺入颈部致大出血死亡。凶犯随即用刀平切颈部，同时，用沸水随切随冲，致两端创面皮肉呈半熟状，其所溢血液被沸水冲洗成茶色。颈部的刺创是致命伤，因系生前所致，故其皮下、深部肌肉组织有出血和骨质伤荫（指骨质里出血，是生前损伤的法医学证据），足资为证。"破案后，凶犯供认了全部犯罪事实，印证了林几的推断。

（黄瑞亭　胡丙杰）

彭理刑判刺二形（见图46、图47、图48）

图46　黄瑞亭引自明万历刊本，余象斗《诸司公案·彭理刑判刺二形》

图47　黄瑞亭引自明万历刊本，余象斗《诸司公案·彭理刑判剌二形》

图48　黄瑞亭引自明万历刊本，余象斗《诸司公案·彭理刑判剌二形》

【原文】

　　广州有尼姑董师秀者，颇有姿色，精工各样针指功夫，性又聪明，亦晓诸佛经咒。化缘惟求度日，不积财帛，有似真修行者，人以此敬重之。遍游诸宦家富室，妇女多有留他学经咒、习女工[1]者。师秀亦肯留情，若人意怠，又飘然辞去。惟好在寡妇家眷恋往来，非在此家，则在彼家，教之念经拜佛，吃素修行，夜则同睡，诸寡妇争爱留之。因此，难得在别家去。

　　有少年胡宗用，见董尼有貌，强抱求奸，董坚拒不从，挨缠已久，胡以手揣其阴，则变大且长，乃男子也。疑其男诈为尼，淫乱良家妇女必多。因赴府告曰："状告为假尼乱俗事：彝伦之道，内外为严。坏俗之恶，淫乱为大。奸民董师秀，身本男子，诈为尼姑，遍历富室，私奸民妇，罪恶贯盈。秽风彰彻，不殄灭奸害无已。极乞惩诈杜淫，维风正俗。上告。"府准批。刑馆彭节斋为司刑，提来审之。董师秀称："从幼出家，身本妇人，何谓男子？"彭公命两稳婆[2]验之，都报是妇人也。彭公将责胡宗用诬妄[3]。宗用曰："不敢欺谩[4]，我亦以为妇人，将调奸之。揣之乃见阳物甚大，此目所见，手所扪，何谓是妇人也？岂一物而两变换乎？"彭公将责二稳婆曰："此的是男子，汝受他贿，故诬报也。"老稳婆对曰："我验本是妇人。但我闻世有二形之人，其外是女，可受男交，其内有阳物，亦可出而交女。当令仰卧，以盐肉汁渍其阴，令犬舐之，其形即出。"彭公曰："你即依此法再去验。"既而验之，其阴中果露男形，如龟出壳一般。方知宗用所告非诬也。

　　彭公判曰："立天之道曰阴与阳，成人之形为男与女。故阴阳分而有配合，夫妇别而有唱随。今董师秀身带二形，不男不女，是为妖物。所历诸州县富室大家，作过不可枚举，岂可复容于天地间耶！当于额刺'二形'两字，决杖六十，枷令十日，押在摧锋军[5]寨，终身拘锁，勿放之以为民害。"

　　按：此二形之人，本为怪异，世亦时或有之，故记之以示慎守闺门之防。

【注释】

　　[1] 女工：旧指女子所从事的刺绣、编织等手工劳动及其制成品。

　　[2] 稳婆：旧时以接生为业的妇女，或官府检验女身的女役。宋慈《洗冤集录》九·妇人条目中称"坐婆"，即为"稳婆"。

　　[3] 诬妄：以不实之词冤枉别人。

　　[4] 欺谩：说假话哄骗人。

　　[5] 摧锋军：挫败敌军锐气的部队。

（刘通）

【述评】

该故事来源于《疑狱集》（八卷）"彭节斋额刺二形"。

稳婆是负责为产妇接生的人。《汉书》记载，"乳医"淳于衍在汉宣帝皇后许平君生产时下毒。颜师古解释"乳医"为"视产乳之疾者"。但直到唐代，仍未出现专门的名称与之对应，只是成为"收生之人"。北宋的书籍中出现"稳婆"和"坐婆"的说法，如《欧阳文忠公全集》提到三位"坐婆"。齐仲甫《产宝杂录》中，则提到了"稳婆"。宋慈《洗冤集录》："若是处女，札四至讫，异出光明平稳处。先令坐婆剪去中指甲，用绵札。先勒死人母亲及血属并邻妇二三人同看，验是与不是处女。令坐婆以所剪甲指头入阴门内，有黯血出是，无即非。"说明官府令坐婆参与检验。稳婆被官府召来检验女尸及女当事人的另一个例子，如前面介绍的案件，《皇明诸司公案》中记载广州假尼董师秀，被人揭发本是男子，诈为尼姑。负责此案的官员彭节斋便命两稳婆检验。后经稳婆检验发现，董师秀乃是"二形之人"，兼具男女性器。元代陶宗仪《辍耕录》记载："三姑者，尼姑、道姑、卦姑也；六婆者，牙婆、媒婆、师婆、虔婆、药婆、稳婆也。"正式第一次出现"三姑六婆"一词，而接生之人以"稳婆"为名流行开来。稳婆接生技术来自三类：一是亲身体验生产而无师自通者；二是家有祖传家业继承稳婆者；三是以师徒关系传承。在明清时期，无论是官廷还是民间，稳婆都是女性生产时首要考虑的人选。明代官廷常征召民间的收生妇入官服侍，沈榜《宛署杂记》记载，预先选拔好人选，将姓名登记造册，遇事就宣召入官。稳婆还承担新生儿身世见证工作，如明清时期爵位、官职多有世袭，而有嫡长子继承制度，也导致记录婴儿的出生时间、母亲是谁成为必要。稳婆，作为生产过程的参与者，也成为这些问题的见证人。明代规定宗室子女出生三日后，应在记录宗室王族身份的玉牒上，除了写明出生年月、母妃为谁外，还要写明收生稳婆的姓名。清末政府设置卫生行政机关，其下设有医学科掌管设立医院，调查及考验医士和稳婆。光绪三十三年（1907）《大清违警律草案》对稳婆作了规定："凡业经悬牌行术之医生或稳婆，无故不应招请者，处十元以下五元以上之罚金。"民国二年（1913）颁布《京师警察厅暂行取缔产婆规则》共十二条对稳婆的活动作出了更详细的规定：稳婆需要持照经营；接生只负责顺产，如果遇到难产必须寻求医生；需要将所收生家庭姓名地址，婴儿生日上报给政府。1951年11月在上海还出台了《产婆改造和管理办法》，说明当时民间还是有不少稳婆。随着妇婴卫生工作的进步，助产士逐渐成为妇婴卫生工作的主导力量，稳婆也就逐步退出历史舞台。综上所述，我国古代有宫廷、民间接生的稳婆，有参与司法检验的稳婆。我国古代稳婆职业和仵作职业的历史十分相似。

(黄瑞亭)

孟院判因奸杀命 (见图49、图50)

图49 黄瑞亭引自明万历刊本，余象斗《诸司公案·孟院判因奸杀命》

图50 黄瑞亭引自明万历刊本，余象斗《诸司公案·孟院判因奸杀命》

【原文】

平和县民妇甄氏，每私养汉。夫丰积屡谏惩不从，因出外为商不返。甄氏遂大开延纳[1]。夫去时有女丰氏十岁，忽已年登十五，极有美色。母既不正，女亦效尤，更多奸夫帮恋，惟与季仁最相好，乃其梳笼[2]客也。迨至十八，母欲留以攒钱，不肯嫁人。丰族亲房诋骂之，乃以许嫁储家。女又不时归来，交纳旧日奸夫，攒钱与母，及为己接送时节之费。储家后知之，乃转嫁于段禄。丰氏入段门后，淫心不改，遍与诸人乱。其亲叔公段然，屠宰貌恶，亦来戏之。丰氏嫌其丑陋，拒不肯从，段然蓄恨在心。及丰氏归母家，季仁来寻旧好。丰曰："数夜来屡有怪梦，心神不安，若得刀剑插在床头，可以镇邪除梦。"季仁即以一把好广刀送之。仁妻扈氏，知夫复与丰氏奸宿，在家骂詈，与仁揪打。仁愤怒，夜投别妓家去宿。丰氏夜无奸夫，侵晨早起，倚门而立。适段然将买猪，见丰氏独立，即戏之曰："你这起早，送甚情人出房？"丰氏不应而入。段然随之入房曰："难得这机会，今须与我好。"丰氏曰："你是亲叔公，亏你敢说此话。"段然曰："诸人皆与好得，偏我不肯何也？"丰氏曰："我在娘家，岂肯干此事，今断不从，你勿痴想。"段然曰："你在室时，曾有多少人情，那瞒得我？"因手按其床头剑曰："你若不从，便杀你出气。"丰氏作色曰："那个有此大胆！"段然见其真不肯，怒上心来，一刀斩之，投刀于地而去。及甄氏起，见女杀死在地，大惊而哭。人人去赶。其婿段禄到，问妻杀之故，甄氏惟答以不知，问剑是谁的，甄亦应不知。及观剑鞘刻有季沛泉字号，段禄因问邻佑，沛泉为谁，众曰："沛泉即此中富家子季仁之号。"因私下唧哝曰："沛泉正因帮此女子，昨夜与乃内厮打，岂因激而杀之乎？"段禄闻得，遂赴府告曰："状告为因奸杀命事：禄妻丰氏，原在室日，与豪季仁稔通奸情。今嫁禄家，复串丰母接归奸宿。豪妻扈氏，积吃恚妒，大骂搅家，扭夫同死，激豪暴怒，提刀跑出，杀死丰氏，掷刀复走。鞘有姓号，邻佑可证。妻亲妒激，奸情已实。杀人见刀，名号宛然。乞惩奸除凶，偿命正法。迫告。"季仁去诉曰："状诉为飞祸事：仁有广刀，鞘刻字号，原卖丰积经十余载。陡今伊女被人行刺，女夫段禄指仁作对，妄诬惯奸；又捏怒禄入户杀人，且无见证，奸称妻骂，陷人故套。况云稔奸，岂复骤杀，情理所无，飞空坠祸。乞台洞豁，不遭悬陷。叩诉。"朱太府亲提审问。段禄曰："我初问刀是谁的，岳母道不知。岂伊家十年旧物而托不知乎！况与禄妻有奸，人人所知，伊妻妒骂，人人所闻，非彼因激怒杀而谁也！"季仁曰："丰氏奸夫多有，何独是我？刀虽非买，是彼向我求镇恶梦，先时所送者。若是提去杀他，岂无人见？盖情人必不杀丰氏，杀丰氏者必非情人也。"朱公再问干证。对曰："季仁有奸是的，妻妒骂亦是的，其杀死事密，众人实不知为谁也。"朱太府曰："送妇人只是钱帛花粉，岂且有送剑？况妻有骂，激则怒泄于外妇者，容亦有之。况在室有奸，比凡奸又重矣。奸既真，杀又有据，问死何疑。"

次年，孟按院来决囚。季仁之兄季仕、弟季位去看之，又命兄具状去，苦苦哀告。孟院疑养汉妇人争风者多，或调奸未遂者杀之。乃谓季仕曰："你可代弟拘囚，遣季位先归，诈传季仁诛死。后季仁夜归，作鬼号哭，彼杀丰氏者必亏心，自有动静可察矣。"于是，季位披麻挂孝而归，称仁已死，仕兄扶棺后归。家人尽信，各个啼哭，夜为作功果。人初静，季仁于路作鬼号，号于甄门前后，又号于段家左右，至鸡鸣而止。次夜更静，段然出烧纸钱[3]于门外，季仁又于两家门外往来呼号。第三夜，段又出烧纸。季仁早备皮梯登于段然屋上，夜色朦胧中，以破衣蒙头，手执假头而叫。段然出祝曰："我戏丰氏不从，因杀之。今官府杀你，须问官取命。我已烧化钱帛与你，再勿来搅闹也。"季仁密从皮梯而下，驰报孟院。再提段然到，故待夜间开门放入，审曰："你杀丰氏，前夜有冤魂来告，你自招来。"段然坚不肯认。只见二鬼，一女一男，各手持头来，翕翕有声。按院衙门手下人各远站，本阒静[4]可畏，况夜兼鬼声，甚是怕人。少顷，灯影沉沉，一女鬼持头直劈段然，吓得段然心慌胆落，扒近案前招曰："杀丰氏者果是我也！当时戏奸不从，以故杀之，今日甘心服罪。"原是孟院恐其不认，故令季仁同一妓女装鬼来证，果然吓出真情也。

孟院判曰："审得段然淫心如炽，凶性若狼。尾侄妇而调奸，不恤鹡鸰之耻[5]；手广刀而杀命，尤甚鹰隼[6]之残。戏而不从，正增光于段氏；杀而灭迹，乃延祸于季仁。淫及有服之亲，曾犬彘之不若；凶行拒奸之妇，虽虎豹而何殊。不正兼以不仁，无耻加之无行。女灵不昧，向暮夜而谁诉；天道有知，自凶身之可得。奸服亲罪且不赦，杀人命辟又焉逃。"

自此，段然成狱，季仁得释。数日，同兄季仕归，家人瞻顾惊愕。季位曰："事已明乎？"季仁一一述孟爷断明释放之事，家人乃大欢悦。备香案群拜孟爷，祝其禄位高登，公侯万代。

按：此狱非孟院之计，必不得明。宜季家之心悦感谢也。

【注释】

[1] 延纳：引见接纳。

[2] 梳笼：同"梳拢"，即梳头。

[3] 烧纸钱：一种专供鬼神使用的纸钱，在纸上雕刻或印上钱形，以焚烧方可送达。

[4] 阒静：指寂静、宁静。

[5] 鹑鹊之耻：亦作鹑鹊之乱，指亲人之间的乱伦。

[6] 鹰隼：两种猛禽，泛指凶猛的鸟。比喻天性凶狠而令人畏惧的人或勇猛的人。

（刘通）

【述评】

这是一个利用犯罪心理学审案的例子。该案，杀人的刀是季仁的，有刀上"季沛泉"的字样。季仁被原审判处死刑。但季仁坚称自己是冤枉的，说刀是自己早早就送出去的，如果是自己提刀杀人，怎么都没人看见自己当晚拿着那么大一把刀呢？孟按院复审案子，就决定利用犯罪心理学上罪犯"心虚"的原理，装神弄鬼寻凶手。于是，孟按院吩咐一人代替季仁在牢中待着，另一人去说季仁死了，等到披麻戴孝后再让季仁现身装鬼，这样真正的凶手就会心虚。果然，季仁扮鬼连续几天之后，有一个叫段然的，又是烧纸又是磕头忏悔。最后，竟然痛哭着说出了事情的经过。第二天段然被押到大堂之上。孟按院说昨夜有鬼前来报案，说段然害人却让他受不白之冤丢了性命，希望能有一个清白。段然虽然害怕，但拒不承认，等到四下昏暗，季仁扮鬼再次出现，周围传来阴森的鬼哭，段然吓得承认了此事。段然被收监问斩，季仁洗清了冤屈。

（黄瑞亭）

第三卷 盗贼类

熊主簿捉谋人贼（见图51）

图51 黄瑞亭引自明万历刊本，余象斗《诸司公案·熊主簿捉谋人贼》

【原文】

　　广之博罗，番粤区也。民殷而醇，义而奉公，素无□□。然四路险峻处，突有强贼，时藏于林莽间，出劫财货，杀伤客旅，不可胜数。过者戒为畏途，居民恐其延祸，屡告呈于官，欲令及时剿除，免酿大患。及官差捕盗人役四路缉拿，又茫无踪影。捕匿缓出，无可奈何。时熊斌为彼主簿，廉能有才。岁值朝觐[1]，上司委令署印，黜奸革弊，井井有条。乡民里老议曰："各路劫掠强盗，滋为民病，前官竟莫谁何。今熊爷明察如神，或能辨此乎？"复相率具呈曰："连金呈为殄盗安民事：切见台教一行，百弊霜清。惟盗未殄，梗治蠹民[2]。本县僻壤，原本民淳。近有强徒，窝藏山坞，专于峻岭劫掠行旅，抄掳衣财，残杀人命，威甚狼虎，商难独行。恐小寇不除，终酿大祸。下梗道路，上坏国法。乞大振霆威，尽歼凶党。法行民安，感激金呈。"熊爷问曰："盗贼既多，杀人何并无事主告发？"众里老曰："彼所谋者，皆远方客旅，故无人告。"熊爷曰："路途中怎辨土人、远客，乃谋远客而不谋土人？"众里老曰："土人远客，犹易为辨。但所谋者皆有财之客，而无财者虽独行无恙，此尤可怪也。"熊爷闻此，便知客人必在店中露财，被贼瞧见而然。此为贼者，非店中人，亦必店中为耳目也。乃嘱手下曰："你在外去家找八名把势[3]来，我有用他处。"既而叫得朱元、李武等八人来，皆高手把势也。熊爷吩咐之曰："此中各店，每见客人露财，便于山岭僻处出行谋害。今命汝八人分作四路，每二人中挑一人品大者装为客主，一身材矮小者装为客奴。每人赏你真碎银各一两，又赐槽假银各十两。但到店，故意露财与见。次日早行，须于山僻处着意提防。倘有贼出，用心擒拿，我后有公差来相助。若拿得真正贼到，各加重赏。"又吩咐公差十二人，亦装为客旅，分作四路，与把势隔一望之地而行。若遇把势与贼敌，即赴前助擒之。分拨去讫。

朱元、黄泰往东路去，在店中展开银包，有槽银二十锭，碎银一二两，多将买酒肉歌唱而饮。有脚夫[4]来问要轿否，朱元答以明日早行，不要轿。次日黎明而行。到东岭，山高林密，果有强人一拳打来。朱元劈开，又一贼打出，黄泰敌住。喊声正闹，三个公差急从后来相助，将二贼打倒绑住。李武、郑长往北路，亦拿得二贼来。惟洪运等四人往西、南二路，未曾遇贼，亦回。次日，将贼解见。熊爷以银八两赏朱元、李武等四人去。洪运四人未拿有贼，前已得银四两，今止省发使去。熊爷审贼曰："你怎知客人有银便谋害他？"贼巴提、牧济等答曰："我辈都是店傍无藉，时或为客人脚夫，或为彼代揽雇夫。见客人露财，因此生心谋害，若不见其财，怎无故谋他？此情惟各开店者知之，但彼不敢言也。今已久积罪恶，被拿到此，望老爷超生救死，愿放行自新。"熊爷曰："贼情重事，我不得专，须申去凭上司判断，我岂能救你？"各打三十收监。

熊爷判曰："审得巴提、牧济等，欲深溪壑，贪甚豺狼。或欺人不敌，明夺一介行李；或袭人无备，公取万贯奚囊。以盗而行乎强，似虎而传之翼。公然抱茅入竹，老杜兴嗟[5]；白昼剽吏夺金，贾傅太息[6]。货悖而入，人莫谁何；法立虽严，恬然不畏。红日上矣，雪霾依然未消；清天湛兮，鬼魅敢尔复出。欲剪道路之荆棘，勿惜挫砍之斧斤。"

申上两院，两院令覆审明白。知谋财害命是的，将四贼各拟斩罪。自是博罗一县，盗贼屏息，商旅坦行，人咸感熊爷之恩。

按：前官捕盗者，公差到店，彼贼已早知避，自然敛戢[7]数日，何处捉之？惟熊爷知店中有弊，先从店中瞒过，以把势装客去捉，是以客人当公差也，贼安得不就执戮乎？故为官者，在知民情，而设为驾驭之术，则下无遁情矣。

【注释】

［1］朝觐：臣子上朝谒见君主。

［2］蠹民：指害人的人或事物。

［3］把势：指武术的架式，亦指武艺、老手、行家。

［4］脚夫：专门为别人搬运物品的人或被人雇用赶牲口的人。

［5］公然抱茅入竹，老杜兴嗟：事关唐朝诗人杜甫《茅屋为秋风所破歌》诗句。

［6］白昼剽吏夺金，贾傅太息：事关汉代贾谊《治安策》。贾谊因曾官长沙王太傅，故称为贾傅。

［7］敛戢：自我克制、约束行动。

（刘通）

【述评】

案件的侦破，关键在于根据案情确定侦查方向。熊主簿根据"所谋者皆有财之客，而无财者虽独行无恙"的特点，"便知客人必在店中露财，被贼瞧见而然。此为贼者，非店中人，亦必店中为耳目也"。明确了侦查的方向和嫌疑对象。据此设计，巧捉强贼，为民除害。

（胡丙杰）

舒佥事计捉鼠贼（见图52）

【原文】

嘉靖辛酉间，倭寇乱闽，兴、漳为甚。乡官林命致仕[1]而归，所得宦囊[2]甚厚，不敢复归梓里，寓居于建宁府之临江门。忽一日，雇匠人修盖房屋。内一匠密汲，原江右人，流寓建宁，日为工匠，夜为小偷。因盖屋，见乡官房楼上堆积皮箱甚多，疑必是银，遂邀蒋承熙等去偷。盖承熙系建

图 52　黄瑞亭引自明万历刊本，余象斗《诸司公案·舒金事计捉鼠贼》

阳之鼠贼渠魁[3]，智巧轻捷，机变风生，夜无虚出，出必满载而归。故市井无藉、衙门人役图饱口腹者，多入其伙，徒弟几以百计。特四处失物者，所获窃盗，俱指是承熙入宅，故屡屡经告，刺字[4]至于再三。今密汲邀去，夤缘登林衙屋上，割开桷拉而下。偷出皮箱六个，每箱银五百两。贼众喜悦，时已煞摇天近晓矣。承熙曰："乡官失物必不罢休，今将天晓，难待分银而散，宜埋于地，候搜寻稍缓，然后分之。"众以为然。埋于乔俗宅床前之踏板下。

次早，林乡宦见房楼上大光，及去看，乃失去皮箱六个。知是被盗，心甚慌忙，亲往见建宁道台曰："状告为盗罄余囊事：投宿管属，冀图安宁，并无租产，取给宦囊。讵意昨夜盗从屋上割入房楼，偷去皮箱六个，银千余两，余囊尽空，不留锱铢，老幼嗷嗷，无以为命。官休财罄，家寄田无。虽云窃盗，惨甚劫掳。乞究盗追赃，给领养命。叩告。"时舒芬为道，极有名色。即召本府及建瓯二县[5]巡捕，责曰："林乡官昨夜被盗，失去银千余两。你等为巡捕，令盗纵横如此，自是关你与守之事。且限你五日内定要根究出贼，不然亦不要为巡捕矣。"三巡捕甚是惊惶，各召捕盗快手，叮咛曰："林乡官被盗失去银千余两，今舒爷吩咐，限你们三日要捕得贼，不然定打死你们，都是你辈与贼通同作弊，故衙门前贼风如此。何用你辈为捕盗，空费工食！"众捕盗闻是舒爷之命，谁不惊怕，各往在城惯贼家去体访搜寻，并无踪迹。不数日间，众贼并知林乡官告他，舒爷要拿得急矣。及近晚，舒公问左右曰："今建城中何佛最灵？"左右答曰："惟城外东岳庙[6]最是灵验，士民祈签许愿者接迹并肩，无时刻空闲。"舒公召手下二十人嘱曰："城内各庵庙有灵者，每二人守一庵。但夜有人祈签许愿者，各宜捕之来见。"众人领命去讫。夜间，舒公微服小帽，同一皂隶，一门子，亲往东岳庙，坐于香案下。少顷，有四人来祷祝曰："今有人在舒爷台下告我，拿得甚急，敬来许下良愿，红猪一口，金银一千，三牲酒礼，倘躲避得过，清吉无事，即来赛还良愿。"拜罢而去。舒公听得前言，即同门皂跟此四人入城，到西门，四人共入门去。一人在床前踏板上跳曰："更有些动。"舒公密命皂隶去唤巡捕。少顷，巡捕领众手下连忙来到。舒公曰："四个贼在此，可锁来。"手下拥入门去锁住。舒公指床前踏板下曰："贼赃藏在此。"手下实时掘开，取出六个皮箱，内都觉重，舒公命将四贼收监，皮箱抬入衙内。众人都惊疑曰："舒爷有何神见，便知此四人是贼，又知贼赃在踏板下？此六皮箱这重，莫非即林乡官家物乎？"

次日，舒公命人去请林乡官，相见礼毕。舒曰："承所告状，料贼应可捉，只恐银必分散，赃难追完。"林曰："银数多，彼虽分散，未必用尽，但恐正贼难捉耳。"舒曰："足下告银太多，岂有窃盗而有偷银至千者乎？此状惟我准之，他官则不信也。"林曰："银实有一千，不敢欺也。"舒曰："果多不可少告，若果少不可多增。若捉得贼而多索他赃，便属冒认矣。"林曰："纵拿得贼，愿追一千领足矣。"舒曰："公皮箱自认得否？"林曰："箱都有锁，尚有锁钥在家。"舒公以两皮箱与认，林曰："是也。"以锁钥来，果开得。及查银数，已是一千了，将补状来领。舒公又以四箱与认，林曰："亦是也。"舒曰："状告一千，安得认三千都是？"林曰："实是三千，恐银多难人信，故不敢告。今蒙寻出，愿奉二箱公用。"舒曰："吾岂利公财乎！"坚辞不受。林大感德而去。再取四贼来问，乃是蒋承熙、密汲、乔裕、谭漆等，一一承认，招出所盗之由。

舒公判曰："审得蒋承熙等，生理不安，穿窬[7]是习。徒逞疾贫之勇。攘臂横行；不充羞恶之良，扪心自愧。潜来梁上，欲探箧内之藏；闯入闺中，思夺囊间之宝。苟且[8]惟利于一取，暮夜罔恤乎四知。城郭敢肆跳梁，则穷乡尤甚仕宦。暗遭窃盗，则下民可知。赃满三千，何止秦宫狐白[9]；罪盈巨万，岂减鲁帑大弓。承熙犯至再三，宜加以绞；谭漆仅附初犯，薄示以黥[10]。密汲指引群奸，法宜廉坐；乔裕窝藏小丑，罪与盗同。"

此判以承熙惯贼拟绞。后谭纶军门，牌仰[11]舒道督匠造箭；以备军用。箭成，匠谓宜以贼试箭，乃利官军[12]。舒道缚承熙于教场[13]，令众射之而死。

　　按：此案舒公知己素为群盗所畏。故先命巡捕捕盗，游扬欲捉之声势。又知建城人信神，料贼惧拿急，必去投佛，遂从此捕之。而正犯真赃不劳而得，公真摘伏如神哉！

【注释】

　　[1] 致仕：辞官退休。

　　[2] 宦囊：因做官而得到的财物。

　　[3] 渠魁：盗寇中的首脑。

　　[4] 刺字：古时在罪犯的肌肤上刺字后染墨，依罪刑轻重的不同，分为刺臂与刺面两种。

　　[5] 本府及建瓯二县：指建宁府及下辖建安县与瓯宁县。

　　[6] 东岳庙：建瓯市东岳庙，至今犹存，笔者曾经到访过。

　　[7] 穿窬：指翻墙头或钻墙洞的盗窃行为。

　　[8] 苞苴：指包装鱼肉等用的草袋，也指馈赠的礼物。

　　[9] 秦宫狐白：田文（生卒年不详），即孟尝君。战国时齐国临淄（今山东省淄博市临淄区）人。曾一度入秦为相，遭谗被囚，赖其宾客于夜间化装成狗，钻入秦宫中的仓库，盗出他献的那件狐白裘以赂秦昭王幸姬，才得以出关逃回。

　　[10] 黥：黥刑，又名墨刑，刺字，上古的五刑之一，是中国古代封建社会中使用时间最长的一种肉刑，直至清末光绪三十二年（1906）修订《大清律例》时才被彻底废除，前后沿用时间长达数千年。

　　[11] 牌仰：下达令牌指示。

　　[12] 官军：旧时国家的正式军队。

　　[13] 教场：古时操练与检阅军队的场地。

（刘通）

【述评】

　　该案，是利用罪犯对神灵的信任和心理特点破案。盗贼作案后面临被捉拿的危险，为求平安可能到庵庙祈签许愿而道出盗窃事实，舒金事巧妙设计在城内各庵庙安排皂隶"守株待兔"，将盗贼缉拿归案。

（胡丙杰）

顾县令判盗牛贼

【原文】

建康人孙严，养一黄牛母，大角、黑蹄、长尾、高项，岁生一，特甚有利息。忽夜被盗偷去。彼盗亦爱此牛好形象，兼又有孕，亦不忍杀，留之已养过两月。后孙严往乡寻佃，路逢前牛，认是己家所失的，将牵归。其牧牛者麻给出来与争，称是己物，不合孙严冒认。孙严认得已真，知此牧牛者必是盗，随投地方。将牛交与里长、总甲，因往县赴告曰："状告为盗牛事：家素业农，养牛代耕。前月十七半夜，被盗挖开牛栏，偷去孕子牛母一头，四下跟寻。现在惯贼麻给家，当投地方看认已真。彼贼刁强，顽拒不还，反逞凶殴。投台剪贼，追牛给主，感激上告。"麻给去诉曰："状诉为强占事：家畜耕牛已经两载，突出孙严冒认己物。彼牛前月方失，我牛畜牧已久，先后不同，里田周知。若盗伊牛，当即烹宰，岂留又畜？伊自失物，何冒认补，更甚于盗。乞台详情，剪强杜占，民得安生，不遭诬害。叩诉。"

时进士顾宪之为令，提来亲审。两下执争，不能制服。顾公曰："孙严牛母，已畜几年？"孙曰："亦二年了。"顾公曰："既二年，必识旧主之路。吾令快手虞信，与你二人同跟此牛去孙严家五里外解放，任其所往，不得驱逐。看此牛知往孙家否，然后回报。"虞信依命与孙严、麻给牵此牛去，放于孙宅五里之外。近晚来，牛径往孙家入栏去宿。次日，虞信押孙、麻二人同来，一一依实回报。顾公曰："果是孙家牛，故知入孙家栏也，麻给之盗情明矣。"麻给乃顿首服罪。

顾侯判曰："审得麻给殉利丧心，贪得害义。睹牛豢之悦口，欲充口腹之私；见肥甘而朵顺，将图顾养之利。耕云[1]大武[2]，乘夜牵来；喘月[3]太牢[4]，因机移去。不畏彦方[5]之知；梁上逡巡[6]，难异仲弓[7]之恕。犹且诉称强占，敢纷讼辩[8]于公庭[9]。盖至牛识旧栏，知物应归于故主。罪同窃盗，罚计赃科。"

按：牛失已久，盗畜已熟，彼安肯自认为盗？但放牛任往，倘知故主，则盗情便明矣，犹胜于吊里邻以证盗，用拶挟以逼招也。

【注释】

　　[1] 耕云：耕云钓雨，借指过着恬淡闲适的生活。

　　[2] 大武：用于祭祀的牛。

　　[3] 喘月：本指吴牛望月而喘，比喻遇到类似的事物因疑心而胆怯、害怕。

　　[4] 太牢：古代祭祀天地，以牛、羊、猪三牲具备为太牢，以示尊崇之意。太牢亦是牛的别名。

　　[5] 彦方：姓王名烈，字彦方（141—219），太原人，凭借品德高尚称著乡里。曾有个盗牛的被主人抓住，盗犯向牛主认罪，说："判刑杀头我都心甘情愿，只求不要让王彦方知道这件事。"王烈听说后派人去看望他，还送给他半匹布。有人问这是为什么？王烈说："盗牛人怕我知道他的过错，说明他有羞耻之心。我这样做正是为了鼓励他改过。"后来那个盗牛的人做到了拾金不昧。由此可见王烈盛德感化之深，已远胜过刑罚的力量。

　　[6] 逡巡：因为有所顾虑而徘徊不前。

　　[7] 仲弓：春秋时期鲁国冉雍的字，也称子弓。孔子的学生，以德行著称。

　　[8] 讼辩：争辩。

　　[9] 公庭：公堂、法庭。

（刘通）

【述评】

　　这是利用动物的记忆力进行破案的例子。顾县令认为如果该牛在牛主孙严家养了两年，"必识旧主之路"，将该牛放于孙宅五里之外，牛径往孙家入栏去宿。科学研究证明，动物的记忆力与它们的智力和脑容量有关，高等动物的记忆力就比低等动物强得多。有一匹马在矿井下拉车十年，这段时间它从未上过地面，后来由于衰老的缘故，有一天主人把它送出矿井，它立即直奔向离矿井很远的饲养场，十年光阴一点都没有冲淡老马的记忆力，真可谓"老马识途"。动物的记忆力远超人们的想象，这不仅仅是先天本能或条件反射那么简单，而是动物们在漫长的生存演化之路中逐渐形成的。虽然科学家们进行了大量的试验和研究，但关于动物的记忆力仍然有许多未解之谜。

　　该故事来源于《疑狱集》（三卷）"宪之知牛主"。

（胡丙杰）

柳太尹设榜捕盗（见图53）

图53　黄瑞亭引自明万历刊本，余象斗《诸司公案·柳太尹设榜捕盗》

【原文】

广陵县胡纳忠，世家巨富。忽夜被强盗三十余人，明火劫掠，掳去财帛不可胜计。又家人被伤，婢妾被辱，受亏[1]难忍。奈贼散去后，莫知所在，只得赴县陈告云："状告为强劫事：台法霜清，民生有主。盗风蜂起[2]，世界变常。忠素善弱，守积财帛。陡于今月十三夜静人定，强盗三十余徒，明火持杖，打进大门，捆缚男女，杀伤老幼，淫辱婢妾，勒逼金银，抄掳钱帛，家财齾[3]空，门壁粉碎，荼毒非常。冤屈弥天，恳台准差捕盗，缉拿众贼正法，惩恶究赃，追给被掳赀财[4]，开单黏告。"时柳庆为令，审曰："盗有许多，岂不能认一二人乎？"胡纳忠曰："贼皆白布包头，烟墨搽脸，故不能认。虽有影响相似者，今亦不敢妄指。"柳曰："汝一家并无一人脱走乎？"胡曰："大门一响，贼群拥入，焉能走脱？"柳曰："邻里亦无相助逐贼者乎？"胡曰："贼势浩大，人那敢赶之？"柳曰："汝乡有惯为盗者，有与你有深仇者，有夜间所见之贼举动似某人者，可逐件开来。"胡即取笔面报曰："某也惯贼，某也与我有仇，前夜之贼有似某人者。"一连共疏二十余人。柳尹都拘来审,众人各不肯认。柳曰:"且拘你辈在监,可各代他跟寻得贼出,然后放你。"由是官拿既紧,众人各为体访。又且柳尹知贼众既多,人心不一,今捕拿又紧,贼岂不惧,此可设诈以求之。乃作匿名帖,令手下贴于衙前曰:"我等共劫胡家,徒侣[5]混杂,终恐泄露。今欲首伏[6],恐不免诛。若听先首免罪,便欲来告。"又将此帖贴胡家附近。各处贼见此帖,果然彼此相疑,都道自己伙中真个有人要先首免罪者。胡纳忠亦信之,谓真是贼帖,乃揭与官看。胡令遂出一告示张挂:"见得前日劫贼,若有悔过自新先出告首者,许免其罪。"居二日,有王家一奴沓吉,自出首曰:"状首为恶党牵玷事:吉本家奴,素非徒棍。不幸前月十三夜出守园,路遇强徒三十余众,执将扣命,哀告乞免。逼往胡家,同伙打劫,并未分赃。蒙台出榜,先首免罪,理合首明。乞念孱奴被胁,情非得已,愿悔夙非,许开后善。上首。"柳尹曰:"汝自首明,本当赦罪[7]不问。但当报出别贼,方可免你,岂但洗明自己乎!"沓吉曰:"别贼生面,不知是谁。"柳尹曰:"岂无一二熟人乎?"沓吉曰:"认不真,不敢妄指。"柳尹怒,将吉挟起。吉难禁痛,乃报出缪复、于聪二人。又提缪、于到,严刑拷勘,乃尽报出三十人。柳尹曰:"吉先出首,又系胁从,又未分赃,理当独赦。余人都拟死。"缪复等恨吉首出他辈,都执曰:"吉本同谋同劫,又分赃某物,哪是胁从?死便当同死,怎得独生?"柳尹曰:"吉若便告出三十人,虽同谋亦应免死。彼初但胡涂洗己,待然后指出一人,便知是同伙之贼。亦不得以自首减等论矣,理当同罪。"遂各令画招。

柳侯判曰:"审得缪复、于聪等,闾阎恶少,市井饿夫。啸集不义之徒,逞威恣肆;指挥无赖之党,乘夜纵横。举燧而行,不惮邻人之觉;斩关以入,尽发事主之藏。杀戮自由,猛过豺狼之势;奸淫无忌,毒甚犬羊之凶。日甚一日而谁何,浸淫鲁邦之盗跖;三十三人而不戢,依稀梁山之宋江[8]。盗取人于萑蒲,子太叔兴徒悉歼[9];贼共谋于空舍,赵广汉遣吏捕诛[10]。如患胜残之难,何惜无道之杀。不分首从,俱正典刑。"

按:此匿名帖之设,即兵家反间之计,此推其意而用之,果能钩索乎贼党。故知治狱无定法,在官之临机设算而善发摘之也。

【注释】

[1] 受亏:吃亏、受损失。

[2] 蜂起:指很多人或事物如群蜂飞舞,纷然并起。

[3] 髙：高的异体字。

[4] 赀财：资财，钱财、财物。

[5] 徒侣：朋辈、同伴。

[6] 首伏：犹言坦白服罪。

[7] 赦罪：赦免罪行。

[8] 宋江：人名。生卒年不详，宋郓城人。徽宗时为盗，侯蒙知亳州，上疏请招抚之，未成而侯蒙先卒。后张叔夜擒其副魁，江乃降。

[9] 盗取人于萑蒲，子太叔兴徒悉歼：据《太平御览·治道部·卷三》载："太叔为政，不忍猛而宽。郑国多盗，聚人于萑蒲苻之泽。太叔悔之曰：'吾早从夫子，不及此。'兴徒兵以攻蒲苻之盗，尽杀之，盗少止。"

[10] 贼共谋于空舍，赵广汉遣吏捕诛：据汉朝班固《赵广汉传》载："郡中盗贼，间里轻侠，其根株窟穴所在，及吏受取请求铢两之奸，皆知之。长安少年数人会穷里空舍谋共劫人，坐语未讫，广汉使吏捕治具服。"

（刘通）

【述评】

该案，柳太尹利用"贼众既多，人心不一""彼此相疑"的心理特点，以先自首者免罪为幌子，设计将其中的一人诱骗出来自首。以此为突破口，将同伙三十三人一网打尽。这有点类似博弈论中的"囚徒困境"，反映个人最佳选择并非团体最佳选择。"囚徒困境"是1950年美国兰德公司的梅里尔·弗勒德（Merrill Flood）和梅尔文·德雷希尔（Melvin Dresher）拟定出相关困境的理论，后来由顾问艾伯特·塔克（Albert Tucker）以囚徒方式阐述，并命名为"囚徒困境"。两个共谋犯罪的人被关入监狱，不能互相沟通情况。如果两个人都不揭发对方，则由于证据不确定，每个人都坐牢一年；若一人揭发，而另一人沉默，则揭发者因为立功而立即获释，沉默者因不合作而入狱十年；若互相揭发，则因证据确实，二者都判刑八年。由于囚徒无法信任对方，因此倾向于互相揭发，而不是同守沉默。最终导致纳什均衡仅落在非合作点上的博弈模型。

该故事来源于《疑狱集》（五卷）"柳设榜牒"。

（胡丙杰）

许太府计获全盗（见图54）

图54 黄瑞亭引自明万历刊本，余象斗《诸司公案·许太府计获全盗》

【原文】

　　曹州省祭吏赵夔，同父往京，多备银两，将营升好任。未至凤阳府，十里路上行迟，故靠晚尚未投店。忽强盗十余人骤出，拦路杀死其父，尽掳去行李盘缠，乘夜散去，茫无踪迹。次日，于附近地方，查访本地惯贼姓名，人并无言者。乃往府告曰："状告为杀命惨惊事：刀笔蚁程，辛苦万状。挨得省祭，铁杵成针。哭夔祭吏收括赀财，同父往京，将营微任，前晚在路，强盗十余，腰刀手棍，杀死夔父，劫去行李，靡有孑遗。痛父非命，仇不戴天，只身孤苦，窘莫度日。老暮微程，遭坑沦落。羁魂飘摇，凄楚莫禁。乞究贼穷脏，正法殄恶。父冤得雪，九泉叩吁。蚁困再苏，万死铭刻。哀告。"许太府见此状情极惨，奈贼无证据，难以捕捉，便心生一计，故发怒骂曰："这刁吏可恶！你两父子在路，纵有贼谋你，只一二人止耳，乃一连牵告此二三十人，且暮夜之间，汝何神见，能尽知此贼名。依你状所告，是本府之人户皆为盗也，非妄指平民乎！杀人之辜，汝自当之。且加以扭锁收监听审，不然异省棍徒自告假状，必是走也。"赵夔是个猾吏[1]，他状中并未告贼名，太府怒他不合告二三十人，又将他收监，知必有计，便入监去不辩。许太府叫刑房吏曰："赵夔所告贼名太多，中间亦有真贼，亦有被陷者。可出告示，令他来诉，然后出拿未诉者。"刑吏即写告示张挂："知凤阳府事许，为杀命惨掠事：据曹州省祭吏赵夔状告前事，中间指告贼名三十余人，其真盗固多，而无故被陷者亦有。若信一偏之词，尽捕无辜之党，则官不胜烦，而民亦不胜冤矣。为此合行出示，晓谕远近居民，除平素为盗者不得妄行辩诉外，其有为仇所陷，嗾赵牵告者，限三日内许各以情来诉，毋致薰为莸杂[2]，玉以石混，但有惯盗而巧饰混诉者，查出重行惩治。亦有非盗而三日内不诉出者，后差票[3]拘到，一并以盗例拷勘真伪，然后发落，决不轻恕。须至告示者。"

此示一出，群盗见之，皆心自揣曰："想赵吏父被杀，行李被劫，心中不甘，故访问地方之时，人心以我辈名报之，彼故尽知众贼名姓也。今太府有此开豁告示，宜早出诉之。"由是惯盗宣雅、郁周、满服等十余人，相继出诉。又有项金者，实前日劫赵夔之贼首，心下亦疑曰："我素得地方憎嫉，想我名亦必报去，须要去诉。"其状云："诉为仇唆飞陷事：金素守分，负贩生理。日前与地方总甲买卖角口，因致仇恨。今赵夔被劫，总甲挟仇，唆挂金名。蒙台明示，许早自诉。理合先呈，免遭陷害。上诉。"许太府见诸诉状，心中喜曰："此皆是彼强盗自生猜疑而来诉也。想劫赵吏之盗亦必有在其中者，但须得真赃，便可坐正犯矣。"乃密嘱赵吏明日对审，只可求追赃归去，不可说起杀父命之事。次日，许公吊诸诉状人来，候面审发落。又取出赵夔来曰："汝认此众人是贼否？"赵夔曰："那时天晚半黑，俱难认了。小的在先尚指望授一官半职，今要丁忧[4]，亦不消过京。但孤身无倚，又无文钱度日。乞将众人追些盘缠，与我回，便是老爷天恩。纵拿得真贼问他死罪，小的要回家，后大巡审录无人在此执对，终是开他矣。究真贼何益，惟愿追盘缠回去为幸。"许公曰："你众人都地方报来，其贼是真。今赵省祭言亦可怜，可每人追银二两与他。"宣雅等不肯。许公要动刑[5]，贡金即率众曰："愿如命。"遂令皂隶押去，即刻限秤完。后令赵夔认过，有是原银否。夔指满服二两曰："此是我银。"许公即将满服挟起曰："你可报出原伙，都要助他二两。"满服见只说助银，亦不妨事，未待重刑，便指出贡金、索栋等在堂五人，更党权等十人未出诉者。许公即令拿党权等都到，专拷究赃银，已十完六七矣。命赵夔领去。夔泣曰："银蒙老爷断给，虽无全数，当亦罢休。只老父被杀，大仇未伸，要依律法，将强盗灭歼，则死者瞑目，生者甘心矣。"许太府故沉思曰："你先只说追赃，故为你追完。今要依律问，则强盗不分首从，皆当问死矣。只拟贡金、满服二死罢。"赵夔曰："律若只该二人死，便依爷所断。"许公曰："依律何止二人死，此十余人皆当死矣。"夔曰："律该都死，纵老爷肯放，上司亦不肯放矣。"因夔坚执，将金等遂皆拟死。

许公判曰："审得贡金、满服、索栋、党权等，肆豺狼于当道，植荆棘于要途。挺玉剑而含霜，辉辉载路；栾星弧以对月，肃肃盈衢。如狐鼠之夜行，似熠耀而霄出。倦游远客，方嗟行路之难；好勇凶徒，突起夺财之想。臂方腰刃，众且成群；杀命谋财，人谁敢抗。伤哉白毛之叟，颈刎荒郊；苦矣三考之胥，身羁异域。既取其货，又伤其父，狼贪与虎暴兼资；杀人见刃，劫人见赃，渠魁与胁从俱戮。方快众愤，庶伸国威。"

按：此路中被劫贼本难捕，况远客告状，势难久待。许公先怒告者，似无为彼治贼之意；后出许诉告示，又似有惜民之心。则贼必争告掩非，希图解脱。岂知正堕许公术中乎！不三日，而盗已得；不阅月[6]，而吏可归。虽如神之判不过是也。

【注释】

[1] 猾吏：奸刁的官吏。

[2] 熏为莸杂：有成语"薰莸错杂"。薰：香草，比喻善类；莸：臭草，比喻恶物。香草和臭草放在一起，比喻善恶同处，恶者掩善。

[3] 差票：旧时地方官派差役传人的凭证。

[4] 丁忧：遭逢父母的丧事，也称为"丁艰"。

[5] 动刑：使用刑具。

[6] 阅月：经一月。

(刘通)

【述评】

该案，也是利用心理战术，出具告示，采用计谋诱骗盗贼争相投案自首，并且开始时"只求追赃归去，不说起杀父命之事"，让盗贼放松警惕，误以为只要退回赃银，不会受到重刑处罚。最后，将盗贼团伙擒拿处决。

(胡丙杰)

吕分守知贼诈丧

【原文】

　　洛阳有贼闻谐、盖惠、涂聪等,聚众三十余人,将过江劫掠。先遣白礼、丁禅十余人,装为客旅,陆续先行。后以枪刀藏于棺木中,诈作行丧,过江去葬。而诸贼即装为车夫、为孝子以送。时到江尚早,以棺木停于路傍而歇。适分守吕元膺因出游赏,乃登高阜[1]瞰原野。忽见丧舆驻之道左,移时不去。男子五人,皆缞服[2]随之。吕公指谓手下曰:"凡远葬则休,近葬则省。今观众车夫皆未困倦力乏,而在此久歇,此非丧也,必是奸党为诈。"命手下拿五个孝子来。单取一人去问曰:"是何人丧?"答曰:"母丧。"问其母死之年月日时,以笔记之。又取一个去问,其答不同。遍取问之,所对皆异。许公乃令左右开棺搜之。其棺内皆是兵刃,柄长七尺,与棺相齐,公诘问其情。闻谐见情已败露,难以遮掩,乃实供曰:"某等皆盗也。将过江掠货,是以假装丧舆,使渡者不疑耳。不意被老爷察出,幸谋而未行。望开条活路,饶某等性命,愿改过自新,再不敢为恶生非。"吕公曰:"汝十五人,而器械共三十二把,岂一人能用两器乎?此必有伙先在,过江相候,可报名来。"闻谐曰:"老爷神见,不敢欺谩。果有同党十余人,已于彼岸期集矣。"吕公曰:"我命手下同你去拿来,一同供招立案,许你后日改过,今番姑从薄治。"闻谐同公差过岸,与党辈说被吕爷拿出情状,今已报名在官,宜去服罪输诚,庶得轻罚。白礼等都治下百姓,名已报出,怎能逃避,只得来叩头求赦。

　　吕公判曰:"审得闻谐、白礼等,群居终日,聚首合谋。封豕长蛇[3],广结眶眺之辈;草狐莽鼠,大张羽翼之徒。期百足之难僵[4],召飞蛾而争赴[5]。谋施空舍,已逃广汉之捕诛;计渡长江,欲效杨公之劫掠。白衣摇橹,潜形蒲渚之间;红帛盖丧,藏器柳中之内。使时堪乘,便出没而掠商贾之舟;倘势可为,奸往来而夺海陆之货。郭解[6]翩跹于炎汉[7],厉由此阶;元达[8]横放于田齐[9],恶从兹酿。苟毫末之不剪,将斧柯之必寻[10]。幸伐其先谋,施辐衡于未角;故制其死命,去豕之利牙。盗谋强而未行,罚比窃而从重。"

判讫，将三十二人各打二十，拟发各驿为徒。

按：此未经人告，吕公止因其丧车停久，遂察其有奸。真如太阳丽天，物无遗照哉！

【注释】

[1] 高阜：高的土山。

[2] 缞服：丧服。

[3] 封豕长蛇：亦作"封豨修蛇"，指大猪与长蛇，喻贪暴者。

[4] 百足之难僵：即百足不僵，比喻势力雄厚的集体或个人一时不易垮台。

[5] 飞蛾而争赴：即飞蛾赴火，比喻自寻死路、自取灭亡。

[6] 郭解：字翁伯，河内郡轵县（今河南省济源市轵城镇）人，西汉时期游侠。小时候残忍狠毒，心中愤慨不快时，亲手杀的人很多。不惜牺牲生命去替朋友报仇，藏匿亡命徒去犯法抢劫，停下来就私铸钱币，盗挖坟墓，他的不法活动数也数不清。

[7] 炎汉：汉自称以火德王，故称炎汉。此外，传说上古炎帝为汉族祖先，因称中国或汉族为炎汉。

[8] 元达：初名守旻（952—993），洺州鸡泽人。曾从少年数十百人欲起为盗，里中父老交戒之，乃止。

[9] 田齐：周初，齐国原为姜姓。春秋末，田氏夺得政权，世称田齐。

[10] 苟毫末之不剪，将斧柯之必寻：有汉语成语"毫末不札，将寻斧柯"，比喻祸害萌生时若不重视，酿成大患，再要消除，就很困难。

（刘通）

【述评】

该案，吕分守以其敏锐的观察力，识破"以枪刀藏于棺木中，诈作行丧"的盗贼团伙，并通过分别审问，根据各人所答不一致，进而搜出凶器而证实。从而阻止了犯罪行为的发生，并对犯罪团伙进行了惩处。

该故事来源于《疑狱集》（二卷）"元膺知丧诈"。

（胡丙杰）

韩主簿计吐樱桃

【原文】

韩彦超为茌平县主簿，明足以察奸，恕足以容物，事无大小，皆洞烛之如神。时三月间，人有送之礼物者，韩公受其酒一樽、鲜鱼二尾、新樱桃一盘，令主吏李辅收之。俄而李辅送案卷于堂上。主簿衙雇有工役人造作器皿。漆匠张其修，与弟焕最贪饕刁顽，见有樱桃，乃弟兄恣意食之，靡有一遗。食讫，其总投于衙外僻处。及李辅归，只留空盘，并无樱桃，连忙禀曰："适小的送卷堂上去，所收樱桃并无一存。此间惟有给役诸人在，想是他所偷食也。"及问诸匠，张其修曰："小的工匠之人，最要老实。凡在百姓家，亦不敢胡乱窃他物，况老爷衙中工役，岂敢窃食樱桃？"韩公想吏必不敢欺瞒："此是工匠食的，只小物不好拷勘。若不究出明白，他道我官府亦昏昧[1]可欺。"乃伪安慰之曰："汝等岂敢窃新物耶？盖主者诬执耳，可好作功夫，勿怀忧惧[2]。"即而赐诸匠以酒，潜令左右入黎芦[3]散于酒中。既饮之后，立皆呕吐。张其修兄弟所吐出新樱桃最多，他匠亦二人有之，然不多。因指出是其修兄弟先食，后二匠亦食几个，其情悉真，诸匠乃伏罪无词。

韩公判曰："口腹之欲，人所性也。新物之嗜，性所同也。第物在于官，不可妄窃。而情出于真，不可复欺。今张其修、其焕兄弟给役，饕食恣情。红弹累累，辍起垂涎之想；金丸颗颗，随充馋口之私。使群工分物之疑，而典吏[4]惊失守之罪。追指盗情于各役，犹敢强辩于公庭。始也不应偷而偷，失在纵欲；既也不应隐而隐，罪在欺官。倘不究其情，汝藐官可欺也；若随加以罪，将怨我太刻乎。故吐之以示吾明，而宥之以全吾厚。尚新后善，勿蹈前非。"

按：失樱桃小事，虽不究亦可。但奸人遂无所畏，公以黎芦散吐之，虽似太察，犹愈乎以刑强治，而彼不肯输情也。况小事又不可用重刑乎。厥后赦之勿罪，则彼方畏其明，又怀其宽。一小事而恩威[5]并着，治才良可嘉也。

【注释】

[1] 昏昧：昏庸愚昧，不明事理。

[2] 忧惧：忧愁恐惧。

[3] 黎芦：一种常用中药材，具有明显的催吐作用。

[4] 典吏：主管官吏，或者吏员的通称。

[5] 恩威：恩惠与威力，多指仁政与刑治。

（刘通）

【述评】

该案，韩主簿在酒中加入黎芦（一种具有催吐作用的中药材），使偷食者吐出已吃的樱桃，目的在于"吐之以示吾明，而宥之以全吾厚"。

该故事来源于《疑狱集》（三卷）"彦超立吐樱"。

（胡丙杰）

路县尹判盗瓜

【原文】

原武县民娄以济，以种瓜为业，被邻人刁启寅纵猪作践[1]之。以济间杀其猪，启寅怀恨于心。过一月余，夜往尽锄断其瓜苗，以报杀猪之恨。以济不知为谁所锄，往县告曰："状告为绝业坑命事：以济村农，种瓜为业，一家衣食，仰瓜为命。夜被何盗，尽行划断[2]，不留一蔓。瓜遭坏尽，家无别业，老幼哭天，日食无度。投天究贼，治罪取偿，一家有望，不至饿死。感激叩告。"时路伯通为县令，见此状所告，既无盗名，又无明证，何以捕治？乃思曰："锄瓜必用锄头，而瓜藤味苦，彼锄断一园之瓜，其锄刃必有苦味，可就此处参之。"遂令快手四人，径往以济村中去，见得本县要开路接上司，可尽将本村锄头借用一日。其柄都要自写名字，以便次日散还。不半日，将一村锄头尽收到。路公谓以济曰："汝告盗锄瓜，又无姓名。可将此锄刀舐过，看某刃有苦味，吾即为尔捕锄瓜之人。"以济依命舐刃。有一把果有苦味，其柄上写有刁启寅记号。路公即命拿启寅到，曰：

"汝何故昨夜锄断以济一园瓜？"启寅不肯承认。路公曰："瓜藤味苦，汝锄刃独苦，安得云非是？汝可自舐之，又舐他人的，看有苦味否？我正将此锄辨之，不然，我命百姓开路，岂要借你乡锄头用乎？"启寅无以抵饰，乃顿首伏罪。

路公判曰："审得刁启寅阴鸷[3]害物，懁忮[4]仇人。瓜瑗绵绵，方发雨中之秀；耰[5]锄籍籍，旋柢月下之根。蔓见日而焦枯，叶无霜而萎。未经黄台之摘[6]，瓜实已空；尽叶青门之封，东陵何望[7]。欲献德宗于道上，莫效忠忱；思沉邺都之井中，那供宴赏。曾参芸而误断，怒触严亲；楚令窃于梁园，怨结邻国。汝无利于己，惟贻害于人。一岁之胼胝空劳，数口之衣食何仰。合计赃而准窃盗，加大杖而免黥刑。"

按：此无名之状，极是难断。路公不得其锄瓜之人，便思及锄瓜之器，从此处参究，以舐锄而辨出盗锄之人，真临机设算者哉！昔林招得之狱，包公以搜刀而拿出皮赞[8]，亦因器而得人[9]者也。二事可为断狱者之鉴。

【注释】

[1] 作践：糟蹋、摧残。

[2] 划断：铲断。

[3] 阴鸷：狠毒、阴险。

[4] 懁忮：强直刚戾。

[5] 耰：古代弄碎土块、平整土地的农具。

[6] 黄台之摘：有汉语成语"黄台之瓜"。黄台：指《黄台瓜辞》，为唐李贤所作，希望以此感悟高宗及武则天不能再废太子。比喻不堪再摘。语出《新唐书·承天皇帝倓传》："种瓜黄台下，瓜熟子离离。一摘使瓜好，再摘令瓜稀，三摘犹云可，四摘抱蔓归。"

[7] 青门之封，东陵何望：有汉语成语"青门瓜"与"东陵瓜"。汉初，故秦东陵侯召平种瓜于长安城东青门。瓜美，世称"东陵瓜"，又名"青门瓜"。

[8] 林招得之狱，包公以搜刀而拿出皮赞：南戏剧本《林招得三负心》，宋元人作，撰者不详。据唱本《林招得孝义歌》，则叙宋代黄玉英、林招得婚姻为黄父阻梗，黄乃约林花园赠金，匪徒冒林名杀死婢女、抢走财物，因而造成冤狱。后经包拯查出真情，予以平反。

此外，本书第一部骗害类《林按院赚赃获贼》案例，与"林招得之狱"

有类似之处，可供相互参阅。

[9] 因器而得人：除此"二事"之外，宋慈《洗冤集录》所载"镰刀案"，亦为"因器而得人"之典型案例，也"可为断狱者之鉴"。

（刘通）

【述评】

该案破获的关键，在于根据"锄断一园之瓜，其锄刃必有（瓜藤）苦味"，从而找出作案工具，进而认定作案之人。

该故事来源于《疑狱集》（四卷）"伯通纸锄刀"。

（胡丙杰）

唐尹判盗台盘盏[1]

【原文】

德清县乡官蔡应瑞，请女亲家朱乡官。大张筵席，命梨园子弟[2]演戏劝酒。二家仆从众多，本是丛杂，又兼看戏者骈迹摩肩[3]，越添闹攘[4]。饮至二更方才散席。有邻舍贫民缪夺者，素好偷窃。其夜乘人杂之际，躲身厅房[5]中，及人定后出而行窃，偷得台盘盏六副，兜匿于身。奈蔡府门皆落锁，不能得出，仍旧匿于厅房。待次早掌家者起开大门，缪夺伺厅上无人，突出门去。适蔡府家人京存质遇见，问曰："你这早往我家来何干？"夺忙答曰："将问你老相公揭借些米，厅上并无人出，想睡尚未起，故欲停会来。"存质曰："我家不有米借，人不消来。"午间又欲请客，寻用昨日台盘盏，方知失落。遍问僮仆[6]，皆云不知。老蔡曰："此是你狗辈所偷，我今午请客且暂容你，待明日勘问。"京存质曰："吾马蹄下人，岂不知法度，怎敢偷六副台盘盏，亦无可用处。今早遇缪夺在我家出来，情若仓皇。问他何干，彼云来借米。吾意借米何故那早，或是此人所偷也。"老蔡曰："台盏必是昨夜所失，今早何能偷得？"存质曰："或昨夜偷不能得出，而今早方出，未可知也。"老蔡曰："此亦有之，但无□□邻舍之人，勿轻易诬他，可密体访何如。"

又数日，缪夺不闻蔡家有失盏动静，遂将一台盘倾来籴[7]米买酒肉，在家作乐。存质探知之，报老蔡曰："缪夺前籴米面，但今两日内多买酒肉，是他无疑矣。"老蔡命呼缪夺到，谓之曰："五日前我请亲家时，失台盘盏六副，是你藏身夜偷，次日方出。我念尔贫难，可将原物还我，这里将银六两与你收赎[8]。若不吐还原物，定是告官，那时受刑受罪，悔之晚矣。"缪夺便拜天誓曰："我前日为借米来，便诬我为贼。若偷得你台盘盏，便终身贫穷，求堕酆都。"老蔡见缪夺不认，命存质去抱告曰："状告为窃盗事：惯贼缪夺，偷盗为生。今月二十日，瑞家宴客。夺潜入户，偷去金盏六口、银台盘六件。次早出门，存质遇见。乞台法究，追赃给主。剪盗除恶，民安俗正。上告。"缪夺去诉曰："状诉为仇诬事：刁棍京存质，淫色酗酒。插身贵宦，倚势横行。欺奸柳渭妻云氏，被捉贿灭。疑夺作鬼，致结仇果。伊主失落金银盏盘，唆诬夺盗充作手。被为恶淫奸民妻，反仇夺唆诬盗。被遇何不即搜？珍淫正俗，劈诬救陷。叩诉。"唐县尹提来审问。京存质曰："二十一日早，大门初开，缪夺欲从厅上逃出。是前夜躲身偷盏，因大门封锁，故次早方出，若去借米而来，何如许早乎？"缪夺曰："存质奸柳渭之妻，被渭捉获，疑我主使，故唆主人告我为贼，以报私仇。若盗台盏被遇，当日何不即搜乎？"唐尹曰："乡宦家人，奸人妻小此是有之。但彼亲夫未告，姑勿究论。缪夺为盗，此蔡乡官所告，存质乌能为力。蔡乡官平日是忠厚君子，所告必不虚。"遂将缪夺挟起，又不招，遂释之。唐尹曰："汝有妻否？"夺曰："有妻。"唐尹曰："有家眷之人或不为盗，吾能辨之矣。你将两手来台，用朱笔亲于右手写'金盏'二字，左手写'银台盘'三字。过了三日后，若留得台盘盏字在，便不是盗，吾便放汝。若将字弄坏或请他人另写，你便是真盗，当问罪矣，且汝□□。"缪夺信之，谨护两手朱字不敢洗去。

三日后，唐尹命拘缪夺之妻胥氏到，问曰："你夫盗蔡乡官台盘盏是你所藏，可拿出还他，讨些收赎与你罢。"胥氏早受夫嘱，坚辩曰："我夫并无盗台盘盏之事。蔡乡官信家人搬弄，故诬捏我夫为盗。"唐尹曰："这歪婆更无礼，你丈夫肯认，台盘盏尚在，只是要多给银两。蔡家已肯出六两了。我差人来□□□，你反说并无，是你更反悔也。"拶起来，胥氏又不认。唐尹曰："放拶，我找你丈夫来问。若说盏在而你不纳出，便活活打死你。"命禁子取出缪夺来，时胥氏跪伏案左，缪夺远跪阶下。唐尹高声问曰："台盘盏尚在手否？"缪夺答曰："台盘盏尚在。"唐尹曰："是原的不是？"缪夺曰："是原的，并未弄坏。"唐尹命禁子曰："将缪夺押出外监候，明日两相交付来领银。"禁子不知谓何，仍将缪夺带出。唐尹曰："选粗板子来，这妇人可恶，要打五十板。"发下打。胥氏惊曰："老爷饶命。"唐尹曰："你丈夫说原台盘盏尚在，并未弄坏，你亲耳听见，怎么说没有？"胥氏不知夫是说手上台盘盏字尚在，只疑夫已认了，便招曰："只六片盏、五片盘在。"唐尹曰："怎么又瞒一片盘？"胥氏曰："日前倾来籴米了。"唐尹曰："一片也罢。"便准收鬻银去。命皂隶即押胥氏，去取出原物来。再吊缪夺与妻并对，缄口无词，一款招认。乃以原物付蔡家领去。其一盘已倾煎，仍追完赃，方问徒去。

唐尹判曰："审得缪夺生理不安，非为妄作。探囊胠箧[9]，惟务袭取之图；钻穴逾墙，端利苞苴之得。秦宫狐白，时肆狗偷；汉廪粟红[10]，日行鼠窃。里中萧[11]鳥[12]，罔畏彦方之知；梁尘逡巡，难冀仲分之恕。以乡官之张宴款客，乃乘夜而入室潜身。金盏灿流霞，品重双南[13]之价；银盘浮皎月，珍同十贝之明。执爵献酬，惟君子乃利于用也；衔杯拜舞，岂小人可卷而怀之。吏部醉瓮间[14]，未盗酒器；大夫陈阶上，岂属慢藏[15]。何物贼曹，无端移去六盏，依然俱在；实据真赃，一盘遽尔付倾，明征妻语。科赃既已满贯，决配亦在何疑。初犯虽轻，刺字以儆。"

按：此勘出贼赃，惟用赚出。同僚魏二尹问曰："堂尊此判，真高出人意表。"唐公曰："此吾观武署印判柴刀之事[16]而得破也。"以此观之，则稽古之公案，信有资于发萌矣。

【注释】

[1] 台盘盏：为台盘与台盏的合称，指有座台托着的饮器。

[2] 梨园子弟：唐玄宗时梨园宫廷歌舞艺人的统称。唐以后泛指戏曲演员。

[3] 摩肩：肩挨着肩，形容人多拥挤。

[4] 闹攘：喧闹、纷扰。

[5] 厅房：指包括厅堂在内的正屋。

[6] 僮仆：家僮与仆役，泛指仆人。

[7] 籴：买进粮食，与"粜"相对。

[8] 收鬻：买卖。

[9] 探囊胠箧：探囊，伸手入袋中。胠箧，撬开小箱子。探囊胠箧比喻偷盗行为。

[10] 汉廪粟红：《汉书·贾捐之传》："太仓之粟，红腐而不可食。"颜师古注："粟久腐坏则色红赤也。"谓粮食霉烂，形容谷物丰饶。

[11] 鼐：本义大鼎。特指：大鼎、头鼎。

[12] 舄：古同"舃"。在古文中是鞋的意思，泛指皇上皇后等贵族才能穿的鞋子，是一种对高档鞋的尊称。

[13] 双南：双南金，指品级高而价格贵一倍的优质铜。后来指贵金属类黄金。喻指宝贵之物。

[14] 吏部醉瓮间：有汉语成语"瓮间吏部"。晋吏部侍郎毕卓，嗜酒成癖，见邻居酿酒新熟，夜晚窃饮，醉卧瓮间，被主人当盗贼捆缚。后知其为吏部，乃释之。见《晋书·卷四九·毕卓传》。后借指醉酒如泥或嗜酒成癖的人。

[15] 慢藏：疏于治理或保管。

[16] 武署印判柴刀之事：参见本书第一部争占类"武署印判瞒柴刀"案例。

（刘通）

【述评】

该案，唐尹用朱笔亲于缪夺右手写"金盏"二字，左手写"银台盘"三字，并告之曰"过了三日后，若留得台盘盏字在，便不是盗"，审判时诱骗他说出"原台盘盏尚在，并未弄坏"，胥氏不知夫是说手上台盘盏字尚在，只疑夫已认了，于是全部如实招认。这也是采用"诈术"断案，即采用计谋迷惑或欺骗当事人，诱使其说出事实的真相，从而审结案子。

（胡丙杰）

夏太尹判盗鸡妇

【原文】

昌会县民金在衡，家畜数十鸡，累被邻舍所盗。最后一大雄鸡，高冠长距，彩羽翰音，以与群鸡斗，皆无有敌者，颇钟爱之。一日，又为盗所攘。心有不甘，具状告曰："状告为盗鸡事：畜养之利，民生所资。盗贼之风，王法所禁。在衡居住县坊八总，家畜雄鸡，报晓种雏，陡被邻贼暗行窃去。切本总居民，善良固多，奸宄[1]时有。偷鸡之弊，尤为特甚。若不剪除，民难畜养。乞差皂快，逐户搜捕。如得真赃，枷号示众。惩一儆百，以清盗风。上告。"夏太尹看了状，吩咐皂隶曰："凡盗鸡者皆妇人所为，可遂出一面硬牌。凡金在衡左右前后十家内，不拘官民妇女，悉拘来审。如有不到者，即系偷鸡犯妇，坐令赔赃，枷号示众。"皂隶持牌去唤，那个敢违。一时尽数拘到，共三十余个妇女，跪作半堂。夏太尹故意不问，先将别件贼情事来审。拶的、挟的、打的，极是苦楚，号叫连天。此件问讫，又取第二件贼情来问。不供者挟，供者打。复如此惩治一番。众妇女跪既良久，又初见官有刑法之严，各各思惧。然未盗鸡者，虽云畏法，心却稳当，自忖："我非偷鸡，岂能加刑于我？"那盗鸡者内有虚心，自忖："鸡实我偷，若使问出，与群贼一般拶挟，真又痛又丑也。"故此诸妇中恐惧尤甚。夏太尹发群贼去，睁开眼视众妇曰："你未偷鸡者去，那偷鸡者跪住我问。"众妇皆起身而去。一妇卞氏，跪不敢动。盖彼先怀疑惧，心只想在鸡上去，骤闻官说："偷鸡者跪住我问。"一时神丧计穷，似官已知他一般。正所谓闲居为不善，人之视己如见肺肝也。夏太尹问曰："鸡是你偷，愿赔乎？愿迎过街示众乎？"卞氏曰："家道贫穷，为供膳老姑，无以为馔，委不合盗金宅一雄鸡。虽无物可赔，愿典身赔之。若迎过街示众，宁可吊死不愿迎也。"夏太尹即拘其姑与夫贡常至，问之果是为供姑膳而盗鸡，夫妇并未食。夏尹叹曰："噫！民为不善，非迫于不得已，则陷于不知，诚哉言也。吴佑云：'吏以亲故，受污辱之名[2]。'今妇以姑故，陷盗贼之恶，情可原也。昔闻梁上君子，今见贼中孝妇。人性皆善而习乃恶，岂不信然。"乃释卞氏与姑去，单责贡常曰："妇人不知礼法，故敢为非义。尔为男子，养母自是孝心，惟当尽力以供菽水，岂可取非其有以为亲孝子？古云以善养，不以禄食。故修身即以事亲，虚体即以辱亲。未闻身染盗名，而以三牲之养为孝也。"贡常磕头无言可辩。遂打十板，发去免罪。

夏侯判曰："审得贡常货财屡空，秉彝未丧。欲尽孝而非孝之道，徒供；求养母而贻母之羞，污秽难洗。奉其口体，已非善养所先；攘其邻鸡，岂为君子之道。特滔滔衰世，富而知孝者几人；若蠢蠢愚民，贫而能养者益少。何意供甘奉旨之节，乃在瓶空罄悬[3]之家。欲优容其孝思，又废王法；欲厚诛其盗行，又拂天经。故薄示以桁杨[4]，少惩窃盗之俗；姑全宥以锾赎[5]，用维仁孝之风。卞氏之手行偷，以责在夫主。罪无两坐，在衡之告已实。以贫若贡常，赃何足追。"

按：夏公用计吓出贼情，智也；不责妇人，养其耻也；惩其丈夫，训义也；体恤孝子，仁也；不追赃，惜贫也。亦以赃小，被责不追，非屈法[6]也。而必责贡常十板，以窃盗者法有禁，不得全宥也。一件至轻事情，而处之曲尽其道，真民之父母哉！列之循吏[7]传，无忝[8]矣。

【注释】

[1] 奸宄：犯法作乱的坏人。

[2] 吏以亲故，受污辱之名：参见《论语·里仁》：吴氏曰："后汉吴佑谓：'掾以亲故；受污辱之名，所谓观过知仁'是也。"

[3] 罄悬：空无所有。罄，通"磬"。

[4] 桁杨：古代用于套在囚犯脚或颈的一种枷。

[5] 锾赎：用钱赎罪，亦指赎罪的银钱。

[6] 屈法：曲行其法，治法从轻。

[7] 循吏：守法循理的官吏。

[8] 无忝：不玷辱、不羞愧。

（刘通）

【述评】

该案中，夏太尹通过分析作案者的畏惧心理，巧妙查出心虚的罪犯。在古代律法中，女性附属于男性，即不成为自然人的主体存在，往往仅部分承担法律责任，而由其依附的男子负有管教之责，须共同领罪，因此便有判词中"卞氏之手行偷，以责在夫主"及按语中称"惩其丈夫，训义也"的说法。而其中夏太尹又有一主观判断，"凡盗鸡者皆妇人所为"，也可相对反映出世人对于女性犯案的一种模式推断和预判表现。

（胡丙杰）

周县尹捕诛群奸（见图55、图56）

图55 黄瑞亭引自明万历刊本，余象斗《诸司公案·周县尹捕诛群奸》

图56 黄瑞亭引自明万历刊本，余象斗《诸司公案·周县尹捕诛群奸》

【原文】

印江县先时有在衙惠琛、甄鉴、家利、靳保等八人一帮凶徒，共与为奸。凡县官到，必小心曲意事之：献忠谋、奉命令、访外事，入禀无一敢欺，凡有差遣，夙夜不违。及得县官倚信[1]之后，悉告之衙门利弊，各乡富民名姓。有告难明之状者，外为访之；有愿投贿赂者，外为通之。以此官有能名，讼狱清理，而银又多攒。因彼亲附于官，凡官之出入银数，彼皆与知。及在任三年，知其宦囊已厚，辄共谋杀之。或投毒，或行刺，只托言本衙多鬼魅，为鬼所杀害。朋奸为党，同然一词，上官不能辨，朦胧为之申去。彼因搜得官财，众共分去。虽先时不瞒官攒钱，而官之财皆其财矣。以此为弊，后官至者，信私衙有鬼之说，即令官军守宿外舍。彼于官未到任之先，各水幛皆有活笼，不须开门，得以直通官房。既在外守宿，为奸益易，后官军者又死数人。其衙有鬼之名，传于京师[2]，人人皆不肯选。

有举人尤思廉者，家道清贫，无钱使用。铨衡者，除彼为印江知县。闻而曰："一世贫难，辛苦读书，幸得发科，自谓足可断送穷债矣，谁料选宰于此，是性命亦难保，何不幸至此也。"一听选吏周元汲，与之同店，曰："岂有衙门能死人者？若使我得为之，全然无惧。"思廉曰："前任之令，亦是吏员所升者，若有关节，可以营干[3]。"元汲曰："如可除我为令，关节银我任之。"思廉乃托人通于部，部郎中曰："吏员虽无除令之例，但此任险恶，除亦无妨。"即改思廉他任，而以元汲知印江。及到任，明察吏治，人都畏服。时亦未敢带家眷，只同两仆柯贵、卢卿去。过了两月，详问前官魅死之故，而私衙夜间并无动静。乃疑曰："岂有初到无鬼而任久有鬼者？我从来未见鬼能持刀杀人，此必衙人为弊而托之鬼也。"仍旧用惠琛等守衙。果然人皆勤谨守任，但心终是防之。日间自宿止于厅之旁房，二家人宿右房。夜间于左房床前悬三管湿朱笔，右房床前悬三管湿墨笔，三人共在后房楼上，开两床而宿。

过了半年，周本有治才，又得惠琛等为耳目。词讼判如流水，赃罚及诸常例银不止三四千。忽一夜二更时候，惠琛等密揭开水幛，带刀入左房刺官，家利等入右房刺家人。到床前，都为朱墨笔点污其面，并未见人。初惟略闻足迹之声，少顷，开左右房门。周令闻声，乃呼："有贼，众人可起来！"不应，周令同二家人都呼曰："今夜有鬼，守衙的可起来点灯！"惠琛等闻周爷三人在一处，知他有备，只得密逃外去，应声而起。及点烛明亮，周爷与二家人同下楼来，见惠琛等面上多点有朱墨遗迹，欲遂发之，恐后即行强，则三人难以敌众人。周尹佯为不知，曰："今夜果有鬼，可勿在私衙坐。快抬印箱来，出去升堂。"惠琛等以本官真不知也，心各稍安。

既升堂之后，在衙吏书人役各起伺候。传闻于左右衙丞簿吏等，皆入堂来相问。周尹命三位前坐曰："吾正欲请三位来共审鬼祟。"乃命选八把棍，将惠琛等八人挟起，审曰："你等谋杀本官，该得何罪！"惠琛等曰："鬼祟为灾，何为罪及小的？"周尹曰："鬼岂能杀人？前官都是你辈所杀。我左右官房都是假床，左房床前系三管湿朱笔，右房床前悬三管湿墨笔。你辈入在房中行刺，面上都触有朱墨迹在，明明有证，反又言鬼耶！"丞簿等看八人面上，果多朱墨痕未拭净，曰："堂尊下神见，是此贼辈罪满难逃矣。"遂加敲打。惠琛等见实恶察出，无可抵饰，遂各供招。周尹曰："房门内锁，你何以得入？"惠琛曰："水幛皆活笼的，可揭开而入。"及验之果然。

周尹作申曰："审得惠琛、家利等，潜谋不轨，素蓄祸心。迹若蚊虫，谩刺帷中之血；毒生蜂虿，多藏犯上之奸。本官有父母之尊亲，名分甚大；守令承天朝之爵禄[4]，体统常尊。乃聚众而倡谋，屡将加枕；仍朋奸而作慝[5]，鱼且困龙。历杀长官，稔积弥天之恶；驾言鬼魅，累逃弑主之诛。使长吏死他乡草莽；理埋凉之朽骨；而宦金入伊私橐[6]囊，享膏腴[7]之余赀。怙终不革前非，贼上仍行故智。挟持利刃，穿左穿右而寻刺长官；误入空房，点朱点墨而恶昭实迹。惟案邓景山[8]之死，则怪卒难逃；欲惩宛母寡[9]之凶，其悬头勿缓。据部民谋本官之律，已伤者绞，已杀者诛；按群奸肆谋杀之多，首徒应斩，财产籍没[10]。未敢擅便，伏候公裁。"

以此申闻两院。两院俱嘉其有能，依拟缴下，将惠琛等决不待时，财产皆籍没入官，其妻子皆流于远地。县境肃清，无不慑服。连任九年，升为通判。

按：惠等为奸，托言鬼魅。前官惟信鬼能为祟，益用惠等守衙，则为奸益易，故遭其毒手而不免也。周尹之明，独知鬼不能杀人，而杀人者必贼，故深提防之，而遂尽歼群奸。虽出身异途，而明乃过儒流，良可尚也。故曰："儒者莫要于穷理[11]，理明则奸邪不能欺，神鬼不能惑。"诚然哉！

【注释】

[1] 倚信：倚重信任。

[2] 京师：帝王的都城，后世因以泛称国都。

[3] 营干：办理、经营、钻营。

[4] 爵禄：官爵和俸禄。

[5] 作慝：作恶。

［6］私橐：指私人的钱袋，亦借指私人的钱财。

［7］膏腴：形容土地肥美，比喻事物丰富、华美。

［8］邓景山：曹州济阴人，唐朝大臣。他以擅任文职著称，初由大理评事升任监察御史。宝应元年（762），他担任太原尹，封南阳郡公。同年，由于管理军队不当，致使部下发生叛乱，邓景山遭到部下杀害，谥曰敬。

［9］惩宛母寡：据《汉纪》载：贰师将军李广利，捐五万之师，靡亿万之费，经四年之劳，而仅获骏马三十匹，虽斩宛王母寡之首，犹不足以复费，其私罪恶甚多；孝武以为万里征伐，不录其过，遂封拜两侯、三卿、二千石百有余人。

［10］籍没：登记并没收家产入官。

［11］穷理：深究事物的道理。

（刘通）

【述评】

闹鬼、鬼杀人在古代法医检验中时有遇到，也是古代鬼文化的一中表现形式。所谓"鬼"，古人认为人死后有"灵魂"，称之为"鬼"。现代人认为，鬼魂只存在于人们的大脑里，"鬼"是不存在的，"闹鬼"是环境和心理作用造成。本案，惠琛等八人利用民间人们深信的鬼魅作祟，一而再、再而三地杀官作案。罪犯犯案之后，通过诈称神鬼作祟而逃过制裁。这起利用在衙门当差的身份掩护杀官血案，被周元汲识破，并用"左房床前系三管湿朱笔，右房床前悬三管湿墨笔，罪犯入房行刺之时，面上都触有朱墨痕迹"，收集到确凿物证，从而破获借鬼杀人的案件。通过此案可窥，陷于利欲熏心的杀人勾当，成也聪明，败也聪明，自以为神不知鬼不觉，聪明反被聪明误，最终难逃刑罚重裁。

无独有偶，民国时期，也有这样一个案件，最终由林几教授做出法医鉴定而结案。1932年11月26日，中央研究院代宜兴政府转送检材"和尚衣一件、毛巾一条、袜一双、菜刀刨刀各一柄、石灰尸骨各一包"，注明此为法医学专门检验，委托司法行政部法医研究所"请验僧衣、菜刀、刨刀及石灰等件是否染有人血，尸骨是否人骨，入土已有几年"。原来，这是江苏省保安步兵团报的案子。据江苏省保安步兵第四团第三营唐某某营长报称："窃职营奉令移驻宜兴南门外'显亲寺'内后院般若堂，右首数间划为医务所。左首一间为寺僧堆置杂物，对锁甚故。医务所内看护兵常用住宿，间有病兵入住。近日每夜十时后，寺僧堆置杂物内常疑似哭声传出。看护兵疑神疑鬼，喧传已久，职有所闻，以事关迷信，力避虚妄，并传不得再任讹传。令后安静数日，未闻哭声。讵知本月九日晚间熄灯以后，又传哭泣声，在所士兵惊骇不已。经职查询室内系杂物，无贵重物品存储，又严密封锁，实属可疑。于十月十日上午督同寺僧、士兵启门查勘。室内堆积残破门窗户扇，以及桌凳等器具甚多，内中有棕棚一张，地板及墙角均有类似血迹，疑窦丛生。遂报团部，邀宜兴县政府公安局等各机关代表，莅临会勘。发觉内角部分土松浮，急于下午一时督士兵掘尺许，先发现洗面毛巾一块，有隐微血迹，并有僧衣标记，无柄菜刀及刨刀各一把，均污锈，大小骨骼数块，掘至三尺许，又发现尸骨一大堆。当即将尸骨、衣服、菜刀等件一并摄影存储，并将大略经过情形当场记录，由各机关代表签名作证，以昭慎重。窃查此案事属离奇，迹涉荒诞，也曾怀疑有人夜间作祟，唯证据确在，众目共观，又属可疑命案，不得不彻底根究。内中疑点甚多，颇费研猜。查室内仅系堆放杂物，不必严锁。又有如此多尸骨深埋，及证物发现。应移归司法机关办理，函送并附和尚衣一件、毛巾一条、袜一双、菜刀刨刀各一柄，石灰尸骨各一包，过县处置。"宜兴政府受案后，派员前往该寺查勘。勘得般若堂首房内墙壁上也有疑似血迹污点，提取带回附卷。查该案无事主及凶手可据，是否成为凶杀案，已就所得"僧衣、菜刀、刨刀及石灰等件是否染有人血，尸骨是否人骨全具亦系杂并，入土已有几年"等请验后方能定夺。宜兴政府遂把检材"和尚衣一件、毛巾一条、袜一双、菜刀刨刀各一柄，石灰尸骨各一包"送南京中央研究院查照办理。中央研究院致函并送证物至司法行政部法医研究所："本院尚无法医研究所研究之设备，对于法医检验等事项，本未便过问，因知贵所设备丰富，专家集中，代宜兴县转送贵所检验。办结请径复宜兴县政府。"林几仔细看完案情介绍和发案经过后，决定开启物证，准备检验。林几主持检验，指定检骨由范启煌、汪继祖、李新民、康成、张积锺、鲍孝威、胡师瑗等负责，血迹检验由陈康颐、吕瑞泉、蔡炳南、陈安良、赵广茂、胡兆伟、陈豹等负责。开启中央研究院寄来的邮包，发现物证系用白色粗布包裹，上书上海司法行政部法医研究所查收，及南京中央研究院寄等字样。拆开后见内又有一层白色粗布包裹，上书南京中央研究院收，盖有宜兴县政府寄等字样。剪开包布，内系以报纸重裹，有报纸小包两件，包上束以麻绳，第一包上书有保安处第四团第三营"呈解'显亲寺'一案"枯骨等字样。第二包上书有保安处第四团第三营"呈解'显亲寺'一案"僧衣刀具等字样。以上证物由宜兴政府原封，中央研究院加封不误。检验发现，枯骨为大小不等。椎骨一块，无椎体，左右横突大且扁平如翼，作蝴蝶状，椎孔正圆形，与人体椎骨比较完全不同，而与犬类同。肋骨作弓状扁平，弯曲度与人类大异，为食肉兽类。颚骨一块，其角度甚直，其三枚牙齿的牙根上附有黄色素沉着，尖端极尖锐，作短弧形，属食肉类犬牙。上颌骨八枚牙齿检查，其中五枚为白齿，较人类为大，白齿中央为尖状，而人类白齿中央扁平略陷。髋骨表面粗糙，上缘形状狭长，是为兽骨。胫骨下相连有三只距骨，大小比较，与人相差五分之一，故非人骨而为兽骨。股骨一块，其后面沟状陷没，人类为不等边四角形，故该骨决非人骨。管状骨二块，一管状骨经比较为鸡之左翼骨，另一小管状骨经比较为鸡之距骨。衣服、毛巾等检查。上衣为扁领僧衣，呈淡灰色，两袖断缺，前后只存其半，有多处破孔和补丁。其领内有蓝紫污迹，在领下缘有黄污色迹。无霉烂气味，用力撕扯不破。一般衣服等久埋土中，似有酸类细菌作用，一定腐烂，稍动就破，故该衣埋入土中时间，必不甚久。僧裤、袜也同僧衣埋入土中时间不甚久。毛巾为灰色，一端绣有僧某二字。其入土时间不甚久。衣服、毛巾等污迹作化验。菜刀、刨刀上生锈及污迹做化验。菜刀、刨刀入土时间较衣服毛巾等入土时间久。显微镜检查：将骨磨成薄片作显微镜下哈佛氏管观察。枯骨的哈佛氏管小而数量多不整齐，人体数量少而整齐。将犬骨制成磨片发现与枯骨的哈佛氏管相同。而将鸡的骨作比较，发现与枯骨小管状骨相同。故认为枯骨系犬骨和鸡骨。血清学检查：作污迹是否血迹预实验呈阴性，作可疑血痕实质性结晶实验也为阴性，作可疑污迹还原血红质实验，没有结晶存在，抗人体血清沉淀实验阴性，均注明并非人血。最后，林几认定，僧衣、菜刀及刨刀等没有染血迹。送检枯骨非人骨，而为犬骨和鸡骨。关于入土时间，僧衣、毛巾埋入土内为时不久，而枯骨入土已逾一二年。这起被闹得沸沸扬扬的可疑凶杀案，加之夹杂有"夜半哭声"等，又发生在地方部队驻扎的寺庙里，在检验期间引起社会各界高度关注。不过，有个插曲，自从僧衣枯骨取走后，没有"夜半哭声"，军营平静，有人就怀疑原来的种种迹象是人为所致。司法行政部法医研究所鉴定结论出来证实系"僧衣兽骨"后，可疑寺庙凶杀案被撤销，而又有人推测系"近一二年僧侣在寺内夜半杀鸡宰犬饮酒作乐，僧侣不满意部队进驻而闹鬼作祟"。

（黄瑞亭）

第四卷 诈伪类

王县尹判诬谋逆

【原文】

　　正德末年，顺天府有富民王大卿，赀财数千万，家僮满百。名高势大，远近钦慕。一日，有鹫犬人马夸云，托中保人来借银二十两。王大卿嫌其无赖，不肯借之。马夸云亲来委曲求借，又不肯。因此甚怀愤恨，口出怨言，思欲中伤之。过半月间，乃作匿名文书投于通政司，诬告大卿谋反。其状云："顺天府民密告为谋反大逆事：切见本府豪侠王大卿，亲下三十余口，家富二百余万。贪心未足，思谋不轨。近三年内，招纳门客吕任、曹陶等六十余徒，皆权谋侠客[1]，畅晓兵机[2]。蓄养家僮武果、元滋等二百余名，皆骁勇[3]有力，一可当十。又遣谭黼清等以商贩为名，四出招军[4]。伍运等日夜督匠打造兵器。戴迪、郭先等江湖劫掠，一以抄积粮米，一以演习战阵[5]。外结连各处盗贼，内交通近侍阉宦[6]。部下皆署官衔，呼召皆有暗号。门庭如市，机谋秘密。诚恐一旦祸发，民遭荼毒。欲出名明告，恐身家难保。只得冒死密陈，先事告发。乞转闻部院，密遣捕拿，按据反迹，殄除大恶，庶庙社[7]不惊，民物无虞。密告。"通政司得此状，心中惊异。即具本奏知朝廷。都城闻风，人人震骇。既恐状中有名连累，又恐果有谋反激则变生。不数日，果有旨下，命该部严捕反者。将王大卿一家男女老幼，尽械系府狱。既而搜其家，并无器械、衣甲，状中所告皆无证据。府尹王和甫心疑其枉，知必有人诬之者，因问曰："汝曾有冤家否？"王大卿曰："小的日掌家务，交接纷纭，安能尽无错误，安能尽得诸人欢心？况富者众所嫉，利者众所争。今掌管小财帛，则取怨于人者必多有之。即如日前有讼师马夸云者，欲贷银二十两。予畏其刁顽，不肯与之，彼即出言怨骂，谓我富岂能常保，此亦是结一怨也。"王府尹乃托以他事，拘马夸云到。取其供款笔迹，将与匿名状对，其字迹皆同，略无少异。因用刑拷鞫[8]曰："汝何诬告王大卿谋反，此罪自当之。"马夸云不能抵饰，供出是因借银不肯，故架此祸以陷之。

王府尹判曰："审得马夸云终讼凶性，珥笔[9]老奸。纵横罗织作生涯，颠倒乎是非曲直；起灭教唆为活计，紊乱乎法律科条[10]。睚眦中人，萋菲[11]织成贝锦；含沙射影[12]，瑾瑜[13]受玷苍蝇。指薏苡[14]当文犀[15]，陷马援于交趾[16]；假私书营兵柄[17]，召岳飞于朱仙[18]。狐诈鹰扬[19]，难穷其险健；鼠牙雀角，莫喻其奸欺。以揭借之小嫌，诬大卿以不轨。间阎震动，几摇万众之心；廊庙[20]忧勤，敢触一人之怒。倘嘉肺未辨，将执'莫须有'之三字误戮颥蒙[21]；如槐棘[22]不明，必借'意欲为'之一词空害良善。诬人须从反坐，大逆应拟典刑。"

王尹判得已明，申上部去。部中依拟释放王大卿一家，将马夸云问诬告反坐，置之斩刑。

按：大卿验无反形，理本当释。但未得投匿之人，则释之亦费分解。况使投匿者漏网，则官府必无能。王尹问其怨家之人，见其称出卖状人名目，便知必是此辈大狡，乃敢诬此大事。既而果得之，一鞫了然。王尹真明察哉！

【注释】

[1] 侠客：旧指武艺高强、讲义气的人。

[2] 兵机：用兵的机谋；军事机要。

[3] 骁勇：勇猛。

[4] 招军：招募兵士。

[5] 战阵：作战或比赛的阵势、阵法。

[6] 阉宦：宦官、太监。

[7] 庙社：宗庙和社稷，以喻国家。

[8] 拷鞫：拷打审问。

[9] 珥笔：古代史官、谏官上朝，常插笔冠侧，以便记录，谓之"珥笔"，亦指诉讼。

[10] 科条：法令规章。

[11] 萋菲：即萋斐，花纹错杂貌。语本《诗·小雅·巷伯》："萋兮斐兮，成是贝锦；彼谮人者，亦已大甚！"孔颖达疏："《论语》云：'斐然成章。'是斐为文章之貌，萋与斐同类而云成锦，故为文章相错也。"后因以"萋斐"比喻谗言。

[12] 含沙射影：据传说，水中有一种叫蜮的怪物，看到人影就喷沙子，被喷者害病，甚至死亡。后用来比喻耍阴谋，暗中攻击，陷害别人。

[13] 瑾瑜：二美玉名，泛指美玉。亦比喻美德贤才。

[14] 薏苡：多年生草本植物薏苡的卵形果，灰白色，像珍珠。

[15] 文犀：有纹理的犀角。

[16] 马援于交趾：指东汉建武年间光武帝以马援为伏波将军，准备粮草、筑路，南攻交趾，即汉军镇压岭南俚族人反汉的战争。

[17] 兵柄：指兵权、军权。

[18] 岳飞于朱仙：指宋代岳飞领兵决战金兵于朱仙镇外。

[19] 鹰杨：即鹰扬，威武貌。《诗·大雅·大明》："维师尚父，时维鹰扬。"毛传："鹰扬，如鹰之飞扬也。"

[20] 廊庙：指朝廷。

[21] 颛蒙：愚昧无知。

[22] 槐棘：《礼记·王制》："正以狱成告于大司寇，大司寇听之棘木之下。大司寇以狱之成告于王，王命三公参听之。"后因以"槐棘"指听讼的处所。

（刘通）

【述评】

该案中，"鬻犬人"马夸云向富民王大卿借银二十两，王大卿不肯借，马夸云竟然诬告王大卿谋反。然而，搜其家，并无器械、衣甲，状中所告皆无证据。最后，将马夸云问诬告反坐，置之斩刑。

该故事来源于《疑狱集》（五卷）"王和甫校书"。

（胡丙杰）

武太府判僧藏盐

【原文】

武行德迁河南尹。时官禁私盐甚严，凡盐到城，宜报抽税[1]，然后得入城发卖。如有私藏入城者，坐以死罪，有告藏私盐者，官赏钱十万。由是抱关者[2]与僧道觉套（疑此处有缺文）凡乡民有担物入城者，故问之买，以盐藏其内，少还其价，又不买。及至城搜出，乡民皆被骗，空手而归。时洛阳县民家老妪景氏，挑菜一提，将入城卖。僧道觉诈称寺作斋供[3]，要买此一担菜，又少还其价。妪不肯卖。反复再三，道觉将盐五斤藏其篮底。妪欲取菜，道觉挑菜出远之。先到城门与抱关江可汲言曰："有卖菜老妪藏有盐在，可搜之，骗这菜来分。"及老妪入城门，江可汲搜出菜篮中盐曰："汝藏私盐，扭入见官，该问死罪。"又数人假意来劝曰："免他见官，可令讨钱买放罢。"老妪曰："我无钱。"又曰："既无钱，可将菜尽与牌头罢。"老妪曰："我担菜，一家指望卖钱充饥，与你则一家饥饿。况我未曾藏盐，何故抢我菜去？不如依这位官人说，将半头菜及这盐与你罢。"江可汲思骗此小可，也要将件把报官以为功，因锁此老妪见官。武太府问之，妪景氏供出来由，见已并未藏盐，不知何故有盐搜出。武公曰："曾有人问你买菜否？"景氏曰："城外一和尚问我买菜，挑入店去，因还价太少，又问他取，别无买菜者。"武公即令拿和尚至，挟起曰："你何故藏盐景氏菜篮中？想是与守门者作弊，可好好供出来。"僧道觉受刑不过，乃供曰："自盐禁严后，守门军往往令人于城外候，凡乡村有挑货物者，故教他买，藏盐于中，然后搜出，服者索其贿赂，不服者告官请赏。此皆军人作弊。他道我出家人买物，人不提防，故令我如此做事。不意今被老爷察出，不独是我之罪，乃巡逻卒之主使也。"

武太府判曰："审得江可汲等身为捕卒，职应缉奸。盐法峻严，惟防巧贩之匿税，乡民实笃，岂令局骗以生非。乃假公事，以朘[4]民膏，下无敢拒；务充私橐，而伤国脉，上受恶名。星布爪牙，城外暗藏机阱；雷轰威福，门中明夺资囊。弱者利其苞苴，强者制以官法。使利不在民、不在国，尽入私家；其势猛于狼、猛于虎，人皆切齿。据赃既已满贯，摆站定拟三年。僧道觉忘伊佛法，坏我王纲。翼虎张威喇，尽小民膏血，从瘟作病，收尽私谢钱财。明无勒骗之名，暗取坐分之利。毛以驱，网以取，均在得鱼；逐于后，射于前，同归猎兽。但其赃差少，故其罪稍轻。惩以杖刑[5]，遣之归俗。"

按：今盐法之严，抽税之重，其哨卒倚此为名，穷搜极索。虽火食之盐，稍多者便指为私，必倾之去。虽碎杂之物，难搬之货，必得重贿，乃罢不搜。日得之赃，比先时何啻二十倍，岂尽登报于官。其呈闻于官者，皆倔僵雏商，不服其款骗，彼即并集他船所搜者，皆指曰："此商之私盐若干也。"官惟利盐之没入，罚商人以钱财，怎辨其装捏哉！如江可汲之流，特其私行小术耳。然用以陷乡民，何可胜数。今扭告老妪，彼谓诬之其易。不知妇人不晓官法，他本未藏盐，曾何畏告？幸得武爷又明察，便问其何人买菜，必是其人陷之。因此指出野僧，又证出捕卒，乃洗清此弊。若不明之官，只加老妪以私藏之罪，虽打死何恤，又安能清出宿弊[6]乎！捕卒之甚于江可汲万万者，皆是也。顾安得皆武爷而绳治之。

【注释】

[1] 抽税：征收税金。

[2] 抱关者：掌握门闩，把守城门的人。

[3] 斋供：寺庙中供应的斋食。

[4] 朘：剥削。

[5] 杖刑：古代刑罚之一。用荆条或大竹板拷打犯人。

[6] 宿弊：积久的弊病。

（刘通）

【述评】

该故事源自《疑狱集》（六卷）"行德捕桑门"，写的是和尚利用无知的卖菜老妇，夹带私盐进城，再诬指老妇违法，以讨得赏金的故事。说明当时的明代盐法严峻，使得查禁私盐的哨卒，借以从中图利苛扣，中饱私囊，诬陷乡民。

（胡丙杰）

闻县尹妓屈盗辩

【原文】

安吉州富民章守藩，生男国钦，娶宦家女司马氏为妇。妆奁甚盛，护送人役众多。有盗都五惇，乘人冗杂，混入新妇之房，潜伏于床下，欲伺夜行窃。其夜，新郎问其妻曰："旧冬欲完亲，你家何故不允？使我思慕一年，如渴望饮，只觉日长难待也。"新妇曰："本欲旧冬于归，适我左脚患疮,未能得愈。寻郎中[1]医了一年,至今疮口尚未全痊,以故待今年也。"新郎又问其父母年数、叔伯人等及其家中事务,新妇一一答之。都五惇伏在床下,悉皆听得,记忆在心。夜静欲出,不意其家明烛达旦者三夕,因匿不敢动。奈饥饿已甚,只得奔出。家人闻开门声,知是有贼,群然而起,执贼缚之,乱打一番,又欲送官。盗恳乞曰:"我实有罪。但未有所盗,遭捶极矣。幸免闻官,当有以报。若必欲送官惩治,我亦有分辩,岂能遂问我死乎?"章守藩不从,缚送到官。具状告曰:"状告为窃盗事:律令最重贼情,窃盗实伤王化。惯贼都五惇,剧恶贯盈,怙终不悛。今月十八夜,潜入藩家,挖开寝门。闻声惊起,呼集家僮,当场捉获。不敢私放,缚送究治。乞依律惩恶,除盗安民。上告。"以状递上,并将五惇绑到堂前。五惇即呼曰:"我非盗也,乃医药之郎中。他男妇司马氏在室时生臁疮,命我医治半年,疮口尚未痊愈,故令我相随,常为用药。他嫌男妇不合出见我,发落我归。向他理取药钱,因致角口,遂发集奴仆缚我为盗,望老爷明断。"守藩曰:"我儿妇才三日前毕姻,未闻有臁疮,亦并无郎中用药。"五惇曰:"我非医士,怎知你新妇有疮?若是窃盗被捉,则必有为盗器具,何故空空指民为盗也?"闻县尹曰:"你既在妇家用药,必知他家诸事,你试言之。"五惇在床下时,所闻枕席间言甚悉,因历言司马家中长幼人数,并打造妆资之人匠,衣服首饰之数目,甚是详悉。闻县尹信之,逮妇供证甚急。

　　守藩乃厚礼托陈乡官先通关,即免追新妇到官。闻尹不纳曰:"彼告人盗,口称彼是医士,必须他妇到官看有无疮疾,方可证是盗是医。不到何以决得?"守藩甚是忧闷。有一老吏黄子立曰:"此关节惟我能通,但须先封定银。"守藩曰:"即以托陈乡官银三十两封,但要免提小媳。"黄子立与封银在家,即入禀曰:"章守藩告窃盗一起事,要提他妇作证。今牌拘已久,又累次拿限,终不肯到,难以归结。小的冒突禀上老爷,彼新妇初归,即来与盗辩状,不论胜负,辱莫大焉。但我想如盗潜入突出,必不识妇。若以他妇出对,盗若认之,可见其诬矣。此一可免拘新妇,又可赚出盗情,了得一件公事。"闻县尹曰:"你受章家贿赂乎?"黄子立曰:"不敢欺瞒,实谢我银十两。此不枉法,又可助决公事。况彼甘心肯出,非有吓骗,必不至坏衙门名色也!"闻尹曰:"善。可明日即出吊审。"黄吏出对守藩曰:"已准关节,可令一美妓来代之,明日便审。"守藩喜悦。次日,守藩与五惇在堂上执辩,两不相屈。国钦早将一幼妓盛服舆,至则堂前拥扶下轿,故作娇羞之态，与国钦跪作一团。闻尹问曰："五惇还是盗乎，抑是医药郎中乎？"妓不应。五惇遽呼司马氏之乳名曰："意娥小娘子，我为你医病，你公公反诬我为盗贼耶？"妓低眼看盗，又不与辩。闻尹见五惇不能认新妇，知他是盗矣，故审实曰："你必医他未久，未曾见功，又多索药钱，故致起争乎？"惇曰："今年在他家医一年，其疮初日大过酒盏，今止疮口未合，缘何不是我功？"闻尹不觉发笑曰："这奴才真是盗也！你医他一年，又云时时相见，岂不能认得司马氏耶！此乃妓家也，岂是章家新妇来与你对状！"五惇情知被赚，缄口无对。闻尹曰："你何故知司马家事如此详悉？"五惇因供出在床下时闻枕间之言如此。闻尹笑指国钦曰："这新郎亦大老成耳！行事之间，便将新娘家事写在你腹，又致漏在贼腹，致生此奸端。若非黄外郎献策，少不得尔妇要出官，又难以证他是贼。彼外郎虽背地受赂，吾亦不究。但后为新郎者，宜雏些可也。"乃发放章家父子归，将五惇责二十拟罪。

闻尹判曰："审得都五惇不安生理，胡作非为。睥睨贯朽[2]之家，日图鼠窃，窥伺粟陈[3]之室，时肆狗偷。穿壁跨墙，羞耻之心已丧；探囊胠箧，廉洁之道何存。堕行冥冥，暗室不视神鉴；欲利逐逐，揣然岂惮雷声。乘章宅之成婚，入床下而潜伏。未曾窥见室家之好，已先窃听枕席之言。惇夜出欲逃，至人觉被缚。既身为不善，送官府以惩奸；敢借口行医，指新妇而作征。以害人之恶，诈称济人之名；假卫生之方，暗作逃生之路。尔计诚巧，人察良难。及跪妓妇于公庭，遂呼意娥之小字。人非素娥，谁比旧日良医；诈出多端，断是积年真盗。但初犯未经前案，日骤获又少真赃。薄示荆笞，姑饶刺字。"

按：此非闻侯之神断，乃出于黄吏之指示。然可为世之听讼者法，故录之以俟后人推类而明焉。又以见人家吉凶盛事，人役丛杂，宜慎防盗贼之藏匿，及火烛之不虞[4]也。

【注释】

[1] 郎中：此处为医生的俗称。

[2] 贯朽：钱币久藏不用，以致贯串钱的绳索腐朽。形容钱非常多。

[3] 粟陈：粟米陈贮太久变腐。比喻生活富裕，谷物丰饶。

[4] 不虞：料想不到的意外事件。

(刘通)

【述评】

　　该案破获的关键，是确定都五惇到底是盗贼还是为新妇医病的郎中。闻县尹采纳了老吏黄子立的计谋："如盗潜入突出，必不识妇。若以他妇出对，盗若认之，可见其诬矣。"在公堂上，都五惇不知是计，竟认妓女为新妇，从而露出破绽。

　　该故事来源于《疑狱集》（七卷）"舆妓屈盗"。

（胡丙杰）

商太府辨诈父丧

【原文】

　　桂阳县人王钦生，其父先死，为服三年之丧已毕，独事一母，倏忽已经十年。母内有淫行，钦生阻之不能得。其父灵柩尚未葬，一旦去看，不觉泪下。因思曰："我父若在，必能纲维家政，不至使帘簿不修，闺门有秽。想我母氏今已忘夫之情义，故不能安其室也。不如再着衰麻[1]，为父服丧。我既思起亡父，看他亦念及亡夫否？若念及亡夫，必思为夫守节，不肯再失身于人矣。此是提醒良心，挽回母志之大机括[2]也。"遂服麻衣，称言为父挂孝，时哭于祠堂，抑或往哭于柩前，在家中累累道及父生前时事。外人不知其故，皆笑指为病狂丧心。经月余，母知子意在讽谏讥刺他，心加忿恚，然无法可以治子。背地与外交连萼商议曰："我钦生儿甚是无礼，故意重行挂孝，见他不忘死父，以羞我忘了死夫，当如何以制之？"连萼曰："你肯治子，易于翻掌耳。在律法中，凡人子无故称父母死者，此为悖逆不孝，当问绞罪。"母曰："只要官打他便好，不要问绞。"连萼曰："母可以救子。可先寻外人告他，待他问绞，然后你去伸诉，救他出来，后必不敢再阻挡矣。"母曰："如此你可先去告，我后来诉。"连萼遂去告曰："状告为诈称父死事：父母深恩，与天罔极，亲寿则喜，死不忍言。故律有正条：人子无故称死者，忍以死加亲，以悖逆不孝论。乡有枭恶王钦生，纵恣强暴，大逆不孝。无故衰麻，诡言父死。饮酒歌谑，百般豪放。大坏风俗，紊乱王法。乞天究勘诈故，依律正恶，维持纲常，民风有赖。上告。"王钦生去诉曰："状诉为哀思事：人有根本，父母为重。圣人制礼，死事尽思。痛生早失所怙，未尽奉养，悲哀在怀，寝处不安。灵柩未葬，衰麻忍释。律禁不孝，焉禁哀哭。棍恶连尊，哄惑生母，累骂致仇，诬捏不孝。伊非族亲，安用伊告。人子哭父，害何风俗？恳台烛诬，免遭罔陷。叩诉。"林县尹提审之。王钦生曰："我父已死，深思亲恩未报，故不忍解脱麻衣。哀死思亲，有何罪乎！"连尊曰："你父虽死，其母尚在。若哀思亡父，当从来不脱麻衣。汝十余年已去凶就吉，今日重新披麻，明是借哭父为名，急欲逼母之死矣。非不孝于父，亦是不孝于母也。"骤说出不孝于母，钦生此时失辩。林尹曰："在礼，子服母丧，不以衰麻见父，恐伤父心也；则服父丧，亦不当以衰麻事母矣。况父死十年，久已释服，今又齐衰，岂欲父之死而又死乎？即勿更加以不孝于母之罪，但依称诈亲死之律，亦当拟绞矣。"遂责一十，问以绞罪。母乃往荆州府去诉之。时商仲堪为太守，提来亲审，得二犯所辩之词。乃曰："据律中所称，当以二亲生存而横言死殁；言人所不忍言，其情事悖逆，故当弃市。今钦生父已先殁，此徒有诞妄之过耳，安得以诈称亲死之律而拟绞乎？"遂活之。

商太府判："父子之恩，天然真性。死生之变，人之大关。故亲在则承欢一人，事尽力而养尽物敬；亲殁则永怀根本，祭思敬而丧思哀。未有椿萱[3]共度之时，忍言桑榆[4]凋落之事。此君子首庆俱存之乐，而孝不忍死亲之心也。若王钦生者，早失所怙，已经十载之远；重制其服，又举三年之丧。无哀而哀，本为非礼；以死为死，未逆生亲。惟似病狂而丧心，岂为大逆而不孝。合从轻释，勿罪狂愚。"

按：王钦生之心本为可原，而所举狂悖，未为无罪。商侯辨亲生，而子称亲死者为不孝；亲殁而子重举孝者为狂愚。不以不孝论，此深为得律之意。可以为因义起例者之准程[5]矣。

【注释】

[1] 衰麻：丧服，衰衣麻绖。

[2] 机括：也作"机栝"，弩上控制箭矢发射的机件。比喻处理事务的权柄、关键。

[3] 椿萱：椿，香椿；萱，萱草。椿萱比喻父母。

[4] 桑榆：桑树及榆树。日落时阳光照在桑榆间，因借指傍晚，又比

喻人的晚年。

［5］准程：一定的规程，确定的把握。

（刘通）

【述评】

这则故事来源于《疑狱集》（二卷）"仲堪止大妄"。主人公王钦生的父亲死后，面对母亲有奸情，而劝之不得，只好再度举丧，以提醒其母为亡父守节。本来，这则故事在《疑狱集》中只有提及被告"妄言亲殁，诈服衰麻，言迎父丧"，即王钦生父亡重行举丧，并未言及动机，余象斗为这个故事补上劝谏生母的动机，使这个故事更加完整。一审林县尹依称诈亲死之律，问以绞罪。太守商仲堪认为律法的原意是指，二亲在生而诈称死殁，今被告之父实已死殁，与律意有违，故不应论以重罪。

（胡丙杰）

杜太府察诬母毒（见图57）

图57 黄瑞亭引自明万历刊本，余象斗《诸司公案·杜太府察诬母毒》

【原文】

维扬有倚郭[1]之巨富者商通，店邸僮仆，比于王侯。生子商称，强暴不仁，恃财使气，不能降屈于人。通娶继室胡氏，性过严厉，动辄骂人。商称甚厌之。及父通死，尚未期年，奉继母不以道。母愤恚不胜，后亦稍解。称与妻司氏谋曰："吾生平不能受人些气。今留继母在，多有关说。家庭掣肘，不得自由。可于来岁元日，你代斟酒，我上寿于母，乃母复赐我酒，你投毒药于酒中，我即诬母毒我，告之于官。从来继母狠毒者多，官必信之。纵不治他大罪，亦必离归外家，我不受人所制矣。"商议已定。及次年正月初一，商称领妻妾子孙，庆拜母之新年已，又上寿于母。及母将赐酒于子，司氏依夫所教，转身斟酒，即投毒药于中。母接觞赐与商称，受酒将饮，忽言曰："此酒气色异常，莫非有毒乎？"以酒倾之于地，酒焰喷起。乃询其母曰："以鸩杀人，上天何佑？"母抚膺曰："冤哉！天乎明鉴在上，何当厚诬人以行毒？我有此心，天地诛戮。如或诬我，虽死亦不服！"

数日后，商称往府告曰："状告为继母毒子事：孝子事亲，劳而不怨。圣人示人大杖则避。痛父近丧，继母胡氏心狠性忍，称曲承事。元日上寿，母赐称酒，毒气异常。疑不敢饮，覆地地喷，众皆明证。欲屈隐忍，恐家庭密迹，终遭毒手。身死无益，母无令名。投台为称善处。上全母名，下保子身。免称后祸，保族承宗。感激叩告。"刺史杜亚提来审之，问曰："尔上母寿酒何人斟来？"称曰："长妇执爵而来也。"又问曰："母赐汝酒，觞从何来？"称曰："亦长妇之执爵也。"杜又问曰："长妇者何人也？"称曰："小的之妻也。"杜公曰："尔妇传爵，又尔妇斟。然则毒因妇起，岂可妄诬其母乎！"再差人去拘商称之妻司氏来。杜公覆审曰："你斟酒与姑，其酒有毒，还是欲毒其夫乎，抑是欲毒姑而误持以与夫也？"司氏称不知事之来由。杜公令拶起。司氏受痛不过，乃吐实曰："是夫与我商议如此行事，以诬捏继母。"杜公曰："如此则你夫妇俱不孝，皆当死罪。在律中卑幼诬尊长者，加凡人一等，可立刻打死。以家业付胡氏掌管，抚恤幼孙，以承宗祀。"打至二十，司氏苦叫："老爷救命！"杜公曰："你不孝之妇，我岂救得你？要你老姑肯救，便可饶你。"司氏连声叫婆婆救命。胡氏乃向官磕头曰："老妾无子，亡夫只商称一人。二孙皆幼。商家产业广多，我妇人亦不能掌管。老爷已责罚他，乞饶他夫妇二人命。且司氏妇人受责二十，已重矣，乞饶他罢。"杜公曰："子不孝母，除是母肯饶他，便赦得他死。依你说。司氏可住打，只造谋者商称，更当为你教训，打十板。且问你，还愿与子同炊否？如不愿，将商家产业均分，半与商称，半与你自养老何如？"胡氏曰："分炊更便。但商家产业十万，我一老妇何须一半？只愿万金之产足矣。余者都与子，待我百年后，将原产万金，仍交还儿。幸即批报照与我，千载感激。"杜公曰："胡姬言皆有理，悉依你所言。"

杜太府判曰："着芦絮而御车，闵损[2]负所以尽孝；持冰鲤以供母，王祥[3]所以为贤。葛屦履霜，伯奇[4]未尝辞苦；焚廪浚井，大舜[5]岂敢惮劳。彼皆继母之不慈，尚为前子而必孝。今商称饭香，称饮芳泉，浑忘源本。享素封都厚利，那顾椿萱。父骨未寒，计逐续弦[6]之祀母，心何忝厚。诬投毒之冤诬尊，罪甚诬卑。无母情同无父。似兹逆德，虽大辟以何辞；据彼母言，姑轻罚以示戒。特凶人必不能承顺，则慈母或反至增忧。不如以产分开，母取一而子取九，庶乎其恨各释，彼无怨，而此无尤。异之所以为同，疏之所以成戚。批照与母收执，立案于官有稽。若复更启后非，必将并究前恶。"

按：继母之毒前子者，从古多有。若母之媒孽[7]圣舜，尹母之虐使子奇[8]，闵母之芦花衣子[9]，薛母之逐子居外，周宣后摘蜂诬孝己[10]，晋骊姬以毒胙诬申生[11]，吕后之鸩[12]赵王如意，贾后之杀皇太子[13]，褒姒之废宜臼[14]，武后之杀子弘[15]，独孤氏之谗废太子[16]广，张良姊之谤死建宁王[17]……似此者往往而是。盖柔曼之性，怨毒最甚。而房帷之间，奸锋易中，此常情也。商称之故投毒诬母，人谁不信？若官府不察，徒以严刑鞠其母，非惟冤抑无伸，且事情终不得明矣。杜公详问其持杯斟酒之人及其缘故，则知杯持于人，酒斟于人，毒之投亦必在其人矣。母以对面赐酒，众眼环视，毒从何施乎？故毒子者虽常情，而又有诬母毒若商称者，真难察哉！杜公察之，可谓明也已矣。

【注释】

[1] 倚郭：亦作"倚廓"。宋元时州、路治所所在之县。

[2] 闵损：《二十四孝》之《芦衣顺母》载：周闵损，字子骞，早丧母。父娶后母，生二子，衣以棉絮；妒损，衣以芦花。父令损御车，体寒，失镇。父查知故，欲出后母。损曰："母在一子寒，母去三子单。"母闻，悔改。

［3］王祥：《二十四孝》之《卧冰求鲤》载：晋王祥，字休征。早丧母，继母朱氏不慈，父前数谮之，由是失爱于父母。尝欲食生鱼，时天寒冰冻，祥解衣卧冰求之。冰忽自解，双鲤跃出，持归供母。

［4］伯奇：尹伯奇，西周人，尹吉甫之子，纯孝之子。其父偏信后母谗言将其赶出家门，援琴抒发苦闷，琴曲《履霜操》："欲知孝子伤心，晨霜践履。"

［5］大舜：《孟子·万章》载："父母叫舜去整修谷仓顶，然后撤掉了梯子，父亲瞽叟放火焚烧谷仓。要舜去淘井，瞽叟一出井就堵塞盖住了井口。

［6］续弦：古时以琴瑟比喻夫妻，断弦指妻子亡故，琴瑟断弦后须续新弦才能再弹，因此称男子丧妻再娶为"续弦"。

［7］媒蘖：酒母。比喻借端诬罔构陷，酿成其罪。并参阅本例注释［5］。

［8］尹母之虐使子奇：参阅本例注释［4］。

［9］闵母之芦花衣子：参阅本例注释［2］。

［10］孝己：据《太平御览》载："殷高宗有贤子孝己，其母早死，高宗惑后妻之言，放之而死，天下哀之。"

［11］晋骊姬以毒胙诬申生：骊姬，人名，春秋时晋献公的夫人。晋献公攻打骊戎时，获骊姬，立为夫人。生子奚齐。后因欲立奚齐为太子，使计离间挑拨晋献公与儿子申生、重耳、夷吾的感情，迫使申生自杀，重耳、夷吾逃亡，改立自己所生之子奚齐为太子，史称骊姬之乱。

［12］吕后之鸩：吕后、吕太后，均指汉高祖刘邦之妻吕雉。刘邦称帝之后，被封为皇后，是为吕后；刘邦死后，被尊为太后，史称吕太后。其为人刚毅狠毒。孝惠帝二年，刘邦之长庶男齐悼惠王刘肥入朝，宴饮于太后前，太后令酌毒酒，阴谋鸩杀之。肥佯醉始得免。事见《史记·吕太后本纪》。

［13］贾后之杀皇太子：见《两晋秘史》第二七回，贾后逼杀皇太子司马遹。

［14］褒姒之废宜臼：周朝时，周幽王宠幸褒姒，废申后及太子宜臼，立褒姒为后，立其子伯服为太子。

［15］武后之杀子弘：唐李贤有《黄瓜台辞》。《全唐诗》在这首诗题下注云："初，武后杀太子弘，立贤为太子。后贤疑隙渐开，不能保全。无

由敢言，乃作是辞。命乐工歌之，冀后闻而感悟。"

[16] 独孤氏之谮废太子：隋文帝的皇后独孤氏，说太子失德，杨坚便打定了废太子的主意，不久即废杨勇太子位，立晋王杨广为太子。

[17] 张良姊之谤死建宁王：唐代太子李豫的兄弟建宁王李倓被皇后张良姊诬谮而死。

（刘通）

【述评】

该案，杜太府根据作案过程（斟酒、传爵）皆由商称之妻司氏操作，而排除了其继母胡氏作案的可能。通过审问，得出实情。

该故事来源于《疑狱集》（二卷）"杜亚察诬毒"。

（胡丙杰）

裴县尹察盗猎犬（见图58）

图58 黄瑞亭引自明万历刊本，余象斗《诸司公案·裴县尹察盗猎犬》

【原文】

襄阳府之里人有步奋者，娶妻暨氏，貌美而淫，与邻舍人终度有通。

每夫出外，便与度握雨携云，穷极取乐。兴尽而散，辍奄奄卧床，顺养精神，以待后会，又喜色郁葱，调情作趣。二人相爱，如胶如蜜。终度本无见，此妇真情向他，又恋其美色，思欲娶之，暨氏亦许焉。只亲夫未肯说嫁，乃不理家务，不作女工，尽日高卧，故托疾病。言于夫曰："医人视妾病，云是骨蒸[1]，不久必死。死则真误你半生，不如乘病未剧，将嫁些银两，为你后日再娶之本，强似死费埋葬也。"步奋曰："吾与你结发夫妇，生是我家人，死是我家鬼，岂有无事便与同床，有病便嫁与人？吾亦不当如此负义辜恩，宁可你死我葬，决无心将你病躯卖银也。"暨氏见夫不肯嫁，又生机哄之曰："医人言我病得猎犬肉，食之必瘥。"夫曰："吾家无犬，何所致之。"妻曰："东邻邓锡有犬，每来盗食，君可击而屠之。若得犬食吾，死亦无恨矣。"夫如妻言，果屠犬以奉妻食，尽食一餐，仍以食余者留之箧笥[2]。夫偶外出，妻故言于邻里，使其人知之。邓锡因往县赴告曰："状告□盗杀守犬事：锡事田猎，用银八两，买到群头猎犬一头。日发追兽，夜纵防家。惯贼步奋尝行窃盗。妒犬夜吠，击杀屠食。便伊行藏，妨人守御。凡盗入家，必先毙犬。偷犬既真，盗情益证。乞剪盗安民，追赃给赏。庶盗少戢，民得帖席。上告。"裴均为邑令，提来审曰："你盗他守家犬，想是要偷他家财物，此必有同伙之人，可好好供来。"步奋曰："小的耕农为业，从来不敢为盗，此邻佑所知。止因妻病痨症，医士言食犬肉可愈。邓锡家犬，常来盗食。不合过听妻言，委实杀之烹以食妻，欲图疗病。此一时错误，今情愿偿价。乞老爷赦过宥罪。"邓锡曰："彼妻青春红颜，素无疾病，那有要犬肉医病之理？且盗犬之事，即是他妻报知，岂有为他医病而更自言乎？此步奋托病饰辞，以掩为盗实迹耳。"步奋曰："此小的（妻）命我杀犬，可拘来问之便见。"裴公曰："妻既命你杀犬，又报知邻人，此必有外奸，故欲踬[3]夫于法耳。"已而拘暨氏到，加刑拷之曰："你故陷夫于罪，必有外奸，可报其人来赔此犬罢。"暨氏难禁重刑，乃认与邻人终度有奸，欲陷夫于法，激其嫁己，而令终度来娶也。随又拿终度来，亦着承认。乃各杖八十，以和奸论罪。邓锡告实，步奋亦免罪，仍罚终度银一两，以赔邓锡收领。

裴侯判曰："审得步奋之妻暨氏，花容窈窕，水性飘流。暮雨朝云，意阳台之幻梦；担风握月，志上宫之佳期。见金夫，不有躬，欲学夭桃迎夜雨；贪新欢，弃旧好，还随弱柳竞春风。欲改嫁而无由，故行诈而称病。既唆盗犬，复报邻人。致令告官，欲陷夫主。犯奸应从官卖，不愿任与夫留。终度觊觎痴心，拟约桑中之好[4]。轻狂野性，还邀濮上[5]之行。倩蝶使，托蜂媒，皆是偷香窃玉；骋心猿，驰意马，只为野草闲花。暗中抽弄机关，分人比翼；就里图谋缱绻，成你合欢。奸渎之风有虚礼典，机权之诈必犯刑科[6]。八十之杖犹轻，一月之枷示众。"

按：邓锡之告盗犬，步奋已肯真认。在他人则断其偿价，罪彼不应而已。裴公一审，闻盗犬由于妇，报亦由于妇，便知妇有外交，必拘其人而穷其实，不肯附会放过。斯诚明允之佐哉！

【注释】

[1] 骨蒸：中医学病症名，指午后出现盗汗，面颊和手、足、心轻微发热等症状，常见于结核病患者。

[2] 箧笥：竹编的箱子。

[3] 踬：被东西绊倒，颠踬。

[4] 桑中之好：即桑中之约。语出《诗经·鄘风·桑中》："云谁之思？美孟姜矣。期我乎桑中，要我乎上宫，送我乎淇之上矣。"比喻男女秘密的幽会。

[5] 濮上：淫风流行的地区。

[6] 刑科：刑法的条款。亦是明清时六科之一，负责处理刑事案件。

（刘通）

【述评】

该案，裴县尹通过审问步奋及其妻暨氏，了解案情，根据暨氏命夫杀犬，又报知邻人，推断"此必有外奸，故欲踬夫于法耳"。最后，暨氏和奸夫终度承认了犯罪事实。这是利用公堂审讯所获得的信息，再通过逻辑推理进一步寻找破案线索和获取人证物证进行破案。

该故事来源于《疑狱集》（二卷）"裴均察盗犬"。

（胡丙杰）

张主簿察石佛语（见图59）

图59 黄瑞亭引自明万历刊本，余象斗《诸司公案·张主簿察石佛语》

【原文】

魏州冠氏县画林寺，有一石佛，长可丈余。人亦称是中心俱空，口耳皆有孔。历年良久，不知何时所置。佛身嶙峋，抑或云是铁铸者，人莫辨其真，只称石佛云。常有老鼠偷食于佛案。僧醒潭击走入佛口中去，以小竹入拂之，其中空洞广阔，优优有容。因与徒众醒渊、寒谷等谋曰："此石佛腹中空阔，若使穴地为道，藏人入中，诈为佛言，报人祸福，讲说经典，谬称垂教[1]，真可诱动十方施舍财帛，则我寺兴发不难矣。"众以为然。实时于第三间房中，凿通地道，可直进于佛腹，其中能容二人。乃倚梯于佛中，人在梯坐说话，则声闻于外。且其声自石穴中迸出，深沉壅郁，又与人音不同。众皆喜悦，以为此真可惑人矣。又恐祷祝者声不闻于佛内，则佛中人不知所答。乃又称此石佛耳聋，凡祷祝者宜在佛耳边朗朗明说，则佛乃知应。妆造已定，便四处传言。画林寺中石佛忽然能语，自言佛教将兴，世尊[2]降世传教，普度一切众生。不数日，人来听者骈肩累迹[3]。待夜静时，人间吉凶者，逐一在佛耳边祷祝，佛果一一指示吉凶。或有问难明之事者，佛便不答其事，但说些大段道理。大抵是明心性，弃世界，劝人善之事。听者无不敬信。初而骇，既而虔奉，终而相竞施舍。一年之内，寺中得献身帛以千计。既而流传各府州县。

时军门刘镐镇守业都，莫测其事，亦遣衙将尚谦，资香设醮，且命探验其事，密察其真伪。尚谦到县，周县尹出迎，送入使馆中居，牙佐贰都来相见。尚谦言："我奉军门令，一来在此设醮，二来要察佛言真假。烦列位明日同行。"各官许诺，相辞而退。主簿张格，以岁贡出身，极有明识。来见周令曰："军门此差，要察佛言真假。吾辈若不察出，使后人察得申去，则我辈为无能，又且冈上矣。吾料石佛无言，中必有弊也。昔春秋时石言于晋。平公问之。师旷曰：'石不能言，抑或凭依焉，不然民听滥也。'今石佛与人应答如影响，岂有是理乎！"令曰："吾与三长官日前亦去看矣。佛堂光净，其傍舍皆朗朗无壅。夜间果声自佛出。但世间那有真佛，不过妖狐野怪所托而已。"张簿曰："亦非狐怪也。凡妖媚皆畏官星、畏正人。今自佛言之后，名公巨卿来往瞻拜，中间岂无正人名宦？彼皆敢与酬对，何怪若此之大也。况日前所闻之语，皆平平无奇，来见瑰异卓见。彼所识者，我识更精；彼所辨者，我辨更透。只似野僧声口，不似怪媚见解也。"令曰："然则如何以察之？"张簿曰："堂尊可出票，仰合寺僧人到县设醮，然后我去勘之，必有分晓。"周令依言，差礼房[4]吏资香帛往寺："见得刘爷差官设醮，员役人多，寺难接应。本县老爷要请众僧到县，修设功果，合寺都要到，后都有给赏。"众僧奉令而到。果然罗列斋馔，丰盛精繁，款待众僧甚厚。令他作两日夜普度。张簿见众僧来县，即领手下带一铁匠到寺，将寺锁都开。令手下四处搜寻。到殿后第三间房，黑暗无光。以烛入照之，有穴入地下。张与一皂隶下去，约二丈余路外，倚一高梯。张登其梯上，乃即是石佛腹中。因令皂隶在佛中说话，张在外面听之，宛如前佛言，壅郁之声无异。遂归报于周令。至第三日，张微服同一皂隶先入佛腹中坐，令人在外，将寺门仍旧锁住。周尹与尚总兵同僧送香钱到寺。及进佛堂，张簿在佛腹中高声喝曰："众僧都跪听审！"僧各合掌跪拜。张曰："石佛本不能言，你僧诈设诡谋，在后房中暗开穴道，藏人入佛腹，诈称佛言，哄骗士民财帛不计其数。将去买好衣、置美食、醉醇醪、餍膏梁、蓄侍者、养婆娘、交游长者、请召朋情，百般淫乱，言不能尽。至哄刘爷亦差使进香。你众僧煽惑良民，欺罔官长，皆当死罪。我本寺伽蓝，故指出作恶如此，可尽残除之。"吓得众僧心疑面黄，不敢出声。周尹故曰："有此弊乎？可令手下搜之。"入殿中后房去搜，果有穴道入地。张簿乃混与手下出来，先归衙去。手下出禀曰："果如伽蓝所言，有地道入佛腹中。"周尹命锁众僧去，送与张爷审问。及僧到，张先在堂坐。众僧不待加刑，一款承认。

张簿判曰："审得僧醒浑、僧醒渊、僧寒谷等，挟外道以欺人，肆邪术而惑众。暗通地道，藏人于石佛腹中；巧托神言，垂教于清平世上。怪诞不经之说，布在里间；荒唐谬戾[5]之谈，荡人耳目。应报未来之灵弄，预定有准之吉凶。使幸福愚民，瞻奉靡及；至风闻官长，礼拜有加。乱民之恶无穷，惑世之奸滋甚。黄巾红中之祸，并起邪途；大巫小巫俱投，方快人意。为首者实时议绞，为从者千里远流。"

由是申上两院，将僧醒潭拟绞，醒渊、寒谷各杖一百，流三千里。仍出告示挂昙林寺，晓谕士民，不得再信僧道哄惑。

按：张簿之能，不在于搜出地道之日，而在于辨佛言无奇之时。彼以为世尊垂教，必有空世玄谈[6]。而所言不过衣钵蹊径，便于此时参其有假。故力任勘之，而卒得其奸，则以明理之故也。故曰"宰相须用读书人"谅哉！不然，几何而不为愚僧所愚也者。

【注释】

[1] 垂教：垂示教训，犹赐教。

[2] 世尊：佛陀的尊号之一，意为世间及出世间共同尊重的人。

[3] 骈肩累迹：肩连肩，脚印叠脚印，形容人多拥挤。

[4] 礼房：明清时知县衙门办理祭祀考试等事务的下属机关。

[5] 谬戾：亦作"谬盭"，悖谬乖戾。

[6] 玄谈：古代佛教大师讲解经论时，先于文前分判一经的深义，称为"玄谈"，也称为"玄义"。

（刘通）

【述评】

该案讲寺庙僧人假托石佛说话敛积钱财供寺众享乐的故事。为了揭穿石佛能语的骗局，张主簿采用"调虎离山"计将众僧调离寺庙，然后深入"虎穴"实地考察调研，终于弄清事实真相。判案人反迷信、重调查的判案方式与观念十分值得肯定。该案也借此宣传引导民众应崇尚儒家伦理道德，遵从儒家所谓"圣道"。

该故事来源于《疑狱集》(三卷)"张辂察佛语"。

(胡丙杰)

唐县令判妇盗瓜

【原文】

冠氏县有种瓜者沈阳和,极奸刁作恶,又吝啬小气。瓜熟之时,前村一妇人盛氏,手抱三岁儿子从瓜圃经过,摘一小瓜,与其子。阳和在背地瞧见,即出而拦其妇曰:"你盗我瓜,可与你去见地方总甲,讨银赔我。本处立有禁约在,凡盗一瓜者,定是偿银一两。"盛氏以瓜投地曰:"摘你一小瓜,未值银一分,那骗得我一两!"阳和即扭盛氏去见总甲。那乡人皆刁徒,共说要银一两赔瓜,勿倒乡例。盛氏不得已,将银簪一支赔瓜。阳和又不肯。总甲叫盛氏将三支簪都赔,立一纸供状,后放去罢。盛氏曰:"我把三支簪赔你,丈夫亦骂。且我是贼,怎立供状与你?"阳和见骗不得,便逼妇人同去见官。又思一瓜不能治罪,乃添摘二十枚以诬之。具状告曰:"状告为擅盗园瓜事:国有律条,瓜果勿盗;乡有明约,违禁者罚。阳和乡居,人多田少,种瓜为业,仰给衣食,倚办官租。故具立约,不许擅盗。泼恶盛氏,蔑视国法,藐违乡禁,擅行窃盗。瓜赃现存,当园捉获,里甲可证,共执送台。乞法究治,追价赔赃,民业有主。上告。"以状呈上,挑瓜三十枚到堂为赃,并执妇人来见。盛氏曰:"我只摘一小瓜与儿子耍,阳和拦到伊家取赔,我凭总甲说,以银簪一根赔之。他更要银一两,不然亦更要二根簪都与他,又要立供状,因此不肯。今这一担瓜是他自摘赖我的。"唐太尹曰:"你妇人抱子到瓜园何干?"盛氏曰:"我家到瓜园内有五里路,要往娘家看娘,因在此过。"唐太尹曰:"此妇人必有男子同行。"沈阳和曰:"独妇无男伴。"唐太尹又曰:"此妇人盗瓜以袋贮乎?以筐箧[1]贮乎?"阳和曰:"并无筐袋。"唐尹曰:"既无筐袋,以妇人手抱一子,何以更盗得许多瓜?此只摘一个是真。你多要取赔,他不服骗,因此告他。又恐一瓜赃少,故自添摘以诬他耳。你若能抱子,又能拾尽余瓜,便将此妇人问罪去。"阳和接抱此子,俯拾其瓜,不及十余枚,已不能堪矣。唐斥曰："你男子且不能手捡十瓜，奈何厚诬妇人乎！"遂治以诬告之罪。

唐尹判曰："审得沈阳和，牙角小智，草莽刁徒。乘机而骗局横生，因风而贪心萌起。徒知擅盗园林瓜果律有正条，不思妇人误摘一瓜法亦何罪。昔闻梁县令瓜畦不禁楚客[2]之份，世羡义瓜亭老圃能为蒙正[3]之赠。汝瓜独吝于摘与，人替岂易于轻投。以一介而起争，纤细殊为可鄙；藉满筐而诬告，刁顽尤可生憎。审原告与被告，较一瓜于一箸。量盗赃与骗脏，问孰多而孰少。汝道乡盟孔固，犯禁者罚满一金；我谓国法尤严，诬告者罪加三等。"

按：此判亦易易耳。以一妇人岂能盗三十枚瓜？然不先问其有男同伴及有筐袋装贮否，而遂析之，彼必谬指同伴者已逃去云云，便难剖断其盗瓜多少矣。唐公先审问之，而彼答以无同伴、无筐袋，则一空手妇人何以盗许多瓜乎？故一折之而遂无逃遁，此亦善钩距[4]之一法也。

【注释】

[1] 筐筥：盛物竹器。方曰筐，圆曰筥。

[2] 梁县令瓜畦不禁楚客：汉刘向《新序·杂事四》载：梁与楚的边亭皆种瓜。楚亭人妒恨梁人的瓜长得好，夜往毁之。梁县令宋就制止了梁人的报复，并派人帮助楚人灌瓜，使楚瓜日美。楚王以重金相谢，与梁交好。

[3] 义瓜亭老圃能为蒙正：北宋宰相吕蒙正，年轻时相当落魄。天热口渴嘴馋，很遗憾，自己根本就没钱买瓜，无奈之下，只能拾起瓜贩扔掉的"馐瓜"来解渴。成名后修建"馐瓜亭"以资纪念。

[4] 钩距：亦作"钩拒"，古代的一种兵器。比喻辗转推问，究得情实。

（刘通）

【述评】

该案，通过现场试验进行破案。种瓜者沈阳和状告盛氏盗瓜三十枚，唐县令令"阳和接抱此子，俯拾其瓜，不及十余枚，已不能堪矣"。据此判断沈阳和为诬告。

该故事来源于《疑狱集》（四卷）"唐公问筐筥"。

（胡丙杰）

梁县尹判道认妇（见图60）

图60 黄瑞亭引自明万历刊本，余象斗《诸司公案·梁县尹判道认妇》

【原文】

宣化县民文孔嘉，其妻辛氏，夏月裸裎晒纱于房前，两手高伸于上。其左乳下有一黑痣，大几于豆。适一道士纪其功来家见之，讽经讫，急敲木鱼求抄米粮。辛氏骂曰："吾自浆纱无暇，何物贼道，抄化这急。"道士曰："我诵经化米，以理善求，你无米与我，又骂我贼道。我曾偷你甚物而为贼乎？好不贤良。"辛氏曰："你何人敢骂我不贤，这野道真要打也。"即手持竹枝赶行出外。道士心怀愧恨，因见他乳下有一痣，遂心生一计，四处密访此妇人年月、姓名及其父母、兄弟、叔伯亲眷等。既已得之，乃套结道士伙王希贤当媒，李逢泰、蒋汝明当左右邻。因赴县告曰："状告为奸拐事：其功从幼凭媒王希贤，议娶辛继荣女辛氏为妻，数载无异。因出外买卖，家无亲属，幼妻孤居，冤遭市棍文孔嘉调奸情私，密地拐去，经今三年，近方查出。切思从幼发妻[1]，生死同誓，悬遭奸拐，情屈何伸。乞法究淫恶，追妻完聚。感激上告。"县准其状，差牌来拘。文孔嘉茫然不知来由。到县，先抄出纪其功之状底，乃知其诬妄若此。亦具状诉曰："状诉为狂棍极诬事：嘉妻辛氏，从幼聘娶，媒人亲眷邻里周知。突出棍徒其功，诬称奸拐。半空飞雨，不知来由。彼非病狂，必系错认。悬遭狂诬，世法变异。乞拘究亲邻，公同证佐。立劈棍诬，正法杜奸。上诉。"梁县尹两拘来对。文孔嘉指其功狂诬，纪其功执孔嘉奸拐，两不相屈。及问干证，文孔嘉之媒人、邻佑，执辛氏是孔嘉妻；纪其功之媒人、邻佑，执辛氏是其功妻，皆硬硬肯证。又问辛继荣，曰："我女从幼嫁文孔嘉，不识纪其功是何方人氏。"其功曰："岳父你亦大不仁矣。你贪他富，嫌我贫，又受他贿赂，不说一句公话，反证倒我，不念当初半子之情，也要畏头上天日，岂是信女偏言，将错就错乎！"梁尹见原被告辩说都硬，喝将两人挟起。其功又曰："愿老爷松些。还有一件，我妻左乳下有一黑痣豆大，老爷看若无痣，小的即是冒认，虽死亦甘心。"梁尹命松棍。其功近前解辛氏衣带，揭左乳下与官看，果有一黑痣豆大。曰："有此为证，缘何不是我妻！"孔嘉奸拐之情百口难辩矣。梁尹见有此痣，亦信曰："此是其功之妻的矣，可自领去。"辛氏奔死磕头叫枉，辛继荣、文孔嘉高声叫冤，曰："堂上无天日，小的万死不甘心矣！"梁尹见情难折服，乃喝原被（告）俱远跪，单提妇人来问其年月及其父母生日、兄弟叔伯人等，一一写记之。次抽文孔嘉来问，所言皆与妻合。三抽纪其功来问之，凡妇人年月及父母生日、叔伯、兄弟，皆说得相同。止继荣一亲弟继华，同屋住者，道不来。梁公曰："还有一人与继荣同居者。"其功曰："并无。"继华时亦在旁，立即跪进曰："小的即继华，安得道无此？可见其功是光棍矣。"梁公命挟起，重加敲打。其功受痛难忍，供认曰："小的果是冒占，望老爷饶命。"梁公曰："你何以知他乳下有痣，莫非与此妇有奸乎？"其功曰："有之。"辛氏曰："我并与无奸。"梁公又命挟，其功乃曰："因辛氏房前伸起晒纱，小的为道士，化米时见之。彼骂逐我，故怀恨报之。"辛氏与夫此时方明白，知其捏告之故矣。梁公又问媒人、邻佑是何人，其功曰："皆道士伙也。"梁公恨其明奸可恶，将四人各发打二十。时衙门外已早招集无限僧道、乞丐在，惟待官一判与之，彼于门外即抢去。及闻各各被打，然后乃散去。

梁尹判曰："审得纪其功羽衣野客，黄冠道流。托足风尘，不守玄元[2]之法；出涎糯米[3]，难同太上[4]之风。催施主之速施，恨妇人之怒逐。见其乳下之痣，遂结方上之朋。捏告拐奸，妄欲夺人之配；借证党类，暗将成己之奸。听其历辛氏之来由，设谋何巧；观其解脱妇人之衣带,肆恶殊深。迨征出其诬妄,独认奸以污蔑。身世已迷于色界,居愧琳宫[5];性灵不悟于人天,经惭玉牒[6]。在世界则无王法,佩簪服亦玷玄风[7]。强占人妻之恶既真,远地充军之罪极当。王希贤等之凶,济恶一意朋奸。就领群居,不似归真之党;珠宫追逐,何如灵素之流。恶积沙河,漫道法门如海;能清诸垢,罪弥宝塔须信。王制若天,难灭群奸。俱拟之徒,以惩其成。"

按:其功之术甚工。先惟告其奸拐,及两执不服,必有拶挟。然后指出乳下痣来,人谁不信。梁公又进一步审其亲眷,而后其说乃穷。信乎制刁人之恶,官贵多术也。

【注释】

[1] 发妻:指原配妻子。
[2] 玄元:道家所称为天地万物本源的道。
[3] 粆米:精米,古代用于祭神。
[4] 太上:道教称至上至高至尊的神。
[5] 琳宫:指仙宫,亦为道观、殿堂之美称。
[6] 玉牒:道教神仙名籍,或指佛道之书、帝王谱系。
[7] 玄风:指仙道,或指道家清静无为的思想潮流和玄谈的风气。

(刘通)

【述评】

该案,梁县尹通过审理,根据道士纪其功所述辛氏出生年月及其父母生日、兄弟叔伯等家庭和亲戚情况,与辛氏所提供的情况有差别,而判断道士冒占人妻。在《廉明公案》和《诸司公案》中,有不少涉及淫僧犯案的故事。但关于道士为害的内容仅极少数,本案是一例。

(胡丙杰)

李太尹辨假伤痕（见图61、图62）

图61　黄瑞亭引自明万历刊本，余象斗《诸司公案·李太尹辨假伤痕》

图62　黄瑞亭引自明万历刊本，余象斗《诸司公案·李太尹辨假伤痕》

【原文】

　　李南明知长沙县，聪察如神，人不敢欺。时二月春日，乡民皆合祭社神，因会众聚饮。有民项胜者，膂力[1]刚猛，负才使气，尝好以势轹乡间，人皆惮之。本日，与舒瞻者同席宴饮之间，言语讥诮，互不相下，彼此愤恚。项胜遂伸拳先打彼，舒瞻力弱，被胜拽倒在地，乱打一顿。众人虽群起救护，奈胜力大，兼有兄弟偏助，以故舒瞻着伤甚多。次日，令人抬到县去赴告。舒瞻状云："状告为殴命事：土豪项胜，势压乡民。钱神浩大，人莫敢何。冤因乡社里民会饮，欺瞻善弱，百般狎侮[2]。无奈起避，反触豪怒。喝集虎党项腾、项胐、项腑等揪瞻乱打，遗体伤重，命危旦夕。纪华、陈壁等救护可证。乞天验伤，立限保辜。死在伊手，冤魂可伸。迫切上告。"项胜知舒瞻委实多伤，今告在官，必然验出，则己定是输他。乃夤夜将巴豆[3]擦于体上，又将榉柳[4]叶涂肌肉各处，装成青赤伤痕，与拳棒伤无异。然后令人抬进衙去，面告验伤。其状云："状告为急究伤命事：痛胜乡农，本分懦弱。昨因里社，冤遇势豪舒睦、舒瞻、舒□等恶党同席，言语往来，小失豪意。呼集凶党擒胜殴打，如虎制羔，伤重几死。幸陈全、祝寿救回，至今肿痛，生死莫保。乞差医验伤，立案保辜。倘限内身死，瞻宜着偿命。激切上告。"李太尹看讫两状，即命医生庄橘泉来验伤。当日橘泉去看舒瞻、项胜，二人伤痕皆多，依实进上，结状[5]曰："医生验伤已毕，二人所伤都多，所结是实。"李太尹看了结状，思忖曰："彼二人都有重伤，难道彼二人自打至此？必是相帮者助打，缘何项腾、舒睦等全无一伤。这中间必有一真伤、一装伤。"乃自起身，以手摸二犯伤处。见舒瞻伤处皆血聚而硬，项胜伤处皆不硬。乃曰："舒瞻是真伤，项胜是装假伤。医生所结亦不详也。"项腾跪进曰："小的哥哥实受亏，缘何老爷说是假也？"李太尹曰："奴才！汝焉能瞒我也！盖药中有巴豆，将涂体上，即便肿。汝南方又有木名榉柳，以叶涂肌，则如青赤[6]；伤剥其皮，横置肉上，以火熨之，则如棒伤，水洗不下。但殴伤者血聚则硬，伪装者虽似伤而不硬耳。今舒瞻伤痕硬，故是真；汝兄项胜所装伤痕都软，故是假也。汝敢欺吾乎！"项腾见察出真情，低头无应。即将项胜、项腾各打二十板，立定保辜限期。据律中以手足及以他物殴伤人者，限二十日[7]。人都服李爷明察。

李公判曰："审得项胜间阎蠢民，微同蛮触。凶顽恶性，狠若豺狼。段马、泽车不学少游之处世[8]；长蛟、白虎却为周处之初年[9]。况在井里交游，宜以谦和第一；矧当乡邻宴会，更须恭让为先。尔乃无忌肆言，恃拳勇而凌懦弱；佷心[10]好腾，敢骂座而挞舒瞻。折其体，伤其肤，殴人而邻于死；深乎情，厚乎貌，装伤而恣乎欺。掩伪饰真，既难眩司刑之察；好勇斗狠,将无贻父母之一。第以手足伤人,辜宜保乎二十日;酌其汤药[11]扶困,银姑罚乎一两全。庄医纵结未真,情非有弊;项一虽胜亲弟,罪无并加。俱免供赎,各任宁家。"

按:闻殴而装假伤,今世之常情。李侯此察一讯立辨。既免罪犯淹系[12],又免干证牵累,何简约明断而便民之至乎!是可为详刑[13]者之鉴矣。故录之。

【注释】

[1] 膂力:指体力、力气。民间泛指腰力。

[2] 狎侮:轻慢、戏弄。常用于形容人物言行举止。

[3] 巴豆:植物名。产于巴蜀,其形如豆,故名。中医药上以果实入药。

[4] 榉柳:落叶乔木。羽状复叶,互生,小叶长椭圆形,有毒。坚果两侧具长椭圆形斜长的翅。木材轻软,可制箱板、火柴杆等。树皮可取纤维制绳索。种子可榨油。

[5] 结状:旧时向官府出具的表示证明、担保或了结的文书。

[6] 木名榉柳,以叶涂肌,则如青赤:中国古代法医学史上有"李公验榉"的典故。宋慈《洗冤集录》卷之二"五、疑难杂说下"载:"南方之民,每有小小争竞,便自尽其命而谋赖人者多矣。先以榉树皮罨成痕损,死后如他物所伤。何以验之?但看其痕里面须深墨色,四边青赤,散成一痕,而无虚肿者,即是生前以榉皮罨成也。盖人生即血脉流行,与榉相扶而成痕(若以手按着痕损处虚肿,即非榉皮所罨也)。"可供参考。

[7] 据律中以手足及以他物殴伤人者,限二十日:宋慈《洗冤集录》卷之一"一、条令"载:"诸保辜者,手足限十日;他物殴伤人者二十日;以刃及汤、火三十日,折跌肢体及破骨者五十日。限内死者,各依杀人论。"可供参考。

[8] 段马、泽车不学少游之处世:据《后汉书》卷二十四《马援传》载:封援为新息侯,食邑三千户。援乃击牛酾酒,劳飨军士。从容谓官属曰:"吾从弟少游常哀吾慷慨多大志,曰:'士生一世,但取衣食裁足,乘下泽车,御款段马,为郡掾史,守坟墓,乡里称善人,斯可矣。致求盈余,但自苦耳。'"

[9] 长蛟、白虎却为周处之初年:周处(236—297),字子隐,吴郡阳

羡（今江苏省宜兴市）人。少时纵情肆欲，为祸乡里。后来改过自新，拜访名人陆机和陆云，浪子回头，发奋读书，留下周处除长蛟、白虎的传说。

[10] 侈心：奢侈之心，或夸耀自大之心。

[11] 汤药：用水煎服的中药。

[12] 淹系：羁留、拘禁、关押。

[13] 详刑：谓断狱审慎。

（刘通）

【述评】

长沙知县李南明，在处理"二人斗殴"验伤案件时，发现甲身体强壮，气力大，乙身体弱小，力气小。但二人身上都有青红的伤痕。他用手指捏捏两人伤痕之后："乙是真伤，甲是假的。"一审问，果然如此。原来，南方有一种榉树，叶子捣汁后涂在皮肤上，会出现青红色，看上去就像被打的伤痕。如把榉树皮剥下放在皮肤上，用火烤，就留下像棒打的痕迹。用水也冲洗不掉，但是被打伤，则伤处血液凝聚，是硬的。假伤则没有血液凝聚的硬块。长沙知县李南明，就是利用皮下出血的知识来鉴别真假伤痕的。皮下出血是由于钝器打击在身体表面，使皮下组织中的毛细血管破裂，血液在皮下组织中聚积形成的。皮下出血可以发生在人体任何部位。皮下出血的面积大小，轻重程度与致伤物的大小、轻重、机械力以及人体组织诸因素有关。小点状的皮下出血是瘀点，小至针帽头，大到黄豆粒，是细小的血液蓄积形成的圆形点状伤痕。比较大的血斑瘀斑，是柔软的组织内血液蓄积形成的片状伤痕。由于皮下大量血液蓄积，使局部肿胀隆起，或者使组织分离，突出其正常表面的皮下出血，又称血肿。这个案件最终做出审判，双方皆服判。

司法证明主要解决性质和手段两个问题。我国古代以当事人为中心进行具体证据的个别化法医检验，以法官为中心进行整体证据的融贯性司法审判。二者结合，从而使司法证明的过程和结果能为当事人所接受，并获得社会认可。

该故事来源于《疑狱集》（八卷）"李公验榉"。

（黄瑞亭）

王尚书判斩妖人

【原文】

　　王恕为南京兵部尚书，莅官忠耿，不受请托，专喜革奸除害。初妖人王臣，工于邪术，白日书符咒[1]水，能盗人什物。凡物经其目者，须臾即不见。或以手取人财物投水中，少顷又自袖中取出。又善奸人妇女，惟意所欲，以术投之，罔不如愿。人多被其害，具告本县张知县。知县痛恶邪术害民，怒曰："左道不除，终为乱化。"拿至县堂问曰："何物妖人，节次盗人财物，奸人妇女。"酷加捶鞭，以至折伤足胫，号为"王瘸子"。拟成死罪，监禁狱中，候上司裁决。未几，张知县以吏才，钦取进京，擢为巡街御史[2]。署印官贪财，王臣即用钱夤缘宦官王敬，具书达署印官。王臣又奉承阉宦，以故得脱其罪。王敬是个信邪寺人，闻王臣有妖术，即唤至门下，喜其同姓，置之左右，以便所私。王敬又以左道媚君，时时在上前称羡王臣有异术。上召试之，术果奇验，即命为锦衣卫[3]千户[4]，同王敬奉旨采药于湖湘、江浙、苏松等处。王敬□□贪财，王臣又善于逢迎。凡百事务，主使□人，比周为党。采药所到一处，博天子威灵，仗一人荣宠，纵肆横暴，凌轹外官，蒐索属省，奇珍贵物，官民悉力奉承，甚受其害。及至苏州，又命工人熔银为元宝[5]，至二千余锭，以充私箧。凡江南奇玩精绝之物，遭二人检括殆尽。王恕时以巡抚至苏松，闻百姓交谤于衢，察属官含怒于目。及睹民所告词，大半告被妖人所害，民不聊生。各庠生员遭王臣索骗之害，亦连名具呈。恕见百姓告词，又见生员呈状，怒曰："这两个孽宦、妖囚。圣上命汝二人本为采药而来，非征求而至，如何辄敢假公济私，方命虐民如此？若不奏除，则荼毒无已，民心必至激变。"将二人拘禁狱中，即星夜资本奏闻。遂将二人索骗骚扰过恶，备载本上。现今恐其激变，监候请旨。会巡街张御史闻其事，谓僚友曰："妖人王臣，学生前任县尹时，已恶其奸盗百端，拟以大辟，如何又得解脱。此必署印官受钱买放。"仍将以前所犯过恶，逐一开写，奏上一本。圣上遣一使臣，闻其为一路福星，则其荼毒一方，如何不怒。实时颁下圣旨，差锦衣卫校尉[6]，带三般法典，径至苏湖，同显本官等，即将监禁害。王敬、王臣二人囚械过京问罪。二人至京，系锦衣卫狱。王敬减一等问军[7]，王臣斩首燕市，传首江南。人民称快，咸谓恕有回天之力。

【注释】

[1] 符咒：道家用于驱役鬼神的符箓和咒语。

[2] 巡街御史：御史职名之一，负责京都外城治安。

[3] 锦衣卫：明代护卫皇宫亲军。明太祖时始设，权力极广，兼理侦察、逮捕、审讯之事。也是明代的一个特务机构。

[4] 千户：职官名。元代始设，掌兵千人防卫地方的武官。

[5] 元宝：亦称大宝。状似中国鞋子的金锭或银锭，通常是银锭，从前在中国当作货币使用。金元宝重五两或十两，银元宝一般重五十两。

[6] 校尉：职官名。汉时始有此官，职位略次于将军的武官。

[7] 问军：充军。古代刑罚之一。

（刘通）

【述评】

该案，妖人王臣依靠邪术为害百姓，本拟死罪，但贿赂署印官、宦官得脱其罪，后又以邪术得皇上宠信，更加纵肆横暴，荼毒百姓。后因王尚书巡抚至苏松，发现其罪恶滔天，"若不奏除，则荼毒无已，民心必至激变"。乃上奏皇上，判斩妖人。该案也是借以宣传邪术妖道的危害。

（胡丙杰）

第五卷 争占类

李太守判争儿子（见图63）

图63 黄瑞亭引自明万历刊本，余象斗《诸司公案·李太守判争儿子》

【原文】

　　扬州民勾泰，家颇饶足。年四十，止生一子，已三岁矣，甚爱惜之。一日偶出，路逐群儿戏，迷不知归，呱泣于途。人过者亦不之顾。一光棍见此儿手带银镯，自泣良久，又无人携抱，料是迷失归途者。乃去抱之曰："吾与若归。"此儿泣久，得人提抱，自然泣止。彼即抱出城外十余里。有一富民赵奉伯，年老无子。光棍将此儿卖与之，得银二两而去。奉伯与妻郑氏，抚爱此儿如亲生无异。勾泰四处出赏帖寻求，不能得见。过了一年，适往城外去取苗租，经奉伯门首过，见此儿在门外嬉戏。勾泰细看之，愈似己子。呼其乳名，儿亦知应。久看之，儿亦似认得熟人，渐与勾泰狎近。乃问其近傍人曰："此谁家子？"傍人曰："此赵奉伯之子。"勾泰曰："彼亲生的抑是抱养的？"傍人虽知是养子，只为之回护，曰："自然是亲生的，你何须问他？"勾泰不信，径入奉伯家曰："我有儿名一郎，旧年三岁被人抱去。今你此儿是我儿也，须当还我。"奉伯曰："老兄好差，你旧年失儿，我儿是从幼亲生的，安得云是你儿？天下儿子同面貌者何多，休得要痴想也。儿子岂是妄占得的？"勾泰曰："缘何与我甚熟，呼他名又应？"奉伯曰："我儿常不择生熟人，都与他习熟，他亦名作大郎，故你呼一郎亦应也。老兄乃痛伤而迷耳，何故若此痴也？"

勾泰口争不得，心不能舍，即往府告曰："状告为取子续宗事：泰年逾四十，止得一子，乳名一郎，宗祧实攸。旧年三岁，门外嬉游。陡遇败豪赵奉伯，潜地抱去。今亲寻见，往门里取，彼恃刁强，白占不还。切老景一儿，嗣关绝续，是我天性，伊占何益？乞断儿归宗，惩恶兴贩[1]，阴德齐天，万代衔思。叩告。"赵奉伯遂买嘱邻佑，硬作干证，亦到府诉曰：

"状诉为飞空占子事：父子天亲，不假人为。骨肉至爱，难容白夺。奉伯家足度日，何曾兴贩？亲生一子，并非抱养。历今四岁，邻里周知。悬遭奸豪勾泰冒认为子，平地生波，雪中布桥。彼非病狂，必有唆陷。乞亲提洞察，杜奸保婴，感激上诉。"时李崇为知府，最贤明，有治才。数日提到来问，勾泰称为己子，朗朗可听。赵奉伯认是己儿，历历有征。难以断折，乃再取干证审问。原告边干证执是勾泰之子，被告边干证争是奉伯之儿，又难凭据。李太府心生一计，乃曰："这干证都是买来偏证的，都不要。你儿子可令赵家领出抚养，待我差人密访得出，然后重惩此囚奴[2]。勾泰、奉伯且权收监候。"忽然过了七日，李太府召禁子曰："前勾泰、奉伯为争一儿子，收候在监。今吊审皂隶，报此儿子昨已中惊疯[3]死，两不必争了，可放出来发落他去。"禁子入监言之。勾泰闻言涕泣横流，悲不自胜。奉伯惟嗟叹而已，殊无痛意。禁子引二人入府堂。李太府曰："此儿子既死，你二人不必争了，可都去罢，免供招。"勾泰泪注如雨，下堂即放声而哭。奉伯只是叹气数声。李太府乃复召回曰："今事已然矣。你二人可说个凭心话，此儿还真是谁的？"奉伯曰："真是小人的，只福薄难招此子也。"勾泰曰："你尚且欺心，本是我的，想你家怕老爷断出，故加毒害也。"李太府曰："人心不公乃如此哉！此儿岂真有死理？盖可承家万代也。特假此试汝二人心耳。此儿明是勾泰的，故闻死而深悲。奉伯惟略叹息，便见非天性至亲，故不动念也。今此儿当归勾泰。"即命领去。欲加奉伯刑，乃供出昔用银买得，非己之兴贩人口也。

李侯判曰："父子天亲，不假人为。死生大变，乃见真性。今勾泰连老得子，惜如掌珍。出外忘归，茫如丧命。想昔孤雏之失道，何弄鷇雀之离巢。赵奉伯虽买自棍徒，原非贩卖，但认于亲父，理合送还勾姓。非赵宗，岂楚方而楚得[4]。人心合天道，自塞马而塞归[5]。胡乃执迷，坐生讦讼[6]。及至谬传诈死，全无悲心；便非属毛离衷[7]，故不溅泪。尔不予人之子，人安亲汝为亲。骨肉重完，一郎自欢。有父箕裘可绍，勾老岂恨无儿。思移异姓以承宗，奉伯宜加深罚；姑念辛勤于抚子，计功且示薄惩。"

按：勾、赵皆富而无子，其争必坚。幼儿又无知，何以辨之？惟诈传儿死，则亲父必然痛心，养父自不深悼，便可知其真伪矣。其妙全在此处也。

【注释】

[1] 兴贩：经营贩卖。

[2] 囚奴：囚犯和奴隶，借以骂人。

[3] 惊疯：惊风，又称惊厥，以强直或阵孪等骨骼肌运动性发作为主要表现，常伴意识障碍，是小儿常见的危急重症，可发生于许多疾病的过程中。其发病突然，变化迅速，证情凶险，列为中医儿科四大证之一。

[4] 楚方而楚得：有汉语成语"楚弓楚得"：楚王出游时遗失了弓箭，却不叫侍从去寻找，因为楚王认为他虽然在楚国丢了弓箭，但仍会由楚国人得到，并不算损失。后以"楚弓楚得"比喻利益不流失外溢。

[5] 塞马而塞归：有汉语成语"塞翁失马"：边塞一老翁丢了一匹马，人家来安慰他，他却说："怎么知道这不是福呢？"过了些日子，这匹马竟然带着一匹好马回来了。比喻暂时受损却可能因此受益，坏事在一定条件下可以变为好事，亦喻世事多变，得失无常，吉凶莫测。

[6] 讦讼：控告诉讼。

[7] 属毛离衷：汉语成语"属毛离里"，离，依附。语出《诗经·小雅·小弁》："靡瞻匪父，靡依匪母，不属于毛，不罹于里。"比喻亲子关系的密切。

（刘通）

【述评】

这是古代判定亲子关系的案例。由于当时没有现今通用的现代亲子鉴定技术，李太府采用智谋，根据父亲听到孩子已死时的悲恸之状，来判定谁为小孩的生父。"诈传儿死，则亲父必然痛心，养父自不深悼，便可知其真伪矣。"这是通过分析受害者的心理，根据人之常情加以情理推断，从而揭开案情真相。

该故事来源于《疑狱集》（一卷）"李崇察悲暖"。

（胡丙杰）

袁大尹判争子牛（见图64）

图64 黄瑞亭引自明万历刊本，余象斗《诸司公案·袁大尹判争子牛》

【原文】

南安县民董惟仁、贾怀远两家，各畜有牛母，同月各生一牛子，尝昼则共牧，晚则同归。两月后，惟仁之牛母跌死，其牛子与怀远之牛母共牧，时亦混食其乳，夜共同宿其栏。惟仁心以为便，省得人工看顾。再经四个月，牛子已长，将取买与人。怀远曰："此是我家牛子，汝何得盗卖？"惟仁曰："我牛子寄与你牧；安得白占去？"怀远曰："汝无牛母，安有牛子？你欲冒认，反改说我白占。"惟仁不甘，赴县告曰："状告为领占事：刁恶贾怀远，贪婪昧心。仁畜牛母孳生牛犊，牛母跌死，犊孤无伴，寄宿远栏，朝夕共牧。昨取犊卖，远起占心，赖称伊物。千金寄人，理难费用。一牛寄栏，公然白占。有此强豪，赖占不甘。乞断物还主，庶杜刁顽。上告。"贾怀远诉曰："状诉为强买刁诬事：家畜耕牛，孳生二子。刁棍董惟仁丢价强买，争价角口，砌情告台，冒称伊牛寄栏畜养。彼我非亲，何同畜牧？二犊同乳，熟为伊物？乞讯捏诬，剪减刁风。上诉。"县主以所争微细，亦当审问明白。于是严提原被告并一母牛、二牛子俱到。惟仁称一牛子是他牛母生的。怀远称二牛子都同此牛母生的。两相争辩，不肯屈服。袁大尹曰："你二人争辩又无干证，吾将此二牛子挟起作证，看是谁的。"将一系于堂前左边松树，将一系于右边松树。各用棍挟其后脚，牵牛母于甬道中。牛母见牛子挟动，号痛趋奔于左边小牛之傍，嘴近同号，若有怜念之意。而右边的全不顾。及袁尹命复牵牛母于中，解放二小牛之挟。一放后，左边小牛奔依牛母之旁，眷恋傍附。右边小牛遂逃于门外去，全不恋着牛母也。袁大尹曰："此牛子分明是董惟仁的，贾怀远之牛母只是一子。凡畜物皆有天性。你看之时，牛母惟怜惜己子，而右边的不顾。及解之时，亲牛子便依附亲母，而非牛母所生者，脱难之后，超然逃去，岂复顾同栏之伴哉！"乃将怀远责十板，以牛断与惟仁去。人皆服袁公之明察。

袁尹判曰："审得董惟仁、贾怀远皆畜牧家也。惟仁之牛母死，而牛子寄牧于怀远之栏，亦同侪[1]借便[2]之情则然。怀远以二犊共一牛之乳，同栏经四月之久，遂因而占之，以致讼争。及将两犊加挟，而牛母惟怜所亲之子。既解挟之后，而牛子惟恋所生之母。则怀远安得并据两犊，同出一牛之养哉！如当日不欺心赖占，惟仁当贴四月代牧之工。今且冒掩人物，妄指人刁，则罪已浮于劳矣。故勿计功，以酬其劳；亦勿科赃，以罚其罪。诈穷[3]而薄惩以衍扬，小事姑免供乎纸赎。"

按：袁尹察物之明，治人之恕，不言而可知矣。抑因是而有感焉。夫以畜物之天性，母子且知相爱。乃世有为父母而淹女，及懦夫受制于妒妻，不敢举妾所生之子者，则自戕[4]其天性，是牛母之不若矣。为子而厚于妻，子薄于父母，视天亲如路人者，则自绝其本根，是牛子之不若矣。乃后母而歧视前子，养子而阳顺嗣父，阴厚生父者，又无怪其然。何者？天亲不可以人为，而外属终非性生[5]也。一本之义大矣哉！

【注释】

［1］同侪：辈分相同的人。

［2］借便：犹得便，得到方便的机会。

[3] 诈穷：谓诈术穷尽。

[4] 自戕：自杀，或自己伤残自己。

[5] 性生：亲生。

（刘通）

【述评】

该案中，董惟仁、贾怀远两家母牛同月各生一小牛，惟仁家母牛跌死，他家小牛于是常常跑到贾怀远家依其母牛，吃奶共栏。小牛长大后董惟仁想要把它卖掉，贾怀远却说小牛为他所有，二人争执不下，于是告到官府。

古代亲牛鉴定，采用"亲牛子便依附亲母"的天性进行鉴定，即"凡畜物皆有天性。你看之时，牛母惟怜惜己子，而右边的不顾。及解之时，亲牛子便依附亲母，而非牛母所生者，脱难之后，超然逃去"。现代亲牛鉴定与古代不同，可以用DNA检验鉴定。2002年9月3日，原告周某以被告阮某非法侵占其所有的牛犊，侵犯了其合法权益为由，向福建省德化县雷峰人民法院提起诉讼，要求判决确认牛犊系其所有、被告金某应予赔偿其误工损失补贴等。德化县法院雷峰法庭受理案件后，当即由两名法官组织调查，了解情况，调取有关材料，并决定在被告金某所在开庭审理此案。同时，邀请兽医徐某作为此案特殊赔审员。2002年9月10日，雷峰法庭开庭审理此案。审理过程中，双方各执一词，法庭经合议后未当庭作出宣判，决定择日开庭审理。法庭了解到，原告、被告各自所有的母牛（即与该讼争牛犊存在母子关系的母牛）均在家。2002年10月12日，法庭两位法官专程从德化县到福建省高级人民法院法医室咨询。笔者答复的意见很明确："牛可以通过DNA鉴定确认其遗传血缘关系。2002年11月28日，法庭与公安部物证鉴定中心取得联系。2002年12月2日，由雷峰法庭法警和泉州中级法院法医携带血样送北京进行亲牛鉴定。2002年12月19日，公安部物证中心将牛犊的DNA鉴定结果寄来。2003年1月7日，法庭第二次开庭公开审理。根据公安部物证中心鉴定，确定了该牛犊与被告阮某的母牛不存在遗传关系而与周某的母牛在所有的检验标记之中存在遗传关系。法庭对本案作出宣判："被告阮某应该在判决生效之日起5日内将讼争的牛犊返还给周某。"

（黄瑞亭）

于县丞判争耕牛（见图65、图66）

图65　黄瑞亭引自明万历刊本，余象斗《诸司公案·于县丞判争耕牛》

图66　黄瑞亭引自明万历刊本，余象斗《诸司公案·于县丞判争耕牛》

【原文】

　　益州府安固县民任天真，家颇饶足。欠方以一牛犊，还之。邻近杜近高，求牛代耕，为之牧养，岁纳其租。其牛后益壮大，既能犁田，又岁出一犊，甚得倍利。天真问之取，近高曰："此牛系我养大，今仅获微利，尚未足以酬劳。愿更牛已老，孳生利少，畜之何益？"近高曰："你牛前矮小，今壮大，加倍于前。你欲取去，须贴我工力银一两。"天真曰："牛养一年，自然加长一年。你得一年代耕，又得牛子，足以还你工力有余。今日随小大肥瘦，原是我的自应还我，那有更贴工力之理？"只管欲牵归，近高来争曰："是我畜的牛，你未还价，如何牵得去？"天真与之争。近高曰："我前用价买过了，谁人不知是杜家的牛。今日全不还你，凭你何如。"任天真告于府曰："状告为刁占事：前岁价买耕牛一头，费银四两。刁徒杜近高希图代耕，孳生牛子。脱去代牧岁税租银三钱，真思本重利轻，取还自畜。恶先哀乞牧，次索工资。理折弗与，计穷变生，遂欲白占，反行凶殴。本买牛种，租否由我，恃刁强占，情理何甘。乞亲提惩恶，还牛做刁，庶物有主，民不横行。上告。"杜近高诉曰：

　　"状诉为势夺事：先年用价二两，贾豪任天真牛犊一头，今牧三年，壮大倍前。豪贪私宰，丢价三两，势逼强贾，高不甘卖，致争角口。豪反台告，冒称伊牛，租高牧养。悬捏鬼情，有何证据？恳天提究，斧折豪强，民知有法，不敢刁诬。叩诉。"刺史韩伯携，初提审之，两家互相争辩，干证各为偏证，不能剖决。心自思曰："县丞于仲文，少年聪察，试令决之何如。"即批："仰安固县县丞于，详问解报。"仲文令任、杜两家同牵牛到，全不审之，但言曰："我于某心如宝镜，眼如明珠，你看我莅任以来，凡百诉讼，皆辨得真情，那有一个冤枉？何况，你所争一牛，现有物在，此有何难察？但我午前无暇，你两人且牵牛去，下午即来听审，定断得牛属真主。"任、杜依命；复牵牛出。于二尹令腹心皂隶沈荐喻之曰："你可去故令人刺伤此牛，看任、杜二人喜怒若何，即速来报。"沈荐出见两个樵子[1]，肩荷竹担，将去采樵。荐以新钱二文买糖与二樵子吃，曰："你那个刺伤得这牛，我再买糖与你吃。"二樵子曰："恐怕骂人。"沈荐："他是乡下村农，有我衙门人在此何怕他！"二樵子便以竹担假相杀，走近牛边，以竹担刺伤其腿，曰："宰此牛来赏军。"任天真便骂二樵子，不合伤他牛。杜近高默如也。沈荐前去曰："竖子[2]辈相挩[3]，你这山巴老，那是你骂的!"又叫二樵子回,买糖与吃讫。入报于公曰:"适刺伤那牛,任犯便骂,杜犯自若。"下午吊来审。于公故意相观其牛曰:"此牛生得好,必会犁田,会出子,果是否?"杜近高曰:"果是如此。"于公曰:"你两人不消开口,我但看此牛,便知你相争之由矣。想是三年前,任天真将牛与杜近高牧时,其牛尚小。今三年后,牛已壮大,又有出息,故天真欲取回,近高不肯。及欲取得急,近高便强占为己物,以致告讼[4]。此牛乃是天真的,而近高强占之也。"天真磕头曰:"老爷神见,事情来历果是如此。"近高正欲辩,于公喝曰:"你该打十五板矣!再说一句,便打三十。"近高乃认罪。打十五讫,将牛断与任天真去。人皆服其明。

于尹判曰:"审得杜近高草茅贱汉,田野村夫。百亩是生涯,昼永锄移桑下日;一家勤未耗,春深耕破陇头云。荷插扶犁,既事于耜举趾之业;耕食凿饮,当安胼手胝足[5]之劳。欲图引重以代耕,因借牛种于任氏。数年既获子利,今日应还本牛。胡为久假不归,欲据倍收之息。敢尔取非其有,番织势夺之词。纷讼公庭,尚恣龋齿[6]簧舌[7]之辨;断经州郡,不输钩金束矢[8]之情。刁占之恶可憎,健讼之风宜剪。公取皆以盗论,计赃而免黥刑。"

判讫,即申文连人解报于府。韩太守问:"于丞何以审汝?"任天真曰:"原被都未出一言,于爷但看牛之壮大,便知三年之前与牧之时牛小,而今欲取之,杜近高不肯退还,因一发赖占,不待二人执对半句,而真情灼出矣。"韩太守叹曰:"异哉!于噩之明,可以称'霹雳手[9]'矣。予不之及也。"自后凡有疑狱,皆批与判,悉当于情。于丞遂名重于时,实自此判始。

【注释】

[1] 樵子:樵夫。

[2] 竖子:指童仆、小子,对人的蔑称。

[3] 挩:古同"脱",指捶打。

[4] 告讼:告诉、告状。

[5] 胼手胝足:手掌脚底因劳动过度,皮肤久受摩擦而产生厚茧。形容极为辛劳。

[6] 龋齿:蛀齿,牙齿发生腐蚀性病变。

[7] 簧舌:本指管风琴或管乐器内簧片可自由振动的一端,比喻善辩

的如簧之口。

　　[8] 钧金束矢：铜三十斤，箭一束。古代狱讼双方致官之物。金者取其坚，矢者取其直。及断，胜者官司还其金、矢，败者则没入。

　　[9] 霹雳手：唐裴琰于高宗永徽时为同州司户参军，刺史李崇义因其年少，瞧不起他，故意将积年旧案百件，交由裴琰尽速办理。裴琰在短时间内迅速办完，且判词允当，让刺史李崇义大惊不已。后比喻人才思敏捷，果敢决断，为断案的快手。

（刘通）

【述评】

　　这是关于牛的归属的诉讼案件。于县丞通过"故令人刺伤此牛，看任、杜二人喜怒若何"，以故意伤害诱出实情，以智谋解决了纷争。判词中"刁占之恶可憎，健讼之风宜剪"，是对种种不仁不义、道德沦丧的丑恶行径的批判，意在唤起人们的良知，达到道德劝诫的作用。

　　该故事来源于《疑狱集》（五卷）"次武各驱"。

（胡丙杰）

齐大巡判易财产（见图67）

图67　黄瑞亭引自明万历刊本，余象斗《诸司公案·齐大巡判易财产》

【原文】

　　长垣县乡宦戚世美，家富于财，产业不止十余万。嫡子继礼为太学[1]生，母示以父藏银之所，私兜去银一万两。妾母生子继祚为秀才，甚得宠于父。因继礼私取银之后，父亦另积银一万两付幼子继祚，实则均平，无偏厚薄也。父在日，亲写分关二扇，将产业田宅均分与二子收管。及父故，继礼要求父余银出分。妾母曰："业次早已分定，银两亦各有定归。尔的归尔，弟的归弟，父所代掌者，乃弟之田租所出自，岂有将弟分银出与尔共乎！"继礼曰："前日止分田产，银并未分。以我父之家，岂无数万积银乎？"妾母曰："父一生积银数万，与大娘[2]共埋于地。你都掘去，全无一些分弟。今后那得有银？"继礼曰："我只纳监[3]，费去父银不过千两，以后父积累年银何可算！今日必须将来均分，难容你子独占。"妾母与弟继祚，自是不听之矣。戚继礼先去大名府告曰："状告为孽庶刁占事：故父家货逾十余万，所积余银不下数万。礼居嫡长，弱冠[4]纳粟[5]，身居太学，不任家务。父宠妖妾，偏爱幼子。先年分关止开田产，余银俱存，议定后分。父病骤故，孽弟继祚刁占独兜，庶反凌嫡，弟得压兄，肥瘠不均，全占难忍。乞吊父账目，稽出入数，明算均分。遗银共沾，黏单上告。"

　　戚继祚去评告曰："状告为霸占轧幼事：鳄兄继礼，倚恃嫡长，贪纵残毒，凌轹[6]庶孽。父共嫡母，埋银数处，通计三万两有奇。母私亲子，指示继礼。父今病故，伊悉掘去，百十无分。切兄纳监诸费，母私积盈余，祚不敢论。故父厚积，理当共分。嫡庶虽殊，所让尽多。遗银独无，偏厚天渊。乞台垂念祚亦父脉，斧断分给，庶幼沾恩，亡父瞑目。叩告。"张大府亲提审之。继礼曰："吾父私宠于妾，因溺爱少子。前分时，止将田产均分，其银都在，今继祚独漫去。是庶幼更强于嫡长也。彼谓我掘银去，今父虽故，二母共居一房，从何处掘得，有何证据？"继祚曰："父分我住新屋，身与二母同。兄住祖屋，银必随身。岂有身居兄家，而银藏弟屋者乎？彼取去埋银，邻里都闻，何谓无证？"又问干证时，受继礼贿者为兄；受继祚贿者为弟，皆不得直。张太府已纳两家关节，只大罚其罪，并未动刑，模棱判去。二人不服心，又两相评告。如此者五年，几经十余断，不能息争。及齐贤为当街御史，继礼、继祚又来告。齐院早闻其争讼累年迭告不休。乃谓之曰："两兄弟积讼，吾早已访得其实。今当为两判之，求息其争。两人可各将父手分关并籍记[7]、自置物业、大关物件，一一开报来。

各处锁钥都交付来。又两家亲丁，不论男女老幼、主婢僮仆，都到衙一审，倾刻即放回，便可永杜争端矣。"两人依命，将两家丁口都抬到衙，以分关锁钥并庄田[8]记籍，尽数递上。齐院问继礼曰："看汝兄弟分关既均，田宅婢仆亦恰相当，而苦告弟不休者，必谓弟家之银多于汝也。"继礼曰："故父遗银，皆系弟得。故累告者，正为彼银多也。"齐院曰："汝弟之银，藏于自家乎？抑寄于外亲乎？若尽搜弟银与你，今后肯息讼否？"继礼曰："银必在弟家中，不寄在外亲也。若以弟银与我，更多我家数倍。"齐院呼继祚问曰："汝之告兄，亦必谓兄之银多也。倘以兄银与汝，今还息讼否？"继祚曰："父所埋银，皆兄掘去，果为银多，故告之。若得兄银共分，于愿足矣，何敢再告。"齐院曰："继礼既谓弟之家当银多，今以弟之分关、记籍、锁钥悉付继礼，使入居弟之宅，掌管弟之业。继祚既谓兄之银多，亦领兄之分关、锁钥去入居兄之宅，掌管兄之业。如那个再有一句反悔，便抄没其家，将家属尽流烟瘴[9]地方，勿留之以败坏风俗。"即刻命公差押去，两相换易。继礼、继祚出，两家妇女，皆思恋自家器物，都不肯换。乃相与人哭于巡按之前曰："小的兄弟不肖，不合激恼老爷，今蒙教诲，两相换易，诚至公至明之断，岂敢不遵？奈两妇女都恋自家，器与手熟，居与身熟。从今不敢起讼，愿兄弟各掌己业，勿致相换。如有再争，甘服大罪。愿天台俯循民望。"齐院曰："吾判已出，不可再移。如不愿换，须籍没家产，各流远地，以儆悖逆兄弟刁讼[10]之风。"两家又叩头求赦。齐院曰："兄弟本无所争，但财多势大，黩利丧心，下则买赂干证，上则交通关节，自谓终讼无妨，蔑视官府，以为官莫奈尔何也。今断相换，都不愿换，则两家俱富可知。何为讦告累年，岂非多财为祟乎？今据汝两词，俱称父家十余万，其各罚一万充边用[11]，再不得起讼，然后免汝相换。"继礼、继祚心又欲换，却不敢再说，只是从罚。自是亦不敢再讼。

齐院判曰："审得戚继礼、戚继祚一弟一兄，虽有嫡庶之分，而共父共脉，何殊手足之亲。兄告弟刁霸父银，独享丰腴；弟告兄私掘地窖，尽窃羡余。根引株连，讦讼累岁。蜗争蚁斗，经断几官。骨肉化为仇雠[12]，同气分为异体。除非两易其产，方可并息其争。兹断彼此换资，便乃复老幼号陛[13]。愿各利其利，各居其居。固知两家之房富则同，亦见二犯之险健相比。皆因财为祟，故以官为尝。宜痛削其无算之资，庶少抑其终恼之性。各罚万金，以充边用。斯明一体，以敦友于。"

按：二戚构讼，起于继礼先私万金。而继祚亦受万金于父，乃不少屈于兄，故迭讼无已。信乎其多财为崇也。齐院之重其罚，若过于深文[14]，而不合于律。然不重创，则不深惩，何以儆其后哉！是宜省而猛者也。吾谓不独惩二戚当然，凡兄弟之争财而讼者，惟小家而急于衣食，计较铢两，此特渺小之徒，不必厚责。若万金以上者，分产虽小有偏亏，惟在立志自充拓[15]耳。而世之永讼者，多出于富厚之子，皆可重罚以抑其财势，则讼自清矣。此去薪止沸[16]之法也。齐院之判，不特易产一节，能折横逆之徒，而重罚亦良方也。

【注释】

[1] 太学：我国古代设立在京城，用于培养人才、传授儒家经典的最高学府。西周时已有太学之名，汉武帝立五经博士，为西汉设太学之始。之后历代名称不一，制度亦有变化。

[2] 大娘：庶子称嫡母为"大娘"。

[3] 纳监：明清科举时代富家子弟纳资为监生。

[4] 弱冠：古代男子二十岁行冠礼，表示已经成人，但体还未壮，所以称作弱冠，后泛指男子二十左右的年纪。

[5] 纳粟：明清两代富家子弟捐纳财货进国子监为监生，可直接参加省城、京都的考试，称为纳粟。

[6] 凌轹：车轮碾压。比喻践踏、欺压。

[7] 籍记：谓登记姓名于簿册上。

[8] 庄田：专门设庄管理而大规模租给佃户耕种的田地，或泛指田亩土地。

[9] 烟瘴：瘴疠之气。我国西南边疆诸地山林中多瘴气。

[10] 刁讼：指颠倒黑白以夺人之产或陷人于罪的诉讼。

[11] 边用：边防费用。

[12] 仇雠：亦作"仇仇"，指仇人，冤家对头。

[13] 陛：阶次，品第。

[14] 深文：引用法律严苛。

[15] 充拓：扩充开拓。

[16] 去薪止沸：汉语成语"抽薪止沸"，抽出灶下柴火，使水停止沸腾。比喻从根本上解决问题或消除患祸。

(刘通)

【述评】

　　该案是一个嫡、庶二子争产的案件。这种案件罚太重，不合于律，罚太轻，又不足惩戒，齐按院判决双方财产互易，这个方式或可为一个公允的决断。

　　该故事来源于《疑狱集》（五卷）"齐贤易财"。

（胡丙杰）

江县令辨故契纸（见图68）

图68　黄瑞亭引自明万历刊本，余象斗《诸司公案·江县令辨故契纸》

【原文】

　　陵州仁寿县有里胥[1]洪起涛，奸宄狡黠，猎骗乡民。见邻妇有夫死者寡守幼子陈巽绎，家颇富饶。尝遣仆收租，佃多顽欠不完。有南塘一路，田可百亩，路远尤难追收。起涛亦有数佃在南塘，便有谋陈宅田之意。故诳其寡妇曰："南塘路远人刁，苗租多不完纳。我亦有田在彼处，你不如以田租我，代尔收其税，纳银还汝，岂不甚便？"寡妇许之。其租果收得完足。三年之后，起涛往嘱各佃曰："向者，陈寡妇以田当与我拨租，我收准息。今已全卖与我，你各人须立荷当来，然后我给历头[2]，与你耕作。今后亩租俱宜还我。"各佃悉皆遵之。彼外收佃户之租，内纳陈宅之税。佃惟知洪是己主人，陈不知洪已外冒占伊佃。忽逾二十年，陈寡妇已故。洪起涛乃伪为券契[3]，以茶染纸，为淡黄色，若类远年旧纸者。遂不纳陈巽绎之租。及来征索，起涛曰："你令先堂前田已全卖与我，特田价未完，故收数年租补你。今价已满足，田系我家物业，岂更纳汝租乎！"巽绎曰："你租我田代收，我家何曾卖田与你？"遂往南塘去收租。各佃都曰："我耕江主人田已经二十年，不认陈宅是我主也。"都不肯还。

陈巽绎赴县告曰："状告为刁豪脱占事：绎幼孤母寡，佃多顽欠。刁豪洪起涛，计租绎田，代收纳租。伊得秤头，绎享岁入，不费征索，佃无敢欠。经二十载，全无变异。讵豪变计，冒称伊业，岁租不纳，田尽霸占。脱管于前，熟交各佃；刁占于后，欺绎孤弱。乞惩恶断租，田复归主。庶儆刁风，孤弱有赖。上告。"洪起涛诉曰："状诉为唆骗罔诬事：涛先年用价银二百五十两，买陈巽绎田一百顷，契书明白，中见可证，历今二十余年。两经造册，未肯射产，岁贴粮役银七两五钱，毫无虚欠积歇。洪策唆绎重索补价，奸骗不遂，又唆告台，捏称脱占。时价明买，何谓脱管？契书可据，安在刁占？乞剪唆究诬，民安讼清。叩诉。"江县令提审之。陈巽绎曰："起涛为我甲头[4]，代我收租耳。我手接他租已经十余年。今一旦冒称田卖与他，白占何甘？"洪起涛曰："小人有契书在此，是伊母亲手花号，二十年物业，今日如何强争得！"江大尹取契一看，即折曰："此是假契，陈巽绎之母未卖田也。汝但代彼收租而已。"起涛曰："远年旧契，何以假得？更有中人在此可问。"江大尹曰："你谋占人二百五十两银田产，岂不能许数十金买中人？此干证亦不消问矣。我叫吏取二十年前案卷纸与你看，其外蒙尘，受风烟则黄；其中，纸色俱白。今此契表里如一，乃是用茶染的，故知是伪也。"因命用挟。起涛不认。又欲挟中人。中人见起涛真情已被察出，为他受刑无益，不待用挟，遂招出原日并未为中，特起涛许银二十五两，买他为证。江尹以其未敢欺瞒，遂释之。而拟起涛以欺占之罪。

江尹判曰："审得洪起涛斗筲[5]贱品，鹰犬下材。既舞智以御人，复因机以罔利。欲剥骗民之膏血，代收寡妇之亩租。催督早完，内受工直，征收加重，外克羡余。民间谓之甲头，在官谓之揽户[6]。蚕食百家之内，志气风生；狼贪一里之中，棱威日肆。孤见无识，寄心腹于豺群；寡子何知，委脓鲜于虎口。彼贪心尚未养足，乃狡计复尔横生。伪作契书，欲掩袭他人之业；强为抵赖，将觊觎非分之图。久假不归者非仁，取非其有者悖义。死寄金而归主[7]，昔人且靡负盟；生佃田而霸占，此日忽闻异事。宜加严罚，用警贪夫。罪坐杖徒，业追还主。"

按：洪起涛这计甚狡。彼抱田而代之收租，便诈称田卖于己。给历头于各佃，则佃户自认彼为主矣。又经二十年之久，伪作契书为证，几何而不落彼圈套乎。惟江侯因契书之假旧纸，则欺占之情立灼见矣。今之假批契者，往有之。故举其一，以示司刑者慎辨之。

【注释】

[1] 里胥：古代管理乡里事务的公差。

[2] 历头：手历。宋明的一种赋税凭证。

[3] 券契：契据。

[4] 甲头：甲长。

[5] 斗筲：斗，量器，容十升；筲：一种竹器，容一斗二升。因斗和筲都是很小的容器，比喻气量狭小和才识短浅。

[6] 揽户：宋代以后专以承揽他人税负输纳从中取利者。

[7] 死寄金而归主：唐天宝年间，有书生游学住在宋州。当时李勉年少穷困，和书生住在同一个店里。没过多久书生患重病。书生临死前告诉李勉说："我家在洪州，我将到北都（今山西省太原市）谋求官职，在这里得病将要死了，这是命啊。"并从口袋里拿两百两金子给李勉，说："您为我处理后事，余下的钱送给你了。"李勉答应了他，剩下的金子秘密放在墓里一同埋葬。几年后，李勉做了开封县尉。书生的兄弟打听到是李勉为书生主持的丧事，专门到开封面见他，诘问金子的下落。李勉一起来到墓地，挖出金子交给了他们。

（刘通）

【述评】

契约，相当于我们今天的合同，是主要用于民事主体的民事活动中的法律文书，一般反映土地及物品买卖等经济活动。中国古代具有契约性质的文书，包括质剂、傅别、田契、地契、典工契约、典当契约、合同、婚书、卖身契、过继书、收养书以及家产分关书等。契约在商品社会中起着约束双方执行、保证当事人合法权益的作用。一是契约具有法律的强制力。

它使买卖双方的关系固定下来，促使双方讲诚信，保证交换的顺利和成功；二是契约具有证据的作用，一旦发生纠纷，契约就成为解决纠纷最重要的依据。

该案是一起假造契约进行欺骗的案件。此案的关键是江大尹根据二十年前案卷纸其外蒙尘，受风烟则黄；其中，纸色俱白。而洪起涛所呈的契书却表里如一，是用茶染的，因而判断是伪造的。判词中形容洪起涛"彼贪心尚未养足，乃狡计复尔横生"，反映了"为富不仁"者对于钱财的占有欲永无止境，贪婪而凶残。

该故事来源于《疑狱集》（八卷）"江辨纸里"，又被《律条公案》（六卷谋杀）"夏太尹断谋占田产"引用。

（胡丙杰）

彭知府判还兄产（见图69）

图69 黄瑞亭引自明万历刊本，余象斗《诸司公案·彭知府判还兄产》

【原文】

合州人赵恺，以乡科为知县，同弟赵怿往任中。所得宦金，每托弟先携归置产，前后共六千余两。弟怿买田地，其券契皆用自己名，居然收掌管业。兄一意信仗，毫不防其欺瞒也。既而兄恺卒于官，嫂杨氏，生子赵志忠，年甫八岁，自任扶榇[1]归家，所剩余金不满千矣。问叔怪取夫所寄之银，赵怪曰："吾向所得者，是兄所与我的，岂问他借而今日取乎？你今满载而归，兄死并无手泽[2]与我，反问我取甚银？"遂绝无所与。嫂杨氏不胜愤恚，奈无记籍可稽，只得诉于州曰："状告为霸业绝命事：故夫赵恺官授知县，历积俸金三千余两。夫狼弟赵怪，前后携归，买置产业，坐享膏腴。夫卒于官，扶榇空归，理取前银，叔毫不吐。氏寡子幼，朝夕枵腹[3]。二命难度，贫窘可怜。乞提狼叔，追夫宦金，给幼度命，孤寡沾恩。迫告。"赵怪诉曰："状诉为唆占事：怪与兄恺异籍十年。怪勤生理，苦积资财，稍堪度日。兄任知县，为官清廉，不幸病故，家赀淡薄。富贫皆命，岂得混占？嫂杨氏，信伊棍弟杨大进教唆，捏情诬告。称兄宦金寄怪置业，既无记籍，又无收票，茫无根据，欺罔殆甚。唆弄骨肉，妄生争占。乞依法究唆，杜占安民。上诉。"郭知州提审之。杨大进曰："妇人告状，自然有抱告，岂得便是教唆？我是外人，他系至亲嫂叔。嫂赢是赵家之嫂，叔赢是赵家之叔。我何与焉，而用教唆为凭。老爷审我老姊，看是教唆否？"杨氏曰："小妇人忝为命官[4]之妻，苟非不得已，岂肯抛头露脸，跪对公庭，不惟羞及亡夫，且玷辱朝廷。今日之告，万万不得已也。夫在任时，怪叔来任三次，每次皆寄银二杠发归。虽未知其多少，此亲目所见者。今分文不还，世间有这样欺心人乎！若非我夫之银，他数年内，安能发得许大家财？"赵怪曰："小的与兄分居十载，罄半生所发，家赀未满五千，皆刻苦生放所得。虽到兄任三次，不过为秋风[5]而去，一次只有二百两。兄若寄积与我归，我必有收票。向后二次去，若是他银买田产，必交契与他。纵兄不堤防，这样泼嫂，岂肯寄银三千余两而不索我收票乎！老爷可以详情。他是夫故官清，宦囊淡薄，欲取三次秋风银未得，听杨大进教唆，遂告此假状，无杨大进亦不有此状告矣。"郭州牧[6]曰："汝既有五千金之家，尽足自给。杨命妇又家贫子幼，则你三次所得秋风银，亦不论多少，只判五百银还嫂侄，一可不利兄之有，二亦亲侄所得，非与外人。"赵怪曰："小的何曾得他五百金？是前日非打秋风，乃借债也。小的实出不得。"郭州牧曰："就是你发财，亦是倚兄官势乃起家，容今断五百金与侄，你亦未贫，就当你为官，而侄打你秋风，有何不可？"赵怪乃曰："依老爷钧旨，小的不敢违。"杨氏心终不甘，问弟何以再告之。杨大进曰："闻邻封[7]彭爷听断极明，可往彼处投告，或能察得怪叔欺瞒之情。"杨氏即命大进往眉州去告。

时彭祥为太守,见异府百姓来投光,即面审问,已得其详细。便吩咐曰:"你可讨保在店中候,不可扬言你来告状,我自提来,为尔断之。"乃命刑房吏写关文[8],径往合州去:"见得劫贼危偕,现劫眉州乡村被获,指出窝家[9]赵怿。可速解来并审。"关文一到,郭知州以贼情事重,即拿赵怿解去,至眉州投到。彭太守先于狱中取出劫贼危偕,教他指赵怿为窝家,三年前同在数处打劫,因此他得财致富。及赵怿到,令与怿执对,贼一一说来:见得赵怿是同伙劫贼,又为窝家,故五年内致万金巨富。彭太守便喝先打后问。赵怿曰:"愿容一言分辩,后打死亦甘心。"彭命曰:"且容你言。"赵怿曰:"小的素来良善,亦有二千金家资。后故兄为知县,前后寄银六千两,将来置买田地,皆有入收账目,何谓是打劫?岂有兄为乡官,而弟为劫贼者?"彭公急追账目、图簿契书来看。见其账目上记收兄银三次,果其六千两。后用去买田银数,都开写明白。然后命收入监。拘嫂杨氏到,再取出执对。彭公曰:"你非劫盗,尤甚于劫盗;盗惟劫外人,汝且劫嫂侄。盗赃重不上百,汝赃已满六千。今物业皆是嫂侄者,可将契书当堂一应交付,批执照与杨氏掌管。但原银六千两,今田价共五千两,该更追银一千与杨氏领。其三年内花租,姑免究。"赵怿哀求于嫂曰:"我代你所置田业,今都追还,后一千两可要与我,勿再催领罢。"杨氏乃禀曰:"怿叔亦夫亲弟,田既还我,后一千两银,情愿与他。一当顾他代买田业,二当为兄之手泽,三且令他照顾幼侄,勿结冤仇。"彭公曰:"言亦有理。田令杨氏领去管业,后一千两免追。"

彭公判曰:"手受寄金,岂锱铢之可昧;义无苟得,难生死而不移。亶惟取寄如携,伟哉曩贤[10]高谊[11]。阚敞[12]受长官之托,过数而还。其孙京郎,领乡人之资,如期而付。其子少取寄来之、来式,彰庚诜[13]之贤声,久让故人之金,自致包公[14]之义判。今赵怿贪婪在念,道义无闻。同气懿亲,时以宦囊明托;机心负侄,视为家用私藏。不以道而得之,辄试攫金之手;因其来而取也,似甘攘鸡之衍。六千受寄于兄,原非可隐之物;一介不还于嫂,自夸幸得之欢。似此欺生负死之徒,真是不仁无义之辈。据律应比盗赃而减等,念亲姑追给主而从轻。五千两已买田苗,仰劝侄自行掌管;一千两尚在囊橐,从嫂议免勿完追。"

按:赵怿先已异籍,后受兄寄银。兄无记籍,怿无收票,归买田契,俱用己名。即兄而在,彼亦将诬赖矣。况孤寡易欺,彼何惮而不全占乎!甚哉立心之不仁也!不有彭公故坐以盗赃,亦何以赚其实情哉!向后嫂不全追其千金，不惟以服刁人之心，所以自为幼子计者，良善矣，是妇人犹有远见，无愧命妇矣。

【注释】

[1] 扶榇：扶柩。

[2] 手泽：指先人所遗留下来的器物或手迹。

[3] 枵腹：空腹，谓饥饿。

[4] 命官：受朝廷任命的官吏。

[5] 秋风：假借事端求人资助，或利用借口向人求取财利。

[6] 州牧：职官名，古代指一州之长。

[7] 邻封：本为相邻的封地，泛指邻县、邻地。

[8] 关文：旧时官府间的平行文书，多用于互相查询。

[9] 窝家：窝藏盗贼、赃物的人。

[10] 曩贤：前贤。

[11] 高谊：敬称别人对自己或他人的崇高的情谊。

[12] 阚敞：字子张，东汉汝南郡平舆人。他在郡府里担任辅佐治事的官员时，太守第五常被征召进京，临行前把自己积蓄的一百三十万钱寄存在阚敞这里。后来第五常及其家人都在京城患病去世，只留下了一个年仅九岁的孙子。第五常临终前曾告诉孙子："我有三十万钱寄存在阚敞家，你若日后需要可去找他。"多年过去，第五常的孙子到阚敞家拜访。阚敞随即取出第五常以前寄存的钱还给他。第五常的孙子一看，共有一百三十万钱，便对阚敞说："祖父只说有三十万钱，而现竟是一百三十万钱，我实在不敢领受啊。"阚敞说："这可能是太守病重时，言语不清，你听错了！"就这样，阚敞把钱全部归还给了第五常的孙子。

[13] 庾诜：字彦宝，南朝梁新野人。幼聪警笃学，经史百家无不该综，而性托夷简，特爱林泉。十亩之宅，山池居半。蔬食弊衣，不治产业。尝乘舟从田舍还，载米一百五十石，有人寄载三十石。既至宅，寄载者曰："君三十斛，我百五十石。"诜默然不言，恣其取足。

[14] 包公：包拯的别称。北宋庐州合肥人，仁宗天圣年间进士。曾任监察御史、天章阁侍制、龙图阁直学士，官至枢密副使。他为官清正，刚直不阿，执法严峻，不徇私情，人称"包青天"。

（刘通）

【述评】

　　该案中，兄长赵恺所得宦金皆托其弟赵怿回乡置产，但赵怿却将田产券契都写作自己的名字。赵恺去世之后，赵怿将兄长所托产业尽数据为己有，嫂嫂杨氏告上官府，彭知府用计赚出真情，判赵怿归还田产。

　　从古至今，血缘都是社会中最亲密且最值得信赖的人际关系纽带，古代社会的众纲常伦理都是建立在家族血缘基础之上的。而当人们的物质欲望极具膨胀时，兄弟反目、妾子欺妻、叔抢侄产等一个个家族内部的丑陋行径完全颠覆了礼义廉耻和伦理纲常。本案是弟弟赵怿贪婪恶意抢占兄长财产的案件，被判官认为是"似此欺生负死之徒，真是不仁无义之辈"。

　　该故事来源于《疑狱集》（十卷）"彭祥还资"。

（胡丙杰）

邴廷尉[1]辨老翁子（见图70）

图70　黄瑞亭引自明万历刊本，余象斗《诸司公案·邴廷尉辨老翁子》

【原文】

　　陈留有一老人尹闻善，年八十五岁，家富无子，止生一女尹闲姬，适本土人张怀宾。后闻善之老妻卒，又继取一妻俞氏，年四十一岁。老人娶妻，只是相伴起居，掌理家务，那有房事。经了两月，并无咸恒[2]之情。俞氏半老之妇，情事尚未能忘。一夕同寝，间谓其夫曰："老官人有此大家，可惜无子。今精衰力弱，房事都撇了，纵有青春少妇，亦无生育决矣。思量来也似虚过一生。虽金银满箱，死后皆他人之物，有何用处？"尹老叹曰："吾后生时精力强壮，可以生育。奈先室性严，多怀妒忌，不容纳妾。我亦谓子息有命，免与他争闲气搅闹家，以故早未纳妾。岁月如流，不觉至今。先室虽死，却又老耄，今悔已无及矣。真是孤命，合当如此也。"俞氏曰："妇人年少时，怪不得他妒忌。到五六十来，该容丈夫纳宠，图嗣息矣。你若六十岁纳妾，今有子亦二十五岁。分明是你当初自误也。"尹老曰："先室淫妒异常，虽至死尚思专房[3]，他六十岂肯罢休！"俞氏曰："似我真贞洁也，到你门两个月，只是兄妹，那道是夫妇也。"两老因各讲起少年风情花月之事，不觉尹老惹起老兴，与俞氏云雨一番也。是此老当有嗣，这番就受胎，不数日而尹老死，礼殡已毕。经十月满足，俞氏得生一男，抚养已五岁，前女尹闲姬，恨后母有男，使己不得夺承父业。女夫张怀宾，尤是嗜利无厌之徒，与妻尹氏谋曰："你父一生无子，后年已八十五，老人精血枯绝矣，死后十个月，你后母方生此幼子，算来正是你父死后有孕，此是与外人奸生之子，难承父业。你系亲女，可却与他均分父业，如不肯，去告后母奸情出来，当官嫁卖，然后你承幼弟来养，则权柄在我你掌握矣。"尹氏信夫之言，去与后母均分家业，俞氏初亦说得好曰："你是大娘亲女，我儿虽幼，是嫡子承宗，虽无均分之理，可叫族长、叔伯来公议几担妆奁田与你，亦是尹家门面。"尹女曰："我是父亲血脉，你子是父死十个月后外人奸生杂种，岂有壮年无子，八十五岁近死老人能有子乎！与你均分也十分便宜于你，反说甚嫡子承宗乎！"俞氏以子本是夫脉，被他捏陷，遂大怒曰："我全不分你，凭你逆天溺女何如，看你张家妇能争得我尹家业否？"张怀宾遂令尹氏去告曰："状告为乱宗顾奸事：氏父八十五岁，继娶俞氏。两月父死，俞母私通外人，再经十月，生一幼子。冒承尹宗，历今五岁。秽行愈彰，累运余财，私顾奸夫。切父无亲子，苦积盈余。氏系亲女，理当得业。淫母乱宗，变乱风俗。乞台洞察假子，严究奸夫。正法惩淫，勿乱尹宗。父业给氏承父香火，世世勿绝。迫告。"俞氏诉曰："状诉为枭逆剿孤事。不孝尹氏，谋吞父业，积恨幼弟，百计剿命。思减尹宗，成伊饶富。捏称母奸，诬弟假子。切老夫女妻，岂无生育？悬诬顾奸，亦指何人？乞天明惩不孝，保全尹宗。正分明伦，阴德万代。上诉。"

本县魏尹提来审问。俞氏曰："氏嫁两月而夫死，十月而生子，此明是夫亲血脉。今已五年，尹族长幼，并无异议。氏谨闺门，不敢胡乱，此天日所知，邻里所见，岂敢说谎？逆女尹氏，利父财物，妒忌幼弟，妄指母奸，鬼神亦不容他。如或有奸，果是何人？何不明白告出，而以暗昧[4]诬人哉！"尹氏曰："我父早岁已无子，年上八十五将死之日，岂复能有子？况父死十月之后而子生，非外奸而何？"魏尹以奸无明证，而将死老翁，似亦无子，疑不能决，上之于郡，郡亦不能决，以闻于台省。邴梧为廷尉，乃曰："吾闻老人家子不耐寒，日中无影，试取而验之。"时八月中，取小儿同岁者，均衣单衣，诸小儿不寒，惟俞氏之子变色；又与诸小儿立日中，惟俞氏之子无影。乃知此子果系尹老亲生，遂以家财悉付于后母之男。而系前女尹氏以诬母之罪。

邴侯判曰："审得俞氏为尹之继母，尹氏为俞之前女。俞氏当中年之岁，嫁上老之夫，甫两月而夫故，经十月而男生。夫老妻幼，岂无生育之功；父故子生，或来猜疑之口。然过老之人，血气已衰，精力已弱，故所生之子，体不耐寒，日中无影。今俞氏之子果然，则尹老之脉的[5]矣。尹氏惟欲利父之财，不顾剿尹之孤。指亲弟为外人，诬继母为有奸夫。诬母则不孝，虐弟则不慈，灭宗则无仁，谋财则无义。卑幼诬尊长者，当加凡人一等。前女诬继母者，岂不应服绞刑。"

自是尹氏拟绞，而俞母外奸之疑，幼子非嫡之诬，始别白[6]矣。

按：八十以上而生子，世之希有。而邴公之断，亦出创闻[7]。故记之，以助治狱者参断。

【注释】

[1] 廷尉：职官名。秦始置，九卿之一，掌刑狱。北齐以后称"大理寺卿"。

[2] 咸恒：据《周易》，以咸恒为始，象征天地生成万物之后，出现人、家庭、社会。咸为交感之义，指男女交感，进行婚配。

[3] 专房：独占宠幸眷爱。

[4] 暗昧：愚昧，不光明磊落，不可告人之阴私、隐私。

[5] 的：的确的意思，指事实确凿。

[6] 别白：分辨明白。

[7] 创闻：罕闻、罕见。

（刘通）

【述评】

　　明代法律关于女儿继承的条件则偏向苛刻，《大明令·户令》称"凡户绝财产，果无同宗应继者，所生亲女承分。无女者，入官"。只有在完全没有立继可能性的前提下，女儿才能部分继承父亲的财产，一旦老父有子，就会被彻底剥夺继承权。面对这种情况，女儿女婿不免生出怨忿之心。该案中，父亲尹闻善仅有一女尹闲姬，其妻死后又继取一妻俞氏，父亲尹闻善去世十个月后俞氏生一子，为争夺财产，女儿尹闲姬和继母及幼子发生诉讼纠纷。该案的关键在于幼子是否老人亲生子。在当时的条件下，邢侯依据"过老之人，血气已衰，精力已弱，故所生之子，体不耐寒，日中无影"，认定"此子果系尹老亲生，遂以家财悉付于后母之男。而系前女尹氏以诬母之罪"。现在看来，是缺乏科学依据的。

　　该故事来源于《疑狱集》（二卷）"邢吉辨子影"，又被《律条公案》（六卷谋杀）"吴按院断产还孤弟"引用。

（胡丙杰）

赵县令籍田舍产（见图71、图72）

图71　黄瑞亭引自明万历刊本，余象斗《诸司公案·赵县令籍田舍产》

图72 黄瑞亭引自明万历刊本，余象斗《诸司公案·赵县令籍田舍产》

【原文】

　　天水郡有赵和者，由进士出身，除授江阴县令。以片言折狱，甚着能声。由是屡宰剧邑[1]，皆以雪冤获优考。至于疑似晦伪之事，悉能以情理断之。时有淮阴县二农家郑穆、高泳者，东西比庄，俱以殷富货殖。但东邻郑穆诚朴，而家为次；西邻高泳狡猾，而家尤殷。人有送田一庄卖与郑穆者，穆已许买，尚欠银找完价，乃以己之庄券，质于西邻货钱一百万缗，前去添用。其契章甚明，且言来岁赍本以赎券。当日，郑以富家买业质钱相添，耻邀中保同去。只是两相交付，并无人见。及次年至期，郑果备钱赎券。先自纳一百千缗为利。天晚，期明日以余赀交完，换回前券。因隔宿未远，且在通家中，故不令立纳缗之收批。及明日，同一常为保中人唐建及家僮赍资至，算完一百万缗之本，又纳一百千缗为利，带次日所纳共二百千缗矣，然后取前年当契。高泳有意瞒昨日所收之钱，曰："更少百千缗之数，何不全完？"郑穆曰："昨日已先完矣，兄何好忘也？"高泳曰："你今日方还本还利，唐建在见，何谓昨日还也？"遂全不认账，且无保证，又无簿籍，终为所拒。郑穆无奈，以冤讼于县曰：

　　"状告为欺心明骗事：穆旧年将当契借到土豪高泳钱一百万缗，今年对月。先日还钱一百千缗，次日还钱本百万缗讫。外又还百千缗，合前日所交，共二百千为利。殊豪欺心，不认先日百千缗钱，坐契不退，分外需索，利还加二。大理通行，挟契明骗，人心何甘？乞惩欺骗，追还当契。感激上告。"高泳诉曰："状诉为负欠刁诬事：乡霸郑穆，先年将契当去泳钱一百万缗，议息加二，手契存证。今还本外，止纳利加一，恃刁返悔，利不完纳。约多还少，舞智笼人。歹捏虚情，告泳挟骗。前济伊急，今以仇报。负心欠钱，刁顽诬生。乞剪刁恶，追还息银。良善得安，奸徒知畏。上诉。"

范邑宰提审之。高泳曰："债放加二，洪武[2]准制如此。我吞得郑穆利，岂更分外加取？当日彼同唐建来还，只是百千缗利，彼求我饶利一半。我不肯，便说他前日已还百千，有何人证？"郑穆曰："我非负心之人，若说加二，岂还你加一？你是狡猾之徒，因先交百千缗时无人证见，便起此骗心。老爷可详情，岂有得他钱济急，不还他利，反敢诬他？天雷亦不容也。"范令曰："诚疑尔冤，奈先日纳钱，无人在证。不如尔认此百千缗钱，使郑穆重出五万，高泳少得五万罢。"郑穆又诉于州，州亦不能理。闻得赵和政声，乃越江而诉于赵。令曰："县职甚卑，且复逾境，何能理也？"郑穆冤泣曰："老爷若不代理，此屈终无由白也。"赵令曰："汝第止此，试为尔思之。"经一宿，召前问曰："吾计就矣，尔果不妄否？"郑穆曰："焉敢厚诬？"赵令曰："诚如是，则当为尔辨之。"乃召巡捕之干者数辈，赍牒至淮阴，曰："适有寇江者邓匡等，按劾[3]已具。更言有同恶相济者，在淮阴陵乡居住，姓高名泳，形状甚具，请捕送之，以其供结。"是时州郡条法[4]，惟持刃截江者，无得藏匿。故追牒一至，果擒高泳以送。彼自恃无实迹，必与我同姓名者，而误执之耳。亦未甚知惧，至则跪于庭下。赵令厉声谓曰："人生清平之世，当思耕种自活，何为寇江？"高泳曰："稼穑之夫，未尝操舟楫，曾寇甚人？此必有人唆陷我耳。"赵令曰："寇江所分诸赃，皆是金银钱帛，非农家所宜蓄者，汝宜自籍舍之物件、储蓄来，吾自有辨。"高泳乃退将家中所有，以手本[5]开来：稻若干斛，系庄人某等还租者；一绸绢若干匹，系家机所出者；一铜钱若干贯，系东邻某人赎契者；一银器若干件，系某匠造成者，皆一一开具明白。赵令大喜曰："汝虽非寇江者，何瞒东邻赎契百千缗耶！"遂引郑穆人对。高泳单中已开赎契钱百万零二百千缗，不待再审，遂令检还当契于郑穆，而治高泳以明瞒之罪。

赵令判曰："审得高泳巧陶朱[6]之奇胜，志没利薮；析孔仅[7]之秋毫，行同垄断。货悖而入，放利而行。举本以贷，部人巧为蚕食；乘急而邀，倍息大肆鲸吞。念重鲁褒[8]之钱神，爱家兄情无已极。手探郭况[9]之金穴，要子利贪不可穷。今日纳息百千，欺心不认；明日全完本息，执契不还。罔思琐琐取灾，惟务孳孳为利。岂知焚券以赐，薛邑民感孟尝之恩[10]；不闻指困以赠，故交人服公瑾之义[11]。荣夷专利，樊良失策其必危[12]；宣子为政，郑子产箴其重币[13]。苟取之而非道，纵得之而何安？既犯违禁取利之条，何殊公取为盗之律。瞒利皆从没入，欺心仍坐笞刑[14]。"

按：赵公之断高泳，与彭公之断赵怪相同，皆以异县骤提，指以贼赃，彼必供出得财之故矣。然赵公必经宿乃得此计，使早闻彭公之案，则不待思索而成迹可法矣。愚故俱表出之，以为设术反赚之助。

【注释】

[1] 剧邑：政务繁剧的郡县。

[2] 洪武：明朝太祖的年号（1368—1398）。

[3] 按劾：考查核验。

[4] 条法：条例法规。

[5] 手本：用手抄写的簿籍。

[6] 陶朱：指陶朱公，春秋时越国大夫范蠡的别称。蠡既佐越王勾践灭吴，以越王不可共安乐，弃官远去，居于陶，称朱公，以经商致巨富。后泛指大富者。

[7] 孔仅：祖籍梁国睢阳（今河南省商丘市），秦时灭魏，把孔氏迁至南阳。至孔仅时，围陂田以为铸铁工场，广泛交结诸侯，在南阳地区兴起了商业性质的冶铁专利，赢取财富钜万。这些商人的到来就自然而然地改变了南阳的风俗，兴起了坐贾行商的风气。

[8] 鲁褒：《晋书·隐逸传》谓："元康之后，纲纪大坏，（鲁）褒伤时之贪鄙，乃隐姓名，而著《钱神论》以刺之。"

[9] 郭况：字号不详（9—59），东汉外戚大臣，光武帝刘秀第一任皇后郭圣通的弟弟，阳康思侯郭昌的儿子。后受封绵蛮县侯。建武二十年（36），累迁大鸿胪，受到无数赏赐，家中号称"金窟"。

[10] 焚券以赐，薛邑民感孟尝之恩：指烧毁债券买得人心的典故。战国齐冯谖为孟尝君往薛地收债，临行前问："责收毕，以何市而反？"孟尝君曰："视吾家所寡有者。"于是冯谖矫命以债赐百姓，尽烧其券，民称万岁。见《战国策·齐策四》。

[11] 指囷以赠,故交人服公瑾之义:有汉语成语"指囷相赠"。囷:圆形的谷仓。指着谷仓里的粮食,表示要捐赠给他人。形容慷慨资助朋友,亦作"指囷相助"。典出明罗贯中《三国演义》第五十四回:"瑜曰:'子敬是我恩人,想昔日指囷相赠之情,如何不救你?你且宽心住数日,待江北探细的回,别有区处。'"瑜指周瑜(175—210),字公瑾,汉末舒(今安徽省庐江县)人。

[12] 荣夷专利,择良失策其必危:周厉王喜欢荣夷公,芮良夫说:"王室将要衰落了!荣夷公只求独占财利而不知道大难。利是由万物中产生出来的,是由天地所养育而成的,假如要独占它,所带来的怨恨会很多。见左丘明《芮良夫论荣夷公专利》。

[13] 宣子为政,郑子产箴其重币:范宣子为政,诸侯之币重,郑人病之。二月,郑伯如晋,子产寓书于子西以告宣子曰:"子为晋国,四邻诸侯,不闻令德,而闻重币,侨也惑之。"见《左传·子产为政》。

[14] 笞刑:古代的一种刑罚,用荆条或竹板敲打臀、腿或背。

(刘通)

【述评】

案件的侦破和审理,最关键的是要找到证据。该案,由于郑穆前日先自纳一百千缗为利给高泳时,只是两相交付,并无人见。高泳拒不认账。如何才能找到高泳已经收取的一百千缗的证据?赵县令采取声东击西的审案方式,将当事人高泳牵涉进一件更重的"寇江"案子中,以其"同恶相济""寇江分赃"为由,将高泳缉拿归案。高泳为了自证清白,便如实交代"一铜钱若干贯,系东邻某人赎契者",从而诱骗其道出案子的真相。

该故事来源于《疑狱集》(三卷)"赵和藉舍产"。

(胡丙杰)

彭御史判还民田（见图73）

图73 黄瑞亭引自明万历刊本，余象斗《诸司公案·彭御史判还民田》

【原文】

彭韶福建莆田人，以科第出身，官拜刑部郎中。为人耿介，执法不回，国戚[1]大臣，俱侧目畏之。成化三年（1467），国舅[2]周彧恃娘娘为内庇，张威作势，强占居民田土。百姓畏祸者，情愿以田产让之，不与争较。缘此得志横行，以为人莫己何。一日，听苍头[3]诱饵，思白占真定府武强县百姓钱文腴田百亩。返锁扭至家，用刑敲朴，追并租税。百姓不堪，具霸占状词，告于所属有司[4]。有司闻说是娘娘、国舅，虽明知田是民产，皆望风承旨，趋附皇亲[5]。偏将百姓笞挞，将田产批还国舅，无有秉公道心在百姓而判还其者。百姓愈不堪，争执不已，宁可无身，不可无田。乃告御状[6]，以其事闻于主上。时主上[7]溺爱宫帏[8]，亦怒百姓钱文等，不合与国戚争田，乃诏举[9]朝中公正法司[10]，往勘其事。先时，彭韶以巡都御史张歧幸进[11]得理[12]，直声籍籍。至是，满朝俱推举御史彭韶，公正不私，可任其事。韶乃奉诏至郡县，亲至田所踏勘[13]。环视周匝，知其田本百姓土产，国戚平空争占，事属强梁，思曰："吾平生所学，上不负天子，下不负丘民[14]。今日肯负所学而党一国戚耶!"竟以其田判还百姓,令其佃作管业,不许国戚周彧混攘寸土。倘苍头复尔强梁,许业主并地方锁执送司治罪。此时彭韶不挠法以徇情,即冒罪罢官,亦心所甘也。随上本劾之云:"田本民有,虽其间地有多余,然岁有旱潦[15],地有高下。民频年出赋税以急公,上旱则资污下以补高;即潦则资高仰以补污下,安有空闲可别给。且民者国之本,食者民之天。食足则民始安,民安则国始安。岂可以民田给贵戚重伤国本耶!"朝廷以韶本直臣,田本民业,周彧妄争,事属强梁,竟从韶议,欲重治周彧以虐民之罪。周娘娘上前再三解救,姑从薄罚,以警其后。自是贵戚大臣始收敛畏法,不复仍前强横。耕田鉴井,小民得安土乐业者,啧啧称韶之直不置。

亲属椒房[16]已贵荣,好宜敛戢沐深仁。
看来国戚遭诛戮,只为贪残虐小民。

【注释】

[1] 国戚:古时皇帝的亲戚,多指后妃的家族而言。
[2] 国舅:指封建王朝中太后或皇后的弟兄,即皇帝的母舅或妻舅。
[3] 苍头:汉时仆役皆须以青巾作头饰,故称仆役为"苍头"。
[4] 有司:指官吏。古代设官分职,各有专司,故称。
[5] 皇亲:皇帝的亲戚。
[6] 御状:向皇帝告的状子。
[7] 主上:指天子、国君。
[8] 宫帏:同"宫闱",指后妃所居的深宫。
[9] 诏举:此处指皇帝亲自派遣人员。
[10] 法司:古代掌司法刑狱的官署,亦指司法官吏。
[11] 幸进:侥幸进升官位。
[12] 得理:所持的理由受到支持,而得以伸张。
[13] 踏勘:旧时官吏亲自到现场查看。
[14] 丘民:丘甸之民,亦泛指百姓。
[15] 旱潦:久未降雨和雨水过多两种天灾。
[16] 椒房:椒房殿。泛指后妃居住的宫室,亦为后妃的代称。

(刘通)

【述评】

　　该案，讲述彭御史不畏强权、秉公执法的故事。他以"民者国之本，食者民之天。食足则民始安，民安则国始安。岂可以民田给贵戚重伤国本耶！"为由，将国舅周或强占的居民田土判还百姓，使黎民百姓更有其田，社会稳定，做到了"上不负天子，下不负丘民"。

（胡丙杰）

曾御史判人占妻（见图74）

图74　黄瑞亭引自明万历刊本，余象斗《诸司公案·曾御史判人占妻》

【原文】

　　曾泉，江西吉安人，始由进士擢任御史，以事黜为氾水县典史。操行廉洁，莅事勤能，劝学兴礼，尤恤贫窭。无牛具者借与耕种，无绵花者借与纺绩。时历乡村，察其勤惰。又率民垦荒田以收谷麦，伐树木以赡财用。以故，官用储积，民无科扰。又以余羡造船，以备攒运，置棺以助死丧。历任三年，化醇讼简，家给人足，民怀其惠，至今称之。一日，部民景前修，承父祖基业，家极富饶。照主考事例，用公价银八十两，纳为布政司[1]吏。进身后生少年，颇有志气，亦存方寸。在衙门数年，不肯枉法冤民，不肯昧心苟取。事有可方便处，无不悉力为之，不索谢礼。且夙夜敬尔在公，不特人称誉之，官亦嘉美之。盖志图显达，不在财利上着意。在省当直时，曾凭媒娶邓甲之女为妾。貌虽闲雅娉婷，而性未脱桑间、濮上。初甚钟爱之，正妻间以为言，景则疑其妒忌。及察见女子果无贞信，方悟正妻之言不诬。尚廉耻之人，专矜多节。妾行不端，义难容蓄，第未得脱手之人，故违疑有待耳。知友嘲其溺爱，晚间于门上大书数字云："一色杏花香千里。"次早见之，谓正妻曰："此诸友激吾去妾也。消吾西子蒙不洁，声闻于外也。"适值考满[2]，要过京办事听选，乃将妻妾搬回祖居。有后生韩旭者，东村乡人家，虽微小，人才颇伶俐，亦务农亦逐末[3]。闻有娶妻之举，景前修重其悙恪周慎，遂将其妾卖彼为妻。当日，写婚书一纸，末后题八句诗[4]云："去年乘兴买春光，买得春光艳海棠。二月有情沾雨露，九秋无节奈冰霜。根株未稳先偷蝶，花蕊虽娇不带香。今日开园移出去，免教人唤卖花郎。"写毕，谓韩曰："此诗系是古人所作，我述来自况此妇之行，备载此诗。汝可详之，牢固收藏，不可遗失，可为后日之验。"妇不读书，只说是夸其妇人之美，不意是叮嘱己防微杜渐也。前修自逐妾之后，涓日[5]起身，进京图己进步。

却说韩旭娶此丽妾，甚为赏心。妇人入韩门，食用虽不缺少，夫貌虽不卑陋，而仪文家范[6]与景门大相径庭矣。景氏乃故家右族，彼尚得以蜂喧蝶哄，此不过荜户蓬门，岂不能遂其鹑奔鹿聚乎？韩旭夫妇合欢未几月，早出晚回。妻子独自在家，未免抛头露面。况一种妖娆体态，易以动人。毋论生熟过客，那一个不顾盼久之。敦仁乡土粮户苗秀实，多机械变诈。家资巨万，恃财凌轹乡曲。称贷者遭其凌轹，号为"土城隍"。其心性反复无常，若患风病。人不显言曰"风颠"，而曰"巽二"，盖巽二风神名，暗诮其风也。极好谋人家美貌妇女。一日，穿华服跨骏马，带二三侍从打从韩旭门首经过。见旭妻提瓮出汲，天香国色，不擦红粉自娇。巽二吃了一警，神魂飘荡，真以为普陀岩观音现世，广寒宫嫦娥降俗也。叹曰："红颜胜人，古称'闭月羞花，沉鱼落雁'。吾昔闻是语，今始见其人也。"遂驻马不行，贪恋其女子。妇人亦停瓮不汲，爱慕其郎君，自然眼角留情。巽二遂诈称腹疼，竟抵其家，求煎药汤发汗。妇人真信是伤风，亦忙为煎汤表解。巽二瞰室中无人，即拔头上银簪二根，腰间纹银一两，结好女子。女子即欣然受了。握雨携云，并无难色。巽二喜遂所愿，遂打发侍从先去报知债户,"待吃午饭时来接我未迟,我在此少养病片时"。仆从既去,彼二人若稔交夫妇一般,卧榻上鸳鸯交颈,风驾颠倒,不足以喻其美矣。女子见巽二有财,人物又标致,出入又儒雅,遂留恋巽二,一会晤间不忍其去。巽二见妇人容娇貌媚,意厚情深,遂住恋女子,不肯少离。遂与女子谋曰:"韩旭是个微细人家,我辖得他服。只说你是我副妻,某年月日,因往母家,不觉被他强拐在此。我四处遍寻,并无踪迹,今幸在此遇之。少顷仆从来,韩旭回,经投地方,定要将你抬回家去。他若来争,即将铁索扣了,送入有司,问他一名拐带之罪,且要追他首饰衣服。"顷刻家人果到,韩旭亦回。巽二遂唤家人将韩旭锁下,经投地方云:"此人好大胆,数月前敢将我妻子拐占在此。"地方只说真是韩旭拐来,不为争辩。韩旭此时婚书又藏在他家,无所凭证,亦莫能辩,且疑此妇或是前夫拐来,彼得脱衬,我犯蒙灾也。巽二有财势,有智略,就在地方买猪置酒,请了地方。地方奉承巽二,俱说韩旭无理。一个艳冶妻子,用去许多财礼,相合未及半载,白白被巽二抬去。次日,且具词告韩旭拐带人口,追赃问罪。此时韩旭将婚书出对,景宅又无人在家担认。诉出媒人,问官疑是买来光棍,愈见涉虚,且背地受了巽二礼物,遂将韩旭打了二十,追赃问徒。媒人亦打三十,问拟不应。巽二又为妇人假结一班父母出官偏证,韩旭如何争得妇人转?此时此势,衙门无理,有钱亦可横行。若有理无钱,经受屈抑。韩旭情知家世微,财本少,非巽二抵敌,且问官风势又不在我,女子意向又属于彼,辩之无益,只得依拟纳罪,隐忍数年。

及景京回省祭,韩旭越数日,见景控诉其事,索取财礼。景曰:"汝婚我妾,我婚邓女,媒的婚书,鉴鉴可据,何为拐带!且女父现存,拘问便见。汝且宽缓数日,待我具书请得女父来,则汝冤可白矣。"一面托人去与苗说,一面修书去请女父。苗见景托人来说,恃己衙门内外根脚做得好,对众人云:"往年韩旭诉说妻子出自景前修,我初不信,今日如果来说,显见此妇人系滑吏[7]拐去,卖了韩旭,非韩旭拐去。今日正寻着了真对头。"遂具词告于曾处。曾吊原卷来看,思曰:"巽二一妇人,何终日缠告不了?先年告韩旭拐带,今又告景前修拐带。韩旭已经问结,今又欲问罪景前修。将谓今者是,则前问者枉矣。假如明年再告一人拐带,则前二者又枉矣。此必巽二欺心,谋人妻子,前诬一人,今又诬一人,欲行其诬也。必须拘妇人并妇人之父来审,方见真伪。"巽二闻知要拘妇人之父,即串通假结父母出官偏证。景诉已妇出自邓甲,现伏案下可鞫。韩诉已先年凭媒婚娶景前修副妻，乞斧断判还。曾将一干人犯俱监禁门外，单呼妇人问云："汝何年纪，父何名，母何氏？"妇人对云："某年月日，父邓甲，母张氏。"曾潜将口词记下，监禁一所。随拘巽二所报女父母来审。问女年纪与己名氏，俱与女报不合。又拘景所诉女父来审，年纪名氏一一与女答无异。曾情知苗之女父假，景之女父真，遂唤出真伪二父女对审。天亲不可人为。真父女相见，则相抱对泣。假父女相见，则落落不合。曾唤真父问云："汝女原适何人？案前三人何人是真女婿？"真女父云："女适景前修。惟知景是吾女婿，余并不识。"又问云："景非拐带汝女？"对云："凭媒过聘，不敢道景为拐带。"韩旭大声云："景公既非拐带，则我娶景妇又岂拐带苗秀实之妻？小人有景前修婚书在此对证。"景云："此字委是小人手笔。女之性行，备载于书尾八句诗内。"曾阅诗，知女子淫荡，喜新厌旧，爱富嫌贫。将妇人一拶，即供出某年月日，苗秀实经过其门，见身艳冶，假说冒风抵家，将身买奸是的。苗秀实供，被责三十，供词与妇人相同，但不合欺心，强抬女人，买嘱一班媒人，父母当官偏证韩旭拐带，今又不合飘空架诬景前修拐带。曾得供词，仍将假父母、假媒人各责二十，云："只问一年纪、名氏，即真伪攸分。汝辄敢同恶相济，干此不义之事，俱问不应。"妇人邓氏，背夫不义，去衣责二十，判还韩旭。苗秀实恃富贪淫，强占良人妻子，枉人于罪，加一等问军。且追银二十两，补还韩旭原日财赎罪价。景前修所诉得实，据黜妇之诗，崇尚节义，礼宜优待。女父不知情，不究。

　　悦色从来是祸胎，富人耽点亨多乖。
　　假令有势无王法，贫贱鸳帏听拆开。

【注释】

　　[1] 布政司：承宣布政使司的简称。明初设置，为掌理一省民政的机构。主官称为布政使。
　　[2] 考满：一种明清时对官员的考察制度。旧时以三年为期，考察官吏政绩，分称职、平常、不称职三等，再结合地方政务繁简状况，作为评定和迁调的标准。
　　[3] 逐末：古代以农业为本务，商贾为末业，故将经商称为"逐末"。
　　[4] 八句诗：为七言律诗一首，平仄、押韵、对仗与诗意均到位，唯重字较多。
　　[5] 涓日：涓吉，择日。

[6] 家范：治家的规范、法度、风教。

[7] 滑吏：奸猾的官吏。

（刘通）

【述评】

  此案审理的关键，在于如何确定该女子与亲生父母和假父母的亲缘关系。曾御史通过分别审问该女父母和假父母所报该女的年龄与姓氏，是否与该女所报相同，再唤出真伪二父女对审，以观察其父女相见时的表现，从而判断出该女子的亲生父母。然后，根据父母供述，辅以其他证据，使案件真相大白。

（胡丙杰）

第六卷 雪冤类

邹推府藏吏听言（见图75）

图75 黄瑞亭引自明万历刊本，余象斗《诸司公案·邹推府藏吏听言》

【原文】

袁州仪县民曹煌，家富于财，罔利甚切。放债银三十两于部民秦制，四年内陆续收取，本利已兑，尚不肯退还借批。秦制再做东道请他带批来，一发决完。依他将子利累算，只欠一两，乃以好布一匹、京履一双凑完之。曹煌食丁东道，又说不合将货估折，还他不过，将好布收带出门，又不退批。秦制仇激走出，掣其手，夺批扯破。曹煌丢下鞋、布，仰拳便打两三下。秦制亦回拳，一打中其肩膊。那富人多人趋奉，何稽、周景见之，即来劝解，两散而去。曹煌归家闷曰："我平生制服乡民，未尝挫志。今日被秦制这奴才回打一拳，后当寻机惩治之。"不意经两日而死。其子曹基，因父恨被秦制打一拳，即去告曰："状告为打死人命事：刁恶秦制，批借基父银三十两，本利不还，故约算账，哄到伊家，行强抢批，殴打基父，遍身重伤。幸何稽、周景救命爬归，两日即死。切恶借债不还，反殴人命。批被强抢，父被殴死。弥天大冤，惨屈无伸。投天亲检，法断偿命，生死不冤。哭告。"秦制诉曰："状诉为乞检电诬事：制借土豪曹煌银三十两，四年内前后还本利四十两，账存可证。豪坐原批，无奈再还布二正，京履一双，批仍不退，拂衣径出。随路哀求，方得退批。伊系银主，制何敢打？并无交手，安有死伤？乞赐一检，诬捏灼然。上诉。"县差牌来拘。何稽、周景谓曹基曰："当日令先尊打秦制一拳，秦制止回打肩膊一下，我辈遂劝开。今告打死人命，恐无重伤，我辈何以做干证？"曹基曰："我各备银十两与你安家。二公但当日有相打，其伤痕我自与仵作谋之，决不相累，如有刑杖，另得补谢。"

及袁县尹提审，曹基说父被打后两日身死。秦制说并无相打，他系病死。再问干证何稽、周景，皆说秦制家中相打到路中来，彼二人才劝开。袁尹即发行检；曹基便封银二十两，与仵作昌览谋曰："但做得致命一伤，定银十两。"及发检之日，方糟腌醋洗之时，仵作即投药于尸。少顷检验，即于胸膛、胁下、脑后，做出青红黑三伤者，系致命之处。袁尹遂将秦制拟死。后制虽经复审，屡次苦诉，皆莫能辨。自思曰："惟有理刑邹应龙即劾奏严嵩者，此人刚正，或能辨得此冤。"乃恳切做状，雇人在大巡处诉，愿此邹理刑一闻，□怨甘心，永不再诉。大巡见状情切，准批邹刑馆详问归结，以后再不许刁诉。邹公先吊原卷，从头详看。见干证口词甚悉，仵作死状甚明，自疑曰："如此问死，似亦无枉，何故苦诉？非富民财势通神，彼买干证、仵作而偏证假伤乎？吾有计矣。"乃故停不问。及次日，将接大巡。先晚，召一典史、一吏嘱曰："吾明日将在左司中问状，今晚先令你二人备纸笔藏司中左房，及明日我去接大巡后，犯人有言，你须详细写来，我在大巡处遮盖。你如写不明，重重惩责。"二人依命，夜藏入司讫。次日，嘱吏曰："少顷问状未完，可连催三次接大巡。"然后命开左司，提秦制一起来问。秦制曰："小的止打曹煌肩膊一下，今说有三处致命伤，小的死也不服。"何稽、周景曰："小的果劝曹煌、秦制相打，其有伤须问仵作。"昌览曰："小的依死报伤，何敢增减。"众吏来禀曰："大巡将近城，可要迎接？"邹公曰："停会无妨。"即怒秦制曰："众证都已明白，前官审已无冤，何故苦苦告诉？"发打三十。打至十五，秦制号曰："原得一言而死，若说两句，便认死罪。"邹公命住打曰："你有何言？"秦制曰："老爷是三劾严阁下的？"邹公大声曰："我劾严阁下何如？"秦制曰："适问说过，只是一言，若说两句，便该死。"邹公怒曰："你道我劾严奸相不是呵，有说则饶你，无说便打死这狗！"秦制曰："何敢无说。老爷劾严相，人都道是刚直好官，小的以此舍死投光。今不能辨雪冤枉，只将势打人，原来只是个蠢邹，全无识见，不能为民分忧。小的今遭若是打死不怨别官，单单只怨老爷一个。我在阎王殿前去，一连三状，连告蠢邹也，似你三劾严首相一般！"只此数言，激得邹公怒如火发，跳出椅外，双手爬须，连声喊曰："哎呀，哎呀！你打死人命，反道我蠢邹不能为你分忧，要在阎王殿前三状告我？我便打死你，任你去告何如？"又发下打。众吏又禀曰："大巡已入城，可要速去接？"邹公余怒不息，大骂曰："大巡不是皇帝，他也是官，我也是官，不接他便何如？"吓得众吏连连走起。皂隶正喊打秦制，邹公喝住曰："我若打死你，人便说我果是蠢邹，被你号得的矣。想起你也是冤枉，故敢狂言，且收入监住。"再提何稽、周景、昌览都拶起曰："我知秦制必是冤枉，不然他何敢当面抢白我？这都是你干证、件作作弊[1]，如不报出，每人都打一百拶。"那曹基用银子，也不十分重，都不肯认。众吏去头巾哀禀曰："大巡已进衙门了，若不去见，便道老爷欺他官小，必提我吏书问罪，望老爷救众小吏，也是阴功。"邹公曰："他是朝廷钦差，是小皇帝一般，怎敢欺他官小，就去见来。"又吩咐何稽等曰："我见大巡就来问。今日若不问出，将你三条狗命都结果了。"众手下都随去，将司门外锁住。只是曹基四人在司内，并不知藏有吏典在左房密听。何稽、周景相怨曹基曰："我当初不肯作干证，只得你十两银，后许谢十两。今这胡子不接大巡，倘被怪责，必泄怒于我辈，不死也是半死，真难当他一时蠢性也。"曹基曰："也只是这一摊难过，那十金出去就奉矣。若有刑杖，一两一下，决不失信。内外班中都用银子，每一板许银一钱，刑亦必轻。用拶一把，是五两。你不看这等轻。"昌览曰："我为你做三伤，只得二十两。今要补我。"曹基曰："各人都小心，我自然是补。"吏典在左房一一记写。

少顷，皂隶开司来提众犯到刑馆审。吏与典史从后出，将所闻之语各以文书筒[2]奉上。邹公接看，已明白，吩咐曰："少顷来领回文。"吏典出。众犯只道是文书，那知是听供口词也。邹公曰："干证何如说？"何稽曰："小的只说得劝相打，无别说。"邹公曰："你一把拶都用银五两，一板用手工一钱，刑轻如何肯供！"将曹基四人各打二十，立看不得卖法。周景难忍呼曰："小的肯供。"乃命喝住。又不言。邹公曰："你肯供便不消你说，我早访得了。当初曹煌打秦制一拳,秦制回打一下肩膊,那有三伤?后各用银十两,买何稽、周景作证,又各许谢十两。昌览假作三伤,要银三十,只得二十两,今日必补他矣。若是,则你供来;若不是,再打八十,凑一百。"众人见情真,恐怕再打,各磕头款服[3]。

邹公判曰:"审得曹基之父曹煌,违例积算,盘剥小民。加利侵渔[4]欠户,乘急要息。盘剥秋毫,制胜苛赢。权子母而倍秦制之借债。既还其本,又倍其利,已非负心。余息之补,完布以一端,鞋以一双,岂为虚估。乃坐批而不退。复使势而先殴一拳,而复其肩三伤,何以致命。曹基不思以善而盖前想,犹欲为父而修小隙。诬告人命,重买干证之邻人;捏作假伤,厚贿为奸之仵作。陷人死罪,心则不仁;致父暴尸,孝亦安在!虚告之情既露,反坐之罪何逃。周景、何稽利苞苴而偏证。仵作昌览受贿赂而做伤。追完枉法之赃,各配远近之释。"

按:人命惟在干证,检伤惟在仵作。彼买偏证于前,又买报伤于后,则官亦何从辨其伪哉!故凡检验人命者,宜慎而又慎,详而又详,方可革弊。而仵作这弊尤为难防。彼今日检一尸伤,若有私者,明日即驰信各县仵作知会。后难覆检,亦不能察其奸。故初检最宜用心关防,勿惮秽恶而令奸人滋弊也。

【注释】

[1] 仵作作弊:宋慈在《洗冤集录·序》中写道:"重以仵作之欺伪,吏胥之奸巧,虚幻变化,茫不可诘";本案即为一桩仵作作弊实例,不可不防!

[2] 书筒:古代盛书信的筒,亦指书信。

[3] 款服:罪人自供实情而愿伏罪。

[4] 侵渔:侵夺,从中侵吞牟利。

(刘通)

【述评】

该故事的前半段写的是曹煌与秦制的债务纷争。曹煌专以放高利贷为业,为富不仁。债务人秦制不满偿还本金,又遭累算利息,再且抵偿利息后,债权人曹煌还不肯将借据归还。于是,双方互殴,两日后曹煌身死。双方告上法院,秦制辩称曹系病死。曹煌之子曹基以银二十两,买得仵作在勘验尸体时（方糟腌醋洗之时），投药于尸，假作几处致命伤痕。初审官员袁尹随即将秦制判死。

经过几次复审，都未能将秦制平反。其后秦制自思"惟有理刑邹应龙即刻奏严嵩者，此人刚正，或能辨得此冤"。于是诉至大巡处，请准由邹理刑复审此案。秦制具结，若经邹审理，必定服膺判决的结果，往后绝不再上诉。

然而，邹理刑审问结果，与前审无异，仵作仍坚称绝无造假。秦制被打得既冤又怒，质问邹应龙，可是三度弹劾严世藩的名臣？邹大声应曰："我劾严阁下又如何？"秦制抱怨，原来所谓的刚直好官也不过尔尔！不堪一再被冤，怒火中烧的秦制，将邹理刑呼作"蠢邹"，痛斥他一顿。两个人都暴跳如雷，秦制有冤无处诉，邹应龙更不堪言语的侮辱，命令再打。秦制因为冤屈使然，痛骂邹应龙一顿。邹更恨他恨得牙痒痒，一时间都顾不得出去迎接大巡到来了。邹应龙想起，若打死秦制，岂不是坐实了秦制说他是"蠢邹"的指控。恨他，又打他不得，真是憋死了邹理刑。幸亏邹应龙的理智并未被愤怒冲昏头，他转而再提相关差役，想到"我知秦制必是冤枉，不然他何敢当面抢白我？这都是你干证、仵作作弊，如不报出，每人都打一百拶"。最后将数人押下，命人在牢房隔壁记下他们的对话，因而证实系曹基买通仵作，制造假伤。

法医学鉴定经常是在权势和金钱利诱的环境中开展的，必须坚持实事求是的原则，做到客观公正。故意做虚假鉴定的，应当承担法律责任。本案为一桩仵作作弊实例，作者在按语中说："故凡检验人命者，宜慎而又慎，详而又详，方可革弊。……故初检最宜用心关防，勿惮秽恶而令奸人滋弊也"，这对当代的法医学鉴定仍有重要的意义。

（胡丙杰）

冯大巡判路傍坟（见图76）

图76　黄瑞亭引自明万历刊本，余象斗《诸司公案·冯大巡判路傍坟》

【原文】

　　杭州民朱必流，初在堂当皂隶，好饮酒喜□。门子所撰钱，随得随用。乃将皂隶本去当□，又不能供纳利息，后全卖出来，遂无生理。只与光棍之徒趋东奔西，着日挨度。因思量做贼，买一把鼠尾尖刀，常怀在身。一日，将往乡下，在高卓亭憩步。林木阴茂，前后无人。有一光棍计握权者，腰带鸡束[1]，藏两桃在，独荷一伞，亦来到亭。必流叹气曰："这热天走路，汗如下雨，口如焦釜，真是辛苦。惟有钱雇轿者是天子命也。"握权夸曰："坐一乘轿者便是天子，我这鸡束中还雇得几乘，是我做得几个天子也。"必流看其荷包，果有两块高起，疑必是银。及握权先行，必流右手持鼠尾刀在袖，左手倚握权之肩而行。握权曰："下岭我也难行，何故倚人肩。"必流曰："我走路不得，倚行数步无妨。"遂以左手按其颈，右手持刀刺其咽喉，随手而殒。遂探其鸡束中银，取出乃是两桃。心下悔错，急挨青而逃往乡下去。后人来至亭中，见路傍谋死一人，聚众呈明于官。官委人收贮，即埋于路傍。十数日后，必流从乡下回，复过此亭，见前所谋人，已埋殡讫，自幸无人知觉。乃检途中黑炭，写于亭柱曰："你也错，我也错，我在杭州打毕剥[2]。你若取我命，除非马头生两角。"写完而去。盖马不能生角，彼谓此人不能取彼命也。

过两月，察院冯谦底公巡按浙江，将临杭州，从此亭经过。忽一阵黑风从轿前起，冯院心下凛然。轿已进数步，见路傍有一新坟。问手下曰："此是那家的坟？"杭州来接者曰："不知何人，两月前被人谋死，官委人收埋在此。"冯院心想曰："黑风必此冢之冤魂也。"到亭，即命停轿散步于亭中。四顾风景，见柱上写数句字，未云："要取我命，除非马头生两角。"心臆曰："此必谋人贼所题也。"思之不得其故。及到杭州，众官参见后闭门不出，沉思亭中之语。过第三日，天骤雨，屋有一点漏，正坠在案上朱笔头。初亦不觉，渐久水渍朱湿，红流于案，方见朱笔流红。乃问一门子曰："杭城有人名朱必流者否？"门子曰："有其人，先亦在衙门，今出外为光棍。"冯院即升堂开门，仰府速拘朱必流来。移时，即拿到。冯院曰："你在高卓亭谋人得财多少？可自供来。"朱必流曰："小的在城生理，并未到亭，何知谋人事？又何为问得财多少？"冯院曰："杭城百姓无虑数万，单拘你来，自然我是知实了。且你自题柱有言'你要取我命，除非马头两角'，今我姓冯，是马头生两角。你当还他命无疑矣。但起头两句说'你也错，我也错'是如何讲，可好好供来，免受刑法。"朱必流见说起亭中题字，又大巡姓冯，果应口谶[3]，自知分当偿命，遂直招曰："老爷果是生城隍，能于杭城百万民中单拿出我，是果得真矣。我前月在亭中歇步，有光棍计握权，鸡束中藏两个桃，自夸他是银，我因此谋他。及解看是桃，是他说银者也错，我谋他者也错。我谓马头不能生角，谋时并无人知，他必不能取我命。今老爷姓冯，是马头两角，我当还他命，乃天数排定也。"遂拟死偿命，亦不加刑。满城人无不羡冯爷神明者。

冯院判曰："审得朱必流游惰棍徒，贪残浪子。东流西荡，资身无粥之谋；前突后冲，恶念起盗贼之计。潜形高岭，思鼠伏以伤人；隐迹深林，欲阻击而害物。人炫有而为盗，诚为自取之灾；伊见利而生心，岂非自作之孽！绿林之下，白刃横飞；长途之中，短刀骤刺。欲图厚利，故越人而不辞；探得余桃，虽悔措其何及。方幸漏网之罚，敢为题柱之词。须信马角易生出，出尔必应反尔；谁云口谶无验，伤人适以自伤。冤抑鬼来诉，轿外之旋风起黑；姓名天自报，案头之朱笔流红。谋财虽未得财，害命必然偿命。据情已实，拟死何辞。"

按：黑风吹轿，冤情易猜。漏雨流朱，知名不易。此固冯公之积诚所致，抑亦天牖其聪也。盖观马头两角，早着兆于寓言。则冤仇报复，岂偶然哉！人其慎于独知，充善过恶，勿谓天远无知也。

【注释】

[1] 鸡束：系在腰带上的小锦囊钱袋。

[2] 毕剥：象声词。

[3] 口谶：口头谶语，能预测吉凶，为日后征兆的话。

（刘通）

【述评】

古代法医学也讲因果报应。宋慈《洗冤集录》："若被人打杀，却作病死，后如获贼，不免深谴。"意思是办错案，让人身陷牢狱，内心受谴，善恶因果必会有报应。清代袁枚在《子不语·雷诛营卒》记载了这样一个案件，一士兵二十年前强奸尼姑未遂，却造成一家三口人丧命。二十年后该士兵遭天谴被雷击死，是善恶报应。

案例是这样的：清乾隆三年（1738）二月间，雷震死一营卒。卒素无恶迹，人咸怪之。有同营老卒告于众曰：某顷已改行为善，二十年前披甲时曾有一事，我因同为班卒，稔知之。某将军猎皋亭山下，某立帐房于路旁。薄暮，有小尼过帐外。见前后无人，拉入行奸。尼再三抵拦，遗其裤而逸。某追半里许，尼避入一田家，某怅怅而返。尼所避之家仅一少妇，一小儿，其夫外出佣工。见尼入，拒之。尼语之故，哀求假宿。妇怜而许之，借以己裤。尼约以"三日后，当来归还"，未明即去。夫归，脱垢衣欲换。妇启箧，求之不得，而己裤故在，因悟前仓促中误以夫裤借去。方自咎未言，而小儿在旁曰："昨夜和尚来穿去耳。"夫疑之，细叩踪迹。儿具告：和尚夜来哀求阿娘，如何留宿，如何借裤，如何带黑出门。妇力辩是尼非僧，夫不信，始以詈骂，继加捶楚。遍告邻佑。邻佑以事在昏夜，各推不知。妇不胜其冤，竟缢死。次早，其夫启门，见女尼持裤来还，并篮贮糕饵为谢。其子指以告父曰："此即前夜借宿之和尚也。"夫悔，痛杖其子，毙于妇柩前，己亦自缢。邻里以经官不无多累，相与殡殓，寝其事。次冬，将军又猎其地。土人有言之者，余虽心识为某卒，而事既寝息，遂不复言。曾密语某，某亦心动，自是改行为善，冀以盖愆，而不虞天诛之必不可逭也。

（黄瑞亭）

杨驿宰[1] 禀释贫儒

【原文】

求宁县有一秀才韩士褒，娶妻史氏。生子三岁，家极清贫，无以度日。邻人滕家有无子者，不得已，将子与滕家过房[2]抚养为子。后来家益窘迫，虽寸丝件物，皆典卖[3]已尽。士褒惟昼夜攻书，勤励不息。文章虽工，如难救饥寒何。乃以片纸写数字贴于门后曰："挨定徒流，虽死甘心。"彼盖谓读书贫苦，当把问徒流退算，即使命当贫死，亦随他罢。后两日不举火[4]，并无亲知可揭借。史氏不胜苦楚，以索悬于床干，睡倒床上而自缢[5]。以久饿之后，气本微弱，加缢即死。遣人赶史岳、史舅来看，务穷问缢死之故。士褒对以受饿难忍，故自缢死。史岳尚在疑信之间。及观门后有两句子在，云："挨定徒流，虽死甘心。"其舅史直言遂疑曰："此必姊夫逼死我姊，故说他挨定问徒问流，虽死偿妻命，亦是甘心。"士褒与之辩，彼坚疑不可解。遂赴学道告曰："状告为威逼短命事：学孽韩士褒，恃才倨傲，草芥人命，嫌言姊史氏丑貌，素不惬意。今月二十一日，打骂威逼，致自缢死。人命至重，轻易逼人屈死何甘。乞批廉法断，惩恶治罪，以正民风，以儆薄俗[6]。上告。"学道批曰："仰该府刑馆详问结报。"韩士褒只在刑馆诉曰："状诉为电豁孤寒事：褒妻史氏贤明贞淑，琴瑟谐和，育有幼子。褒本贫儒，岂嫌妻貌。奈家计窘迫，子寄人养。妻无度日，连饿六餐，不胜饥苦，短计自缢。心胆酸楚。妻弟直言不谅贫情，告褒威逼。幸送仁台，覆盆见日。乞电情分豁，孤寒有赖。上诉。"时蔡理刑最是惨刻，薄待斯文者，提来审之。韩士褒曰："以褒贫寒之家，夫妇勠力；惟糊口是虑，有何闲气相争而威逼致死乎？只是饥饿难忍，被自计穷而死也。"史直言曰："非汝逼死，何故自题云'挨定徒流，虽死甘心。'此是你逼死妻，故云挨定问徒、问流也。"士褒曰："我以读书贫苦，故把徒流来自排遣也。岂是因妻死而云然乎？"蔡理刑不信，命用挟，士褒曰："身体发肤，受于父母，不敢毁伤。读书不止，为全身体。若受刑辱，宁可忍哉！逼死妻当得何罪，凭公祖[7]老大人所赐。"蔡理刑曰："此刑内你肯认罪，则无故逼尔妻死当徒矣。"士褒曰："凭公断。"遂断徒罪，申上学道，依拟缴下，去其前程，发阳源驿为徒。

其驿丞杨学经，亦故家子也，家贫，故从□考出身，为驿宰。解士褒到驿，杨宰审其来历，知其负儒犯罪，亦不需索其拜见。士褒惟朝夕读书，虽饘粥不充，形枯貌悴，诵读不辍也。杨宰心窃怜之。忽一日，自早至午不闻书声。杨宰疑其病也，移步窃窥之，果困睡地下。推户入视，见其合眼闭口，气息奄奄不绝，人黄瘦如柴。又诊视其脉，只细微无别恙。杨宰知其必饿也，急同家人以饭汤渐灌之，一碗后，微开眼，又以粥饲之，乃省人事。问之曰："汝病乎？抑饿乎？"曰："非病也，饿也，不得老爷吾其危矣。"自是，时分俸米[8]升斗私给之，又尽得其犯罪受枉之故。数月后，陈大巡到驿。杨宰接应已毕，乘暇禀曰："驿子有一件事斗胆禀老爷。蒙老爷旧年十一月，解到徒者韩士褒，原系求宁县生员。因家贫，二日不举火，妻耽饿难忍，自去缢死。被妻弟告威逼缢命，不能自白，以致问徒。自到驿来，犹日夜攻书，累饿欲死，其志不衰。小驿丞访得他徒罪果枉，又打落前程。老爷为民雪冤，也得万载阴德。他是贫儒，驿子决无受赂游说之理。若谓望王孙漂母之报[9]，亦异日事，老爷必不以此疑人。其肯救者，老爷之德。若不言，是驿子之罪。故冒死禀上。"陈院曰："叫来审问。"韩士褒一一叙其贫难妻死之故。陈院曰："汝既这勤读，吾出一题试汝，'虽在缧绁之中'一句。"士褒接笔立成，辞意兼美。陈院曰："或是记诵日课。再出一题，四书所无者，'韩信钓于城下，漂母互信'二句。"士褒亦不待思索，作完呈上。陈院大加赏叹曰："此连捷[10]才也，即无论犯罪被枉，其才亦当惜矣。"遂释其徒，为作文书转学道，辨其以无妄受诬，令复其生员。

过两岁，正当大比[11]之年。士褒既发乡科，又连登甲第[12]。人有为议续弦者，士褒不觉下泪曰："先室为我贫而饿死，子为我贫而过房。今日才得身荣，岂忍遂娶？必须取还小儿，使子为母服，夫为妻服。再经三年，然后方可议娶。"乃以十金与滕家之抚养子者，使子拜滕家为契父母。又去厚谢杨驿丞。其后居部，又升杨驿丞为主簿，以报之。褒登科甲，史家竟不到贺。褒乃去见史岳曰："褒以家贫而妻死，舅以爱姊而告我，此何足怪？宜释前憾可也。"后待史家更厚。褒初任为推官，清操凛凛。遂升刑部主事。前妻史氏已受封赠，后乃再续弦。其赠史氏诰命，乃托同年所撰者，不讳其先贫之事，述之甚悉。姑录于后：

史氏诰命云："奉命承运皇帝诏曰：妇以德为重，尤难苦节之贞。妻从夫为荣，宜受褒封之赠。同贫贱者，斯同富贵，何论死生；有令节者，必享令名，岂问存殁。惟尔刑部主事韩士褒故妻史氏，储精清淑，赋性幽闲。正乎内而理乎阴，克全妇顺；厚于德而薄于年，未见夫荣。绩麻夜伴读书灯，赞就经纶事业；跛茧秋裁游泮服，助成黼黻[13]文章。鸡唱虫飞，屡促晨兴，亲篝火；釜鱼尘甑，几番操腹，坐幽闺。贫不厌糟糠[14]，甘一死以明志；身能完节操，历百代以流芳。香魂返幽冥，芳誉昭人世。尔夫官居主事，尔品诰赠夫人。死者有知，百岁恩情未断；灵令不昧，九原泉壤生光。呜呼！人生皆有死，名在而死犹生；为妻在相夫，夫荣而妻亦贵。封兹懿诰，用昭贞烈之风；赠尔徽称，式表清修之节。朕言不轻，厥惟钦哉！"

按：韩士褒不恤饥寒，惟务勤读。至于妻饿死离，亦非治生之道。然终以勤诵而蒙扬□，□殊盼以文妙而动陈院之叹赏。卒之一脱缧绁而旋登科甲。至于封妻荫子，则功名何负辛勤之士哉！乃其尤可取者，初中，即续子完服，天性也；契拜滕家，报恩养也；三年后娶，不忘糟糠也；重报杨丞，不背德也；厚待史家，不修郄[15]也。故治家者不可效韩生，而为人若韩生，庶乎全厚道矣。

【注释】

[1] 驿宰：指驿丞。

[2] 过房：过继子女。

[3] 典卖：俗称活卖。旧时指把房屋、田地等在限期内典押给他人使用，期满后再赎回，逾期不能赎回，即被视为出卖。

[4] 举火：生火做饭。

[5] 睡倒床上而自缢：宋慈《洗冤集录》卷之三"自缢"条目中有关于"低处自缢"的描述："或在床、椅、火炉、船舱内，但高二三尺以来，亦可自缢而死。"

[6] 薄俗：轻薄的习俗，坏风气。

[7] 公祖：旧时士绅对巡抚、按察司、道台、知府等本地长官的尊称。

[8] 俸米：旧时京官之俸，俸银之外，并按阶级给米，称为"俸米"。

[9] 漂母之报：有汉语成语"漂母进食"：汉淮阴侯韩信早年贫贱，挨饿于城下，幸获漂母分食，得以幸存。信告漂母日后将以重报，却为漂母所斥。后比喻施恩不望回报，也作"漂母进饭"。

[10] 连捷：科举考试连续中式。一般指乡试考中举人后，接着会试又考中进士。

[11] 大比：隋唐以后泛指科举考试。明清亦特指乡试。

[12] 甲第：科举考试中的第一等。

[13] 黼黻：泛指礼服上所绣的华美花纹，借指辞藻华美的文辞。

[14] 糟糠：穷人用来充饥的酒渣、米糠等粗劣食物。借指共过患难的妻子。

[15] 修郄：亦作"修隙""修却"，指报复旧日怨恨。

（刘通）

【述评】

该案中，秀才韩士褒因家贫如洗，其妻"史氏不胜苦楚，以索悬于床干，睡倒床上而自缢"。但妻舅却认为是"打骂威逼，致自缢死"，被"最是惨刻，薄待斯文者"蔡理刑断为徒罪。后得到同样出身贫寒的杨驿丞同情，奏报陈大巡。陈大巡详加讯问后，"遂释其徒，为作文书转学道，辨其以无妄受诬，令复其生员"。两年后，"士褒既发乡科，又连登甲第"，官至刑部主事，封妻荫子，厚待恩人，冰释前嫌。余象斗在按语中感叹曰："故治家者不可效韩生，而为人若韩生，庶乎全厚道矣。"

关于其妻史氏自缢死是由于"打骂威逼"，还是由于"不胜苦楚""甘一死以明志"，需要结合案情，以及有无"打骂威逼"的痕迹证据进行综合判断。

（胡丙杰）

赵知府梦猿洗冤

【原文】

成都罗江县富室张榜死，遗妻杨氏，年四十四岁，女张氏亦十六岁矣。母女二人同居，更无男丁。惟用仆雍益者，掌门户财赋之物。益私侵主钱，藏有二箧。其邻人袁觉与益相友，知其有钱。一日，杨氏与女赴亲，招彼二婢都随，止留雍益看家。袁觉心图雍益之钱，即来陪话，密取床头柴刀一把在手，从背后将雍益一刀砍死，取其两箧铜钱而去。及杨氏晚归，而雍益已被杀死久矣。遣人去赶雍益之弟雍盖来看收贮，盖问兄死之故，家人惟应以被盗所杀，不知何故。盖以兄与人无仇，又无财可谋，何故被杀，疑必有枉。乃赴县告曰："状告为恳究杀命事：盖兄雍益，为寡妇杨氏干办，历今四年。今月二十二日，被人杀死在家。切思兄为走仆，人无深仇，身无寸财，又无可谋。如云贼杀，不在日间，情必有枉。恳台严究，生死不冤。哭告。"樊县尹提杨氏去问。杨氏称："那日系亲林宅请饮，归而雍益已被人杀死，并不知是何人。"樊尹问曰："尔家更有甚人？"杨氏曰："更有我女及二婢，二雇工人而已。"樊尹悉命拘来，略加刑具，问之亦不得其故。由是，母女婢仆十数人，牵连在官，经年不决。

及张宪司到任，复审是狱。彼张固惨刻之官，自矜明察。遂疑杨氏母女必有淫滥之私人，故人杀雍益，以灭其迹。又疑或是雍益与人妒奸，故被争风者杀也。酷勘其婢仆，被苦刑而死者数人。而杨母张女，横被拷掠[1]，亦无全肤矣。张女以香闺幼质，经此刑杖，皮破肉裂，疼痛难禁，自知必死，哭谓母曰："女儿旦夕间必死，不能侍奉母亲，报养育之恩。愿来生再为母子，相报答矣。我阴司中必当求直于神明，为母伸雪。决不可诬服，以丧名节。"既而张女果死。时张宪司批委赵知府，严刑推问。赵疑死于杖下者已有数人，并无异说，刑只好如此严矣。更欲严究，除非剥皮，坐火瓮乎？此必有冤也。乃斋戒三日，夜祷于天。其夜，独宿于书斋。忽梦一女子，年可十七八，引一猿当案而立，指之跪伏。时张宪在傍，女子口咬其七孔。赵曰："此道尊也。何故咬之？"怒惊而醒，乃是一梦。心猜曰："此必有姓袁者当服罪。"次日，问杨氏曰："你邻家有姓袁人否？"杨氏曰："有一袁觉，自雍益死后，我家用他收掌税租。今尝在此。"当日送饭，赵公即命拿袁觉到，怒曰："你手杀雍益，谋他私钱，以致累死杨氏一家老幼，你心何安？如何不早自首出？"即发挟起。袁觉见说出真情，即认曰："果是我杀雍益，得他铜钱两箧。"赵公曰："钱现何在？"袁觉曰："自杀雍益后，我在杨家干办，日赶私钱足用，故雍益钱都现在未动，彼有手账，亦在钱箧中。"赵公复命追原赃到，果有雍益手书钱数在。遂放杨氏一干人，而袁觉正罪焉。

赵公判曰："审得袁觉嗜利之奸徒，忍心之丑类。改耽窃视，窥私蓄之苞苴；逐日营谋，利厚积之囊橐。彼雍益之藏钱二箧，因为瘠主以肥私，而暗室之柴刀一挥，尤为损人以利己。使财归伊手，致祸及人家。寡妇为之被疑，几冒蝇污之玷；闺女因而丧命，将罪上洁之体。死者何辜，九原合不朽之恨；生者无罪，□□抱难向之冤。尔害命而人受殃，尔谋财而人受累。昔日之脏钱俱在，确有明徽[2]；死者之手账犹存，昭然可据。议狱不容缓死，正法定拟典刑。"

判明，赵公带各犯解道。张宪司问曰："贤太守何以拿出袁觉？"赵公曰："知府焚香吁天，夜梦一女子引猿跪案下。故次日问姓袁者，而得之。"张宪司曰："异哉！吾前夜亦同此梦也。更有何人同在？"赵公曰："不敢言。"张宪司曰："更梦见我亦在傍，那女子咬我七孔也，是否？"赵公曰："真异事，何梦之尽同也？"张宪司闻言，凛然发悚，遂发颠狂七孔流血而死。赵公乃疑此女子乃张氏之冤魂也。临死语母求直于神明之言，真不爽矣。

按：张女以屈抑死，既指出凶身之袁觉，又降死酷刑之张道，诚为大异之事。盖幼女之天性未牿，正气不磨，故英魂凛凛可畏如此。是以有司察难明之狱，必当细心体察，如得其情，则虽死无怨，不可轻用捶笞[3]而以势屈招也。纵报应未必皆若此之速，而阳怨阴谴[4]必不免矣。故曰："罪疑从轻[5]"，真圣人不易之言哉！

【注释】

[1] 拷掠：拷打、刑讯。

[2] 明徽：指明快的节拍。徽，古代琴面指示音节的标志。

[3] 捶笞：指杖击、抽打。

[4] 阴谴：冥冥之中受到责罚。

[5] 罪疑从轻：面对证据不足，难以量刑之罪时，不可施以重刑。唐朝诗人虞世南《赋得慎罚》中有诗句云："政宽思济猛，疑罪必从轻。"

(刘通)

【述评】

该故事讲述的是，杨家仆人被杀，找不到凶嫌，杨家多人被牵连，杨氏母女更被怀疑有奸情在外，女儿因为刑讯致死。在死前她告诉母亲说："我阴司中必当求直于神明，为母伸雪。决不可诬服，以丧名节。"张宪司严刑推问下已有多人毙命，但案情仍未明朗。接手的赵知府深信，严刑之下仍无异说，此必有冤，"乃斋戒三日，夜祷于天"。果真有女子入梦，提示真凶的姓名。这是描述用超自然意象进行破案的例子，并借此"因果报应"的教化宣传，正如余象斗在按语中所说："纵报应未必皆若此之速，而阳怨阴谴必不免矣。"并倡导"不可屈打成招"和"罪疑从轻"的理念。

该故事来源于《疑狱集》（六卷）"赵知府祷天梦猿"。

（胡丙杰）

王司理[1]细叩狂妪

【原文】

浑州上里民费牖，家富万金。娶妻倪氏丑而无子，尝不惬意于夫。倪氏又无亲父母兄弟，茕然无倚也。牖乃娶妾殷氏，美而有能，甚快夫意。即命之掌管家务，而倪氏益宠衰，无权如闲废人矣。未几而殷氏生子，名费弘光。长而伶俐、聪明，父钟爱之。母宠，子肖，父爱，夫偏。倪氏惟抑郁抱怨，年月累久，渐成痴懦。既尔夫死，殷氏益刁蹬之，其痴愈甚，言语无序，笑哭不常。抑或行乞于人家，去住无定。乃全赶逐之，不许入家。时或心孔暂明，亦知控诉于官。及官审问之，又言颠语倒，不知应答。以此官以为狂，皆不为直其事。王罕为司理，严明慈祥，肯切心为民。倪狂妪又在路诉告，言无伦次，从骑[2]欲屏逐之。王司理曰："狂妪或有故而诉，不然狂人必不妄投官也。"引归衙叩问之，狂妪虽言语杂乱，然时有可采者。王司理谓手下曰："狂人皆痰迷心窍，心神荧惑，故不能自主。你可于药店讨化痰丸、镇惊丸来，与服得，彼迷痰暂开，即取问之。"手下依言，与之午饭，服以牛黄丸、辰朱砂等药，然后引问。王司理执笔在手，令倪妪道来。其中间胡乱语时有。参其前后言说，乃知是浑州上里富民费牖之嫡妻，以无子夫死，后为其妾殷氏及庶子费弘光所逐。王司理以富子逐狂母，虽有干证，彼必买赂不认。乃先行牌[3]该县，但浑州上里地方有告状者，仰县解馆亲问。

时适有民争田土者，其干证费以约解到。王司理不问田土上事，但问曰："汝里中有个费牖否？"以约曰："是我五服[4]内之故兄。"王曰："彼有妻子否？"以约曰："他富家，有一妻倪氏，一妾殷氏，子名弘光。"王曰："他妻妾都在否？"以约曰："他妾在，其子即庶出。其妻狂懦，流外失落。"王曰："倪氏外家更有何人？"以约："闻倪氏早无兄弟，未知其更有甚亲，但有倪广者，曾与我事卖买。那人亦老实，有二子，名大本、立本，本亦是倪氏从堂姑侄。"王曰："费牖有亲兄弟否？"以约曰："无，只有从堂弟费镛、费黼。"王曰："汝有几子？"以约曰："有三子，弘大、弘中、弘正。"王司理发费以约一起人出外候审。即行牌去拘费弘光、殷氏、费镛、费黼、费弘正、倪广、倪立本等一干人。既到府，弘光始知嫡母之告己，即贿买堂叔镛、黼共证勿认，以避逐母之罪。及提倪氏与子审，王司理曰："你何为逐母不供？"弘光曰："小的父母都死，埋葬已久，只生母在，何为更有母？可问我亲叔即知。"镛、黼曰："弘光嫡母果死，埋了。"王司理问倪广曰："此狂妪是汝姊否？"倪广曰："姊出嫁年久，今不能认。"再提费以约来问曰："此狂妪即弘光之嫡母，是否？"以约本认得人，先已吐实于王爷之前，即认曰："此正弘光之嫡母也。"王爷将殷氏一挟，弘光逐母打三十。镛、黼偏证，各打十五，俱拟罪。再将费家万金之产，以四千与弘光。又为倪氏立二侄费弘正、倪立本承嗣，共分业六千两，各给帖执照，比□批于帖。令弘正、立本宜孝养倪氏，如有一不孝，即告逐出，专以一为后。二人骤得厚产，争相孝奉，胜于亲子。倪氏心乐神舒，不二岁，偏狂症寻愈。每朔望，必率二嗣子拜祝王爷官高寿长者。

王公判曰："子以母为天，小无加大；妾以嫡为主，卑不逾尊。大舜之母至嚚[5]，惟号泣而怨已；归妹之姊[6]虽善，亦恒德以相君。稚子私焚[7]，申夫人尚尔呵责；尊长任事，陈义门[8]所以久居。故世无不是之萱堂[9]，特患有不才之胤嗣[10]。今殷氏为费牖之孽妾，弘光乃倪氏之庶支。只合朝夕寅恭，奉唯诺于主母；惟应恪其子职，展定省于慈闱。乃忘姆训[11]之三从[12]，鸦振羽而搏凤；却效浅人之六逆[13]，枭锐嘴而啄鸠。乘庸懦之易凌，不知救恤；任流离于道路，罔念懿亲。以今日执对于堂，且坚不识认；则昔日挫抑于内，必恐尔欺凌。强凌弱，贱压尊，岂是贤姑之行；弃天亲，罔长上，殊惭令子之规。宜服不敬不孝之刑，方为无仁无义之戒。姑念费牖惟一子，且留妾庶之两生。仍为倪氏过房，庶几老有所养；且为嗣子给照，或可杜其所争。费黼、费镛偏证，还拟不合；弘正、立本堂侄，俱可承宗。"

按：狂妪告诉，状无可准，言无可听。王公独细心采其言，先事求证，然后方提孽庶，立折其罪，则恶有所惩。又为狂妪立继，责以孝养，则人思承其业，必务孝其人，而老有所倚。王公之处事精密，爱惜废人如此，虽天地父母之心不过是也。可为敬老哀矜者法矣。

【注释】

[1] 司理：职官名，主管狱讼刑罚。汉扬雄《廷尉箴》："殷以刑颠，秦以酷败，狱臣司理，敢告执谒。"《晋书·刑法志》："夫刑者，司理之官。"五代以来，诸州皆有马步狱，以牙校充马步都虞侯。宋太宗太平兴国四年（979）置，选牙校中晓法律、高赀者充任。宋慈反对武官检验，认为："检验之官自合根据法差文臣。如边远小县，委的阙文臣处，覆检官权差识字武臣。"参见《洗冤集录·条令》。

[2] 从骑：骑马的随从。

[3] 行牌：谓下发令牌或公文。

[4] 五服：五等丧服。分为斩衰、齐衰、大功、小功、缌麻五种，以亲疏为差等。

[5] 大舜之母至嚚：参见本书《杜太府察诬母毒》注释 [5]。

[6] 归妹之姊：指商周间和亲之事。史称"帝乙归妹"，一时传为美谈，商周双方皆大欢喜，重归于好。

[7] 稚子私爨：据《八德须知·四礼·张鲁戒食》载：鲁氏甚爱其女，而居常至微细事，教之必于礼。如饮食之类，饭羹许更益，鱼肉不更进也。既归吕希哲为妻，一日，往视之，见舍后有锅釜之属，大不乐。谓申国夫人曰："岂可使小儿辈私作饮食，坏家法耶？"其严如此。

[8] 陈义门：义门陈是中国历史上最为罕见而神奇的家族，3900 多人曾聚居一堂，合炊 300 多年不分家。

[9] 萱堂：本指母亲的居室，后借指母亲。

[10] 胤嗣：指后嗣、后代。

[11] 姆训：女师的训诫。

[12] 三从：旧礼教认为妇女应该做到在家从父，出嫁从夫，夫死从子，谓之"三从"。

[13] 六逆：古代统治阶级所认为的六种悖逆行为，即"贱妨贵、少陵长、远间亲、新间旧、小加大、淫破义"。

（刘通）

【述评】

　　这是有关妻妾争夺财产的案件。虽然古代允许男子有三妻四妾，但是妻妾有别，"子以母为天，小无加大；妾以嫡为主，卑不逾尊"。妾的孩子必须尊敬父亲的正房妻子，而在此案中妾之子残害父亲的原配妻子。对此，判官认为"宜服不敬不孝之刑，方为无仁无义之戒"，这种为财而不认母亲的行为实属大逆不道。关于户绝立继问题，《大明令·户令》有规定"凡无子者，许令同宗昭穆相当之侄承继，先尽同父周亲、次及大功、小功、缌麻"。如俱无，方许择立远房及同姓为嗣。若立嗣之后，却生亲子，其家产与原立子均分，并不许乞养异姓为嗣，以乱宗族。立同姓者，亦不得尊卑失序，以乱昭穆。然而，该案中，王司理出于惩罚庶子不孝嫡母之罪的想法，以维护伦理中的孝道，违反了《大明令·户令》"不许乞养异姓为嗣"的规定，为倪氏立其从堂姑侄倪立本为嗣，让外姓与庶子分享财产。

　　从法医学角度来讲，这里涉及精神病人的民事行为能力和诉讼能力问题。国外有关法医精神病学的最早法律条文，见于古罗马共和国《十二铜表法》（前449）中：患精神病或痴呆者丧失处理财产、买卖、婚姻和订立遗嘱的能力。希腊哲学家柏拉图（前427—前347）在《理想国》中提出：精神病人应该受到亲属很好的照顾，否则处以罚金；精神病人造成危害后果的，只赔偿由他造成的物资损失，不应受到其他的惩罚。本案涉及精神病人的作证能力，从证言形成的心理机制来看，对事实进行陈述的心理基础史记忆而非思维。因此，以记忆障碍为主要表现的精神障碍患者作证能力受到较大影响。而以思维障碍、情感障碍等为主要表现的精神病人并不必然对一般事件无作证能力。对于简单事实，多数精神障碍者都具有作证能力，即使某些重大事实，如果精神障碍者能够讲清楚真相，也应该认定有作证能力。本案中，王司理认为"狂妪虽言语杂乱，然时有可采者"。倪氏所述通过讯问相关证人得以求证，与调查结果相符合。这符合现代法医精神病学的观点。

　　该故事来源于《疑狱集》（九卷）"王罕叩狂妪"。

（胡丙杰）

边郎中判获逃妇

【原文】

　　开封府中异省有一巨商贾武者，性刚暴，常酗酒。买一婢卢氏，在店中治馔，醉则屡将踢打，不胜其虐。夜住安业坊，投背井中而死。次日，贾武出揭帖曰："六月十九日夜，有一婢卢氏，鸦髻拳毛，赤脚矮身，逃出不归。有知踪报信者，赏银一两；拾得者，赏银三两。"数日无报。贾武买卖毕，亦旋归矣。本府屠户胡宿，妻索氏，素不洁。胡及舅姑日加笞骂。一日早晨，索氏出汲。宗固方汲水遇之，遂挑之曰："娘子这等早，可在我家吃汤何如？"索氏曰："你家有何人？"固曰："只我自己独居。"索氏好色，即放桶井边，与之同去。宗固不胜喜悦，便求云雨一番。挺出气力，大战良久。索氏亦喜，事了欲归。宗固不忍舍，即治馔留饮。两意相待，索氏遂安留矣。胡宿见妻久不归，出而寻之。到午间不见，知被人拐带，即出赏帖，四处跟寻，报知于索之父母。父索程曰："吾女久失爱于舅姑，此必挞死而诈言在逃也。"遂赴县告曰："状告为杀命匿尸事：程女索氏，嫁豪胡□之恶男胡宿。嫌妆奁稀薄，捏外有私通。日加笞骂，拷打如囚。六月二十日，伤重身死。恶□检验，将尸埋没，托言在逃。彼夫同居，逃岂不知？如云早晨，行人满路，逃岂无见？乞法究身死，验伤正法。哀告。"胡宿去诉曰："状诉为淫奔反诬事：宿娶索程女索氏，在室有奸，淫性不改。嫌宿家贫，屡求改嫁。今月二十日早晨出汲，从夫拐逃，豪岳反诬杀命匿尸。切娶妻为养，图继宗祀。嫁且不忍，何仇而杀。即误打死，有公姑在，岂无抵饰，何必匿尸？乞天电照诬妄，命豪岳同力缉捕，拘获逃妇，径谓得分。上诉。"宗固闻胡索两家讦告，归对索氏曰："你父告夫家杀人，明日寻出不便，可与你同走。"索氏曰："可。"遂走到彰德府。时盘缠已尽，宗固曰："到此已无盘缠，吾又不忍以你嫁人，如之奈何？"索氏曰："此间无人相识，不如我为娼，接客捞钱度日。"宗固大喜，遂入花街[1]而住。索氏为妓，改名如花。多有子弟来嫖，衣食尽充裕矣。

　　且说开封府安业坊民，呈本坊背井有人死者。官命仵作捞尸。吊起，乃是妇人尸，盖贾武之婢也。索程故认为己女，乃抱尸而哭曰："吾女前日被恶婿打死，投尸井中，今幸寻出也。"胡宿认之曰："此尸衣服俱非我妻的。且我妻人高头发长，左足无小指。今此尸鸦髻拳毛，赤脚矮身，足指全有，非吾妻必矣。"及官发检果有伤痕，便疑胡宿是打死妻而故不认也。严刑拷勘，胡宿诬服。特暑月热，尸已溃坏，官令仵作权瘗[2]城外。适岁冬，朝廷遣使各省恤刑[3]。时刑部郎中边其来开封，看胡宿狱状，即知冤滥。谓巡按安文玉曰："淫妇必不肯死，其逃拐可信也。"安院坚执不肯改。边恤刑乃令手下遍收各城门所揭诸人捕亡文字。内有贾武逃婢一人，情状与尸状正同。及拘贾武，时已远归矣。于是使前瘗尸者，求原尸以辨真伪，瘗者出曹门涉河东岸，指一新坟曰："此是也。"发之，乃一男子尸。边恤刑问之。瘗者曰："方埋时，我问胡索二家讨工值，都不肯出。曰：'任你不埋，也不管。'那时盛夏，河水方涨，吾辈病涉[4]，因弃尸水中去矣。"边恤刑谓安院曰："前井中尸果非索程之女尸。此若是他女，必具棺收贮矣，何至任人弃之？"安院心亦知其冤，以未得逃妇，故不肯释。时开封府吏徐绍周，奉差到彰德府公干。闻有新妓如花，姿色出众。徐往宿之。徐素与胡宿邻居，认是索氏，问之曰："你何故在此？"索氏曰："因今夏被夫打，早出汲水，与人俱逃于此。今夜不要你宿钱，幸勿报知我家。"徐吏知胡宿现成狱在，何忍不言？口虽应曰"吾不言也"，归即言于胡宿。胡宿即告于官。乃差手下同胡宿、徐吏去，径提索氏、宗固而归。以索氏官卖，宗固拟徒。索程坐诬告，而胡宿得释罪矣。

边恤刑判曰："审得索氏风情荡逸，水性漂流。意马不拴，拟赴桑中之约；心猿任放，还邀濮上之行。汲水井头，便作墙花惹露；逃至境外，日为陌柳迎春。笑脸倚风前，情动邮亭学士；冶客矫月下，魂牵春梦王孙。尔见金大而好淫，我据王律而行卖。宗固负贩俗子，奔走下厮。秀色堪夸，投甘言而引诱；尤物可爱，擅奇货为生涯。病狂丧心，只图椎饼之醉；忘名殉利，惟愁钱树之颓。尔谓觅得爱卿，不愿封候之贵。岂知拐来逃妇，难逭问徒之奈。索程不咎闺玉之有玷，反怨门楣[5]之无良。引蝶招蜂，岂是幽贞兰蕙；拖泥带水，那称窈窕关雎。即女德之未闲，知父教之犹歉。反将贾家之死婢，认为索氏之真骸。告杀命而女犹生，告匿尸而女尚在。悬捏之情可恶，招诬之罪难逃。"

按：索告杀女而背井，适有女尸，又无人认识，则乘机冒指，人何以辨认！边侯知胡宿有父母在，即误杀妻，但托云不孝于舅姑而死之，自不至陷大辟，何必匿尸避检哉！则夫边称淫妇者，倒有可信。又知淫妇必不肯死，则在逃者亦可信。至揭捕亡帖，而贾婢与尸状同形，便疑此系贾婢尸。及再吊前尸，而索父当日不收葬，益知此尸非索女矣。纵不寻出索氏，亦当以疑狱就轻，况得徐吏报出，则边侯之明察何神哉！然其巧处，尤在收捕亡帖之一节也。

【注释】

[1] 花街：指妓院聚集的地方。

[2] 瘞：掩埋、埋葬。

[3] 恤刑：职官名。明、清时设置，由中央派往各地复审囚犯、清理冤狱的官员。

[4] 病涉：苦于涉水渡川。

[5] 门楣：门上的横梁，喻指家族的社会地位及声望。

（刘通）

【述评】

该案是将《疑狱集》卷九"边知冤滥（边其揭捕文）"的故事，加以补充，写的是两个命案。第一案，巨商贾武的婢女卢氏不堪丈夫虐待，投井自尽。第二案，生性淫荡的妇人索氏被奸夫略诱私奔，在异地以卖淫维生。妇人的父亲控告女婿，杀女匿尸。继而被发现的第一案女尸，被误为第二案的妇人而结案。后来邻人在他乡，发现了第二案的妇人索氏沦为娼女，而重启旧案，使两案冤雪。

对于水中发现的尸体，个体识别和身份鉴定至关重要。对于尚未完全腐烂的尸体，可根据死者的衣服及佩戴物、身高、体型、发型、肢体畸形等进行鉴别。对于从井中捞起的尸体，索氏的丈夫胡屠夫根据死者的衣服、身高、发长、足趾等特征否认是自己的妻子，但被严刑拷勘而诬服。而索父当日不收葬，是他心中明白此尸不是自己的女儿，但他"故认为己女"。正是对死者身份的错误认定，导致巡按安文玉的错判。

第二案复审的官员边郎中折狱的特点是发现疑点和调查。边郎中审阅案卷，发现胡屠夫杀妻疑点重重。于是，找来原来官府派去掩埋尸体的人，去挖出尸体，竟然是一具男尸（因为胡屠夫和索父都知道死者不是索氏，不愿出工钱，仵作弃尸水中去。要求其指认尸体时便随意指一新坟，挖开却是一男尸）。复审的官员边郎中推断，淫妇必不肯死，且发现的尸体，两家（娘家、岳家）都不肯收埋，可证并非淫妇本人。又经过调查，胡屠夫的妻子的确缺少脚上的小指，所发现的女尸不是胡屠夫的妻子，胡屠夫是冤枉的。生要见人，死要见尸，胡屠夫的妻子没有下落，边郎中不停止调查。

巧的是开封有个官员调到洛阳任职，他的仆役在逛妓院时认出一名妓女是胡屠夫的妻子。经过仔细盘问，对方果然就是官府认为被杀的胡屠夫的妻子。原来胡屠夫的妻子因为不堪忍受打骂，想远走高飞，就和一名男子勾搭成奸，趁外出取水时双双私奔。因盘缠已尽，便为娼接客捞钱度日。胡屠夫因为杀害妻子被打入大牢，而今她的妻子活生生地回来了，宣抚使安文玉再也无话可说，只能将胡屠夫无罪释放。几经周折，胡屠夫的杀妻罪名得以洗清。边郎中使胡屠夫避免含冤而死。这就是古代"亡者出现"的典型案例，足见办案谨慎的重要性。

该故事又被《律条公案》（七卷拐带）"王减刑断拐带人妻"引用，又被收录为《龙图公案》中第八则故事《招帖收去》。

（黄瑞亭　胡丙杰）

袁主事辨非易金（见图77）

图77　黄瑞亭引自明万历刊本，余象斗《诸司公案·袁主事辨非易金》

【原文】

　　凤翔府沂阳县民祝典、祝编相与锄田，忽见一片大砖，曰："田中如何有砖？"揭开视之，下有马蹄金[1]一瓮。二人相视默然，欲兜之于己。在上下丘耕田者，闻其说田中有砖，而后遂不语，意其必见有何物，遂聚而观之，果见是金。众皆曰："见者有份，宜共分之。"祝典自思："凡捡得物者，自送于官，宜明分一半，又无后患，何肯与尔辈共分，止得一小份哉！"遂倡言曰："此金是我二人所见，宜与众共数过几锭，交之于官，凭他给赏，可以无患。"众人不敢强分，故过共三百六十锭，每锭约可十两。次日，二人以一竹杠扛至县，具呈曰："呈为得金交官乞赐给赏事：祝典与编同力锄田。田中掘得黄金一缸，时即与众明数，共计三百六十锭。理合呈明，乞检数收入，明给分赏，庶无混争，以杜骗害。上呈。"

　　时林县主看呈，即当堂数过其金，果是三百六十锭。盼咐曰："此金多，宜申闻上司，然后给赏你。"又虑藏者主守不严，因使抬入私衙，信宿重视之，则皆为土块矣。林尹大惊异，复拘祝典来语之故。祝典不信，赴按院呈曰："呈为锄田得金交官变土事：典与祝编同众锄田，掘得黄金一缸，不敢私匿，呈明送县。当堂公数，共三百六十锭。今去领赏，县爷称金变土，毫无给领。投天详情，有无变否。凭赐多少，以赏劳力，衔恩感激。上呈。"李沔公为按院，准其状，委王推官按验[2]。祝典、祝编与众农夫共证是金，如何是土？林尹为众所指，莫能自明。既而逼辱滋甚，遂以易金服罪。虽辞款具存，而金赃未穷隐用之所。复拘系在衙家人，严刑拷问赃金下落，或云藏于粪中，或云投于水中，纷纷枉挠[3]，结成其狱，竟不能得其金。以案牍[4]上闻，李院览之愈怒。俄而因有筳宴，席间语及斯事，众官咸共惊异。惟刑部主事袁滋，时因出使，亦在座中，俯首略无所答。李院目之再三，曰："林宰莫非使君[5]亲知乎？"袁主事曰："学生与之素不相识。"李院曰："闻彼之罪，何不乐之甚？"袁曰："某疑此事有枉。岂有一二夕便有许多土块换金乎？吾更当计之。"李院曰："换金、之状极明。若思有枉，更当有所见，非使君莫能探其情伪也。"袁曰："可试与学生鞫之。"次日，扛瓮土来。袁见瓮大可容二石，而土块几填满矣。问曰："当日几人用某物扛来？"祝典曰："我二人，以竹杠扛来。"袁命取出土块，差人往店中取锡倾成锭，与土块形状相等。仅投二百锭，令祝典二人仍以竹杠扛之。其竹坠软下去，二人已不胜其重矣。袁主事曰："土轻金重。前日本是土块，故二人可以竹杠扛。今锡犹轻于金，二百锭二人便不能扛，况三百六十锭之金乎！此前日是土，而众人目眩矣。"于是，林尹豁然明白。祝典不敢再出一声。而前日在席众官闻之，无不叹羡。李院亦大加赏服。

袁主事判曰："审得林沂阳，素敦清节，恪守官箴。因民祝典、祝编锄田得金，呈送县堂收入私衙，明日视之，悉变为土块，而遂疑林之以土易金。夫贮土之瓮，大容二石，而三百六十土块已填满瓮。二农夫以一竹杠而抬之，盖惟土故轻而可举也。今以锡槽二百锭盛之，而二农夫已不能胜，竹杠坠软，况黄金三百锭乎？乃知前日瓮之所贮者，果土也，非金也。以此而坐林以易金之罪，不亦冤乎！然当日众看皆是金者，眩于幻术[6]也。乃若何而以土锭贮于瓮，埋于田；若何而先看是金，后复变土，果孰埋而孰幻之乎？则予不知其故也，以俟后之博物君子。林宜复职如故，祝典亦免诬妄之罪。"

按：土之变金，金复变土，袁公亦不知其故。至于以锡槽易土块，而二人不胜，便知缸中原是土而非金，则袁公之识见过人远矣。

【注释】

[1] 马蹄金：铸成马蹄形的黄金。

[2] 按验：验核其事，而治其罪。

[3] 枉挠：亦作"枉桡"，违法曲断，使有理不得申。

[4] 案牍：官府文书。

[5] 使君：尊称奉天子之命，出使四方的使者，或者对官吏、长官的尊称。

[6] 幻术：表示使用咒文、符箓或咒语，以产生一种眩惑人的往往有害的法术。

（刘通）

【述评】

该案，祝典、祝编锄田时发现马蹄金（金砖）一瓮，共计三百六十锭。二人以一竹杠抬至县衙去领赏，却发现是土块。如何鉴别到底是金锭还是土块？袁主事根据黄金、土块和锡的比重不同，在体积相同的情况下，其重量不同的原理，通过现场试验解决了这一难题。用该瓮装锡槽二百锭，二农夫已抬不动，而且竹杠坠软，因此推断，二农夫用此瓮抬三百六十锭黄金是不可能的，便知缸中原是土而非金。

该故事来源于《疑狱集》（二卷）"袁相探情伪"。

（胡丙杰）

杨御史判释冤诬（见图78）

图78 黄瑞亭引自明万历刊本，余象斗《诸司公案·杨御史判释冤诬》

【原文】

杨暄为御史，刚直敢言，不徇权贵。利不能诱，威不能惕。贤士大夫则与之结纳，奸险邪侯则多为排抑[1]。时锦衣卫指挥佥事袁彬，虽武人，甚崇忠毅。不夤缘干进，不趋附求荣。尝扈从[2]乘舆[3]，得尽所言。时都指挥门达有宠，权倾中外，横恣[4]罗织[5]。附己者，则不次超迁；忤己者，则重罹祸谴[6]。自计："自今上前，得以进言别白朝中之是非者，惟李贤、袁彬二人而已。及今不早谋排去，则我行事彼必对圣上言之，而蒙祸非浅矣。不若先下手为强，一网打尽二人，则余属皆寒蝉矣，岂不长便乎？"乃厚赂逻卒[7]张逵，密令捃摭[8]袁彬阴私数十事，具诉法司通政使。又遣人嘱通政使官曰："袁彬罪恶滔天，毋得阿纵[9]卖放[10]；内阁李贤，袁彬死党，毋受关节解脱。昨圣上对达言，甚欲重罪袁彬。特看汝等申详裁决。"门达已是个得宠的宦官，又假圣旨重罪袁彬之语，问官情知袁彬忠义，门达奸邪，逻卒所诉阴私出其主使者皆虚妄。然当时不畏死者几人？不贪位者几人？袁彬因不徇私，飘空而遭重祸，我若再代彼解释，则我亦袁彬之续矣。不如朦胧将错就错，以讹传讹，悉如逻卒所诉，奏闻于上。凭主上如何发落，我亦做得个人情也。次日题本奏闻。门达见本，对上请求推问，上即谕达曰："从汝拿问，只要一个活袁彬还我。"达遂逮彬下狱，百般重刑拷掠，身无全肤。吹毛求疵，欲坐袁彬以必死之狱。时御史杨暄，见其诬罔，愤怨不平，乃上疏极力论救。言昔驾留虏廷[11]，新君遣使问安，绝无一人敢往，独彬以一校尉，保护圣躬[12]，前后备尝艰苦。今圣上卒然误信逻卒所诬，偏从宦官所罔，将保驾功臣付之冤诬之狱，窃恐不足以惬人心。乞拘袁彬御前亲审，则玉石立分，彼虽万死无憾。且并条陈[13]不法事二十余件，击登闻鼓[14]以进。上闻暄疏，首悟者久之。达闻杨暄有保奏袁彬之疏，恐圣意不测，反祸于己，慌忙俯伏请求并问，上准达言，即令达并问。达喜圣上得从所请，己又得以恣其所为。遂械杨暄酷刑拷掠，鞫问："谁教汝论救袁彬，条陈我许多阴事？此必李贤老儿主使也。汝从实供来则汝有生理。"暄惧拷死狱中事不得白，乃佯应曰："此实李阁老[15]教我为之。但我言于此，无人证见。不若请着多官廷鞫[16]。我一一对众言之，则彼得无词。"达信暄言，次日，转闻于上。上命中官[17]同法司官等讯于午门[18]。暄大言曰："我死则死，何敢妄指他人？鬼神照鉴，此实门指挥教我扳诬李阁老也。"达闻暄言，失色计沮。彬遂得从轻调南京，暄亦得免。李贤为门达所诬，觉损威重，遂上疏乞休。上不允曰："此系细故[19]，无用介意。"后门达以欺罔圣主，故杀良民事败，被言官[20]劾奏，当斩首市曹，以肃阍竖[21]。主上念之，御批云："门达欺君贼民，永谪瘴地岭表。"百姓恶其误国，竞磔裂[22]其尸，啖食其肉。

    金士从来心险艰，织罗人罪伎多般。
    李贤不遇杨暄直，几入安排陷阱圈。

【注释】

  [1] 排抑：排斥贬抑。

  [2] 扈从：旧称天子巡幸时随从护卫的人员。

  [3] 乘舆：天子乘坐的车子，亦借指天子。

[4] 横恣：专横放肆，放纵不受拘束。

[5] 罗织：虚构种种罪名，对无辜者加以诬陷。

[6] 重罹祸谴：遭受重大灾祸。

[7] 逻卒：卫戍巡察的警备人员。

[8] 捃摭：指摘取，收集，采集。

[9] 阿纵：庇护纵容。

[10] 卖放：受贿私放罪犯。

[11] 虏廷：亦作"虏庭"，古时对少数民族所建政权的贬称。

[12] 圣躬：尊称帝王的身体。

[13] 条陈：分开条目来述说。

[14] 登闻鼓：古代帝王为表示听取臣民谏议或冤情，在朝堂外悬鼓，许臣民击鼓上闻，谓之"登闻鼓"。

[15] 阁老：唐代称任事很久的中书、门下两省的舍人为"阁老"，后尊称宰相为"阁老"。

明、清时，称入阁办事的大学士为"阁老"。

[16] 廷鞫：亦作"廷鞠"，在朝廷上审讯。

[17] 中官：指宦官、太监。

[18] 午门：旧日皇城的正门，为群臣待朝候旨的地方。

[19] 细故：细小而不值得计较的事。

[20] 言官：主谏议的官。

[21] 阉竖：对宦官的蔑称。

[22] 磔裂：车裂人体，后亦指凌迟处死。

（刘通）

【述评】

此案，都指挥门达网罗罪名陷害李贤、袁彬二人，御史杨瑄"愤怨不平，乃上疏极力论救"。皇上却让门达一并审理。杨瑄先假意承认是受李贤指使，骗取门达的信任，继而要求在朝廷上公开审讯。门达信以为真，杨瑄却在朝廷上公开审讯时大声揭发"此实门指挥教我扳诬李阁老也"。从而坐实了门达的罪行，门达得到应有的惩处，也为李贤、袁彬洗雪了冤诬。

（胡丙杰）

崔知府判商遗金

【原文】

　　崔恭，直隶广宗人。刚廉有为，以治行[1]升莱州知府。值岁旱蝗，留心抚字。蝗则躬亲督捕，旱则多方赈济[2]，莱州之民赖以全活。且屡辨疑狱，思不蔽明，莱人称为崔龙图。属县有一人姓章名煴，娶妻贤淑，夫妇勤俭为生，数年积有些小资本。一旦谋曰："据眼前朝夕辛苦，不过度口而已，终不能发达兴家，为子孙创业垂统[3]。且观左邻右里，所积富豪者，虽不出自诗书，所从商贾中来者，历历非一。我今与汝商议，莫若再将家中物业典质[4]于人，得锭把银子，托赖造化时运，置些当时货物，同去江湖一走，趁些利息。或者能为得个人，亦未可见。"其妻曰："此见甚远大。但你江湖上不曾经惯，须得个好人相倚托，我方放得意下。"其夫曰："王业是我古亲，平生为人老实。我闻知他不日又要出外经商，我意欲与他同去，他已应允。只我所云质典之物，尚未到手。俗云'所卖耕牛，要钱支用'。我明日促之，的拟十八日起程。"夫妇商量已定，备办资本。及至日期，与古亲王业同日起身，前往广东买卖。

　　且是此人有时，才离家数载，所积财本以百计。一日，动思乡之念，与一二乡友治装[5]谋归。日同行，夜同寝，彼此相扶，特毫厘未有疏漏。时值其暑热天气，回至一溪柳荫树畔，当不得路上熏蒸，数人商榷下溪洗浴。且云歇店已迩，我等洗了浴，缓步入店投宿，几多爽快。由此地抵家不过一日路程，各人心下欢喜，久浴水中，不觉黄昏。仰观天上，见玉兔[6]已东升矣，慌忙上岸穿衣，检点行李。囊中所积财本已坠落地上，包袱上肩，不察内之轻重，追逐投店，罔顾岸之遗留。数人进店畅饮一宵。次日抵家，打开包袱，见囊中惟有衣袜鞋帽，数年财本，分毫不见，放声大哭。不觉怒气填胸，染成一病，两三日水不沾唇，奄奄气息，若有死症。只疑是一二同伴偷去他的，不由分诉。次日，其妻具谋财坑命事情，告于崔府尊台下。崔准其词，尚未行牌下县提人。忽本晚得一梦，见迎宾馆新挂一牌匾，大书"寒生拾得"四字。次日，对夫人云："昨晚得此梦，主何吉凶？"夫人云："此梦莫有来历？"崔云："曾观《传灯录》云：寒山拾得,乃文殊普贤别名,隐于天台山国清寺。丰于禅师令丹丘牧、闾丘胤访之。此云'寒生拾得'意者,此处名寺亦有高僧?"夫人云:"梦寐莫测,或不主此效验。"晨后,方坐堂佥押[7],行牌下县拘提推告人犯。忽见喜鹊一群,飞噪檐前,内一鹊口衔片纸,飞坠阶下。崔命门子拾来看时,见上有五言四句诗云:"身贫珠满腹,心地光明烛。赋分合当安,苟得欺衷曲。"崔公亦不解其意,带回私衙,黏于书房壁上。

且说二人承府拘提,亦各具词赴府诉明,云:"自那日从广东起身,数人同回是的。章炯经年辛苦所积有银是的。某等分虽朋友,情逾骨肉,患难相恤,疾病相扶持。况我等论家财资本,更厚彼数倍,岂有谋财之理?既谋财,江湖上何不谋之,直待抵家?客旅染病,何不利其沦亡,而为彼百方医救?事属冤诬,乞天烛察。"崔云:"据告词,知风惟汝二人,同行惟汝二人。即不是汝谋窃,今日彼命为财垂死,汝两人财产颇厚,亦合坐汝赔他。万一死去,汝等取罪更重。"二人云:"老爷吩咐,某敢不从命?小人独自如数出银济他,某更甘心。若坐小人赔他,又犯真了,脱不得'谋财'二字。银子容小人明日如数具来。小人昔日念乡曲亲情,扶持经商,本图相益,不意招损。不能获彼半言相谢,反要将许多银子买一个贼名,如何甘心?"原崔公准告,初意要将同行二人重治,以剪刁风。及见二人诉词凿凿有理,又肯如数出银赔他,亦自狐疑。次日,果加数赔他,投于崔公案前。崔公潜访二人,身家殷实,历代良善。恐其妻交有外夫,当夫回时探知风息,将银窃去。及访其妻,冰霜坚毅,家中绝人往来。且夫回失银,又未经宿,抵家就索,显见是途中盗去。崔又疑此人或贪心不足,故将自己银子藏匿,捏说被盗架骗二人,事未可知。心生一计:且将二人赔银包贮一所,自将纸赎罪价,依其口报,分作几封,著书吏送至彼家,验其虚实。其人闻说府尊追出原银,心下惟喜,病亦减半,就唤妻子将银来看。书吏送至卧房,取银看时,见无一片是己真物,对书吏云:"此银无半分是我的,我不敢妄认。我买卖疵杂不一,那有这般整段银子?"书吏回报。府崔公云:"此人失银是的,心曲颇端。假若艰险见银,未免冒认。彼银是此二光棍盗去是的。贪财起谋,人心难测,情难轻释。"重责发监,照告词问以重罪。

适门上报,崔爷乡里一内亲相访。崔公延入。相见,乃布衣寒士曹成也。此生为人,心地极是正大光明。家虽清约,分毫不肯苟取。谒见时冠服朴素,潇然一清贫气味。崔以其内侄,延入私衙款待。询问先人起居,安慰旅次劳顿。儒士一一对答。随谓崔云："不才日前行至前村，从柳荫溪畔经过，时已黄昏。忽然见溪岸上遗一个青布袋子，内有银数包，不知何人坠下，被寒生拾得。我即傍岸借宿，恐有失主来寻，便与归还。连住了四日，寂无人来寻索。我疑其银或是重病人家请有法师，人故丢银送病。却袋子内有家信二纸，外写云：'此信烦带莱州府某人亲拆。'据此信来，却是个客人遗下的。我已写有五言四句诗在彼客店壁上，叮咛主人云：'有人解此诗要见我，可在莱州府里来。'"崔问："诗如何念？"寒士一一诵了。崔公惊云："我日前视事，见群鹊衔此一诗坠在阶下，莫解其意，现黏书房壁上。贤侄又云遗金'寒生拾得'，则我数日前所得梦验矣。"遂对夫人云："据伊侄此诗，与我所得之梦，俱为商人坠金之报。事有先兆，过后终明。"寒士云："不才奉家大人命，先抵江西访谒亲友，回转莱州拜谒姑丈大人。今拾此银，恐人丧命，故先谒大人。乞照信询问的实，交还失主。勿云小侄心地，亦是老大人一场莫大阴德也。"崔公曰："贤侄心地如此，将来贵显不卜可知。想此钱莫就是前日妇人所告之银？"取银来看，果有数包，外面封识宛然。崔看罢信，着皂隶往街坊唤其人来问。其人云："此是我侄儿寄与小人的信。"崔公曰："且廊下伺候。"随差人唤失主来。失主冒病抬至府前，扶伏府堂阶下。崔问云："汝银外有何物？包裹曾带有人信息否？"失主云："外有青袋子，包裹内带有空信二纸，内银几封。"所对与所验相同。崔公云："此银多是你自己坠去，莫错疑同行盗去。"失主云："小人一路兢业提防，路上许多日子不落去，偏将抵家落去，事情显然。乞救残喘。"崔云："我昨出郭外，拾得一个青袋子，相似你的否？袋子内又有几封银子，相似你的否？更有两封空信，相似你带来的不？"失主看时，事事是真，缄口无言，叩头云："若非老爷神明，此银如何得出！前次银半毫非真，此次银只据包封，事事非假。若此银果出自同行伙伴，乞宽恕勿深罪。必欲深罪，小人情愿当了。"崔公命监中取出二人，并廊下伺候。崔公谓曰："汝银自己不缜密，从前村柳荫沙堤坠落。吾内侄曹成远来谒亲，行至溪头，天色昏黄。见沙堤遗有布袋，拾来看时，内有包封银两并空封信二纸。侄留岸数日，寂无人索。凭信抵府，嘱予访问。我疑必汝所失之物，故先呼所寄空信之家来问；次唤汝亲来领认。据汝夫妇心口，只疑是同行之人盗去。他二人已依数赔银，藏储在此。我再三狐疑，未即结判。若判银则判罪矣，岂不枉此二人！予内侄存心天理，分毫不肯苟取。未往江西，先抵治郡；未叙寒温；先说拾银。虽是自全本心，其实念汝性命。汝那里晓得！"失主闻言始悟是自己失落，此是真是大恩之人，愿以银一锭相谢。崔公曰："彼欲贪财，必不到莱郡，汝何不谅？"又以赔银给还二人。二人曰："我等贼名感好人洗明，愿以所赔银子相谢。"崔公云："吾内侄曾说来他平生赋分，止合清贫。若掩他人物以为己有，是欺心矣，必有祸灾。况商人经年辛苦所积，一旦失去，岂不哀哉！或不得还乡，必死非其命，彼是以还之，惟安被分以过余生耳。汝等之意虽厚，彼切不取。"郡人皆服其义。崔府主遂慰遣被责二人，而坐失主妄诬之罪，还银。儒士后果通显，为当朝名宦。

【注释】

[1] 治行：施政的成绩，亦指为政有成绩。

[2] 赈济：以财物救济。

[3] 垂统：将基业留传后代，多指皇位的承袭。

[4] 典质：典押。以物为抵押换钱，可在限期内赎回。

[5] 治装：整理行装。

[6] 玉兔：指月亮。相传月中有兔，故以玉兔作为月亮的代称。

[7] 佥押：在文书上签名画押表示负责，亦指官府处理公务。

（刘通）

【述评】

此案，章烔在外经商数载，同二乡友结伴归家。路途中彼此相扶，特毫厘未有疏漏。章烔到家后却发现"数年财本，分毫不见"。这只有两种可能：一是自己不小心丢失路上，二是同行乡友偷去。崔知府借助神灵托梦和喜鹊送诗的超自然方式，获取了破案的关键信息，后来崔知府的乡里一内亲、布衣寒士曹成相访得到验证，证实是章烔在溪中洗澡后将内有数包银的青布袋子遗落在溪岸上，使案件破解。该案通过鬼神的启示，所谓"案不破，鬼相助"，这显然与我国民间广泛存在的鬼神信仰有着极为密切的联系。此外，文中最后交代拾金不昧的寒士曹成"后果通显，为当朝名宦"，是借此进行"善有善报"的道德教化，教导人们弃恶从善，积德行善，方有好报。

（胡丙杰）

参考文献

[1] 黄瑞亭，陈新山. 中国法医学史［M］. 武汉：华中科技大学出版社，2017.

[2] 黄瑞亭. 鉴证：图文解说中国法医典故［M］，厦门：鹭江出版社，2014.

[3] 缪小云. 明代建阳书坊主余象斗小说刊本研究述评［J］. 闽江学报，2014（3）：24-31.

[4] 鲁迅. 中国小说史略［M］. 上海：上海古籍出版社，1998：101.

[5] 官桂铨. 明小说家余象斗及余氏刻小说戏曲［J］. 文学遗产杂志，1983：A15.

[6] 黄瑞亭. 法医青天——林几法医生涯录［M］. 北京：世界图书出版公司，1995.

[7] 王令. 书坊主余象斗与公案小说［J］. 河南社会科学，2012，20（11）：80-83.

[8] 谭帆. 小说评点的萌兴——明万历年间小说评点述略［J］. 文艺理论研究，1996（6）：87-94.

[9]（明）叶盛. 水东日记［M］. 北京：中华书局，1980：213-214.

[10] 郑振师. 漫步书林［M］. 北京：人民文学出版社，1998：91.

[11] 柳存仁. 伦敦所见中国小说书目提要［M］. 北京：书目文献出版社，1982：29.

[12] 胡胜. 明清神魔小说研究［M］. 北京：中国社会科学出版社，2011：8.

[13] 方彦寿. 建阳刻书史［M］. 北京：中国社会出版社，2003：283.

[14] 春风文艺出版社. 明清小说论丛（第四辑）［M］. 沈阳：春风文艺出版社，1996：195-212.

[15] 王重民. 中国善本书提要［M］. 上海：上海古籍出版社，1983：61.

[16] 丁锡根. 中国古代小说集［M］. 北京：人民文学出版社，1996：864-878.

[17] 林雅玲. 余象斗小说评点及出版文化研究［M］. 台北：里仁书局，2009：299-306.

[18] 黄瑞亭. 我国古代诬告检验的现代研究价值［M］.//常林主编. 法庭科学文化论丛（第2辑）. 北京：中国政法大学出版社，2015：83-95.

[19] 黄瑞亭. 我国仵作职业的研究［J］. 中国法医学杂志，2012（5）：428-430.

[20] 黄瑞亭. 我国古代法医语言的现代借鉴价值［J］. 中国司法鉴定，2013（5）：114-118.

[21] 黄瑞亭，胡丙杰，刘通. 名公宋慈书判研究［M］. 北京：线装书局，2020.

[22] 黄瑞亭. 宋慈《洗冤集录》与洗冤文化［M］.//张保生主编. 法庭科学文化论丛（第3辑）. 北京：中国政法大学出版社，2018：306-317.

[23] 黄瑞亭. 说说法医文化［M］.//常林主编. 法庭科学文化论丛（第1辑）. 北京：中国政法大学出版社，2014：310-312.

[24] 黄瑞亭，胡丙杰主编. 中国近现代法医学史［M］. 广州：中山大学出版社，2020.

[25] 黄瑞亭. 宋慈《洗冤集录》产生的条件.//法治之源［M］. 北京：法律出版社，2017：37-55.

[26] 黄瑞亭，陈新山.《洗冤集录》今释［M］. 北京：军事医学科学出版社，2008.

[27] 黄瑞亭，陈新山. 话说大宋提刑官［M］. 北京：军事医学科学出版社，2011.

[28] 黄瑞亭，陈新山.《洗冤集录》今释——法医检验原理与案例［M］. 北京：科学出版社，2019：3-21.

[29] 黄瑞亭. 法医探索［M］. 福州：福建教育出版社，2005.

[30] 叶德辉. 书林清话［M］. 北京：中华书局，1957：45-47.

[31] 刘通. 宋慈与洗冤集录研究［M］. 福州：海峡出版发行集团/海峡文艺出版社，2016.

[32] （明）余象斗集. 李永祜，李文苓，魏水东校点. 廉明公案·诸司公案·明镜公案［M］//刘世德，竺青主编. 古代公案小说丛书. 北京：

群众出版社，1999.

[33] 刘通. 在宋慈故里筹建"中国法医学博物馆"可行性论证. //法治之源［M］. 北京：法律出版社，2017：237-241.

[34] 刘通. 宋慈别号与书判辑佚［M］.//张保生主编. 法庭科学文化论丛（第3辑）. 北京：中国政法大学出版社，2018：16-31.

[35] 尹薇. 明代白话短篇公案小说集研究［D］. 长春：长春师范大学，2012.

[36] 蒋兴燕. 明代白话公案小说研究［D］. 西安：陕西师范大学，2005.

[37] 邵婷君. 明代短篇公案小说专集模式研究［D］. 南京：南京师范大学，2007.

[38] ［日］阿部泰记. 明代公案小说的编纂［J］. 陈铁镇译. 绥化师专学报（社会科学版），1989（4）：20-34.

[39] ［日］阿部泰记. 明代公案小说的编纂（续完）［J］. 陈铁镇译. 绥化师专学报（社会科学版），1991（1）：39-51，34.

[40] 王权明. 明代公案小说的判词研究［D］. 上海：上海师范大学，2016.

[41] 夏启发. 明代公案小说研究［D］. 北京：中国社会科学院，2001.

[42] 罗丹. 明代公案小说中的判词研究［D］. 南京：南京师范大学，2017.

[43] 黎凤. 明代建阳刊公案小说研究［D］. 福州：福建师范大学，2014.

[44] 展凌. 明清判词研究［D］. 济南：山东大学，2006.

[45] 单光亮. 余象斗小说创作研究［D］. 广州：暨南大学，2006.

[46] 陈丽君. "新文类"乎？——余象斗的明代公案研究［J］. 法制史研究（中国法制史学会会刊），2011（20）：79-112.

[47] 薛英杰. 被建构的叙述——晚明公案小说中的淫僧故事［J］. 励耘学刊（文学卷），2015（2）：241-259.

[48] 梁仙保. 明代法律文书研究［D］. 沈阳：辽宁大学，2017.